Aus Freude am Lesen

btb

Buch

Eine dänische Kleinstadt im 17. Jahrhundert. Während eines heftigen Gewitters hat der Glöckner und Buchdrucker Hans Skonning eine Vision, die er anfangs für die Offenbarung des Paradieses hält: Er erblickt freundliche, schöne Menschen, in einer friedlichen Welt ohne Schmutz und Arbeit. Doch als die Visionen sich häufen, zeigt sich, daß es auch im vermeintlichen Garten Eden Haß und Mißgunst gibt, Leiden und Tod. Nicht in das Paradies hat Skonning einen Blick geworfen, es ist vielmehr das moderne Århus am Ende des 20. Jahrhunderts, das sich ihm offenbart.
Im Århus der Gegenwart lebt eine Gruppe ziemlich nichtsnutzer junger Leute, unter ihnen auch Tobias, der mehr oder weniger aus purer Langeweile einen Menschen töten will. Doch dem alten Mann im Rollstuhl, den er in seiner Wohnung überfällt, gelingt es, den Spieß umzudrehen. Er überredet Tobias zu einem faustischen Pakt: Wenn er es schafft, ein Jahr lang einfach nur ein guter Mensch zu sein, will er, Styge Skonning, ihm sein gesamtes Vermögen hinterlassen. Und er erzählt dem jungen Mann die Geschichte seiner Vorfahren bis eben zu jenem Hans Skonning, dem Buchdrucker. Über sieben Generationen breitet Svend Åge Madsen in diesem vor Phantasie, Fabulierlust und Einfällen überbordenden literarischen Vexierspiel die Familiengeschichte der Skonnings aus und nimmt die LeserInnen mit auf eine Zeitreise der ganz besonderen Art.

Autor

Svend Åge Madsen wurde 1939 in Århus geboren, wo er lebt und wo auch die meisten seiner Romane spielen.
Sein erster Roman »Besøget« (»Der Besuch«) erschien 1963. Neben Romanen, Krimis und Jugendbüchern verfaßte Svend Åge Madsen zahlreiche Hörspiele und Theaterstücke. Er gilt als der größte dänische Autor unserer Tage.

Svend Åge Madsen

Sieben Generationen Wahnsinn

Roman

Aus dem Dänischen von Jörg Scherzer

btb

Originaltitel: Syv Aldres Galskab
Originalverlag: Gyldendal, Kopenhagen

Die Übersetzung des Romans wurde durch das
Danisch Literature Information Center gefördert.
Der Verlag bedankt sich hierfür.

Umwelthinweis:
Alle bedruckten Materialien dieses Taschenbuches
sind chlorfrei und umweltschonend.

btb Taschenbücher erscheinen im Goldmann Verlag,
einem Unternehmen der Verlagsgruppe Random House.

1. Auflage
Genehmigte Taschenbuchausgabe August 2002

Umschlaggestaltung: Design Team München
Umschlagmotiv: Meister von Flémalle
Satz: Gaby Michel, Hamburg
KR · Herstellung: Augustin Wiesbeck
Made in Germany
ISBN 3-442-72896-7
www.btb-verlag.de

I

Hier, gegen Ende, versagen die Worte. Die Worte und darum die Wahrheit.

Alles vergeht in nichts, aus allem wird Nichts.

Sprachlosigkeit ist Tod. Der Tod ist das Dunkel des Menschen.

Und das Dunkel verfinstert das Licht, und das Licht kann das Dunkel nicht durchdringen.

Ein Mensch, der vergeht, ein Mensch in Auflösung, ein Mensch, der sich auflöst. Dieser Mensch heißt Johannes.

Ein Mensch, außerstande, sich umzudrehen. Ein Mensch, dessen Rücken Glut ist. Auf einem Lager aus unregelmäßigen, glühenden Steinen. Ein Lager aus Glut auf Glut.

Auf dem Kirchhof, unter einem Leichenbaum, von Schweinen aufgewühlter Torf, ein Tuch, eine Serviette, kein Leichentuch, und als sie sich bückt, das Grauenvolle herauszieht, bei dem sich zeigt, daß es sich um eine in eine Serviette gehüllte Kinderleiche handelt, ein Schrei, ein durchdringender Schrei, der Schweine verjagt und Menschen herbeiruft. So wie Grauen stets Tiere vertreibt und Menschen anzieht.

Johannes, der Mann mit dem glühendem Rücken auf der Glut, verjagt das Bild. Die halbverweste Kinderleiche. Er fährt mit der Hand in die Dunkelheit, dort, wo sie groß ist und leer, tastet, bis er das Licht trifft, bis der Kerzenhalter umstürzt und die letzte Hoffnung, die Dunkelheit vertreiben zu können, erlischt.

Nur die Dunkelheit. Nur das Dunkel der Dunkelheit. Nur das düsterste Dunkel der Dunkelheit. Keine Gerechtigkeit, nur Dunkel. Laßt mich wenigstens sehen. Laßt mich die Wahrheit sehen. Laßt mich die Zusammenhänge sehen. Laßt mich sehen, daß dieses Leiden einen Sinn hat, die Dunkelheit, die Trauer, die Dunkelheit, der Schmerz, die Dunkelheit, der Unverstand, die Dunkelheit. Daß diese Qual einen Sinn hat, daß sie ein Ende hat, die Qual, daß sie nicht grundlos ist, diese unerträgliche Qual.

Das tote Kleinkind liegt auf den Dielenbrettern, man hat es in die Ratsstube gebracht. Geruch und Anblick so widerwärtig, daß es noch Tage und Nächte später Übelkeit hervorruft. Verweste, stinkende Reste, in eine Serviette gewickelt, von der man ein Stück abschneidet, um das Stoffmuster als Beweis zu haben. Die jungen Mädchen, alle jungen, mannbaren Mädchen der Stadt, die noch mit keinem Mann belegt sind, in einer Ecke zusammengedrängt, um nacheinander an die Leiche geführt zu werden, diesem abscheulichen, kläglichen Klumpen gegenüberzustehen, damit die Stimme der Mutter durchdringt und die Schuld zum Himmel schreit.

Eine nach der anderen wird vorbeigeführt, sprachlos, weinend, kopfschüttelnd, gaffend, stumm, schreckgelähmt, winselnd, wimmernd. Aber keine von ihnen stößt den erlösenden Schrei aus, keine sinkt, vom Bannstrahl der Wahrheit getroffen, zusammen, keine, vor deren Sünde der Himmel sich öffnet.

Darum treibt man sie gemeinsam in die Ecke, einen jammernden, seufzenden Haufen, der Angst hat vor dem, was ihm bevorsteht, ohne das Entsetzliche vollkommen vorhersehen zu können.

Woraufhin sie, eine nach der anderen, vorgeführt werden, nachdem der Saal von Mannspersonen geräumt wurde, und nur er, dessen Haar grau und dünn ist und der schon lange die Sechzig überschritten hat, drei Schritte entfernt vom Greisenalter, dem Tode so nahe, daß man ihn nicht mehr als Mannsperson zählt, nur er darf als Zeuge anwesend sein und dem Melken beiwohnen, er, das Auge der Wahrheit.

Vorgeführt wird Anne, Magd des Apothekers Folmer, sie ist

ängstlich, aber recht willfährig. Maren, die Hebamme, schiebt das Wams der jungen Dirn zur Seite, entblößt ihre beiden Brüste, packt eine von ihnen grob. Anne, die sich auf die Lippe beißt, um einen Schmerzensschrei zu unterdrücken, als Maren die Milch aus der zarten Brust zu treiben versucht. Anne, die sich hurtig bedeckt, als die Bemühungen erfolglos bleiben, und die Schutz sucht in der Gruppe.

Mette Morgendatter, die unwillkürlich ihre Blöße mit den Armen verdecken will. Weshalb eine der Frauen ihre Hände mit Gewalt entfernt, woraufhin die Hebamme die üppigen Brüste ergreift und in die Brustwarzen zwickt. Dann den Kopf schüttelt und ihr Opfer freigibt.

Vorgetreten ist bereits Sidsel Andersdatter, die beim Bischof in Dienst steht. Keck und kaltsinnig verhält sie sich. Selbst als die Brüste freigelegt sind und übermütig und unerschrocken wippen. Was Maren, die Hebamme, zu einem besonders derben Griff herausfordert, der dem unbefangenen Mädchen ein lautes Stöhnen aus Schmerz oder Überraschung abnötigt.

Die Hebamme mißt das Mädchen mit den Augen, während sie seine Brüste bearbeitet, ohne daß die Milch strömt, mag das Mädchen auch bei jedem quälenden Druck kleiner werden.

Glühender Stein unter dem Rücken, glühende Gedanken im Kopf. Als er sich umdrehen will, sich von der Glut befreien will, von seinen Schmerzen, die so heftig sind, daß ihm weiß vor Augen wird. Er wälzt sich aus dem Bett, mit den Beinen voran, schwankt, als er zu stehen versucht. Er weiß nicht, woher und wohin. Stützt sich, auf dem Tisch die aufgeschlagene Bibel, die wegrutscht, gottlob, ohne zu Boden zu fallen.

Das enge Zimmer, als er einige Schritte gemacht hat, stößt er gegen das Tenakel, wodurch das Schiff mit dem ganzen Satz umkippt, zu Boden fällt und die Lettern über den Fußboden zerstreut werden. Und zugleich herrscht Dunkelheit. Dunkelheit und babylonische Verwirrung. Dunkelheit, ein undurchdringliches Tohuwabohu.

Unsicher schleppt er sich zum Regal, tritt sich eine Drucktype in den Fuß, eine scharfe Bleitype, er kann sie nicht entfernen, denn hierzu müßte er sich bücken, und sein Rücken würde sich niemals wieder aufrichten. Findet einen Kienspan auf dem Regal.

Als er sich auf die Bank setzt, brennt sein Rücken so stark, daß er fast den Kienspan damit in Brand setzen könnte. Die Bank so hart, daß er sich fast zurückwünscht in sein Bett aus glühendem Stein.

Als er den Kienspan entzündet, ist er so müde, daß er mit knapper Not das Buch aufschlagen kann, das vor ihm liegt, seine eigene »Heidnische Philosophie und Weisheit, samt philosophischer Klage über dieses arme elende Leben und seinen Gang in Jammer, Mühe und Kläglichkeit«. Das Ergebnis seiner mühseligen Strafarbeit auf diesem seinem Patmos. Eigenhändig mit Blut geschrieben, mit Tränen gesetzt und unter Schmerzen gedruckt von ihm selbst.

Das Entfernen der Drucktype in seinem Fuß bereitet ihm Mühe, ein S, womit er seine Spuren auf dem Fußboden gesetzt hat, S S S, eigenfüßig gedruckt. Sorge, Schmerz, Siechtum, Schwäche, Schein, ein Leben aus S.

Nachdem er den von den großen Anstrengungen hervorgerufenen Hitzeanfall überwunden hat, hält er den Kienspan über den Text und liest, zu seinem eigenen Hohn: »Kein Ding ist kostbarer als die Zeit, und dennoch achtet man heute leider nichts geringer als die Zeit. Vermittels der Zeit werden wir geboren, und vermittels der Zeit gehen wir unter.«

Und blättert und liest von Kindern, die Geld und Gold wie Spielzeug gebrauchen, das sie nach beendetem Spiel liegenlassen, ohne seinen Wert zu kennen.

Und liest, und hört seine eigene dürre Stimme, die ihn selbst verhöhnt: »Verhält es sich nicht ebenso mit vielen schlechten Menschen, denen Gott die edle Zeit in die Hände gelegt hat, damit sie von ihnen angelegt werde, seinem Namen zu Ehren und ihnen selbst zu Nutz und Frommen. Oh, sie glauben, die Zeit sei ihnen überantwortet, damit sie mit ihr spielen und spielen dürfen wie andere kleine Kinder, darüber hinaus haben sie nur eine überschlägige Vorstellung von ihr, lassen sie in größter Unachtsamkeit aber vergehen in der Wollust des Fleisches und der Welt, wie andere unmündige Kinder, werfen so unter die Bank, was wert und in Ehren gehalten werden sollte, und vergessen, wozu diese edle Zeit ihnen gegeben wurde, und ohne Nachdenken lassen sie sie vergehen, ein Jahr, einen Monat, eine Woche um die andere, und werfen damit dieses wertvolle Kleinod weg. Oh, wozu Gold in die Hand des Toren.«

Der Schmerz wird so stark, daß er die Gedanken und diese unerwünschte Einfalt nicht länger zusammenhalten kann, die sich in seine Hirnkiste drängt wie Würmer und Ungeziefer unter einen feuchten Stein.

Karen, die Klostermagd, deren Tränen zu laufen beginnen, als man ihr Wams zur Seite zerrt, für alle, die ihr in den Weg kommen, hat sie ein herzliches Lächeln. Ihre Brüste sind klein, birnenförmig und nehmen in den Händen der Hebamme nicht viel Raum ein. Tränen laufen ihr über die Wangen, während die derben Hände Milch hervorzulocken suchen.

Er wischt sich den Schweiß von der Stirn und versenkt sich in das Buch: »Denn wie viele gibt es heute, in diesem hinfälligen Zeitalter, die nicht nur die Zeit geringachten, sondern, was ärger ist und erstaunlicher: Mittel und Gelegenheit suchen, mit denen sich diese edle Zeit, die sie in Händen halten, vertreiben ließe: einige in Wollust und täglichem Vergnügen; manche mit Würfeln und Kartenspiel; andere unter Stolzieren und Müßiggang; einige vertreiben sie mit Schwelgerei und Trunksucht vom Morgen bis in den Abend, mit unziemlichen Begierden, Hurerei und Buhlerei, Jubilieren und Tänzeln, ja mit den Reichen, die tagtäglich in Liebe und Freude schwitzen. Und auf solche Weise diese edle, kostbare Zeit schändlich und lästerlich aufbrauchen.«

Ungeachtet der eindringlichen und beschwörenden Worte taucht sie auf: Bodil Jakobsdatter, von allen die größte, deren Brüste bereits hängen, als seien sie schwer von Milch. Sie schreckt zurück, als die Melkhände sich nähern, so daß ihr zwei Frauen die Arme verdrehen und sie festhalten müssen, damit Maren, die Hebamme, sie packen kann. Bodil, die versucht, ihren Stolz zu bewahren, muß jammern, vielleicht, weil eine der Frauen ihren Arm unnötig stark verdreht, eher jedoch, weil die Melkerin so große Mühe darauf verwendet, die Milch laufenzulassen.

Schließlich freigegeben, duckt sich das Mädchen, um Schutz zu suchen in der Schar derjenigen, die die Schmach bereits hinter sich haben, wie geschorene Schafe und verprügelte Hunde. Und in der anderen Gruppe, die noch immer darauf wartet, als Schuldige benannt zu werden, beginnt ein Mädchen laut zu schluchzen, weshalb man sie nach vorn zerrt; ihr Gesicht verzogen, häßlich, erschrocken. Am Haar müssen sie sie reißen, um sie festzuhalten.

Er schlägt sich vor die Stirn, wieder und wieder, um sich von den Gedanken zu befreien. Wie sie entfernen? Sie haben sich eingeschlichen, tückische Schlangen, die durch sein Inneres kriechen wie Gift, das sich in seinem Körper verbreitet. Wo jedoch ist das Gegengift? Er, der kein Mann mehr ist, der nur noch darauf wartet, daß die Erlösung, die Wahrheit, die Gerechtigkeit schließlich vordringen in sein Inneres.

Hält den Kienspan über das Buch und liest weiter: »Zählen solche Sünden und schändlichen Laster bei vielen Menschen heutzutage nur als Kurzweil und Zeitvertreib? Vertreiben sich die Kinder dieser gottlosen Welt die Zeit nur auf solche Weise? Ja, viele hängen dem üblen Irrglauben an, es für ihren besten Zeitvertreib zu halten, wenn sie das Fleisch befriedigen und sich vergnügen bei Augenlust, Fleischeslust und anderem, wonach Körper und Glieder gelüstet, auf daß ihnen die Zeit nicht zu lang werde oder lästig falle. Und meinen es nicht anders, und schätzen diese edle, kostbare Zeit, als sei sie allein ihnen und der Wollust ihrer Eitelkeit vergönnt. Oh, schlecht gelebt und halb vertrieben gewesen.«

Die schüchterne Anne Kokkes, die ihre Unschuld und Unberührtheit beschwört und so eindringlich darum bettelt, man solle sie laufenlassen. Die ihre Anmut so sehr liebt, daß sie alles zu tun verspricht, die Wahrheitsprobe, die Wasserprobe, damit sie nicht ausgestellt wird. Deren Tränen aber nicht helfen, und wie sehr sie sich auch windet, sie werden entblößt, die niedlichsten kleinen Brüste, über die sie sich nicht schämen muß, und die Hebamme preßt sie mit großer Genugtuung.

Entweicht. Satansbilder, entweicht.

»Meiner einfältigen Neigung folgend, habe ich mir vorgenommen, nach dem kleinen Pfund, das Gott mir anvertraut hat, die Schriften der *autores* und der großen Männer zu lesen. Und damit die geringe Zeit, die mir bei meinem Alter noch bleibt, nicht gänzlich ungenutzt verstreichen und in Säumnis vergehen möge, muß ich bekennen (ohne dies zu loben), daß ich einen großen Teil meiner Jugend unbedacht verbracht habe, was ich erst heute empfinde, da die Zeit mir nicht mehr gehört. Und möchte ich frei bekennen, daß ich mir wünschte, wenn Wünsche erlaubt wären, gleich dem großen Philosophen und Poeten Homer, Adlerflügel zu besitzen, um mit ihnen an jenen Ort zu fliegen, an dem ich zuerst meine Jugend erfuhr, und sie wiederzuerlangen: Wäre sie doch niemals so säumig vergeudet worden. Doch was schreibe ich? Große, vortreffliche Männer haben dasselbe Klagelied gesungen: Was wünschte sich der alte heidnische und treffliche Philosoph Ovid? Ach möchte Jupiter (so sagt er) mir meine verlorenen Jugendjahre wiederschenken. Sie hätten niemals (so meinte er) so leicht gezählt werden dürfen. Was der Weise zu Beginn verrichtet, das tut der Tor am Ende. Der Weise überdenkt die Zeit, ehe sie gekommen ist. Der Tor aber betrachtet sie, wenn sie abgelaufen ist. Was hilft nun die Klage: Keine Stunde doch kann sie zurückrufen.«

Er ist eingeschlafen, der Kienspan ist fast niedergebrannt, als er durch einen Knall aus dem Traum gerissen wird, der zu seinem Traum gehört, sich außerhalb dessen jedoch fortsetzt. Während er noch dasitzt und mit dem Schlaf ringt, wird er von einem Lichtschein geblendet, der von draußen kommt und dem ein langgezogenes Grollen folgt. Sofort weiß er, daß das Unglück wieder geschehen ist. Der Blitz hat sich ein weiteres Mal den Kirchturm ausgesucht.

Unsicher auf den Beinen, muß er doch fort. Der lederne Umhang über seinen Schultern bietet ihm Schutz vor dem Regen, der nun zu fallen beginnt. Als er ins Freie tritt, stolpert er um ein Haar über einen räudigen Hund, der vor der Tür Schutz gesucht hat und der heulend seinem Fußtritt ausweicht.

Er geht hinter das Kloster, durch Kot, bald sind seine Strümpfe nicht nur durchnäßt, sondern auch durch und durch schmutzig. Weiter zum Wall, um das Burgtor zu umgehen, das man unter diesen Verhältnissen nicht passieren kann.

Ein weiterer Lichtschein, der ihn unterwegs erreicht, erinnert ihn an seinen Traum. Der Kirchturm stand in Flammen, und dennoch eilte er nicht zu Hilfe, denn ein Mädchen, vielleicht war es Vera, seine eigene Tochter, die wieder jung geworden ist, war in Feuersnot und bedurfte der Hilfe. Die ganze Zeit, die dieser düstere Traum anhielt, wußte er, während er versuchte, das Leben des Mädchens zu retten, daß er etwas Größeres und Wichtigeres vernachlässigte.

Auch wenn es jetzt mehr als ein Jahr her war, seit der Blitz in die Turmspitze schlug, hatte er Alpträume, in denen er dieses Ereignis wieder durchlebte. Dies jedoch war etwas anderes. Dieses Mal wußte er, es war wieder geschehen. Er fühlte, daß er sah, er, der in der Dunkelheit dahintaumelte, stolperte, in Pfützen und Kothaufen trat, sich stieß, sich mühsam wieder aufrichtete, naß, tropfend naß, in der Dunkelheit, die nur von einem blendenden Lichtschein erhellt wurde, er fühlte, daß er sah. Er, der Hilflose, der in stinkenden Spülicht trat und beinahe hingestürzt wäre, ein Knie auf den Boden pressen mußte, um sich wieder aufrichten zu können, er wußte, daß er berufen war. Im Fiebertraum hatte er gesehen, wie der Blitz in den Kirchturm eingeschlagen hatte. Ihm war es gewährt worden, ihm, dem hinfälligen armen Mann, Gottes Haus zu retten vor dem Untergang, dieses prachtvolle Gebäude vor der Zerstörung zu bewahren, das Wüten des Feuers aufzuhalten. Also hatten Elend, Schmerz und Verzweiflung einen Sinn gehabt. Also hatte auch diese Schmerzensnacht, die er fast schon verflucht und deren Ende er herbeigesehnt hatte, ihren Sinn gehabt, wenn er nur nicht zu spät kam.

Vieles deutete darauf hin. Denn als er die Ecke umrundete und freie Sicht hatte auf die Spitze des Kirchturms, waren die Flammen noch nicht zu sehen. Und auch, als er am Rathaus vorbeiging, wohin man die abscheuerregende Kinderleiche gebracht hatte – ihm fiel ein, daß der Blitzschlag vielleicht Gottes Strafe für diese Missetat war –, war das Feuer noch nicht zu sehen.

Vor der Kirchentür stolperte er über ein Schwein, das quiekend wegrannte. Dunkelheit, Schmutz, Hunde und Schweine, was noch?

Als er sich den ärgsten Schmutz von den Kleidern gewischt hatte, schloß er auf und schnüffelte kräftig. Ihm schlägt nur der wohlbekannte Geruch des Holzwerks und der verwesenden, seligen Leichen entgegen, die man letzthin unter dem Kirchenboden begraben hatte, der Geruch von Tier und nassem Stein, dieser gute, vertraute Geruch ohne jeden Beigeschmack von Rauch.

Obwohl er diese Treppen Tag für Tag, Jahr um Jahr abgenutzt hatte und glaubte, jede einzelne Stufe zu kennen, hätte seine Hast ihn beinahe zu Fall gebracht. Die Ratte, auf die er trat, pfiff und schrie und entzog ihm den festen Grund, so daß er sich nur dank eines Griffs um das in der Mitte herunterhängende feste Tau retten konnte.

Auf halbem Wege wäre ihm fast der Atem ausgegangen, er ging aber weiter, bis er benommen auf dem obersten Absatz stand. Fast war er enttäuscht, daß er vor dem Feuer dort angekommen war. Er lauschte, hörte jedoch nur den Regen. Er schnupperte, doch da war nur die frischere Luft, wie immer in dieser Höhe. Er sah hin, aber da war nur das schwere, dunkle Holzwerk und kein bißchen Feuer.

Die Kraft, die er gesammelt hatte, verließ ihn, als er für sie keinen Gebrauch hatte. Er sank zusammen und mußte sich an den Mauerrand des Schallochs klammern. Die Rückenschmerzen kehrten zurück. Hinter seiner Stirn klopfte das Fieber.

Bei allem kein Sinn. Bei allem kein Grund für diese Leidenswanderung. Bei allem war auch diese Nacht des Elends vergeblich. Wenn er doch nur etwas sehen könnte, und sei es auch nur einen Funken, damit es Sinn hatte weiterzugehen. Wenn doch nur die Dunkelheit weichen würde, und sei es nur für einen Augenblick.

Zugleich, wie eine Antwort auf sein Gebet, ein Blitz, gefolgt von einem donnernden Knall, der den Turm erbeben ließ und die große Glocke zum Schwingen brachte.

Er, der Sohn des Donners, sah sich wachsam um. Noch immer kein Anzeichen von Feuer. Er humpelte hinüber, die Strümpfe so voller Schmutz, daß er kaum die Knie krümmen konnte, humpelte hinüber, legte die Hand auf die große Glocke und fühlte die Schwingungen. Die Glocke, die er in dem Augenblick, in dem er das Feuer entdeckte, in Gang setzen wollte, um mit ihrem Läuten die Stadt zu wecken. Aber noch immer kein Anzeichen von Feuer.

Wieder ein Lichtschein, gefolgt von einem Krachen, das sich in der Glocke fortpflanzte.

Im selben Augenblick öffnete sich vor ihm der Himmel.

Öffnete sich, buchstäblich. Ein Lichtschein. Kein Blitz, ein starker Lichtschein vom Himmel, der ihn empfing, der sich ihm erschloß. Der leuchtende, sich öffnende Himmel.

Und als seine Augen sich an das Licht gewöhnt hatten, sah er.

Den Mann. Einen Mann mit einem vollendeten Körper. Nackt, in einer natürlichen Nacktheit jedoch, mit der sich keine Schande verband. Ein goldener, gestreckter Körper. Ein griechischer Gott, regelmäßig und harmonisch. In der Hand einen kleinen Klumpen mit einer Schnur. Er dreht sich um. Keine Flügel, über den Lenden aber ein hellerer Bereich. Als sei der goldene Körper dort heller bemalt, um das Geschlecht hervorzuheben. Auf dem Kopf eine Lederhaube mit kurzen, aber wogenden Borsten von unbestimmter Farbe.

Ein Zimmer. Zwei Körper. Der zweite dem ersten gleich, er dreht sich ebenfalls um. Nein, es ist derselbe Körper. Wie ein Spiegel. Eine ganze Wand, die aus einem Spiegel besteht, einem perfekten Spiegel jedoch, der diesen jungen Mann so täuschend echt wiedergibt, daß man ihn nicht von seinem Spiegelbild unterscheiden kann.

Die Kugel mit der Schnur hat er zur Seite gelegt. Eine Tür. Eine Tür freilich, die sich auf eine leichte Bewegung hin ungehindert bewegt, und vielleicht mußte er sie noch nicht einmal berühren.

Der junge Mann tritt durch die Tür in einen dunklen Raum. Er braucht nur den Arm zu heben, und Licht strömt ihm entgegen und erfüllt den Raum. Er sieht sich um, tritt wieder in den ersten Raum.

Als er die Kugel in die Hand nimmt, ertönt ein leises Summen. Er führt die Kugel ans Kinn und über die Wangen, während er sich selbst im Spiegel betrachtet.

Der alte Mann ist auf die Knie gefallen. Er, sagt Hans Hansøn Skonning, ist auserwählt worden. Johannes Johannis Scanus, er, der da sieht, erlebt dieses Wunder. Er sieht ins Innere der Himmel, sieht bis ans Ende der Welt, sieht die Ewigkeit, das auf ewig Verborgene, das Undurchdringliche. Er ist erwählt, ernannt, gesegnet. Vom Anblick fast geblendet, sieht er dennoch. Zitternd, überwältigt fast, doch er saugt in sich auf. Er, der Unwürdige, der am Ende seines Lebens Stehende, von Hunden, Schweinen und Ratten Verhöhnte, wurde mit dieser Vision begnadigt.

Der junge Mann hat die Kugel weggelegt. Er reibt sich das Kinn. Er streckt die Hand aus, und siehe, ein Regenwetter setzt ein. Ein stiller, rieselnder Regen. Begrenzt jedoch auf ein sehr kleines Gebiet. Ein Regen, aus dem Rauch aufsteigt, ein milder Regen, der genau nur dorthin fällt, wo sich dieser goldene Körper befindet und sich in Perlen auf die Haut legt.

Er reckt sich, er empfängt mit Wohlbehagen diese Strahlen. Der Rauch rührt daher, daß das Wasser warm ist. Er salbt sich. Reibt die Salbe in die Lederhaube, ohne sie aber vom Kopf zu nehmen. Die Salbe schäumt, der Kopf verschwindet in weißem Schaum, den der milde Regen abspült. Den ganzen Körper salbt er ein. Und kaum hat der Regen den Schaum entfernt, als er einhält.

Jetzt trocknet er sich. Nicht mit einem Tuch, sondern mit einer kleinen, handlichen Wolke, in die er sich hüllt und die das Wasser anzieht.

Etwas geschieht. Vor seinen Augen geschah es. Er, der demütige, elende, unwürdige Hans Skonning hat mit angesehen, wie sich dies vor seinen kläglichen, rinnenden Augen vollzog. Mag er auch für die nächsten drei Tage blind sein, laßt ihn sehen, jetzt sieht er.

Der goldbraune Körper befestigt den wolkenleichten, trocknenden Stoff an der Wand und verläßt den Raum, nur umgeben von einem leichten Nebel.

Geht mit leichten, federnden Schritten durch den sich anschließenden kleinen Raum, für einen Augenblick ist es schwierig, ihm zu folgen, für einen Augenblick die Furcht, er könne verschwunden sein.

Jetzt streckt er die Hand aus, und es wird Licht. Zuvor war dies ein dunkler Raum, jetzt strömt das Licht auf ihn nieder wie am hellichten Tag. Er ist unerschrocken und vollzieht das Lichtwunder, ohne sich aufhalten zu lassen.

Man könnte es als Bett bezeichnen, doch es ist ein weiches Wolkenlager in der Größe von fünf Betten, oder eher von zehn. Auf diesem Lager liegt, fast schwebt sie, eine überirdisch schöne Frau. Sie ist dunkelhaarig, langes dunkles Haar, das einen Kontrast bildet zur Wolke, auf der sie ruht. Sie dreht sich um, als das Tageslicht sie trifft. Ihr Körper ist von goldener Farbe, ein wenig heller als der des Mannes, nur unterbrochen von dem zerzausten schwarzen Dreieck, das den Schoß ausmacht. So schön jedoch, harmonisch, rein, vollkommen, natürlich, daß sie keine Begierden oder unreinen Gedanken weckt, nur Bewunderung, Ehrfurcht, grenzenlose Ehrfurcht.

Nackt, wie er ist, legt der Mann sich an ihre Seite, und die Wolke fügt sich seinem Körper. Er berührt ihren Arm, fährt Finger für Finger den Umriß ihrer Hand nach. Sie hat vier Finger und einen Daumen, wie ein Mensch, und gleichwohl ist dies keine Menschenhand, vielmehr ein überirdisches, vollendetes, geschmeidiges, gefügiges Instrument. Sie läßt die Finger durch seine Pelzhaube gleiten, es kann keine Haube sein, es müssen seine Haare sein.

Sie liebkosen einander, kennen jedoch keine Begierde, unschuldig, ungezwungen, neugeboren. Ohne Sünde und Arg, sorglos, ohne Makel, Tränen, Schmerz, Heuchelei, Brunst, schnappt er in ihre Brust, läßt sie ihre Finger über seine Wangen gleiten.

2

Zerrst mich aus dem Bett, um mir deine Träume zu berichten, Glöckner?«

»Bertel, du hörst mir nicht zu. Ich sage dir, das war kein Traum. Ich bin dort gewesen.«

»Und warum bist du zurückgekommen?«

»Als die Vision verschwand, fand ich mich selbst ganz oben im Glockenturm auf den Knien wieder, und meine Tränen strömten.«

»Hast du nicht gesagt, du hattest Fieber?«

»Es war eine nächtliche Reise zum fernsten Heiligtum. Ich habe in die Ewigkeit gesehen. Ich sage dir doch: Sie waren glücklich. Sie schwebten, doch ohne Flügel. Sie brauchten nur eine Hand auszustrecken, und ihre Wünsche gingen in Erfüllung. Vor meinen Augen hat sich die Pforte des Paradieses geöffnet. Und ich bin dort gewesen!«

»Mich erstaunt nur, daß du jetzt hier bist.«

»Möchtest du, daß ich gehe?«

»Ich wollte sagen: Warum bist du nicht dort geblieben, wenn es so wunderbar war?«

»Das muß seinen Grund haben. Es ist groß, hörst du?«

Eine jähe Begeisterung stellte den Glöckner auf die Beine.

»Ich bin zurückgekommen, um davon zu erzählen. Das ist meine Bestimmung. Nun erkenne ich es. Ich muß davon erzählen, um die Verzweifelten zu trösten, die durch die Finsternis ziehen und nicht zu hoffen wagen, daß es ein Ziel gibt. Nicht zuletzt ist meine Aufgabe, zu den Hurern und Verleumdern zu sprechen, zu den Dieben, den Ränkeschmieden und den Hochmütigen. Wenn sie hören, welches Ergötzen sie erwartet, wenn sie sich bekehren lassen, werden sie nicht zaudern.«

»Und Steintafeln hat man dir nicht mitgegeben, Hans Skonning?«

»Bertel, du bist ein Spötter. Ein verhärteter, unverbesserlicher, eingefleischter Spötter. Vielleicht suche ich dich deshalb auf? Weil ich weiß, daß du mich verhöhnst und verspottest.«

»Ich meine doch nur: Das wird nicht leicht werden. Du weißt, wie viel man ihnen sagen kann, ohne daß sie eine Lehre annehmen. Das haben unleugbar auch schon andere versucht. Man kann ihnen Predigten halten, und dennoch machen sie weiter. Könntest du eine Steintafel oder irgendeinen anderen außergewöhnlichen Gegenstand vorzeigen, hätten deine Worte mehr Gewicht.«

Skonning schlug sich an die Stirn.

Eigentlich kannte ich ihn nicht richtig.

Während er seine Vision heraufbeschworen hatte, war die Kammer mit dem zunehmenden Tageslicht immer deutlicher geworden. Überzeugt davon, daß es keinen Schlaf mehr geben würde, begann ich, meine Kleider anzulegen.

Mein Gast war ein einsamer Mann. Er litt unter dem unbezähmbaren Drang, über das gerechte Leben zu sprechen, darüber, ob Sehen wichtiger ist als Hören oder ob der Mensch die klügste oder die erbärmlichste aller Kreaturen ist. Ich wußte, daß er früher den regelmäßigen Umgang mit den Gelehrten der Stadt gepflegt hatte, und es erstaunte mich nicht. Er war wohlbelesen und war imstande, bemerkenswerte, zum Nachdenken anregende Lehren aus den Werken zu ziehen, über die er sprach, so, wie er gelegentlich auch auf bemerkenswerte Zusammenhänge hinwies, die Denken und Blick anderer Menschen entgingen. Mit der Zeit aber hatten seine unbeweglichen Ideen die Gelehrten gelangweilt, weil sie nicht selten allen gängigen Auffassungen widersprachen und er nicht ohne weiteres von ihnen ablassen wollte. Und was die klugen Köpfe zusätzlich abschreckte, war seine scharfe Zunge. Gleichgültig, ob es sich um einen Bischof, einen Rektor, einen Vogt oder um die vornehmste Dame der Stadt handelte, sobald ihr Betragen nicht seinen Erwartungen entsprach, bekamen sie Skonnings Hohn zu hören.

Wahrscheinlich hatte ihn diese Einsamkeit die Gesellschaft eines frischgebackenen Lateinschülers suchen lassen.

In Gedanken versunken, saß der krummrückige Alte da und bewegte nur leicht seine Finger, dann sprang er plötzlich auf.

»Ich hab's!«

»Du könntest deine Vision aufschreiben«, schlug ich vor.

Er erstickte fast an seiner Begeisterung, was mir Gelegenheit gab weiterzusprechen.

»Du kannst mit Worten umgehen. Auf diese Weise würden sie mehr Eindruck machen.«

Skonning würgte an seiner Verblüffung und seiner Enttäuschung.

»Eben diese Möglichkeit kam mir in den Sinn. Wie kannst du …«

»Ich habe deine Finger beobachtet. Es hat ausgesehen, als griffen sie nach der Feder, tauchten sie ins Tintenhorn und schrieben dann ein wenig. Und im nächsten Augenblick tasteten sie nach den Drucktypen. Oft genug habe ich dir beim Setzen zugesehen, ich konnte die Bewegungen also wiedererkennen.«

Der Alte brummte mißtrauisch, war aber nach wie vor so in seiner Vision versunken, als habe er beschlossen, weiter in ihr zu leben und die Welt um sich herum zu vergessen.

»So oft habe ich mich in Gedanken damit beschäftigt, wie das Leben im Paradies sein würde. Aber es ist klar, daß Gott es weit wunderbarer eingerichtet hat und die Phantasie von uns elenden, im Geiste so armen Menschen dazu nicht ausreicht.«

Träumend starrte er vor sich hin.

»Gott hat erkannt, daß die Zeit gekommen ist, uns mitzuteilen, welche Herrlichkeiten uns erwarten, wenn wir seinem Weg folgen. Nicht mit Scheiterhaufen und Feuer will er uns zum rechten Leben bringen, sondern indem er uns zeigt, welche Wunder wir in Aussicht haben. Und ich bin dazu bestimmt, das Werkzeug zu sein. Bertel, ich sage dir – und ich muß mich bemühen, meine Stimme zu beherrschen: Sich auf dieses Wolkenlager zu legen war, als liege man auf der weichsten Wiese, aber noch tausendfach behaglicher. Es war trocken und lau, nicht der kleinste Halm stach, nicht die Andeutung eines Steins. Nicht einen bösen Gedanken könntest du denken, wenn du es einmal versucht hättest.«

»Aber ich habe geglaubt, es sei ein junger Gott gewesen, der sich daraufgelegt hat. Ich habe nicht gewußt, daß du selbst es versucht hast.«

Skonning war verwirrt, als hätte man ihn bei einer Ungenauigkeit ertappt.

»Das kann man schwer erklären«, sagte er und zögerte. »Es ist fast unmöglich. Jetzt, hinterher. Es war so anschaulich und eindringlich, daß ich das Gefühl hatte, ich sei nicht nur Beobachter, sondern selbst Beteiligter.«

Nach einer weiteren Pause zum Nachdenken fuhr er fort:

»Eben darum suche ich dich auf. Ich brauche dich, damit ich gezwungen bin, meine Erlebnisse in die richtigen, verständlichen Worte zu bringen. Häufig habe ich das Gefühl, ich gehe durch tiefe Dunkelheit und trete in Unrat und Schmutz. Erst wenn du mir die Worte schenkst, erkenne ich ein wenig Licht und Sinn.«

Als ich in den Kleidern war, streckte ich mich gründlich und rieb Rücken und Glieder, um ein wenig Leben in meinen Körper zu bringen. Unterdessen deutete ich an, daß ich für eine einzige Nacht das glückselige Lager, von dem er berichtet hatte, wohl probieren wollte. Skonning versicherte mir, daß ich dieses Lager ganz entschieden versuchen dürfe, und nicht nur eine Nacht lang, sondern eine endlose Zahl von Nächten.

»Ich vermute«, fügte er hinzu, »daß der Regen, der heute nacht gefallen ist in Verbindung steht mit dem warmen, wohltuenden Strom, in dem sich der Göttliche spülte. Man könnte sich denken, daß das Wasser in die Wolken gelaufen ist, wo es sich verteilt hat und dann auf uns gefallen ist, wobei es sich unterwegs abgekühlt hat. Jedenfalls ist der Regen mir weicher und lauer erschienen, als ich von der Kirche hierhergeeilt bin, um dir von meiner Vision zu berichten.«

»Mit zunehmendem Licht werde ich argwöhnischer.«

»Argwöhnischer?«

Ohne noch etwas zu sagen, öffnete ich die Truhe und holte ein Buch hervor. Während ich darin suchte, schwieg Skonning, der dieses Buch mit Sicherheit erkannt hatte.

»Hier steht etwas zu lesen, was mir sehr klug und bedenkenswert erscheint: ›Jeder Mann verspürt mitunter sowohl im geistlichen wie auch im weltlichen Regiment das Bedürfnis, nicht nur ein Auge an jeder Hand, sondern auch ein Auge an jedem Finger zu haben. Und dennoch werden viele häufig enttäuscht, denn die Welt ist voller Falsch . . .«

»In diesem Buch ist von ganz anderen Materien die Rede.«

»Hier, das habe ich gesucht: ›Sirach hat die Menschen vor Leichtgläubigkeit gewarnt: ‚Wer schnell glaubt (so sagt er), ist unbeständig und tut sich selbst Schaden, wenn er sich verführen läßt.'‹«

»Bertel, du hast recht. Das scheint mir ein kluges, gescheites Buch zu sein, das vor Gutgläubigkeit warnt.«

»Du selbst hast geschrieben, Hans Skonning: Mirabilia Naturalia oder Die Wunder der Natur.«

Ich lächelte, ein wenig triumphierend, Skonning senkte beschämt den Kopf, hob ihn aber rasch wieder, um mir weiter zuzuhören.

»Wenn du dich auf den Marktplatz stellst und rufst, das Paradies sei so, als liege man auf einer unendlich weichen Wiese, wird man dir nicht viel Gehör schenken.«

»Aber ich habe es doch selbst erlebt, macht das keinen Unterschied?«

»In unserer skeptischen, vernünftigen Zeit muß man den Menschen mit anderem und Stärkerem kommen, unter einem warmen Wasserfall zu stehen und sich mit einer Wolke abzutrocknen ist nicht genug. Damit gewinnst du nur die Leichtgläubigen.«

»Aber was soll ich mit meiner Vision denn anfangen?«

Mich überfiel ein unchristlicher Triumph, und ich versuchte ihn zu unterdrücken. Mein Gast hatte einen großen, runden Kopf, der unter einem Blickwinkel gelehrt und fast magisch aussehen konnte, während er unter einem anderen offen und einfältig wirkte. Obwohl er sich darum bemühte, sie zu zähmen, standen seine kurzen Haare meist in die Höhe. Ihm fehlten einige Zähne, und da er mit dem Rasiermesser auf Kriegsfuß stand, gab es auf seinem Kinn üppige Haarbüschel und Schrammen.

Ich hatte ein paar Bücher in meinen Beutel gesteckt und war zum Gehen bereit, mußte aber die Rückkunft meiner Tante abwarten. Meine Eltern hatten mich erst im vorangegangenen Jahr auf die Lateinschule geschickt, wo ich indessen unersättlich studierte. Seit meinem Eintritt in die Lateinschule wohnte ich bei Schiffer Rømmer und Anne Storm. Zur Zeit war mein Onkel auf See, Anne war Feuer holen gegangen, wollte aber gleich zurück sein.

Da ich überzeugt war, meinen alten Freund von seinen wirren Gedanken abgebracht zu haben, fragte ich ihn nach dem Ergebnis des Melkens vom Vortag.

»Das weißt du noch nicht?«

»Anne hat geschlafen, als ich nach Hause gekommen bin, ihr Kind war in den letzten Tagen ein wenig unruhig. Darum habe ich mit niemandem mehr gesprochen.«

»Das Ergebnis lautet, daß die Wahrheit nicht ans Licht gekommen ist.«

»Das ist traurig.«

»Das ist widerwärtig.«

Als ich Anne Bescheid gesagt hatte, gingen wir. Der nächtliche Regenschauer hatte die Straße gereinigt. Kaum waren wir im Freien, als wir Sidsel Andersdatter begegneten, einem der Mädchen, die man dem Melken unterzogen hatte, und grüßten sie. Sidsel, ansonsten ein keckes Mädchen, drückte sich verschämt an die Hauswand, um uns vorbeigehen zu lassen. Skonnings Blick folgte ihr nachdenklich.

»Man sollte versuchen, die Schuldige zu finden«, sagte ich.

»Dieser Versuch wurde bereits unternommen, das habe ich dir doch gesagt. Der Versuch ist mißlungen. Die Wahrheit ist nicht an den Tag gekommen.«

»Aber man muß weitersuchen.«

Skonning schnaubte nur über meinen Versuch, meine Gedanken zu formulieren.

»Die älteren Damen melken? Alle Männer vor der Leiche antreten lassen, in der Hoffnung, die Schuld zeichne sich auf ihren Gesichtern ab?«

»Man darf nicht erwarten, daß die Wahrheit plötzlich auftaucht. Man muß sich durchschnuppern. Es hier ein wenig probieren, und dann wieder an einer anderen Stelle herumstochern. Ein Zipfelchen anheben, einen Schleier lüften, einen Stein umdrehen.«

»Man merkt, daß du noch jung bist. Die Wahrheit kitzelt man nicht so einfach heraus.«

»Und wenn sich jemand offenbart? Wie eine Vision in einer dunklen Nacht im Kirchturm?«

»Bertel, Bertel. Du sprichst von der Wahrheit, als sei sie ein eitles Frauenzimmer, das alle Unterröcke angezogen hat, die es besitzt, und sich kokett aufführt, während sie uns den einen Rock nach dem anderen lüften läßt. Den aus Seide, dann den roten aus Flachsgarn, den glatten weißen und dann nächsten aus Werg. Bis wir den alleruntersten Rock lüften und mit der

Nase in die nackte, dreckige Fotze fahren, dann haben wir die Wahrheit gefunden.«

Wir gingen gerade über die neue Brücke bei Mindet, und ich blieb stehen, um über den Fluß zu schauen. Ein rumpelnder Wagen zwängte sich an uns vorüber und trennte uns.

»Ja, ich verstehe, daß du rot wirst, mein junger Bertel«, sagte Skonning, als er wieder Verbindung mit mir hatte. »Denn ich habe dich bei einem unangenehmen Gedankengang ertappt.«

»Über den Gedankengang schäme ich mich nicht, aber über die Verkleidung, in den du ihn steckst.«

»Dann mußt du deine Gedanken in besserer Montur präsentieren. Wie sollte man also nach deiner Meinung vorgehen?«

»Man könnte die Serviette untersuchen, in die das Kind eingewickelt war. Und Tuchschneider verhören, die den Stoff vielleicht wiedererkennen und sagen können, wer ihn gekauft hat. Oder man untersucht den Boden auf dem Kirchhof, in dem das Kind gefunden wurde.«

»Und zu welchem Nutzen?«

»Das kann man im voraus nicht wissen. Aber man muß allem nachgehen. Alle Möglichkeiten abwägen. Die eine Spur zur anderen legen, eine Aussage mit der anderen vergleichen. Und so, Schritt für Schritt, die Zusammenhänge ergründen.«

»Armer Bertel, du hast zu sehr auf diesen Windbeutel gehört, Gott sei Dank ist er jetzt tot, der meint, man könne zur Wahrheit vordringen, indem man die Dinge in der Welt mißt, sie abwägt und daraus den inneren Zusammenhang ableitet.«

»Aber Galilei hat nur gesagt, man muß meßbar machen, was noch nicht meßbar ist.«

»Ich möchte am liebsten gar nicht hören, was dieser Mann gesagt hat. Du weißt, daß mich gottlose Papisten nicht scheren. In diesem Fall aber hätten sie für den Mann ruhig einen Kienspan opfern können, der meinte, man begreift etwas, indem man es mißt und hinzufügt. Hier geht es um ein Mädchen, das in tiefes Unglück geraten ist. Es geht um Verzweiflung und um

Schuld. Eine häßliche Sünde, eine namenlose Angst. Wo findest du das Gewicht, mit dem man Unglück und Schuld mißt? Wie willst du dich zu Sünde und Angst durchräsonieren?«

»Aber wir haben doch unseren Verstand, um die Zusammenhänge dieser Welt zu erkennen und tiefer in das Wesen der Dinge einzudringen.«

»Verkehrt, verkehrt und noch einmal verkehrt. Wir sind ausgerüstet mit einem Organ, mit dem wir zu einer Erkenntnis kommen können, die weit tiefer sitzt, als unser lumpiger Verstand hoffen könnte zu kommen. Das ist das Herz. Mit seiner Hilfe können wir uns in etwas hineinversetzen und auf diesem Weg zur Wahrheit kommen, und mit Schlußfolgerungen kann man das nicht.«

»Aber jetzt reflektieren wir doch?«

»Nicht so rasch. Vergiß nicht, du hast es mit einem alten Mann zu tun.«

Ich blieb an der Ecke der Kanikkegade stehen, während Skonning sich auf der Skolegade aus einem Abfallhaufen befreite, in den er getreten war.

»Wir meinen zu reflektieren«, fuhr der Alte fort, als er einen Weg aus dem Dreck gefunden hatte. »In Wirklichkeit aber hören wir auf unser Herz und versuchen dem, was es uns sagt, Worte zu verleihen.«

»Und sobald sich die Wahrheit beim Herzen meldet, empfinden wir sie?«

»Manchmal brauchen wir Zeit, um das Herz zu überprüfen. Sobald wir aber die Wahrheit in Händen halten, gibt es keinen Zweifel mehr. Erinnerst du dich? Zu Hause in deiner Kammer, als ich dasaß und nach Worten suchte und nicht wußte, was ich mit meiner Vision von heute nacht machen soll? Da hast du meine Gedanken ergriffen, du hast sofort eingesehen, daß ich erwog, die Vision niederzuschreiben und sie zu drucken!«

»Nein. Das habe ich geschlossen.«

»So?«

»Als ich sah, wie deine Hände sich bewegten.«

»Falsch. Noch einmal falsch. Die Gewißheit, wie es sich verhielt, wurde dir eingegeben. Sie hat sich dir klar und fertig gezeigt. Später meintest du, die Bewegungen meiner Finger so zu verstehen, daß sie zu der Ansicht paßten, die in dich eingedrungen war. Stell dir vor, es wäre eine andere Meinung gewesen. Du hättest erkannt, daß ich die Angelegenheit aufgegeben habe und beschlossen habe, nichts mehr daraus zu machen. Dann hättest du meine Bewegungen ganz anders gedeutet. Du hättest dieselben Gebärden so gedeutet, daß ich zuerst nach einem Stück Brot greife, es in die Biersuppe tauche und es dann abtropfen lasse. Woraus du geschlossen hättest, ich hätte vor, die Sache aufzugeben, statt dessen nach Hause zu gehen und mein Morgenmahl einzunehmen.«

»Du mußt entschuldigen. Ich hätte dir etwas anbieten sollen. Aber du weißt, daß ich vor der ersten Stunde selbst nichts zu mir nehme.«

»Danke, es geht schon. Jetzt dichtest du mir falsche Motive an.«

»Aber es schien mir ganz klar zu sein, daß du zuerst nach der Feder gegriffen hast. Vorhin. Und daß du, nicht zuletzt, eine Type aussuchst und sie im Winkelhagen anbringst.«

»Das meintest du zu sehen, weil dein Herz dir die Wahrheit über die Richtung meiner Gedanken bereits gesagt hatte. Laß uns aber dennoch annehmen, meine Bewegungen wären so unmißverständlich gewesen, daß du sie nur in dieser Weise deuten konntest. Hätte dein Herz dir im voraus die Meinung eingegeben, ich wollte die Angelegenheit offensichtlich vergessen, dann hättest du aus meinen Bewegungen etwas anderes gemacht. Du hättest gesehen, wie ich schreibe und setze, und du hättest die Rede deines Herzens so erklärt, ich hätte mich entschieden, nach Hause zu gehen und mich auf die Arbeit zu werfen, die auf mich wartet? Denn du weißt, daß ich vorhabe, einen weiteren Brief an Ole Worm abzufassen. Und dieses Mal so unmißverständlich, daß er sich um die Sache nicht herumschleichen kann. Und dir ist sehr gut bekannt, daß ich bestrebt bin, den Savanarola, den ich im Druck habe, zu beenden.«

»Deine Überlegungen haben mich fast überzeugt. Im Herzen aber fühle ich noch immer, daß ich recht habe.«

Mit einer Handbewegung brachte Skonning mich dazu, einen Augenblick stehenzubleiben. Wir hatten die Ecke des Bischofsgartens erreicht, und vor uns lag die Domkirche. Ehrfürchtig ließ er den Blick hinüber zum Turm gehen, hinauf zu seiner Spitze, den Ort seiner nächtlichen Vision, als sei er geradezu überzeugt davon, daß einige Nachklänge der Offenbarung noch oben um die Turmluke schwebten.

»Hat man einmal gesehen«, sagte er, ebensosehr zu mir wie zu sich selbst, »dann hat man sein inneres Auge gefunden, das sich auf die Wahrheit richtet. Du weißt, manchen Menschen fällt es schwer, den Mechanismus zu finden, der dafür sorgt, daß man ein Auge schließt, ohne auch das zweite zu schließen. Manche Menschen erlernen diese ganz einfache Handlung niemals.«

Er zwinkerte mir zu, und seine Gebärde bekam ein recht komisches Gepräge, weil er sie tatsächlich nicht zustande brachte, ohne zugleich sein ganzes Gesicht zu verziehen. Unverdrossen aber fuhr er fort:

»Viel schwieriger ist es, das innere Auge zu finden, denn es zeigt sich noch nicht einmal der glattest polierten Seele. Hat man indessen gelernt, sich seiner zu bedienen, dann ist den äußeren beiden am besten damit gedient, daß man sie ausreißt und wegwirft. Aber was sehe ich?«

Jählings blieb er stehen und kniff die Augen zusammen. Aus dem Bischofshof, von dem uns nur eine Ecke des Kirchhofs trennte, kam eine kleine Gruppe von Menschen. Die Teilnehmer sahen nicht zu dem Grab hinüber, wo vor kurzem das Schwein die Kinderleiche ausgegraben hatte, was natürlich war.

An der Spitze ging der Bischof, Morten Madsen, der seinen früheren Glöckner ebenfalls keines Blickes würdigte. In der Gruppe, die ihm folgte, befand sich Kirsten Doktors, die Frau des Bischofs, die üblicherweise selbstsicher und stattlich auftrat, nun aber scheu und krank aussah. Sie ging in ehrbarem Abstand zu ihrem Schwiegersohn, Magister Bonde, der vorgab, in ein Gespräch mit dem Handschreiber des Bischofs, Peder Mariager, vertieft zu sein.

Skonnings Gedanken waren nun offensichtlich zur Kinderleiche zurückgekehrt, denn er fuhr fort:

»Selbstverständlich müssen wir die Zusammenhänge herausfinden. Aber nicht, indem wir unter Röcke schauen, wie du dir das erträumst.«

Er hatte erkannt, daß ich mich ein Stück von ihm entfernt hatte, denn ich war weiter in Richtung Schule gegangen. Darum mußte er recht laut rufen:

»Ich werde sehen. Und diese gottlose, schmutzige Affäre aufklären.«

Weil er ihr den Rücken zuwandte, bemerkte er nicht, wie die kleine Menschengruppe reagierte. Die Frau des Bischofs kehrte sich abrupt zur Seite, während der Bischof einen unbeteiligten Eindruck machte. Magister Bonde hingegen blieb stehen, machte eine Bewegung auf den Rufer zu und ließ sich erst beruhigen, als Mariager ihm eine Hand auf die Schulter legte.

3

Der Brief, den Skonning an den berühmten Gelehrten Ole Worm in Kopenhagen geschrieben hatte, betraf eben diese Gruppe, die sich vom Bischofshof zur Domkirche bewegte, und ihre leichtfertige Lebensweise.

Zum ersten Mal war ich dem Drucker ein Jahr zuvor, kurz nach meiner Ankunft in der Stadt, begegnet. Trotz des strömenden Regens standen wir, fast alle Bürger der Stadt, in Gäßchen und Straßen, von denen man das fürchterliche, traurige Bild sehen konnte, und jammerten über die Strafe, die, niemand wußte, warum, die Stadt getroffen hatte. Überzeugt davon, daß das Unheil auch auf ihre Behausungen übergreifen werde, schleppten die Bewohner der nächstgelegenen Häuser vollgestopfte Kisten und Truhen aus ihren Wohnungen, um sie in Sicherheit zu bringen.

Weil die Turmspitze so eng war, konnte man nicht zum Feuer vordringen, um es zu bekämpfen. Einige tapfere Männer versuchten die Turmspitze mit Hacken zu lösen, so daß man sie hinunterwerfen und den Rest der Kirche retten konnte. Diese Bestrebungen erwiesen sich jedoch als hoffnungslos, und bald begann das Blei zu schmelzen, lief über die Seiten und fiel in Form großer, schwerer Tropfen hinunter. Die Männer mußten sich eilig zurückziehen und Gott überlassen, wie umfassend seine Bestrafung der Stadt ausfallen werde.

Unter den Versammelten gab es keinen Zweifel, daß gewisse Menschen – und man wandte sich um zum Bischofshof, der in Windrichtung lag – mit ihrem unzüchtigen Lebenswandel Gottes Zorn hervorgerufen hatten. Die Luft war erfüllt von Jammern, Wehklagen, von Gerüchten und Gebeten, Regen,

Funken und Rauch, der vom Regen zu Boden gedrückt wurde, und nicht zuletzt von den unerbittlichen Bleitropfen, die dumpf auf dem Boden aufschlugen.

»Hier regnet es Blei, dort regnet es Blut«, sagte der Alte neben mir, und das war das erste, was ich von ihm hörte.

Auf meine Frage erklärte er, daß irgendwo in Deutschland eine ganze Stunde lang aus einer Wolke Blut auf eine Stadt geregnet sei.

Er wiederholte die Beschuldigungen, die um uns herum brodelten und Blasen warfen, als stiegen sie aus dem unerschöpflichen Morast. Ich antwortete darauf, wenn Gott die Orte, an denen gehurt, gestohlen und gelogen wurde, bestrafen wolle, dann sei es sonderbar, daß er den Blitz sein eigenes Haus habe treffen lassen. Daraufhin wandte der alte Glöckner mir verblüfft sein Gesicht zu, und doch hatte ich das Gefühl, dieser Gedanke sei ihm auch schon gekommen.

Es wird lange dauern, bis ich vergessen haben werde, wie er mich bei dieser ersten Gelegenheit ansah. Der Regen strömte auf den runden Kopf, die Haare hatten sich durch das Wasser eng an den Schädel gelegt, von Nase, Kinn und Ohren aber tropfte es, und Ruß machte das Gesicht noch häßlicher. Er steckte die Zungenspitze durch die größte Zahnlücke.

Wer ich denn sei, der sich erdreistete, Gott zu korrigieren?

Ich berichtete, ich hieße Bertel Jenssøn Helled, wisse es aber nicht besser als Gott, in Wahrheit hätte ich gerade erst die Lateinschule begonnen.

Einige Monate später gab der Drucker seine Beschreibung des Brandes der Turmspitze heraus. Vorher hatte er mich gebeten, einige Seiten dieser bissigen Schrift zu lesen. Eines Tages kam ich an seiner Wohnung hinter dem Kloster vorbei, wo er bei offener Tür mit dem Setzen seiner Streitschrift beschäftigt war. Auf den Seiten, die er mir zeigte, erwähnte er die Schweinehäuser, die Hurenhäuser und die Ränkehäuser, die Gott in seinem Zorn gebührend hätte schlagen sollen statt seines eigenen, prachtvollen Bauwerks und obendrein dessen herrlichste Zierde, nämlich die Spitze. Es gelang mir obendrein, Skonning dazu zu bewegen, eine Passage abzuändern, von der ich meinte, sie habe eine allzu genaue Adresse, was ihm Schwierigkeiten bereiten könnte.

An diesem Morgen, als ich mich, erfüllt von großen Neuigkeiten über den Leichenfund und häßlichen Gerüchten, in seine Kammer zwängte, fiel mir mein erster Besuch ein, bei dem ich kindisch geehrt die Schrift des Alten korrigiert hatte. Wie unschuldig war ich damals doch noch.

Es war nicht leicht, die Kammer zu betreten, ohne etwas umzustoßen. Nachdem er das Glöckneramt verloren hatte, mußte er sich mit dem kleinen Laden hinter dem Kloster zufriedengeben, wo er, außer dem Schreibplatz mitten im Zimmer, das Setzpult und in einem Winkel die Druckerpresse untergebracht hatte.

Beide versuchten wir den anderen zu übertönen und riefen, wir hätten große Neuigkeiten. Obwohl ich meine für wichtiger hielt, mußte ich dem alten Mann den Vortritt lassen, und er brach unverzüglich in eine Beschreibung seiner neuen Vision aus. Er sparte nicht mit Einzelheiten, gab sich aber ein wenig geheimnisvoll bezüglich der Umstände, in denen er diese neuerliche Offenbarung erfahren hatte.

»Ich habe gesehen!« sagte er mit einer Stimme, der man die Begeisterung noch anhörte. »Man könnte es als Stube bezeichnen, aber das Wort würde eine völlig falsche Vorstellung hervorrufen. Es war ein Raum wie die Ratsstube, aber gänzlich anders eingerichtet. Der Boden bestand nicht aus Holz und auch nicht aus festgestampftem Lehm. Er war weich wie ein Teppich, und trotzdem ging man fest darauf. Ein älterer Mann, groß, ein wenig gebeugt, es war sein Zimmer, das spürte ich sofort. An den Wänden befanden sich viele Bücher. Als ob sie schwebten, in wohlgeordneten Reihen, unzählig, bunt, abgegriffen, dick und viele ziemlich dünn.«

Skonning starrte vor sich hin, meiner Anwesenheit kaum bewußt, während er sich auf seine Vision besann.

»Wie hätte man annehmen sollen, daß es im Himmel Bücher gibt«, sagte er. »Andererseits kann ich mir ein glückliches Dasein ganz ohne Lesestoff kaum vorstellen. Es waren so viele Bücher, daß du es kaum glauben wirst. Viele Hunderte. Aber in der Ewigkeit wird man schließlich auch Zeit finden, in ihnen zu lesen.«

Der alte Glöckner überblickte seine Stube, mit Augen, die noch immer das Wunderbare in sich bargen. Einen Augenblick hielt er inne und sah mich an, besorgt, ob ich auch verstand, was er mir erzählte.

»Es fällt mir selbst schwer, es zu begreifen«, räumte er ein. »Es ist völlig anders, als wir es uns jemals vorgestellt haben. Es hat größere Ähnlichkeit mit der Welt, wie wir sie kennen. Menschlicher, irdischer, nein, wie soll ich sagen, zeitlicher. Zugleich hat Gott in seiner unendlichen Gnade es so reichhaltig ausgestattet, daß es ganz unfaßbar ist. So abwechslungsreich, so voller Möglichkeiten, daß einem die Ewigkeit nicht erschlägt, wenn man dies alles erleben will.«

Ganz offenbar quälte ihn, daß es ihm so schwerfiel, die rechten Worte für sein Erlebnis zu finden. Während er sprach, hatte er verschiedenes zusammengepackt, und wir verließen die Kammer, um uns auf den langen Weg zu seiner Papiermühle zu machen, wo ich ihm zu helfen versprochen hatte.

»Siehst du, der alte Mann, der sich mir offenbart hat, ist kein nackter Gott, er ist nicht frei von Gebrechen. Die Mühen, die der Körper uns bereitet, bleiben ihm nicht erspart. Ständig wird er geplagt von der Hinfälligkeit des Fleisches. Noch ist er von den irdischen Qualen nicht frei ...«, Skonning zögerte, dann gab er die Wahrheit preis: »Um es geradeheraus zu sagen: Er hat kranke Beine.«

»Im Paradies? Das hätte ich nicht gedacht.«

»Nein, eben. Ich sage doch, unsere arme Phantasie reicht

nicht aus. Überhaupt nicht. Darum ist es doch so wichtig, daß ich sehend wurde. Mit unseren erbärmlichen, geringen Fähigkeiten haben wir uns einen prächtigen Garten vorgestellt, in dem man vom Obst nehmen kann und umherwandert und mit Freunden und guten, weisen Menschen spricht. Wie lange einen dies auch immer unterhalten mag, wenn keine Gerüchte mehr verbreitet werden und es niemanden gibt, den man verleumden kann.«

Er lächelte verwegen, damit ich keinen Anstoß nahm.

»Und darüber hinaus nicht viel mehr, das man unternehmen könnte, vom Riechen an Blumen abgesehen. Aber so ist es nicht! Das, was wir uns bisher vorgestellt haben, ist völlig falsch. Wie ich sage, der Mann hat kranke Beine. Mir fällt es ebenso schwer wie dir, mich an diesen Gedanken zu gewöhnen. Der Mann hat sich gerade von einem Tisch erhoben, auf dem aufgeschlagene Bücher liegen und Papiere, in denen er geschrieben hat. Und eine Brille! Ja, halt dich mit deiner Frage zurück. Auch im Paradies gibt es Brillen.«

Er wandte mir den Rücken zu, nicht, weil er sich über dieses Eingeständnis schämte, sondern weil er Mühe hatte, seine Tür ins Schloß zu ziehen.

»Um leichter gehen zu können, benutzte der Mann einen Stock, der so weislich gebaut war, daß er seinen Arm umschloß und ihn fast vorwärts trug. Draußen erwartete ihn ein sonderbares Fuhrwerk. Ein Stuhl mit Rädern darunter. Er setzte sich hinein, und sofort bewegte er ihn fort, nur mit der Kraft der Gedanken.«

Die Gicht in Rücken und Beinen erschwerte Skonning das Gehen, und erst, als er sich ein wenig bewegt hatte, tauten die Gelenke auf, und er verfiel in einen natürlicheren Rhythmus.

»Er befand sich auf keiner Straße, sondern auf einem Gelände, das so eben war wie eine Tischplatte, eine unendlich große Tischplatte. Nein, stell dir den Fluß vor, wenn er ganz zugefroren ist. Wenn er daliegt wie ein Weg, ohne die kleinsten Hindernisse, glattgeputzt wie der beste Fußboden.«

»Ich hätte nicht gedacht, daß der Himmel gepflastert ist.«

»Du wirst noch größere Überraschungen erleben, dessen kannst du gewiß sein. Auch andere Menschen fuhren auf diesem Weg, so werde ich ihn nennen, obwohl es ein gefrorener Regenbogen ist. Denn ich habe die Farben vergessen. Sie sind so überwältigend, so zahlreich, so prächtig.«

Mit Ekel betrachtete er unsere erdige, unsaubere Umgebung. Mit jedem zweiten Schritt wäre er um ein Haar auf den Pflastersteinen umgeknickt, und im Eifer, seine Vision zu schildern, über ein verirrtes Huhn oder ein träges Schwein gestolpert, das sich von dem angehäuften Schmutz nicht abschrecken ließ, sondern darin wühlte.

»Ich will noch nicht einmal versuchen, all die sonderbaren Erscheinungen zu beschreiben, die ihm unterwegs begegneten, denn ich verstehe sie kaum selbst, so, als hätte ich sie in einem fernen Traum gesehen. Aber es war kein Traum!«

Den letzten Satz betonte er, wütend fast und besorgt, ich würde ihm nicht glauben.

Ein kleines Mädchen mit entstelltem Gesicht, das mir häufig an dieser Stelle begegnete, näherte sich uns zögernd mit ausgestrecktem Arm. Skonning gab ihm eine Münze und einen Puff, daß es fast hingefallen wäre. Gedämpft murmelte die Kleine ihren Dank.

»Überall brannten strahlende Lichter, obwohl es hellichter Tag war«, fuhr er fort und machte eine Handbewegung, um zu verhindern, daß ich eine Frage stellte. »Menschen in prächtigen Kleidern, und nicht in langen weißen Gewändern, wie wir sie in unserem Unverstand immer abbilden. Ich kann es nicht weiter vertiefen, denn wie gut ich es auch beschreiben mag, es würde deine Auffassungskraft übersteigen.«

Auch zwei Knaben in Lumpen wurden zur Seite gestoßen, nachdem sie einen Schilling bekommen hatten.

»Der Mann in diesem Stuhl, der sich ausschließlich mit der Kraft seines Willens bewegt, steuert, nachdem er an einigen großen Gebäuden entlanggefahren ist, prächtiger als unsere größten Palais, gegen eine Wand, die es nicht gibt. Ich weiß nicht, wie ich es anders ausdrücken sollte. Eine Wand, so geschlossen wie eine Hauswand, aber gänzlich glatt und völlig durchsichtig. Alles, was auf der anderen Seite vor sich geht, kann man so deutlich sehen, als befinde man sich in diesem Raum. Noch immer mit Hilfe des Gedankens, ohne nur einen Finger zu rühren, läßt er die Eiswand zur Seite gleiten, so daß sein Radstuhl ohne die geringste Behinderung in das Gebäude hineinfahren kann.«

Skonning sah mich forschend an, um sich zu versichern, daß er nach wie vor meine volle Aufmerksamkeit besaß. Ich nickte gespannt, auch wenn es mir schwerfiel, die Bilder zu fassen, die er in mir heraufbeschwören wollte.

Auf dem Immervads Torv gingen wir zu einer der Frauen, die am weitesten entfernt von der Kotrinne saß. Es war eine fixe Idee des Druckers, daß man, wenn man Waren in der Nähe der Rinne kaufte, die in einem trägen, stinkenden Strom Schmutz und Absonderungen aus den großen Häusern am um die Ecke gelegenen Marktplatz zum Immervad und weiter in den Fluß transportierte, auch den Geruch erwarb, worauf Skonning gern hinwies.

»Der Mann fuhr in einen ungeheuer großen Saal. So funkelnd sauber, daß du es dir nicht vorstellen kannst. Alles glänzte und strahlte, nicht von einigen wenigen Lampen erhellt, sondern als werde das Licht der Sonne dort aufbewahrt, das auf allen Möbeln und Gegenständen spielte. Ein Raum, den ich nur mit dem großen Raum der Kirche vergleichen kann. Doch weit prachtvoller, wie aus glänzendem Gold, Silber und strahlenden Steinen gefertigt. Und so unfaßbar sauber, als sei soeben der reinste Schnee gefallen.«

Ungewohnt, Ehrfurcht und Begeisterung ausdrücken zu

müssen, ließ den alten Glöckner verlegen über sich selbst werden. Sorgfältig untersuchte er die fünf Kohlköpfe, die die Frau anzubieten hatte, und hätte sie fast alle in Stücke gebrochen, um denjenigen herauszufinden, der am wenigsten von Würmern und Ungeziefer befallen war.

»Überall in diesem Raum standen Stühle und Tische in geordneten Reihen. Der alte Mann steuerte an einen Tisch, an dem kein Stuhl stand, so, als werde er erwartet. Und jetzt, jetzt kommt die größte Offenbarung, eine Offenbarung in der Offenbarung. Eine junge Frau, ich besitze kein anderes Wort als Frau. Sie ist schlank, aber dennoch nicht kantig, vielmehr mit runden Zügen. Ihre Haare wie gefügiges goldenes Stroh. Nein, das Bild taugt nicht. Wie ein reifes Kornfeld, das im Winde wogt. Jedes einzelne Haar aber wie Seide oder dünner Goldfaden.«

Ich glaube wirklich, daß in seinen Augen Tränen standen, was nichts mit dem Preis, den die Frau für ihren Kohlkopf forderte, zu tun hatte. Ein Preis, über den er ein wenig klagte. Ansonsten kaufte er keinen Kohl, der Kohlgarten bei der Papiermühle war jedoch von Hasen überfallen und kahlgefressen worden.

Mürrisch arrangierte die Frau die vier übriggebliebenen Kohlköpfe so, daß die Schäden nicht zu deutlich sichtbar waren. Skonning warf ihr eine Münze in die runzlige Hand, die so verbraucht war, daß sie sie nicht mehr ausstrecken konnte. Sie grunzte irritiert und hielt die Hand weiter hin, bis er den von ihr geforderten Preis entrichtet hatte.

»Das Gesicht der Frau war rein, ebenmäßig, ohne den geringsten Flecken oder Makel. Die Haut so glatt wie bei einem Kleinkind. Die Augenbrauen wie schwarze Striche, tiefrot der Mund, wie reife Beeren. Mein lieber Bertel, entschuldige, daß ich so in die Einzelheiten gehe, doch ich kann nicht anders, wenn du wirklich erfahren sollst, welchen Herrlichkeiten wir entgegensehen.«

Für einen Augenblick blieb er mit geschlossenen Augen stehen, als hindere ihn die unsaubere irdische Umgebung daran, seine erhabene Vision wiederzugeben. Ein Hund, der an seinen bespritzten Strümpfen schnupperte, erhielt einen Tritt, ohne daß Skonning die Augen öffnen mußte.

»Und ihr Lächeln! Es glänzte weiß. Vollständige, ebenmäßige Zähne, als sei jeder einzelne mit Sorgfalt vom lieben Gott geformt und eingesetzt worden, einer nach dem anderen, damit sie die größtmögliche Wirkung haben. Diese Frau lächelte den Mann im Stuhl an. Ich muß darauf verzichten, dir einen richtigen Eindruck von ihr zu vermitteln. Am ähnlichsten vielleicht ... stell dir Eline Mortensdatter vor, vollkommener, mit hellerem Lächeln und glänzenderem Haar. Und einem geschmeidigeren Körper.«

»Das kann ich nicht.«

»Bessere Leute als ich mußten eingestehen, daß es schwierig ist, das Paradies zu schildern. Sie sprechen miteinander, so unfaßbar freundlich und galant, als hegten sie den tiefsten Respekt voreinander. Ich fange nur einige wenige Worte von ihnen auf. Ich glaube, sie nennt ihn Styge. Und er nennt sie Vibeke. Im übrigen sprechen sie so rasch, daß ich Mühe habe, ihnen zu folgen. So, als habe der Aufenthalt in der Ewigkeit ihre Zungen geübt, weshalb sie mit größerer Geschwindigkeit und Leichtigkeit sprechen als wir. Sie geht und kehrt einen Augenblick später mit einer Platte voll Essen zurück, die sie aus der Luft bekommen hat. Sie stellt die Platte vor ihn hin und geht, nachdem sie noch einige Worte gewechselt haben. Ihr Ton ist wie zwischen Vater und Tochter, die einander sehr gern haben, und dennoch glaube ich nicht, daß sie miteinander verwandt sind.«

Wir gingen weiter zum Immervad, wo wir Brot kauften. Bevor er es in seine Schultertasche steckte, betrachtete Skonning es kritisch. Es hielt keinen Vergleich aus mit dem, das seine Tochter für ihn buk. Vera half im Bischofskeller und sah nur selten nach dem Vater, obwohl er zunehmend hilfloser wurde. Mit

Brot aber versorgte sie ihn. Es hieß, sie hätte einen besonderen Sauerteig, der ihrem und dem Mund ihres Vaters vorbehalten war, während sie unter Freunden und Bekannten freigebig eine andere Mischung verteilte, die ihrem sonstigen Backwerk jedoch ebenfalls weit überlegen war.

»Er bekam ein kleines Brot, leicht und golden. Das Essen glich dem unseren, und doch gab es da einen ebenso großen Unterschied wie zwischen der gichtbrüchigen Alten, bei der wir den Kohl gekauft haben, und der anmutigen jungen Frau, die ihm servierte. Leicht, farbenreich, verlockend, wohlduftend, ich finde keine Worte. Und doch habe ich es gesehen, so eindringlich, daß ich den heftigen Drang verspürte, es selbst zu probieren. Nicht, weil ich hungrig war, sondern weil das Ganze so verführerisch und einladend aussah.«

An der Brücke mußten wir warten, weil zwei Kutscher uneins miteinander waren, welchem Wagen das Recht zustand, als erster darüber zu fahren. Einer der Wagen stand nahezu quer, und das Geschrei der Straßenjungen steigerte das Durcheinander noch.

»Noch immer fehlt das Verwunderlichste«, versicherte er. »Als Styge gegessen hatte… Er nahm sich Zeit und schien jeden Bissen zu genießen. Er trank kein Bier dazu, sondern eine klare Flüssigkeit, die ihm in einer Flasche serviert wurde. Ich habe vergessen zu erwähnen, daß auch an anderen Tischen Menschen saßen, die ebenfalls Essen von der jungen Frau empfingen. Alle verschiedenes, vieles davon mir unbekannt. Bohnen und gelbe Rüben habe ich wiedererkannt, jedoch regelmäßig und glatt, weil alles natürlich aus himmlischen Gärten stammte.«

Auf der Brücke war ein Aussätziger von einem Pferd getreten worden, weil er nicht schnell genug zur Seite gewichen war. Er heulte laut vor Schmerz, vielleicht war sein Bein wirklich gebrochen, wie er angab, vielleicht auch wollte er nur Mitleid wecken. Zahlreiche Straßenjungen verspotteten ihn und humpelten herum wie Verkrüppelte. Andere fanden es lustiger, dem Kutscher Schimpfworte zuzurufen, der nicht zugeben wollte, daß er etwas falsch gemacht haben konnte.

Der Aussätzige sollte ins Kloster gebracht werden, niemand aber schien Lust zu haben, ihn aufzuheben. Außerdem schrie er nur noch ärger, sobald sich ihm jemand näherte. Einen Arzt konnte man nicht rufen, denn seit dem Tod Doktor Saxes gab es in der Stadt keinen mehr.

Während wir uns über die Brücke zwängten und hinauf zum Brobjerg gingen, erzählte Skonning weiter, nur gestört vom Jammern des Elenden, den Rufen der Straßenjungen und den Schimpfworten der Kutscher.

»Styge ließ sich von seinem Gedankenstuhl zu einem unermeßlich hohen Turm bringen, der keine Fenster hatte. Unterwegs kam er an verschiedenen Gebäuden vorbei, die so groß waren, daß uns unsere Domkirche klein erscheinen würde, wollten wir sie neben sie stellen. Auch der Turm war mit einer durchsichtigen Wand versehen, die er zur Seite gleiten ließ, oder aber sie wurde von unsichtbaren Händen geöffnet, damit er in das Gebäude hineinkam. Im Inneren gab es Treppen, er aber fuhr in eine aufrechtstehende Holzkiste, die unverzüglich, wie auf Zauberschlag, ihn und den Stuhl in den Turm erhob.«

Der Weg zum Brobjerg, schlecht angelegt, war steil und beschwerlich, und der alte Glöckner kam außer Atem, weil er zuviel Luft für seine Erzählung verbrauchte. Am Marktweg blieb er stehen, um Luft zu holen und nach Worten zu suchen.

»Ein riesig großer Raum, der Ort, wo er vorher gegessen hatte, war im Vergleich dazu klein. Reihe um Reihe recht kleiner Schubladen. Sein Stuhl brachte ihn zu ihnen. In jeder Schublade befanden sich Papiere, Tausende von beschriebenen Papieren in jeder einzelnen Schublade. Er nahm die wunderbarste Feder zur Hand. Sie schrieb ganz gleichmäßig, und nicht ein einziges Mal mußte er sie in Tinte tauchen, obwohl er sehr viel schrieb.«

»Aber irgend jemand muß doch Tinte darauf gegossen haben?«

»Sie floß einfach, gleichgültig, wieviel er schrieb. Aus einer ziemlich kurzen Feder, kleiner als unsere.«

»Das ist unmöglich.«

»Glaubst du, für Gott ist etwas unmöglich? Wenn Er in seiner überwältigenden Güte beschließt, daß man schreiben kann, ohne daß die Tinte austrocknet, ohne daß sie ausläuft, ohne daß sie verklumpt und zäh wird, dann richtet Er das natürlich so ein.«

»Trotzdem wirkt es unbillig, daß Er es auf einem Gebiet so leicht eingerichtet haben soll. Daß man mühelos schreiben können soll. Während Er auf anderen Gebieten Unzulänglichkeiten zuläßt. So hat dieser Mann, von dem du erzählst, kranke Beine und muß sich auf eine Krücke stützen, wenn er nicht in diesem sonderbaren Stuhl sitzt.«

»Herrjemine, Bertel. Nicht nur, daß du mit Gott ins Gericht gehst, wie Er diese Welt eingerichtet hat. Willst du Ihn jetzt auch noch belehren, wie Er die Ewigkeit hätte einrichten sollen?«

Skonning klatschte in die Hände und machte sich verbissen wieder auf den Weg. Ich folgte ihm, und weil ich erkannte, daß er keineswegs die Absicht hatte, mit seiner Erzählung fortzufahren, die diesen langen Weg unbedingt kurzweiliger machen konnte, räumte ich ein, ich sei zu weit gegangen. Ich mußte beschwören, daß ich den lieben Gott selbst bestimmen lassen wollte, wie Er das Himmelreich einrichtet, erst dann war der Glöckner besänftigt.

»Was ist noch geschehen?« drangsalierte ich ihn.

»Nicht so viel, und dennoch das Erstaunlichste von allem«, antwortete er kurz angebunden. »Was denkst du übrigens darüber?«

»Das ist das Sonderbarste, was ich jemals gehört habe. Manchmal fällt es mir schwer, zu folgen und dies alles vor mir zu sehen. Es ist noch phantasievoller als die Beschreibung des guten Thomas Morus.«

Skonning schnurrte herum, und nun hatte er Luft genug. Während er mit stechenden Augen meinen Blick zu fangen versuchte, zischte er durch die Zahnlücken:

»Das ist nicht phantasievoll! Überhaupt nicht. Das ist wirklich. Verstehst du das nicht, du schwachköpfiger Flegel? Ich habe ins Paradies gesehen. Ich habe gesehen, wie es ist. Wie Gott in seiner übermächtigen Güte und seiner übermächtigen Weisheit beschlossen hat, es einzurichten.«

»Aber du mußt doch einräumen, daß er es sehr einfallsreich gemacht hat«, versuchte ich ihm kleinlaut zu entkommen.

»Halleluja! Du meinst, wir sollten den gütigen, einzigen Gott preisen, weil Er begabter und einfallsreicher ist als sogar Sir Thomas Morus? Unzweifelhaft eine Lobpreisung, die Gott höchst erfreuen wird. ›Ich darf mich vergleichen (so sagt Er zu sich selbst), ich darf mich vergleichen mit meiner elenden Kreatur, die die strahlend phantasiebegabte Utopia geschrieben hat.‹«

Wir erreichten den Waldrand und gingen weiter in den Wald, und erst dann wagte ich zu fragen, was weiter geschehen sei. Skonning zögerte, konnte der Versuchung aber dann doch nicht widerstehen. Er erklärte, der Mann in dem spazierenden Stuhl habe sich später vor einer kleinen Glasscheibe befunden. Wenn er auf einige Riegel drückte, wirbelten Buchstaben auf die Glasscheibe. Buchstaben, die von selbst Worte und Sätze bildeten.

Die Erzählung war so unklar geworden, daß ich um eine Erklärung bat.

»Man könnte es am ehesten eine Bibliothek nennen. Aber ohne Bücher«, sagte Skonning.

»Bibliothek heißt Büchersammlung. Wie kann man eine Sammlung von Büchern ohne Bücher haben?«

»Verstehst du, jeder dieser tausend mal tausend Papierzettel steht für ein mögliches Buch. Es leuchtet ein, daß man unmöglich so viele Bücher sammeln kann. Außerdem benötigt man sie nicht, denn man hat sie bereits gelesen!«

»Tausend mal tausend Bücher? Das würde doch eine Ewigkeit dauern.«

»Wahrhaftig!«

Vertraut mit der Ewigkeit, wie er dies durch seinen verhältnismäßig kurzen Umgang mit ihr bereits war, trottete der Drucker weiter, ohne Anzeichen des Erstaunens zu verraten.

»Darf ich jetzt vielleicht zum Allererstaunlichsten kommen?« sagte er. »Der Mann im Stuhl fuhr weiter in einen anderen Raum, wo ihn ein runder Mann mit einem Bart und blitzenden Augen begrüßte. Auf dem Arm hatte er einen Stapel alter, abgegriffener Bücher. Die einzigen, die ich dort überhaupt sah! Sie sollten als Modelle dienen.«

»Als Modelle?«

»Oder als Rahmen, wenn du willst. So wie meine Vorlage ihre Marke auf jedem einzelnen Stück Papier hinterläßt, das ich erzeuge.«

Im Laufe der langen Erzählung hatten wir die Papiermühle erreicht. Der kräftige Regenschauer hatte den Teich gut gefüllt. Die zerkleinerten Lumpen standen schon bereit. Skonning zog den Schieber in die Höhe, und nach einigen Versuchen begann die Mühle sich stampfend zu drehen.

Der Inhalt der Bütte war hinreichend aufgeschlämmt, wir konnten mit der Papierverfertigung sofort beginnen. Skonning zog den Rahmen durch das trübe Wasser, schüttelte ihn leicht und ließ mich den tropfnassen Papierbogen abziehen. Er zeigte mir, wie man ihn glätten und das Wasser herauspressen mußte.

Anfangs mußte ich mich so stark meiner Aufgabe widmen, um einigermaßen mit dem Alten Schritt halten zu können, der verblüffend rasch und sicher zuwege ging, als er einmal in Gang gekommen war.

Nachdem ich mit der Arbeit ein wenig vertraut war, konnte

ich die Unterhaltung fortsetzen. Als ich ihn fragte, was er mit seiner letzten Bemerkung gemeint habe, zeigte er mir den Faden, der auf jedem Bogen, den wir herstellten, eine Spur hinterließ. In der Zwischenzeit war ihm aber ein besserer Vergleich eingefallen.

»So wie ein Maler ein bestimmtes Motiv sucht«, erklärte er. »Anschließend kann er zahllose Abbildungen nach diesem Vorbild hervorbringen, gesehen von verschiedenen Seiten, bei unterschiedlicher Beleuchtung, bei wechselndem Wetter.«

Skonning zögerte, um seine Erklärung so zu arrangieren, daß sie meiner begrenzten Vorstellungskraft entsprach.

»Diese Bücher, die der Alte unter den Hunderten und Aberhunderten in der Schublade ausgewählt und mit denen auf der Glasscheibe vermischt hatte, wurden mit denen, die ich Modellbücher genannt hatte, in einen Metallkasten gesteckt.«

Ich schüttelte den Kopf, die Gedanken liefen mit mir davon, der Papiermüller aber war so damit beschäftigt, die Schicht auf dem Sieb zurechtzuschütteln, daß es ihm nicht auffiel.

Er erklärte, daß im Metallkasten alle Gedanken, Sätze und Worte gemahlen würden, wie die Hadern in der Walkmühle, die hinter uns dröhnte. Dann würden sie auf eine neue, einzigartige Weise geschüttelt und in den Rahmen gesteckt, den die Buchmodelle abgaben. Der Prozeß sei so heftig gewesen und Wörter und Sätze mit solch rasender Kraft zusammengeprallt, daß aus dem Kasten hin und wieder stattliche Blitze drangen. So kräftig seien diese Lichtblitze gewesen, daß Skonning fürchtete, etwas sei nicht in Ordnung, sich aber beruhigte, weil weder der Alte noch der Buchgeburtshelfer von ihnen angefochten wurden, sondern gelassen ihre Unterhaltung fortsetzten.

Zu guter Letzt quoll aus einem Schlitz am Untersatz ein Streifen Papier. Nicht weiß und jungfräulich wie die Bögen, die wir herstellten, sondern bedeckt mit Buchstaben, Worten, Sätzen, die von Bogen zu Bogen gingen und eine lange Erzählung ausmachten.

Skonning hatte seinen Bericht beendet. Mehr hätte er nicht gesehen. Der Alte hätte das Gebäude und alle neuen Bücher mitgenommen, die der Kasten für ihn hergestellt hatte.

Auf meinen Kommentar gespannt, sah der Drucker mich abwartend an. Vorsichtig äußerte ich, ich hätte die Beschreibungen verstanden, und vieles von dem, was er erzählt hätte, sei mir lebhaft vor Augen gestanden. Ich müsse aber eingestehen, daß mir der Sinn des Ganzen unklar geblieben sei.

»Der Sinn?« spuckte er. »Der Sinn! Es kommt dir nur ganz langsam in den Schädel, Bertel Jenssøn Helled, daß hier die Rede vom Paradies ist, von der einzigartigen Gelegenheit, einen Blick in die Ewigkeit zu werfen. Dies tut man, unter Demut und Dankbarkeit, falls man ein offener und gottesfürchtiger Mensch ist. So, wie man den gekrümmten Baum dort oben betrachtet. Man sieht es mit Erstaunen, Aufmerksamkeit, oder mit Langeweile, bewahre, es gibt Menschen, die einem solchen Baum kein Interesse abgewinnen können: Aber man versucht es nicht zu deuten. Man fragt nicht nach dem Sinn und warum er krumm ist statt gerade.«

Der Baum, den er meinte, stand im Schatten. Ich nahm an, er hatte sich gedreht, um ein wenig Sonne zu bekommen.

»Aber die Heilige Schrift beschreibt doch ebenfalls etwas, das stattgefunden hat«, wandte ich ein. »Dennoch ist sie ständig der Deutung unterworfen, und unablässig muß man sich selbst fragen, wie sie zu verstehen ist.«

Dieser Vergleich stimmte Skonning milder, und er bat mich, meinen Zweifeln und meiner Unsicherheit Ausdruck zu verleihen, dann werde er sich, da er schließlich doch derjenige sei, der gesehen hatte, nach seinem geringen Vermögen bemühen, Licht in die dunklen Punkte zu bringen.

»Mir ist nicht ganz verständlich«, sagte ich und setzte meine Worte mit Vorsicht, »was der Zweck dieses Metallkastens ist, der Sätze ausspuckt.«

»Bücher«, korrigierte er. »Bücher spuckte er aus. Du bist

noch jung. Darum hast du nur eine ungeheuer kleine Vorstellung davon, wie lang die Ewigkeit währt. Stellen wir uns nur vor, die Bibliothek enthielte wirklich diese Myriaden von Büchern, die auf den Zetteln in den Schubladen verzeichnet sind. Ein ander Ding ist, daß sie unfaßbar viel Platz beanspruchen. Setzen wir außerdem, es gebe Tausende Bibliotheken aller Art, und alle mit verschiedenen Werken angefüllt. Nehmen wir schließlich an, man beschließt jedes dieser Werke tausendmal zu lesen. Wenn man dieses Werk abgeschlossen hätte, wäre, selbst wenn man langsam und nachdenklich gelesen hat, wie man es tun sollte, nur ein unbedeutender Bruchteil der Ewigkeit vergangen, und man müßte sich nach neuer Lektüre umsehen. Auf welche Weise sollte Gott dieses Bedürfnis befriedigen? Und gleichwohl wissen wir, daß uns all unsere Wünsche im Paradies erfüllt werden.«

»Er könnte neue Bücher hervorbringen.«

»Wie wahr. Das könnte Er mit Leichtigkeit. Er in seiner Weisheit hat jedoch entschieden, das Himmelreich so einzurichten, daß seine Bewohner zum Stillen ihres Hungers selbst arbeiten müssen. Auch wenn Gott in seiner Güte ihnen diese Arbeit leicht und angenehm gemacht hat. Das haben wir schon gesehen. Er läßt die Nahrung nicht an jeder Hausecke liegen. Er will, daß man entscheidet, welche Kost man möchte, und zwingt einen, sie selbst zu bestellen. Leicht, aber dennoch viel befriedigender, als wenn man sich nur danach bücken müßte. Ebenso verhält es sich mit den Büchern. Es gibt sie nicht in unendlicher Menge. Aber es gibt diesen Wunderkasten, der mit einigen Lichtblitzen ein neues Buch zusammenmischen und servieren kann, vollkommen ausgewählt, zusammengesetzt und arrangiert, wie es einem gefällt.«

»Das ist doch unglaublich«, sagte ich unüberlegt.

Gnädig nahm Skonning meine Bewunderung auf, als sei er Gott bei der Einrichtung des Paradieses selbst zur Hand gegangen.

Nun hatte ich den Rahmen übernommen. Ich zog ihn durch die Bütte, schüttelte ihn und brachte so meinen ersten Papierbogen zustande, mochte er auch ein wenig ungleichmäßig und gewellt sein, ich betrachtete ihn mit einem gewissen Stolz.

»Dir erscheint natürlich«, sagte Skonning liebenswürdig, »daß du als kleiner Anfänger aus ein paar Lumpen, aus schmutzigen Fetzen, besudeltem Tuch und einem Schuß Wasser einen prachtvollen, unbeschriebenen Papierbogen hervorbringst. Daß aber Gottvater zerkleinerte Worte und Sätze so schüttelt, daß sie ein neues prächtiges Werk ergeben, das erscheint dir unglaublich.«

Bereits mein zweiter Bogen fiel besser aus. Skonning strich das Wasser ab und ließ eine anerkennende Bemerkung fallen.

»Ich möchte nur wissen«, sagte ich, durch meinen Erfolg ermuntert, »welche Art von Büchern man in der Ewigkeit liest. Um sich die Ewigkeit zu vertreiben, wenn man es so ausdrükken will, braucht man doch bestimmt vor allem spannende und unterhaltende Werke?«

Skonning griff nach dem letzten Bogen, den ich hergestellt hatte. Zerriß ihn in Stücke, zerschnitt die Stücke und ließ die Fetzen zurück in die Bütte fallen, die er kräftig umrührte, bis alles völlig eingeschlämmt war.

»Trotz allem war er zu uneben«, sagte er und übernahm den Rahmen wieder selbst. »Ich weiß sehr wohl, daß die Leute scharenweise in Jakob Abels Buchstand stehen, wenn er eine neue Auflage dieser ›zerstreuten‹ Bücher erwischt hat wie ›Die nützliche und schöne Geschichte von der treuen Griseldis‹ oder ›Das lustige Buch von Fortunatus Beutel und seinem Zauberhut‹.«

Der alte Glöckner zischte diese Titel so, daß ein Teil seines Mundwassers in die Bütte spritzte und Bestandteil des nächsten Papierbogens wurde.

»Zerstreut ist die richtige Bezeichnung. Denn diese Art von Büchern zerstreut Sinne und Gedanken der Leute so, daß sie Mühe haben, sie jemals wieder zu sammeln. Ganz zu schweigen von den direkt schädlichen und befleckenden Büchern wie ›Die Kurze und Sonderbare Geschichte des schlimmen und vergifteten Verräter Judas‹. Worin bis in die kleinste Einzelheit beschrieben wird, wie Judas seinen Vater erschlägt und sich mit seiner fleischlichen Mutter verheiratet. Wenn das nicht Gift ist für jeden Rechtschaffenen.«

»Du scheinst die Bücher gut zu kennen?«

»Es ist meine schmerzliche Pflicht, Bekanntschaft mit ihnen zu machen. Man muß wissen, wie das Böse aussieht, damit man es wiedererkennen und bekämpfen kann. Am liebsten wäre mir, sie würden verboten und verbrannt, alle miteinander. Ich weiß, daß es zu einigen Einbrüchen gekommen ist, bei denen Jakob Abels *liberi* gestohlen wurden. Gierige Menschen haben unrechtmäßig ›Der Schuster von Jerusalem‹ und andere Schreibereien an sich gebracht. Wohingegen ich unbesorgt die Türe meines bescheidenen Ladens weit offenstehen lassen kann, ohne daß es irgend jemandem in den Sinn käme, auch nur ein Werk von dort zu entfernen. Ist es nicht bezeichnend, welche Neigungen sich mit dieser Art von Büchern verbinden, verglichen mit den anderen? Im einen Fall nämlich Gewalt und Sorglosigkeit gegenüber dem Eigentum anderer, im anderen Respekt, Kontemplation und Rechtschaffenheit.«

»Aber man kann doch nicht erwarten, daß ...«

»Über Regeln und Gesetze Gottvaters kann ich mich nicht äußern«, fuhr er mit einer Stimme fort, die so laut wurde, daß man sich an ein Brüllen erinnert fühlte. »Aber es fällt mir schwer zu glauben, daß diese diebischen, unehrlichen Leser zerstreuender, vergnüglicher und unterhaltender Bücher Zugang zu den himmlischen Hallen finden, wohingegen die ehrbaren, stillen und demütigen Leser meiner Werke ausgeschlossen sind. Aber das weißt du vermutlich besser, lieber Bertel, aus der ersten Lateinschulklasse?«

Er schwieg und erwartete bescheiden und mit einem schiefen Grinsen meine Antwort.

»Mir fällt es schwer zu glauben«, antwortete ich sanftmütig, »daß Menschen, die Eingang gefunden haben in das ewige Leben, großes Interesse daran haben sollten, dein Werk zu lesen, wie erbaulich und zum Nachdenken anregend es auch sein mag, ›Memento Mori‹, Gedenke des Todes.«

Mein Lehrmeister sprühte bereits vor Zorn, ehe ich meinen Satz beendet hatte, hielt aber inne und betrachtete sorgfältig den Bogen, von dem ich gerade das Wasser abgestrichen hatte. Er fand Gnade vor seinen Augen. Schweigend beugte er sich über das trübe Wasser und zog den Rahmen hindurch.

»Ich kann mir schwerlich vorstellen«, fuhr ich in versöhnlichem Ton fort, »daß Menschen, denen bereits Einlaß gewährt wurde und die ständig Gott und Seine Herrlichkeit vor Augen haben, das Bedürfnis haben sollen, von Gottes Herrlichkeit zu lesen. Warum sollte man von Heiligen lesen und von dem, was sie getan und gesagt haben, wenn man ständig mit ihnen umgeht und die Weisheit direkt von ihren Lippen ernten und mit eigenen Augen sehen kann, welch wundervolle Werke sie tun? Im übrigen dürfte der Bedarf an Wundern nicht sehr groß sein, wenn alles bereits vollkommen ist.«

Skonning unterdrückte ein Stöhnen, bestimmt, weil sein Rücken schmerzte, wenn er sich über die Bütte beugte. Wir tauschten wieder die Plätze, wobei er murmelnd der Hoffnung Ausdruck gab, ich werde nun einen glatteren Bogen mit dem Rahmen hervorbringen.

Ich nutzte seine Einsilbigkeit, um fortzufahren.

»Wenn man mit guten, ehrlichen, redlichen Menschen umgeht, erscheint es mir merkwürdig, daß man Lust verspüren sollte, eine Warnung vor dem Bösen zu lesen wie deine ›Ars adulatoria oder Die Kunst des Heuchelns, Über Heuchler, Schmeichler, Scharwenzler, Kredenzer, Renevenzer, Skarbinisten, Okulisten, Basilimanisten, Michelisten und Spissisten und wie diese es verstehen, sich mit ihrer Spitzfindigkeit Gunst und Gewogenheit der Welt zu erwerben‹.«

Seine Lippen bewegten sich im Takt mit meiner Aufzählung und verrieten seinen Eifer, mich bei einem Fehler zu ertappen und mich milde zu verbessern. Ich aber hatte meine Lektion gelernt und sagte sie her, ohne daß er einen Finger darauf legen konnte. Ein flüchtiger Einfall kam mir, und ich fügte ihn hinzu:

»Es sei denn, man bekäme, umgeben von diesem herrlichen, unfehlbaren Menschen, Lust, sich der Sorgen und der Drangsal zu erinnern, die man in seinem Erdenleben hinter sich gebracht hat, um damit um so besser die Glückseligkeit zu genießen, in der man nun lebt?«

Dieser Gedanke machte Eindruck auf ihn. Skonning wurde so nachdenklich, daß er mir keine Antwort gab. Wir zogen etliche Bögen aus der Bütte, ehe er Worte gefunden hatte. Und als er jetzt wieder sprach, waren seine Gedanken zurückgekehrt zu Naheliegenderem.

»Warum schweigst du?« fragte er. »Als du gekommen bist, hattest du so große Neuigkeiten, die unbedingt sofort vorgebracht werden mußten. Und jetzt schmollst du, ohne mich in diese wichtigen, ja, unaufschiebbaren Angelegenheiten auch nur einzuweihen.«

»Es sind nur Gerüchte über die schändliche Verbindung zwischen der Frau des Bischofs und ihrem Schwiegersohn. Vielleicht sollte man sich gar nicht darum kümmern.«

»Du hast recht. Gerüchten soll man sein Ohr nicht leihen. Andererseits ist es dazu schon zu spät, denn du hast sie ja gehört. Wenn du mich einweihst, kann ich dir helfen zu beurteilen, wie wichtig sie sind.«

»Aber wenn man versehentlich Gerüchte hört, soll man schleunigst versuchen, sie zu vergessen.«

»Richtig. Und wenn du sie mir mitteilst, dann können wir uns beim Vergessen helfen.«

Angesichts dieses unwiderlegbaren Arguments erzählte ich ihm, was mir zu Ohren gekommen war.

»Am vergangenen Freitag, einen Tag, bevor auf dem Kirchhof die Kinderleiche entdeckt wurde, soll Magister Bonde Svend Albrektsen, den Kaplan der Frauenkirche, aufgesucht haben. Er bestand auf einem Gespräch mit ihm über dessen feurige Predigt am Sonntag davor.«

Skonning gluckste, was mir sagte, daß auch er schon Gerüchte über diese Predigt gehört hatte. Ausgeschlossen, daß er sie selbst gehört haben konnte, denn er diente Gott stets in der Domkirche.

Aber in der ganzen Stadt war über diese Predigt geklatscht worden. Die Glücklichen, die sie selbst mit angehört hatten, waren eine Zeitlang so umschwärmt wie diese abscheulichen, zerstreuenden, unterhaltenden Bücher in Jakob Abels Buchstand.

Svend Albrektsen hatte in seiner Predigt über das Lotterleben gewettert, das in der Stadt ganz offensichtlich im Schwang war.

»Hast du auch gehört, welche Beispiele der Kaplan nannte?«

»Aus dem fünfunddreißigsten Kapitel im ersten Buch Mose«, sagte Skonning, ohne zu zögern. »Da Israel im Lande wohnte, ging Ruben hin und schlief bei Bilha, seines Vaters Kebsweib.«

Auch wenn Skonning die Bibel zweifellos gut kannte, kam seine Antwort so prompt, daß ich den Verdacht hatte, er habe diese Stelle erst kürzlich aufgeschlagen.

»Und aus dem zweiten Buch Samuel die Geschichte von Amnon, der krank wurde vor Verlangen nach seiner schönen Schwester, die Jungfrau war. Ja, soviel habe ich gehört.«

»Albrektsen hat natürlich keine Namen aus der Stadt genannt. Trotzdem ist der Schwiegersohn des Bischofs am Freitag schnaubend vor Wut zu ihm gekommen und hat beteuert, zu den erwähnten Sünden sei es keineswegs gekommen.«

»Seltsam«, sagte Skonning. »Man könnte fast meinen, er fühlte sich getroffen.«

»Am folgenden Tag wurde also das tote Kind entdeckt. Was die Gerüchte nicht gerade verstummen ließ. Am Montag war Doktor Morten, der Bischof, deshalb gezwungen, alle Pfarrer zusammenzurufen. In ihrer Gegenwart tadelte er Svend Albrektsen wegen seiner Predigt und behauptete, sie sei ein Angriff auf die Autorität des Bischofs.«

»Was immer ihn auf diesen Gedanken gebracht haben mag.«

»Doktor Morten kündigte in sehr scharfem Ton an, er werde Albrektsen entsprechend zurechtweisen, falls er dergleichen wiederhole.«

»Dabei hat dieser arme Kaplan doch nur einige Stücke aus dem Buch zitiert, das die Wahrheit ist. Darf es denn sein, daß dieser ehrbare Bischof ganz einfach nicht möchte, daß die Wahrheit ans Licht kommt?«

Das Eingeschlämmte war mit der Zeit so zur Neige gegangen, daß es kaum noch einen ordentlichen Bogen abgab. Wir wandten uns der Mühle zu, die während unseres ganzen Gesprächs gestampft hatte. Ich mußte die unangenehme Arbeit des Zerschnetzelns der Lumpen übernehmen.

Als wir uns später zum Essen hinsetzten, fiel dem Glöckner wieder die Mahlzeit ein, die in seiner Offenbarung serviert worden war, und ohne größeren Appetit sah er auf die Schale verkochter Kohlsuppe, die zwischen uns stand, und drehte die Fleischscheibe hin und her, die uns vergönnt war, während er in ein dickes Stück Brot biß. Seufzend gab er auf, um nicht noch mehr Zähne zu riskieren.

»Ich habe das Wunderbarste gesehen«, sagte er und tauchte das Brot in die sämige Suppe. »Und dennoch weiß ich nicht, was ich damit anfangen soll.«

Ich hatte den Mund voll und konnte ihm keinen Vorschlag machen.

»Selbstverständlich ist es mir eine unendliche Freude, dazu bestimmt sein, zu sehen, was andere erst nach dem Tode erleben. Und eine Richtschnur, denn ich will mir um keinen

Preis die Möglichkeit verscherzen, diese Herrlichkeiten erleben zu dürfen. Aber ich darf nicht nur an mich denken. Die gesamte christliche Menschheit muß in den Genuß meiner wunderbaren Einsicht kommen. Mag ich hier auch in verschwitzten, unreinen Lumpen sitzen und Kohl und Wurzeln schlürfen, habe ich doch das Wunderbarste zu berichten.«

»Wie ich schon vorgeschlagen habe, solltest du es aufschreiben. Und einige Umstände, die den Leser ermüden könnten, vielleicht übergehen. Wie bedauerlich es auch ist, die Leute fordern heute eine rasch voranschreitende Handlung.«

»Aber alle Einzelheiten gehören dazu, es darf nichts ausgelassen werden.«

»Ganz gewiß, aber die Angelegenheit ist zu wichtig, du kannst nicht riskieren, jemanden abzuschrecken. Wenn du mit leichter Hand schreibst, wirst du alle Leser zu dir ziehen, die sich jetzt an Jakob Abels Buchstand drängen.«

Skonning, der einen hartnäckigen Kampf mit dem Fleisch hinter sich hatte, weshalb sein Gesicht vor Fett glänzte, versuchte ein Lächeln zu unterdrücken, das dieser Gedanke hervorrief, was ihm jedoch nicht ganz gelang.

»Du hast recht, es ist von größter Wichtigkeit, daß so viele wie möglich von diesem wunderbaren Ort erfahren. Das wird eine unglaublich erhebende Wirkung haben. Sieh nur mich an, früher hat mich dieses miserable Dasein belastet und bedrückt. Jetzt fühle ich mich erhoben und getröstet.«

Mit einem der Lumpen wischte er das Fett von den Schweinsborsten, die auf seinem Kinn standen.

Erst als wir nach einem langen arbeitsamen Tag die Papiermühle verließen, kamen wir wieder auf das andere Thema, das uns beschäftigte.

Hans Skonning machte seiner Verwunderung Luft über die Veränderung, die sich mit der Frau des Bischofs vollzogen hatte. Früher, als Skonning mit dem Bischof noch nicht uneins war, hatte er häufig Umgang mit der Familie gehabt. Der

Bischof war selbst kein scharfer Kopf. So klug war er jedoch gewesen, sich überzeugen zu lassen, daß Papier das vielversprechendste Material war, und infolgedessen hatte er sich vor Skonnings Wagen spannen lassen, und die beiden erwirkten gemeinsam die Genehmigung zum Bau einer Papiermühle, die selbstverständlich Skonning nutzen sollte. Während der Bischof die Wichtigkeit des Papiers erkannt haben mochte, hatte er indessen niemals herausgefunden, was daraufstehen sollte. Nur ein einziges Mal, so erzählte Skonning kryptisch, und so dicht war sein Wortstrom, daß ich gar nicht dazu kam, nach Einzelheiten zu fragen, nur ein einziges Mal habe es Doktor Morten verstanden, etwas auf das Papier zu setzen, dies aber habe ihm als Gegenleistung sein Amt eingebracht.

So fade Bischof Morten, so scharfsinnig war Kirsten, die Frau Mortens. Sie hatte ihre Ansichten, und Skonning war mit ihr mehr als einmal aneinandergeraten. Nur schade, daß der gemeine Verführer Einlaß gefunden hatte. Seit dies geschehen war, schämte die Frau des Bischofs sich sehr.

Ich, der ebenfalls ein Wörtchen dazu sagen wollte, fügte hinzu, an der Tochter könne man erkennen, welch prachtvolle Frau die Frau des Bischofs gewesen ist.

»Eline Mortensdatter ist nur ein matter Abglanz ihrer Mutter«, antwortete Skonning unerwartet scharf.

»Dem einen gefällt die Mutter, dem anderen die Tochter«, sagte ich versöhnlich, »darum sind sie alle beide verheiratet.«

»Wenn einem alle beide gefallen, die Mutter und die Tochter, kann es Probleme geben.«

Diese Bemerkung ließ mich lächeln, Skonning selbst wurde nur noch finsterer.

»Wenn du so gut von der Frau Bischof denkst, verstehe ich den scharfen Brief nicht, den du an Ole Worm geschrieben hast.«

»Die Wahrheit«, sagte er, und ich konnte geradezu sehen, wie sie auf seinen Schultern lastete. »Die Wahrheit, sie allein hat mich gezwungen. Wie du weißt, ist sie mein strenger Herr. Ich beherrsche diese edle Kunst des Heuchelns nicht, darum sage ich, was mir in den Sinn kommt. So, wie ich auch nicht schweigen kann, wenn die Wahrheit herauswill, selbst wenn es angenehmer wäre.«

Unbekannt war mir der Brief des Druckers an Ole Worm, den er aus jener Zeit kannte, als er noch in der Stadt wohnte, aber so klug und berühmt geworden war, daß er nach Kopenhagen ziehen mußte. Ich meinte jedoch zu wissen, daß Skonning im Brief alle unsittlichen und ungewöhnlichen Dinge darstellte, die man sich von Magister Bonde erzählte.

»Ich weiß, wenn man sich so offen verhält wie du, dann tritt die Wahrheit von selbst zutage.«

Skonning nickte ernst, dann fuhr ich fort:

»Darum habe ich dir nicht von der fürchterlichen Entdeckung erzählt, die man im Zusammenhang mit dieser Kinderleiche gemacht hat.«

»Welche Entdeckung?«

»Das ist gleichgültig. Die Wahrheit meldet sich bei dir doch ohnehin.«

»Manchmal zeigt die Wahrheit sich Stück für Stück. Was ist denn an den Tag gekommen?«

»An den Tag gekommen, wie man es nimmt. Man hat es durch eine systematische Untersuchung der Serviette herausgefunden, in die das Kind eingewickelt war. Wie ich es übrigens auch vorgeschlagen habe.«

»Die Methode interessiert mich nicht so sehr. Ich will lieber hören, was sich herausgestellt hat.«

»Es sollen, so heißt es, in der Ecke der Serviette drei Buchstaben eingezeichnet gewesen sein, gefolgt von einem kleinen Strich.«

»Drei Buchstaben?«

»Gefolgt von einem kleinen Strich.«

»Welche drei Buchstaben?«

»K.D.M.«

»Hast du sie gesehen, diese drei Buchstaben?«

»Um die Wahrheit zu sagen, ich bin mir nicht sicher, ob sie sich noch immer auf der Serviette befinden oder ob man sie abgeschnitten hat.«

»Entfernt?«

»Um sie als Beweis zu benutzen. Oder vielleicht ist es Mette Persdatter eingefallen, daß sie sie gesehen hat.«

»Der Mette, die die Leiche gefunden hat?«

»Ja, sie hat geglaubt, es handele sich um ein Leichentuch, als sie einen Zipfel sah, den das Schwein ausgegraben hat. Als sie aber entdeckte, daß es eine Serviette war, soll sie drei Buchstaben darauf bemerkt haben.«

»K.D.M.?«

»Mit einem kleinen Strich hinter dem M.«

»Das ist doch die Lösung. Diese Buchstaben passen doch nicht auf sehr viele hier aus der Stadt?«

»Vermutlich nicht.«

»Karen? Kristine? Kirsten? D? Dyster? Anne Dysters. Dolmer? M? Hast du M gesagt?«

»Ich habe K.D.M. gesagt:«

»Mogensdatter? Mariager? Miller? Wie heißt Augustinus Millers Frau doch gleich? Nein. Mathiassen? Madsen? Kirsten Doktor Madsen!«

Ich werde den erschrockenen Blick nicht vergessen, den der Alte mir zuwarf, als sich ihm die Wahrheit allmählich mitteilte.

»Kirsten Doktor Madsen! Warum hast du das nicht gleich gesagt?«

»Ich habe gedacht, du willst vielleicht selbst den einen Rock nach dem anderen anheben, bis du mit der Nase auf die nackte, schmutzige Wahrheit stößt.«

Skonning hob seinen Stock und stieß ihn immer wieder fest auf den Boden. Wir gingen am Havreballegård vorbei, weil Skonning etwas beim Vogt zu erledigen hatte. Noch während

Skonning auf die Erde drosch, überholte uns Erik Grubbe und stieg unmittelbar vor seinem Hof vom Pferd.

»Meine Maren ist soweit, daß ich nur noch auf ihr reiten kann«, sagte er und versetzte der Stute ein paar Klapse auf den Hals. Skonning trug sein Anliegen vor. Es handelte sich um eine Schrift, für deren Druck er die Genehmigung des Königs einholen wollte. Während sie noch miteinander sprachen, kam eine junge Magd aus dem Hof gerannt. Sie rief etwas, während sie auf Erik Grubbe zurannte. Der Vogt starrte sie einen Augenblick an und bedeutete ihr mit einer Handbewegung, wenn er wichtige Angelegenheiten zu besprechen habe, dürfe sie nicht unterbrechen.

Mit schleppender Stimme erklärte Grubbe dem Drucker, er solle nur drucken, was er beabsichtige. Es gebe keinen Grund, Seine Majestät mit einer so unbedeutenden Angelegenheit zu behelligen, der vierte Christian habe an anderes zu denken als an die Arbeit des Glöckners. Ich hatte den Eindruck, es war eher der Vogt, der mit dieser Angelegenheit nicht behelligt werden wollte. Im übrigen, so fügte er hinzu, müsse Skonning von Rechts wegen mit Doktor Morten sprechen. Schließlich drucke er vor allem Bücher über Gott und das Christentum, die der Bischof am besten beurteilen könne.

Während des Gesprächs war die Magd, die ehrerbietig hinter Grubbe stand, so unruhig, daß ich kaum die Augen von ihr lassen konnte. Sie war mager und hatte eigenartig vorstehende Augen, die erschreckend und anziehend zugleich wirkten.

Skonning antwortete, Doktor Madsen hätte ebenfalls viel zu tun. Grubbe grinste, verstand ihn absichtlich falsch und nutzte die Gelegenheit, über die Tochter des Bischofs etwas Bissiges zu sagen.

Es hieß, als Grubbe einmal mehr als üblich getrunken hatte, sei er so entzückt gewesen von Eline und habe reinweg vergessen, daß er bereits verheiratet war. Stehenden, wenn auch stark schwankenden Fußes habe er ihr einen Antrag gemacht, wobei er beteuerte, mit ihm bekäme sie viel mehr Mann als mit diesem Schmeichler, den man ihr untergeschoben hatte. Eline, die nicht immer so sanft war, wie es ihr Aussehen vermuten ließ, gab zur Antwort, daß ihr der Sinn weder nach einem Schmeichler noch nach einem Maulhelden stehe.

Die Umstehenden amüsierten sich darüber sehr, daß der Vogt den Spott hinnehmen mußte. Er schleuderte seinen Becher durch ein geschlossenes Fenster und verließ die Gesellschaft, steifbeinig und aufrecht, als habe er das Wortgefecht mit einem vernichtenden Treffer beendet. Seit dieser Zeit demonstrierte er gelegentlich seine Schlagfertigkeit, indem er die Tochter des Bischofs als magere Sau bezeichnete, oder was immer er in seinem Erfindungsreichtum gerade ausbrütete.

Das Mädchen mit den erschrockenen Augen stand noch immer da und trat von einem Fuß auf den anderen, als habe sie glühende Kohlen in ihren Holzschuhen. Sie hob eine Hand, wagte es aber nicht, den breiten Rücken vor ihr zu berühren.

Skonning wiederholte seinen Scherz, daß dem einen die Mutter, dem anderen die Tochter gefällt. Schlimm werde es nur, wenn sie einem alle beide gefallen. Diese platte Bemerkung ließ Grubbe selbstverständlich in dröhnendes Gelächter ausbrechen. Er wiederholte das ganze noch einmal, um sicherzugehen, daß er es sich gemerkt hatte und es als eigene Weisheit ausgeben konnte.

So, äußerst gut gelaunt, drehte er sich schließlich zu der Magd um, die so in Eifer geriet, daß ihr die Worte aus dem Mund purzelten. Sie solle ihn rufen, die Wehen hatten eingesetzt, man mußte um Hilfe schicken für die Frau, die in Kindesnot war.

Kaum war dieser Bescheid in ihn eingedrungen, als Grubbe brüllte, warum sie das nicht gleich gesagt habe, und ihr eine Ohrfeige verpaßte, daß sie zurücktaumelte und das Pferd sich aufbäumte.

Während er zu seinem Pferd rannte, warf uns der Vogt einen

Gruß zu, der sich anhörte wie ein Fluch. Vielleicht wollte er uns auch für die Verspätung verantwortlich machen.

Ein wenig später, als wir uns der Stadt näherten, überholte uns ein Knecht, der in strammem Galopp zu Maren, der Hebamme ritt.

So, wie sich nutzlose Papierlumpen durch ein Wunder zu einem glatten Bogen Papier verbinden, vereinigen sich lose Historienbröckchen, beschmutzte Anekdoten, zerrissene Fabeln und tote, große Erzählungen aufs wunderbare und wiedererstehen als globale Werke.

4

Als Hans Skonning zu Bischof Morten ging, um mit ihm zu sprechen, begegnete ihm unerwartet Kirsten, die Frau des Bischofs. Ihr Gesicht war fahl und streifig, als habe sie Sorgen oder mache sich Vorwürfe. Sie versuchte ihm auszuweichen, Skonning aber sprach sie freundlich an und versuchte sie festzuhalten.

»Hat er wieder Briefe geschrieben, Hans Glöckner?« fragte sie nun und deutete auf die Papiere, die er in der Hand hielt.

Er erklärte ihr entgegenkommend – wie er mir geschwollen berichtete –, er habe wahrhaftig eine kleine Vision gehabt und habe sie schriftlich niedergelegt, damit der Bischof und auch andere einen guten Nutzen davon hätten. Besonders aber interessiere ihn, was der Bischof dazu sagte.

Kirsten antwortete, der Bischof habe vieles, woran er denken und worum er sich kümmern müsse.

»Um so wichtiger«, beharrte Skonning, »wäre es also für ihn, mit meiner Vision vertraut gemacht zu werden, denn dies könne ihn auf andere und hoffentlich frommere Gedanken bringen.«

Die Gedanken ihres Mannes seien so inniglich und gottesfürchtig, wie man sich dies wünschen könne, wenn sie nur nicht ständig gestört würden von böswilligen Briefen und gemeinen Gerüchten, die mit ihm nichts zu tun hätten.

»Wenn sie mit seiner Frau zu tun haben, dann haben sie auch mit ihm zu tun.«

»Ich habe mir nichts vorzuwerfen. In dieser Stadt kann man mich nicht leiden, das ist mein einziger Fehler. Ich kann mit gutem Gewissen vor meinen Gott treten.«

»Auch wenn Ihr keine anderen Verfehlungen begangen habt, so weiß ich doch eine, der Ihr Euch nicht sich entziehen könnt.«

»Und welche?«

»Euer Betragen hat zu Verdächten und Gerüchten geführt.«

»Böswillige Menschen finden immer einen Grund zu Schmähungen und Verleumdungen.«

»Ich kann mich rühmen, dieser Gefahr nicht erlegen zu sein. Zuerst kommt ein Fleck, dann wird die Frucht faul.«

Ich hatte Skonning in Verdacht, seinen Bericht über den Wortwechsel ein wenig ausgeschmückt zu haben. In der Regel gehörten seine Schlagfertigkeiten zu dem Typ, der erst dann trifft, wenn das Ziel bereits passiert ist.

Er wedelte mit der bedeutungsvollen, ansehnlichen Schrift, die die Frau des Bischofs für einen Brief gehalten hatte.

»Was Briefe angeht«, konnte ich endlich einschieben, »habe ich sehr wichtige Neuigkeiten.«

Endlich habe er Gnade gefunden, fuhr Skonning fort, wahrscheinlich, weil er eine Bemerkung fallengelassen hatte, Erik Grubbe habe ihn an den Bischof verwiesen. Dieser wichtige Name verschaffte ihm beim Bischof Einlaß, den er in seinem Allerheiligsten, dem Arbeitszimmer antraf, das so eng war, daß er seinen Schreiber für die Zeit des Gesprächs fortschickte. Vielleicht wollte er auch nicht, daß Peder Mariager Zeuge des zu erwartenden Wortwechsels wurde.

Trotz seiner Zurückgezogenheit in der letzten Zeit hatte die Umgebung das Gesicht des Bischofs geprägt, es war aufgedunsen und vergrämt. Skonning hatte dem Eingeschlossenen erklärt, er habe ins Paradies gesehen. Er sei so unbescheiden zu glauben, daß es auch andere interessieren können, zu sehen, zu lesen und zu erfahren, wie das Leben in den himmlischen Hallen sich abspielte, weshalb er sich erlaubt habe, seine Visionen niederzuschreiben. Da der Bischof das geistige Oberhaupt des Ortes sei, sei es der Wunsch des Druckers, ihn zuerst mit dem Wunderbaren vertraut zu machen.

Anfangs habe Doktor Madsen, ganz so, als habe er mit dem Irdischen genug zu tun, keinerlei Neigung gezeigt, Bekanntschaft mit dem Wunderbaren zu machen. Jedoch genügte der Name des Vogts, sein Interesse für das Jenseits zu wecken.

Skonning beobachtete ihn, während er las. Der Bischof schaute anfangs etwas skeptisch in den Text, dann runzelte er die Augenbrauen und war dann wirklich gepackt. Er las aufmerksam, wurde dann bleich und schnappte nach Luft. Und warf plötzlich die Schrift von sich.

»Was in aller Welt ist das?« rief er.

»Das ist, wie ich schon gesagt habe, eine Offenbarung, die ich hatte. Mir war vergönnt, in den Himmel sehen zu dürfen.«

»Mit Rädern, die man sich vorn und hinten anspannt?«

»Das läßt sich nicht so leicht beschreiben«, gestand Skonning. »Weil es so ungewöhnlich ist. Man spannt sie nicht an, man setzt sich nur dazwischen.«

Er versuchte sich an einer ausführlicheren Beschreibung, wurde jedoch vom Bischof unterbrochen, der nun nicht mehr blaß war.

»Ist er jetzt völlig verrückt geworden, Hans Glöckner?«

»Nein. Ich kann nicht erklären, wie es zustande kommt. Aber es ist nicht nur einmal geschehen, daß sich mir der Himmel geöffnet hat und ich hineingesehen habe.«

»Er hat das nicht nur einmal gesehen?«

»Ich habe ihn schon öfter gesehen, diesen jungen Mann, den ich beschreibe. Aber nicht unter diesen Umständen. Als ich ihn das erste Mal sah, ließ er einen warmen Regen über sich laufen, dann hat er sich mit einer Wolke getrocknet.«

»Das ist doch Unfug. Dummes Zeug, gemein und blasphemisch. Diesen Schmutz Himmel zu nennen...«

»Dort ist es so rein, daß nicht Böses entstehen kann.«

»Wie kann er wagen, so etwas zu schreiben!«

»Ich habe es mit meinen eigenen, demütigen, unwürdigen Augen gesehen. Ich möchte nicht wagen, das für mich zu behalten, auch wenn es mich alles kostet. Wenn diese Gabe mir gewährt wurde, habe ich die Pflicht, sie mit allen zu teilen.«

»Er erkühnt sich, dieses schamlose, gotteslästerliche, ungeheuerliche Machwerk drucken zu wollen?«

»Ja, das hatte ich vor.«

»Hans Hanssøn Skonning, wenn er das hier druckt«, brüllte der Bischof, und nun stand ihm der Schaum vor dem Mund, »dann verspreche ich ihm, daß keine fünf Tage vergehen, und er bekommt seine Belohnung, wofür ich persönlich sorge, falls es kein anderer tut. Ich werde ihn aufs hohe Roß setzen. Mit Rädern und Pfählen.«

»Ja, dazu ist die Gerechtigkeit wohl da«, will der alte Glöckner friedlich geantwortet haben. Ich bezweifele indessen, daß eine solche Beherrschung unvermittelt über ihn gekommen sein soll. Denn noch als wir miteinander darüber sprachen, zitterte seine Hand so stark, daß er zuerst ein paar Drucktypen und dann den ganzen Winkelhagen fallen ließ.

»Ja, dazu ist die Gerechtigkeit wohl da, Herr Bischof«, fuhr er gedrückt fort, während ich auf dem Fußboden herumkroch, um die Drucktypen aufzusammeln.

Dann zögerte er, um den Höhepunkt seiner Erzählung nicht zu verderben. Erst als ich ihm den Winkelhagen gereicht hatte und mit dem Sortieren der Drucktypen begonnen hatte, nahm er den Faden wieder auf.

»Dazu ist die Gerechtigkeit da, hochverdienter Herr Bischof. Unsere hohe Majestät, unser gnädiger König, Christian der Vierte, hatte eines Morgens eine seltsame Vision. Sein Beichtvater fand diese Vision so herrlich, daß er sie niederschrieb und dem Drucker übergab. Und siehe, o welches Wunder! Noch kein Jahr später befindet sich der einfache Pfarrer und Beichtvater in der hohen, angenehmen Stellung des Bischofs von Århus.«

Hier, wenn nicht schon früher, müßte, so wie ich ihn kannte, der Bischof eingegriffen haben. Skonning aber fuhr fort:

»Vergangene Nacht hatte ich eine erstaunliche Vision. Sie erscheint mir so wichtig, daß ich sie niederschreibe und drucke. Und siehe! Fünf Tage später befinde ich mich in einer höchst unangenehmen Situation auf Rad und Pfahl. Ja, das Ansehen der Menschen ist wirklich unterschiedlich.«

Der Bischof antwortete, nachdem er sich den Schaum aus den Mundwinkeln gewischt hatte:

»Es geht nicht so sehr um die Person als um die Vision, Hans Skonning. Denn unser gnädiger Herr hatte eine erbauliche, trostreiche Vision, und ich habe sie beschrieben. Nämlich unseren Herrn Jesus Christus mit gebundenen Händen, ein gebrochenes Rohr in der einen Hand und auf dem Kopf eine Dornenkrone. Während er diese unsäglich häßliche, abscheuerregende Vision hatte, oder sie zumindest beschrieben hat.«

»Unsere hohe Majestät hat den leidenden Christus gesehen, eine Vision, die, bei allem Respekt, nicht zum ersten Mal beschrieben wurde und, soweit ich mich erinnere, sogar mehrmals. Obwohl es natürlich stets erbaulich ist, eine weitere Darstellung von Christi Leiden zu sehen. Ich sah – und mir fehlen die Worte, um meine Demut und Unwürdigkeit auszudrükken –, ich sah etwas, was noch nie jemand gesehen und beschrieben hat. Ich sah und erlebte, was uns bevorsteht, wenn wir ein gottesfürchtiges, gerechtes Leben führen. Ich habe etwas gesehen, von dem die Gelehrten fabuliert haben, etwas, das sie sich vorzustellen versuchten, dessen Heraufbeschwörung aber noch niemals jemandem gelungen ist. Ich habe das Leben der Seligen im Paradies gesehen.«

»Mit Rädern am Bauch?«

Skonning hatte sein Manuskript an sich genommen, da er fürchtete, der Bischof könne sich daran vergreifen, der hohe Mann sagte jedoch ruhig:

»Ich wünschte, ich hätte meinen Famulus nicht hinausgeschickt. Hätte ich einen Zeugen für das, was er hier gesagt hat, wäre der Aufenthalt auf dieser Welt künftig ein wenig angenehmer, denn dann würde sie mit Hilfe des Scharfrichters bald von ihm befreit.«

Ich hatte die letzten Typen wieder einsortiert. Als Skonning bemerkte, daß ich nichts mehr zu tun hatte, befestigte er den Divisor und ging zu einer Kiste, um darin zu kramen.

»Nach meinem Gespräch mit dem Bischof«, sagte er, »bin ich zu der Einsicht gekommen, daß die Zeit für den Druck und die Veröffentlichung meiner Offenbarung noch nicht reif ist.«

Ich begriff nicht, warum er sein Gradual herausholte. Sein prachtvollstes Buch war sein ganzer Stolz, einige Male hatte ich es schon bewundert und gelobt. Er bog eine Lasche um und verriet damit, daß sich im Einband ein Hohlraum befand. Daraus holte er ein Manuskript, das einen Bogen lang war.

»Andererseits«, fuhr er fort, »ist mein Herz nicht reif dafür, daß es zusehen könnte, wie das hier in Flammen aufgeht.«

Er merkte, wie schwer es mir fiel, meine Neugier zu verbergen, ja, ich hätte gierig fast die Hand ausgestreckt.

»Ich bitte dich, es mit nach Hause zu nehmen und es gut zu verstecken. Keiner wird darauf verfallen, es bei Schiffer Rømmer zu suchen, falls Doktor Madsens Amtsbeflissenheit so groß wird, daß er eine Untersuchung zustande bringt. Du kannst es natürlich vorher lesen, wenn du es der Mühe Wert befindest, aber du tust klug daran, nicht über das zu sprechen, womit du dabei Bekanntschaft stiftest.«

Er steckte das Manuskript in meine Tasche, ohne mir auch nur einen flüchtigen Blick darauf zu gestatten. Ich fühlte mich geehrt von seinem Vertrauen, obwohl ich wußte, eingeweiht zu sein war nicht ganz ungefährlich. Ich sagte ihm, ich wüßte bereits, wo ich es verstecken wollte. Vor nicht allzu langer Zeit hatte ich eine Ritze unter der Zimmerdecke gefunden, in der ich ein Gedicht versteckte.

»Du wirst rot, Bertel? Wahrscheinlich dieser Brief, von dem du mir erzählen wolltest.«

»Nein, das hat nichts damit zu tun. Ich wollte über den Brief sprechen, den du an Ole Worm geschrieben hast.«

»Er hat geantwortet, aber der Bischof hat die Antwort abgefangen?«

»Nein, er hat deinen Brief weitergeschickt an den hochgelehrten, hochverehrten Jacob Matthisen.«

»Der hat den König unterrichtet, der eine Untersuchung anordnete?«

»Wieder falsch. Jacob Matthisen hat den Brief an Ole Worm zurückgeschickt.«

»Woher weißt du das?«

»Das darf ich nicht sagen.«

»Aha, man hat Heimlichkeiten.«

»Jacob Matthisen hat auch eine Antwort beigefügt.«

»Die du gesehen hast?«

»Nein.«

»Also wissen wir eigentlich nicht mehr als vorher.«

»Ich habe eine Abschrift gesehen.«

»Eine Abschrift. So laß sie mich doch diese Abschrift sehen. Es macht mir keinen Spaß, Versteck mit dir zu spielen.«

»Aber ich habe versprochen, niemandem etwas über diese Abschrift zu sagen.«

»Also gleich auf.«

»Ich habe niemals versprochen, den Inhalt nicht wiederzugeben. Ich habe die Antwort auswendig gelernt.«

»Laß mich hören. Du hast die üble Angewohnheit, zuviel zu reden, du redest zuviel darum herum und verschweigst das Wichtigste.«

Ich schloß die Augen, um Skonning verstehen zu lassen, welche Mühe ich mir mit dem Auswendiglernen des Briefes gemacht hatte. Gern hätte ich eine Kunstpause eingelegt, um seine Spannung zu steigern, konnte den Inhalt aber nicht zurückhalten, sie strömte aus mir heraus, fast bevor ich den Mund öffnete:

»Liebster Freund«, sagten der Brief und ich, »ich sende dir

hiermit Skonnings Brief. Bei seinem Inhalt bebe ich vor Furcht, insbesondere da hiermit ein Verdacht, der bereits lange im Gerede ist, bestätigt wird. Meinen Wunsch kennst du wohl. In einer so zweifelhaften Angelegenheit muß man seine Meinung für sich behalten. Derjenige, der allsehende Augen hat, wird schließlich die im Verborgenen begangenen Untaten offenbaren. Möge der Gerechtigkeit gedient sein. Valet.«

Skonning schloß sorgfältig den Hohlraum des Graduals und verbarg es wieder an seinem Platz.

»Warum bist du so schweigsam? Du wolltest doch, daß die Sache herauskommt.«

»Mein Wunsch war, daß das Ganze jetzt untersucht wird. Ich will, daß die Wahrheit jetzt aufgedeckt wird. Ich habe meinen Brief nicht an den Allwissenden geschrieben, damit er sich am Tag des Jüngsten Gerichts an die Angelegenheit erinnert.«

»Aber Matthisen schreibt doch: ›Möge der Gerechtigkeit gedient sein.‹«

»Er hat einen anderen Begriff von Gerechtigkeit. Er schreibt, man müsse seine Meinung für sich behalten. Das bedeutet, daß die hohen Herren einander decken und ihre Untaten verheimlichen wollen.«

»Das verstehe ich nicht. Ich habe das so verstanden, daß er eine Untersuchung fordert.«

»Du magst ihre Worte lesen und sie auswendig lernen. Aber du hast noch nicht zu deuten gelernt, was zwischen den Worten steht.«

Er deutete auf meine Tasche, in die er das verbotene Manuskript gesteckt hatte.

»Ich höre, du lernst gut auswendig. Ich muß dich bitten, meine Beschreibung nur ein einziges Mal zu lesen. Hast du den Wortlaut auswendig gelernt, dann kommt sie dir leicht auf die Lippen und davon weiter – auch wenn du sie im Herzen verbergen willst.«

Ich nahm seine Mahnung auf, doch sobald ich zu Hause in

meine Kammer kam, zog ich das Manuskript heraus. »Der junge Mann verläßt den Raum«, begann der Text. Ich hatte beschlossen zu warten, bis meine Arbeit für die Schule erledigt war, aber schon diese ersten Worte packten mich, und auch wenn sie viele Wendungen enthielten, die ich nicht begriff, und vieles, das mir keinen Sinn ergab, hatte ich bald Zeit und Ort vergessen und befand mich in Skonnings Utopia und *utempori.*

5

Der junge Mann verließ den Raum.

Er hebt die Hand, um die Dunkelheit anzurufen, und sofort kommt sie. Ohne zu zögern, nimmt die Dunkelheit den ganzen Raum ein, der vor einem Augenblick noch taghell war. So sicher ist er seiner Macht, daß er sich noch nicht einmal umdreht, um sich zu versichern, daß das Dunkel den ganzen Raum erfüllt, wie er es offenbar wünscht.

Treppen. Regelmäßig, ohne Hindernisse. Sie knarren nicht, denn sie sind nicht aus Holz, aber es ertönt ein leiser Widerhall. Eine andere Tür öffnet sich, als er sie beim Hinuntergehen passiert. Eine junge Frau mit einem Kind vor sich tritt heraus und bannt das Licht hinter sich.

»Hallo, Tobias«, sagt sie. »Guten Morgen.«

»Den Morgen muß der Teufel geschaffen haben.«

»Wieder zu spät. Ich schaffe es nie.«

Sie trägt das Kind nicht, es klammert sich nicht an sie, und doch hängt es unbeschwert vor ihr.

Auf der Straße spannt sie ein Rad vor sich, ein anderes hinter sich. Das Kind hat sie jetzt auf dem Rücken. Sie hebt zum Gruß zwei Finger, dann gleitet sie hurtig weg.

Auch Tobias legt Siebenmeilenräder an. Mit jedem Schritt, den er macht, tragen die Räder ihn zehn oder zwanzig Schritt voran. Ohne Anstrengung gleitet er durch die Welt.

Es ist ein Morgen im Paradies.

Das Licht verbreitet sich, alles ist rein, klar und farbenreich. Die Wohnungen der Seeligen stehen in wohlgeordneten Reihen. Nur Farben und Nummern lassen den Unterschied erkennen.

Ein Metallkäfig fährt mit der Geschwindigkeit des Blitzes herum, bleibt jedoch ab und zu stehen und läßt andere passieren. Diejenigen, die gehen, kommen mit unbeschwerter Leichtigkeit voran, niemand unter ihnen hinkt, geht gebeugt, keiner wird kurzatmig. Sie gleichen Menschen, diese Seelen, sind aber doch völlig anders. Sie sind rotbäckig, sie sind muskulös, sie sind munter und rasch in ihren Bewegungen. Alle machen einander Platz, helfen einander, niemand steht im Weg, niemand versucht andere zu behindern, vielmehr gleitet das Ganze dahin wie ein bewundernswertes, mit Sorgfalt ersonnenes Muster, bei dem alle Bewegungen zueinander passen. An den Seiten die Gehenden, in der Mitte die Dahineilenden.

Vor allem gibt es dort Lächeln. Niemand verzieht das Gesicht, niemand stößt den anderen an, die meisten lächeln. Ab und zu ruft man einander etwas zu, niemals aber Schimpfworte oder Beschuldigungen, sondern stets freundliche, ermunternde Grüße. Flügel hat keiner von ihnen.

Die Wohnhäuser, die an Tobias vorüberwirbeln, werden allmählich größer und majestätischer. Er kommt an dem Turm vorüber, den der alte Mann aufsuchte. Sie befinden sich also am selben Ort. Vielleicht begegnen sie einander, falls sie in derselben Zeit leben. Falls man für die Ewigkeit den Begriff Zeit überhaupt anwenden darf.

Die wunderlichen Räder bringen ihn, wohin er will, ein wenig langsamer, weil der Weg jetzt nicht mehr abschüssig ist. Gleichwohl geht es so schnell, mögen auch Hügel auf dem Weg liegen, daß er kaum Zeit hat, die vielen Fahnen, die farbenstrahlenden Bilder am Wegesrand zu genießen oder die Häuser, die einen wahren Überfluß an bunten Dingen ausstellen, buntscheckige Stoffe, ins Auge fallende Gegenstände, so viele und so abwechslungsreich, daß man leicht einen Tag damit zubringen könnte, wollte man die kunstfertigen Effekte in nur einem der Häuser betrachten.

Es handelt sich um keine Stadt, denn die Häuser sind voneinander zu weit entfernt und lassen den vielen Metallkäfigen gehörig Raum. Es ist nicht auf dem Lande, denn es gibt keine bestellten Flächen, nur wenige Bäume und einzelne Grasflekken. Wie ein unendlicher Marktplatz.

Er hält an, entledigt sich der Räder und stellt sie an die unsichtbare Wand, die ihn von einer üppigen Ausstellung trennt. Die Räder bleiben stehen, nichts stützt sie. Doch tritt Tobias ohne Mühe durch diese unsichtbare Wand hindurch zu den Waren.

Von einem Bord nimmt er ein Stück Brot, das Ähnlichkeit aufweist mit einem Kuchen. Von einem weißen Kasten eine Hülle aus farbiger Pappe. Im Raum befinden sich andere Menschen, die nehmen, wonach sie gelüstet.

Durch die durchsichtige Wand tritt er ins Freie. Er betrachtet ein Schmuckstück, das wie eine Münze an seinem Arm befestigt ist. Auf der Münze befindet sich eine Zahlenschar, die sich rasch verändert. Er ißt den Kuchen und trinkt eine weiße Flüssigkeit aus dem Papprohr.

Er geht weiter und nimmt die Räder mit, während er mit einer bürstenden Handbewegung seine kurzen Haare glättet. Vor einem großen Steingebäude bleibt er stehen, geht hinein, die Räder läßt er draußen stehen.

Dort sind viele Menschen versammelt, vor allem junge, Männer und Frauen. Einige begrüßen Tobias freundlich, sie unterhalten sich, erst mit einem, dann mit einem anderen. Sie haben eine andere Art, sich zu sprechen, sie werden nicht laut, hören einander zu, sprechen schnell und lachen häufig.

Sie stehen in einer Reihe, die rasch auf eine Holzplanke zurückt. Als Tobias an der Reihe ist, spricht er mit einem Mann auf der anderen Seite des Brettes. Er schreibt Zahlen auf ein Stück Papier und nimmt ein anderes Papier entgegen.

Anschließend besucht er einige von den Häusern mit den farbenprächtigen Gegenständen, eine Art Buden. Er erlegt nichts für die Waren, sondern zeigt das kleine Stück Papier, das er entgegengenommen hat und das ihn berechtigt, die Dinge zu nehmen, die er gebrauchen kann.

Auf dem Rücken seiner Jacke ist ein Schlitz, in den er die Waren steckt. Nach und nach erweitert sich das Rückenstück und wird zu einem Sack.

Er legt die Eilräder an und eilt fort. Jetzt geht es ein wenig langsamer, vielleicht, weil ihn die Waren auf dem Rücken beschweren, vielleicht, weil er es nicht eilig hat, nach Hause zu kommen.

In seiner Abwesenheit ist das Licht in seiner Wohnung zurückgekehrt. Kaum ist er eingetreten, befinden sich dort, völlig unerwartet, zwei Menschen gemeinsam mit ihm im Zimmer. Sie sind jedoch kleiner, sie sprechen darüber, daß die Kinder zur Schule gefahren werden müssen, ohne darauf zu achten, daß er gekommen ist und obwohl sie sich offenbar in seiner Wohnung befinden. Als lebten sie in einer anderen Zeit als er.

Sie scheinen sich in einer kleinen Holzkiste aufzuhalten, an deren Vorderseite sich eine Glasscheibe befindet. Als er sich ihnen zuwendet, verschwinden sie, und ein Reiter reitet in großer Hast dahin und bleibt doch, wo er ist. Er verschwindet, und jetzt erscheinen viele Reiter, Seite an Seite, sie reiten in die gleiche Richtung, ohne vom Fleck zu kommen.

Tobias zeigt auf die Kiste, jetzt verwandelt sich die Glasscheibe in eine sitzende Dame, die zu ihm spricht. Sie sagt etwas von einer unsicheren bevorstehenden Regelung, verschwindet aber rasch und macht zwei Menschen Platz, die sich heftig miteinander unterhalten. Der Mann läßt ein Ei auf den Boden fallen, und plötzlich lacht eine große Menge unsichtbarer Menschen.

Tobias achtet nicht auf den Mann. Wie ein Buch mit Bildern, das schnell durchgeblättert wird und das sich unablässig verändert.

Ohne dem, was sie sagen, Beachtung zu schenken, geht Tobias methodisch im Zimmer hin und her, nachdem er ein brummendes Ding in die Hand genommen hat, wie ein Metallschwein mit ungewöhnlich langer Schnauze oder einem Schnabel.

Ein wenig später geht er in einen Raum, bei dem es sich um eine Küche handeln muß. Dort gibt es Speisegeräte wie für eine große Gesellschaft. Schmutzige Teller, Gläser und Krüge. Ein Strahl heißes Wasser. Er legt Teller und Becher unter diese Quelle. Sie schäumen heftig und werden augenblicklich sauber. Er stellt sie weg. Er verrichtet keine Arbeit, sondern führt ein Spiel aus, während die Menschenbilder in der Kiste nach ihm rufen, ohne daß er antwortet.

Nachdem er die Waren aus dem Rückensack genommen hat, geht er wieder in das große Zimmer. Drei vornübergebeugte Männer sitzen auf Siebenmeilenrädern, die Häuser hinter ihnen gleiten rasch vorbei. Tobias zeigt auf sie, und sie verschwinden augenblicklich.

Ein Bett, das Bett, auf dem die schwarzhaarige Frau einmal gelegen hat. Er hantiert daran, und plötzlich hat sich das Bett verwandelt in eine Bank mit weichen Polstern und einer hohen Rückenlehne. Diese Verwandlung hat ihn nicht erstaunt. Die ganze Zeit über hört man ein Sieden, Brummen und Knistern, auf das er nicht achtet.

»Hier ist Tobias«, sagt er plötzlich.

»Hallo, hier ist Tabita. Wie geht's voran?«

Er spricht mit einem Mädchen. Er hat ihren Geist heraufbeschworen, ohne daß ihr Körper ebenfalls zur Stelle ist.

»Schlecht.«

»Was machst du?«

»Ich bin beim Bispand gewesen. Ansonsten habe ich den ganzen Tag nichts gemacht, nur aufgewaschen.«

»Du Armer. Ich ruf' an, um dich zu erlösen.«

»Raus aus dem Morast?«

»Raus aus dem Morast, rein in den Swimmingpool. Joas Eltern sind in Rom.«

»Ich glaube, ich kann nicht.«

»Nur wir vier.«

»Vier?«

»Joakims neue Entdeckung.«

»Kennst du sie?«

»Eine billige, farblose Blondine. Ganz niedlich. Tut keinem was. Wann kannst du hier sein? In einer halben Stunde?«

»Okay, in einer halben Stunde. Übrigens, soll ich etwas mitbringen?«

»Nicht nötig. Die Bar ist offen.«

»Ich komme.«

»Hej.«

Die unsichtbare Frau verschwindet aus seinen Gedanken. Mit einem Knuff versetzt er die dichtbeschriebene Kugel in der Ecke in Umdrehungen. Nachdem er einige Dinge auf dem Tisch in Ordnung gebracht hat, legt er sich hin. Er liegt auf der gefütterten Bank, die Hände hinter dem Kopf verschränkt, und sieht an die Decke. Es war ein ereignisreicher Tag, an dem er mehr Eindrücke empfangen hat als auf einer langen Reise. Nicht erstaunlich, daß er eine Pause braucht. Die ganze Zeit ertönt ein regelmäßiges, aufgeregtes Klopfen, das hin und wieder von Rufen unterbrochen wird.

Er betrachtet das Schmuckstück mit den wirbelnden Zahlen an seinem Arm, das ihm eine Art Mitteilung zu machen scheint. Auch während er mit der abwesenden Frau sprach, hat er das Schmuckstück abgelesen.

Als er sich erhebt, verschwinden die klopfenden Geräusche und Rufe. Während er die Treppe hinuntergeht, wiederholt er einige der Laute, die anscheinend anrufenden Charakter haben.

Wieder legt er die flinken Räder an, läßt sich dieses Mal aber in eine andere Richtung tragen. Überall sind Straßen, eben und regelmäßig wie endlose Papierbögen. Überall bewegen sich Seelen hurtig in unterschiedliche Richtungen. Wie ein raffinierter Ameisenhaufen, dessen Muster der Beobachter nicht versteht.

Von außen ist es ein kleines Haus, vor dem er anhält, umgeben von einer Art Garten, im Inneren aber ist es so groß, daß es einem ganzen See Platz bietet. Ein leuchtender, regelmäßiger blauer See, dessen Ränder gesäumt sind von glatten Kacheln.

Drei nackte Menschen sind darin. Er umarmt Tabita, deren Seele ihn zuvor besuchte. Sie hat Augen von der Form eines Rehs. Ihre Haare sind nicht länger als der Pelz eines Rehs und von ungefähr der gleichen Farbe.

Rasch zieht Tobias sich aus, wie die anderen. Sie tragen jedoch alle ein schmales Tuch um das Geschlecht. Harmonische Körper, ohne Wunden und Narben, ohne Bisse, ohne Schwielen oder wunde Stellen, geformt, um sich in einer Welt ohne Mühsal, Ungeziefer und Fron zu bewegen.

Mit der gleichen Unbeschwertheit, mit der sie sich über die Erde bewegen, tummeln sie sich im Wasser. Sie werfen einen Ball, der fast schwebt, lachen, wetteifern, ihn als erste zu erreichen, werfen den Ball und spritzen nach demjenigen, der ihn erobern will.

Häufig stoßen sie gegeneinander, ohne jede Scham, denn nur reine Gedanken gibt es unter ihnen. Sie nehmen einander in den Arm, küssen einander, berühren einander, tätscheln einander, wenn dazu Gelegenheit ist, und nichts Arges ist dabei.

Ohne sich zu trocknen, nehmen sie auf farbenfrohen, bequemen Betten ohne Kissen Platz. Sie trinken Wein aus großen Gläsern und sprechen schnell und doch leichthin miteinander. Ständig lachen sie. So groß ist ihre Freude, daß nichts Bedeutendes gesagt werden muß, und dennoch bricht ein ansteckendes Gelächter aus.

»Wo hast du denn die Fischotter aufgetrieben?« sagt Tobias zu dem zweiten Mädchen.

»Ganz zufällig. Dort, wo ich arbeite.«

»Es gibt keinen Zufall«, sagt Joakim.

»Du arbeitest also? Vipsen oder Vibeke?« sagt Tobias.

»Vibeke. Vipsen hört sich so kindisch an.«

»Da hast du recht, Vippe. Vippe-dippe.«

Tobias tippt auf eine ihrer Brüste, die in wippende Bewegung gerät. Vibeke versetzt ihm einen Klaps mit der Hand, ohne aber daß es ihr in den Sinn käme, sich zu schämen.

»Laß das, Tobbe, Toppe-loppe.«

Wieder bricht grundlos Gelächter aus, zuerst bei Joakim und Tabita, dann kommt Tobias, und schließlich ergibt sich auch Vibeke. Sie hat leuchtende weiße Zähne, und ihre hellen Haare sind lang.

»Was machst du, Vibber?«

»Ich bin in einer Cafeteria, nur ein paar Stunden am Tag.«

»Hört sich spannend an.«

»Es ist ganz gut. Man hat mit einer Menge Menschen zu tun.«

»Richtig tiefsinnige Gespräche, oder?«

»Ach, vor allem über das Wetter und so.«

»Das ist doch fein. Über das Wetter kann man nicht genug reden.«

»Laß das jetzt, Tobias«, sagt Tabita, die sich auf den Bauch gelegt hat, schlank und geschmeidig.

Ohne daß sie es bemerkt, hält Tobias sein Glas über ihren Rücken. Er gießt einige kalte Tropfen auf sie, sie laufen durch ihre Rückenfurche unter das blaue, straffe Tuch, das sie um die Hüften trägt. Sie stößt einen Schrei aus und fährt erschrocken hoch.

Die anderen, die das Vorhaben Tobias' verfolgt haben, lachen laut, und als sie begreift, was geschehen ist, schließt Tabita sich ihnen an.

Tobias wendet sich dem hellhaarigen Mädchen zu.

»Und Joakim, dieser Glückspilz, ist also einfach hereingekommen hat gesagt: ›Ich hätte gern eine Portion davon?‹«

Wieder tippt er ihr auf die Brust, aber sie kann seine Hand zur Seite schieben.

»Und ich habe gesagt: Du mußt aber auch brav aufessen.«

Wieder steigt so viel Freude in ihnen auf, daß sie das Gelächter nicht zurückhalten können. Langsam tritt Ruhe und Freude ein.

»Seid still, wollen wir keine Schachteln machen?« ruft Tobias.

Die andere sehen ihn an und warten, daß er weiterspricht.

»Ich habe ein Programm über eine Dame gesehen, die Schachteln hergestellt hat. Eine Dame aus alten Tagen. Große Schachteln und kleine elegante Schachteln. Bunte Schachteln und ungeheuer kunstfertige Schachteln. Prachtvolle Schachteln. Es war unheimlich. Man stelle sich vor, nichts anderes zu tun als Schachteln flechten und sie zusammenkleben und einfärben. Was für eine Zeit. Leben, damit man eine neue, kleine Schachtel zusammenkleben kann.«

Tobias steht auf. Die anderen bleiben liegen, hören ihm nur halb zu, machen den Eindruck, als ob sie schlafen.

»Und dann habe ich gedacht: Wie sieht es eigentlich in Menschen aus, die sich solch ein Programm ausgedacht haben? Sie haben nichts Vernünftigeres im Kopf, als von dieser Schachteldame zu lesen und ein paar dieser doofen Schachteln aufzublasen zu einem ganzen Programm.«

Er geht zu einem Schrank auf Rädern, in dem sich eine Reihe von Flaschen befindet.

»Aber das allerschlimmste: Stellt euch einen jungen Kerl vor, der nichts Besseres zu tun hat, als sich so ein geistloses Programm über eine dumme Dame anzusehen, die Schachteln herstellt, sinnlose Schachteln.«

»Nicht den Whisky, der gehört Vater«, ruft Joakim ihm zu.

Tobias sucht sich eine viereckige Flasche aus und schenkt sich ein Glas ein.

»Ach du Arsch. Vater merkt sich genau, wieviel noch drin ist.«

Tobias geht an das Ufer des kleinen Sees. Joakim springt auf, aber ehe er Tobias erreicht hat, hat der die Flasche mit Wasser aufgefüllt.

»Jetzt sieht er nicht mehr, daß etwas fehlt.«

»Bist du verrückt? Das schmeckt man doch. Da ist doch Chlor drin.«

»Das desinfiziert.«

Joakim, der ein wenig größer ist als die anderen, reißt Tobias die Flasche aus der Hand. Er sieht, daß ein wenig zuviel darin ist, und trinkt es ab. Er verzieht das Gesicht.

»Wenn er das nicht merkt, muß er völlig betrunken sein.«

»Sag ihm, der Deckel war nicht richtig festgeschraubt«, sagt Tabita. »Und daß der Chlorgeschmack einfach reingezogen ist.«

Wieder lachen sie. Diesmal läßt sich Joakim als letzter von ihrer Freude anstecken.

Tobias läßt sich wieder auf das aufgespannte rote Lager fallen, das sich seinem Körper perfekt anpaßt. Er nippt an der Flüssigkeit und schneidet eine Grimasse.

»In die Cafeteria ist immer ein Junge gekommen, der nur eine ganz bestimmte teure Marke getrunken hat. Als sie ausgegangen ist, mußten wir billigen Schnaps in seine feine Flasche füllen. Er hat ihn geliebt.«

Sie amüsieren sich.

»Er ist richtig enttäuscht gewesen, als er dann seine richtige Marke wiederbekommen habt. Die schmeckte nicht mehr so wie früher«, fügt Joakim hinzu.

Wieder lachen sie, nur Vibeke sieht verwirrt aus.

»Habe ich dir das erzählt? Daran erinnere ich mich ja selbst nicht.«

Tobias amüsiert sich am wenigsten. Er ist nachdenklich. Eine Pause entsteht, in der alle in Wohlbefinden versinken, in die friedvolle Stimmung, in die Ewigkeit. Sie trinken, sie wechseln die Position. Warme, beruhigende Strahlen scheinen auf sie zu strömen.

»Und wofür interessiert sich unsere Vispen?« fragt Tobias und macht eine unverständliche Handbewegung.

»Für nichts«, antwortet sie vergnügt. »Ja, doch, ich bin verrückt nach Geschichten. Kannst du nicht eine erzählen?«

»An so was glaube ich nicht«, erklärt er abschätzig.

Schweigen herrscht zwischen ihnen. So groß ist ihre Ruhe, als behellige sie die Zeit nicht mehr. Sie lauschen nach dem Plätschern des Wassers, in dem sie die tiefste Weisheit finden.

»Ich habe eine neue Erfindung gemacht«, berichtet Joakim, halb im Schlaf.

Niemand reagiert. Nicht lange, und er hat selbst vergessen, was er sagen wollte, und schweigt nach einem Seufzer des Wohlbehagens.

Tabita summt. Dreht sich um schaudert vor Wohlbefinden.

»In der letzten Zeit«, sagt Tobias und legt eine Pause ein, in der er erwägt, ob er fortfahren kann, »in der letzten Zeit habe ich eine sonderbare Entdeckung gemacht.«

Die anderen warten, ohne Ungeduld. Ernst ist über sie gekommen. Es fallen keine lustigen Kommentare, als er schließlich mit seiner Erklärung beginnt.

»Ich bin eine Schachtel. Ich bin nur eine Schachtel. Ich bin ebenso leer wie eine leere Schachtel. Das habe ich erst kürzlich entdeckt. Wir laufen doch alle herum und glauben, daß wir etwas sind. Aus alter Gewohnheit oder weil andere uns das erzählt haben. Ich habe entdeckt, daß ich leer bin.«

Er trinkt. Die anderen liegen mit geschlossenen Augen da, oder sie starren reglos in die Luft. Es erinnert an ein Ritual und als ob auch sie suchten. Suchen sie nach etwas Größerem?

»Es war fast wie in einem Horrorfilm. Wißt ihr, in so einem, wo man überwältigt oder ausgesaugt wird, und nur das Äußere bleibt übrig. Oder die Hauptperson entdeckt, daß die Geliebte gefangengenommen und ausgesaugt wird, so wie man ein Ei aussaugt. Genau so. Mit dem Unterschied, daß ich in diesem Fall selbst überfallen worden bin. Von nichts.«

Wie immer Hunderte von Lauten. Das Wasser plätschert, als bringe eine verborgene Quelle ununterbrochen Wasser in den See. Der Flaschenschrank summt, aus einem Rost kommt mit gleichmäßigem, pfeifenden Laut frische Luft. Die vier Menschenkörper aber sind ruhig und fast leblos, bis Tobias fortfährt.

»Ich fing an, mich selbst zu beobachten. Ich bin herumgegangen, habe gegessen, Musik gehört, habe gesprochen, ganz so wie immer. Das war in Ordnung. Habe Ball gespielt, getanzt, bin auf Mädchen gesprungen, bin geschwommen, habe meinen Spaß gehabt, getrunken, geheult, habe ferngesehen, geschlafen, habe Brötchen gekauft, aufgeräumt, bin auf Feste gegangen und bin im Wald Fahrrad gefahren. Das alles hat funktioniert. Ich konnte dies, ich konnte das. Die ganze Zeit habe ich darauf gewartet, daß in mir etwas geschieht. Das war nicht der Fall. Kein bißchen ist in mir geschehen. Weil da nichts ist.«

»Dir ist bloß langweilig«, sagt Tabita.

»Nein. Auch die Langeweile hat man mir ausgesaugt. Ein wenig erstaunt, daß es nicht so ist, wie ich geglaubt habe. Früher habe ich mir schließlich eingebildet, in mir gebe es etwas. Erstaunt, aber weder traurig noch froh darüber. Es ist einfach so.«

»Ich glaube, das kenne ich«, sagte Vibeke leise.

»Im Fernsehen sehe ich hungernde Menschen. Und kann mich nicht erinnern, ob es nun tausend oder fünftausend sind, die vor Hunger sterben. Es ist Krieg, und wenn sie aufeinander schießen, wird es ein wenig spannender, wenn es ein paar gute Aufnahmen von Verwundeten und Toten gibt, aber viel besser ist es nicht. Das kennt ihr doch auch. Wenn der Sprecher warnend sagt, man werde leidende Menschen sehen, dann rückt man unwillkürlich näher. Und verspürt für einen Augenblick eine Art Lebensintensität, weil man Leiden gesehen hat.«

»Das stimmt doch gar nicht. Es tut doch auch weh, wenn man solche Bilder sieht.«

»Vielleicht, ein bißchen Schmerz aus Pflichtgefühl. Läßt

sich nicht leicht entscheiden. Die ganze Zeit reden Leute auf mich ein und wollen mir erzählen, ich solle mich ein wenig mehr beteiligen, ich solle Mitgefühl zeigen. So oft, daß ich ihnen manchmal glaube und vielleicht sage: Nein, wie schade. Aber im Inneren ist es mir gleichgültig.«

»Aber es muß doch jemanden geben, den du magst«, sagt Tabita ruhig.

»Das ist klar. Wenn ich Hunger habe, ist es gut, wenn ich etwas esse. Daß ich mich hinlege, wenn ich müde bin. Und es tut gut, daß man einen abgerubbelt bekommt, wenn einem danach ist. So, wie es gut tut, sich die Zähne zu putzen, wenn sie belegt sind.«

»Ich habe gesagt jemanden, nicht etwas«, sagte Tabita.

»Jemanden? Wen denn? Was würde ich tun, wenn Joakim, mein alter Freund, den großen Preis gewinnt? Ich würde mich gelb und grün ärgern. Ganz ehrlich. Ich weiß nicht, ob es euch anders geht. Mal abgesehen davon, daß ich ihm ein paar Moneten abnassauere.«

Keine Einwände, nur leise Bemerkungen.

»Seinen Hunger und seine Bequemlichkeit zu bemänteln. Ansonsten ist mir das alles gleichgültig. Ich habe es ausprobiert. Ich bin imstande zu tun, was zu tun ist, nichts berührt mich. Das mit Verantwortung und Mitgefühl und Respekt vor anderen, das ist nur aufgeputschter Quatsch.«

»Es gibt aber doch Grenzen«, protestiert Joakim. »Die du nicht überschreiten kannst.«

»Welche?«

»Ich hätte fast gesagt: Man kann niemandem in den Whisky pissen. Aber ich sage es nicht! Ich sage es nicht, denn dann tust du es verdammt noch mal ja doch nur. Aber seine alte Mutter ficken oder einen liebenswürdigen Mann erschlagen, das kann man einfach nicht.«

»Nein, weil ich nicht gern im Gefängnis sitze. Ich habe auch nicht gern Steine in den Schuhen.«

»Aber würdest du es tun, wenn du nicht entdeckt wirst«, sagt Tabita. »Eine Haßkappe aufsetzen, dich bei einem einfältigen alten Mann einschleichen und ihm mit einem Eisenrohr so fest auf den Kopf schlagen, daß er davon stirbt?«

»Wenn ich einen Grund für eine derartige Anstrengung hätte.«

»Er hat massenhaft Geld. Es könnte dir viele andere Mühen ersparen. Nicht, daß ich meine, du solltest es ausprobieren.«

»Und warum nicht?«

»Vielleicht ist dieser Mann keine leere Schachtel. Vielleicht lebt er gern.«

»Sehr gut möglich. Und wahrscheinlich hat er nicht entdeckt, daß er leer ist. Was aber geht mich das an? Warum sollte ich darauf Rücksicht nehmen?«

»Vielleicht ist es jemand, der nicht gern stirbt?« fügt Vibeke hinzu.

»Vielleicht. Und vielleicht ist es jemand, der gern stirbt. Vielleicht gibt es dann mehr Lebensmittel für die Hungernden. Vielleicht würde er andernfalls deine Schwester überfahren. Woher soll man das wissen.«

In diesem Augenblick springt Vibeke auf. Auch sie trägt ein Schmuckstück am Arm, das über sie bestimmt.

»Hilfe, ich komme zu spät.«

»Du willst uns doch noch nicht verlassen?« sagt Tabita.

»Ich muß zur Arbeit.«

»Na und?«

»Ich verliere meine Stelle, wenn ich zu spät komme.«

»Ich habe gesagt: Na und.«

Ohne zu antworten, verläßt Vibeke den Raum. Das Geräusch von plätscherndem Wasser. Dann ein kräftiges Summen. Als sie einen Augenblick später wiederkommt, sind ihre Haare bereits trocken. Sie ist bekleidet. Sie lächelt breit. Das ist sie! Sie hat dem Mann im selbstfahrenden Stuhl das Essen serviert. Sie hat den alten Mann so freundlich angelächelt.

»Meine Tasche«, sagt sie und geht am Rand des Teichs entlang.

Während sie an ihm vorübergeht, schiebt Tobias sein Lager vor, was ihr einen Stoß versetzt, der sie schwanken läßt. Für einen Augenblick scheint es, als finde sie das Gleichgewicht wieder, nach einem weiteren Stoß von Tobias aber fällt sie mit einem Aufschrei ins Wasser.

Kaum ist sie gefallen, springt er ihr nach. Sie hat Wasser geschluckt, ist erschrocken, hustet und fuchtelt mit den Armen.

Obwohl Tobias ihr helfen will, sieht es aus, als tue er das Gegenteil. Einen Arm hat er unter ihren Rock geschoben, weit nach oben zwischen ihre Beine. Er hebt diesen Teil ihres Körpers an, wodurch ihr Kopf unter Wasser gedrückt wird. Mit der anderen Hand hat er ihre Brust umklammert. Mit Hilfe seines Griffs um ihre Brust hebt er ihren Oberkörper aus dem Wasser. Halb erstickt, hustet und spuckt sie. Er preßt sie an sich. Hält sie fest, sie wehrt sich, beruhigt sich dann aber. Er hat sie zu einer eisernen Treppe geführt. Die beiden anderen empfangen Vibeke und helfen ihr hinauf.

»Das war wirklich Pech«, sagt Tobias.

Als Vibeke wieder Luft bekommt, sagt sie jammernd, während das Wasser von ihren Kleidern tropft:

»Was soll ich denn machen? Ich kann doch nicht mehr nach Hause und mir etwas Trockenes holen.«

»Wir schmeißen deine Kleider in den Wäschetrockner.«

»Das dauert eine Stunde, bis es trocken ist.«

»Du kannst etwas von meiner Mutter leihen.«

Joakims Angebot wird schnaubend abgelehnt. Tabita bietet ihre Kleider an, aber eine rasche Betrachtung ergibt, daß sie zu eng sind für Vibeke.

»Du rufst an und sagst, du bist krank geworden«, schlägt Tobias vor.

»Zehn Minuten, bevor ich anfangen muß? Und sie können noch nicht einmal Ersatz beschaffen.«

Vibeke weint fast, aber Tobias kommt ihr wohlerzogen zu Hilfe.

»Das war meine Schuld. Und jetzt bringe ich es wieder in Ordnung. Wo arbeitest du eigentlich?«

»Im ›Stjerneskudd‹. Das ist die Cafeteria am Stjernepladsen.«

»Dort komme ich jeden Tag vorbei«, sagt er interessiert und verläßt den Raum.

Vibeke wirft das nasse Zeug hin, das Joakim wegträgt. Die beiden jungen Männer kommen gleichzeitig zurück. Tobias lächelt Vibeke beruhigend zu.

»Wenn du in einer Stunde hinkommst, sagst du nur, du seist selbstverständlich rechtzeitig gekommen und seist die ganze Zeit dagewesen. Du konntest ganz einfach nicht hineinkommen, wegen der Polizei und der Absperrung und dem ganzen Durcheinander.«

»Durcheinander? Was hast du gemacht?«

»Ich habe gesagt, ich hätte eine kleine Bombe in der Küche versteckt.«

»Bist du verrückt?«

»Ich habe ihnen regelrecht einen Gefallen getan. Sie werden vergnügt und erleichtert sein, wenn sie die Kühlschränke und Herde und Leberpasteten untersucht und nichts gefunden haben. Und obendrein bekommen sie noch kostenlos Aufmerksamkeit. Die Menschen in der Nachbarschaft erleben etwas und haben Gesprächsstoff. So wenig ist erforderlich, um alle froh zu machen.«

Tobias füllt sein Glas und legt sich wieder hin. Die anderen folgen seinem Beispiel.

»Wie ist das eigentlich passiert?« fragt Tabita, als sie wieder zur Ruhe gekommen sind.

»Ich bin das gewesen«, sagt Tobias aufrichtig. »Vibeke hat einen Stoß bekommen, weil ich den Stuhl vorgeschoben habe.«

»Wie ungeschickt.«

»Vielleicht ist mir langweilig gewesen. Ich wollte, daß etwas passiert.«

»So bösartig kannst du nicht sein.«

»Oder vielleicht hat mich der unwiderstehliche Drang gepackt, Vippe-Dippe zu ärgern.«

»Jedenfalls hat er die Gelegenheit genutzt«, sagt Vibeke ohne die Andeutung eines Lächelns. »Er war mit dem Finger ganz oben.«

»Vielleicht hatte ich das Gefühl, ohne mir dessen bewußt zu sein, daß mein Leben zu Ende wäre, wenn ich dich nicht besser kennenlerne.«

»Du läßt dich doch nicht von einer leeren Schachtel verführen«, sagt Joakim und grinst Tabita an.

»Die es danach verlangt, sich die Zähne zu putzen, oder was immer das war.«

»Vielleicht ist es ganz einfach ein unglücklicher Zufall gewesen. Die Hülle hat es einfach getan, ich meine, sie hat den Stuhl zurückgeschoben. Das war nicht geplant. Nicht überlegt. Und als sie reingeplumpst ist, hat die Hülle einfach die Chance genutzt. Ist ihr nachgesprungen. Heldenmütig, gierig, keines dieser Worte sagt mir etwas. Berechnend, verführend, bösartig. Das bin nicht ich. Ich folge nur der Hülle.«

»Verantwortungslos«, sagt Joakim.

»So kann man es ausdrücken. Aber es trifft nicht zu, denn das würde voraussetzen, daß man Verantwortung übernehmen kann. Eine Katze, die eine Maus fängt, ist weder verantwortungsvoll noch verantwortungslos. Sie ist eine Katze.«

»Die Maus hast du leider nicht gefangen«, ruft Vibeke und steht auf.

»Willst du nicht noch etwas essen?« fragt Joakim, als sie ein wenig später zurückkommt.

Ihre Kleider sind wieder trocken, sie hat die Haare aufgesteckt, und ihr Gesicht ist farbiger als vorher.

»Nein, danke«, sagt sie angewidert. »Ich muß jetzt Essen in Stangen und Tuben verkaufen.«

»Falls die heute überhaupt aufmachen.«

»Die machen auf. Wenn ich ihnen sage, daß das blinder Alarm war. Von einem Schwachsinnigen, dem langweilig gewesen ist.«

»Das kannst du nicht sagen«, sagt Tabita erschrocken. »Dafür kommt Tobias in den Bau.«

»Dafür kann ich nichts. Es ist nur mein Mund, der ihn anzeigt.«

»Du verlierst die Stelle, wenn sie hören, daß du mit solchen Leuten umgehst«, sagt Joakim.«

»Immerhin hast du ihn dazu verführt anzurufen. Du hattest Angst, daß du zu spät kommst.«

Tobias sagt das vergnügt und legt sich bequemer zurecht.

Vibeke ruft ihnen einen kurzen Gruß zu und verläßt sie.

Etwas später geht Joakim in die Küche, Tabita folgt ihm. Tobias bleibt liegen, er schläft, aber mit offenen Augen.

Dann springt er ins Wasser, planscht ein wenig herum. Er geht in einen kleinen Raum und stellt sich unter das, was sie eine Brause nennen. Als er das Wasser mit Wasser abgespült hat, trocknet er sich ab und zieht sich an. Dieselben Kleider wie zuvor. Über dem einen Knie hat er ein Loch.

Er belauscht das Gespräch Tabitas mit Joakim, irrt sich aber offenbar im Zimmer. Dort steht ein großes Bett. Nach dem Überzug zu urteilen, gehört es Joakims Eltern. In der Ecke eine Kugel, übersät mit Worten. Tobias sieht sich um, öffnet einige Schubladen. Aus einer Schublade nimmt er ein Stück Stoff, wie ein Strumpf, gewebt aus Spinnweben, den er in die Tasche steckt.

Als er in die Küche kommt, tätschelt Joakim Tabita das Haar. Tobias holt tief Luft und sieht in den Topf, der kocht, ohne daß es darunter ein Feuer gibt.

Sie essen zusammen und doch jeder für sich allein, denn jeder von ihnen sitzt mit einer Portion in einer anderen Ecke des Raums. Die ganze Zeit über ertönt dieses unaufhörliche Klopfen, das selten zur Ruhe kommt, es scheint sie aber nicht zu bekümmern. Als es verstummt, geht Joakim an einen Kasten, im nächsten Augenblick ertönt dieser klopfende Laut wieder, ein wenig schriller und langsamer.

Als sie gegessen haben, stellen sie die schmutzigen Teller, Schalen und Messer in einen weißen Schrank. Tabita und Tobias verlassen das Haus gemeinsam. Auch wenn der Tag offenbar ewig dauert, ist es draußen dunkel geworden.

Tabitas Eilräder unterscheiden sich von seinen. Sie macht nur eine einzige Fußbewegung, ein Brummen ertönt, und die Räder rollen dahin, mit ihr dazwischen. Tobias muß einige Schritte laufen, trotzdem holt er sie ein und legt eine Hand auf ihre Schulter. Dann gleiten sie in dieselbe Richtung, vielleicht soll die Armverbindung sichern, daß ihre Gedanken sie in dieselbe Richtung führen.

Sie entfernen die Räder und bleiben vor der Tür eines hohen Hauses stehen. Sie pressen sich aneinander und streicheln einander. Tobias fährt mit der Hand über ihr Pelzhaar. Als sie einander lange geküßt haben, legt sie eine Hand auf seinen Schritt und sagt, sie könne merken, daß er will. Er sagt, er müsse sich sein Pulver für etwas anderes Wildes sparen.

Sie geht ins Haus, er gleitet weiter.

Es ist dunkel, und trotzdem ist es hell. Die Häuser leuchten, in den Läden ist noch hellichter Tag, so hell, daß das Licht ins Freie dringt und sich mit dem Abenddunkel vermengt. Die Metallkäfige, die in allen Richtungen unterwegs sind, werfen an der Vorderseite ein starkes Licht und ziehen eine rote Spur hinter sich her.

Tobias biegt in einen weniger beleuchteten Weg ab, in dem es keine Metallkäfige gibt. Zwischen den Häusern stehen Bäume und Büsche. Hier hält er an. Er lehnt die Räder gegen eine Hecke.

Ein kleines Haus, kleiner als die meisten anderen, aus geteertem Holz errichtet, er geht darauf zu. Es heißt Pax, in seinem Inneren ist Licht, Lärm und lautes Lachen. Tobias scheint zufrieden zu sein, dennoch geht er an dem Haus vorüber.

Er kriecht durch ein Gebüsch in einen anderen Garten. Langsam geht er auf das größere Haus zu, das in diesem Garten steht. Es ist dunkel. Davor steht ein Wagen, in dem sie kleine Kinder transportieren. Er sieht hinein. Der Wagen ist leer. Fast schleicht er um das Haus herum, während er es gründlich betrachtet.

Ganz oben steht ein kleines Fenster einen Spalt auf. Er holt eine lange Leiter, die er, obwohl sie aus Metall ist, mit einer Hand tragen kann. Er zieht an ihr, wodurch sie länger wird und bis an das geöffnete Fenster reicht.

Als er auf der obersten Sprosse steht, lauscht er. Der Lärm des Festes im Nachbarhaus dringt herüber, aus dem Hausinneren aber hört man nichts. Er löst den Haken, der das Fenster hält. Es gelingt ihm, es hochzuschieben, sobald er es aber losläßt, fällt es zu. Darum muß er wieder hinuntersteigen und einen Stock von passender Länge holen. Er klemmt den Stock dazwischen, der das Fenster aufhält.

Er kriecht ins Hausinnere. Das Zimmer ist dunkel, von einer Lampe auf der Straße dringt jedoch Licht hinein. Es ist ein Zimmer mit Fliesen. Auf der anderen Seite der Tür gibt es ein fast dunkles Zimmer, das ausschließlich aus Türen besteht. Eine der Türen ist nicht richtig geschlossen. Er öffnet sie ein wenig mehr. Das Bett in diesem Zimmer ist so groß, daß zwei Menschen bequem darin liegen können. Das schwache Licht von draußen fällt auf die schlafende Frau. Sie ist nicht mehr ganz jung. Die nackte Schulter, die aus der Bettwäsche ragt, ist weiß und rund.

Neben ihr, wohin das Licht nicht reicht, liegt ein anderer Schläfer, vermutlich ein Mann. Einer von ihnen atmet schwer.

Tobias schließt die Tür wieder und geht zu einer anderen

Tür. Auch sie ist halb geöffnet. In diesem Zimmer steht ein Bett, das kleiner ist als normal. Darin liegt ein kleines Kind. So klein ist dieses Bett, daß es eigens für ein Kind gebaut sein muß.

Tobias zögert ein wenig, während er das kleine Kind betrachtet. Dann beugt er sich darüber. Er legt ihm eine Hand über den Mund und drückt ihm mit der anderen die Nase zu. Augenblicklich wacht das Kind auf. Es zappelt, versucht sich zu befreien, aber Tobias behält den Griff bei.

Das Kind will schreien, wird von der Hand auf seinem Mund aber daran gehindert. Mit dem Fuß wirft es die Decke ab, fuchtelt heftig mit den Armen, ohne daß es aber Luft bekommt. Seine Bewegungen werden langsamer. Tobias nimmt die Hand von seinem Mund, das Kind schnappt verzweifelt nach Luft, aber ehe es noch schreien kann, hat er ihm wieder die Hand auf den Mund gelegt.

Das kleine Kind setzt seinen Kampf fort, schlägt mit Armen und Beinen, windet sich verzweifelt, ohne sich befreien zu können. Dieses Mal dauert der Kampf nicht so lang. Als die Bewegungen schwächer werden, läßt Tobias los.

Er verläßt das Zimmer, die Tür bleibt offen. Erst als er das Zimmer mit den Fliesen erreicht hat, ertönt das ohrenbetäubende Schreien des Kindes. Er schließt die Tür fast ganz.

Das Kind ist in normales Weinen übergegangen, als mit schlaftrunkenen Schritten die Frau kommt. Ungeschickt versucht sie, mit dem Arm in einen Mantelärmel zu fahren. Tobias beobachtet sie durch den Türspalt. Sie spricht beruhigend mit dem Kind.

»Aber, aber, aber. Was ist denn? Hast du geträumt? Hat du von einem bösen Mann geträumt? Aber, aber.«

Während die Frau mit dem Kind beschäftigt ist, schleicht Tobias in das Schlafzimmer. Auch der Mann hat das Schreien des Kindes gehört. Er dreht sich um und will weiterschlafen. Auf dem Brett unter dem Fenster steht ein kleiner Krug mit Blumen. Tobias nimmt die Blumen heraus und wiegt den Krug in der Hand. Er stellt ihn zurück und ordnet die Blumen so wie vorher. Er geht einen Schritt und stolpert fast über die Schuhe des Mannes, die auf dem Fußboden stehen. Tobias tastet nach einem Schuh und nimmt ihn in die Hand. Er tastet sich zu dem Stuhl, der am Fußende des Bettes steht. Ein kleiner Klumpen, ein kleiner schwarzer Strumpf. Er steckt den Strumpf in den Schuh. Er wiegt sie wieder in der Hand und geht leise auf den Mann zu.

Mit einem leichten, genau abgemessenen Schlag schlägt er dem Mann mit dem Absatz auf die Schläfe. Das geschieht fast lautlos. Der Mann seufzt und bleibt bewegungslos liegen.

Tobias zögert einen Augenblick. Als nichts geschieht, zieht er ruhig den Strumpf aus dem Schuh. Den Schuh stellt er zurück auf den Boden, den Strumpf wirft er auf den Stuhl. Er lauscht an der Brust des Mannes. Ist beunruhigt und tastet nach dem Handgelenk.

Er geht hinüber auf die Seite der Frau. Auf einem Brett liegen einige kleine Stücke Papier, ein kurzer Stift, eine Brille, zwei gleichartige Schmuckstücke und einige Bücher. Auf den Büchern sind Zeichnungen.

Draußen redet die Frau noch immer beruhigend auf das weinende Kind ein. Tobias bemerkt nicht, daß die Schritte der Frau näherkommen, denn er beugt sich über die Bücher. Ein Band mit Erzählungen, und Ödipus, ein Schauspiel von Sophokles. Den Titel des dritten Buches kann er nicht mehr feststellen, denn jetzt nimmt er die Schritte wahr, die die Tür fast erreicht haben. Sie hat die Hand auf den Türgriff gelegt. Er erstarrt, die Bücher auf dem Arm. Vorsichtig zieht sie die Tür von außen zu.

Tobias atmet auf, als er hört, wie die Schritte sich entfernen. Das Weinen des Kindes ist leiser geworden, nachdem die Tür ganz geschlossen ist.

Tobias kehrt zu dem Mann zurück, der ein leichtes Hemd und Hosen mit demselben Muster trägt. Tobias knöpft das

Hemd auf. Er streift es von dem reglosen Körper ab. Das Weinen des Kindes wird wieder lauter, als weil die Frau sich nähert. Tobias sieht auf. Das Weinen wird wieder schwächer.

Das Hemd bekommt einen kleinen Riß, ehe er es dem Bewußtlosen ganz abgestreift hat. Er knöpft die Hosen des Mannes auf und ist damit so beschäftigt, daß er nichts hört.

»Aber, aber, Marika, ist es denn so schlimm? Ist es wirklich so schlimm? Soll ich die Mama holen? Soll Oma die Mama holen?«

Die Stimme verliert sich wieder. Das Kind schluchzt, weint dann aber leiser weiter.

Tobias rollt den nackten Mann über den Bettrand, auf den Boden, wohin er vorher eine Decke gelegt hat, die er aus dem Schrank genommen hat. Im Fallen gibt der nackte Mann ein Grunzen von sich. Tobias greift nach dem Schuh und erhebt ihn, braucht ihn aber nicht, weil der Mann weiter unbeweglich liegen bleibt. Er läßt ihn in dem kleinen Spalt zwischen Bett und Wand liegen.

Tobias zieht die Kleider an, in denen der Mann geschlafen hat. Das Weinen des Kindes hat aufgehört. Die Frau spricht beschwörend auf das Kind ein, ist jedoch so weit entfernt, daß die Worte nicht zu verstehen sind. Als die Frau schweigt und Tobias sich in das Bett des Mannes legen will, entdeckt er, daß die Füße des Bewußtlosen hochragen, so daß man sie von der Tür aus sehen kann. Er packte den Körper, zieht ihn, knufft ihn. Die Frau spricht nicht mehr. Er kann gerade noch den bewegungslosen Körper fallen lassen, der halb unter das Bett gerät, und die Decke über sich werfen, dann geht die Tür auf.

Tobias bleibt liegen und gibt vor, daß er schläft. Die Frau, die nur ein Leibchen trägt, legt den Mantel auf den zweiten Stuhl und kriecht ins Bett. Sie nimmt eine Anrufung vor, die einen leichten Lichtstreifen unmittelbar vor ihr bewirkt.

Als sie die Brille aufgesetzt hat, hält sie eines der Bücher in den Lichtstrahl und liest.

Als sie einige Seiten gelesen hat, dreht Tobias sich um.

»Haben wir dich geweckt?« flüstert sie.

Tobias atmet schwer, als sei er wirklich in Schlaf gefallen. Sie liest noch einige Seiten. Dann legt sie Brille und Buch weg und läßt den Lichtstrahl verschwinden.

Kaum hat sie sich zum Schlafen zuechtgelegt, als Tobias ihr die Hand auf die Schulter legt. Sie zuckt zusammen. Auf dem Rücken liegend, versucht sie sich umzudrehen, er aber hält sie fest.

»Sie hat geträumt. Schlaf nur«, sagt sie.

Tobias murmelt und schmiegt sich an sie. Sie will etwas sagen, er aber legt ihr einen Finger auf die Lippen. Die Decke ist heruntergerutscht. Er liegt hinter ihr und zieht ihr Leibchen hoch. Wieder will sie etwas sagen, doch er bringt sie zum Schweigen. Er fährt mit den Händen über ihren Körper, rasch, so daß sie nie seine Hände festhalten kann, was sie versucht. Auch sie atmet schwer. Fest stößt er hin und her, sie überkommt ein Schaudern, und im selben Augenblick stöhnt der Mann auf dem Fußboden. Für einen Augenblick hält Tobias inne, sie murmelt beruhigend oder anspornend. Er setzt seine Bewegungen fort.

Er stöhnt tief, fast schluchzend, während der Körper unter dem Bett sich wieder bewegt. Tobias hat es nicht gehört, er macht weiter, oder er ist nicht imstande, von allein innezuhalten.

Als er fertig ist, will die Frau sich umdrehen, er aber hält ihr Gesicht nieder wie in einer Schraubzwinge. Als sie versteht, was er will, bleibt sie liegen, während seine Hände wieder über ihren Körper fahren. Sie stöhnt regelmäßig, stößt dann aber schließlich einen unterdrückten Schrei aus.

Auch als ihr Körper nicht mehr gespannt ist, hält er sie noch in der Schraubzwinge, dann läßt er sie los und dreht sich von ihr weg.

Sie legt die Hand auf die Schulter, dann auf seine Wange.

Als er nicht reagiert, murmelt sie etwas, steht auf und schleicht hinaus.

Während sie sich wäscht, versucht Tobias den bewußtlosen Körper anzuheben, was ihm jedoch schwerfällt. Erst als er den niedrigen Stuhl darunter schiebt, gelingt es ihm, den Körper halb aufzurichten, dann zieht er ihn auf das Bett.

Er wirft die Nachtkleider und die Decke auf den nackten Mann, versucht das Fenster zu öffnen, der Spalt ist jedoch nicht so groß, daß er hindurchkriechen kann. Die Frau verläßt das Badezimmer. Tobias hat nach seinen Kleidern gegriffen, sucht aber vergeblich nach einer Stelle, an der er sich verstecken könnte.

Die Schritte der Frau verlieren sich. Während sie nach dem Kind sieht, das jetzt lautlos schläft, kann Tobias ins Badezimmer schlüpfen. Es ist dunkel, er steht da, seine Kleider im Arm, die Frau kommt näher, geht in das Schlafzimmer und läßt die Türe einen Spalt offenstehen, damit sie das Kind hören kann.

Tobias wartet, während zwischen ihm und der Frau zwei Türen offenstehen. Leise sagt sie etwas zu dem Mann, der neben ihr liegt. Als er nicht antwortet, beschwört sie wieder den kleinen Lichtstrahl und nimmt eines der anderen Bücher zur Hand.

Die beiden Türritzen bilden eine Linie zwischen der Lesenden und dem nackten jungen Mann. Als er vorsichtig versucht, eines seiner Kleidungsstücke anzuziehen, hebt sie den Kopf und fragt, ob da jemand ist.

Dann liest sie wieder, und er zieht sich zurück, wirft die Kleider aus dem Fenster, vorher hat er wieder den Stock als Offenhalter angebracht. Mit einem gedämpften Geräusch landen die Kleider auf der Erde vor dem Haus. Er kriecht zum Fenster hinauf und schiebt sich rücklings hinaus, bis seine Beine im Freien hängen. Mit zunehmender Verzweiflung suchen seine Füße einen festen Halt. Er senkt sich ein wenig in den Armen, noch immer ohne einen Halt zu finden.

Schließlich, mit dem Oberkörper in der Fensteröffnung und mit dem Hinterteil und den Beinen draußen, dreht er den Kopf so weit, um sich davon zu überzeugen, daß die Leiter nicht mehr dort ist.

6

Obwohl ich nichts Böses getan hatte, empfand ich Schuld und das Verlangen, mich zu verstecken, als ich aus dem Haus kam und Hans Skonning draußen stand.

»Der junge Bertel hat also Rußringe unter den Augen. Schläft er womöglich schlecht?«

Ich gestand ein, daß ich nicht sehr viel Schlaf gehabt hätte, seit ich seinen Himmelsbrief entgegengenommen hatte. Das sei der Grund, warum ich ihn nicht aufgesucht hatte. Mit dem Latein war ich weit ins Hintertreffen geraten, und die Augen wollten mir zufallen, wenn ich es einüben wollte.

Auf die Ergänzung, daß sich jedesmal beim Einschlafen Schreckensbilder meldeten, verzichtete ich.

»Also hast du auch gar keine Gelegenheit gehabt, meine demütige Beschreibung zu lesen?«

Doch, ich hatte sie gelesen, und ob ich sie gelesen hatte.

Er wartete verlegen, ohne aber zu fragen, auf mein Urteil, oder vielmehr auf mein Lob, denn von anderem konnte keine Rede sein.

Ich sagte, meine Tante erwarte mich am Waschplatz. Ich hatte ihr versprochen, die schwere Bettwäsche hinunterzutragen, weil sie ständig über ihre kranke Schulter klagte.

»Ich gehe in dieselbe Richtung«, beteuerte er. »Ich muß die Zeit nutzen, wenn das Licht gut ist.«

Der Eiter in seinen Augen ließ das Wasser laufen, weshalb man glauben konnte, er weinte. Während wir gingen, ich mit der Wäsche auf der Schulter, fiel mir auf, daß er einige Male fast gestolpert wäre und erst spät erkannte, wenn ihm Leute in den Weg kamen.

Meine Pflegemutter kniete mit hochgeschlagenen Röcken auf der Waschbrücke und klopfte die Wäsche. Das Tuch um ihren Kopf konnte das Haar nicht bergen, das an den Seiten herausquoll, und ein Büschel hing ihr in die Augen. Sie schob das Haarbüschel zurück und grüßte Hans Glöckner freundlich.

»Anne Storm hat wirklich ein freundliches Lachen«, sagte er, während wir weiter am Fluß entlanggingen.

In gewisser Hinsicht kränkte es mich, daß er angenehm von Anne Storm sprach. Vielleicht hing es mit dem zusammen, was er über diesen Tobias geschrieben hatte.

»Das wird bald eine Ausnahme in dieser Stadt sein«, sagte er, »ein Lachen.«

»Ich aber sehe viele lachen«, sagte ich und grüßte Mette, die Frau des Glöckners, während Skonning in eine andere Richtung sah. Seit aufgrund von Unstimmigkeiten Skonnings mit der Geistlichkeit Ove Ovesen dessen Amt als Glöckner übernommen hatte, hatte Skonning weder mit Ove noch mit Mette gesprochen.

»Bertel, du bist auch hilfsbereit«, sagte er, als wir vorüber waren. »Dir ist das erlösende Geheimnis der Frömmigkeit bekannt, das anderen fremd ist. Schade, daß du soviel zu tun hast. Andernfalls hätte ich dir ein Angebot gemacht. Ich muß immer noch einige Seiten von Savanarolas Deutung der Bußpsalmen Davids setzen. Und weil du eine Andeutung gemacht hast, du hättest große Lust, dich mit der Schwarzen Kunst zu beschäftigen, habe ich gedacht, es könne nicht weiter schaden, wenn ich diese Aufgabe dir übertrage.«

Ein wenig gerührt sagte ich, denn ich wußte, daß er diesen Posten nur ungern andern überließ, dazu könne ich mit Leichtigkeit Zeit finden.

Erst als wir bei seiner Wohnung hinter dem Kloster angekommen waren und er mich mit einer gewissen Erregung hinter Schiff und Winkelhagen installiert hatte, kehrte er zu dem Gegenstand zurück, der ihn offenbar am meisten drückte.

Ich hätte mich also tatsächlich der Mühe unterzogen, seine kurzgefaßte, bescheidene Beschreibung durchzusehen?

»Ich habe sie nicht nur durchgesehen. Ich habe sie sorgfältig gelesen. Sogar mehrmals.«

»Aber doch nicht so oft, daß du sie auswendig kannst und womöglich in Umlauf bringst?« fragte er ängstlich.

»Ich bringe sie nicht in Umlauf.«

Die Arbeit, die Drucktypen sorgfältig auf dem Winkelhagen anzubringen, beschäftigte mich völlig, weshalb mir seine erwartungsvolle Unruhe nicht auffiel und er schließlich selbst fragen mußte.

»Und was meinst du?«

»Ich verstehe darin so vieles nicht«, sagte ich ausweichend. »Unzählige Worte und Wendungen sagen mir nichts.«

»Mir geht es nicht anders. Auch mir ist vieles unverständlich. Bisweilen habe ich das Gefühl, ich verstehe nur jedes zweite Wort, aber ich habe sorgfältig niedergeschrieben, was sie zueinander sagten.«

»Aber auch die Phänomene, die du beschreibst, wirken auf mich unklar oder unverständlich.«

»Was soll ich denn tun? Ich armer Mensch habe doch nur diese meine fünf Sätze, und kaum sie. Ich muß doch beschreiben, was ich sehe.«

Ich nickte und schwieg. Er wand sich.

»Aber der Inhalt«, sagte er bittend. »Der Inhalt, wie beurteilst du den?«

»Ich kann den Bischof gut verstehen«, gab ich zu.

»Du meinst also auch, daß ich Rad und Pfahl, weil ich die Wahrheit mangelhaft, aber demütig niedergeschrieben habe, so, wie sie zu mir gekommen ist? Du würdest mir für meine Bemühungen im Dienst der Wahrheit nicht wenigstens ein Kreuz zuweisen, an das man mich hängt, so wie man andere Zeugen der Wahrheit behandelt?«

»Ich wollte sagen, ich verstehe die Verblüffung des Bischofs gut. Ich teile seine Verwunderung, seinen Zweifel, seine Furcht und seine Bedenken gegenüber der Schilderung. Aber ich muß auch eingestehen, daß sie mich in Bann geschlagen hat, daß ich wie in einem Netz gefangen war, aus dem ich mich nur unter Mühen befreien konnte.«

Ich erwähnte nicht, daß dieses Gefühl von Besessenheit mich schlaflos hatte werden lassen und dafür verantwortlich war, daß ich ihm aus dem Weg gegangen war. Als er jetzt dasaß und sich die rinnenden Augen wischte, konnte ich meine Furcht schwer verstehen. An diesem beklagenswerten Greis gab es nicht viel, das für einen Zauberer sprach, da er ja noch nicht einmal Sehkraft genug hatte, seinen Savanarola zu beenden, sondern genötigt war, einen Jüngling zu beschwatzen, diese Arbeit zu übernehmen.

»Die Darstellung findest du also gut, wenn man von den vielen Begriffen und Phänomenen absieht, die zu verstehen uns natürlich Mühe bereitet?«

»Noch immer gibt es sehr viele Einzelheiten und eine Umständlichkeit der Beschreibung, die einen ermüden. Besonders am Anfang. Etwas weiter hinten scheint es, als werde die Erzählkraft stärker, nicht zuletzt bei der Episode, die von Boccaccio inspiriert wurde.«

»Boccaccio«, schrie der Drucker, daß sein Speichel über meinen Platz sprühte. »Inspiriert von diesem liederlichen, gottlosen Decamerone?«

»Damit habe ich nichts Böses gemeint. Ich habe den Vergleich gebraucht, der mir in den Sinn kam.«

»Wovon sprichst du überhaupt?«

»Ich meine, dieser Mann, der sich in ein Ehebett legt und den Ehemann hinausstößt und sich mit der Ehefrau vereinigt, erinnert mich sehr stark an...«

»Literatur!« schrie der Glöckner und erstickte fast an seinem eigenen Zorn.

»Da ich solche Ereignisse nicht in meiner Umgebung sehe,

muß ich nach den Büchern greifen, um sie zu beschreiben. Inspiriert ist kein falsches Wort. Ich meine, inspiriert von Boccaccio, wie die Geschichte von Marcolfa inspiriert ist oder wie ›Die schöne Griseldis‹.«

Der Glöckner schlug auf den Tisch, daß die Drucktypen in die Höhe sprangen.

»Du, der junge, unschuldige Bertel mit der schönen Hauswirtin, du, dem solche Gedanken und Geschehnisse unbekannt sind, du begreifst nichts. Du kannst nicht verstehen, und du willst nicht verstehen, daß ich die Ereignisse so beschreibe, wie sie sich mir zeigen. Meine einzige Inspiration sind Gott und der Heilige Geist, der mir gestattet, diese wunderbaren und erstaunlichen Ereignisse zu sehen und ihnen beizuwohnen. Der mir mit seiner Gnade einen Spalt geöffnet hat, damit ich die Umstände im Gottesreich beschreiben kann.«

»Natürlich«, sagte ich und vertiefte mich in meinen Winkelhagen, der wegen seines nicht einzudämmenden Ausbruchs mißraten war. »Was ich nicht verstehen kann und was mir auf keine Weise in den Kopf will, ist, wieso es sich bei dem, das du beschreibst, um die Welt der Seligen handeln soll. Bei dem, was sich zuträgt. Bei den Themen, über die sie sich unterhalten. Bei dem, was sie einander antun.«

»Meinen zu wollen, man verstehe Gottes Plan, wäre Hochmut. Wenn wir erbärmliche Geschöpfe nicht imstande sind, nur die Hälfte dessen zu erklären, was uns umgibt, wie sollen wir die Umstände begreifen können, die in der Ewigkeit herrschen?«

»Ganz bestimmt. Aber dennoch erscheint es mir schwierig...«

»Es ist schwierig. Auch ich habe versucht, es zu verstehen. Auch mir ist es nicht gänzlich gelungen. Vor allem mußt du wissen, daß die Ewigkeit kein einfacher Gegenstand ist. Damit sie interessant bleibt für ihre Bewohner und damit die tückische Langeweile niemals die Gelegenheit findet, sich einzuschleichen, hat Gott in seiner Weisheit beschlossen, sie bunt, farbig, vergnüglich, abwechslungsreich, spannend, herausfordernd, geistvoll und doch leicht einzurichten, ganz wie ein...«

Obwohl ich mit dem gelehrten Verfasser zusammensaß, der Hunderte von Geschichten auf den Lippen hatte, verzichtete ich darauf, ihm zu helfen, während er sein Gehirn nach einem passenden Vergleich durchsuchte. Auf Skonnings Gesicht trat ein Strahlen.

»Ganz so wie die griechischen Götter.«

»Die griechischen Götter?«

»Ja, dort mußt du deinen Vergleich suchen. Leben die griechischen Götter nicht in der Ewigkeit? Vertreiben sie sich nicht die Zeit mit Spiel und Spaß? Gehen sie miteinander nicht in Leichtigkeit und Überfluß um? Vergnügen sie sich nicht damit, daß sie einander begehren und betrügen, sich hinters Licht führen und lieben? Müssen wir wahrhaftig...«

Von der Tiefe seines Gedankens geschlagen, saß er mit offenem Mund da. Es gelang mir, eine ganze Zeile fertigzustellen, ehe er wieder Luft holte und ins dieses Jammertal zurückkehrte.

»Auf welche Weise mögen die Griechen erfahren haben, wie sich ihre Götter aufführen?« fragte der unbeholfene Rhetoriker. »Doch! Einem oder vielleicht einigen von ihnen wurde das Gnadengeschenk des Sehers gemacht. Ihm wurde gestattet, in die Ewigkeit zu sehen, so wie mir. Aber er hat seine Mission falsch verstanden. All diese Herrlichkeit und Wonne, diese Belebtheit und Munterkeit konnte er mit den Menschen nicht verbinden. Darum irrte er sich und glaubte, er sehe und beschreibe die Welt der Götter.«

»Wenn es sich aber vielmehr um das ewige Leben handelt, verstehe ich nicht, daß sie vom Sterben sprechen. Wenn es sich um die auserwählten, guten Seelen handelt, verstehe ich nicht, daß sie einander Schmerz zufügen.«

»Das ist ein Teil des Spiels«, sagte er. »Man muß das ganze

wie ein großes, göttliches Spiel betrachten, dessen Ziel es ist, daß man selbst das Gute und die Wahrheit findet. Das habe ich durch meine letzte Offenbarung begriffen, denn der brennende Dornbusch hat ein weiteres Mal zu mir gesprochen.«

Er schlug sich mit der Hand auf den Mund. Zuerst glaubte ich, er schäme sich über seinen hochmütigen Vergleich, dann fiel mir ein, daß er vielleicht befürchtete, zuviel über Art und Weise, auf die er seine Visionen empfing, verraten zu haben.

Zu diesem Zeitpunkt aber hatte er bereits einige beschriebene Seiten hervorgekramt. Mich juckte es in den Fingern, sie ihm aus der Hand zu reißen, um mich mit dem Inhalt bekannt zu machen. Doch ich unterließ es, ihm meinen Hunger zu zeigen, da ich wußte, derlei würde den Kampf nur verlängern.

»All deinen Einwänden kann ich gut entgegnen. Aber die neueste Vision ...«, er klopfte nachdenklich auf die Papiere, »die neueste Vision enthält etwas, worüber ich mir unleugbar das Gehirn zerbrechen muß, wenn ich es verstehen will.«

»Und was?«

»Ich kann es nicht verschweigen. Hierzu zwingt mich die Wahrheit. Obwohl alles viel leichter wäre, wenn ich diese Einzelheit verschwiege.«

»Was ist es denn?«

»Ich laufe Gefahr, ausgelacht zu werden. Das weiß ich. Ich riskiere, daß niemand mir glaubt, wenn sie meine Aufzeichnungen lesen.«

»Was mag schwieriger zu erklären sein als der Tod unter denen, die ewig leben? Oder das Böse unter den ewig Guten?«

»Ebensogut könnte ich diese Beschreibung zerreißen und sie in die Flammen werfen, denn die Menschen verehren den Götzen der Vernunft und erwarten für alles eine Erklärung.«

Ich mußte nur noch einige letzte, wenige Worte setzen und vertiefte mich in meine Arbeit. Ich erwog, die Fraktur zu verlassen, um diesen abschließenden Worten größeres Gewicht zu verleihen. Als ich den Arm nach dem zweiten Setzkasten ausstreckte, sagte Skonning, dessen Anwesenheit ich fast vergessen hätte, ruhig:

»Kannst du mir vielleicht erklären, warum man im Himmelreich eine Kopie unserer Domkirche hat?«

»Du meinst die Domkirche in Århus? Im Paradies?«

Der alte Mann nickte, gequält vom Unfaßbaren.

»So ist es. Natürlich ist es nicht ganz genau die gleiche, die Spitze ist höher und prächtiger, das Eingangsportal großartiger, und der Raum darum herum viel größer und offener.«

»Dennoch erscheint es mir unglaublich.«

»Sollte ich meine eigene Kirche nicht wiedererkennen, in die ich bald ein halbes Jahrhundert tagtäglich gegangen bin?«

Ich fuhr mit meiner Arbeit fort, während der ansonsten so rastlose Mann sich in schwierige Gedanken vertiefte. Erst als ich den Rahmen gesetzt hatte und mit einem gewissen Stolz mein Werk betrachtete, unterbrach er seine Grübelei, um mir zu sagen, wie angelegen es ihm gewesen sei, das Werk abzuschließen. Und da ich es so gern versuchen wollte, habe er gedacht, nun, wo der Eiter ihm in den Augen stand und ihn am klaren Sehen hinderte, die Zeit sei gekommen.

Noch auf dem Weg durch die Straße klammerte Skonning sich an die Beschreibung der letzten Offenbarung, die mir zu geben er beschlossen habe, von der sich zu trennen ihm aber schwerfalle. Einigermaßen mißtrauisch betrachtete er die eckige Häuserreihe, ließ den Blick durch die winkelige Straße gehen und setzte die Füße mit einem Ausdruck, der an Verachtung erinnerte, auf das unebene Pflaster.

»Es ist alles anders«, sagte er unzufrieden.

»Die Entzündung hat dein Sehvermögen verändert.«

»Nein, nein. Meine Visionen haben die Dinge verändert«, sagte er beharrlich. »Will man die Dinge sehen, muß man ein wenig von ihnen zurücktreten. Wie aber soll man das tun können, wenn die Welt ganz angefüllt ist und die Dinge sich zu einem dichten Raum zusammenpressen, der einen umgibt?«

Unfreiwillig demonstrierte er diesen Gesichtspunkt, indem er mit dem Rücken gegen eine Hauswand stieß, als er zurücktrat und die gegenüberliegende Straßenseite betrachten wollte.

In diesem Augenblick trat Magister Bonde aus dem Nachbarhaus. Er bemerkte uns nicht, umrundete den Abfallhaufen, verjagte ein paar Hühner und ging in Richtung Domkirche. Seine hellen Haare waren in Unordnung, und sein Talar hing in den Schmutz, obwohl er sich bemühte, ihn zu schürzen.

Alle sprachen darüber, daß Magister Bonde bei Maren Nielsdatter noch eine offene Rechnung hatte. Als der vorige Priester an der Frauenkirche starb und Maren Nielsdatter hinterließ, sei Magister Bonde äußerst erpicht darauf gewesen, dieses Amt zu übernehmen. Wozu er natürlich die Witwe seines Vorgängers heiraten mußte. Das versprach er, und der junge und tatkräftige Mann wurde ein guter Pfarrer, aber ein äußerst schlechter Ehemann.

Obwohl sich dies einige Jahre, bevor ich in die Stadt kam, zugetragen hatte, wußte ich davon, denn es gab viele, die gern über die Sache sprachen. Magister Bonde wollte nämlich lieber in seinem Amt sein, als bei Maren im Ehebett zu liegen. Vielleicht waren ihm bereits damals Augen aufgegangen für das Wild, das schöner und stolzer war als Maren, wonach man indessen nicht lange suchen mußte. Er mußte Maren eine riesige Summe versprechen, um sich von ihrer ehelichen Umarmung freizukaufen. Bis jetzt, und er hatte etliche Jahre Zeit gehabt, hatte er mit der Abzahlung seiner Schulden noch nicht begonnen und machte auch keinerlei Anstalten dazu.

Wir gingen in dieselbe Richtung wie Christian Bonde, hatten ihn aber aus den Augen verloren. An der Ecke, im Gespräch mit einem Mann und dessen Frau, die ihm begegnet waren, tauchte er wieder auf. Er wollte gern weiter, verabschiedete sich rasch und ging mit fliegenden Rockschößen davon.

Der Bischof hatte diesen dahinstürmenden jungen Pfarrer nicht gern gesehen, der sich ebenso schnell von seinem Wort wie aus dem Bett der Witwe entfernt hatte. Gleichwohl gewann der Magister schnell Zugang zum Haus des Bischofs und erschien dort früh und spät. Viele hatten Kirsten, die Frau des Bischofs, und den Magister in vertrautem Umgang gesehen, Arm in Arm, Schwiegermutter mit Schwiegersohn, in vertraulichem Gespräch. Abgesehen davon, daß sie die Einsamkeit des Klostergartens suchten, während sie die Kinder der Frau Bischof allein im Bischofsgarten zurückließen.

Niemand begriff richtig, wie es zugegangen sein mochte, daß Bischof Morten seine süße Tochter diesem billigen Pfarrer überließ.

»Was denkst du, Bertel?« unterbrach Skonning meinen Gedankengang.

»Ich habe gehört, daß der Bischof eines Tages zu Bonde gegangen ist und gesagt hat: Sieh, ich habe eine Tochter, die noch keinen Mann kennt. Sie kannst du nehmen und mit ihr verfahren, wie du willst. Aber laß meine Ehefrau in Frieden.«

Skonning hatte am liebsten das letzte Wort. Darum lächelte er und berichtigte mich dann.

»Ich bin selbst anwesend gewesen, als der Bischof vor Erik Grubbe geschworen hat, daß dieser Flaps von einem Pfarrer seine Tochter niemals bekommen werde. Kirsten hat angeblich ein versöhnliches Wort für den Pfarrer einlegen wollen, ohne daß der Bischof anderen Sinnes geworden wäre. Maren Grubbe wendete ein, sie wisse ansonsten nichts Schlechtes über Bonde zu sagen, abgesehen davon, daß er sich seinem Wort und seinen Schulden entzog. Der Bischof schwor noch inbrünstiger. Einige Tage danach erschien er auf dem Hof des Vogts – damals war seine Gesundheit noch intakt –, um zur Verlobungsfeier einzuladen. Der Magister und Eline sollten einander wahrhaftig bekommen.«

Der Magister war außer Sichtweite geraten, weil wir in die Apotheke gingen, wo Skonning Rat suchen wollte wegen der Absonderung in seinen Augen.

Folmer, der Apotheker, der alles, dessen er habhaft werden konnte, als sein eigenes ausgab, lächelte verschlagen und sagte:

»Wer dem Teufel eine Öre abschnacken kann, kann wohl auch der Frau Bischof die Kleider abschnacken.«

»Hat der Magister offene Rechnungen bei dir?« fragte Skonning, ohne sich über den Satz amüsiert zu haben.

»Er hat mir eine Nachricht geschickt, er wolle sich mit mir in der Kirche treffen. Als ich kam, fuhr er mich an: Ob ich das Gerücht über dieses Rezept in Umlauf gebracht hätte. Das hatte ich selbstverständlich nicht. Damals nicht. Er aber fuhr fort: Dieses Rezept mit den fünfzehn Perlen war für den Bischof persönlich. Ob ich mich daran nicht erinnerte? Und der Bischof sei doch wohl so gut und klug, daß er sich nicht auf eine derartige Sünde einlassen wolle, wie sie dieses Gerücht behauptete.«

»Und dann hast du ihm gegeben, was er wollte?«

»Nein, das habe ich nicht gewagt. Wenn es gerüchteweise heißt, daß die Frau Bischof vor der Geburt steht, dann konnte man dieses Mittel nicht zum Bischofshof schicken. Also nahm ich einen unwirksamen Stoff und vermischte ihn mit dem Pulver, mit dem wir Pillen stoßen. Und das habe ich dem Magister geschickt.«

Wieder lächelte er verschlagen. Ich konnte nicht erkennen, ob er das beschrieb, was er getan hatte, oder nur das, was er erklären würde, falls ihn jemand ausfragen wollte.

Als Skonning sein Liniment bekommen hatte, standen wir auf dem großen Markt vor dem Apothekerladen. Sein unsicherer Blick suchte die traurigen Reste des Domkirchenturms.

»Dort siehst du es«, sagte er.

Ich wußte nicht, was ich sah, und sagte es ihm.

»Selbstverständlich erinnerst du dich nicht mehr an unser Gespräch über die Art der Wahrheit?«

Daran erinnerte ich mich ausgezeichnet.

»Ich wollte dich vergeblich davon überzeugen, daß man die

Wahrheit nicht messen kann. Die Wahrheit wird uns eingegeben, wenn wir offen sind für sie. Die Wahrheit meldet sich plötzlich, ohne Vorwarnung und ohne daß man vorher an den Fingern abzählen muß.«

Vielleicht war ich für ihren Empfang schlecht gerüstet. Ich fühlte nicht, daß ich der Wahrheit näher gekommen wäre, sondern hatte nur ein weiteres Gerücht, eine Spöttelei und eine Vermutung gehört. Das aber sagte ich nicht, denn der Alte hielt sein Manuskript in der Hand, als habe er noch nicht entschieden, ob ich würdig sei, es zu lesen und aufzubewahren, oder nicht.

»Selbstverständlich!« rief er mit begeisterter Stimme.

Er fuchtelte mit den Armen, als werde er in diesem Augenblick mit einer weiteren Offenbarung gesegnet. Er zwinkerte und deutete auf den Kirchturm:

»Selbstverständlich. Das erklärt alles. Siehst du unsere Domkirche dort? Die strebsamen, klugen Menschen, die sie errichtet haben, taten es, weil sie vorher eine Offenbarung hatten. Sie oder einzelne Auserwählte unter ihnen haben ebenfalls in den Himmel gesehen. Sie haben das prächtige Bauwerk gesehen, das auch ich gesehen habe, und sie haben beschlossen, ein so genaues Abbild davon anzufertigen, wie sie es nur zustande bringen konnten.«

So begeistert war er über seine neue Erkenntnis, daß er mir das Manuskript reichte.

»Lies es und verstehe es. Und verstecke es anschließend gut. Aber versuche zunächst, darüber nachzudenken, wie auch ich es getan habe.«

7

Der alte Mann sitzt auf einem Stuhl, der so leicht und zierlich ist, daß er ihn unmöglich tragen kann. Neben ihm steht der Stuhl mit Rädern, mit dem er sich fortbewegt. Auf dem Tisch, an dem er sitzt, liegt ein blendend weißes Tuch, darauf steht eine Vase mit Rosen.

Ein junger Mann mit kurzen Haaren, wie an die Kopfhaut geleimt, stellt sich ehrerbietig neben den Alten. Der junge Mann trägt eine schwarze Jacke und hat ein zusammengefaltetes weißes Tuch über dem Arm. Als der Alte auf etwas in dem dünnen, aber großen roten Buch gedeutet hat, verschwindet der junge Mann und kommt kurz darauf mit Schalen, Gläsern und Messern zurück. Er zieht den Korken aus einer Flasche und gießt weißen Wein ein. Der Alte versucht und nickt zufrieden.

Über ihm ist ein Dach, auf beiden Seiten aber nur eine halbe Wand, so daß er eine direkte Verbindung mit der Straße draußen hat, auf der die ganze Zeit über Menschen vorübergehen. In einiger Entfernung fahren die brummenden Metallkäfige mit den Menschen herum, die ihre Körper blitzartig über weite Entfernungen senden.

An den anderen Tischen befinden sich weitere Menschen, zu zweit, an einem einzelnen, längeren Tisch eine kleine Gesellschaft, die sich laut unterhält. Ein zweiter junger Mann geht zwischen den Tischen herum, grüßt einige der dort Sitzenden und wechselt mit ihnen Bemerkungen. Er strebt auf den Alten zu, vor dem er sich mit einem Lächeln leicht verbeugt. Aus der Tasche zieht er ein silbernes Schmuckstück, das er an eine Silberstange auf dem Tisch mit einer Kerze darin hält, sie beginnt unverzüglich zu brennen.

Er fragt, ob der Wein zufriedenstellend ist. Der Alte nickt und erzählt, daß das Lokal, in dem er zu Mittag ißt, am vorhergehenden Tag eine Bombendrohung erhalten hat, darum sei er in die Stadt gefahren, um dort zu essen. Der höfliche Mann antwortet, er habe in den Lokalnachrichten etwas über die Bombendrohung gesehen. Er wünsche Herrn Skonning eine angenehme Mahlzeit, dann geht er zu einem anderen Tisch, die Kerze läßt er brennen, obwohl es hellichter Tag ist.

Der Mann mit dem geleimten Haar bringt ein große Schale mit einem dampfenden Inhalt. Mit einem tiefen Löffel schöpft er dann eine Portion auf den Teller des Alten. Der hat zwei Löffel gegessen, als es plötzlich geschieht.

Er läßt den Blick über den Rand gleiten, der ihm von der Straße trennt, und seine Augen ruhen auf dem großen Gebäude auf der anderen Straßenseite.

Es ist die Domkirche!

Mit einem prächtigeren Portal, mit Steinen, deren Ton leicht grau ist, mit einer stolzen, langgezogenen Turmspitze. Aber es ist die Domkirche.

Nachdenklich bricht er ein Stück Brot ab, das er langsam verzehrt. Genußvoll, Einkehr haltend, hat er vom Wein getrunken. Er führt einen Löffel Suppe zum Mund. Ohne zu sinken, verteilt sich der Inhalt des Löffels auf der Zunge, löst sie in alle Ingredienzen auf, aufdringliche, milde, scharfe, runde, auf der gesamten Zunge, eine Landschaft von Geschmackswirkungen. Diese Geschmackssymphonie läßt er durch den Hals gleiten und nimmt einen weiteren Löffel, löst ihn auf, sammelt ihn in einem Konzentrat, einem alles umfassenden Mundvoll.

Wieder schaut er auf die Domkirche. An der Spitze des dahinterstehenden Gebäudes wacht ein Teufel über den ganzen Platz. Ein Beben durchläuft ihn, ein Augenblick von Gleichzeitigkeit, in dem er alle Zeiten empfängt, in sich birgt und aussendet, während er die Kirche mit der gleichen Intensität wahrzunehmen sucht, mit der er die Suppe genießt.

Zögernd nimmt er noch einen Mundvoll zu sich. Er taucht ein Stück Brot ein, ehe er es in den Mund nimmt, und es enthält all diese Gewürze, Spezialitäten und unterschiedlichen Geschmacksstoffe.

Wieder durchläuft ihn ein Schaudern, es breitet sich aus, nach oben in die Haarwurzeln und das Rückgrat entlang, bis an die Spitze des einen, fast fühllosen Beins und in das zweite. Darum ist er für einen Augenblick überzeugt, daß er mühelos aufstehen und ohne Stütze gehen könnte. Als sei in seinem Inneren alles verfügbar. Als sei dieses Konzentrat, das er in diesem Augenblick in seinem Mund hält, nicht nur fünfunddreißig Stunden eingekocht und sei zu einem Eintopf der Zeit geworden, sondern dreihundertfünfzig Jahre alt und habe alle Eindrücke gesammelt, die nun gegenwärtig sind.

Alles ist in seinem Inneren zusammengefaßt. Und dieser Auszug ist nicht nur das Konzentrat von sieben verschiedenen Fischsorten und vier verschiedenen Schalentieren, das durch langandauerndes Einkochen seine Erfahrungen und seine Erlebnisse von sich gegeben hat. Es sind sieben Generationen, und sieben Generationen haben ihre Freuden und ihre Schmerzen abgegeben. Die Fülle des Lebens, aufgesaugt in einem Stück knusprigen Brotes.

Ein unbekanntes Gebäude, Pflastersteine, Unrat, Leute in Fries, ein im Boden wühlendes Schwein, und im selben Augenblick biegt ein Radfahrer so plötzlich ab, daß das Auto hinter ihm scharf bremsen muß. Das Geräusch und der Schreck zwingen Styge in die Gegenwart zurück, aber er ist nicht mehr allein. Als nehme er einen anderen mit sich zurück. In Ruhe ißt er den Rest der Fischsuppe und versucht die sonderbare Stimmung festzuhalten, die ihn überfallen hat.

Er lobt das Essen und vor allem die Suppe, als Paul Raven ihm persönlich in den Rollstuhl hilft. Während Styge die Straße überquert, hat er das Gefühl, er schwebe, werde von einem Wunderinstrument getragen. Als er an der Buchhandlung anhält, ist er verblüfft darüber, wie der Stuhl auch dem kleinsten Wink gehorcht.

Er läßt sich fast überwältigen von der unglaublich bunten Auswahl von Büchern, die vor ihm im Schaufenster liegen. Er nimmt sich die Zeit, jeden einzelnen Titel zu lesen, und interessiert versucht er sich eine offene Vorstellung vom Inhalt zu bilden. Reisebeschreibungen aus exotischen Gegenden, von deren Existenz er kaum weiß. Eine Fülle von Romanen, haarsträubende Reißer neben traurigen Beschreibungen der komplizierten Weltzustände. Erörterungen über Verbesserungen des Seelenzustandes, die sich an reich illustrierte Kunstbücher stützen.

Wie ein gieriges, unersättliches Kind fährt er zwischen den beiden Schaufenstern des Ladens hin und her. »Mama Maya«, murmelt er leise.

Über das seltsame Leben der Bienen und einen Apparat, der die Bienensprache spricht. Ein Wörterbuch, das alle dänischen Worte und die Beschreibung ihrer Entstehung, Bedeutung und ihres richtigen Gebrauchs enthält. Ein vierbändiges Werk über die militärischen Waffen im Laufe der Zeit.

Er buchstabiert sich durch die Titel, saugt jede Erläuterung von den farbigen Umschlägen, Verlagsnamen, lobende Erwähnungen in Zeitungskritiken auf. Bewundert die vielen Schrifttypen, die elegante Ausstattung, den leicht hingeworfenen Zug, der jedem Buch seine eigene Anziehungskraft gibt.

Der Gedanke, daß diese beiden Schaufenster mehr enthalten, als sich in einem ganzen Leben bewältigen läßt, fasziniert ihn. Er seufzt wie ein Tantalus, nicht weil die unsichtbare Glasscheibe ihn von diesen Delikatessen trennt, sondern weil die Zeit ihm verweigert, sich satt zu essen. Noch nicht einmal einen Bruchteil der hier vorgestellten Gerichte könnte er zu sich nehmen.

Über die Papierherstellung seit Anbeginn der Zeiten, über Pferdedressur, über bekannte historische Persönlichkeiten, Feldherren, Erfinder, Denker und Händler, über den Alltag der Höhlenbewohner, die Vergnügungen der Wikinger, über Komponisten und ihren Kampf mit dem Teufel. Nun fühlt er sich unterlegen.

Er zwängt den Rollstuhl durch die Tür zwischen den beiden Schaufenstern. Im Ladeninneren vervielfacht sich das Angebot. Alle Weltgegenden, alle Zeiten, das gesamte Wissen, Staunen, die gesamte Begeisterung, alle Phantasiegespinste an einer Stelle versammelt. In der Ecke ein Gegenstand, der an einen Globus erinnert, sich bei näherer Betrachtung aber als dicht beschrieben mit Worten und Sätzen erweist, die in langen Bahnen daraufstehen und kreuzundquerlaufende Erzählungen bilden. »Ein sphärischer Roman von Alian Sandme« steht auf dem Sockel. Er kauft ein kleines Werk über die Laute im Verlauf der Zeit und außerdem das Buch mit allen Worten. Letzteres mit dem vagen Gefühl, hiermit den Ausgangspunkt zu allen anderen Herrlichkeiten zu besitzen.

Noch im Taxi nach Hause empfängt er, oder der, der sich seiner bemächtigt hat, die vorüberwirbelnden Eindrücke, für die er bislang blind gewesen ist.

In dem kleinen, gutgepflegten Vorgarten bleibt er sitzen und atmet tief die saubere Herbstluft ein. Der Duft der Beerenbüsche und der etwas ferneren, fast reifen Früchte dringt in ihn ein.

Er weiß selbst nicht, was ihn veranlaßt, in dem kleinen Haus herumzufahren, durch alle Zimmer, in alle Winkel, als führe er einen imaginären Gast herum. Er streckt die Arme seitlich aus, als sei er soeben einer Zwangsjacke entkommen. Das helle Schlafzimmer, in dem ein schwacher, parfümierter Duft erkennen läßt, daß Frau Simonsen hier geputzt hat, was die eigentliche Ursache dafür war, daß er einige Stunden in der Stadt verbrachte.

Die einfache, saubere Küche, ein Wunderwerk aus Glätte, Effektivität und Kunstfertigkeit. Der Kaffee, der sich auf einen einfachen Knopfdruck mit vielversprechendem Duft, während er durch den Filter läuft, selbst zubereitet.

Dieser Duft mischt sich mit dem neugebackenen Brotes. Respektvoll hält er die Nase über das frischgebackene Roggenbrot, zubereitet aus Sauerteig, den die Familie, folgt man der Überlieferung, seit vierzehn Generationen besitzt. Er inhaliert Gegenwart und Vergangenheit.

Er legt Plätzchen auf einen Teller. Auf dem Tisch in der kleinen Eßecke steht ein Gesteck aus Zweigen in zarten Herbstfarben, das Frau Simonsen geholt hat. Er gießt den Kaffee in die Thermoskanne und nimmt ihn zusammen mit den Plätzchen mit.

Das Wohnzimmer, klein und gemütlich, erscheint ihm plötzlich groß und angefüllt mit Anziehendem. Viele Bücher, Schallplatten, Instrumente, Archivkästen, die Sammlung von Stichen und Landkarten. Resultat eines langen Sammlerlebens und Material für Genuß und konzentriertes Erforschen vieler Leben.

Nachdem er eine Platte aufgelegt hat und Kaffee und Plätzchen in Reichweite stehen, schiebt er sich aus dem Rollstuhl in den Arbeitssessel. Als die Töne einsetzen, fühlt er sich fast überrumpelt. Der runde, sanfte Klang der Laute. Für einen Augenblick ist er so gegenwärtig, so klar und deutlich, daß er aufsieht, um sich zu vergewissern, welcher Meister dieses Instruments sich in sein Zimmer eingeschlichen hat. Ehe er den Zusammenhang noch voll erfaßt, hat die helle, träumerische Frauenstimme eingesetzt. Die langen, klagenden Melismen, traurig und doch so lauter, daß das Herz sich öffnet.

König Davids Klagelied von Alonso Mudarra, versichert er, ein wenig verwirrt, sich selbst. Einen Augenblick war er unterwegs, der Zeit entrückt. Die Töne erreichen ihn aus zwei großen Lautsprechern, das Erlebnis aber ist so intensiv, daß er jeden Ton einzeln hören kann, während sich vor ihm das melancholische Muster der Melodie aufzeichnet.

Der Tisch ist übersät mit Stammbäumen, die Frau Simonsen mit Bedacht beim Abstauben nicht berührt hat. Ehe er sie zu ordentlichen Reihen zusammenlegt, sieht er wieder auf die letzte Verbindung, die er am Vormittag etablieren konnte, unmittelbar bevor er zum Essen gefahren ist: Ambrosius, das dritte Kind und der zweite Sohn Veras.

An die Stelle, an der er diese wertvolle Angabe gefunden hat, steckt er ein Zeichen in das abgewetzte, in Leder gebundene Buch, dann schließt er es und legt es zusammen mit den Karteikarten weg. Vera war also Dines Großmutter. Die Kette ist beinahe geschlossen.

Auf dem Umschlag des neu gekauften Buches über die Geschichte der Laute befindet sich ein primitiver Holzschnitt, nach seiner Schätzung vom Ende des Mittelalters. Er zeigt eine Frau, deren Reize vom Wasser eines Holzbottichs, in dem sie sitzt, kaum verborgen werden. Sie hebt mit Stielaugen ihren Becher zu dem Lautenspieler, der ihr das Bad mit Gesang versüßt.

Die Zeit mußte einen Sprung gemacht haben, denn als er das nächste Mal aufsieht, ist es draußen dunkel. Die Plätzchen sind verzehrt, die Thermoskanne ist leer, auf dem Tisch liegen mehrere Schallplattenumschläge, von denen jeder mit ergänzenden Erklärungen beigetragen hat. Die klimpernde, schwebende Musik, die den Raum erfüllt, wird von einer Pipa erzeugt.

Was ihn aufsehen ließ, war ein fremdes Geräusch gewesen, das die chinesische Laute für einen Augenblick übertönt hatte. Er drückt auf einen Knopf, und augenblicklich verstummt die Musik. Ein Geräusch von zerbrechendem Glas. Obwohl er konzentriert lauscht, hört er kein ungewöhnliches Geräusch. Das leise Brummen des Kühlschranks, ein gedämpftes Brausen der Fernheizung, das altbekannte Summen des Plattenspielers in Stand-by-Position, ein fast unhörbares Gurgeln der Thermoskanne im Unterdruck. Im selben Augenblick, als er alle zu erwartenden Geräusche voneinander getrennt hat, hört er schleppende Schritte im Korridor und ein langes, unterdrücktes Atmen.

Styge, den der Tod bis dahin nicht hatte finden können, fühlt, wie ihm ein Schauder über den Rücken läuft. Kein Schauder, den Angst hervorruft, eher ein Fiebern vor dem letzten Examen, auf das man sich lange vorbereitet hat. Daher kam sie also, die Intensität, die er den ganzen Tag über fühlte, so, als sei es der erste Tag seines Lebens, während es doch der letzte ist.

Mit einem Druck auf die Fernbedienung läßt er die Pipa weiterspielen und ihr Spinngewebe aus Tönen ausbreiten. Ermöglicht wird diese orientalische Form der Intonation durch die großen Vertiefungen auf dem Griffbrett. Er ist kein Experte auf diesem Gebiet und weiß weit mehr über die alten europäischen Instrumente, aber es gibt für ihn keinen Zweifel, daß sich hier ein Virtuose seinen Weg durch eine dünne Melodie sucht.

Am liebsten wäre ihm, er würde inmitten seiner Arbeit ergriffen, doch es fällt ihm schwer, seine Gedanken festzuhalten, weil ein Loch in der Musik verrät. Sein Herz klopft so stark, daß er Schmerzen in der Brust hat, will ihn der Tod wirklich hier bezwingen? Ums Haar hätte er gerufen: ›Hier bin ich‹, damit es ausgestanden ist, jetzt zwingt ihn ein Klicken des Telefons, danach zu greifen.

Ohne die Musik abzuschalten, hebt er den Hörer ab. Er drückt einige Male auf die Gabel. Unterbrochen. Der Tod entfernt ihn von seiner Umgebung.

Die Rundung der Pipa läßt noch vage eine Form erkennen, die auf die arabische Form *al Ud,* die Schildkröte, verweist, von der die europäische Variante dieses Instruments ihren Namen hat.

So wie die Musik die ganze Erde vereint, scheint der Tod alle Zeiten zu vereinen, denn als die gesichtslose Gestalt schließlich eintritt, sieht Styge seine gesamte enthüllte Vergangenheit und seine noch im dunkeln liegende Zukunft in einer Gestalt vor sich.

Sogar der Tod geht mit der Zeit. Zu dieser Gelegenheit hat er sich dafür entschieden, in Cowboyhosen mit einem Loch auf dem Schenkel, schmutzigen Tennisschuhen und mit einem Eisenrohr in der Hand aufzutreten. Mit einer Handbewegung legt er die Maske eines jungen, kurzgelockten Mannes an.

»Ich habe dich erwartet.«

Der Tod wirft die Haut ab. Leicht wie ein Nylonstrumpf fällt sie auf einen Stuhl.

»Verflucht noch mal. Wäre bequemer für uns beide gewesen, wenn ich dich von hinten erledigt hätte.«

»Ich habe das Interessante dem Bequemen stets vorgezogen.«

»Wie du willst, das macht meine Leistung um so größer.«

»Das ist eine Leistung für dich? Das Abwerfen der Maske war also kein Zeichen dafür, daß du deine Rücksicht aufgegeben hast?«

»Im Gegenteil. Die Maske war für Nachbarn und für eventuelle Passanten gedacht. Ist völlig gleichgültig, ob du meine Fresse siehst oder nicht, die siehst du ohnehin zum letzten Mal.«

»Weil dieses Eisenrohr mein Gesicht entfernt?«

»Ich hatte mir eigentlich einen Schlag auf den Hinterkopf oder die Schläfe gedacht. Weniger theatralisch, aber effektiver.«

»Ich habe es symbolisch gemeint.«

»Laß das lieber. Was zum Teufel ist das eigentlich für ein Lärm?«

Ohne Vorwarnung schlägt der Bursche mit dem Eisenrohr auf den Plattenspieler. Mit einem Knirschen und einem lauten Knattern endet das enervierende Geklimpere. Wie ein Todesröcheln des chinesischen Meisters, der stellvertretend den Tod erleidet.

Die Ruhe hat eine befreiende Wirkung, als sie aber den Raum erfüllt hat, wird die Stille zudringlich, schneidend und gefährlich. Von der Stille herausgefordert, hebt der Bursche wieder seine Waffe und läßt sie durch die Luft sausen, zuerst trifft sie die Leere, dann die Lampe in der Ecke. Mit einem Plop verschwindet das Licht, und die Scherben der Vase verteilen sich an der Zimmerdecke, auf die sich auch die Dunkelheit gesenkt hat.

Der Bursche zieht das eine Knie ein wenig nach, während er durch das Zimmer geht, um sich ein neues Objekt für seine Zerstörungswut auszusuchen.

»Hast du dich verletzt?«

»Ich mußte von einem hohen Platz herunterspringen. Irgendein Idiot hatte die Leiter weggestellt. Sehr hoch war das.«

Er lacht freudlos, als wolle er eine schlimme Erinnerung bewältigen.

»Warum bist du gekommen?«

»Ich verstehe voll und ganz, daß du dich rausreden willst. Streng dich nur an, das macht meine Leistung nur noch größer. Also: Weil mich nichts daran gehindert hat.«

»Dich auf meine Kosten bereichern? Dir das Leben ein wenig angenehmer machen, indem du meine Existenz zerschmetterst?«

»Kannst du mir einen Grund nennen, warum ich das nicht tun sollte?«

»Der beste Grund sitzt vor dir.«

»Du? Ich meine selbstverständlich einen Grund, der mich etwas angeht. Du bist nicht ich, oder? Mir tut der Schädel nicht weh.«

In der dunklen Ecke setzt er sich in den Sessel, die Scherben der Vase stören ihn nicht. Eine Scherbe, die auf der Armlehne gelegen hat, schleudert er durch das Zimmer. Sie trifft den Vorhang und fällt zu Boden. Die anderen, die auf dem Sessel liegen, spürt er nicht.

»Ich bin ganz bestimmt nicht du. Aber ich bin ein Mitmensch.«

Der junge Mann lächelt höhnisch.

»Ein Gegner, willst du sagen. Das ist eine riesengroße, fette Lüge, die ihr euch da ausgedacht habt. Ständig kommt ihr damit, zu allen passenden Gelegenheiten. Und ansonsten bildet ihr euch ein, sie ist wahr.«

»Was für eine Lüge?«

»Daß das irgendeine Bedeutung hat: Ein Mitmensch. Wir wissen doch alle genau, alle zusammen, im tiefsten Inneren, daß wir die Gegner der anderen sind. Wenn ich einen sehe, dem es schlechtgeht, bin ich mir natürlich klar darüber, daß mich die Lüge sagen lassen wird: Das ist traurig, wie kann ich dir helfen? Aber ich weiß doch ganz gut, daß alle Menschen, die so einen Sermon auf Lager haben, am liebsten sagen würden: Wie gut, daß nicht ich das bin. Warum in aller Welt soll ich dieser Laus helfen, wenn ich dafür herhalten soll? Es ist schon in Ordnung, ich kann ihm gut fünf Öre geben, wenn ich mich dadurch wohler fühle und eine halbe Million habe.«

»Wenn du die Lügen also durchschaut hast, weißt du vielleicht auch, wie die Wahrheit aussieht?«

»Klar. Das ist nicht so kompliziert.«

»Willst du es mir nicht sagen?«

Der junge Mann zuckt mit den Achseln und beschließt offenbar, die Unterhaltung noch ein wenig fortzusetzen.

»Wir unterscheiden uns überhaupt nicht von einer Spore, die vom Wind weggetragen wird. Vielleicht landet sie irgendwo, wächst, entwickelt neue Sporen, die vom Wind verteilt werden und draufgehen. Das ist alles. Es gibt keinen beschissenen Unterschied zwischen uns und einer Kröte, einem Hering oder einer Spinne. Wir werden geboren, vertreiben uns die Zeit mit Nahrungssuche, vermehren uns und sterben.«

»Eine Spore? Viel ist das nicht.«

»Nein, aber es ist nicht mehr. Und jeder Mensch, der ein wenig nachdenkt, muß einsehen, daß es sich so verhält. Aber weißt du, was mir imponiert?«

»Nein.«

»Auf wie viele verschiedene Arten man das leugnen möchte. Man hat mindestens eine Million Theorien und Geschichten entwickelt, die von der Würde des Menschen oder unserer göttlichen Herkunft oder der uns innewohnenden Güte berichten. Hast du das noch nie gehört?«

»In noch weiteren Verkleidungen.«

»Oder der Belohnung dafür, daß man sich ordentlich aufführt.«

»Hier und im Jenseits.«

»Oder der Strafe dafür, daß man Menschen in Not nicht geholfen hat, oder den Schmerz, wenn man Böses tut. Alles Lüge, das wirst du bald merken.«

»Und was ist mit der Nemesis?«

»Ja, die auch. Oder die böse Tat, die auf Umwegen auf einen selbst zurückfällt.«

»Eine gute Geschichte ist das aber, manchmal.«

»Da hast du recht. Lügenmärchen. Unaufhörlich erzählen wir einander Lügenmärchen und verschleiern die simple Wahrheit. Beispielsweise von dem Mann, der im Grab keine Ruhe findet, bevor er dafür gesorgt hat, daß das Gute wieder gut wird. Faseleien.«

»Ja, und von dem, der sich opfert und damit belohnt wird, daß andere hierdurch glücklich werden.«

»Bestimmt kennst du viel mehr als ich«, sagte der junge Mann neidisch.

»Zweifellos.«

»Lügenmärchen, Fabeln, fromme Gleichnisse und Faxen.«

»Pesalliker.«

»Bitte, was?«

»So haben wir derlei bei uns zu Hause genannt.«

»Mein Lieber ... So viele Pesalliker, damit man der Wahrheit nicht ins Auge sehen muß?«

»Daß wir nur Sporen sind?«

»Genau. Deine Ironie kannst du dir sparen. Das ist der letzte Ausweg, wenn es keine Lügenmärchen gibt, die man sich selbst einbilden kann.«

»Du wirst es nicht glauben, ich bin tatsächlich im Grunde einig mit dir. Darin unterscheiden wir uns nicht.«

»Und worin dann?«

»Daß du viel wahrheitsliebender bist als ich.«

»Wie bitte?«

Der junge Mann springt auf und hebt wütend das Eisenrohr.

»Und warum erzählen die Leute all diese Lügenmärchen, wenn sie die Wahrheit ganz gut kennen? Was meinst du?«

»Wahrscheinlich, damit ihnen die Leere erspart bleibt.«

»Die Leere? Was meinst du?«

»Es kommt einem schließlich ein wenig bedeutungslos vor und reinweg nicht lebenswert, daß man nur eine Spore in einem großen Universum ist.«

»Es geht ihnen also besser, und sie fühlen sich größer, wenn sie eines dieser Lügenmärchen hören?«

»Ja. Falls sie fähig sind, sich selbst zu betrügen. Denn sie kennen schließlich immer die Wahrheit dahinter.«

»Dank Maya.«

»Dank was? Ist das ein neues Lügenmärchen?«

»Diejenige, die uns die Fähigkeit gibt, an Lügenmärchen zu glauben. Gehst du gern ins Kino?«

»Wenn es einen guten Film gibt.«

»Und wenn du dich in einen spannenden Film vertieft hast, was machst du mit einem, der neben dir sitzt und sagt: ›Das ist nur ein Film.‹ Der ruft, wenn die Heldin rot wird: ›Schinken!‹ Und wenn der Held blutet: ›Nur Obstsaft.‹«

»So einer sitzt nicht lange neben mir.«

»Warum?«

»Der kommt blutig aus dem Kino. Und das ist dann kein Obstsaft.«

»Dennoch weißt du ganz genau, daß du nur einen Film

siehst, der mit Hilfe von Schminke und Kulissen hergestellt wurde?«

»Selbstverständlich.«

»Und warum jagst du dann deinen Nebenmann hinaus?«

»Weil er mir mein Erlebnis zerstört.«

»Du willst sagen, das Lügenmärchen des Films sei besser und wichtiger als die Wahrheit, daß du in einem Kino sitzt und auf ein paar Schattenbilder starrst?«

»Okay. Ich habe begriffen.«

»Was hast du begriffen?«

»Daß unsere verschiedenen schwachsinnigen Theorien dazu dienen zu verbergen, daß wir uns in einem beschissenen leeren Kino befinden.«

»Das Problem ist also nicht so sehr, daß man dich mit Lügen füllt, sondern daß die Lügenmärchen, die man dir erzählt, nicht überzeugend genug sind?«

»Oder daß zu viele in meiner Umgebung ›Eismann‹ rufen.«

»Ich habe nicht richtig verstanden, Eismann?«

»Das rufen die Jungs, wenn sie gegeneinander kämpfen und sich nicht von einem Filmkuß verführen lassen wollen.«

Der Alte nickt und sieht seinen Gast an.

»Warum bist du eigentlich gekommen?«

»Um dich zu erschlagen, und mitzunehmen, was das Mitnehmen lohnt.«

»Und um dir selbst ›Eismann‹ zuzurufen?«

»Alter, jetzt nimm dich ein wenig in acht.«

»Wenn es vor allem ums Stehlen gegangen ist, hättest du nicht das Teuerste zerschlagen, was dir in den Weg kam.«

Styge sieht hinüber nach der Hi-Fi-Anlage.

»Ich habe mich nicht nach dem Teuersten gerichtet, sondern nach dem, was dir am meisten wert ist.«

»Aber trotzdem. Es ist fast das einzige, das du auf dem schwarzen Markt verkaufen kannst.«

»Also gut. Sagen wir so: Stehlen kommt in zweiter Linie.«

»Also, um dich selbst zu überzeugen, daß du nicht an das Lügenmärchen vom Bewahren eines Menschenlebens glaubst?«

»Nein. Auch nicht. So einfach ist das nicht. Es dröhnt mich voll, wenn ich etwas tue, was ich noch nie getan habe, etwas, womit ich meine alten Grenzen überschreiten kann. Ich erwarte mir eine große Befriedigung davon, daß ich dir eins über den Schädel ziehe. Viel größer als der überzeugendste Filmkuß. Ich tue es, weil es die größte Herausforderung ist, die mir einfällt.«

Im selben Augenblick durchfährt Styge ein Schauder. Er lächelt, murmelt einen Dank an Maya, als sei er auf eine Idee gekommen.

»Hör zu«, sagt er zögernd. »Du glaubst, du kannst alles. Ich kann dir eine Aufgabe nennen, die viel schwerer ist, als die Augen zu schließen und ein Eisenrohr fallen zu lassen. Etwas, das du kaum schaffst, auch wenn du dich von Normen und Fesseln völlig frei fühlst.«

»Und was sollte das sein?«

»Mir ist etwas eingefallen! Hier gibt es nicht sehr viel zu holen. Kein verstecktes Geld. Einiges in meinen Sammlungen mag ein wenig Wert haben, wenn man sich auskennt und die richtigen Käufer findet. Aber das ist bei dir vermutlich nicht der Fall. Und weitaus das meiste ist in Papieren angelegt, die dir nicht sofort etwas einbringen.«

»Worauf willst du eigentlich hinaus?«

»Ich veräußere das Haus, mache all meine Papiere zu Bargeld, verkaufe die verschiedenen Gegenstände so teuer wie nur möglich. Alles, jede einzelne Öre, sollst du haben. Unter der Bedingung, daß du meine Aufgabe erfüllst. Und beweist, daß du alles kannst.«

»Ich werde nicht im Handstand auf den Himmelbjerg gehen.«

»Nichts, wodurch du Blasen an die Hände und Schweiß auf die Stirn bekommst. Du kannst es aber nur durchführen, wenn du völlig unvoreingenommen bist und dich von keinerlei Vorurteilen hemmen läßt.«

»Ich habe dir doch gesagt, daß ich keine Hemmungen habe.«

»In deinem normalen Umgangskreis wird man dich bestimmt tief verachten.«

»Auf den Altar der Domkirche scheißen?«

»Herrgott, schwerer, viel schwerer.«

»Auf offener Straße drei Katzenjunge aufschlitzen?«

»Kinderkram.«

»Ein Kleinkind vor den Augen der Eltern quälen?«

»Mich erstaunt, daß du nur in dieser Richtung suchst. Dort liegen deine Grenzen doch wohl kaum.«

»Dann heraus damit.«

Styge macht eine Pause. Prüfend betrachtet er seinen Gast, um sich zu versichern, daß er den Schock ertragen kann.

»Du sollst wirklich nur gut sein.«

»Gut sein?«

»Sagen wir, ein Jahr lang.«

Obwohl er im Dunkeln sitzt, gibt es keinen Zweifel, daß der junge Mann seinen Gastgeber mit offenem Mund anstarrt. Styge selbst ist benommen, vielleicht liegt es an der Aufregung, die der unerwartete Gast hervorgerufen hat, vielleicht ist es diese Besessenheit, die ihn steuert.

»Mann, bist du verrückt?«

»Einbrechen und einen Mann auf den Kopf zu schlagen oder deine alte Mutter zu treten, dazu braucht man nur einen Augenblick. Man muß sich nur zusammennehmen, dann ist alles überstanden. Darum kommst du mit so etwas zurecht. Aber vor dieser langen Zeit, davor schreckst du zurück.«

»Du bist verrückt.«

»Ich kann verstehen, daß dir graust. Du hast geglaubt, du hättest dich in der Gewalt. Und könntest dir alles erlauben.«

»Worüber redest du überhaupt? Gut...«

Der junge Mann hatte Schluckbeschwerden.

»Gut sein.«

»Was zum Teufel meinst du? Das gibt es nicht. Gut und Böse. Darüber könnte man kotzen, inhaltslose Worte, die ihr ständig benutzt.«

»Wenn du dich selbst auf die Probe stellen würdest, wüßtest du, in welcher Richtung du suchen mußt. Du hast deine fehlenden Hemmungen nicht unter Beweis gestellt, als du für eine alte Dame eingekauft und Essen zubereitet hast, oder nicht? Vom Aufschlitzen eines Katzenjungen hast du geredet, aber nicht davon, daß du ins Krankenhaus gehst und einen einsamen Menschen besuchst.«

»Halt's Maul, mir wird schlecht.«

Der Gast ist aufgesprungen. Verwirrt sieht er sich um, hat die Hand vor dem Mund.

»Die Toilette ist dort draußen.«

»Was mach' ich…?«

In seiner Verwirrung hebt er das Eisenrohr auf. Wachsam betrachtet er seinen Gastgeber, der nach der Krücke gegriffen hat. Als der junge Mann das Eisenrohr hebt, schleudert Styge die Krücke von sich. Sie prallt gegen das Bücherregal und fällt scheppernd zu Boden.

»Fahr den Rollstuhl aus meiner Reichweite, dann weißt du, daß du mich in deiner Gewalt hast. Und das Telefon ist ja tot.«

Der junge Mann stemmt den Fuß gegen den Rollstuhl und versetzt ihm einen kräftigen Stoß. Er rollt los, beschreibt eine Kurve, kippt und schlägt mit einem gewaltigen Lärm um. Der junge Mann hat das Wohnzimmer bereits verlassen. Die Türen sind offengeblieben, und der alte Mann kann die Würgegeräusche von der Toilette hören.

»Ein junger Mann von ungefähr zwanzig Jahren hat mich ermordet. Mittlere Größe, oder etwas darüber, kurze, dunkle, krause Haare, Linkshänder. Bekleidet mit schmutzigem T-shirt, Cowboyhosen mit einem Loch über dem linken Knie. Zieht infolge eines Sturzes ein Bein nach…«

Als er hört, daß die Schritte zurückkommen, steckt Styge die beschriftete Karteikarte in die lange Buchreihe im Kasten.

»Du bist verdammt widerwärtig«, sagt der junge Mann beim Betreten des Zimmers. »Gut soll ich sein? Das kannst du dir sparen.«

»Ich hatte mir etwas weniger Aufopferungsvolles gedacht. Daß du es schaffst, ein Jahr lang ganz einfach gut zu sein. Nur lieb und nett, nicht boshaft. Du bekommst ziemlich viel Geld.«

»Sollte das so schwer sein?« sagt der junge Mann leise zu sich selbst.

»Ich habe einen schnellen Überschlag gemacht, während du draußen warst. Zwei Millionen könnten es sein. Du könntest angenehm mit ihnen leben. Und könntest viel Gutes tun, wenn dein Probejahr dann vorbei ist. Wenn du so viel Geld zur Verfügung hast, könntest du das Versäumte schnell nachholen.«

»Worüber schwafelst du? Das Versäumte?«

»Das Gute wieder böse machen. Wenn dir so sehr danach ist.«

»Zwei Millionen? Und das soll ich dir glauben?«

»Rund gerechnet. Allein die freien Werte im Haus...«

»Ich meine nicht die Summe. Du willst mich doch nur aus dem Haus haben. Warum solltest du mir zwei Millionen schenken?«

»Das ist meine Angelegenheit.«

»Selbstverständlich, selbstverständlich. Aber ich glaube dir kein bißchen.«

»Das ist kein sonderlich großes Opfer, zwei Millionen.«

»Nur ein bißchen Taschengeld«, äfft der junge Mann seine Stimme nach und schlägt sich mit dem Eisenrohr einige Male fest auf die rechte Handfläche.

»Nein, das ist wirklich alles, was ich habe. Hör zu, ich lege die Karten auf den Tisch.«

Der junge Mann schnieft höhnisch und gibt vor, Maß zu nehmen, welche Stelle des Schädels sein Rohr treffen soll.

Der Alte versucht sein Unbehagen an der Berührung zu verbergen.

»Ich habe infolge eines Unglücks oder eines Zufalls geheiratet. Und habe hinterher entdeckt, daß meine Frau Faschistin war, daß sie engstirnig und egozentrisch war. Ich schalte ein wenig langsam. Auch damals war das so. Darum hatten wir zwei Töchter, bis ich mich zusammenriß und sie verließ. Die Töchter waren so weltfern wie der Vater und so von sich eingenommen wie die Mutter. Die eine heiratete einen notorischen Lügner und Betrüger. Die andere einen schwammigen Leisetreter. Schon seit langem habe ich die Verbindung zu ihnen abgebrochen. Aber das kann ich dir versichern, an dem Tag, an dem ich sterbe, fallen sie über den Nachlaß her. Das ist fast das einzige Ärgernis in meinem hohen Alter.«

»Ich verstehe. Kannst du die ganze Scheiße nicht einer Stiftung vermachen?«

»Für wohltätige Zwecke? Das ist nicht mein Stil. Fast ebenso schlimm wie dieser Lügner oder der Teigklumpen.«

Der junge Mann nickt und versucht, sich mit einem etwas ungewöhnlichen Problem vertraut zu machen.

»Du erkennst also unschwer, daß es kein großes Opfer ist, wenn ich das Ganze dir gebe. Fast ein Vergnügen, die ganze Scheiße los zu werden, wie du es ausdrückst. Das größte Opfer ist fast, daß ich ein weiteres Jahr am Leben bleiben muß, um festzustellen, was aus unserem Experiment wird. Oder ist ein Jahr zuviel? Sollen wir lieber ein halbes Jahr sagen?«

»Nein, sagen wir ruhig ein ganzes. Es soll doch auch eine Herausforderung sein. Aber wie im Himmel sollen wir das machen? Ich meine, wie willst du kontrollieren, daß ich... daß ich...«

»Daß du dich an die Abmachung hältst?«

»Ja.«

»Wenn du erst einmal gut bist, kann ich mich auf dich verlassen.«

»Ich verstehe einfach nicht, wovon du schwafelst. Was ist, wenn ich mich irre? Wenn ich das Ganze verkehrt anfange?«

»Vielleicht wäre es eine gute Idee, wenn du ab und zu Bericht erstattest. Dann kann ich das Ganze verfolgen, und es fällt mir ein wenig leichter, am Leben zu bleiben.«

»Du bist verrückt, das geht nicht.«

Ärgerlich, daß er sich von einer verrückten Idee hatte einnehmen lassen, wirft der junge Mann sich in den Lehnsessel.

»Das kannst du nicht?«

»Ich habe keine Ahnung, was ich mit mir selbst anfangen soll. Willst du, daß ich mitten auf einer Kreuzung stehe und alle Leute anlächele? Was soll ich denn eigentlich machen? Worüber schwafelst du eigentlich?«

»Ich sehe ein, daß das schwierig ist. Vielleicht solltest du vorher eine Lehrzeit haben. Unter den Leuten, und beobachten wie sie sich verhalten. Von wem du lernen kannst.«

»Ja, vielleicht... Ich muß schwachsinnig sein. Das ist eine Falle. Sobald ich durch die Tür bin, rufst du die Polizei.«

»Was sollte ich davon haben?«

»Du sorgst dafür, daß sie mich einsperren, und rächst dich. Und bekommst Schadenersatz.«

Der junge Mann hebt den Deckel des Plattenspielers, der völlig zerstört ist. Er hebt bedauernd die Schultern.

»Diese Freude wäre von kurzer Dauer. Eine der Vergnügungen, die ich noch habe, ist Besuch zu empfangen und Neues aus der Welt zu erfahren. Von deinen Besuchen erwarte ich mir erheblich mehr Unterhaltung als von denen der Polizei. Und das Zeug dort ist doch ohnehin versichert.«

Der junge Mann ist eifrig bemüht, den Schaden wiedergutzumachen.

»Ich kann den gleichen beschaffen, für ein Viertel des Preises, schwarz. Wenn du bei der Versicherung dick aufträgst... Hast du etwas, was kaputt ist oder was du loswerden willst? Da genügt ein Schlag von mir.«

Er sieht sich nach geeigneten Objekten um.

»Mach dir nicht die Mühe.«

»Der Sessel? Der hatte schon vorher einen Riß im Leder.«

»Nein, hör auf.«

Der junge Mann hält verblüfft inne, noch ehe er das Leder heruntergerissen hat.

»Du kannst einen ganz neuen dafür bekommen. Ohne weiteres.«

»Überleg mal. Du wolltest doch lernen.«

»Was meinst du? Das schadet doch keinem. Du meinst, daß...«

Statt ihn zu zerstören, sinkt der junge Mann überwältigt in den Sessel, als ihm der Umfang dessen, worauf er sich eingelassen hat, klar wird.

»Du mußt natürlich selbst entscheiden. Aber du mußt einiges überdenken. Bevor du dich daranmachst.«

»Das habe ich kapiert. Aber es wäre auf alle Fälle dumm, eine solche Anlage im Laden zu kaufen. Was nehmen die dafür? Fünfzehntausend? Ich beschaffe sie für vier oder eher drei. Der Rest des Geldes...«

»Nein, vielen Dank. Übrigens ist mir Geld gleichgültig.«

»Das glaube ich dir nicht. Geld ist niemandem gleichgültig.«

»Das bekommst doch du. In einem Jahr.«

Dieser Gedanke treibt den Gast vom Sessel in die Höhe. Noch einmal besichtigt er die zerschmetterte Anlage und murmelt einige verdrießliche Worte über Verschwendung und reine Vergeudung.

»Was ist, wenn du stirbst, bevor das Jahr abgelaufen ist?«

»Dann bist du der Angeschmierte. Ich glaube kaum, daß ein Testament zu deinen Gunsten als juristisch bindend gelten könnte. Du mußt also auf meine Lebenskraft vertrauen, so wie ich dem Inhalt deiner Berichte vertrauen muß. Im übrigen wird mich die Spannung, zu hören, was du zu erzählen hast, am Leben erhalten.«

»Das ist schwachsinnig! Dein Vorschlag ist so total schwachsinnig, daß ich darauf eingehe. Ich komme wieder und erstatte Bericht.«

»Ich freue mich darauf.«

»Und jetzt keinen Unsinn.«

»Danke, gleichfalls. Schaffst du es, meinen Rollstuhl aufzurichten und mir hinzustellen? Als Anfang.«

Als der junge Mann den Rollstuhl in Reichweite gestellt hat und obendrein auch noch mit dem Krückstock kommt, zittert ihm die Hand.

»Bitte sehr«, sagte er höflich.

Ungläubig berührt er seine Wange und betrachtet die Hand, die sich von selbst bewegt.

»Das ist schon komisch«, sagt er. »Als wäre einer in mich reingekrochen. Der mich herumstößt.«

»Magst du nicht durch das Fenster gehen, das du eingeschlagen hast? Und den Strumpf über den Kopf ziehen? Aus Rücksicht auf Nachbarn und Polizei?«

»Also dann ein letztes Mal.«

»Ich danke dir. Das macht es leichter, wenn ich es melden will. Mein Gewissen, weißt du.«

»Selbstverständlich.«

8

Hans Skonning ging mit abgemessenen Schritten von der Mauer der Domkirche ungefähr zu der Stelle, an der man die Kinderleiche gefunden hatte. Dann vollführte er eine scharfe Drehung und machte einige Schritte in einer anderen Richtung.

Die Sonne stand niedrig, brachte aber noch einen schwachen Nachklang der sommerlichen Wärme. Auf der Kirchenmauer stand eine Handvoll armer Tröpfe und versuchte soviel Wärme wie möglich aufzunehmen. Drüben, bei den Rosengärten, gab es Radau. Ein Gärtner, der dort arbeitete, rief hinter ein paar mageren Stück Vieh her, die auf ihrem Weg durch die Stadt ein Loch im Zaun gefunden hatten und in den Garten geschlüpft waren. Der Gärtner johlte und drohte, und als dies nicht half, warf er drei oder vier Erdklumpen oder Steine nach dem Hirten, der die störrischen Tiere, die sich nicht aus ihrem eben gefundenen Paradies vertreiben ließen, herumkommandieren wollte.

Die Frierenden auf der Kirchenmauer waren vom Lärm angezogen worden und begannen Steine nach den armen Tieren zu werfen, die dieser Angriff aus dem Hinterhalt nur noch mehr verwirrte. Der Hirte gab Schlimmes von sich und machte sich bei den Neuankömmlingen zum Gespött, während er gleichzeitig die widerstrebenden Tiere kommandierte.

Skonning ließ sich nicht stören, sondern fuhr mit seinen Berechnungen fort. Er hatte mich nicht gesehen, jedenfalls zuckte er zusammen, als ich ihn ansprach.

»Hat der Herr Glöckner jetzt auch eingesehen, daß man die Wahrheit messen kann?«

»Worüber sprichst du?« sagte er ein wenig unwirsch.

»Offensichtlich gehst du die Entfernung von der Kirche zum Leichenbaum ab.«

»Mein lieber junger Bertel, wieder ziehst du übereilte Schlüsse. Diese Wahrheit ist es nicht, die mich beschäftigt. Im übrigen kommt sie wohl bald zutage.«

»Warum nimmst du das an?«

»Jetzt, nach dem Tod des Bischofs, kann sie nicht länger im verborgenen gehalten werden.«

Ich ließ mich ablenken, wie Skonning das hatte haben wollen, und ließ mich auf eine Diskussion der Verhältnisse nun, nach dem lange erwarteten Tod des Bischofs, ein. Verstummt waren die Gerüchte über die Schwäche der Frau des Bischofs für Magister Bonde nicht, und weniger zahlreich auch nicht. Es hieß, ganz gewiß habe Bischof Morten bei seinem Tod die Hand seiner Frau in der seinen gehalten, ihre Gedanken habe er hingegen nicht gehabt. Wer immer sie kennen mochte.

Ich schreckte ein wenig zurück vor dem Leichenbaum, an dem wir standen, weil ich mir die Tat in jener grausigen Nacht vorstellte, in der zwei Monate zuvor das Kind verscharrt wurde. In der an Ereignissen und Gesprächsstoff armen Stadt verging kein Tag, ohne daß der Leichenfund nicht noch einmal hervorgezerrt und das Oberste zuunterst gekehrt wurde.

»Warum sagst du nicht, daß ich mich geirrt habe?« sagte Skonning heftig.

»Hast du das denn?«

»Warum sagst du nicht, was du denkst, daß es gar nicht das Paradies gewesen ist, das ich gesehen und beschrieben habe?«

»Das ist es vielleicht gar nicht?«

»Du hast das doch gelesen?«

»Ich habe es einfach nicht seinlassen können.«

»Aber dann mußt du es doch auch gesehen haben. Sie wollen einander totschlagen. Sie suchen hartnäckig nach dem Guten, haben es aber noch nicht gefunden. Wie kann dies das Paradies sein?«

»Wenn du es sagst. Aber was ist es dann?«

»Ich weiß es nicht«, rief er verzweifelt und zerrte an seinen Barthärchen. »Ich begreife das nicht. Es ist vorhanden, das verspreche ich dir. Schließlich sehe ich es so deutlich. So deutlich wie dich. Es ist vorhanden, aber ich begreife nicht, wo.«

Er war so verwirrt, wie ich ihn noch niemals gesehen hatte. Er war zur Domkirche gezogen, hatte wiederholt an ihre Mauern geklopft, als müsse er sich versichern, daß sie solide und vorhanden waren.

»Sie ist doch hier. Oder nicht?«

Seine Unsicherheit war so groß, daß ich mich fast in Versuchung bringen ließ, seinem Beispiel zu folgen und die Hand auf die Mauer zu legen, um mich ihrer Solidität zu versichern. Ich beherrschte mich jedoch. Das Vieh war nun auf dem Weg zum Trappstien, was keineswegs der geeigneste Weg hinunter zum Fluß war. Die Hirte schrie auf, aber die aufgeschreckten Tiere wurden von einer Welle aus Rufen und Steinwürfen von sowohl armen Teufeln wie Kindern und Bürgern gejagt.

»Kannst du mir die Zusammenhänge erklären? Wenn es vorhanden ist und ist doch nicht das Himmelreich? Vieles ist anders, aber die Kirche hier, die gibt es. Unzweifelhaft. Verstehst du, genau diesen Stein hier. Den gibt es dort. Und doch ist er hier. Oder nicht?«

Er zerrieb sich die Fingernägel an einem der Ecksteine, so daß das Blut tropfte.

»Es ist dieser Ort. Dieser elende, schweinische, jämmerliche Ort. Und doch ist er wunderbar und prächtig eingerichtet. Das ist der Himmel und die Erde. Noch prachtvoller als jener Garten mit einer Flut von Birnen und Äpfeln, den der selige Luther uns in Aussicht gestellt hat. Wo wir springen und spielen und mit einer silbernen Armbrust schießen sollen.«

Obwohl ich ihn verdächtigte zu jammern, ohne auf seine

eigenen Worte zu achten, blieb er plötzlich stehen und hörte, was er selbst sagte.

»Das ist der Himmel, den man auf die Erde gebracht hat«, sagte er. »Das ist die Ewigkeit, aber die Ewigkeit an diesem Ort. Ein Ort des Reichtums und der Herrlichkeit, an dem die Menschen die Aufgabe haben, ihre eigenen Mythen zu leben.«

Er war so abgeklärt, daß ich wagte, irgend etwas von einer Utopie zu murmeln, dieser Gedanke war mir während der Lektüre einige Male gekommen.

»Ich habe mehr gesehen«, sagte er, ohne meinen Vorschlag zu beachten. »Ich habe mehr gesehen, das Seltsame ist...«

An dieser Stelle legte er eine Pause ein. Aus teuer erkaufter Erfahrung wußte ich, daß ich, selbst wenn ich versuchte, ihn auszuhorchen, nicht mehr von ihm erfahren würde. Wir hatten vereinbart, durch den Rosengarten zu gehen, weg von diesem lärmenden Haufen, der sein Bestes tat, um das Vieh das halsbrecherische Gäßchen hinabzujagen.

Um aber das zwischen uns herrschende Schweigen zu beenden, begann ich mit vorsichtigen Worten, da ich wußte, wie leicht man den Alten reizen konnte, Vergleiche zu ziehen zwischen der Schilderung, die ich gerade gelesen hatte, und der über den ruhmreichen und abscheulichen Doktor Faustus. Freilich so, daß ich noch ergänzen konnte, ehe der Drucker überschäumte, es verhalte sich mit seiner Schilderung eigentlich eher umgekehrt. Denn während dieser abscheuliche Doktor sich an den Bösen verkauft hatte, hatte Tobias sich das Gute erkauft.

Skonning starrte mich so erstaunt an, als spreche ein räudiger Köter plötzlich in menschlicher Sprache zu ihm. Ihm wurde so schwindlig, daß er sich an der Hecke stützen mußte, die der Gärtner gerade ausbesserte.

»Womöglich sagst du mehr, als du selbst begriffen hast«, flüsterte er, weil ihm die Stimme versagte. »Vielleicht tue ich mehr, als ich selbst weiß. Wie ich gerade sagen wollte: Das Sonderbare... das Eigenartige..., das völlig Unerklärliche ist, daß ich das Gefühl habe, auf die eine oder andere Weise einzugreifen in die Geschehnisse, die ich dir beschrieben habe. So, als befinde sich dies alles doch nicht gänzlich außerhalb meines Einflusses. Um es geradeheraus zu sagen: Unmittelbar bevor der alte Mann Tobias seinen Vorschlag machte, war ich auf diesen Einfall gekommen – die Aufgabe, die er ihm gestellt hat. Kann es denn sein, daß ich ihm dergleichen eingegeben habe?«

»Das überschreitet meinen Verstand.«

»Das muß dich nicht kümmern. Mir geht es genauso.«

Während Skonning die neuen Gedanken verdaute, wechselte ich einige Worte mit dem Gärtner oder Topiarius, der den Zaun ausbesserte. Er war ein studierter Mann, der es genoß, sein Latein zu üben. Ich erschwatzte mir einen Armvoll Rosen, die vom Vieh ohnehin beschädigt worden waren. Anne Storm, meine Hauswirtin, die mir eine gute Stütze war, würde sie zu schätzen wissen, denn sie würzte die Luft in der Stube sehr gern ein wenig.

Infolgedessen war ich mit Blumen schwer beladen, als wir weitergingen zum demütigen Patmos des alten Glöckners, wie er es selbst nannte. In der letzten Zeit habe er mehrere Offenbarungen gehabt, nicht nur eine, und die Schilderungen dieser Offenbarungen seien nicht weniger eindrucksvoll als die der vorhergehenden, versicherte er. Nicht zuletzt unter dem Aspekt dieser mittäglichen Unterhaltung.

Sorgfältig schloß er die Tür, und mit geheimnisvoller Miene und einer Würde, die der Mohammeds, als er seinem Volk die Offenbarung überbrachte, nicht nachstand, überreichte er mir einen ansehnlichen Stoß dichtbeschriebener Papiere, die ich, wie er mich zum wiederholten Male beschwor, gut verstecken sollte, denn sie vertrugen keine unbelehrbaren Augen.

»Und du willst mich zu einem Utopiarius machen«, sagte er streng. »Bevor du sie versteckst, lies sie. Du wirst erkennen, wie sehr du dich irrst.«

Zu diesem Zeitpunkt dürfte es den meisten Menschen aufgegangen sein, daß wir uns auf einer runden Erdoberfläche befinden.

Zudem dürfte bekannt sein, daß eine Welt von solcher Gestalt auf einem flachen Stück Papier nicht korrekt abgebildet werden kann.

Es mag seltsam erscheinen, daß Autoren, die nach einem hinreichenden Bild dieser Welt trachten, so viele Jahrhunderte lang verzweifelt bestrebt waren, sie in einer langen, ununterbrochenen Textlinie einzufangen, wo doch Kartographen schon längst gezeigt haben, daß eine genaue Abbildung der Welt die Kugelform erforderlich macht.

Daß der erste Globusroman unmittelbar nach seinem Erscheinen so große Aufmerksamkeit bewirkte, rührt nicht nur daher, daß es sich dabei um ein neues Modephänomen handelte, sondern daß diese runde Fläche tatsächlich Möglichkeiten bot für völlig neue Strukturen, auf ungeahnte Zusammenhänge hinwies und nicht zuletzt die Menschen und ihre Zusammengehörigkeit in einer Weise beschrieb, wie sie die lineare Erzählung niemals einfangen konnten und niemals einfangen wird.

9

In einem Hohlraum in der Mauer fanden wir das Schicksal meines Vaters, so grau und ereignisarm, wie es sich vollzogen hatte.

Der alte Mann, von dem der Tod nichts wissen wollte, betrachtet den Gast in der Ecke, der beleuchtet wird von einer neuen Lampe, um die Wirkung seiner Worte zu überprüfen.

»Mit ungewöhnlicher Deutlichkeit erinnere ich mich an das halbe Dutzend Gelegenheiten, zu denen mein Vater über den unbegreiflichen Fluch klagte, der auf ihm lag und der ihn daran hinderte, sein eigenes Leben zu leben. Anfangs wurden derartige Aufwallungen von Angst begleitet, die sich nach und nach in Verzweiflung verwandelte, schließlich versanken sie in Resignation. Da es sich bei meinem Vater um einen bescheidenen, beherrschten Mann handelte, der nicht die Angewohnheit hatte, sich zu beklagen, machten diese Ausfälle um so mehr Eindruck auf mich. Den Zeitpunkt einer dieser Gelegenheiten kann ich angeben. Es war am Tag vor meiner Konfirmation, die gegen den Willen meines Vaters stattfand.«

In der sicheren Annahme, daß keine Geschichte so endet, nahm der Gast eine bequemere Haltung ein.

»Da ich mich indes in einem romantischen Alter befand und von der Welt mehr erwartete, als sie mir bieten konnte, stellte ich mir vor, daß es sich bei meinem Vater in Wirklichkeit um zwei Menschen handelte. Kaum hatte Elias Nikolaj Skonning die Schule beendet, als er eine bescheidene Stellung in der neugegründeten Todes-und-Unfall-Versicherungsgesellschaft Hamlet erhielt. Zu seinem eigenen Unglück, der Scherz stammt von meinem Vater persönlich, war er hier bis zu seinem Tode angestellt und erreichte schließlich eine hohe Vertrauensstellung. E. N. Skonning, wie er sich immer nannte, vielleicht um Tinte zu sparen, vielleicht aus Verlegenheit wegen dieses potenten Namens, war im täglichen Leben ein bescheidener, wortkarger Mann ohne ausgefallene Ansichten. Zu festlichen Gelegenheiten konnte jedoch eine andere Gemütsverfassung an die Oberfläche dringen. Dann erwies es sich, daß mein Vater über eine ungewöhnliche Körperkraft und Gewandtheit verfügte. Ich entsinne mich noch meiner Verblüffung, als mein Vater mit ausgestreckten Armen meine in einem Korbstuhl sitzende Großmutter herumtrug, und sie war zu jener Zeit keineswegs ein Stockfisch. Mit nicht geringerem Erstaunen entsinne ich mich der Gelegenheit, zu der mein Vater uns seine körperliche Geschmeidigkeit demonstrierte, indem er mit beiden Händen einen Besenstiel umklammerte, darüberstieg, ohne loszulassen, sich drehte und dieses Kunststück wiederholte, bis er sich selbst doppelt verknotet hatte. Eine Leistung, die wir anwesenden Kinder zu wiederholen versuchten, ohne daß es uns gelungen wäre; wir mußten mit dem Gefühl aufgeben, daß sich dieser steife Besenstiel in den Händen meines Vaters in einen gefügigen Lilienstengel verwandelt hatte.«

Der alte Mann im Rollstuhl, der zurückgefunden hat in die Kindheit, umklammert mit den Händen einen imaginären Besenstiel und erlebt sein Erstaunen noch einmal.

»Später, in einem rationalistischen Zeitabschnitt meines Lebens, hielt ich meinen Vater für einen vergnügten Sohn der Natur, den die engen Normen der Stadt eingeschnürt hatten. Die zehn heftigen Schmerzensausbrüche, wobei es sich tatsächlich vielleicht nur um fünf handeln dürfte, die sich in meiner Erinnerung verdoppelt haben, bewiesen, daß sich dieser Mann nicht ohne weiteres hatte einengen lassen, so daß er sich noch nicht einmal zu Hause gestattete, seinen Kragen zu lockern, und sich auf der Straße ohne seinen Filzhut mehr geschämt hätte als ich ohne Hosen.«

Der Gast, der bis dahin geschwiegen hat, nickt wiedererkennend und sagte, sein Großvater habe im gleichen Abhängigkeitsverhältnis zu seinem Hut gestanden.

»Mein Vater war alt und hinfällig, als wir uns zum Abbruch von Tidshvile entschlossen. Jenes alte, stattliche Landgut, das Thorvald Skonning, der Vater meines Vaters, hatte errichten lassen, hatte schließlich nicht mehr den Anforderungen der Zeit entsprochen. Es thronte auf der Spitze eines kleinen Hügels, gleich dort draußen. Ich sehe es noch vor mir. Je dunkler es ist, um so deutlicher sehe ich es an seinem alten Platz stehen.«

Da Styge mit so großer Überzeugungskraft aus dem Fenster deutet, erhebt sein Gast sich, kneift die Augen zusammen, muß aber auf den Anblick dieses Gebäudes verzichten, mochte es auch so lang an diesem Platz gestanden haben, daß sogar die Luft seine Abdrücke angenommen hatte.

»Bald ist es ein ganzes Jahrhundert her, seit ich zum ersten Male die Wendung hörte, die sich später so eingebürgert hat: etwas auf die Schienen setzen. Die wenigen Bilder, die mein Vater in seine Sprache übernahm, stammten alle aus dem Eisenbahnbetrieb. Ich war noch nicht sehr alt, als ich ihn von einem Menschen reden hörte, der noch nicht einmal einen Wink mit einem Semaphor verstand. Dieser Ausdruck in all seiner Undeutlichkeit schlug mich in seinen Bann.«

Er legt eine Pause ein, um noch einmal an diesem Satz zu schmecken.

»Großvater, Thorvald Skonning, hatte als frischgebackener Ingenieur eine Anstellung bei Søren Frich gefunden, einer Eisengießerei, die ihre ersten großen Aufträge in Zusammenhang mit dem Bau der Eisenbahnstrecke nach Randers und Langå erhielt. Thorvald war ein ungeheuer strebsamer, zielbewußter Mann. In seiner Terminologie hätte ich ihn als eingleisig und geradlinig bezeichnet; jedenfalls bis wir sein Landgut abbrachen und diesen verhängnisvollen Fund machten.«

Styges fortwährendes Starren durch das Fenster, in die Dunkelheit, scheint tatsächlich die Erinnerung an das Gebäude so handgreiflich heraufbeschworen zu haben, daß andere es sehen können. Sein Gast, der am Fenster stehengeblieben ist, murmelt jedenfalls:

»Ein außerordentliches Gebäude.«

»Eines seiner Vorbilder war Uranienborg. Mein Großvater war ein Bewunderer von Tycho Brahe, der seiner Meinung nach die Sternen auf die Schienen gesetzt hatte. Deshalb kopierte Thorvald sein Schloß und verlangte, daß sein Enkel nach dem alten Sterndeuter genannt werde, der die unheilvollen Tage des Jahres herausgefunden hatte.«

»Du?«

»Meine Mutter befürchtete, mit dem Namen Tyge, den man so leicht zu Tykke verballhornen konnte, könnte ich Schwierigkeiten bekommen, wagte aber sich der Forderung ihres Schwiegervaters nicht zu widersetzen und verriet den festgelegten Namen nur dem lispelnden Pfarrer, der mich taufen sollte. Als der Pfarrer meinen Namen gelispelt hatte, nutzte Mutter die Gelegenheit und setzte in den Papieren ein S davor, womit sie allen beweisen konnte, daß Styge der Name sei, den der Pfarrer mir zugeteilt habe.«

Die Erinnerung an das gewaltige Gebäude vor dem Fenster schwindet, Styge aber kommt sofort darauf zurück, wodurch es wieder Klarheit annimmt.

»Tidshvile, das du vielleicht dort draußen siehst, wurde auf einigen Morgen Land des Diebsackers errichtet, den Großvater billig erworben hatte, und als Nachbar von Aldersro, das ebenfalls als Vorbild diente. Thorvald und Rachel verbrachten hier ein ordentliches, wohlüberlegtes Leben, das in eigenartigem Kontrast stand zu dieser unübersichtlichen Villa, die übrigens noch ein drittes Vorbild in dem anarchistischen Dichter und romantischen Architekten William Morris hatte. Das Unglück war nur, daß Thorvald und Rachel sich nicht auf das

Formen und Organisieren ihres eigenen Daseins beschränkten, sondern sich zur einfallslosen Höheren Gewalt ihrer Kinder machten.«

Das Bild draußen ist allmählich verschwunden, und der Gast setzt sich wieder in seinen Sessel in der Zimmerecke.

»Die Anwandlungen meines Vaters zum Nonkonformismus habe ich bereits erwähnt, sie beeindruckten mich sehr, weil sie hinter seiner verschlossenen Fassade eine ganz andere Physiognomie vermuten ließen. Vater hatte sich früh in Alice Flakballe, eine Jugendfreundin, verliebt, die mit den beiden großen Familien verwandt war, die den südlichen Teil der Stadt erworben und bebaut hatten. Elias und Alice heirateten mit einer üppigen, gut organisierten Hochzeit und bezogen den Ostteil des Familiensitzes Tidshvile, wo ich geboren wurde. Abgesehen von zwei Reisen ins Ausland, die zu jener Zeit nicht selbstverständlich waren, ist mir nichts von Ausschweifungen oder Abweichungen vom Vorhersagbaren im Leben Vaters und Mutters bekannt.«

Styge warf einen letzten bitteren Blick aus dem Fenster, dann zieht er den Vorhang vor, als müsse die Erinnerung ferngehalten werden.

»Ein zweckmäßiger Wohnsitz ist Tidshvile niemals gewesen. Unübersichtlich und zu aufwendig in Unterhaltung und Ausstattung, mit viel zuviel Überflüssigem. Trotzdem gelang es meiner Mutter, dort aus Altersschwäche zu sterben, und mein Vater war hinfällig und schwächlich, bis ich mich bequemte, das Monstrum abbrechen zu lassen, das Grundstück aufzuteilen und dieses kleine, erschwingliche Haus auf dem Rest des Landes errichten zu lassen.«

Ein schmerzlicher Zug geht über das Gesicht des Alten, und er muß sich zusammennehmen, um fortfahren zu können.

»Damals, beim Abbrechen des alten Landguts, fand man in einem Hohlraum einen Stoß Zettel. Ich habe nicht feststellen können, wann sie dorthin gerieten. Vermutlich wurden sie in den Ritz zwischen Dach und Mauer im darüberliegenden Stockwerk gesteckt und sind von dort in diesen kleinen Hohlraum gerutscht. Von wem sie stammten, darüber konnte es keinen Zweifel geben, denn mein Großvater hatte eine äußerst charakteristische, steife, eckige Handschrift. Typisch für ihn war auch, daß diese Zettel peinlich genau mit dem Datum versehen waren. Es war offenkundig, daß jeder einzelne von ihnen jeweils vor dem Ereignis, das er beschrieb, abgefaßt worden war, einige der Zettel zwei Jahre im voraus, einer davon zehn Jahre vor dem angekündigten Ereignis.«

Der Gast will helfen, als Styge nach der Krücke greift, der aber besteht darauf, allein zurechtzukommen. Aus einer Schublade nimmt er einen Stoß Papiere, sie sind nicht vergilbt, weil sie nicht dem Tageslicht ausgesetzt waren, aber wellig, weil der Hohlraum nicht immer trocken gewesen war.

»Ich bin davon überzeugt, daß der Eisenbahningenieur in bester Absicht gehandelt hat. Es war ihm nicht genug, daß die Züge planmäßig abfuhren und daß die Sterne zu exakten, vorhersagbaren Zeitpunkten vorüberzogen. Er hat sich der Aufgabe des Vaters mit demselben Ernst angenommen, als solle er eine Brücke konstruieren oder eine komplizierte Streckenführung planen.«

Styge hat sich wieder hingesetzt. Er hält den ersten Zettel in der Hand und liest:

»›Laß uns ein Kind bekommen, am liebsten einen Sohn. Laß ihn den Namen Elias Nikolaj tragen. Mit einem halben Jahr soll er entwöhnt werden und das trapezförmige Giebelzimmer bekommen. Laß ihn dort aufwachsen. Bestellt ein Kinderbett mit verstellbarer Höhe, das Rachel die Arbeit erleichtert. Hans-Jørgen wird es konstruieren können.‹ Dieser Zettel trägt ein Datum zwei Jahre vor der Geburt meines Vaters. Er wurde geboren, getauft, entwöhnt und kam in das trapezförmige Zimmer mit dem verstellbaren Bett, pünktlich, wie der Fahrplan dies festlegte.«

Mit einer Hand, die stärker zittert als sonst, legt der Alte den Zettel zur Seite. Der nächste ist vom gleichen Format, die Mitteilung ist jedoch kürzer.

»So lautet der zweite: ›Laßt Elias mit Flakballes noch nicht getaufter Tochter zusammenkommen. Gleichgültig, welchen Namen sie ihr geben, laßt die beiden unter günstigen Umständen zusammenkommen.‹ Die Zettel sind hauptsächlich in einer Art Imperativ abgefaßt. Ich halte sie für so etwas Ähnliches wie Arbeitsanweisungen des Ingenieurs für das Leben des Sohns, und nicht für Beschwörungen der Schicksalsgötter.«

»Haben sie sich alle erfüllt?«

»Ich habe keinen gesehen, der sich nicht so erfüllt hätte, wie es skizziert war. Hier hat Flakballes Tochter ihren Namen bekommen:

›Elias soll Alice in Situationen begegnen, die Verliebtheit hervorrufen. Gebt vor, daß ihr die Verbindung mit Skepsis betrachtet.« Er ist gar kein so übler Psychologe gewesen, dieser alte Eisenbahner. »Verschafft Elias Zutritt zur Versicherungsgesellschaft, die in das Anwesen von Søren Frich einzieht. Laßt ihn in einer untergeordneten Stellung anfangen, sorgt jedoch für das Wohlwollen Direktor Haffmanns.‹«

Styge schiebt den nächsten Zettel mit Widerwillen von sich, als der Gast ihn fragend ansieht.

»Ja, du hast recht. Es stimmt, daß ich eine Generation später Direktor Haffmanns Tochter geheiratet habe, aber dies geschah nicht in Folge einer Prophezeiung Thorvalds, sondern aus purem Zufall, oder sollte ich besser sagen, aus Pech?«

Der Gast erhebt sich, tritt neben Styge und liest einige der schicksalsschwangeren Zettel:

»›Räumt den gesamten Ostflügel, sorgt dafür, ihn zu vernachlässigen, damit die Jungen den Einfall bekommen, ihn zu übernehmen.‹ ›Schenkt ihnen einen kurzen Aufenthalt in London, laßt sie später selbst eine längere Reise nach Paris und Rom antreten.‹ Auch das wurde durchgeführt?«

Der alte Mann nickt bedächtig.

»Als Vater und Mutter die zweite Reise machten, war ich schon geboren. Fünf oder sechs bin ich wahrscheinlich gewesen, denn ich war noch nicht in der Schule. Ich habe nie genau erfahren, was auf dieser Reise geschehen ist, aber ich erinnere mich an meinen Vater, der besonders gut gelaunt und eifrig war, im Rahmen dessen, was Unterinspektorenstellung und Anzug gestatteten, als sie die Reise planten oder, besser gesagt, glaubten, sie planten sie, denn ohne daß sie sich dessen bewußt waren, haben Vater und Mutter nur Schemata und Fahrpläne eingeübt. Als sie zurückkamen, war Vater keineswegs aufgeblüht, wie man es aufgrund der Begegnung mit der großen Welt hätte annehmen sollen. Er war vielmehr noch grauer und zugeknöpfter, als habe man ihn, eingesperrt in einen grauen Käfig, an all den unerreichbaren Herrlichkeiten vorbeigeführt.«

Auch die Hand des Gastes zittert leicht, als er blättert, um den nächsten Einfall des Schicksals zu finden:

»Laß Elias und Alice zwei Kinder bekommen. Gebt dem Jungen den Namen Tyge, das Mädchen soll Roberta heißen. Zwei Jahre zwischen ihnen wären angemessen.«

»Das ist wahr. Eine einzige dieser Prophezeiungen ist nicht in Erfüllung gegangen. Ich – übrigens bin ich am Tycho-Brahe-Tag geboren – erhielt nicht den geplanten Namen, und meine Schwester, die vermutlich nach dem Erfinder der Dampfmaschine benannt werden sollte, wurde niemals geboren. Vielleicht lag es daran, daß die Natur sich gewehrt hat, vielleicht lag es an einem kleinen Aufruhr meiner Eltern gegen dieses Schicksal, das auf ihnen lastete, ohne daß sie es sehen konnten.«

»Entsetzlich.«

»Du hast mich einmal gefragt, wieso ich von meinen Töchtern die Hand zurückgezogen habe. Das war, als die Jüngste und ihr Mann damit begannen, die Zukunft ihrer Kinder zu planen. Da es mir nicht gelang, sie mit Worten zu überzeugen, von ihrem Vorhaben abzulassen, konnte ich ihnen nur meinen Abscheu gegen diese Methode demonstrieren.«

»Und alle übrigen Befehle deines Großvaters wurden befolgt?«

»Auf Punkt und Komma.«

»Wer hat die Zettel gefunden?«

»Die Handwerker, die Tidshvile abgebrochen haben. Ich war nicht zu Hause, als die Papiere auftauchten. Darum haben sie den ganzen Stoß zu Vater gebracht, der, wie ich jetzt auch, an seinen Stuhl gefesselt war. Ganz oben auf diesem Stoß lag dieser Zettel, der zuletzt geschrieben und zu den anderen hinuntergeworfen wurde. Am Datum kann ich erkennen, daß der Eisenbahner ihn am Tage nach dem Wutausbruch meines Vaters gegen dieses einengende Schicksal geschrieben hatte, der sich nämlich an meinem Konfirmationstag ereignete.«

Die Stimme des Alten gibt vor Empörung nach, weshalb er den erwähnten, ein wenig welligen Bescheid dem Gast reicht und ihn laut vorlesen läßt:

»Versteck diese Papiere gut. Wenn Elias sie liest, ist dies sein Tod.«

»Ich weiß nicht, wie viele Zettel Vater gelesen hat. Zumindest aber diesen, denn als ich nach Hause kam und ihn tot in seinem Sessel fand, hielt er noch immer dieses Papier krampfhaft in der Hand.«

10

Eigentlich bin ich arbeitslos«, sagte Tobias, als der Personalchef schließlich auftauchte. »Aber ich habe beschlossen, gut zu werden.«

Der Blick hinter der goldgerahmten Brille nahm einen etwas verschleierten, abwesenden Zug an. Indessen bekam Tobias zu diesem Zeitpunkt ein wenig Asbeststaub in sein linkes Auge, worauf er mit einem heftigen Zwinkern reagierte, bis der Fremdkörper wieder ausgetreten war.

»Aaha«, antwortete Poul Dupér, als handele es sich bei dem zwinkernden Auge um das Zeichen, auf das er gewartet hatte. – »Uns fehlt gerade ein Mann für die Beisetzungshilfe.«

Tobias nickte und entfernte diskret die Träne, die der Kampf gegen den Asbeststaub zurückgelassen hatte.

»Das stört Sie nicht? Sehen Sie, es läßt sich nicht ganz vermeiden, daß ein wenig Dreck in der Luft herumfliegt. Von dem Material, mit dem die Güter verpackt sind.«

Tobias versicherte, seine Lungen seien ausgezeichnet. Erst jetzt fiel ihm auf, daß der Arbeitgeber fast ständig ein Taschentuch vor den Mund hielt.

»Sie könnten also die Bearbeitung der Witwen übernehmen? Sie sehen aus wie jemand, der bei ihnen ankommt. Aber vorher müssen wir noch einige Formalitäten erledigen.«

»Das ist selbstverständlich.«

»Das ist völlig selbstverständlich«, korrigierte ihn Poul Dupér unwillkürlich, während er aus einer Schublade die richtigen Formulare holte. »Um ein paar Auskünfte werden wir nicht herumkommen. Geboren?«

»Ich wurde lachend geboren. Nicht, daß meine Mutter gelacht hätte, als sie in den Wehen lag, aber der erste Laut, den ich ausgestoßen habe, soll mehr an schallendes Gelächter erinnert haben als an das übliche Säuglingsgeschrei.«

»Aha. So, so«, sagte der Personalchef und rieb sich nachdenklich seine Pausbäckchen. »Das können wir natürlich nicht so in die Spalte schreiben. Ich benötige einen Zeitpunkt.«

»Ich bin in der Tobiasnacht geboren.«

Dupér wollte eine ergänzende Frage stellen, wurde jedoch von einer vollbusigen Frau unterbrochen, die die Tür zum Nebenraum öffnete. Dupér sah auf seine Uhr.

Ein kräftiger Mann in mittleren Jahren in einem Monteuranzug öffnete die Vordertüre.

»Ich bin zu einer Tour bereit«, sagte der Monteuranzug. »Aber dieser Dauerarbeitslose ist nicht aufgetaucht.«

»Nein, selbstverständlich, selbstverständlich. Du kannst Tobias hier mitnehmen ... Die letzten Formalitäten werden wir schon noch erledigen. In verträglicher Atmosphäre.«

Die letzten Worte waren an Tobias gerichtet, der verständigungsbereit nickte. Der Arbeitsleiter fuhr sich mit der Zunge über die Lippen und verließ mit der Vollbusigen den Raum.

»Zeit für die Fütterung«, sagte der Mann im Monteuranzug knapp.

Sein Name war Anbod, und er erklärte Tobias, daß sie den Wagen zuerst mit Waren beladen mußten. Sein Gesicht war sonderbar aufgedunsen und an manchen Stellen verbeult, offenbar nach recht zufälligen Prinzipien.

Auf dem großen Lieferwagen stand mit prangenden Lettern »Dupérs Permafrost«. Beim Anblick des Namens fühlte Tobias, wie in seinem Inneren unerwartet Wollust aufstieg. Konnte es sich dabei um Arbeitsfreude handeln, jenes häufig erwähnte Phänomen, mit dem er noch niemals Bekanntschaft gemacht hatte?

Die Freude wurde etwas geschmälert, als er draußen im Lager die erste Tiefkühltruhe anhob. Sein Rückgrat wurde auf seine halbe Länge zusammengedrückt, seine Arme hingegen auf die doppelte Länge auseinandergezerrt. Obwohl Tobias sich deformiert vorkam und kaum gehen konnte, als sie die Tiefkühltruhe in den Lieferwagen geschoben hatten, eilte er zur nächsten, die wartend dastand. Ihm war aufgefallen, daß Anbod seinen Teil der Last mit spielerischer Leichtigkeit trug. Tobias erkannte, daß sein Ende wesentlich leichter sein mußte als der Teil, den man ihm selbst überlassen hatte. Infolgedessen war er darauf bedacht, als erster bei der nächsten Kühltruhe anzukommen und sich an jenes Ende zu stellen, das Anbod vorgezogen hätte. Dieses Mal schien ihm das Gewicht fast noch größer zu sein, vielleicht, weil sein Rückgrat nicht mehr federte und seine Arme sich nicht länger strecken ließen.

»Zwei seitenverkehrte Kühlschränke brauchen wir auch noch«, stellte Anbod mit einem Grinsen fest, sobald die Tiefkühltruhe verstaut war.

Als das Auto beladen war, sah Tobias auf seine Uhr, überzeugt, daß der Arbeitstag überstanden war. Die Anstrengungen mußten jedoch für die Uhr zuviel gewesen sein. Sie zeigte Viertel nach neun Uhr, obwohl er um neun Uhr zum Vorstellungsgespräch gekommen war. Er hielt die Uhr ans Ohr. Sie ging tadellos.

Auf dem Vordersitz des Autos lagen ein Stapel Telefonbücher, Stadtpläne und die neuesten Zeitungen. Anbod fuhr, brachte Tobias jedoch sofort in Schwung.

»Such die Todesanzeigen.«

»Die Todesanzeigen?«

»In der Zeitung, Herrgott noch mal.«

Die verschlissenen, von der Arbeit überanstrengten Finger vermochten kaum in der Zeitung zu blättern. Nur unter Zuhilfenahme des Ellbogens gelang es Tobias, die Seite mit den Gedenktagen aufzuschlagen. Anschließend las er eine lange Reihe von Nachrufen und Todesanzeigen vor, wobei er sich bemühte, seiner Stimme einen so betrübten und salbungsvollen

Klang wie möglich zu geben, da es sich schließlich um das besondere Vergnügen seines Arbeitskollegen handelte.

»Noch mal.«

»Von vorn?«

»Die letzte.«

»Birger Bæverdal. 67 Jahre alt. Konsulent Bæverdal war auf Grund seiner Arbeit ...«

»Das genügt. Das reicht aus. Such jetzt seine Adresse im Telefonbuch.«

Kurz darauf hielt Anbod in einem ruhigen Vorort vor einer Villa an. Er setzte ein ernstes Gesicht auf und suchte nach einem passenden Tonfall.

»Du bleibst im Hintergrund«, flüsterte er Tobias zu, während er klingelte.

Eine ältere, verweinte Dame öffnete vorsichtig die Tür einen Spaltbreit.

»Frau Bæverdal?«

»Ja.« Sie nickte.

»Einen schönen guten Tag, Frau Bæverdal, herzlichen Glückwunsch«, rief Anbod munter. »Wir kommen von Dúpers Permafrost und bringen Ihnen eine nette Überraschung von Ihrem Mann ...«

Es bedurfte zweier starker Arbeiter, um die gebrochene Frau zu stützen. Tobias und Anbod brachten sie in die Küche, den nächsten erreichbaren Raum, und setzten sie hin. Anbod sah sich hastig um.

»Ihr Mann denkt wirklich lieb an Sie. Er hat Ihnen eine Tiefkühltruhe geschenkt.«

»Mein Mann ist ... tot.«

Jetzt war Anbod der Gebrochene, er war so niedergeschlagen, daß nur Tobias' gestählte Schulter ihm Halt geben konnte.

»Das tut mir leid. So ist es ja nur ein kleiner Trost für Sie, daß Ihr Mann Sie auf diese Weise bedacht hat.«

»Das kann nicht stimmen. Wir haben schon eine.«

»Ja, aber…« Anbod sah sich verwirrt um.

»Im Wirtschaftsraum.«

»Ja, gut. Eine altmodische. Ihr Mann war der Meinung, Sie verdienten eine moderne, energiesparende mit externem Niedrigkompressor.«

»Das hat Birger mir überhaupt nicht erzählt.«

»Es sollte eine Überraschung sein. Seine letzten Gedanken galten Ihnen.«

»Aber hat doch so lange gelegen…?«

»Die Lieferung hat sich verzögert. Die Leute reißen sich um diese Truhen.«

»Aber ich brauche sie überhaupt nicht… alleine.«

Der Gedanke an die Einsamkeit löste einen neuen Zusammenbruch aus. Fürsorglich überließen die beiden Männer sie den heilenden Tränen.

»Das ist klar, unter diesen Umständen nehmen wir sie wieder mit, gegen eine geringe Reservierungsgebühr und natürlich die Lieferkosten. Aber gewissermaßen war es schließlich der letzte Wunsch Ihres Gatten, Ihnen das Dasein mit einer federnden Rekulationsaufhängung zu erleichtern, die die Truhe viel leichter erreichbar macht… Noch sind Sie Gott sei dank flink und beweglich, aber niemand von uns wird schließlich jünger.«

»Das ist wahr, aber das Geld, mein Mann…«

»Eine gute, langfristige Investition.«

»Eine Erinnerung für das Leben«, wagte Tobias hinzuzufügen.

Anbod nahm eine rasche Berechnung vor, die erbrachte, daß die neue Kühltruhe, so gesehen, dank des Recyclingventils bereits nach zwei Jahren billiger wäre als die alte, selbstverständlich unter Berücksichtigung der doppelten Returkommission, die er im Falle einer Abbestellung zu berechnen gezwungen wäre.

Sie fuhren weiter, nachdem sie die neue Kühltruhe installiert hatten, wobei sie sich großzügig bereit erklärten, die alte zum Müllabladeplatz zu transportieren. Nach Ansicht Anbods könnte sie als neuwertig und nur zu Ausstellungszwecken benutzt weiterverkauft werden.

Tobias schmierte seine Stimme und begann die Nekrologe herunterzuleiern.

»Kannst du nicht ein bißchen lebhafter lesen«, bat Anbod. »Ich fang' wirklich fast an zu weinen.«

Sie suchten sich eine neue Klientin und verkauften ihr, unter Berücksichtigung ihrer Vermögensverhältnisse, einen kleinen Kühlschrank, der nicht wesentlich kleiner war als jener, von dem sie sich trennte.

»Heutzutage kommen die Leute nicht mehr von selbst«, erklärte Anbod während der nächsten Fuhre. »Die Leute haben kein Geld, wenn man sich etwas Neues kauft, hat das mit Prestige nichts mehr zu tun. Infolgedessen ist man genötigt, sie selbst aufzusuchen.«

»Und wenn uns jemand anzeigt?«

»Weswegen?«

»Für das, was wir machen.«

»Gott im Himmel, ein Heiliger?«

»Ich frage nur.«

»Höchstens ein bißchen Unordnung in den Papieren. Weshalb wir an der falschen Adresse gelandet sind.«

»Und der zu Hause, der dahintersteckt?«

»Der Galanterist?«

»Was?«

»Hast du nicht die Spitzen an seinem Taschentuch gesehen?«

»Ich bin noch nicht so lange gut.«

»Wie bitte?«

»Ich habe bis jetzt nicht gearbeitet. Bin lieber für mich geblieben.«

»Ja, ja ...«, Anbod nickte verständnisvoll. »Ja, ja. So blaß siehst du gar nicht aus. Ich stell' keine Fragen. Poul Dupér ist regelrecht das Gesetz persönlich. Alles, was er anfaßt, wird rechtmäßig, falls es das nicht schon gewesen ist.«

»Das ist eine praktische Eigenschaft.«

»Ich meine es wirklich ernst. Der Mann ist ausgebildeter Rechtsanwalt, außerdem ist er Mitglied des Stadtrates, Ratlosigkeitsmann heißt das wohl. Wer die Gesetze macht, kann doch wirklich nichts verkehrt machen. Sonst gäbe es die Gesetze doch gar nicht. Im übrigen hat er keine Ahnung, was wir treiben.«

»Aber er hat doch von der Beisetzungshilfe gesprochen?«

»Herrgott, das war ein Scherz. Für Witze können sie einen doch nicht bestrafen. Er sieht nur unsere Verkaufsziffern. Wie wir in Kontakt mit den Kunden kommen, interessiert ihn nicht. Außerdem ist er gar nicht der Eigentümer der Firma.«

»Den Eindruck hatte ich aber.«

»Das ist irgendeine uninteressante Gesellschaft, die es gar nicht gibt und die von seiner verstorbenen Tante geleitet wird, deren Sprecher Dupér ist. Nach ihrem Tod – sie ist genauso lebendig wie unsere verstorbenen Kunden – hat er sie in ein paar Briefkastengesellschaften zerlegt, die offen, aber selbstverständlich leer sind. Die haben sich die Verantwortung gegenseitig übertragen, so daß die Aktieninhaber, und das sind selbstverständlich Dupér und seine Familie, für nichts haften.«

»Und was sollen die Possen? Warum ist er nicht ganz einfach der Besitzer?«

»Mann, bist du verrückt? Das wäre Naivität, wenn er der Besitzer wäre. Der würde doch sein ganzes Geld verlieren, wenn die Firma mal zusammenkracht, und außerdem müßte er auf den Gewinn Steuern bezahlen. Jetzt kann er statt dessen Steuern abziehen.«

Ihr Frühstück nahmen sie im »Matrosen und der Nonne« zu sich, einem kleinen Wirtshaus, das Anbod mit Kühlschränken und Gefriertruhen mit Recyclingventil versorgte. Es handelte sich um Returartikel, von denen die Permafrost nichts zu wissen brauchte. Obwohl der »Matrose und die Nonne« die Artikel zu einem besonders günstigen Preis erhielt, beliefen sich die Quittungen auf größere Beträge, Lektüre für das Steuerwesen, von Witwen, die in ihrer Trauer vergaßen, um Quittungen zu bitten. Und so schließe sich der Kreis, erklärte Anbod.

Tobias erkannte, daß er in Anbod auf eine Goldgrube gestoßen war, wenn es darum ging, das Gutsein kennenzulernen. Bald jedoch entdeckte er, daß diese Lehre auch ihren Preis hatte. Denn diesem aufgeschwollenen, derformierten Kopf gegenübersitzen zu müssen, in den, ganz unabhängig davon, was sich auf dem Teller befand, ununterbrochen Bissen um Bissen hineingestopft wurde, war so widerwärtig, daß Tobias gezwungen war, sich abzuwenden.

Während der Fahrt hatte Tobias sein Interesse zu erkennen gegeben, und nun griff Anbod dieses Thema vorurteilsfrei auf.

»Wenn es sich um das Gute dreht«, sagte er und schmatzte an dem Wort, als handele es sich um ein exotisches Gericht, »so verhält es sich damit ebenso wie mit der Schönheit. Man soll sie lieber vor Augen haben, statt selbst schön zu sein.«

Trotz seines Unbehagens konnte Tobias die Augen nicht abwenden. Aus dem einen Mundwinkel sickerte Remoulade, aus dem anderen Ketchup, weshalb Anbod nur ein wenig einsaugen mußte, auf der einen Seite oder auf der anderen, wenn es ihn nach ein wenig Gewürz verlangte.

»Wie du siehst, steh' ich gut im Speck, was? Der Anblick ist nicht gerade angenehm. Aber ich kann mich nicht beschweren. Ißt du nichts?«

Tobias stocherte in seinem Essen.

Anbod erklärte, sein Kopf beule sich aus wie eine Speckschwarte auf dem Grill, denn er habe zu lange unter Wasser gearbeitet. Darum habe er in die Kühlschrankbranche gewechselt. Einige Schmatzer später kehrte er zu seiner Theorie über das Schöne zurück.

»Ich erinnere mich, wie meine Schwester und ich als Kinder darüber diskutiert haben. Sie heißt Ikabod.«

»Wie bitte?«

»Das hat unsere Mutter in der Kirche gehört: ›Ikabod mit all der Herrlichkeit‹, sagte der Pfarrer. Unserer Mutter hat das so gut gefallen. Als sie Ikabod erwartete, ist sie häufig in die Kirche gelaufen, wegen eines Mißverständnisses. Sie liebt Kuchenbrot und hatte gehört, in der Kirche gäbe es das gratis. Sie ist aber dahintergekommen. Wein und Brot, weißt du.«

Anbod fuhr zwei neue Ladungen ein. Tobias begann zu spekulieren, ob er das Glück hätte, zusehen zu können, wie in dem verbeulten Gesicht eine neue Beule entstand.

»Wir beiden, Ikabod und ich, schrieben jeder auf einen Zettel, was wir uns am meisten wünschten. Als wir Kinder waren, gab es so eine Art Wunschbrunnen, und dort warfen wir unsere Zettel hinein. Und es hat weiß Gott geholfen. Wir hatten das Glück, daß unsere Wünsche in Erfüllung gingen. Oder ich hatte das Glück. Für Ikabod war es ein Unglück, denn sie hatte nur Ärger und Unannehmlichkeiten davon. Ihr größter Wunsch war, schön zu werden, und sie ist ein tolles Mädchen geworden. Was aber nutzt ihr das, wenn sie ein Monster zum Mann hat? Er ist so häßlich, daß sie, um überhaupt mit ihm ins Bett gehen zu können, das Licht ausmachen, eine Pille nehmen, die ihr hilft, alles zu vergessen, und sich die Augen verbinden muß. Und trotzdem hat sie hinterher oft Alpträume. Und, ohne daß ich mich selbst loben will, ihr Bruder ist schließlich auch nicht allzu schön. Bei Familienfesten sitzt die schöne, arme Ikabod in all der Herrlichkeit da und ist ständig dabei, sich zu übergeben.«

Anbod verzog das Gesicht und zog ein Salatblatt, das unglücklicherweise mit der letzten Fuhre hineingekommen war, aus dem Mund.

»Ist nicht gut für meinen Teint«, sagte er und grinste, fast ohne zu spucken. »Ich bin ziemlich häßlich, aber das macht mir nichts aus. Als Ausgleich sehe ich die ganze Zeit etwas Schönes, so, wie ich es mir gewünscht habe: meine Schwester, schöne Gemälde und eine Ehefrau, die genauso schön angemalt ist.«

Er fügte einen Namen hinzu, der in Speichel ertrank.

»Sündig?«

»Ja«, brummte Anbod zufrieden. – »Völlig unschuldig ist sie jedenfalls nicht. Was meinst du damit eigentlich?«

»Heißt sie nicht so?«

Anbod zückte eine Brieftasche. Mit einem gewissen Stolz zeigte er das Foto einer schön geschminkten Frau und eines hübschen Jungen. Darunter standen zwei Namen.

»Ach so, Cynthia.«

»Hab' ich doch gesagt. Und Anton. Was meinst du?«

»Eine schicke Dame.«

»Ja, wenn sie fertig aufgetakelt ist. Kostet sie jeden Morgen auch eineinhalb Stunden, mit Pinsel, Bürste und Föhn, bis sie gut genug für mich ist. Aber ich bin unverbesserlich, in Ordnung ist sie, wenn ich die Augen aufmache. Sie ist Friseuse.«

»Hätte ich mir fast denken können.«

»Ja, nicht wahr? Was das Gute angeht, ist es genauso wie mit einem Frisiersalon, in dem es zwei Angestellte gibt. Man muß sich immer an denjenigen halten, der die scheußlichste Frisur hat. Habe ich mich immer danach gerichtet.«

»Weil er den schlechtesten Geschmack hat?«

»Weil ihm der andere die Haare geschnitten hat.«

Tobias schlug sich auf die Schenkel und lachte aus vollem Hals. Anbod betrachtete ihn mißtrauisch.

»Hast du den noch gar nicht gekannt?«

Plötzlich vollzog sich mit Tobias eine Veränderung. Er hörte auf zu lachen und verzog verdrossen sein Gesicht.

»Was ist denn nicht in Ordnung?«

»So lange habe ich mein Vorhaben durchgehalten. Einen halben Tag. Das war alles. Dann habe ich versagt. Dabei hätte ich ein ganzes Jahr lang gut sein müssen.«

»Du bist gut genug. Jedenfalls kapiere ich nicht, wovon du redest.«

»Vielen Dank. Dann mache ich weiter, ich hätte auch ungern jetzt schon aufgegeben.«

An den folgenden Tagen lernte Tobias verschiedenes über Gut und Böse von Anbod, der über ein natürliches, instinktives Wissen auf diesem Gebiet verfügte.

Von Poul Dupér bekam er nicht viel zu sehen. Je weniger Dupér über die Methoden der Firma wußte, um so besser ging sie. Dies offenbar war seine Einstellung. Dann und wann tauchte er auf, nur um kurz darauf mit einem der großbusigen Mädchen, die offensichtlich reihenweise in der Firma angestellt wurden, im Hinterzimmer zu verschwinden.

»Das sind Schwangerschaftsvertretungen«, erklärte Anbod.

»Aber die sehen doch alle aus, als hätten sie das selbst nötig. Schwangerschaftsurlaub, meine ich.«

Anbod wich gnädig einem Radfahrer aus, der sich so weit in die Mitte der Fahrbahn gewagt hatte, daß es bestraft gehört hätte. Gutmütig machte Anbod dem Übeltäter ein Zeichen mit einem Finger und ließ es dabei bewenden.

»Herrgott, dir muß man wohl alles erklären, was? Die Mädchen hatten irgendeine gute Stelle. Dann lassen sie sich dick vögeln und werden entlassen, weil die Chefs sich nicht mit Verspätungen und Urlaub herumärgern wollen. Oder sie kriegen ihren Schwangerschaftsurlaub, aber wenn sie dann wiederkommen, gibt es unglücklicherweise keine Arbeit mehr für sie.«

»Und die Armen stellt Dupér ein? Dann habe ich mich schon wieder geirrt, und auch an ihm gibt es etwas Gutes.«

»Am Anfang hat er regelrecht nach ihnen annonciert. Heute ist das nicht mehr nötig. So etwas verbreitet sich schließlich rasch. Daß Dupér so jemanden einstellt. Die sind ja auch übel dran. Kleine Kinder und keine Arbeit. Also nehmen sie schlechtbezahlte Stellen an.«

In einer Pause war Tobias allein im Büro, als das Telefon

klingelte. Er ließ es klingeln, als aber keine der Bürodamen auftauchte, nahm er schließlich ab.

»Dupérs Permafrost.«

Er gab sich Mühe, den Namen in zwei Worten auszusprechen. Er nahm eine Nachricht entgegen und notierte sie. Unterdessen tauchte Dupér aus dem Hinterzimmer auf und wischte sich seinen glatten, milchweißen Schädel mit dem Taschentuch ab.

»Das ist völlig falsch. Es heißt Dupérspermafrost.«

Er lächelte liebenswürdig. Den Firmennamen hatte er zu einem Wort zusammengezogen. Das neue Mädchen, das damit beschäftigt war, die Hemdbluse zuzuknöpfen, wurde mit einer satten, zufriedenen Grimasse bedacht, die in erster Linie an ein Rülpsen erinnerte.

»Ein potentes Image ist wichtig«, sagte er zu Tobias. »Die anständige, vernachlässigte Hausfrau, die anruft, hört etwas von Sperma und wird zu Hause an ihrem Telefon rot. Und erst recht verlegen, wenn sie sich klar darüber wird, daß es ihre eigenen schlechten Gedanken waren, die sie den Namen so verstehen ließen. Sie schämt sich, aber sie erinnert sich an uns. Und wenn sie es braucht, wendet sie sich wieder an uns. So etwas nennt man moderne Verkaufsmethoden.«

Wieder grinste Dupér das Mädchen feist an, das vor kurzem noch äußerst angespannt gewirkt hatte, nur aber einen lockeren, erleichterten und befreiten Eindruck machte.

Beim nächsten Frühstück gab Tobias seinem Erstaunen über die Vitalität des ansehnlichen, graumelierten Mannes Ausdruck. Er hatte ihn alle zwei bis drei Stunden mit einer der Aushilfen im Hinterzimmer verschwinden sehen. Tobias begriff einfach nicht, woher er sein Pulver nahm.

»Ach du lieber Gott, Tobias, du bist zu naiv für diese Welt.«

Anbods Ausbruch war so heftig gewesen, daß Tobias ihn ansah. Da er allmählich an Appetitlosigkeit zu leiden begann, hatte er gelernt zu frühstücken, ohne den Partner anzusehen.

»Das ist wirklich eine traurige Geschichte. Der arme Mann. Eine gefährliche Krankheit.«

»Dupér ist krank?«

»Krankhafte Angst, vergiftet zu werden.«

»Vergiftet? Warum in aller Welt hat er Angst, vergiftet zu werden?«

Wieder fiel Tobias' Blick auf den anderen, der gerade in ein saftiges Beefsteak biß, das zwischen zwei bleichen Hähnchenschenkeln steckte, die Spezialität im »Matrosen und der Nonne«.

»Warum nicht. Cäsar wurde vergiftet, Napoleon wurde vergiftet, Stalin wurde vergiftet. Und...«

Anbod kramte nach einem weiteren Beispiel.

»Hitler wurde vergiftet«, sagte Tobias vorschlagsweise.

»Tatsächlich? Das war mir nicht bekannt. Und sein Zwillingsbruder war auch das Opfer eines Mordversuchs.«

»Hitler hatte einen Zwillingsbruder?«

»Das weiß ich nicht. Das habe ich noch nie gehört. Warum fragst du danach?«

Anbod nahm einen weiteren Bissen von der Kombination des »Matrosen und der Nonne«. Das Beefsteak war so saftig, daß das Blut über den Hähnchenschenkel lief. Tobias akzeptierte schon, an diesem Tag nichts mehr zu sich nehmen zu können, war aber nun so sehr damit beschäftigt, Ordnung in dieses Gespräch zu bringen, daß er nicht einfach dasitzen und gleichgültig in den Raum schauen konnte.

»Du meinst, Dupér hat einen Zwillingsbruder?«

»Per Dupér. Der mit dem Supermarkt. Super Dupér. Den kennt man doch.«

»Der, den sie umbringen wollten?«

»Na, soviel weißt du wenigstens.«

»Und darum hat Dupér Angst, man könne ihn vergiften?«

»Die hat er immer gehabt. Im ganzen Leben hat er nicht eine

einzige Mahlzeit zu sich genommen. Weil er Angst hat, irgend jemand könnte etwas Falsches hineintun.«

»Aber das kann doch nicht sein?«

»Schlechte Menschen gibt es überall. Das ist seine Erfahrung. Man kann niemals wissen, wer mit dem Essen Unfug treibt.«

»Ich meine, er kann doch nicht leben, ohne zu essen?«

»Selbstverständlich nicht. Er hat ja auch eine Lösung gefunden. Nahrung, an der kein Mensch herumgefummelt haben kann.«

»Du redest... du meinst... die Vollbusigen?«

»Selbstverständlich. Das leuchtet doch ein, wenn man erst einmal auf diesen Gedanken gekommen ist. Schließlich kann er sich keine Kuh ins Büro stellen und sich hinlegen und direkt von der trinken. Er mag es noch nicht mal, wenn er es in einem Krug gebracht bekommt. Schließlich könnte jemand den Krug vorher präpariert haben.«

»Präpariert?«

Anbod nickte mit bekümmertem Verständnis für die Schwierigkeiten seines Chefs. Tobias saß mit offenem Mund da. Es kostete ihn Zeit, diese Vorstellung zu verdauen, nicht zuletzt, weil sie mit zahlreichen Bildern verbunden war. Bilder von den Vollbusigen, die aufs äußerste angespannt und voll dasaßen, bis sie in die Box geführt wurden und dann befreit vom Druck zurückkamen.

»Es hat wahrscheinlich damit angefangen, daß die Mutter nicht genug für beide Jungen hatte, deshalb nahm sie sich eine Amme, von der Poul sich nicht mehr trennen wollte, auch als er eigentlich zu alt für so etwas war. Als störrischer Bursche ging er in den Hungerstreik, also mußte die Amme wieder geholt werden. Allmählich reichte sie schließlich nicht aus, also brauchte man drei oder vier andere am Tag, um seinen zunehmenden Hunger zu stillen.«

Hätte irgendeiner seiner Freunde diese Geschichte erzählt,

hätte Tobias sich womöglich amüsiert, hätte aber nicht einen Augenblick daran gedacht, sie zu glauben. Anbod aber hatte er als aufrichtigen Mann kennengelernt. Ohne die Andeutung eines Lächelns schaufelte er den letzten Bissen in sich hinein.

Als Anbod gleichzeitig, ohne den Mund leer zu kauen, den Unterleib des »Matrosen und der Nonne« mit einem großen Glas Milch hinunterspülte, war das zuviel für Tobias, er mußte die Toilette aufsuchen, um den Anblick los zu werden.

»Ich bin gar nicht so sicher, ob du durch die Arbeit bei uns gut wirst«, sagte Anbod besorgt, als Tobias zurückkam. »Vielleicht mußt du eine Abkürzung benutzen, um gut zu werden.«

»Gibt es denn eine?«

»Glauben. Das hilft. Verlaß dich darauf. Ich weiß, wovon ich rede. Der beste Mensch, den ich kennengelernt habe, hat an etwas geglaubt. Er hat drei Kühlschränke gekauft und sie ohne Nörgeln bar bezahlt.«

»Was wollte er mit drei Kühlschränken?«

»Darüber habe ich auch spekuliert, aber es ging mich ja nichts an. Er hatte irgendeinen orientalischen Glauben. Aber er war natürlich der Ansicht, er müsse ihn an den Verhältnissen hier im Land anpassen. Das hat er mir selbst erzählt.«

»Wie hat sich das gezeigt, daß er gut war?«

»Was er getan hat, wäre keinem von uns gewöhnlichen, schäbigen und erbärmlichen Menschen eingefallen.«

»Und was hat er gemacht?«

Tobias, dessen Arme Tag für Tag länger wurden, während Rücken und Schultern zusammengepreßt wurden, hatte begonnen, darüber nachzudenken, ob es keinen anderen Weg zur Ehrlichkeit und zum Guten gab als denjenigen, den er eingeschlagen hatte. Darum hörte er aufmerksam zu.

»Es war an einem Wintertag mit Schnee. Wir sind mit drei Kühlschränken gekommen. Der Mann wollte, daß wir sie draußen im Garten aufstellen.«

»Kühlschränke im Garten?«

»Wir stellen ja keine Fragen, sondern tun, was der Kunde wünscht. Wir stellten sie ihm also auf. In einer Art Halbkreis, und lange Leitungen mußten wir ziehen, damit sie eingeschaltet werden konnten.«

»Im Schneetreiben?«

»Es hat nicht direkt geschneit. Aber wir hatten Frost, und es lag Schnee. Ehe wir gingen, erzählte er, daß sein Guru ein unglaublich heiliger Mann aus Indien ist.«

»Sein Guru?«

»Dieser Mann ist so unglaublich gut geworden, weil er sich selbst gewärmt hat. Er setzte sich ins Freie, in die brennende Sonne, mit einem Feuer vor sich und einem Feuer links und rechts. Und so blieb er sitzen, bis all das Böse ihn verlassen hatte und nur das Gute übrig war. Hier zu Hause, in der Kälte, wäre es jedoch keine Leistung, vor drei Feuern zu sitzen, sondern vielmehr angenehm. Also hat unser Kunde die Lehre den örtlichen Verhältnissen angeglichen. Als wir ihn verließen, saß er draußen im Garten, zwischen seinen Kühlschränken, die mit offenen Türen dastanden.«

»Davon wurde er gut?«

»Zumindest tat er nichts Böses. Von ein bißchen Stromverschwendung abgesehen.«

Nach dieser Geschichte sagte Tobias, er müsse die Begriffe in seine eigenen Verhältnisse übertragen.

Als sie wieder in die Firma kamen, war dort ein neues Mädchen, Noa, die mit einem eigentümlichen, nach innen gekehrten Lächeln herumlief. Sie sagte nichts, außer, wenn das Telefon klingelte, dann lebte sie auf. Auch wenn es wildfremde Kunden waren, führte sie häufig lange, herzliche Gespräche mit ihnen. Sobald sie aufgelegt hatte, zog sie sich in sich selbst zurück und gab nur ihr verschlossenes Lächeln von sich.

Poul Dupér tauchte auf, bellte ein paar Anweisungen, tupfte sich den Mund mit dem Taschentuch ab und nahm Noa mit zum ersten Melken.

Als Noa zurückkam, war sie nicht entspannt wie die Mädchen sonst immer, sondern hektisch, verwirrt und abweisend. Später am Tag taute sie ein wenig auf und plauderte lang und breit ins Telefon. Tobias brachte nur Einsilbigkeiten aus ihr heraus, obwohl er darauf brannte herauszufinden, ob Anbod tatsächlich die Wahrheit über die Geschehnisse im Hinterzimmer erzählt hatte.

Am darauffolgenden Tag, als Noa zu ihrem üblichen Verhalten zurückgefunden hatte, nach wie vor aber nichts verraten wollte, nutzte Tobias die Gelegenheit, ein Stück Kaugummi in das Schloß der Hinterzimmertür zu klemmen.

Kaum waren Dupér und Noa dort verschwunden, stürzte Tobias zur Tür, die aufflog. Er murmelte eine rasche Entschuldigung, dann zog er sich sofort zurück. Der Anblick aber hatte sich festsetzen können. Im Bürostuhl saß Noa, die die Bluse abgestreift hatte, und an ihrer Brust lag der graumelierte, mit einem Anzug bekleidete Mann.

Tobias war noch nicht wieder zu sich gekommen, als eine gutgekleidete Dame eintrat. Sie stellte sich vor als Dorthe Dupér, die Schwägerin des Chefs. Sie sprach mit Tobias, als sei er ein Mensch. Frau Dupér beklagte sich über eine Fernsehsendung vom vorangegangenen Tag. Tobias hatte sie nicht gesehen, er ziehe das Theater vor. Sie fragte, was er sich angesehen habe. Bald erzählte er eifrig vom »Geizigen Schurken«, dem Theaterstück, das er gesehen hatte, was ganz sicher einige Wochen zurücklag. Es war von Amateuren aufgeführt worden, seine Freundin Tabita hatte das strenge Dienstmädchen gespielt, darum hatte er der Vorstellung beigewohnt. Auf Dorthe Dupérs Aufforderung hin erzählte er, das Stück handele von einem reichen Mann, der so geizig war, daß er alle Schubladen, Truhen und Speiseschränke mit Schlössern versah und loszog, um noch mehr Geld zusammenzubetteln.

Im weiteren Verlauf des Schauspiels wurde ein anderer Bettler von der Frau des Geizigen eingelassen. Er hatte Mitleid mit ihr und brach alle Schlösser auf. Gemeinsam taten sie sich gütlich an Essen und Trinken. Als der Mann dann zurückkehrte, erkannte er den festlich erleuchteten Hof nicht wieder, und alle sagten ihm, er irre sich, hier wohne er nicht, weshalb er zu guter Letzt weiterziehen mußte, um nach seinem eigenen Haus und seinen verschwundenen Reichtümern zu suchen.

Der Dame machte das Spaß. Tobias beschrieb den Geizhals, woraufhin Dorthe sagte, er erinnere sie an ihren Mann. Als ihre Stimmung auf dem Höhepunkt war, trat Poul Dupér ein. Er betrachtete sie mißtrauisch und tupfte sich den Mund ab. Dorthe sah sich genötigt, ihm zu versichern, sie amüsierten sich lediglich über ein Theaterstück. Dennoch schaute der Chef mißtrauisch auf ein Stückchen Kaugummi, das ins Türschloß geraten war.

Auf seine zuvorkommende, liebenswürdige Art erklärte er, er habe leider keine Arbeit mehr für Tobias. Er müsse verstehen, daß es ihm genauso leid tue. Jedoch seien Rationalisierungen notwendig, an denen niemand etwas ändern könne. Die Konjunktur auf dem Arbeitsmarkt, und der zuletzt Eingestellte müsse zugunsten dessen, der gut im Sattel sitze, weichen. Es gebe Grund zu positiven Erwartungen an die Zukunft, mitunter aber müsse man sich nach der Decke strecken.

Noa schloß sich ins Zimmer ein und setzte sich auf ihren Platz am Telefon.

Selbstverständlich hänge dies davon ab, welche Funktionen man wahrzunehmen imstande sei, und ein gutes Zeugnis sei keine Frage, weshalb er bessergestellt sei, als wenn er ohne Arbeit und ohne Zeugnis dastünde. Wenn wieder bessere Zeiten kämen, sei er stets willkommen, wieder um Anstellung zu ersuchen. Sein Kollege, Anbod aus Brokum, habe Gutes über ihn zu sagen. Und es tue weh, einem guten Mann einen negativen Bescheid zu geben, wenn so viele Schlechte davon verschont blieben. Andererseits sei dies aber kein Weltuntergang, und er, Poul Dupér sei überzeugt, daß Tobias noch viele gute

Jahre vor sich habe und nicht lange arbeitslos sein werde. Für einen gesunden Mann mit offenen Augen gebe es stets...

»Können Sie Auto fahren?« unterbrach ihn Dorthe.

Tobias beteuerte dies und war froh, weil sie ihn nicht gefragt hatte, ob er einen Führerschein hätte, womit seine Ehrlichkeit auf eine harte Probe gestellt worden wäre.

»Dann kann ich Sie brauchen. Über den Lohn einigen wir uns schon.«

Poul Dupér tupfte sich noch den Milchbart ab, als der stahlgraue Ulvefod röhrend durch das Tor fuhr, mit einem Satz zum Stehen kam, wieder anfuhr und leise schnurrend auf die Stadt zuglitt. Auf dem Rücksitz Dorthe Dupér.

11

So endete mein erster Kampf mit dem Guten«, schließt Tobias seine Erzählung.

»Glänzend.«

Styge nickt anerkennend. Auf dem Tisch vor ihm sind einige Papier zerstreut. Er stapelt sie aufeinander und ordnet sie, indem er sie gegen die Tischkante klopft.

»Einige Male ist es ja fast schiefgegangen.«

»Das ist mir überhaupt nicht aufgefallen.«

»Ich habe mich über Anbod lustig gemacht, weil er einen steinalten Witz erzählt hat. Und dann die Sache mit dem Kaugummi.«

»Eine verständliche Neugier. Das will ich dir nicht vorhalten. Mir hätte vielmehr etwas gefehlt, wenn du das nicht getan hättest.«

»Und ein oder zwei Lügen gegenüber Dorthe.«

»Lappalien. Wer ist denn schon ein Heiliger.«

»Sei nur still, nicht im Traum hätte ich gedacht, daß Gutsein so schwierig sein könnte.«

12

Draußen stürmte es so stark, daß der Wind in den Takelagen der Schiffe heulte. Selbst in der Stube flackerten die Talglichter jedes Mal, wenn ein neuer Windstoß kam.

Meine Hauswirtin Anne zog den Schurz höher und beugte sich wieder über ihr Strickzeug.

»Glaubst du, es kommt eine Zeit, in der man die Dunkelheit bezwungen hat, Anne? Wenn es immer hell ist, Tag und Nacht?«

»Nachts ist es immer dunkel gewesen, daran können wir nichts ändern.«

»Wir haben es schon ein wenig geändert. Wir haben das Talglicht dort angezündet. Stell dir vor, wir werden Herren über das Licht und brauchen nur einen Arm auszustrecken, und es wird so hell wie am Tag. Eine kleine Handbewegung, und es wird so warm, daß es keinen Unterschied gibt zwischen Winter und Sommer.«

»So können die Pflanzen nicht wachsen. Sie müssen eine Zeitlang ruhen.«

»Aber in den Häusern. Immer Sommer, immer Tag. Und große Häuser, in denen man herumgehen und anderen Menschen begegnen kann, ohne in die Dunkelheit oder in die Kälte gehen zu müssen.«

»Bertel, du beschäftigst dich mit recht gewaltigen Sachen. Sind das die Papiere des Glöckners?«

»Was weißt du darüber?«

»Ich sehe doch, daß du mit Papieren nach Hause kommst, wenn du mit dem Glöckner zusammen warst. In den folgenden Tagen bist du sehr beschäftigt damit, sobald du Zeit übrig hast.

Dann folgen ein paar Tage, in denen du in dich gekehrt und rastlos bist.«

»Hast du mich beobachtet?«

»Wir wohnen im selben Haus. Ich kann nicht vermeiden, dich zu sehen.«

Anne Storm fuhr mit der Hand über meine Haare, und ich war so nahe daran, nach dieser Hand zu greifen, daß ich bebte. Sie sah wieder auf ihr Strickzeug. Christen Rømmer war draußen, um sich zu versichern, daß die Schute nicht gegen das Befestigungswerk schlug. Er hätte mich gern mitgenommen, aber ich mußte mich um meine lateinischen Verben kümmern.

»Ich habe versprochen, nichts darüber zu erzählen. Aber ich muß dringend die Meinung eines anderen hören, und du erzählt es nicht weiter. Ich weiß nicht, ob er ganz gesund ist.«

»Du meinst den Glöckner?«

»Skonning schreibt sonderbare, wirre Sachen. Angefangen hat es, als auf dem Kirchhof die Kinderleiche gefunden wurde. Skonning schreibt über etwas, das er sieht. Fast im Traum, glaube ich. Er nennt es seine Offenbarungen.«

»Mit großen Worten hat der Glöckner immer um sich geworfen. Schreibt er über den Leichenfund? Ist ihm das zu Kopf gestiegen?«

»Nicht unbedingt das.«

Ich biß von einem dicken Stück Brot ab, das ich mir hingelegt hatte. Einige Nachbarn kannten diese Schwäche, und sie schickten uns Brotstücke, die zu vertrocknet für sie waren. Ab und zu ergriff mich unbezähmbarer Hunger, und dank der Brotstücke waren die Belastungen für das Haushaltsgeld nicht so groß, Anne Storm hatte Mühe genug, es so einzurichten, daß es ausreichte.

»Nicht unbedingt das?«

»Skonning ist beim Melken der jungen Mädchen dabeigewesen. Gerade hat er über einen Mann geschrieben, der von…, der davon lebt.«

»Davon?«

»Dem Melken von Mädchen. Glaubst du, so etwas kann einem alten Mann zu Kopf steigen?«

Sie sah mir in die Augen und lächelte herzlich, dann wandte sie sich dem Kleinen zu.

»Weißt du, daß er den ›Geizigen Schurken‹ gedruckt und herausgegeben hat?«

»Ich weiß noch nicht einmal, was der ›Geizige Schurke‹ ist.«

»Ein lustiges Spiel von einem hungrigen, geizigen Hausherrn und seiner Frau.«

»Ein Buch, das der Glöckner gedruckt hat?«

»Ein Theaterstück, das er herausgegeben hat. Und plötzlich taucht diese Komödie in dem, was er selbst schreibt, auf.«

Anne nimmt eines meiner harten Brotstücke. Sie feuchtet es ein wenig zwischen ihren Lippen an und hält es dann dem Kleinen hin, der zufrieden daran lutscht, ohne richtig aufzuwachen.

»Das hat er vor vielen Jahren herausgegeben. Neulich aber habe ich gesehen, wie er es hervorgekramt hat. Und gleich danach taucht es in seinen Visionen auf.«

Ich hatte Mühe, mich verständlich zu machen, weil meine Gedanken so unklar waren.

»Er versteht seine Visionen kaum selbst, behauptet er. Er schreibt sie auf, wie sie ihm erscheinen.«

»Wenn du dich nur nicht in Verrücktheiten verwickeln läßt.«

»Ich lese, was er schreibt. Das ist alles.«

Ich wußte selbst, daß dies nicht alles war. Ich wußte, daß mir Skonnings Schreibereien so unentbehrlich geworden waren, wie es das Bier für manche der armen Teufel ist.

»Aber Geheimniskrämerei ist noch nie das Zeichen für irgend etwas Gutes gewesen.«

»Davon gibt es so viel. Ohne daß es jemandem schadet.«

»Wirklich?«

»Wir haben ein Buch, das unter den Schülern in der Schule herumgegangen ist. Obwohl die Pfarrer es verurteilen und die Lehrer sagen, es sei schädlich.«

»Dann ist es wahrscheinlich schädlich? Wie heißt denn das Buch?«

»Lazarillo de Tormes. Er ist ein armer Narr...«

»Ich weiß nicht, ob es mir guttut, wenn ich höre, wovon es handelt.«

»Ich finde es unterhaltend und lehrreich. Und erbaulich.«

»Was geschieht denn mit dem Lümmel?«

»Um sich seinen Lebensunterhalt zu verdienen, sucht er bei einer Reihe von Menschen Anstellung. Einem Pfarrer, einem Geschäftsmann, einem blinden Bettler. Und er entdeckt, daß sie alle auf ihre Weise Betrüger und boshafte Menschen sind.«

»Und das nennst du erbaulich?«

»Man muß doch wissen, wie die Welt ist, ehe man einen Weg auf ihr finden kann.«

»Zu verteidigen weißt du dich.«

»Ich habe Hans Skonning von dem Buch erzählt und habe ihn dazu gebracht, es zu lesen, sosehr es ihm auch widerstrebte. Kurz darauf bekamen seine Offenbarungen Ähnlichkeit mit Lazarillo.«

Ich kam nicht zum Hauptpunkt, weil Christen Rømmer nach Hause kam. Als er die Tür öffnete, fegte ein Windstoß herein, der die Kerze gelöscht hätte, hätte ich nicht die Hand davorgehalten. Er zitterte in den durchnäßten Kleidern. Nachdem er sich die Hände warm geblasen und sich erholt hatte, nahm er seinen Sextanten und setzte sich zwischen uns. Er streichelte seine Frau und putzte sein Instrument.

»In der Stadt gibt es mehr Aufregung, als durch den Sturm nötig ist«, sagte er schließlich auf seine barsche Art.

Er zog das Winkelmaß ein wenig an. Er war nicht richtig zur Ruhe gekommen, nachdem er an Land gegangen war. Er sagte immer, auf See täten ihm die Knochen weh, an Land hätte er die Unruhe im Körper.

»Neulich war Kirsten Doktor so überzeugt davon, daß ihre Krankheit ihr den Tod bringt, daß sie sich von einem Pfarrer die Sterbesakramente geben ließ.«

»Ein schlechtes Gewissen hat wohl noch niemals jemanden ungebracht.«

»Es ist noch keinen Monat her, seit der Bischof gestorben ist. So kurz nach dem Tod ihres Mannes kann sie doch nicht erwarten, wieder Freude zu finden?«

Geduldig wartete Christen unsere Einwände ab. Über die Sache zu sprechen hatte keine Eile, vor uns hatten wir einen langen, dunklen Abend.

»Jetzt ist vom König der Befehl gekommen, daß der Bischof von Viborg den Pfarrer vernehmen und herausfinden soll, was die Frau des Bischofs in der Beichte gesagt hat.«

»Es heißt nicht Beichte«, wandte ich pedantisch ein.

»Das haben schon meine Eltern so gesagt.«

»Es ist mehr als hundert Jahre her, seit die Beichte abgeschafft wurde.«

»Das hat damit nichts zu tun. Ihr lernt so viel in der Lateinschule. Lernt ihr auch, wie man mit anderen Menschen umgeht?«

»Was meinst du?«

»Man verletzt nicht das Vertrauen anderer.«

Ich warf einen hastigen Blick auf Anne und rückte unwillkürlich von ihr ab. Sie blickte nicht auf. Christen blies Schmutz von einer Schraube.

Konnte er Skonnings Offenbarungen meinen, von denen keinem anderen zu erzählen ich versprochen hatte?

»Aber wenn es der König persönlich befiehlt«, sagte Anne arglos.

»Sogar König Christian und der Bischof von Viborg haben nicht das Recht, die Vertraulichkeiten anderer zu verletzen.«

Dieser Gedanke war Anne zu schwierig, sie zog es vor zu schweigen.

»Außerdem soll der Bischof von Viborg Magister Bonde das Recht auf die Kanzel entziehen.«

»Dann ist also etwas dran an den vielen Gerüchten?«

»Dann geht dieses schändliche Verhältnis nicht ungestraft durch.«

Christen wartete noch darauf, seinen letzten Trumpf auszuspielen. Er löste Schrauben, entfernte Unreinheiten aus dem Gewinde, dann schraubte er sie wieder zu. Als alles beieinander war, hielt er den Sextanten ans Auge, obwohl es keine Sterne gab, auf die er ihn richten konnte.

»Außerdem wurde dem Vogt auferlegt, Magister Bonde in Verwahrung zu nehmen. Er muß die Fragen beantworten, die man ihm stellen will, und wenn er das nicht kann, kommt er in den Blauen Turm.«

Diese Nachricht beunruhigte Anne so sehr, daß sie nicht mehr sitzen bleiben konnte. Sie sah nach der Feuerstelle. Sie legte die Lumpen vor der Türspalte besser zurecht, weil es noch immer stark stürmte.

Als ich in meinem Bett lag, versuchte ich mich an die vier lateinischen Verben zu erinnern, aber meine Gedanken irrten ab zu Anne, die ruhig dasaß und strickte, zu Eline Mortensdatter, die alleine liegen und an ihren Mann in der Verwahrung denken mußte, und die lebendigen Visionen, die aus Skonnings letzten Offenbarungen stammten.

Es schien mir, als hörte ich etwas an der Tür, schrieb dieses klopfende Geräusch aber dem Sturm zu. Dann bemerkte ich, daß Christen aufgestanden war und die Tür geöffnet hatte.

Ich erkannte augenblicklich die dunkelgekleidete Erscheinung, die von einem Windstoß hereingetragen worden zu sein schien. Diesen runden, wolligen Kopf, an dem die Augen fast zusammengewachsen waren, konnte man nicht verwechseln.

»Ich brauche Bertel«, sagte er, ohne sich für die Ungelegenheit, die er verursachte, zu entschuldigen.

»Bertel braucht seinen Schlaf«, antwortete Anne, die ebenfalls auf die Beine gekommen war.

»Wenn man in den Dienst von Höherem tritt, kann man auf ein wenig Nachtschlaf schon verzichten, damit meine ich nicht mich.«

Als ich ein wenig später im Freien in der Dunkelheit stand und der Wind mir durch die Kleider pfiff, wie dicht ich sie auch um mich zog, bereute ich meine Neugier.

Auch Skonning war in Eile, jedoch nicht wegen der Kälte. Wir tasteten uns durch die Dunkelheit, rackerten uns durch den Matsch und stemmten uns gegen die Kälte, bis wir in seiner engen Behausung standen, wo es zwar nicht warm war, wo jedoch der Wind nicht in gleicher Weise durch uns hindurchfuhr.

»Sehend zu sein und blind zugleich«, keifte er. »Ich habe wieder eine Offenbarung gehabt, aber ich habe keine Augen, um sie niederzulegen.«

Wirklich sahen seine Augen aus, als wenn Hunderte von Schmeißfliegen sie zur Brutstätte auserwählt hätten.

»Also hat sich dir die Wahrheit wieder gezeigt.«

»Die Wahrheit?«

Die alte Glöckner brummte das Wort, als kenne er es kaum.

»Wer das unglückliche Kind geboren und getötet hat.«

»Das kommt schon an den Tag. Ich habe Größeres in der Mühle. Ich habe eine weitere Vision empfangen, aber ich habe nicht die Augen, sie niederzuschreiben. Du mußt meine Augen, meine Hand, meine Feder sein.«

Ich rieb mir die Finger, um sie ein wenig geschmeidig zu machen, während er Tinte mischte und die Feder vorbereitete.

»Mitunter fürchte ich, ich könnte mich zugrunde richten. Meinen Verstand verheeren, so, wie ich meine Augen bereits zerstört habe. So, wie die Augen Schaden nehmen, wenn man in die Sonne starrt, so lassen die heftigen Visionen sie anlaufen. Dennoch kann ich die Zeit kaum ertragen, bis ich die nächsten Visionen empfange.«

»Hin und wieder habe auch ich erstaunliche Träume, die ich gern niederschreiben würde.«

»Träume!« krähte er. »Wie oft muß ich unterstreichen, daß dies keine Träume sind? Elender Stümper, wenn ich dich nicht so dringend benötigen würde, würdest du jetzt bereits in der Kälte stehen. Das ereignet sich! Und nicht auf die Weise, auf die sich unser schmutziges, zufälliges, trübes Dasein ereignet. Kannst du das nicht begreifen – und wenn du dich jetzt bemühen würdest –, dies ist eine höhere Wahrheit als die lächerliche, unwürdige Umgebung, in der wir herumstapfen?«

Er gab mir die Feder in die Hand und reichte mir die Tinte, die er dank innewohnender Gewohnheit hatte mischen können, ohne seine Augen sonderlich benutzen zu müssen. Ehe er zu diktieren begann, mußte er jedoch eine weitere Bemerkung loswerden.

»Ich muß eingestehen, daß ich meine Zweifel hatte. Ich mußte spekulieren, ob es sich nun um den guten Gott oder um den bösen Satan handelt, der mir diese Bilder zeigt. Denn du hast recht, es ist ja nicht nur schön und herrlich, was sich da abspielt, sondern auch niedrig und schmerzvoll. Aber ich bin zur Klärung gelangt. Mein Zweifel ist verjagt. Und verstehst du zu gehorchen, wirst auch du zur Klarheit kommen.«

Ohne noch weitere Kommentare begann er zu diktieren, und ich schrieb nach bestem Vermögen, trotz steifer Finger, zäher Tinte und meinen ungeschmeidigen Gedanken.

»Der Job, den Tobias gefunden hatte, war wesentlich leichter.«

»Hast du ›diop‹ gesagt?«

»Buchstabier es wie den heiligen Mann Job. So nennen sie es.«

»Erstaunlich, wie rasch du dir ihre Sprache angeeignet hast.«

»Wenn wir Wort für Wort diskutieren, kriegst du überhaupt keinen Schlaf mehr.«

»... wesentlich leichter.«

»Seine Arme nahmen wieder ihre normale Länge an, das Rückgrat kehrte zu seiner früheren Form zurück. Bist du in Gedanken?«

»Ich versuche mir Wesen mit Armen vorzustellen, die verlängert werden können, und mit Rückgraten, die ihre Form verändern.«

»Du bist recht bockig. Selbstverständlich muß man das symbolisch verstehen. Tobias ist wie die Menschen, die du kennst, wenn auch vollendeter. Aber die schwere Arbeit gab ihm das Gefühl, die Arme würden länger.«

»Woher soll ich das wissen?«

»Ab und zu fuhr Dorthe Dupér in dem großen Auto herum.«

»Auto?«

»Das solltest du kennen. Das ist ihre Bezeichnung für den Metallkäfig, der sie mit großer Geschwindigkeit hinbringt, wohin sie wollen.«

»Das ist natürlich symbolisch zu verstehen? So wie das mit den Armen?«

»Bertel, Bertel, ich gestehe ein, die Materie hält mich als deinen Sklaven gefangen. Ich meine den Eiter in meinen Augen. Kannst du nicht so gnädig sein und zu verstehen versuchen?«

»Ich versuche gerade zu verstehen.«

»Die Metallkäfige sind wörtlich gemeint. Diese Menschen können sich tatsächlich in umherwirbelnde Metallzentauren verwandeln.«

»Ich begreife nicht, wie.«

»Sie begreifen selbst nicht, wie. Sie fragen noch nicht einmal. Erinnerst du dich nicht an den gescheiten Luther, der noch tiefer sah als Bertel, der Lateinschüler? Wir nehmen eine Rose in die Hand (sagt er), und bewundern sie als vortreffliches

Werk und als Gottes Schöpfung, und wir würden dem Menschen, der es vermag, eine einzige Rose zu schaffen, ein Königreich schenken. Aber wir fragen niemals, wie es vonstatten geht.«

»Aber die Metallkäfige?«

»Der liebe Gott hat diese Menschen noch reicher ausgerüstet als uns. Er wollte, daß alle so rasch wie ein Wirbelwind herumkommen, und hat ihnen das Auto gegeben. Sie empfangen es mit dem gleichen Selbstverständnis wie wir die Rose. Und fragen nicht wie. Das mußt du dir merken.«

»... in dem großen Auto herum.«

»Als er es erst kennengelernt hatte, bereitete es ihm keine größere Schwierigkeit. Dorthe Dupér hatte den Führerschein eingebüßt, aber ›nicht auf diese Weise‹, wie er erfuhr.«

»Den Führerschein?«

»Ja, ist das so schwer zu schreiben?«

»Du könntest genausogut auf Malabarisch diktieren.«

»Dann stell dir vor, es ist Malabarisch, und schreib! Das Wichtige sind nicht die kleinen Worte, über die du stolperst, sondern zu erzählen, was mit dem jungen Burschen geschieht, der versucht, ein ganzes Jahr lang gut zu sein.«

»... wie er erfuhr.«

»Was erfuhr er?«

»... nicht auf diese Weise, wie er erfuhr.«

»Hast du ›nicht auf diese Weise‹ mit Antiqua geschrieben?«

»Nein.«

»Ich glaube, das mußt du. Das nimmt sich besser aus.«

13

Die Anstellung, die Tobias gefunden hatte, war wesentlich leichter. Seine Arme nahmen wieder ihre normale Länge an, das Rückgrat kehrte zu seiner früheren Form zurück.

Ab und zu fuhr Dorthe Dupér in dem großen Auto herum. Als er es erst kennengelernt hatte, bereitete es ihm keine größere Schwierigkeit. Dorthe Dupér hatte den Führerschein eingebüßt, aber ›nicht auf diese Weise‹, wie er erfuhr.

Auf diesen Fahrten saß sie häufig auf dem Vordersitz und fragte ihn hartnäckig nach seinen Erlebnissen aus. Tobias erzählte bereitwillig von dem, was für ihre Ohren geeignet war, wohingegen sie niemals von sich selbst erzählte.

»Ich fange an, kleiner zu werden«, vertraute sie ihm eines Tages an.

An dem betreffenden Tag hatte er sie zuerst an das eine Ende der Stadt gefahren. Sie war ausgestiegen, hatte einige Zeit schwankend auf der Hafenmole gestanden und sich umgesehen. Dann setzte sie sich wieder ins Auto und ließ sich an das andere Ende der Stadt fahren. Lange stand sie auf einer Eisenbahnbrücke und schaute leer vor sich hin, dann kehrte sie auf den Vordersitz zurück.

Tobias betrachtete sie besorgt. War die Zeit gekommen, daß er wirklich gut sein sollte?

»Ich werde kleiner und kleiner«, wiederholte sie. »Du kannst es nicht sehen. Es ist nur innen. Kleiner und kleiner. Glaubst du, das endet damit, daß ich ganz verschwinde?«

»Das weiß ich nicht. Wie hast du das entdeckt?«

»Das läßt sich nicht vermeiden. Es fällt mir einfach schwer, meinen Körper auszufüllen. Er geht ständig herum, der Körper, und läßt sich nichts anmerken. Man kann schließlich auch ein wenig an Gewicht verlieren, ohne daß einem die Kleider herunterfallen. Aber bald kann ich ihn nicht mehr ausfüllen, meinen Körper. Wenn irgend jemand ihn schüttelt, habe ich Angst, ich gebe nach und liege da und rolle herum.«

»Wohin soll ich jetzt fahren?«

»Das weiß ich nicht. Hast du einen Vorschlag?«

»Du solltest vielleicht mit jemandem sprechen, der dir helfen kann.«

»Das habe ich schon versucht. Ich habe einen Psychiater aufgesucht. Doktor Monikke, kennst du ihn?«

»Ja, das heißt, nein. Ich habe mit zweien seiner Kinder einmal in einer Wohngemeinschaft gewohnt.«

»Er soll einer der Besten sein. Aber er konnte nichts für mich tun. Hat er behauptet.«

»Er muß es doch versucht haben?«

»Er hat mich gebeten, meine Geschichte zu erzählen. Das habe ich gemacht, so gut ich konnte. Es war rasch überstanden. Denn es gibt keine richtige. Ich bin leicht durchs Leben gekommen. Ganz glatt. Mühelos. Nichts hat richtig Spuren hinterlassen. Warum fährst du nicht?«

»Ich weiß nicht, wohin ich fahren soll.«

»Ich auch nicht. Sind wir schon draußen bei der neuen Marina gewesen?«

»Von dort kommen wir.«

»Können wir nicht einfach noch einmal dorthin fahren?«

»Natürlich. Kein Problem.«

Tobias startete und fuhr langsam, während er Dorthe erzählen ließ.

»Der Psychiater sagt, seine Methode sei, die Leute ihre Geschichte erzählen zu lassen. Dann läßt er sie noch einmal erzählen, die Geschichte leicht korrigieren, ein wenig hinzufügen, ein bißchen verändern. Immer wieder, bis man etwas hat, das besser zusammenhängt, so daß man mit sich selbst und seiner Geschichte leben kann.«

»Und was war mit dir?«

»Die Methode ließ sich bei mir nicht anwenden. Denn ich hatte ja keine Geschichte zu erzählen. Nichts auszuschmücken. Nichts zu drehen und zu wenden. Keine Kindheit, keine Erlebnisse. Darum werde ich weiter kleiner und kleiner, innen. Vielleicht verschwinde ich ganz.«

»Dein Fall gleicht meinem. Vielleicht glaubst du nicht, daß du meine Lösung benutzen kannst?«

»Und was für eine Lösung ist das?«

»Ich habe mich auch ganz klein gefühlt, wie eine Spore, habe ich immer gesagt.«

»Eine Spore?«

Mit zusammengekniffenen Fingern deutete Tobias die Größe einer Spore an.

»Viel ist das nicht. Dir ist es also schlechter gegangen als mir.«

»Bis ein verrückter Alter mich zu einer Art Wette gezwungen hat. Und seitdem geht es mir in gewisser Weise besser. Ich bin noch immer sehr verwirrt, aber ich habe eine Art Richtung bekommen. Nämlich die Aufgabe durchzuführen, die Wette.«

»Und worum geht die?«

»Du lachst mich aus.«

»Das würde mir nicht einfallen. Was mußt du machen?«

»Ich muß... du versprichst es?«

»Selbstverständlich.«

»Ich muß gut sein.«

Zu seiner Überraschung fing Dorthe an zu schluchzen, dann kamen die Tränen.

»Habe ich's nicht gesagt?«

»Alles in Ordnung. Du mußt dir nichts vorwerfen. Ich hatte nur gehofft, du könntest mein Problem lösen. Darum war ich so enttäuscht.«

»Wie kannst du wissen, daß dir das nicht hilft?«

»Ich habe es schon versucht. Tatsächlich ist dies das einzige, was ich tue. Ich tue doch nichts anderes. Tue das, was die Leute von mir wollen. Freundlich und zuvorkommend. Ich habe doch selbst nichts... fast zu viel vom Guten.«

Beim letzten Satz gelang es Dorthe, trotz der Tränen zu lachen. Tobias bremste abrupt und starrte sie an.

Hinter ihnen bremste eine Auto scharf. Es hupte.

»Was habe ich gesagt? Habe ich etwas gesagt?«

Am Abend fuhr Tobias Dorthe und ihren Mann, Per Dupér, den Besitzer der Supermarktkette, ins Theater. Nicht das Interesse ins Theater zu gehen trieb den Mann an, sondern das Bedürfnis, gesehen zu werden, denn es handelte sich um eine Benefizvorstellung, zu der alle bedeutenden Personen der Stadt eingeladen waren.

»Ist es unbedingt notwendig, daß Sie so langsam fahren?« brüllte Poul Dupér seinen Chauffeur an.

»Ich richte mich nach den Geschwindigkeitsbegrenzungen«, antwortete der frischbekehrte Tobias.

»Dazu liegt kein Grund vor. Mir gibt man keine Geldbußen, ich habe ein Abkommen mit der Polizei: Die verkaufen keine Butter, und ich halte mich nicht ans Gesetz.«

So oft hatte er diesen Witz schon von sich gegeben, daß er fast schon vergaß, selbst darüber zu lachen.

»Wir dürfen nicht zu spät kommen«, fuhr Dupér, an seine Frau gewandt, fort. »Alle sollen sie uns auf dem Höhepunkt unseres Glücks sehen, damit wir die letzten Darlehen bekommen, ehe der Ballon platzt.«

»Der Ballon platzt?« fragte Dorthe besorgt.

»Bald«, sagte er und blies sich auf. »Sehr bald besitze ich nicht eine Öre mehr.«

Dorthe schnappte erschrocken nach Luft.

»Das stimmt. Ich bin ein bettelarmer Mann am Rande des Bankrotts.«

Er gluckste zufrieden.

»Meine Rechtsanwälte haben das Ganze schon vorbereitet. Das ist die einzige ehrbare Methode, mit der man seine Schulden los wird. Bankrott zu gehen. Mein ganzer Besitz ist diskret auf deinen Namen übertragen worden. Binnen kurzer Zeit kommt mein Konkurs. Ich stehe mit Riesenschulden im bloßen Hemd da ... Daß meine Frau Multimillionärin ist, geht doch meine Gläubiger nichts an.«

»Und das Haus?«

»Gehört dir. Auch das Sommerhaus, das Auto, das Boot. Der ganze Kram. Ändern wird sich nichts, abgesehen davon, daß nun wirklich uns gehört, was vorher unseren Gläubigern gehört hat.«

»Und die Gläubiger?«

»Man muß darauf achten, das auf viele Kleine zu verteilen. Die Großen würden sich damit natürlich nicht abfinden.«

Tobias fuhr vor dem Theater vor und setzte seine Herrschaft ab.

Am nächsten Morgen war Dorthe offensichtlich noch kleiner geworden, denn sie wankte und schwankte, als ob sie Mühe habe, den Körper aufrecht zu halten. Nachdem sie sich zum Vordersitz hatte führen lassen, brachte Tobias sie zum Velavej, wo sich eine Rechtsanwältin befand, die für ihr unkonventionelles Denken bekannt war. Unterwegs, damit Dorthe nicht völlig in sich verschwand, erzählte ihr Tobias auf ihre Aufforderung hin noch einmal von dem Theaterstück, von dem er bereits bei ihrem allerersten Kennenlernen erzählt hatte, von dem Geizigen, der weggeschickt wurde, als er nach einer Betteltour wieder zurück in sein eigenes Haus kommen wollte.

Bella Fejnsmark betrachtete ihre Klienten mit schwimmenden Augen. Anscheinend gab es zwei Dinge im Leben, denen sie nicht in die Augen sehen konnte, Frauen in den mittleren Jahren aus der Oberschicht und junge Punker. Daß sie auf beide von ihnen auf einmal stoßen sollte, war zuviel für sie. Sie trank gierig aus einer Milchtüte, ohne vorher den Inhalt in ein Glas zu gießen.

»Ich habe eigentlich gar nicht geöffnet«, erklärte die Rechtsanwältin. »Ich muß vergessen haben abzuschließen. Darum war geöffnet. Aber es ist geschlossen.«

Nachdem sie auf diese Weise ihre Fähigkeit unter Beweis gestellt hatte, die Worte hin- und herzuwenden, machte Tobias sie mit der Angelegenheit vertraut, was sie so zum Lachen brachte, daß ihr weiches Fleisch bebte.

»Ich beantrage das höchste vom Gesetz vorgesehene Strafmaß«, sagte sie. »Wenn das fehlschlägt, gehe ich mit Freuden ins Gefängnis.«

Von den sonderbarsten Stellen in dem kleinen überfüllten Büro holte sie Formulare, Übertragungsurkunden und Erklärungen. Im Verlauf des Gesprächs schien es, als ob nicht nur die Rechtsanwältin, sondern auch Dorthe Dupér mehr Haltung bekamen. Vielleicht wurde sie im Inneren bereits größer.

Für den Rest des Tages mußte Tobias das Ehepaar Dupér zu verschiedenen Büros fahren. Das heißt, nur anfangs war es ein Ehepaar, das er fuhr, denn der erste Besuch galt einem Scheidungsbüro, in dem ein Priester ihnen feierlich erklärte, künftig seien sie zwei.

Nach jedem Besuch stellte Thomas besorgt fest, daß Dorthe Dupér mehr und mehr in sich zusammensank, bis er befürchtete, sie könne sich völlig auflösen.

»Bist du dir sicher, daß du weißt, was du tust?« fragte sie ihren früheren Mann nach dem Besuch beim Konkursrichter.

»Natürlich. Das funktioniert fast genauso wie Thermofolie.«

»Thermofolie?«

»Das ist eine Erfindung, in die ich erwäge ein wenig Geld zu stecken.«

»Du hast doch kein Geld mehr.«

»Und wenn ich die goldene Uhr meines Großvaters versetze. Die Erfindung hat ein junger Bursche gemacht. Er ahnt nicht, welche Möglichkeiten darin stecken. Also ist er bereit, sie für ein Butterbrot zu verkaufen.«

»Und worauf läuft sie hinaus?«

»Das ist zu technisch, das interessiert dich nicht.«

Dorthe versank in ihrer inneren Leere, was ihren Mann veranlaßte, die Erfindung versuchsweise zu beschreiben.

»Das ist eine Platte mit ziemlich kleinen Löchern. Fast ein Sieb. Man legt sie in Wasser. Die Löcher sind so klein und ein wenig konisch, daß nur die wärmsten Moleküle durchkommen. Die haben die größte Geschwindigkeit. Und nur von der einen Seite. Auf der anderen Seite sind die Löcher zu klein.«

»Und wozu in aller Welt braucht man so etwas?«

»Stell dir vor, das Wasser in der Badewanne ist lauwarm geworden. Man legt die Thermofolie in die Mitte. Die warmen Moleküle schlüpfen durch die Löcher und sammeln sich auf der einen Seite, die kalten bleiben zurück. Denn sie kommen ja nicht durch. Dann sperrt man das kalte Wasser aus und hat ein brühendheißes Bad. Er hat es mir vorgeführt. Ein schlauer Kerl, aber er interessiert sich nur für seine kleinen Löcher und sieht die große Perspektive einfach nicht. Außerdem hat er kein Geld. Das haben solche Leute nie. Also ist leicht mit ihm handeln. Das muß schließlich massenhaft hergestellt werden.«

»Gibt es denn so viele Badewannen mit lauwarmem Wasser?«

»Das ist nur ein Beispiel. Das kann man überall gebrauchen. Verstehst du: Lauwarmes Wasser ist Silber, aber heißes Wasser ist Gold. Er hat also mit anderen Worten eine Goldmaschine zu verkaufen. Aber das hat Joakim nicht begriffen.«

»Joakim?«

Per Dupér sah seinen Fahrer, der sich plötzlich in das Gespräch gemischt hatte, überrascht an, wurde aber durch Dorthes Frage abgelenkt.

»Wir machen doch das gleiche, mit unserem Besitz und unseren Schulden.«

»Ja. Genau«, rief Dupér, verblüfft über die Ähnlichkeit. »Wir trennen die Dinge. Du bekommst den Besitz, während alle Schuldenposten auf meiner Seite bleiben.«

»Und dann ziehen wir den Stöpsel heraus?«

Als Tobias am folgenden Morgen zur Arbeit kam, war Per Dupér vollauf damit beschäftigt, seine Verkleidung zu vollenden.

»Es ist doch gar nicht das Wetter, um im Freien zu arbeiten«, sagte Dorthe erstaunt. »Ich verstehe nicht, warum du dein Gartenzeug anziehst.«

»Schauspielerei, Mädchen, Schauspielerei«, antwortete Per und zerwühlte sich die Haare. »Die haben nicht kapiert, worum es geht, die, die wir gestern gesehen haben. Die stehen zwei Stunden auf einer Bühne herum und schwätzen wie Kleinkinder. Das wirkliche Theater aber spielt sich draußen ab. Man könnte fast sagen, das Leben ist eine Bühne.«

Diese Betrachtung begeisterte ihn so, daß er für einen Augenblick seine Tätigkeiten einstellte und sich im Spiegel betrachtete.

»Warum hat das noch niemals einer gesagt – das Leben ist eine Bühne.«

»Im Augenblick ist es nur eine Garderobe. Wo trittst du denn auf?«

»Beim Konkursrichter. Da ist es günstig, wenn man so auftritt. Das verdankt man all den Gläubigern. Du willst doch auch nicht mit den Kleidern, die du jeden Tag trägst, zur Audienz gehen.«

Per, der in Tobias offenbar einen Experten sah, ließ sich betrachten und nahm dankbar den Rat an, den Gürtel abzulegen und die durchlöcherten Hosen und die erdverschmierte Jacke statt dessen mit einem Tau zusammenzuhalten.

Als Dupér seinen schweren Gang angetreten hatte – er hatte sich von der Taxe vorher absetzen lassen und ging die letzten hundert Meter zu Fuß –, tauchte Bella Fejnsmark wie verabredet in seinem Haus auf. Sie ging die letzten Papiere durch. Dorthe Dupér lächelte und lief zielstrebig herum, unterstützte den Schlosser Rømmer und sorgte dafür, daß das Haus verschlossen war. Tobias bemerkte mit Befriedigung, daß sie, nachdem sie eine Bestimmung gefunden hatte, offenbar wieder wuchs.

Als der schäbige, unrasierte Mann, von allem entblößt, zurückkam, fand er das Haus unbetretbar vor. Keiner seiner Schlüssel paßte. Er klingelte, wummerte an die Tür, rüttelte daran.

»Was zum Teufel soll das bedeuten?« brüllte er in die Sprechanlage. »Laß mich rein.«

»Draußen steht ein armer Teufel«, sagte Dorthe beherrscht. »Gib ihm irgend etwas. Aber laß ihn nicht rein.«

Tobias reichte einen abgekauten Knochen und einen Kanten Brot durch die Katzenklappe und forderte den Bettler auf, es zu nehmen und zu verschwinden, sonst müsse er die Polizei rufen.

Den Verrückten befriedigte das nicht. Im Gegenteil. Er wummerte noch heftiger. Als dies nicht half, drehte er eine Runde um das Haus, ohne eine Tür zu finden, für die seine Schlüssel paßten, oder eine Türspalte, durch die er sich hindurchzwängen konnte.

»Ich weiß, das ist ein Einfall von Tobias«, zischte er durch die Sprechanlage. »Ich werde ihm persönlich und mit großem Vergnügen den Skalp abziehen.«

»Androhung von Gewalt«, antwortete Bella. »So etwas wird vom Gericht schwer geahndet.«

»Mit wem spreche ich denn jetzt?«

»Meine Name ist Bella Fejnsmark. Ich bin Rechtsanwältin.«

»Bälle Feinsmecker! Die versoffene Rechtsanwältin.«

»Und Beleidigung.«

»Ich will mit meiner Frau sprechen. Sofort.«

»Ihre Frau ist nicht hier.«

»Wo ist sie? Ich will mit ihr sprechen.«

»Es ist nicht meine Aufgabe, auf Ihre Frau aufzupassen.«

»Ich werde dafür sorgen, daß du deine Bestallung verlierst, und dann schlitz' ich dir den Bauch auf und kipp' Alkohol in die Wunde, reinen Alkohol.«

Als der Mann ohne weitere Worte verschwand, hielten Tobias und Bella dies für einen Sieg, Dorthe jedoch schien besorgt zu sein.

Eine halbe Stunde später, als Dupér mit fliegenden Fahnen zurückkam, wurde er begleitet von einem ganzen Regiment, Uniformierte und nicht uniformierte Gesetzes-, Schlagstock- und Schloßexperten. Der mitgebrachte Schlosser machte sich unverzüglich an der Eingangstür zu schaffen, die indessen öffnete sich bei seinem ersten Angriff von selbst.

Per Dupér drang ein, begleitet von drei Rechtsanwälten, einem für das Amtsgericht, einem für das Landgericht und einem für den Obersten Gerichtshof, die mit zunehmender Bedeutung kleiner wurden.

»Verhaften Sie die beiden, die in mein Haus eingedrungen sind und meine Frau als Geisel halten«, brüllte er. »Wo zum Teufel steckt sie?«

Zwei Polizisten packten Tobias unter den Armen, während zwei andere versuchten, Bellas breite Oberarme zu umspannen.

»Haben Sie einen Durchsuchungsbefehl?« fragte Bella und schüttelte die beiden Kletten ab.

»Durchsuchungsbefehl?« schrie der Herr in Lumpen. »Ich wohne hier.«

»Möglich, daß Sie heute nacht in der Garage geschlafen haben, aber das gibt Ihnen nicht das Recht...«

»In der Garage?« Das Gesicht des offensichtlichen Gärtners nahm eine bedenklich blaue Farbe an. »Ich wohne hier! Das ist mein Haus! Ich bin... Per Dupér!«

Letzteres hörte sich an wie eine Fanfare, die jeden Widerstand beiseite fegen sollte. Bella Fejnsmark sah unbeeindruckt in ihre Papier.

»Das entspricht nicht meinen Informationen.«

»Deine Informationen sind mir scheißegal, du versoffene Kuh von einer abgetakelten Rechtsverdreherin!«

»Meine Ausdrucksweise ist das nicht«, rief der Rechtsanwalt am Amtsgericht.

»Er hat es gar nicht so gesagt«, fügte der Rechtsanwalt am Landgericht hinzu.

»Und falls dem so sein sollte, wurde es in der Erregung des Augenblicks geäußert«, erklärte der Rechtsanwalt am Obersten Gerichtshof.

Bella, die in diesem Augenblick der Kränkung flehentlich nach dem Barschrank geschielt hatte, ließ sich besänftigen und sagte:

»Aus meinen Papieren scheint hervorzugehen, daß sich dieses Haus im Besitz von Dorthe Dupér befindet.«

»Da sehen Sie selbst«, sagte Per triumphierend. »Das ist meine Frau.«

»Das entspricht nicht meinen Informationen.«

»Deine verfickten Informationen sind nicht das Papier wert, auf das sie geschrieben wurden. Verschwinde augenblicklich aus meinem Haus, du Schnapsdrossel, oder ich laß dich von der Polizei gleich zum Schlachthof rollen.«

Der Rechtsanwalt am Amtsgericht trat vor:

»Mein Klient fühlt sich auf seinem Privatgrundstück belästigt und hat daher das Recht, sich einer deftigen Ausdrucksweise zu bedienen.«

»Privatgrundstück?« rief Bella, die das Spiel offensichtlich genoß. »Er hat hier nichts zu suchen. Und Sie werden in die Sache verwickelt, Herr Kollege, wenn er jetzt nicht aufhört.«

»Der Klient meines Klienten scheint überzeugt zu sein, daß er sich auf einem Privatgrundstück befindet. Auf dieser Grundlage hält sich mein Klient für berechtigt, seinen Klienten und dessen Äußerungen zu verteidigen.«

»Dann lesen Sie mal das hier«, antwortete Bella vergnügt.

»Steht hier nicht schwarz auf weiß, daß Dorthe Dupér die Scheidung von ihrem Mann bewilligt wurde?«

»Ich scheiße auf diese Scheidungserklärung«, brüllte Per Dupér beim Anblick des Papiers. »Das ist bloß Verarschung.«

»Mein Klient will damit sagen, die Scheidung sei ungültig«, sagte der Rechtsanwalt am Amtsgericht.

»Und ob die gültig ist«, rief Dupér erschrocken. »Sonst geht mein ganzer Besitz in Rauch auf.«

»Mein Klient wollte sagen, die Scheidung sei pro forma erfolgt«, korrigierte der Rechtsanwalt am Landgericht.

»Das Gesetz kennt keinen Begriff wie ›Scheidung pro forma‹« wandte Bella ein, die allmählich zu schwanken begann und sich verzweifelt die Lippen befeuchtete.

»Die Scheidungspapiere scheinen in Ordnung zu sein«, sagte der kleinste Rechtsanwalt, der am Obersten Gerichtshof, der vorgetreten war. »Mein Klient verzichtet auf die Bezeichnung ›pro forma‹. Sein Klient zieht diese Bezeichnung als ungültig zurück. Und dessen Klient wußte nicht, was er sagte, als er sagte ›Verarschung‹.«

»Ich will von diesen Faseleien zum Kotzdonner noch mal nichts mehr hören«, rief Dupér und wandte sich an die Polizisten. »Sucht meine Frau, holt sie her, ich will mit ihr sprechen.«

»Fordere mit meiner kürzlich von mir geschiedenen Frau zu sprechen«, korrigierte der längste von ihnen.

»Erklärt, berechtigt zu sein, mit seiner ehemaligen Frau sprechen zu dürfen«, berichtigte der mittlere.

»Ersucht um die Erlaubnis mit Frau Dorthe Dupér, geborene Lynde, verheiratete und geschiedene Dupér, sprechen zu dürfen«, schloß der kleinste.

Bella wurde offensichtlich von Mundtrockenheit gequält. Tobias schenkte ihr ein Glas gutes, erfrischendes, starkes Wasser ein. Sie trank es gierig und lächelte hinterher selig. In der Zwischenzeit war jedoch Dorthe Dupér eingetreten. Sie schwankte ein wenig, als habe sie nicht die volle Kontrolle über ihren Körper.

»Endlich, da bist du ja«, sagte Per erleichtert. »Haben sie dich gefangengehalten. Sag ihnen jetzt, daß es sich bei dem Ganzen um ein Mißverständnis handelt.«

Dorthe wankte. Per Dupér wollte sie stützen, sie aber wich zurück.

»Sagen Sie diesem Mann, er soll mich nicht mehr belästigen«, sagte sie zu den Rechtsanwälten.

»Dorthe, bist du krank? Ich bin Per, dein Mann.«

»Du warst mein Mann.«

»Hör auf. Du weißt, wir spielen nur eine Nummer. Erkläre ihnen das. Sag ihnen, daß zwischen uns überhaupt nichts vorliegt.«

»Zwischen uns liegt überhaupt nichts vor.«

»Wir sind nicht uneins, meine ich.«

»Es gibt nichts, das uns verbindet.«

»Doch, das Haus.«

Dorthe schüttelte schwach den Kopf.

»Das verbindet uns nicht mehr«, sagte sie. »Die Besitzerin bin jetzt ich.«

»Was redest du da! Das Haus gehört mir. Wenigstens die Hälfte.«

»Das Haus gehört Dorthe Dupér«, sagte Bella und legte die Übertragungsurkunde auf den Tisch.

Die drei Anwälte untersuchten sie nacheinander. Per Dupér sank etwas in sich zusammen, als er ihre Mienen sah, Dorthe aber nahm etwas mehr Haltung an.

»Das Sommerhaus. Die Hälfte steht mir jedenfalls zu.«

Wortlos legte Bella die unterschriebene Sommerhausurkunde zur Billigung der Anwälte auf den Tisch.

»Das Boot. Das gehört mir allein...«

Papiere auf den Tisch. Bedenkliche Mienen bei den Anwälten.

»Die Wohnung in Spanien. Damit hattest du nie etwas zu tun...«

Während Per Dupér die Luft ausging, schien Dorthe zu sich selbst zu finden.

»Das Auto.«

Als er die resignierte Haltung seiner Anwälte bemerkte, kehrte ein knappes, giftiges Lächeln auf Per Dupérs Lippen zurück.

»Aber die Geschäfte. Die kannst du mir nicht nehmen. Die gehören dir nicht.«

»Eigentümer Aktiengesellschaft Super Dupér«, sagte Bella und legte ein Dokument vor. »Die im Besitz ist der Holding Dupér Market.«

Sie legte ein weiteres Dokument vor, während der gewesene Ehemann lächelte.

»Die der Interessengesellschaft Dupér und Dupér gehört, die verwaltet und wahrgenommen wird von...«

Bella legte Papier auf Papier, bis der Stapel gefährlich zu schwanken begann.

»...die Dorthe Dupér gehört«, schloß sie, ohne das letzte Dokument auf den Stapel zu legen, aus Furcht, er könne umkippen.

»Das Ganze«, flüsterte Per Dupér. »Das Ganze, das Ganze.«

»Selbst das Bankkonto in der Schweiz«, ergänzte Tobias, sah jedoch ein, als ihn strenge Blicke von allen Seiten trafen, daß das Gute von ihm zu weichen begann.

»Ich muß diesen Herrn bitten, dieses Grundstück zu verlassen«, sagte der höchste der Rechtsanwälte zu Per.

»Zögern Sie nicht, uns zu rufen, wenn er Sie wieder belästigen sollte«, sagte der wichtigste Polizeibeamte.

Eine Pause trat ein, in der alle den heruntergekommenen Gärtner betrachteten, der langsam seine Situation begriff.

»Frei?« sagte er. »Völlig frei. Nichts bindet mich mehr. Davon habe ich geträumt.«

Er straffte das Tau, das seine Lumpen zusammenhielt.

»Ich habe deine persönliche Habe zusammengepackt«, sagte Dorthe und reichte ihm ein Stoffbündel und einen Stock. »Und die hier, die hast du mit in die Ehe gebracht.«

Per Dupér betrachtete ungläubig seine alte Harmonika und ging auf die Tür zu.

»Soll ich dir ein Taxi rufen?« bot ihm Dorthe an. Er blieb stehen und sah sie verächtlich an.

»Versuch es gar nicht erst. Du weißt, Wohltätigkeit habe ich nie vertragen.«

Die Polizei, die fremden Rechtsanwälte und der Schlosser gingen zu ihren Autos und entfernten sich. Einsam schlurfte Per Dupér hinauf zur Straße, über der Schulter den Stock, darin hing das Stoffbündel.

»Schade, daß er heute seine ältesten Kleider angezogen hat«, sagte Tobias.

»Er geht zu seinem Zwillingsbruder. Sie haben die gleiche Größe.«

Bella amüsierte sich, ertappte sich aber selbst dabei.

»Schweres Geld, und den Schwarzen Mann auf der Nase. Stehe ich doch da und amüsiere mich, obwohl ich nüchtern bin! Es gibt also auch noch ehrbare Vergnügungen.«

Spät am Nachmittag desselben Tages ging Tobias zu »Stjerneskudd«, einer Cafeteria, die in der Nähe seiner Wohnung lag. Das Lokal war kalt und öde. Er sah sich um. Er kannte keinen der Anwesenden. Bei einer Serviererin bestellte der das Tagesgericht.

»Arbeitet Vibeke nicht mehr hier?«

»Vibeke? Nein, nein, nach der Bombendrohung hat man sie kurz und bündig hinausgeworfen.«

Da er bereits bestellt hatte, blieb Tobias in dem Raum sitzen, der von Essensgerüchen erfüllt war. Ein älterer Mann in einem Rollstuhl kam herein. Ihre Blicke begegneten sich, entsprechend einer Übereinkunft aber ließen sie sich nicht anmerken, daß sie einander kannten. Der Mann rollte zu einem Tisch, an dem man bereits Platz für den Rollstuhl gemacht hatte.

Kurz darauf öffnete sich die Tür zur Küche, und ein blondes, mürrisches Mädchen kam mit einer Kasserolle in der Hand herein. Vibeke. Sie blieb abrupt stehen, als sie sah, wer am Tisch saß. Sie überwandt sich und ging zu Tobias.

»Vibeke?« rief er.

»Brennende Liebe?« fragte sie.

»Hier.«

»Ausverkauft. Wir haben nur noch Gulasch.«

»Das geht auch. Ich dachte, du arbeitest nicht mehr hier?«

»Tue ich auch nicht. Du hast es soweit gebracht, daß sie mir gekündigt haben.«

»Was machst du dann hier?«

»Als Arbeitslose hat man mir diese Stelle angeboten.«

»Aber dann machst du ja das gleiche wie vorher?«

»Im großen und ganzen. Aber zum halben Lohn. Und einem Viertel der Rechte. Und einem Zehntel vom Respekt der anderen. Denn jetzt bin ich nur ABM. Und mit einem Zwanzigstel Selbstachtung.«

»Vibeke, ich wollte fragen, ob wir zusammen ausgehen wollen?«

»Was hast du gesagt?«

Verblüfft sah sie ihn an.

»Wir können ins ›Beef‹ gehen, oder wozu du Lust hast.«

»Dein Essen wird kalt.«

»Ich scheiße auf dieses Essen. Das will ich nicht haben. Es geht um dich, Vibeke.«

»Du hast mich verspottet. Du hast mich ins Wasser gestoßen. Du hast mich abgetatscht. Und du hast mich arbeitslos gemacht. Und dann bist du so großspurig und kommst hierher und willst mich einladen?«

»Das weiß ich. Aber ich bin gut geworden, und du hast doch trotz allem noch eine Art Arbeit.«

»Unter der Bedingung, daß ich tue, was sonst keiner tun will.«

Sie steckte einen Finger in den Topf, um sich einen Eindruck von der Temperatur des Essens zu verschaffen. Dann hob sie den Topf über den noch immer sitzenden Tobias, drehte ihn um und ließ zuerst Soße auf ihn hinuntertropfen, dann ein paar Fleischklumpen, und als er ruhig sitzen blieb, fuhr sie fort, bis sich der gesamte Topfinhalt langsam auf den unbeweglich dasitzenden Mann ergossen hatte.

»Wenn du gut geworden bist, dann bin ich verrückt.«

Tobias erhob sich langsam, wobei Soße, Fleischstücke und Karotten langsam an ihm herunterglitten. Er legte einen Geldschein auf den von einer braunen, klebrigen Masse halb bedeckten Tisch und nahm ein Lorbeerblatt, das auch heruntergerutschte, und steckte es ins Haar zurück.

»Ich verspreche dir, das wasche ich nicht ab, bis du mir gehörst«, sagte er, dann ging er.

Am selben Abend suchte er den alten Mann auf, noch immer bedeckt von dem erstarrten, eingetrockneten Abendessen, um von seiner Karriere als Guter zu berichten.

14

Eine Geschichte ist entscheidend gewesen für mein Leben«, sagte Styge. »Oder vielmehr, die Versuche, vor dieser Geschichte zu fliehen.« Er holte tief Luft, dann fuhr er fort:

»In jungen Jahren war ich so zielstrebig, daß ich kein nacktes Mädchen angesehen hätte, selbst wenn ich dazu nur den Blick hätte wenden müssen. Oder, besser gesagt, sie hätte meine Aufmerksamkeit nicht erregt, weil derartiges nichts mit meinem Ziel zu tun hatte.«

Der Gast setzte sich im Lehnstuhl zurecht, der schon längst von den Topfscherben befreit war.

»Dank meiner Zielstrebigkeit legte ich das Examen früher ab als die meisten anderen. Nach zwei kürzeren Anstellungen, die ich in meiner Strebsamkeit zur Qualifizierung nutzte, fiel mir jäh eine ungeheuer vielversprechende Stellung zu. Eine Stelle als Ingenieur in einer neugegründeten Firma in Sønderborg, und alle sagten mir eine große Karriere, eine gesicherte Zukunft und hohe Positionen voraus. Da stieß ich – weniger als eine Woche, bevor ich die neue Stelle in Sønderborg antreten sollte – auf die betreffende Geschichte. Aus reinem Zufall, würde ich gesagt haben, hätte nicht gerade diese Geschichte mich am Zufall zweifeln lassen.«

Styge versuchte sich aus diesem Satz zu befreien, in dem der Zufall zweimal eingegriffen hatte.

»Mochte ich auch nicht aus Zufall auf diese Geschichte gestoßen sein, so geschah es auf alle Fälle unerwartet, denn zu diesem Zeitpunkt las ich normalerweise keinerlei Geschichten, sondern konzentrierte mich voll und ganz auf meine Lehrbücher, die beschrieben, was notwendigerweise und nicht nur zufälligerweise wahr war. In einem Kapitel jedoch, es handelte von Freiheit und Gesetzmäßigkeit, gab es eine Anmerkung, in der diese Geschichte stand, ich las sie also freiwillig, in gutem Glauben und ohne im voraus Böses zu ahnen.«

Der alte Mann wand sich ein wenig, zögerte, hoffte sich drücken zu können, beugte sich schließlich aber dem Unvermeidlichen.

»Ich bin genötigt, die Geschichte zu erzählen, damit du verstehst, welchen Eindruck sie auf mich gemacht hat. Es ist sogar wahrscheinlich, daß du sie schon einmal gehört hast, denn sie wurde immer wieder in aller Schönheit und allem Greuel in verschiedenen Fassungen erzählt. Und in all ihrer Unumgänglichkeit.«

Er befeuchtete seine Lippen, bewegte sie ein wenig, als memoriere er oder bereite sich auf die Darstellung vor, so wie ein Pianist die Finger streckt und beugt und das Handgelenk weichmacht, ehe er seine Glanznummer abliefert.

»Ein Kaufmann in Bagdad schickte seinen Diener auf den Markt, um Vorräte zu kaufen, kurz darauf aber kam der Diener bleich und zitternd zurück und sagte: ›Herr, als ich auf dem Markt stand, war eine Frau in der Menge, sie berührte mich, und als ich mich umdrehte, sah ich, daß mich der Tod berührt hatte. Sie sah mich an und drohte mir. Darum – leih mir dein Pferd, damit ich aus dieser Stadt fliehen und meinem Schicksal entgehen kann. Ich will nach Samarra ziehen; dort wird mich der Tod nicht finden.‹«

Der Gast hatte den Kopf gesenkt. Es ließ sich unmöglich entscheiden, ob es sich um eine entschuldigende, bedauernde Geste handelte oder ob er sich ganz auf die Geschichte konzentrieren wollte.

»Der Kaufmann gab ihm sein Pferd, der Diener warf sich darauf, hieb ihm die Sporen in die Seiten und jagte, so schnell ihn das Pferd tragen konnte, aus der Stadt.«

Der Gast hatte jetzt den Kopf gehoben, und man konnte erkennen, wie er mit den Lippen den Worten folgte, als kenne er jede Silbe. Trotzdem mußte Styge, gefangen von der Geschichte, fortfahren, gezwungen, ihr bis zu ihrer letzten Pointe zu folgen.

»Dann ging der Kaufmann auf den Markt, und als er den Tod in der Menge stehen sah, ging er zu ihm und sagte: ›Warum hast du meinen Diener bedroht, als du ihn heute morgen gesehen hast?‹ ›Ich habe ihm nicht gedroht‹, antwortete der Tod, ›ich habe nur meine Hand aus Erstaunen gehoben. Ich habe mich schon gewundert, ihn in Bagdad zu sehen, denn heute abend werde ich ihn in Samarra treffen.‹«

Als die Geschichte zu Ende war, saß Styge schweigen da, als warte er auf ein Urteil.

»Schön«, sagte der Gast dann.

»Abscheulich«, korrigierte Styge.

»Formvollendet.«

»Nach ihrem Inhalt gruselig und unmenschlich. Schön und zwingend nach der Form. Eben diese Mischung ließ mich so heftig auf sie reagieren. Heute erkenne ich das, nachdem ich so viele Jahre mit dieser Geschichte vor Augen gelebt habe. Diese so elegant verpackte grausame Unabwendbarkeit. Als ich aber das erste Mal auf sie stieß, wußte ich nicht, was mich an dieser Geschichte so anrührte.«

Durch das Wiedererleben dieser Geschichte war der alte Mann so unruhig geworden, daß er nach seinem Krückstock greifen und sich aus dem Rollstuhl ziehen mußte. Der Gast erhob sich rasch, um ihn zu stützen, Styge aber zog sich unangenehm berührt zurück, als liege ihm daran, sich selbst in der Gewalt zu haben.

»Die Erzählung ist in mich eingedrungen«, sagte er dann, als er auf seinem Stock hing. »Sie wollte mich nicht loslassen. Ich wollte sie nicht loslassen. Ich konnte nicht zulassen, daß es etwas gab, das so schön war und doch so verlogen. Diese Behauptung, daß wir unser Schicksal nicht ändern und nicht vor ihm fliehen können.«

Der Gast hatte sich wieder gesetzt, während Styge im Zimmer auf und ab humpelte.

»Neulich habe ich dir von meinem Vater erzählt, dessen Leben von meinem Großvater arrangiert war, der alles auf Schienen setzen wollte. Den gleichen Zorn, den ich stellvertretend für meinen Vater fühlte, als ich den Zusammenhang entdeckte, den gleichen Zorn fühlte ich, als ich auf diese Geschichte über den Triumph des Todes stieß. Vielleicht erklärte sich mein Zorn damit, daß ich erlebt hatte, wie sich mein Vater quälte und wie er gelähmt wurde von jenem Zwang, den ihm mein Großvater auferlegt hatte. Auf alle Fälle sah ich mich gezwungen, eine Gegengeschichte zu jener über den Triumph des Todes zu Hilfe zu holen. Ich mußte sie suchen und sie dann weit und breit erzählen. Denn es mußte, dies fühlte ich, eine Geschichte mit entgegengesetztem Inhalt geben. Eine Geschichte, die ebenso schön und unumgänglich von der Freiheit des Menschen erzählte und von unserer Fähigkeit, unsere Bestimmung zu überschreiten.«

Selbst nach so vielen Jahren saßen noch die Unruhe und der Zorn in Styge, der auf drei Beinen auf und ab trottete, während er sich hin und wieder der vollen Aufmerksamkeit seines Gastes versicherte.

»Es gelang mir nicht sofort, eine Geschichte zu finden, die es an Schönheit auch nur annähernd aufnehmen konnte mit der vom Gesicht des Todes. In der Hoffnung, einen würdigen Konkurrenten zu finden, machte ich mich daran, die Entstehung der Schicksalsgeschichte zu erforschen. Dies erwies sich als schwieriger, als ich mir dies vorgestellt hatte. Bis ich auf eine Erzählung stieß, bei der es sich zumindest um eine frühe, nicht ganz perfekte Ausgabe der Geschichte handelte, war so viel Zeit vergangen, in der ich von diesen Studien völlig in Anspruch genommen war, daß ich nicht rechtzeitig nach Sønderborg kam. Erst sagte ich, ich sei krank, dann hatte diese Stelle ihre Bedeutung für mich verloren. Zu diesem Zeitpunkt hatte ich nämlich bei meiner Suche einige Gebiete gestreift, die mein Interesse geweckt hatten und weitere Vertiefung erforderlich machten. Ich stellte nämlich fest, daß die Geschichte einen Verlauf hatte, der sich am leichtesten als musikalische Analyse beschreiben ließ, da sich in ihr ein Thema verfolgen läßt, das offensichtlich verschwindet, zu guter Letzt aber in einer überraschenden Wendung wieder auftaucht.«

Der alte Mann blieb vor dem großen Fenster stehen. Draußen war es dunkel, sein Spiegelbild aber starrte unverdrossen hinaus auf die laublosen Bäume, deren Umrisse man ahnen konnte.

»Eine Zeitlang war ich der Auffassung, ich selbst müsse die Gegengeschichte schaffen, die ich brauchte, da ich sie nirgends lesen konnte. Des Schreibens ungewohnt, wie ich war, wurde ich deshalb in neue Gebiete getrieben. Beispielsweise verwendete ich viel Zeit darauf, mich mit den Gesetzen über den Aufbau einer Erzählung vertraut zu machen, monatelang lernte ich rhetorische Figuren, Metaphern im Laufe der Zeit und unterschiedlich Auffassungen zur Pointe von Geschichten.«

Der alte Mann machte eine Handbewegung zum Bücherregal mit den vielen abgewetzten Bänden.

»Ich kam zur Auffassung, daß nicht nur die betreffende Geschichte, sondern alle literarischen Hervorbringungen sich am besten mit Hilfe musikalischer Begriffe analysieren ließen. Häufig möchte man einen Roman in die thematische Melodielinie auflösen, die vom oberflächlichen, unmittelbaren Gang der Handlung gebildet wird. Dieser früh voranschreitenden Linie entgegengesetzt wird man ein Motiv finden, das moduliert und variiert wird und wiederkehrt. Schließlich gibt es das harmonische dritte Element, das sich mit dem Baßgang vergleichen läßt, der als kontrapunktischer Ton unter der Erzählung liegt und ihr ihre Fülle verleiht.«

Styge fiel auf, daß sein Gast einige unruhige Bewegungen machte, ließ sich aber hiervon nicht stören. Styge hatte durch sein Erzählen sein seelisches Gleichgewicht wiedergefunden und humpelte zurück zu seinem Arbeitsstuhl. Er setzte sich und befestigte den Krückstock in einem Griff am Tischrand, den er selbst konstruiert hatte.

»Auf dem Wege wurde ich zu Themen getrieben, von denen ich wußte, daß sie in einer Sackgasse endeten, und zu anderen, die sich öffneten und die so verlockend waren, daß ich zeitweise mein Ziel fast aus den Augen verloren hätte. Ich studierte den Gegensatz zwischen dem Zufälligen und dem Gesetzmäßigen, weil ich mir im klaren war, daß dieses Thema mich so heftig störte, und wegen der Geschichte, nach der ich so hartnäckig suchte. Dieses Gebiet war jedoch so umfangreich, daß es mich zu verschlingen drohte. Einen Abschnitt meines Lebens orientierte ich mich an einem Propheten, der mit großer Eindringlichkeit verkündete, alles sei Zufall, der mich schließlich aber enttäuschte, da er sich für das Schicksal entschied, das ihm im voraus bestimmt worden war.«

Styge goß Kaffee ein. Der Gast stand auf, um zu helfen, der alte Mann jedoch bestand darauf, allein zurechtzukommen. Seine Hand zitterte leicht, was man jedoch eher damit erklären konnte, daß seine Geschichte ihn in Anspruch nahm, als mit seinem Alter.

»Um die Geschichte, nach der ich suchte, richtig zu verstehen, mußte ich herausfinden, was mich eigentlich trieb. Warum war mir das Gesicht des Todes so schauerlich?«

Während er im Kaffee rührte, sah er vor sich hin, als versuche er seinem Gegner tatsächlich in die Augen zu sehen.

»Ich erkannte, daß mein Stammbaum den Schlüssel zum Verständnis meiner Situation enthielt. Fast möchte ich behaupten, daß die Lebensgeschichten meiner Ahnen den harmonischen Hintergrund für meine eigene Geschichte bildeten. Du verstehst, was ich meine, wenn ich auf meinen Großvater hinweise, der das Schicksal zwingen und alles auf Schienen setzen wollte, womit er meinen Vater ebensosehr verbildete wie die

Chinesen, die ihre Töchter einschränken, indem sie ihnen die Füße umwickeln.«

Ohne sich zu beklagen, warf er einen Blick auf seine eigenen Beine, die offensichtlich niemals seine Entfaltungsmöglichkeiten eingeschränkt hatten. Er machte eine Handbewegung zur Wand mit den verschiedenartigen Instrumenten.

»So läßt sich mein Interesse für alte Musikinstrumente zurückverfolgen zu Ditlev Emanuel Skonning, der zu Mozarts Tod noch ein Junge war. Leider ist Ditlevs Lebensinstrument, ein Cembalo mit Wiener Mechanik, gebaut von Hieronymus Hass, verlorengegangen, aber die beiden seltensten Instrumente meiner bescheidenen Sammlung stammen von ihm. Auf der Leiergitarre in der Ecke hat er selbst gespielt.«

Das Instrument, auf das der Alte zeigte, hatte die Form einer alten griechischen Leier, war aber wie eine Gitarre mit einem Griffbrett versehen.

»Die Leiergitarre war kurze Zeit beliebt. Ditlev mochte sie, weil sie klassische Züge hatte. Für das Hammerklavier, das sich zu seinen Lebzeiten durchsetzte, interessierte er sich hingegen nicht. Das Cembalo war und blieb sein Instrument. Aus ihm ist niemals ein Virtuose geworden, aber er konnte stundenlang zum eigenen Vergnügen darauf improvisieren.«

»War er Musiker?«

»Nein, er war Lehrer an der Kathedralschule. Grundtvig erwähnt ihn in einem Nebensatz. ›Unter den beliebteren war der neu eingestellte Hilfslehrer D. E. Skonning, den man verdächtigte, er habe es nicht weit zur Flasche.‹ Offenbar ein fähiger Lehrer, sein Leben aber weihte er der Musik. Wörtlich gemeint. Eines Tages, im letzten Sommer jenes Jahrhunderts, als er sich in ein Werk vertieft hatte, ein Variationsthema, das das Weiterspinnen der Phantasie dem Musiker überließ, hatte Ditlev eine Vision, oder soll man sagen eine Audion, denn er sah nichts, aber eine Stimme sprach zu ihm: ›Wenn du dieses Werk beendest, Ditlev, wirst du sterben.‹«

Der Alte machte eine Pause, dann wiederholte er den Ruf.

»Wenn du dieses Werk beendest, Ditlev, wirst du sterben. So schreckeinjagend waren diese Worte, daß Ditlev in diesem seltsamen Augenblick die Tasten um ein Haar losgelassen hätte. Er verspürte einen Schmerz am Herzen, konnte jedoch nicht entscheiden, ob dies eine Folge der Furcht war oder ob der Schmerz, im Gegenteil, die Stimme hervorgerufen hatte. Diese aber hatte so unbestreibar gesprochen, daß Ditlev keine Möglichkeit sah, sie anzuzweifeln.«

»Ich kann mir denken, daß die Stimme zu dieser Gelegenheit nicht recht behielt«, sagte der Gast. »Denn sonst würdest du seine Geschichte nicht kennen.«

»Du machst die Rechnung ohne den Wirt«, sagte Styge mit einem Lächeln. »Die Stimme behielt recht. Dank seiner Routine war Ditlev imstande weiterzuspielen, ohne das Thema aufzugeben, Stunden, nachdem sein Schicksal ihm verkündet wurde. Auf diese Weise verzögerte er seinen Tod ein wenig. Immer wieder wurde das Thema festgeklopft und wurde anschließend sonderbaren, ausgeklügelten und erfinderischen Variationen unterworfen. Allmählich aber quälten ihn die Müdigkeit und – nicht zuletzt – der Durst.«

Styge mußte seine Variationen für einen Augenblick unterbrechen und am Kaffee nippen. Prüfend behielt er einen Schluck im Mund, ließ ihn immer tiefer in die Geschmacksknospen eindringen, als schöpfe er auf diese Weise Kraft fortzufahren.

»Da begann Ditlev in seiner Verzweiflung mit einer neuen Reihe von Variationen. Gegen die Gewohnheit, nach der die Variationen zunehmend komplizierter und verwickelter werden, suchte er nun nach einer Vereinfachung des Themas. Anfangs entfernte er Verzierungen und Ausschmückungen. Später war er imstande, ohne Vorschlags- und Leittöne auszukommen. Er dünnte die Komposition aus, so daß sie glasklar und dünn wie Spinnweben wurde. Zuletzt konnte er mit einem einfachen Anschlag den Inhalt des gesamten folgenden Taktes andeuten.«

Während er sprach, bewegte Styge die Finger. Er brachte einen einzelnen Anschlag an, worauf er mit einer Kopfbewegung die bis zum nächsten leichten Anschlag in der Luft schwebende Melodie andeutete.

»Obwohl Ditlev von seiner Herzensangst unablässig gequält wurde, beschäftigte sein Projekt ihn so sehr, daß er neue Kraft fand, um fortzufahren. Er dünnte weiter aus. Von seiner Not angespornt, erfand er einen hinhaltenden Nachschlag, der ausreichte, um eine melodische Spannung zu schaffen, die sich selbst während eines ganzen Durchlaufs trug, ohne daß er nur eine Taste berühren mußte. Zu guter Letzt beherrschte er diese Technik so gut, daß er bei einer raschen, brillanten Figur das Thema so sehr spannte und es wagen konnte, das Cembalo für einen Augenblick zu verlassen, während die angeschlagene Figur sich selbst weitertrug, zweimal das Thema hindurch und dann ein wenig in die dritte Runde, ehe er sich gezwungen sah, einzugreifen und die Melodie zu unterstützen.«

Der Gast war an den Stuhlrand gerutscht, als handele es sich bei der Erzählung um eine persönliche Frage auf Leben und Tod.

»Diese Technik entwickelte Ditlev in den nächsten Minuten weiter. Er versuchte herauszufinden, wie lange eine einfache Andeutung trug, er verfeinerte seinen Anschlag und seine Andeutungen, bis die Melodie so leicht wurde, daß sie von selbst im Raum schwebte, auch wenn er das Cembalo nicht berührte. Zuletzt wagte er das Instrument für kurze Zeit zu verlassen, um einige Schritte in der Stube zu machen, nachdem er die Spannung hoch aufgebaut hatte. Und ihm war, als entrissen ihn diese wenigen Schritte der Umklammerung des Todes. Indessen hatte er die Tragfähigkeit des Themas fast überschätzt und mußte eilig zur Tastatur zurückkehren, um sein Leben zu retten.«

Styge nahm die Thermoskanne und goß sich ein, ohne in seiner Erzählung innezuhalten.

»Beim nächsten Mal, als er eine kleine Verstärkung des Auftaktes erfunden hatte, erreichte er sogar die Karaffe, schenkte sich ein und kehrte ohne Hast zum Cembalo zurück. Er verband die einzelnen Themastückchen, die er nach und nach aufgesplittert hatte, bekam so Zeit, vom Wein zu trinken, und nahm mit neuen Kräften die gesamte Melodie wieder auf.«

»War er allein?«

»Als dies geschah, war er noch jung und unverheiratet. Seine Eltern, bei denen er wohnte, hielten sich außerhalb der Stadt auf und waren in völliger Unkenntnis über den verzweifelten Kampf des Sohnes um sein Leben. Der Wein und der erste Sieg schenkten ihm indessen so viel Selbstvertrauen, daß er sich an schwierigere Lösungsversuche wagte, nach und nach aber wieder Zuflucht nahm zur Ausdünnung, zur Dämpfung, zu einer plötzlichen Andeutung der Melodie und einer langen, spannungsgeladenen Pause, in der das Thema nicht abgeschwächt wurde. Schließlich konnte er diese Pause so lang werden lassen, daß er sich erlauben konnte, das Cembalo zu verlassen, sich auf einen Stuhl zu setzen und sich zu entspannen. Nur um sich, ehe das Thema erstarb, rechtzeitig zu erheben, zurückzukehren und eine neue Pause aufzubauen.«

Es schien, als wolle Styge hier innehalten, aber der Blick seines Gastes hielt ihn fest und ließ ihn nicht los.

»Der Kampf, den Tod hinzuhalten, währte die ganze Nacht. Denn nicht einen Augenblick konnte er die Todesankündigung vergessen. Zwischendurch schluckte Ditlev ab und zu einen Mundvoll Essen hinunter, was ihm die Energie schenkte weiterzumachen. Die meisten seiner mühevoll erkämpften Pausen verbrachte er indessen auf dem Stuhl, wo er stillsaß und die Kräfte der Melodie empfand, um aufzuspringen, sobald sie verklangen. Ab und zu nickte er jedoch ein und entdeckte, daß noch nicht einmal dann der Strom der Melodie abbrach.«

Styges andeutende Fingerbewegungen hatten das einfache Thema fast wieder aufgenommen. Während der Alte eine Pause einlegte, lehnte der Gast sich zurück und lauschte der Musik, die im Zimmer schwebte.

»Am nächsten Morgen entwickelte Ditlev, der nun ziemlich erschöpft war, den harmonischen Rückhalt, einen Begriff, der in der Musikgeschichte erst viel später bekannt wurde. Diese Neubildung gestattete ihm wesentlich längere Pausen als bis dahin. Er konnte das Frühstück zubereiten und verzehren, während die Musik lustig klingend im Zimmer schwebte. Später gelang es ihm, zwei Stunden zu schlafen, nachdem er die brillanteste Leistung bis dahin vollbracht hatte. Als er erst diese Technik beherrschte, konnte er sein Instrument verlassen, um sein Bad zu nehmen oder sogar zum Markt zu gehen und einzukaufen, ohne daß die Melodie hierbei den geringsten Schaden erlitt. Für Ditlev wurde es zur lebensspendenden Erkenntnis, daß das Wesen der Musik nicht aus den Tönen, sondern aus der Spannung zwischen ihnen besteht.«

Mit geschlossenen Augen und einem kleinen Lächeln lauschte der Gast Styges Worten, oder eher den unsichtbaren Fäden, die sie zu einer Erzählung verbanden.

»Gerade als Ditlev einige Tage später einen Modus vivendi mit seiner Lebensmelodie gefunden hatte, geschah indessen etwas, das ihn fast das Leben gekostet hätte. Das Ausgangsthema war in Dur, er aber hatte selbstverständlich im Verlauf der Tage den Paralleltonarten Besuche abgestattet. Dennoch widerstrebte ihm die ewige Wiederholung in derselben Tonlage, und in plötzlichem Übermut machte er sich an die Modulation, die auf einem Cembalo keine einfache Sache ist. Er verirrte sich in Konstruktionen, für die es kein natürliches Ende gab. Und in diesem Augenblick wurde er von einem so heftigen Herzklopfen und Erstickungsgefühlen überfallen, daß er kaum die Hände heben konnte. Bevor ihm jedoch schwarz vor Augen wurde, gelang es ihm, zur Ausgangstonart zurückzufinden, wo er das ursprüngliche Thema anschlug, zögernd anfangs und mit angehaltenem Atem, dann ein wenig freier und natürlicher, und endlich, ein drittes Mal, triumphierend und lebensbejahend.«

»Soll das heißen, daß dein Vorfahre gezwungen war, sein Leben in dieser einzigen Tonart zu spielen?«

»Mit der Zeit fand er einige Notlösungen, Seitensprünge, die ihm Variationen im Dasein verschafften, im großen und ganzen aber hielt er sich an das Sichere. Als die Sommerferien überstanden waren und er sich weiter zur Arbeit einfinden mußte, war dies kein unüberwindbares Problem. Denn nun beherrschte er die Technik, lange Pausen so souverän aufzubauen, daß er ohne Schwierigkeiten einen ganzen Arbeitstag abwesend sein konnte, während die Melodie, oder die Vorstellung von ihr und die Erwartung an sie, weiterging, aufbaute, weiterstickte, sich weiterentwickelte, ohne daß er etwas dazu tun mußte. Einige Male, vor allem zu Anfang, als er bemerkte, daß die Spannung nachließ, mußte er die Pause benutzen und durch die Schulgasse hinauf in die Wohnung eilen, um der Melodie neue Kräfte zu geben. Kollegen und Schüler deuteten seine Abhängigkeit falsch, wodurch das Gerücht seines Bedürfnisses nach der Flasche entstand.«

»Konnte er sonst ein normales Leben führen?«

»Auf Vertretungsstunden im Musikunterricht mußte er verzichten, wo er früher dem örtlichen Musiklehrer geholfen hatte, denn er hatte die Befürchtung, sein eigenes Thema könne übertönt werden, sobald er ein anderes Motiv im Kopf hatte, ganz gleichgültig, wie gründlich er es zuvor auch aufgebaut hatte. Aus demselben Grund mußte er auf eine Teilnahme am Konzertleben verzichten, was seinen Bekanntenkreis, der um sein Interesse für Musik wußte, sehr erstaunte, für Ditlev in Wirklichkeit aber keinen Verlust darstellte, da er die ganze Zeit mit diesem einzigen Thema lebte und atmete und kein Bedürfnis verspürte, es zu erweitern. Wie er seinen Heiratsantrag bewerkstelligte, kann ich noch nicht einmal raten, er heiratete jedoch ein Mädchen aus dem besseren Bürgerstand. Zur Hochzeit hatte er selbst die Musik geschrieben, die selbstverständlich aus Orgelvariationen über dasselbe Thema bestand und auf seinen ausdrücklichen Wunsch hin die einzige Musikdarbietung darstellte. Ebenso ist es Teil seines Privatlebens, wie es ihm gelang, ohne einen Augenblick den Faden zu verlieren, seine vier oder fünf Kinder zu zeugen, von denen der älteste den Namen Isak erhielt, nach jenem Komponisten, der das Thema zuerst lanciert hatte, ehe es der alte Bach übernahm.«

Der Gast nickte, um anzudeuten, daß er dieses Themas überdrüssig sei, nun aber hatte Styge Mühe, es fallenzulassen, weshalb er sich an eine weitere Variation machte.

»Sieht man davon ab, daß Ditlev, wenn er mit seiner jungen Frau spazierenging, darauf bestehen mußte, einen Umweg zu machen, sobald sie sich einem offenstehenden Fenster näherten, aus dem Musik drang, verbrachte er ein normales Leben, ohne daß andere erkannt hätten, auf welche Weise sein Schicksal verbunden war mit diesem Thema, das er ständig auf dem Cembalo klimpern, variieren und weiterentwickeln mußte, bis es wieder so bis zum Zerreißen gespannt war, daß er es sich ruhig selbst überlassen konnte. Tatsächlich gelang es ihm, immer neue Variationen zu erfinden und das Thema so lange hinzuziehen, daß er ein hohes Alter erreichte. Mitte des achtzehnten Jahrhunderts wurde ein neuer Organist mit Namen Franz Birch an der Domkirche angestellt. Er wurde auf die Musik des mittlerweile recht alten Mannes aufmerksam. Nicht genug, daß Ditlev nach wie vor auf dem Cembalo spielte, das ansonsten überall durch das Hammerklavier ersetzt worden war, er benutzte obendrein einen alten Improvisationsstil aus dem vorigen Jahrhundert und spielte, als sei in den letzten fünfzig Jahren überhaupt nichts Neues komponiert worden. Zwar hatte er gewisse neue Griffe und Techniken entwickelt, in vielem aber hörte er sich an, wie sich die alten musikalischen Vorbilder angehört haben mußten.«

»Das erinnert einen daran, wie sich eine Handvoll Auswanderer an einem abgelegenen Ort niederläßt, wo sie weiter die Sprache ihres Heimatlandes sprechen, so daß man Generationen später die reine Form einer Sprache spricht, die sich ansonsten stark verändert hat.«

»Genau so. So bediente sich Ditlev ausschließlich jener figurativen Variationen über das Thema, die sich in Franz' Ohren ein wenig mechanisch und müde anhörten, als habe er niemals Bekanntschaft gemacht mit den modernen Charaktervariationen, die sich ansonsten überall eingebürgert hatten und als fruchtbarer Fortschritt galten. Eine Technik, die Ditlevs Leben wahrscheinlich bereichert und variiert hätte.«

»Wie hast du denn von der Geschichte erfahren?«

»Ditlev hat sich anscheinend niemandem anvertraut, von diesem Franz abgesehen, der übrigens eine Enkelin Ditlevs heiratete. Bei einer ihrer Begegnungen wurde Franz von so großem Eifer gepackt, daß er sich auf das Instrument stürzen wollte, um zu demonstrieren, wovon er sprach. Ditlev wurde dabei von große Todesangst ergriffen, und er konnte ihm nur Einhalt gebieten, indem er ihm sein Geheimnis anvertraute. Franz mußte schwören, es nicht weiterzuverbreiten, weil Ditlev fürchtete, einer seiner Feinde oder vielleicht auch nur ein Spaßvogel könne ihn ermorden, indem er unvermittelt sein Lebensthema übertönte und es unterbrach. Eine Mordmethode, die äußerst schwierig nachzuweisen gewesen wäre. In seinen lange nach Ditlevs Tod geschriebenen Erinnerungen enthüllt Franz Birch die Zusammenhänge.«

»Und Ditlev hat an seinem Thema bis zum Finale festgehalten?«

»Er wurde, wie gesagt, ziemlich alt. Zuletzt befielen ihn Melancholie und Lebensüberdruß, als fühle er, daß das Leben keine neuen Variationen mehr für ihn bereithielt. In dieser Periode begann er nach neuen Instrumenten zu suchen. Er hatte das Gefühl, wenn er seine Melodie auf andere Instrumente übertrage, könne es ihm gelingen, frische Töne und damit neue Inspiration zu finden. Zu diesem Zweck schaffte er die Leiergitarre an. Von ihr abgesehen, besitze ich eine Blockflöte aus seinem Besitz. Aber dies hielt ihn nur noch ein paar Jahre am Leben. Dann scheint sein Thema ausgespielt gewesen zu sein.«

Styge erhob sich umständlich. Er ging zur Leiergitarre in der Ecke. Auf den Krückstock gestützt, klimperte er das alte Bachthema: »O Welt, ich muß dich lassen«, es klang dünn, in seiner Schlichtheit jedoch ergreifend.

»Dann setzte sich Ditlev eines Tages ans Cembalo, nachdem er einen Abschiedsbrief an seine Familie geschrieben hatte. Ich habe diesen Brief gesehen, Franz gibt ihn in seinen Memoiren wieder. Ohne den Brief zu kennen, war fast die gesamte Familie versammelt. Der Alte spielte sein Thema und verlor sich dann in einige Variationen, die Franz als müde bezeichnet, die jedoch die meisten Anwesenden entzückten. Er schloß mit einer innigen, fast schweigenden Variation, um dann mit einer abschließenden, triumphierenden und majestätischen Fassung der Hauptmelodie zu schließen. Nach dem Schlußakkord saß Ditlev einen Augenblick unbeweglich da. Er nahm die Hände von seinem Instrument und war tot.«

Eine Zeitlang saß Styge schweigend da, als sei er sich nicht sicher, daß es nach diesem Abschluß noch etwas zu sagen gab. Schließlich fügte er dennoch eine Pointe hinzu:

»Ich halte es lediglich für eine spaßige Geschichte, wenn Franz, der zur Beerdigung des Alten spielte, erzählt, als er auf der Orgel die Komposition intonierte, die zum ersten Mal zur Hochzeit Ditlevs gespielt wurde, habe man aus dem Sarg ein so heftiges Poltern gehört, daß er schleunigst zu einem anderen Thema überging.«

»Und die Kinder? Ist denen Ditlevs Verhaltens niemals aufgefallen?«

»Offensichtlich nicht. Natürlich hing ihnen das ewige Thema, wie sie es nannten, zum Halse heraus, sie schienen aber überzeugt zu sein, der Umstand, daß der Vater stets darauf zurückgriff, erkläre sich damit, daß er keine anderen Motive beherrschte. Übrigens starben eines oder zwei von ihnen bereits im Kindesalter. Die beiden Töchter heirateten früh, und der einzige, von dem ich wirklich etwas weiß, ist der Älteste, Isak.«

Styge warf einen Blick auf seinen Gast, der noch nicht satt zu sein schien.

»Isak Heinrich Skonning war womöglich eine musikalische Begabung, die Besessenheit des Vaters führte jedoch dazu, daß der Junge vom Instrument verjagt wurde, sobald er wagte, nur einen Ton darauf zu klimpern. Vielleicht lag es daran, daß er sich ein Gewerbe suchte, das so weit entfernt war von dem des Vaters, die Schneiderei. Er lernte aus und war anfangs bei einem Schneidermeister angestellt, der das Haus Trøjborg baute. Den Namen des Hauses wählte der Schneider nach einer alten Bezeichnung für das Viertel, die niemand mehr erklären konnte.«

Styge lächelte, wie zur Entschuldigung.

»Isak litt also nicht unter künstlerischen Qualen?«

»Anfangs nicht. In seiner Freizeit hatte er jedoch zu malen begonnen. Wahrscheinlich hatte ihm das Leiden des Vaters einen solchen Widerwillen gegen die Musik verursacht, daß er sich ein anderes Gebiet zur Entfaltung suchte. Er malte, und seine Leistung war, um es freundlich auszudrücken, gleichmäßig. Zugleich hatte er einen leichten Hang zu philosophischen Schwärmereien und eignete sich einige halbverdaute Theorien an. Unter anderem beschäftigte er sich mit dem Gedanken, von wem er stammte, weiß ich nicht, daß das Ausmaß der Schönheit auf der Welt immer konstant ist. Er sah ein, daß dieses Prinzip der Grund war dafür, daß seine Bilder niemals über das Mittelmaß hinauskamen. Er hatte die Gewohnheit, in die Natur zu ziehen, um zu malen. Nachdem er dieses Gleichgewichtsprinzip erkannt hatte, schaffte er sich eine zweite Staffelei an und stellte sie neben die erste, und während er die ausgewählte Landschaft mit der rechten Hand malte, ließ er die Linke auf der zweiten Leinwand frei umherschweifen.«

Der Gast lächelte, weshalb Styge sich veranlaßt fühlte, die Wahrheit seiner Erzählung zu beteuern.

»Ich habe wirklich einige seiner Bilder gesehen, sowohl von der einen wie von der anderen Hand gemalt. Isak wagte schließlich nicht, das Häßliche auszusondern, weil er der Meinung war, dies könne dazu führen, daß auch das Schöne verschwände, damit das Gleichgewicht gewahrt wird. Und die Veränderung seiner Technik bedeutete wirklich eine Entwicklung. Das Unheimliche ist, daß die Bilder, die er so häßlich wie möglich machen wollte, um einen möglichst großen Gewinn auf der Seite der Schönheit zu erzielen, tatsächlich eine gewisse Kraft und Verrücktheit verraten, während die, die mit höheren, faden Idyllen und die er selbst für gelungen hielt, eher noch süßlicher und zahnloser wurden, nachdem er die linke Hand von ihnen genommen hatte.«

»Vielleicht ist er ursprünglich Linkshänder gewesen«, schlug der Gast vor. »Zu jener Zeit wurden die Kinder doch gezwungen, die Rechte zu gebrauchen, vielleicht war er sich also bewußt, daß sein Talent in der Linken schlummerte.«

»Dies könnte eine Erklärung sein, aber ich halte sie noch nicht einmal für notwendig. Man könnte auch die These aufstellen, daß die Gestalt seines Vaters ihm einen Schrecken vor der Macht der Kunst eingejagt hat, weshalb er es vorzog, sich in verlorenen Idyllen und seine wahre Auffassung nur durch eine Seitenebene, oder genauer gesagt, die linke Hand auszudrücken. Besondere Anerkennung errang er indessen niemals, weder für seine weitblickenden visionären Abfallprodukte noch für die versteinerten schönen Bilder, obwohl seine Frau sich hartnäckig darum bemühte, ihn zu unterstützen. Auch wenn Christence offenbar begabter war als Isak, lebte und atmete sie dafür, ihren Mann ins rechte Licht zu bringen. Er aber blieb ein angesehener Schneidermeister, der seine Sonntage in der Umgebung der Stadt als Landschaftsmaler verbrachte. Christence hingegen verfaßte einige kleine anmutige Erzählungen mit ironischen Porträts von Einwohnern der Stadt, die sie nie an das Licht der Öffentlichkeit brachte. Keine von ihnen wurde veröffentlicht, obwohl sie es verdient hätten, wahrscheinlich hat noch nicht einmal der Bekanntenkreis sie gelesen, den Christence verheimlichte sie, vielleicht aufgrund des Gefühls, daß sie durch Unterdrückung ihres eigenen Talents die Möglichkeiten ihres Mannes förderte.«

»Hast du versucht, ihre Geschichten publizieren zu lassen, wenn du der Meinung bist, sie verdienen es?«

»Die Zeit ist vorbei. Damals hätten sie Furore machen oder zumindest Aufmerksamkeit hervorrufen können. Schon ihr Sohn, der sie später entdeckte, war dieser Auffassung. Er beging in ganz jungen Jahren Selbstmord, sein Name war Gustav. Sophie, ein Mädchen, in das er leidenschaftlich verliebt war und das zu heiraten er sich geschworen hatte, verlobte sich mit einem anderen, noch ehe Gustav die Möglichkeit hatte, sich zu erklären. Darum gab es für ihn keinen Grund weiterzuleben.«

»Aber du hast doch gesagt, er hätte später ...«

»Zu dem Zeitpunkt, zu dem er seinen unglücklichen Entschluß faßte, befand sich seine Mutter auf einer Auslandsreise, und Gustav wußte, seine Mutter würde ihre Reise sofort abbrechen, wenn sie vom Tod des Sohnes erfuhr, weshalb er, der ganz gewiß keinen Grund hatte zu leben, seinen Selbstmord auf einen geeigneteren Zeitpunkt verschob, zumal er auch keinen Grund darin sah, daß der Tod gerade zu dem betreffenden, ungelegenen Zeitpunkt eintreten solle.«

»Aber als die Mutter nach Hause kam?«

»Da hatte Gustav gerade die Nachricht erhalten, ein illustriertes Magazin wolle eine seiner Novellen drucken, sozusagen als Testament für die Welt. Er beschloß, seinen Tod bis nach dem Erscheinen der Novelle zu verschieben. Sein Selbstmord würde romantischer und fast triumphierend erscheinen, wenn er sich auf einem Berg strahlender Rezensionen ereignete. Als die Zeitschrift erschien, wurde seine Erzählung nur mit einem Nebensatz erwähnt, er war nicht kritisch, konnte aber auch nicht als glänzend bezeichnet werden. Aus diesem Grunde wartete er noch ein paar Monate, um seinen Beschluß durchzuführen, weil er hoffte, der Blick eines bekannten Kritikers werde auf sein kleines Werk fallen. Als die Zeit gekommen war, stand seine hochgeliebte Sophie indessen gerade im Begriff, eine zweite Ehe einzugehen. Gustav befürchtete, diese beiden Ereignisse könnten miteinander verbunden werden und sie belasten, wenn er sich zum selben Zeitpunkt mit dem Tod vereinte, zu dem sie eine Ehe einging, weshalb er seine Handlung ein weiteres Mal hinausschob.«

Auch wenn Styge sich eines leicht ironischen Tons bediente, zeigte sein Engagement, daß er ein gewisses Verständnis für seinen Ahnen aufbrachte.

»Zu jener Zeit war Gustav, dank der Veröffentlichung seiner Novelle, in einen Kreis junger, romantischer, lebensüberdrüssiger Menschen geraten. Unter ihnen befand sich der Organist Franz Birch, der sich für das umfangreiche musikalische Werk von Gustavs Großvater interessierte und Gustavs Schwester heiratete. Ein anderes Mitglied dieser Gruppe war Franz' Cousin, Fredrik Sneedorff Birch, ein Sohn des Bischofs dieser Stadt. Fredrik hatte eine Schrift verfaßt, *Hans Skanning, Glöckner in Aarhus. Eine historisch-romantische Erzählung aus dem siebzehnten Jahrhundert.* Bei der Titelperson handelte es sich um einen von Gustavs Ahnen, weshalb Gustav der Auffassung war, der Stoff sei rechtmäßig sein Eigentum. Ausgehend von dem sicheren Gefühl, es könne nicht schwer sein, die ziemlich unbeholfene Veröffentlichung seines Freundes zu übertreffen, beschloß er, einen großangelegten Roman über das Schicksal derselben Person zu schreiben. Während diese Arbeit noch im Gang war, mußte Gustav seine Selbstmordpläne selbstverständlich verschieben, obwohl es ihn mehrere Jahre kostete, bis er den Stoff in seiner Gewalt hatte. Übrigens heiratete er in dieser Zeit.«

»Sophie heiratete also nicht ein zweites Mal?«

»Doch.«

»Aber ihm fiel es schwer, eine andere als sie zu heiraten?«

»Der Wortlaut seines Gelübdes lautete anders. Er ging die Ehe mit Mathilda ein, einem Mädchen, das er nicht liebte, mit dem er sich jedoch angemessen die Zeit vertreiben konnte, bis er sein Gelübde einhalten und Sophie heiraten konnte. Die beiden, Gustav und Mathilda, hatten einander im Park von Rees kennengelernt, dessen Burgruine ein beliebtes Ziel für junge Spaziergänger war. Die Ruine unterschied sich von den meisten anderen Ruinen, bei denen es sich ursprünglich um Burgen oder Schlösser handelte und die zu einer düsteren, gefühlsgeladenen Gedenkstätte verfielen. Die Burgruine von Rees ging den direkten Weg und war als romantische Ruine errichtet worden, die man nicht aufsuchen konnte ohne schwärmerische Gedanken an jene Vergangenheit, von der ihr nichts bekannt war. In späteren Werken berichtet Gustav, wenn auch recht verblümt, daß seine Kinder in solcher romantischen Umgebung gezeugt wurden.«

»Mit anderen Worten, er hat sein Werk vollendet?«

»Den Roman über seinen Vorfahren mußte er unabgeschlossen hinterlassen, nur ein Stapel ungeordneter Notizen über den offenbar visionären Dichter, Glöckner und Verleger ist erhalten. Gustavs erste dramatische, sensible und unleugbar etwas sehr jugendliche Novelle wurde zu einer neuen Version umgearbeitet, in der er etwas von der Primitivität, damit zugleich aber von der Spontaneität gestrichen hat, woraus eine neue, interessante Geschichte entstand, bei der es sich um seine zweite Veröffentlichung handelte, die erst gut zehn Jahre nach der ersten erschien. Zu diesem Zeitpunkt mußte er der Schloßruine wenigstens zwei Besuche mit Mathilda abgestattet haben, denn sie hatten zwei Kinder. Gustav, der nun die meisten Hindernisse aus dem Weg geräumt hatte und seine Todespläne hätte durchführen können, zeigte ein so großes Verantwortungsgefühl, daß er es vorzog, noch einige Jahre zu warten, bis die Kinder gut auf den Weg gekommen waren.«

Styge, dem aufgefallen war, daß die Geduld seines Gastes sich zu erschöpfen begann, deutete mit einer Handbewegung an, seine Erzählung nähere sich ihrem Ende.

»Zehn Jahre später – Gustav war nun fast vierzig, ohne ein einziges Mal die Möglichkeit gehabt zu haben zu sterben, selbst wenn er jeden Tag auf diese Gelegenheit wartete – veröffentlichte eine dritte Überarbeitung seiner Geschichte, eine technisch brillantere Version, die verriet, daß er sich in der Zwischenzeit ernsthaft mit den formalen Problemen des Textes beschäftigt hatte, was diese Geschichte spannender und völlig anders werden ließ als die erste. Sie wurde jedoch von einer vierten Version übertroffen, die er, kurz bevor er fünfzig wurde, veröffentlichte. Sie war schlichter, eleganter, wenn vielleicht auch von einem etwas bitteren Ton geprägt. Im Gegensatz zur nächsten, an der er weitere zehn Jahre arbeitete, die klüger und verständnisvoller war.«

»Seinen Selbstmord führte er aber nicht aus?«

»Eigentlich war er in seiner früheren Jugend durchgeführt worden, als es zu der Entscheidung kam. In dieser Art von Angelegenheiten zählt die Entscheidung, während es sich bei der eigentlichen Ausführung um eine praktische Einzelheit handelt. Die ganze Zeit nach seinem Beschluß scheint er nach einer passenden Gelegenheit Ausschau gehalten zu haben, ihn auch in die Tat umzusetzen. Stets aber mußten Rücksichten genommen werden. Auf die Familie, auf die Erwartungen anderer, auf wirtschaftliche Umstände. Der älteste Sohn Gustavs und Mathildas hatte nun eine Anstellung bei Frich und war damit beschäftigt, das Leben seines Sohnes, Elias, in geordnete Bahnen zu lenken. Kurz vor seinem siebzigsten Lebensjahr veröffentliche Gustav eine weitere Ausgabe der Novelle seines Lebens, des einzigen Werks, das er jemals vollendete. Diese Version ist ruhig, beherrscht, aber leicht ironisch, und man fühlt, daß der Autor mit Sorge sein Enkelkind, meinen Vater, betrachtete, der eingespannt war in eine Zwangsjacke der Vorhersagbarkeit. Ich glaube, diese Sorge war es, die den Alten davon abhielt, zu sterben.«

Styge beobachtete seinen Gast, während er versuchte, die letzten Stücke dieses Familienpuzzles unterzubringen.

»Gustav schrieb eine letzte Version seiner Novelle. Sie wirkt reif, abgeklärt, allumfassend, weise, möchte ich fast sagen. Ich glaube feststellen zu können, daß Gustav zu dieser Zeit ein größeres Muster des Daseins erkannt hat. Natürlich wußte er vom Glauben seines Vaters an das Gleichgewicht zwischen Gut und Böse, zwischen Schön und Häßlich. Zu diesem Zeitpunkt hatte sein Freund Franz seine Erinnerungen veröffentlicht, in denen Gustav vom lebenslangen Kampf des Großvaters lesen konnte, sein Lebensthema am Leben zu erhalten. Gustav sah hierin ein Gegenstück zu seinem eigenen lebenslangen Kampf, sterben zu können. Sein Leben war ein düsteres Thema der linken Hand gewesen, das den Kontrapunkt bildete zum Thema des Großvaters der rechten Hand: O Welt, ich muß dich lassen. Diese Harmonie im Laufe der Zeit stellte Gustav so zufrieden, daß er schließlich lebensfroh wurde. Er starb tatsächlich an seinem achtzigsten Geburtstag, beim lebensfrohen Verzehren einer großen Mahlzeit. Die Familienlegende behauptet, es sei in diesem Augenblick gerade ein Toast auf ihn ausgebracht worden: Lang soll er leben.«

Der Gast lächelte und erhob sich. Auch Styge kam auf die Beine, um den anderen zur Tür zu begleiten. Unterwegs fügte Styge dezent noch etwas hinzu:

»Gustav, der niemals zufrieden war, schrieb in seinem ganzen langen Leben nur eine einzige Erzählung, freilich in sieben ziemlich unterschiedlichen Versionen. Wenn man sie nacheinander liest, und ich bezweifele, daß Gustav dieses Muster selbst erkannt hat, können sie als ein sich weiterentwickelnder Roman verstanden werden, der schildert, wie ein lebensmüder Mensch mit der Welt zurechtkommt, oder als Gegenstück zum ›Gesicht des Todes‹, mit dem meine Erzählung begonnen hat.«

»So wie du zu dieser Erzählung von der Lebensflucht gefunden hast, weil du vor der Geschichte vom Tod geflohen bist?«

Styge nickte und lächelte, zufrieden, weil er ein weiteres Paradoxon von sich gegeben hatte.

War der Globusroman auch ein großer Erfolg, er barg zugleich auch Probleme in sich.

Die ersten Globen wurden von den Lesern mit Kußhand aufgenommen, die neue Tiefen ahnten und einen besseren Überblick über das Leben und seine Bedingungen erlangten. Dieses Erlebnis läßt sich am besten vergleichen mit jenem des Kolumbus, als ihm eines Tages ein Ei in die Hände fiel. Man kann sich seine Erregung vorstellen, als er, der bis dahin auf flächige Karten mit jähen Rändern angewiesen gewesen war, nach einem genialen Einfall die bekannten Welten auf ihnen skizzierte.

(Etwas anderes ist, daß die Geschichte vom Ei des Kolumbus später mißverstanden und stark verfälscht wurde.)

Bereits als der vierte und der fünfte umfangreiche Roman erschienen, waren die Buchhändler und Bibliotheken auf der Hut. Die Globen waren wichtige Neuschöpfungen, bedeutende Kunstwerke, die ihren natürlichen Platz in jeder Sammlung hatten. Wenn es dafür Platz gab! Denn bald bogen sich die Buchlager, die Postsäcke schwollen auf, wenn die Buchclubs einen neuen Roman verschickten, und in gepflegten, literarischen Haushalten sah man den Flügel übersät von Kugel um Kugel.

Nur ein geringer Trost war es für die Buchhändler, daß sich viele von diesen Lesekugeln fangenließen, denn sie hatten die Eigenschaft, daß man, wenn man sie einmal umrundet hatte, die Lektüre gelassen fortsetzen konnte, weil sie beim nächsten Mal etwas Neues berichteten. Und beim dritten Mal wiederum etwas Neues.

Keiner der Lösungsvorschläge des Aufbewahrungsproblems fiel völlig zufriedenstellend aus. Man machte die Bücher klein, um sie zur Lektüre aufzublasen. Oder man rüstete sie mit Reißverschlüssen aus, damit sie übereinandergestapelt werden konnten. Auf diese Weise erhielt man einen Grundglobus mit vielen Romanschichten darüber, wobei die inner-

ste nur unter äußersten Schwierigkeiten zugänglich war. Man gestaltete sie faltbar, so daß sie nach einem sinnreichen Muster zusammengepackt und im Regal neben den flachen, altmodischen Büchern untergebracht werden konnten. Doch es schien, als verlören sie bei einer derartigen Behandlung, die ihnen unästhetische Falten und dünne Stellen zufügte, eine Dimension.

Aus diesem Grunde entstanden die Buchkartographen, die Romanglobеn auf die vertraute Buchform projizierten. Es ist einleuchtend, daß sich solche Projektionen auf verschiedene Weise vornehmen ließen und daß es Vertreter vieler unterschiedlicher Methoden gab.

Während der eine flächengetreu verfuhr und das richtige Verhältnis zwischen den Beschreibungen wahrte, verhielt sich ein anderer längengetreu, wodurch den Personen die ursprünglich beabsichtigte Beschreibung zugestanden wurde, sie aber nicht im richtigen Verhältnis zueinander standen. Sie konnten auch winkelgetreu sein, so daß die Blickwinkel des Originals bewahrt wurden, wichtige Beziehungen jedoch übergangen wurden. Jede Methode hatte ihre Vorteile und ihre Nachteile, und es läßt sich nicht endgültig entscheiden, welche Abbildungsmethode die beste ist.

15

»Du willst etwas Gutes tun«, sagte der ältere Mann mit dem Kindergesicht zu dem jungen Mann auf der Ringgade, der bedeckt war von eingetrocknetem Gulasch.

»Erkennt man das so deutlich?« rief Tobias froh.

»Du weißt es nicht. Aber alle Menschen haben ab und zu den Drang, Gutes zu tun.«

»Drang ist vielleicht zu vielgesagt. Aber eine Art Wette.«

»Selbst Menschen deiner Hautfarbe fühlen so etwas ab und zu.«

Der ältere Mann legte seine marzipanfarbene Hand auf Tobias' soßenbraune und sah ihn so treuherzig an, daß Tobias sofort wußte, er war endlich in Verbindung mit dem Guten gekommen. Seine Verwirrung hatte sich ansonsten verstärkt, seit er Dorthe Dupér von der Herrschaft ihres Mannes befreit hatte. Als Per Dupér über den ersten Schock hinweg war, daß er seinen gesamten Besitz verloren und verschoben hatte, begann er, sich mit Neugier und vergnügten Sinnes, bekleidet mit einer Hose seines Zwillingsbruders, auf der Welt zu orientieren, in die man ihn ausgesetzt hatte. Sein neugewonnenes Glück war freilich nur von kurzer Dauer, da er wenige Tage später einem Verkehrsunfall zum Opfer fiel, bei dem es sich womöglich um ein Attentat betrogener Gläubiger handelte.

Als erstes entließ Dorthe Dupér nach ihrer Befreiung ihren Chauffeur, der die Vorlage kannte. Sodann suchte sie einen Psychiater auf, um immer wieder die Geschichte ihrer Befreiung zu erzählen, bis sie angemessen erschien.

Tobias wollte seinem neuen Bekannten erklären, er habe sich verpflichtet, ein Jahr lang gut zu sein, ohne zu wissen, wie, stellte aber fest, daß dies unnötig war, da der andere ihm ohnehin nicht zuhörte. Der Fremde, der sich als Brosme Helge Brosme Helge Severin Brosme vorstellte, deutete auf das Gebäude der Universität und erklärte, er sei beim Ethischen Institut in der Abteilung für Unerwiderte Ethik beschäftigt, die sich gleich auf der anderen Straßenseite befinde.

»Das ist ganz einfach. Man muß nur dem Gesetz folgen.«

»Man braucht nur dem Gesetz folgen?«

»Nein, dem GESETZ.«

Tobias wollte auf die Fahrbahn treten, wurde von dem anderen aber mit einem harten, schmerzhaften Griff an der Schulter zurückgerissen.

»Mann, bist du närrisch?«

»Was habe ich denn gemacht?«

»Du hast eben die Fahrbahn betreten.«

»Ja, und was ist daran nicht in Ordnung?«

»Es ist rot!«

»Aber es kommt doch niemand.«

»Ich habe gesagt: Es ist rot.«

»Das habe ich schon gesehen. Aber es kommt doch kein Auto. Nicht ein Verkehrsteilnehmer, meilenweit.«

»Von dem dort abgesehen.«

Brosme deutete triumphierend auf ein haltendes Auto.

»Der biegt doch ab, wenn er grün hat, kreuzt er unseren Weg.«

»Trotzdem haben wir rot.«

Ganz recht hatte er nicht, denn die Diskussion hatte so viel Zeit in Anspruch genommen, daß die Ampel die Farbe gewechselt hatte. Brosme betrat die Fahrbahn und überquerte die Straße, ohne nach rechts oder links zu sehen. Das Auto, das bei Grün angefahren war, mußte scharf bremsen.

»Da siehst du.«

»Aber er hat doch geglaubt, wir wollten gar nicht über die Straße, weil wir nicht rechtzeitig losgegangen sind.«

»Es ist nicht seine Sache, uns zu verstehen. Sondern das GESETZ zu befolgen«, sagte Brosme starrköpfig, der sein Tempo so weit verringert hatte, daß der Lastwagenfahrer ein paar Mal Gas geben mußte.

»Es wäre einfacher gewesen, wenn...«

»Es ist nicht unsere Aufgabe, dafür zu sorgen, daß alles leicht und schmerzlos abläuft. Wir haben nur eine einzige Mission. Eine einzige.«

»Das GESETZ zu befolgen?«

»Du bist gelehrig. Wenn man bedenkt, wie du aussiehst.«

Brosme warf einen Blick auf Tobias' soßige Hautfarbe.

»Das ist nur Gulasch...«

»Es gehört nicht zu meinen Gewohnheiten, andere zu verspotten. Ich begnüge mich damit, mir das Meine zu denken. Spaghetti oder Gulasch, das ist mir gleichgültig.«

Sie gingen weiter, während sich jeder das Seine dachte.

»Denk nicht, daß ich dich mitnehme, weil du mir leid tust. Du tust mir nicht leid.«

»Dazu hast du auch keinen Grund.«

»Oder keine Lust.«

Brosme betrachtete seinen Begleiter und unterdrückte routiniert seinen Ekel.

»Du darfst auch nicht glauben, daß ich mir eine Belohnung erwarte. Überhaupt nicht. Keineswegs. Dazu bin ich zu erbärmlich und zu unwürdig.«

Tobias ging ein Licht auf.

»Ach so! Im Augenblick verfüge ich über ziemlich wenig Geld. Aber wenn du mir beibringst, gut zu sein, habe ich Aussicht...«

»Weder von dir noch von irgendeinem über dir. Eine Belohnung erwarte ich keineswegs. Selbstverständlich kommt es vor, daß ich aufgrund eines glücklichen Zufalls eine Belohnung bekomme, und dann sage ich nicht nein, aber ich erwarte sie nicht. Das kann ich nicht. Nicht so ein Lump wie ich.«

Tobias hatte einige Schwierigkeiten, diesen ungewohnten Begriffen zu folgen, die ein wenig sonderbar zueinander zu passen schienen. Aber er hatte das deutliche Gefühl, daß sich mit diesem Mann reden ließ. Glücklicherweise setzte Brosme den Redestrom unaufgefordert fort.

»Du mußt verstehen, daß es nur einen einzigen Grund dafür gibt, daß ich dir helfe. Ich muß.«

Der Mann mit dem faltenfreien Gesicht machte allmählich einen so bekümmerten, gequälten Eindruck, daß ganz offenbar er derjenige war, der Hilfe benötigte.

»Du mußt wissen, ich habe mich selbst entäußert. Ich tue niemals etwas zu meinem eigenen Vergnügen oder um anderen zu helfen. Man könnte sagen, ich sei eine Art Sklave. Ich habe mich selbst veräußert an... Gott.«

Er führte Tobias in das gelbe Gebäude. Über Treppen und durch Korridore führte er Tobias zu einer Kantine, wo an einzelnen Tischen vereinzelt Menschen saß und aßen. Sie nahmen Platz, jeder mit einem Tablett.

»Wenn du mitkommst in mein Arbeitszimmer, kannst du meine Lehre sehen. Sie ist ziemlich genial. Eine effektive Bekämpfung des Bösen.«

Interessiert hob Tobias den Kopf. Für einen Augenblick schien Brosme mit sich selbst zufrieden zu sein, ertappte sich jedoch unverzüglich dabei und fügte hinzu:

»Aber ich bin nur ein schlechter Christ.«

»Und warum bist du das?«

»Das bin ich auch nicht. Das ist eines unserer Rituale. Einen guten Christen erkennt man daran, daß er behauptet, ein schlechter Christ zu sein. Denn einer, der behauptet, ein guter Christ zu sein, ist hoffärtig, und darum ist er ein schlechter Christ, und so...«

Er lächelte spöttisch, als sei es ihm gelungen, einen scharfsinnigen Gegner aus dem Feld zu schlagen, dann befaßte er sich mit dem Essen. Tobias bemerkte, daß er an den richtigen Ort geraten war, wenn er seine Vorstellungen über das Gute beleben wollte.

»Spitzfindigkeiten, die verschleiern, daß wir nichts zu sagen haben, sind uns geläufig«, sagte ein älterer Mann in der Ecke.

Obwohl er alleine war, hatte er zwei Teller vor sich. Er sprach ein wenig mit sich selbst, ging dann über zur zweiten Portion, argumentierte eifrig, dann begann er zu essen.

»Er versucht sich selbst zu provozieren«, erklärte Brosme, der Tobias' Blick gefolgt war. »Er ist der Ansicht, von Ethik könne nur die Rede sein, wenn mindestens zwei Personen beteiligt sind. Niemand kann seinen Spitzfindigkeiten folgen, darum muß er ständig die Rollen tauschen. Im Augenblick erwägt er offensichtlich, ob er seinen Briefträger erschlagen soll, nachdem Gott doch ohnehin tot ist. Das liegt daran, daß er im Streit liegt mit diesem Herrn dort drüben.«

Der betreffende Herr saß auf dem Sprung, ihnen zu helfen, falls sie Hilfe benötigten. Tobias sah sich interessiert um an diesem Ort, der vor Gedanken über das Gute förmlich waberte.

»Er genießt großes Ansehen. Man glaubt, er habe die Lösung des Ganzen gefunden.«

Brosme meinte den introvertierten Herrn, der nur den Wunsch hatte zu helfen. Ganz offensichtlich mißfiel Brosme irgend etwas, ob es sich dabei aber um das Ansehen oder um die Lösung des anderen handelte, konnte Tobias nicht entscheiden.

Brosme stocherte im Essen herum. Er nahm keinen Bissen zu sich, den er nicht vorher flachgedrückt und zu einer kleinen Oblate zugeschnitten hatte, die er langsam und zögerlich in den Mund nahm, wo er sie einen Augenblick auf der Zunge liegen ließ, ehe er sie verschluckte.

»Aber worin besteht denn die Lösung?«

»Er vertritt die Ansicht, die Menschen seien geschaffen worden, um einander den Weg zum Postamt zu zeigen.«

Brosme zerdrückte eine Kartoffel zu einem kleinen, flachen Kuchen, den er sorgfältig zurechtschnitt und dann auf die

Zunge legte. Er schloß die Augen, als könne das Essen ihm nur schmecken, wenn er es mit Phantasien anreicherte. Seine Eßgewohnheiten waren so sonderbar, daß Tobias sich dabei ertappte, daß ihm Anbods Gesellschaft fehlte.

»Du brauchst nicht so im Essen herumzustochern. Es ist kein Schweinefleisch drin, ich habe mich versichert.«

»Ich habe gar nichts gegen Schweinefleisch, es ist nur…«

»Das muß dir nicht peinlich sein. Ich habe dich getroffen, und jetzt helfe ich dir.«

»Weil du mußt.«

»Genau.«

»Aber das ist doch nur Gulasch.«

»Sympathisch, daß du dich über dich selbst lustig machst. Völlig berechtigt. Aber das macht dich nicht zu einem Christen. Übrigens kannst du mir auch einen Gefallen tun. Oder genauer gesagt, dir selbst. Es geht um einen kleinen Einbruch. Ich sehe, das ist etwas, was dir nicht ganz fern liegt.«

»So etwas mache ich nicht mehr.«

»In diesem Fall ist es im Dienst des Guten.«

»Trotzdem. Ich weiß nicht…«

»Nicht um zu stehlen oder sich zu bereichern. Nur um die Lüge zu ersticken.«

Ehe Tobias noch mit weiteren Einwänden kommen konnte, bedeutete Brosme ihm, er solle schweigen. Eine prophetenähnliche Erscheinung mit salbungsvollem Bart war eingetreten und kam näher. Er wandte sich an Brosme, nachdem er erstaunt seinen Tischnachbarn betrachtet hatte.

»Das Gute ist mit mir durchgegangen«, entschuldigte Brosme sich. »Ich gewähre ihm nur eine Mahlzeit.«

Der Neuankömmling wechselte einige Worte mit Brosme. Es ging um einen neuen Glauben, der den alten bedrohte oder, genauer gesagt, Götter, die kürzlich gestorben oder zurückgetreten seien.

»Mein Freund meint, wir sollten gut sein zueinander, aber

nicht zu jenen, die an Falsches glauben. Ich will dich nicht verärgern.«

»Meine Aufgabe lautet, die neuen Religionen niederzutrampeln«, erklärte der Prophet.

»Das ist völlig in Ordnung. Das habe ich schon öfter gehört. Die Juden wußten schließlich schon vor zweitausend Jahren, daß die neuen Religionen bekämpft werden müssen.«

Die beiden Männer sahen einander bestürzt an.

»Vergib den Kleinen, denn sie wissen nicht, was sie in ihrer Einfalt sagen«, sagte der Fremde.

»Er ist mir in den Weg geraten, darum mußte ich ihn mitnehmen«, entschuldigte sich Brosme.

Der Mann preßte ein wenig Salbe aus seinem Bart und ging ohne noch weitere Worte.

Der Weg zu Brosmes Arbeitszimmer führte durch lange Korridore. Eine sportliche, sonnengebräunte Erscheinung kam ihnen entgegen, deren Kopf nicht mit dem Körper zusammenzuhängen schien. Er war verschroben, fahl und runzlig, mit unordentlichem Bart und einer üppigen Haarpracht.

»Er gehört nicht hierher, aber findet nicht hinaus«, flüsterte Brosme. »Erklärt man ihm den richtigen Weg, hält er das für Ironie und geht in die entgegengesetzte Richtung. Und wenn er selbst fragt, dann mit so vielen Grimassen und Entschuldigungen, daß keiner ihn versteht.«

Als sie an dem Verwilderten vorüber waren, der augenblicklich eine Miene aufsetzte, als wisse er genau, in welche Richtung er zu gehen habe, fügte Brosme hinzu:

»Vielleicht hält er auch Ausschau nach der Spalte. Darum ist es wichtig, daß du der erste bist.«

»Der Spalte?«

»Pssst.«

Sie betraten ein gut aufgeräumtes Arbeitszimmer, in dem Bücher und Papiere in gleichmäßigen Stapeln aufgeschichtet waren. Brosme führte seinen Gast ans Fenster und sagte stolz:

»Hier siehst du meine Lehre.«

Verwirrt schaute Tobias nach allen Seiten. Draußen war nichts Außergewöhnliches zu sehen. Man schaute auf eine stark befahrene Straße, der größte Teil der Aussicht wurde jedoch von einem großen Bretterzaun verborgen. Über dem Zaun befanden sich einige kahle Äste, davor eine Rasenfläche.

Zufrieden beobachtete Helge Brosme Tobias' Verblüffung.

»Ja, sie fällt nicht so leicht ins Auge, auch wenn sie unmittelbar vor einem liegt.«

Tobias mußte seine Blindheit eingestehen und sah allmählich ein, daß er über das Gute noch sehr viel lernen mußte.

»Schade, daß der Zaun fast die ganze Aussicht verdeckt«, sagte er.

Brosme lächelte verschmitzt.

»Der Zaun ist gerade das Geheimnis.«

»Deiner Lehre vom Guten?«

»Ich habe ihn errichten lassen. Die Straße dahinter ist ziemlich befahren. Früher ist es ständig zu Zusammenstößen mit vielen Verletzten gekommen. Außerdem gibt es dort eine Ausgrabung, in die viele Menschen hineingestolpert sind. Du kannst es nicht sehen, aber es liegt gleich hinter dem Zaun. Mag sein, daß es dir schwerfällt, das zu verstehen, aber die Menschen, die dort zu Schaden gekommen sind, sind ja meine Nächsten – so nennen wir das. Also mußte ich ständig zu Hilfe eilen. Helfe deinem Nächsten. Das Gesetz. Und sofort wurde man in eine lange Reihe von Problemen verwickelt. Niemals hatte man Ruhe. Außerdem gibt es dort einen Platz, auf dem sich Abschaum und Säufer, Arbeitslose und Fremdarbeiter aufhielten. Nicht selten kam es zwischen ihnen zu Streitereien. Also mußte ich hin. Du weißt: Ich muß.«

Tobias nickte verständnisvoll.

»Bis ich den Zaun aufstellen ließ.«

»Aber es gibt sie doch noch immer, wenn auch auf der anderen Seite des Zauns?«

»Möglicherweise. Aber ich sehe sie nicht mehr, also sind sie nicht mehr meine Nächsten.«

»So wie mit Scheuklappen?«

Zuerst glaubte Tobias, der Blick, der ihn traf, sei vorwurfsvoll, plötzlich jedoch rief Brosme begeistert:

»Das ist großartig! Hiermit kann ich das Evangelium verbessern!«

Er schnappte sich ein Stück Papier und kritzelte drauflos, wobei er ab und zu die Hand hob, um Tobias Schweigen aufzuerlegen. »Nur ein bescheidener Gedanke für meine nächste Predigt. Hör zu: ›Aber es gab auch einen Samariter, der Scheuklappen angelegt hatte. Und er kam an dem Mann vorbei, der in seinem Blut lag, ohne ihn zu sehen. Und war dieser Samariter nicht der Allerklügste?‹ Aber, davon verstehst du ja nichts. Was mich an die Ritze erinnert.«

Ein dunkler Schatten ging über das sonst so helle Gesicht. Brosme setzte sich an den Schreibtisch, von wo er einen freien Blick auf den Bretterzaun hatte, und bot Tobias den Lehnstuhl ihm gegenüber an. Einen Augenblick lang suchte Tobias nach den richtigen Worten.

»Als man seinerzeit die Universität hier auf dem Hügel errichtete, glaubte man, das Heilige Grab sei wohlbehütet. Und viele Jahre lang ging es gut. Hie und da meinte allerdings jemand ein plätscherndes Geräusch zu hören. Doch obwohl man einige Male das Heizungssystem untersuchte und später die Wasserversorgung und die Abwasserkanäle, konnte man keine undichten Stellen finden. Die Geräusche aber gingen weiter, und andere Zeichen von Feuchtigkeit traten auf. Dann stellte jemand fest, daß auf einer alten Karte an der Stelle, an der man später die Universität errichtete, eine Quelle und ein kleiner Wasserlauf eingetragen waren. Nun erkannte man, daß es schlecht stand. Man konnte schließlich nicht das große Universitätsgebäude abreißen, sondern machte sich daran, daneben zu graben, tief hinunter, und dann unter das Gebäude.«

Brosme machte eine Pause. Er hatte die Gewohnheit, an seine Brille zu greifen und ihren Sitz zu korrigieren. Draußen im Korridor ging ein Paar vorbei, das sich unterhielt.

»Man fand den Wasserlauf«, fuhr Brosme fort, als die Stimmen verklungen waren. »Man fand die Quelle und den Wasserlauf. Man fand auch die Stelle, von der das plätschernde Geräusch kam. Einen riesengroßen Hohlraum unter der Universität. Einen Tempel, kann man sagen, der zu irgendeinem Zeitpunkt vor langer Zeit zugeschüttet worden war, entweder durch eine Katastrophe oder durch eine bewußte Maßnahme.«

»Einen Tempel?«

»Es erinnert in erster Linie an... ich weiß nicht... an einen griechischen Tempel. Nach dieser langen Zeit natürlich zerstört und verfallen. Und ein Dokument. Wir kommen nicht umhin zu erkennen, daß es sich um irgend etwas in der Art eines griechischen Bauwerks handelt. Ein frühes... Einige Bruchstücke ähneln zum Verwechseln dem Parthenonfries. Nicht in der Größe der Akropolis, keineswegs. Aber als... als ob... oder der Olymp. Ich weiß es nicht.«

Allmählich geriet der Mann in Auflösung. Er verbarg sein Gesicht, murmelte weiter, kläglich wie ein kleines Kind, das sich bedroht fühlt.

»Ich möchte nicht Gott sein. Ich kann es nicht... ich wage es nicht. Ich bin voller Schlechtigkeit und Selbstherrlichkeit.«

»Bist du das?«

»Du auch. Alle Menschen. Es bleibt uns nicht erspart. Nur ein Sklave meines eigenen bösen Willens. So, wie wir alle zusammen... Was geschrieben steht, hilft nicht... Es ist zu groß... viel zu groß... unüberwindlich für uns kleine Menschen. Gott ist nicht tot, im Gegenteil, die Menschen...«

Tobias war so unangenehm berührt, daß er erwog, das Zimmer zu verlassen, um Hilfe zu holen. Zugleich aber hielt ihn seine Neugier fest. Er mußte die Fortsetzung hören.

Ebenso rasch, wie die Rührung Brosme übermannt hatte,

legte sie sich. Er tupfte seine Augen ab, korrigierte den Sitz der Brille und sah Tobias erstaunt an, als sei er derjenige gewesen, der die Gewalt über sich verloren hatte.

»Was wollte ich sagen, Zeichen für eine frühe Bebauung, die verborgen waren. Mit Absicht zugeworfen, durch eine Katastrophe oder wodurch?«

»Wahrscheinlich gibt es einen Zusammenhang mit dem Namen Trøjborg?«

»Trøjborg?«

»Trojaborg, dem Nachbargrundstück. Über diesen Namen hat man sich immer gewundert«, informierte ihn Tobias, der kürzlich davon erfahren hatte.

»Ja, vielleicht«, fertigt ihn Brosme ab, nicht interessiert, weiter auf dieses Thema einzugehen.. »Das große Loch unter der Universität blieb erhalten, nachdem man es entsprechend abgestützt hatte. Es dient als eine Art Museum, während man den Fund analysiert und versucht, den Schock zu überwinden. Es gibt einen Zugang über eine schmale Treppe, eine Kellertreppe, die man nach unten verlängert hat. Natürlich sorgfältig bewacht. Aber nicht der Raum ist das Problem. Der Raum an sich. Vielmehr ein Dokument.«

Daß seine Gedanken dieses Thema streiften, reichte aus, um ihn stocken zu lassen. Er kämpfte mit seinem Unbehagen.

»Eine Papierrolle. Unbekannten Alters. Eine unserer Studentinnen hat sie gelesen, hat sie übersetzt und ist... verrückt geworden.«

»Verrückt?«

»Geisteskrank. Völlig närrisch. In einer geschlossenen Anstalt. Rappelig.«

Für einen Augenblick befürchtete Tobias, Brosme werde das gleiche Ende nehmen. Doch nach einigen beschwörenden Gesten und Gemurmel mit sich selbst konnte er weitersprechen.

»Eine unserer Studentinnen. Sie hat es auf sich genommen, das Dokument zu übersetzen. Zurechtzustutzen... Bodil Nescio. Sie ist die einzige... die einzige, die es kennt. Den Zusammenhang kennt.«

»Und jetzt würdest du es gern lesen?«

Der Vorschlag veranlaßte Brosme, sich zu bekreuzigen.

»Davon kann nicht die Rede sein. Um keinen Preis der Welt. Gott bewahre mich.«

»Und was sonst?«

»Das Dokument wurde vergessen. Weil das Mädchen durchgedreht hat. Alle haben es vergessen, außer mir. Bis auf weiteres. Dort unten gibt es so vieles Interessantes zu untersuchen. Früher oder später aber stößt man wieder darauf... Unweigerlich. Früher oder später. Den Umständen mißt niemand Bedeutung bei. Das Mädchen, das den Verstand verloren hat. Nur ich, ich habe mit ihr gesprochen, während sie an ihrer Übersetzung saß. Ein paar Sätze. Aber ich verstehe sie. Verstehe alles nur zu gut. Ich selbst bin gerüstet. Aber nur, weil ich mein... meinen inneren Bretterzaun habe.«

Der gequälte Mann preßte die Hände an beide Schläfen, wo er sie als Scheuklappen ließ.

»Es ist wichtig, lebenswichtig, verstehst du, daß das Dokument...«

»In die richtigen Hände kommt?«

»Verschwindet. Das ist die einzige Lösung. Ein Streichholz, und die Welt ist erlöst.«

»Es verbrennen?«

»Es ist gefährlich, dieses Dokument. Für die Religion, und damit für alle. Ebenso schädlich für deine Religion wie für meine.«

»Ja, aber ich bin gar nicht...«

»Das weiß ich. Nur Gulasch. Aber katastrophal. Für uns alle. Du bekommst deine Belohnung. Hier und im Jenseits. Du wirst zum Märtyrer. Dafür werde ich sorgen.«

»Ich?«

»Das ist das Wichtigste, das du jemals tun wirst. Die beste

Tat in deinem Leben. Eine Wohltat an der Menschheit. Und nicht zuletzt an Gott.«

Tobias fühlte sich durch seinen Aufenthalt im Tempel des Gutseins verwirrt. Einerseits widerstrebte es ihm, ein einzigartiges Dokument zu vernichten, gleichzeitig aber sprach der Nächstenliebende so eindringlich, daß er bereit gewesen wäre, auf seine Aufforderung hin von einem Felsen zu springen.

Ehe er seine Überlegungen noch beenden konnte, klopfte es an der Tür. Augenblicklich veränderte Brosme sein Wesen und bedeutete ihm mit einem Finger, er solle schweigen. Ein düsterer Mann mit wilden schwarzen Locken betrat das Zimmer. Er wollte sich wieder zurückziehen, als er sah, daß Brosme einen Besucher hatte, Brosme aber bewegte ihn zu bleiben. Der Neuankömmling stellte Brosme eine Frage, sie handelte von der Gnade, und Tobias verstand nicht, worum es ging.

Brosme antwortete lange und umständlich und gab viele Male die Worte »Gnade« und »Nichts« von sich. Abschließend bat er den Fremden, sich um Tobias zu kümmern, während er selbst einige Telefongespräche zu führen hätte.

Als sie allein waren, wandte sich der Fremde neugierig an Tobias.

»Ursprünglich bin ich Psychologe«, erklärte er. »Aber nun ergänze ich meine Bildung um Theologie. Es ist wichtig, zwei unterschiedliche Erfahrungsbereiche miteinander zu kombinieren, dies kann neue Erkenntnisse erbringen.«

Tobias begriff nicht richtig, wie diese beiden Gebiete sich gegenseitig etwas geben sollten. Der Fremde betrachtete ihn mit intensivem Blick, als wolle er abschätzen, ob Tobias eine gefährliche Erkenntnis in sich trug.

»Es ist schließlich wohlbekannt, daß alle Knaben ihre Mutter lieben und zu irgendeinem Zeitpunkt im Leben den Wunsch haben, diese Liebe zu vollenden. Und wir wissen auch, und niemand wagt es zu bestreiten, daß alle ihrem Vater nach dem Leben trachten.«

Tobias rückte unruhig hin und her, mußte jedoch einräumen, daß ihm dieser Gedanke nicht völlig fremd war, um den anderen zu bewegen weiterzusprechen.

»Hiervon gibt es keine Ausnahme, jeder Knabe muß dies durchmachen. Merken Sie sich diesen Gedanken. Er stellt einen wichtigen Teil unserer Entwicklung dar. Für eine einzige Person jedoch waren die Umstände auf diesem Gebiet äußerst speziell, für einen einzigen. Und so extrem, daß sie ihm das Dasein äußerst schwermachten. Können Sie mir folgen?«

Tobias nickte, brauchte jedoch nicht zu fragen, wen der andere meinte.

»Das ist wichtig, um ihn verstehen zu können. Für eine einzige Person, einen unglücklichen Knaben, war es mit vielfacher Schande verbunden, seine Mutter zu begehren. Und für diese Person war es ein noch größeres Verbrechen, eine himmelschreiende Sünde, seinem Vater nach dem Leben zu trachten. Diese Person hieß Jesus. Die Frau, die er begehrte und mit der sich zu vereinen er träumte, war nicht nur seine Mutter, sondern auch eine Jungfrau, was selbstverständlich seine Sünde verstärken mußte und sein Gefühl der Scham über unreine Gedanken. Der Vater, dem er den Tod wünschte, war kein anderer als Gott. Er, Gottes Sohn, mußte, als er Mensch wurde, sich wünschen, Gott zu töten.«

Der Mann verzog das Gesicht, während er die beschriebenen Qualen durchlebte. Er verflocht die Finger und rang sie, als seien seine Hände mit einem inneren Machtkampf beschäftigt.

»Nicht verwunderlich, daß er ein schwieriges Leben führen mußte, ein Leben, das dominiert wurde von einem viele Male vergrößerten Komplex. Alles, was er gesagt und getan hat, ist im Licht dieser Umstände zu sehen, die von fast allen übersehen wurden. Und wenn wir dem allmählich in die Augen sehen, werden wir uns bewußt darüber, daß wir bis heute alles mißverstanden haben. Seine Worte falsch gedeutet haben, seine Taten falsch bewertet haben.«

Brosme kam zurück. Tobias wunderte sich ein wenig, weil er nicht das Telefon in seinem Arbeitszimmer benutzt hatte, in dem sie sich befanden. Brosme gab dem Fremden ein Zeichen, er werde die Wache wieder übernehmen, woraufhin der andere sich zurückzog.

»Du willst fragen, wie du dort hineinkommst?« nahm Brosme ihr Gespräch wieder auf.

»Ach ja?«

»Es gibt dort eine Spalte zur großen Halle. Eine Spalte, die nicht zugemauert wurde, damit das Wasser hinauslaufen kann. Es plätschert immer noch. Und wie findest du es?«

»Was?«

»Das Dokument. Du findest das Dokument, das du vernichten willst, und du denkst nur an seine Vernichtung. Das Dokument befindet sich in einer liegenden Säule. Du steckst die Hand hinein und suchst. Gleichgültig, was du sonst noch findest, sieh zu, daß du die Finger in eine Dokumentenrolle steckst. Du wünschst dir nichts anderes, als sie zu vernichten. Du zündest ein Streichholz an. Hältst es an das Dokument. Und das Böse ist aus der Welt. Die Menschen …«

Helge Brosme fertigte eine Skizze der unterirdischen Höhle an. Mit einem Kreuz markierte er die Lage der Säule. Er sprach weiter in einem leiernden, überzeugenden Tonfall, dem zuzuhören Tobias Mühe bereitete, ebensoviel Mühe, wie sich ihm zu entziehen. Als habe der andere

16

Gerechtigkeit!« brüllte die große Gestalt, die durch die Tür gepoltert kam. »Der Tag der Gerechtigkeit ist gekommen, Hans Hanssøn Skonning.«

Mitten in einem Satz fiel mir die Feder aus der Hand. Skonning sprang auf, die Schuld zeichnete sich auf seinem Gesicht ab. Niemals hatte ich ihn so bleich gesehen.

»Deine Werke bringen dich zu Fall, Skonning«, fuhr Erik Grubbe fort.

Er blieb in der offenen Tür stehen, die er fast ausfüllte. Ein wenig Schnee war zusammen mit ihm ins Zimmer gedrungen, und nun bildete sich um ihn herum eine Pfütze. Wie ein Hund schüttelte der große Vogt seinen Pelz, wodurch die in der Nähe liegenden Papiere besprüht wurden. Ich fürchtete um Skonnings Gesundheit, so wortlos und schwankend stand er da, wo er aufgesprungen war. Er schob den mit seinem Diktat gefüllten Papierstapel vor mich. Ich fühlte, daß er überlegte, wie er ihn mit Hilfe eines plötzlichen, überraschenden Manövers vernichten konnten. Ein hoffnungsloser Gedanke freilich. Lange bevor es ihm gelungen wäre, den eisernen Ofen zu öffnen, was beide Hände erforderte, würde Grubbe Verdacht schöpfen und die Papiere an sich nehmen. Vielleicht hatte Skonning auch ganz andere Gedanken. Vielleicht war er bereit, die Gerechtigkeit zu empfangen, die er so oft predigte.

»Ich werde das Urteil sprechen über dich, Glöckner.«

Der Bischof war seit eineinhalb Monaten tot. Er war der einzige, der unsere Aufzeichnungen gesehen hatte, die vermutlich zu seinem Tod beigetragen hatten. Die Anzeige konnte jedoch kaum von ihm stammen, dessen hinterbliebene Gattin und sein

Schwiegersohn in diesen Tagen vor Gericht gestellt werden sollten. Die übrigen Papiere, verborgen unter Christen Rømmers Dachboden, wähnte ich in Sicherheit. Der Stapel, der vor mir lag, war jedoch stattlich. Nur der Satz, der mir in die Augen sprang, als sei er mit Feuer geschrieben, unser Herr Christus habe an seine Mutter als Frau gedacht, könnte mich nicht nur das Leben, sondern auch die ewige Seligkeit kosten. »Wer in Gedanken Unzucht begeht...«

Ich muß eingestehen, daß ich in jenem Augenblick daran dachte, ob ich meinen Hals retten konnte, wenn ich erklärte, ich hätte nur ein Diktat aufgenommen. Daß ich kopflos, ohne zuzuhören, ohne über den Inhalt nachzudenken, mit meiner Hand Skonnings Worte niedergeschrieben hätte. Nur diese Hand sei schuldig, sie sollten sie gern von mir trennen. Und ich würde unmittelbar Erleichterung hierdurch verspüren.

Aus dem Ärmel zog Grubbe ein Dokument, das das königliche Siegel trug.

»Hier die Beorderung, die ich empfangen habe.«

Ich hatte wirklich nicht auf Skonnings Worte gehört. Doch, ich hatte sie gehört, aber ich begriff nicht, was sie mit mir gemacht hatten. Sie hatten mich verführt, mich in Gedanken hinausgezogen, die ich normalerweise als Verrücktheiten abgelehnt hätte. Ich hatte nicht widerstehen können. Er hatte mich verhext, die Worte hatten einen Zauber auf mich ausgeübt.

»Von unserer Königlichen Majestät«, sagte Grubbe, um die Pause zu füllen, in der er sich mit nassen Fingern abmühte, den Brief zu öffnen. »An unseren lieben, rechtschaffenen und wohlgeborenen Erik Grubbe zu Tjele, unseren Mann, Diener und Verweser auf unserem Hof in Århus.«

Die Sache war also bereits bis nach Kopenhagen gedrungen. Grubbe schmeckte an den Worten, als sei er an einem gewaltigen Spaß beteiligt. Als sich das Dokument schließlich öffnen ließ, las er nicht sofort, sondern nahm sich die Zeit, sich über Skonnings Verlegenheit lustig zu machen.

»Selten hat man dich so lange so wenig sagen hören, Hans Skonning. Drückt dich das Gewissen?«

Obwohl die Tür noch immer offen stand und man Schneeflocken durch die Luft segeln sehen konnte, einige von ihnen trieben ins Hausinnere, war Skonnings bleiche Stirn von Schweiß bedeckt. Er stand neben dem Ofen und wechselte diesen Platz nicht, um so weniger, als er sich gegen das Feuer härten wollte, das schlimmer sein würde.

»Anweisung an Erik Grubbe, er soll verhören und ein Urteil bewerkstelligen über Hans Hanssøn Skonning in Aars, der sich erdreistet, von den Hochgelehrten nicht revidierte Bücher und Pasquille zu drucken.«

Grubbe senkte das Dokument und sah den Beschuldigten scharf an.

»Ist das alles?« rief der Glöckner.

»Alles? Gibt es noch Schlimmeres, das dir das Gewissen bedrückt?«

Grubbe schaute sich interessiert um, als habe er nicht recht Lust, den anderen bereits vom Haken zu lassen. Skonning wagte es jetzt, sich mit dem Ärmel die Schweißperlen von der Stirn zu wischen. Er sah verbittert zurück, wagte aber absolut nicht zu antworten, auch wenn man ihm ansehen konnte, wie sein Gaumenzäpfchen zuckte.

Grubbe drehte sich zu mir um:

»Und dich hat man mit Tinte an den Fingern erwischt, Lümmel?«

Er nahm den obersten Bogen, der noch nicht trocken war, und begann zu lesen.

»Bertel«, sagte ich, um ihn abzulenken. »Bertel Jenssøn Helled. Schüler an der Lateinschule.«

Der große Mann sah mich an, und von mir zu Skonning, in dessen Mundwinkeln Schaum aufzusteigen begann, ein Zeichen dafür, daß er, ob schreckgelähmt oder nicht, die Worte nicht mehr sehr lange würde zurückhalten können.

Als Grubbe wieder auf das frisch Geschriebene sah, rannen die Worte endlich aus Skonning heraus:

»Ich habe dich selbst um Rat gefragt. Du hast keinen Grund gesehen, Seine Majestät wegen so unbedeutender Angelegenheiten zu behelligen.«

Das mit so starkem Nachdruck, daß man merkte, der Glöckner hatte nicht darüber nachgedacht.

»Ich hatte an anderes zu denken. Wenn ich mich recht entsinne, war das an jenem Tag, als Marie geboren wurde. Ich meine mich zu erinnern, daß ich dich an den Bischof verwiesen habe.«

»Mit dem ich gesprochen habe. Er war bereits damals so schwach, daß er sich der Sache nicht annehmen konnte. Darum erhielt ich nur seine mündliche und nicht auch seine schriftliche Genehmigung.«

»Dann lassen wir es mit einer Rüge bewenden«, sagte Grubbe versöhnlich. »Heute gibt es Wichtigeres.«

Das Papier hatte er nicht aus der Hand gelegt. Nun sah er wieder darauf, er runzelte die Augenbrauen und murmelte leise:

»Über unseren Herrn Jesus, und seine große Liebe zu seiner Mutter.«

Er nickte anerkennend, ohne sich mit dem Inhalt jedoch stark zu beschäftigen. Im Gegenteil, er lächelte leicht:

»Ich werde in diesem großen Prozeß Recht sprechen. Mein Schreiber liegt mit Fieber zu Bett, dieser Wurm. Du schreibst eine schickliche, leserliche Hand, Bertel Herluf. Kannst du auch öffentlicher Rede folgen?«

»So einigermaßen.«

Skonning nahm nur wenig Rücksicht auf meine Schreibgeschwindigkeit, wenn er seine Visionen berichtete, darum hatte ich gelernt, wie man Schnörkel und Verzierungen einsparte.

Völlig der Wahrheit entsprach es nicht, daß Erik Grubbe in der Sache gegen Magister Christen und die Mutter seiner Ehefrau, Kirsten Madsen, Recht sprechen sollte. Der König hatte die Landrichter Mogens Høg und Erik Juel in die Stadt gesandt, damit sie gemeinsam mit dem Vogt alle verhörten, die über den Sachverhalt Zeugnis ablegen konnten.

Obwohl es noch vierzehn Tage bis zum Weihnachtsfest dauerte, lag Schnee in der Luft, als ich Grubbe zum Rathaus folgte. Skonning war zu Hause geblieben, weil es, wie er sagte, einige Papiere gab, die nicht einfach liegenbleiben konnten, sondern zuerst expediert werden mußten.

Auf dem Weg erklärte Grubbe, warum er seinen eigenen Schreiber benötigte, damit ich begriff, worin meine eigentliche Aufgabe bestand und welche Aussagen und Zeugnisse ich zu Papier bringen sollte. Grubbe ließ seine Worte gemächlich fallen, berührte die heißesten Themen nicht, sondern ließ die Worte geschickt jene Gebiete, denen er auswich, einrahmen und hervorheben. Ungefähr wie der Schnee, der langsam fiel. Er legte sich nicht auf die Straßensteine, die noch einige Wärme in sich bargen, sondern in die Furchen, die die Steine umgaben, und bildete einen silbernen Rahmen für sie.

Unsere Königliche Majestät zeigte nach wie vor ein gewisses Interesse für die Witwe des Bischofs. Grubbe vertiefte seinen Ausdruck »nach wie vor«, indem er erklärte, der König habe Kirsten gekannt, als sie noch jung und eine schöne Jungfrau war. Dennoch hatte der König sie zusammengeführt mit Morten Madsen, damals Rektor droben in Sorø, vom König dann freilich zum Schloßpfarrer ernannt, damit er ihn – und damit seine Frau – in seiner Nähe wußte. Der König war schließlich nicht gerade dafür bekannt, daß er schöne, junge Frauen verabscheute. Das fortgesetzte Interesse des Königs für Kisten Doktor zeigte sich darin, daß er Grubbe die harte Behandlung vorgehalten hatte, der die Frau des Bischofs ausgesetzt gewesen war, als die schändliche Sache ans Licht gekommen war. Meine Aufzeichnungen sollten als Beweis dafür dienen, daß sie behandelt wurde, wie sie es verdiente. Ich solle mich also befleißigen, Aussagen zu Papier zu bringen, die in diese Richtung gingen.

Als wir ankamen, hatte sich der beste Teil der Stadt vor dem Rathaus versammelt. Auch wenn niemand etwas sagte, stieg aus der Menschenmasse eine murmelnde Unruhe, die sich fortsetzte, als wir in die Ratsstube kamen. Auch der Raum schien zu murmeln, bis zu jenem Augenblick jäher, unnatürlicher Stille, als die beiden Gefangenen hereingeführt wurden. Christen Bonde trat fest auf, konnte aber dennoch nicht seinen früheren Dünkel aufbringen. Die Bedrängnisse der letzten Monate hatten ihn hohlwangig gemacht, und der Aufenthalt im Gefangenenraum hatte seine Kleider schmucklos werden lassen. Auf seinem Weg rieb er sich die Handgelenke, die man soeben von den Fesseln befreit hatte. Er sah nach allen Seiten, um einen zu finden, der es wagte, seinem Blick zu trotzen.

Die Frau des Bischofs sah nirgendwohin. Ihre Tracht war schmucklos, ihre Haare waren nur schlecht aufgesteckt, sie sah aus, als habe sie sich in sich selbst gekehrt. Beherrscht schüttelte sie eine Hand ab, die ihr in den Stockkreis helfen wollte.

Weit voneinander entfernt standen beide, jeder mit Haltung, vor der Gerichtskanzel, in deren Mitte der Vogt saß mit einem Landrichter auf jeder Seite. Hinter Erik Grubbe hatte ich einen bescheidenen Platz, auf dem ich meine Aufzeichnungen machen mußte. Darum konnte ich den flackernden, zornigen Blick des Pfarrers sehen, und ab und zu sah ich den ruhigen, nach innen gekehrten Blick der Bischöfin.

Anfangs herrschte nur schweigende, unterdrückte Unruhe unter der Versammlung hinten im Saal, unter den Zuschauern, den Zeugen, jenen Augen und Ohren, die diese beiden Menschen umgeben und ihr Gebaren eingesogen hatten. Allmählich aber wurde daraus eine Stimme, die sich eine Zeitlang zu erkennen gab, vortrat und sich äußerte.

Wie der Ratsherr, der bezeugte, daß beide bei jeder Gelegenheit nebeneinander im Wagen gefahren waren. Und sein Bruder, der hinzufügte, sie seien bereits zusammen gefahren, ehe der Pfarrer die Tochter des Bischofs heiratete.

Eline Mortensdatter, die ihre Mutter ausgestellt, ihren Mann ausgerufen sehen mußte, hatte in einem Winkel Platz gefunden, von wo sie der öffentlichen Vorführung folgte; bleich war sie, vergrämt, aber noch immer erstaunlich rein.

Dann traten die Klosterleute vor, die Zeugen gewesen waren der häufigen Zusammenkünfte des Paares. Die eine Klostermagd, Anne, konnte über die vielen Male berichten, zu denen Kirsten zum Kloster gekommen war, wo der Magister wohnte. Die zweite Klostermagd, Mette, konnte anfügen, es sei früh und spät vorgekommen, daß die Bischöfin zu Besuch gekommen sei. Und konnten sie nicht zusammenkommen, die beiden, so mußte sie Briefe zwischen ihnen besorgen. Mikkel, der Klosterpförtner, konnte ergänzen, er habe sie einlassen müssen, auch wenn er das Gefühl gehabt habe, es sei nicht recht.

Zwei Männer aus dem Kloster hatten sie häufig gemeinsam, für sich im Obstgarten des Klosters gesehen, während sich die Kinder des Bischofs mit sich selbst in ihrem eigenen Garten unterhalten mußten.

Anfangs waren die Stimmen aus dem Kloster zögerlich und undeutlich, allmählich aber trugen sie sich gegenseitig, stützten einander und fanden zu stärkeren Worten. Häufig waren sie im Kreuzgang auf und ab gegangen, beieinander eingehängt, einander ab und zu umarmend. Die Klostermagd Karen hatte gesehen, wie der Magister Kirsten auf seinen Armen in die Kirche trug, von wo er sie erst etwas später wieder herausgetragen hatte.

Karen hatte ihre Worte nur zu flüstern gewagt, dennoch aber gingen sie herum und wurden in den Saalecken versteckt. Hans Skonning hatte es geschafft, in die erste Reihe zu kommen, wo er mit zusammengekniffenen Augen das Spiel versäumte.

Der Unterverwalter des Hospitals hatte das Paar auffällig und herausfordernd sowohl im Garten wie auch an anderen Orten gesehen. Häufig sah er sie beide alleine in der Kanzlei. Einmal im Garten, als der Bischof mit ihnen zusammen war, hatte der Magister Kirsten genommen und ins Gras geworfen. Damals war er noch nicht mit Eline verheiratet gewesen.

Hierzu konnte die Frau des Unterverwalters anmerken, daß ihr Mann den Magister oft gewarnt habe, es könne ein schlimmes Ende nehmen bei dem Umgang, den beide miteinander hatten. Sie selbst habe sie miteinander im Gras unter einem Baum im Klostergarten liegen sehen, und der Bischof habe sie mit einem Stock geneckt und sie verwarnt.

Eline bewegte sich. Offensichtlich hatte sie das Bedürfnis, den Raum zu verlassen, doch die Aussicht, durch das Menschengewimmel Spießruten zu laufen, hieß sie es vorziehen zu bleiben.

Nicht mehr der Verwalter, der Pförtner, die Mägde des Klosters sagten aus, das Kloster selbst, die Mauern des Klosters gaben wieder, was sie hatten hören müssen, die Klosterbäume gaben wieder, wessen sie Zeugen geworden waren.

Und der Bursche, der zusammen mit einigen anderen im Klostergarten gewesen war, um zu jäten, hatte den Bischof gesehen, der auf den Klosterwegen ging, und hinter ihm kamen Kirsten und der Magister, die Arme umeinandergelegt. Seine rechte Hand lag auf ihrer Schulter, während die linke manchmal unter ihre Schürze faßte. Und sie schienen miteinander überein zu sein, als aber der Bischof sich umdrehte und zurücksah, wich der Magister neben seiner Schwiegermutter einen Schritt zur Seite. Mehrere andere hatten das gleiche gesehen, auch der Vater des Burschen, der auch noch gesehen hatte, wie sie einander küßten.

Kirsten hatte ihre Ruhe verloren. Auf ihrer linken Seite stand die Bank mit dreien der Stockmänner. Auf ihrer rechten Seite weitere drei Stockmänner. Und hinter ihr befand sich die lange Bank mit den letzten sechs Schöffen. Zusammen mit der Kanzel bildeten sie ein Rechteck, das sie gefangenhielt und den neugierigen Blicken der Menge ausstellte. Unterdrückt jammerte sie, hatte aber nichts, um ihre Scham zu verbergen.

Sie wurden nunmehr gefragt, ob sie diesen Teil der Anklage bestätigen wollten.

Was keiner von ihnen wollte. Kirsten schüttelte stumm den Kopf, und als man dies als Antwort nicht anerkennen wollte, preßte man ein leises Nein aus ihr heraus. Der Magister antwortete scharf, als er aber mit Schimpfworten und Entschuldigungen fortfahren wollte, wurde ihm Einhalt geboten.

Dann wurde der Knecht hervorgezerrt, der im Dienst des ehemaligen Gemeindepfarrers der Domkirche stand. Niels zauderte, doch Erik Grubbe, der sich eifrig bemühte, der Gerechtigkeit Genugtuung zu verschaffen, beruhigte ihn.

Darauf bezeugte er, er habe das Paar zusammen im Garten des Bischofs gesehen. Christen Bonde habe einen Arm um die Schulter der Frau des Bischofs gelegt, mit der zweiten Hand streichelte er sie, bisweilen auf der Brust, bisweilen unter ihrer Schürze.

Niels schwieg, als habe er nun alles gesagt, was er zu bezeugen hatte, Erik Grubbe aber nickte ihm zu, zuerst still, und als dies nicht half gebieterisch, als wisse er, daß Niels noch mehr zu erzählen hatte.

Dann hatte Niels seine Stimme in der Gewalt und erzählte, daß er zu anderer Gelegenheit durch den Zaun die beiden auf einem Schemel im Bischofsgarten habe sitzen sehen. Sie hielten ihre Münder aneinander und züngelten miteinander. Ein wenig später sah er sie... Hier zögerte Niels, aber die Zuhörer zogen die Worte aus ihm heraus, er konnte sie nicht zurückhalten. Ein wenig später sah er sie miteinander im Gras liegen. Sie war entblößt, aber der Magister deckte sie mit seinem Talar zu.

Mit einer ohnmächtigen Bewegung drehte Kirsten sich zu dem Zeugen um, Niels aber war schon wieder in der Menschenmenge verschwunden, weshalb ihr nur die Blicke der ganzen Stadt begegneten, die sie entblößten und eindrangen in sie, ihre Zorn und ihre Verachtung in sie hineinstießen. Ihre Hand suchte einen Halt, fand aber keinen. Sie schwankte, im Begriff zusammenzusinken. Nur der Magister konnte ihr helfen, der allein mit ihr in der Einfriedung stand. Er hatte ihre Qual erkannt und eine Hand gehoben. Wenn er ein Mensch war, würde er seine Schwiegermutter stützen. Wenn ihn aber die Schuld bedrückte, würde er das nicht wagen. Wenn die Berührung ihres Körpers zu viele Erinnerungen weckte und zu große Scham, würde er sich zurückhalten.

Von unerwarteter Seite kam Hilfe. Hans Skonning war vorgetreten, schob einen der Stockmänner zur Seite und stieg über die Bank. Es gelang ihm, die Bischöfin am Arm zu packen, bevor sie zusammensank. Die Berührung schien sie zu brennen, sie richtete sich auf, und ehe sie wieder zusammensank, waren andere zur Stelle. Sie stützten die gedemütigte Frau und halfen ihr aus dem Saal, nachdem Erik Grubbe dem Gericht eine Pause verfügt hatte, ehe die nächsten Zeugenaussagen gehört wurden.

In ihrer Fensterecke stand Eline und wartete, bis sich der Saal geleert hatte. Sie zog sich in sich selbst zurück, um weder höhnische Bemerkungen noch neugierige Blicke wahrzunehmen. Auch mein Mitleid nahm sie nicht an, obwohl ich viel gegeben hätte, um ihr zu helfen.

Ich hatte die beschriebenen Bögen mit Sand bestreut und die Schreibgeräte gereinigt. Laut redend verließen die letzten den Saal. Nur Eline stand noch da und versuchte ihren Mut zusammenzunehmen, um an den neugierigen Spöttern vorbeizugehen. Sie war so einsam, daß es mir ins Herz schnitt. Vor kurzem war ihr Vater gestorben, ihre Mutter war vor den Augen aller gedemütigt worden, ihren Mann hatte man eines ungeheuerlichen Verbrechens bezichtigt. Wir hatten noch niemals miteinander gesprochen, zweimal aber hatten wir einander zugelächelt, rasch, fast zufällig. Es konnte nicht falsch sein, wenn ich sie ansprach.

»Kann ich dir helfen, Eline?«

Der Blick, den sie mir zuwarf, brannte. Er verwandelte

mich, ich war nicht mehr ich selbst, sondern ein Teil von jenen, ihren Feinden, denen, die drohten, ihr Leben zu zerstören. War ich nicht Schreiber des Quälgeistes, hatte ich nicht alle Gerüchte gehört und mich daran beteiligt, sie weiterzutragen, hatte ich der Verhöhnung ihrer Mutter nicht beigewohnt, ohne einzugreifen? Ich war die anderen, ich war ein Teil der Stadt, die im Begriff stand, sie zu vernichten.

Vielleicht hätte ich es ein weiteres Mal versucht, sie anzusprechen, aber ich war so bestürzt darüber, mich selbst mit ihren Augen zu sehen, daß ich zum Tisch zurückging, meine Papiere zusammenpackte und mich davonmachte.

Draußen verschluckte mich sofort die große Menschenmenge, die über die Sache disputierte und denen, die im Gerichtssaal keinen Platz gefunden hatten, die peinlichsten Enthüllungen wiederholten. Gern hätte ich mich zurückgezogen, aber Skonning belegte mich mit Beschlag. Seine Stiefel zogen Wasser, also schlug er vor, wir sollten in die Bierstube gehen.

Der Bischofskeller war voll, wir mußten in einer Ecke halb auf der Treppe stehen. Doch die Wärme aus dem Inneren drang heraus und machte es zu einem angenehmen Aufenthalt. Skonnings Tochter brachte uns das Bier. Vera wohnte in der Bude dahinter und ging zur Hand, wenn es nötig war. Alle waren sich einig, daß sie verdreht war oder verrückt, niemand aber wollte entscheiden, ob das eine oder das andere der Fall war. Sie begrüßte ihren Vater mit einer undeutlichen Bemerkung, deren Sinn ich nicht begriff.

»Du solltest einen aufsuchen, der weiß, wie man Augen leckt.«

Skonning kam nicht dazu, ihr zu antworten, weil ein Verschmachtender nach ihr rief.

»Eins nach dem anderen«, rief sie zurück.

»Dann kennst du die Frau nicht, die saß, schlief und seufzte. Furzte, nieste und wiegte«, brüllte der Durstige und bewirkte ein brüllendes Gelächter.

Das Bier wurde dünner und dünner, je mehr hereinströmten, niemand aber erhob Einwände, denn es ging um Stärkeres. Nach meiner kurzen Begegnung mit Eline quälte es mich noch stärker, die einfältigen Vorstellungen hören zu müssen, die geäußert wurden. Als die Leute sich gewärmt und Bier bekommen hatten, fielen die Worte zunehmend gemeiner aus.

»Du mußt mir erzählen, ob er es findet«, sagte ich zu Skonning.

Er sah mich verständnislos an.

»Wir sind doch unterbrochen worden. Ich muß wissen, ob Tobias das Dokument findet und es verbrennt und alles Böse auslöscht.«

»Ist das etwas, das man hier zur Sprache bringt? Du mußt Geduld haben.«

Überzeugt davon, daß der Vogt oder eine andere Bedrohung jeden Augenblick auftauchen konnte, sah Skonning sich mißtrauisch um.

Ab und zu hatte Vera die Gelegenheit, sich uns anzuschließen und mit dem Vater zu sprechen. Sie war bei der Verhandlung nicht dabeigewesen, hatte aber so viel gehört, daß sie sich leicht eine Meinung bilden konnte.

»Das ist das dritte Zeitalter«, sagte sie, als könne dies alles erklären.

»Das Zeitalter des Verrats.«

Sie sprach undeutlich wegen einer schlechten Zahnstellung, weshalb ich nicht entscheiden konnte, ob sie Verrat oder Verrohung gesagt hatte. Vielleicht auch Verrottung.

Im Winkel hatte sie ein Kind, nach dem sie sehen mußte. Als sie das nächste Mal ein wenig Zeit hatte, forderte ihr Vater eine Erklärung dieser Bemerkung, der er offenbar größeres Gewicht beimaß als ich.

»Im ersten Zeitalter hat es Menschen mit Ideen gegeben«, erklärte Vera. »Im zweiten ...«

Sie machte eine Handbewegung, die ich wiedererkannte,

weil ich in der Papiermühle geholfen hatte, in der Vera viele Stunden verbracht hatte. Die Bewegung bedeutete, daß sie das Wasser von einem aufgeschlämmten Bogen schüttelte.

»Und das zweite Zeitalter?«

»Im zweiten Zeitalter hatten die Menschen die Dicke von Papier«, erklärte sie.

Was ich da gehört hätte? fragte ich Skonning. Er antwortete, Vera könne nach unten und zurück sehen, so wie er nach oben und nach vorn. Er war in Gedanken versunken.

»Es muß das vierte Zeitalter sein.«

»Das vierte Zeitalter?«

»Erinnerst du dich an das, was Styge erzählte? Von seinem Ahnen, der in seinem ganzen Leben nur eine Erzählung schrieb, sieben Mal. Ist dir aufgefallen, wovon es handeln sollte, dieses Buch, an dem er arbeitete?«

»Von einem Drucker. Einem seiner Vorväter.«

»Ich bin damals darüber weggegangen. Weil es wichtig war, es aufzuschreiben, wie ich es empfangen hatte. Ich habe die Zusammenhänge nicht richtig erkannt.«

»Welche Zusammenhänge?«

»Bertel, allmählich ahne ich ein Muster. Ein großes, unbegreifliches Muster. Es muß das vierte Zeitalter sein.«

17

Zu den folgenden Verhören kam Eline nicht.

Kirsten versuchte den Kopf hoch zu tragen, als reiche ihr der Unrat bis zum Munde und nur ein gestreckter Hals könne verhindern, daß sie darin erstickte. Ganz aber war sie nicht zu sich gekommen. Der Blick war eigenartig blaß und unscharf, weil er nirgendwo ruhen konnte.

Nun mußte festgestellt werden, ob die Bischöfin, bereits bevor das tote Kind gefunden wurde, im Wochenbett gelegen hatte. Einige der Zeugen konnten sich nur an Gerüchte und Geschwätz halten, das wissen wollte, Kirsten sei dick und erwarte ein Kind. Die Hebamme meinte, sie habe sehen können, daß Kirsten dick war und sich unter den Augen verändert hatte, wie es der Fall war, wenn sie schwanger war.

Einige andere hatten ähnliches gesehen, zwei Ratsherren, ein paar Frauen, die einen Blick hatten für derlei, Magister Krog, der ein guter Freund des Bischofs gewesen war. Niemand von ihnen hatte Zweifel daran gehabt, daß es der Fall war, alle hatten gesprochen und gehandelt, als sei es eine Selbstverständlichkeit.

Nun trat Hans Skonning aus den Reihen. Er begann mit ein paar geschliffenen Sätzen über die Wahrheit, die Barmherzigkeit und die Gerechtigkeit, aber es sei nicht die passende Zeit zum Philosophieren, erfuhr er von Richter Høg. Notgedrungen bezeugte er darauf direkt, daß auch er im vorangegangenen Sommer die Bischöfin dick gesehen habe, und es habe geheißen, sie sei schwanger. Im Gesicht war sie aufgedunsen und sah sehr schlecht aus, was sonst nicht der Fall war. Er fügte hinzu, als sie zur Kirche gegangen sei, habe sie die Schürze ungewöhnlich hoch getragen und habe den Bauch mit ihrem Umhang verdeckt.

Ob er, der währenddessen Umgang gehabt habe mit den Angeklagten, jemals mit ihnen über die Angelegenheit gesprochen habe. Doch, sagte der Glöckner und schmeckte dem kleinen Wort nach. Doch, das habe er. Und ob er das habe. Er habe mit Christen Bonde gesprochen, der behauptete, das ganze böse Gerede komme von Anne Dyster. Hans Skonning aber habe ihn gewarnt, es gebe kaum Rauch ohne Feuer. In der Stadt werde sehr schlecht über den Umgang gesprochen, den der Magister mit Kirsten pflegte.

Nach seiner Zeugenaussage blieb Skonning vorn stehen, als hätte er noch mehr zu sagen oder lasse sich mit einer so kleinen Rolle nicht zur Seite fegen. Mein Schulmeister mußte ihn aus dem Weg schieben, um durchzukommen. Jakob Knudsen begann mit seiner Aussage, aber auch er wurde zur Seite geschoben, als seine Frau sich nach vorn drängte, um ihr Quentchen dazuzugeben.

Lisbet, die Frau des Schulmeisters, war eine der vertrauten Freundinnen der Bischöfin. Sie pflegten ihre Gebrechen voreinander nicht verborgen zu halten, sondern redeten geradeheraus. Sie schämte sich dabei, die Frau des Schulmeisters, mußte aber eingestehen, wie sie bei Gastmählern und Gesellschaften gesehen hatte, daß ihre Freundin und der Magister sich küßten.

Lisbet, die klein und rund war, reichte der Freundin kaum an die Schulter. Nicht ein einziges Mal suchte sie ihren Blick, sondern sah starr auf Grubbe und die beiden Verhörrichter.

Eines Abends, ehe Christen Bonde mit Eline verheiratet war, es war gegen neun Uhr, in der Schule sei man bereits zu Bett gegangen gewesen, sei das Paar, womit sie Kirsten und den Magister meinte, gekommen. Sie hätten ein wenig gezögert, dann seien sie wieder gegangen. Später, ein Viertel oder ein wenig mehr, seien die Leute des Bischofs zur Schule gekommen und hätten nach den beiden gefragt. Wo sie aber waren, weiß niemand, zurück zum Bischofshof seien sie also nicht gekommen.

Wieder ein Raunen in der Zuhörerschar. Das eine war die Aussage des Jätejungen Niels. Er mochte vielleicht zuviel Phantasie haben, Lisbet Knudsen war dafür jedoch nicht bekannt. Darum setzten ihre Andeutungen so sehr viel mehr Gedanken bei den Zuhörern in Gang. Man merkte förmlich, wie wollüstige Vorstellungen zur Bischöfin aufstiegen, die versuchte, die Unangefochtene zu spielen. Indessen vibrierte das kleine Schönheitspflaster über dem Mundwinkel, und ihr Blick wurde noch wäßriger.

Als Lisbet ihre Aussage gemacht hatte, trat sie zurück, und ihr Mann hatte nichts mehr hinzuzufügen. Magister Søren Andersen war der nächste. Man hätte glauben können, die auf sie folgenden Zeugen seien bei Lisbet in die Lehre gegangen. Nicht eine boshafte Wendung war hier geweckt worden, sondern eine kleine Sensation, die alle und jeder sich selbst zu Ende erzählen konnte.

Noch bevor Magister Christen mit Eline verheiratet wurde, hatte Søren Andersen ihn auf sehr gutem Fuße mit der Bischöfin gesehen, bei Gesellschaften oder auch bei Hochzeiten, und nicht nur in der Stadt, sondern auch außerhalb. So konnte er berichten über ein Verlobungsfest in Gammelby, bei dem er die Kammer mit Magister Christen geteilt hatte. Am Abend war Søren Andersen hinauf zu Kirstens Kammer gegangen. Er hatte geklopft und war eingetreten, um gute Nacht zu sagen. In der Kammer hatte er beide allein angetroffen. Er hatte sich verabschiedet, die beiden jedoch seien allein zurückgeblieben.

Die Aussage rief Bewegung hervor, und Søren Andersen kam ein anderes Ereignis in den Sinn. Im Pfarrhof von Hylke, auf dem Weg nach Gammelby, hatte er das Zimmer mit Magister Christen und der Bischöfin geteilt, jeder in seinem Bett. Als er zu Bett gegangen war, hatte er den Magister in seinen

Nachtkleidern gesehen, und er hatte ihn deutlich gesehen, weil ihn das Kaminfeuer beleuchtet hatte. Und er hatte gesehen, wie Christen hinter die Sperranlage um Kirstens Bett gegangen war. Erst geraume Zeit später hatte er ihn zurückkommen sehen. Magister Christen hatte sich an Sørens Bett gestellt und gefragt, ob er schlafe. Søren hatte es vorgezogen, zu schweigen und Gott in dieser häßlichen Sache urteilen zu lassen.

Sobald Søren aufhörte zu sprechen, gingen Schimpfworte und Hohn auf die Bischöfin nieder.

»Der werfe den ersten Stein«, hörte ich Skonning rufen, war mir aber nicht sicher, ob ich ihn richtig verstand.

Ein Bedienter, der für den Fall, daß sie wieder in Ohnmacht fiel, neben der Bischofswitwe stand, packte sie aus eigenem Antrieb beim Arm und drehte sie zu der Menschenmenge herum. Hohnworte strömten ihr entgegen, trafen sie wie Speichelauswurf, wie Eiter, wie Sperma und besudelten sie.

Die Richter riefen nach Ruhe, mußten jedoch einsehen, daß die zurückgehaltene Entrüstung sich Luft verschaffen mußte, bevor die Verhöre weitergehen konnten. Als der Bediente mit einem unnötig harten Ruck am Arm die Bischöfin zu den Richtern umdrehte, erschien mir ihr Umhang besudelt, und ihr Blick war milchig geworden.

Der nächste Zeuge war Magister Kristen Friis, der das Amt als Pfarrer an der Frauenkirche von Bonde übernommen hatte. Er hatte am selben Verlobungsfest teilgenommen und konnte bezeugen, daß kurz nachdem Kirsten in ihre Kammer gegangen war, Christen ihr gefolgt war und dort über die Nacht geblieben war, was bestätigt werden könnte von jedem, der zu dieser Gelegenheit zur Stelle gewesen war.

Kirsten Sørensdatter aus Bering sagte aus, daß das Paar sie besucht hatte und nachts in der Stube mit zweien der Töchter des Bischofs gelegen hatte, für die auf dem Fußboden aufgebettet worden war. Der Magister nahm seine Kissen und legte sie auf eine Feldkiste, so, als wolle er dort liegen. Abends aber, als

Kirsten Sørensdatter hinaufgekommen war, um die Kerze zu löschen, hatte Christen Bonde bei der Bischöfin auf dem Bett gesessen, sie hatten einander umarmt, und er hatte ein Bein bei ihr im Bett gehabt.

Kirsten hatte ihr befohlen, Bischof Morten nicht zu sagen, was sie gesehen hatte. Die Bischöfin werde schon eine Gelegenheit finden, sich ihr ebenfalls gefällig zu erweisen.

Nicht einmal das Verhalten des Paares im Bischofshof konnte verborgen bleiben. Eine nach der anderen traten Mägde vor, die beim Bischof angestellt gewesen waren, und machten Aussagen über Türen, die unverschlossen bleiben mußten, damit Magister Christen freien Zugang zu Kirstens Kammer hatte. Daß er immer hineingehen konnte, um gute Nacht zu sagen, über häufige Besuche bei ihr, wenn sie allein war, wenn sie einige Tage krank war.

Sogar Leute, die niemals im Inneren des Hofs gewesen waren, konnten von Vorfällen berichten. Ove, der Glöckner, der sein Amt von Hans Skonning übernommen hatte, hatte von seiner Kammer durch eines der Fenster der Bischöfin sehen können, daß der Magister Kirsten in den Armen hielt und sie streichelte.

Aussagen über die Kinderleiche waren schwieriger einzuholen. Die Mägde hatten beim Waschen der Wäsche ab und zu weibliche Zeichen an Kirstens Unterbekleidung gefunden. In der letzten Zeit waren sie ausgeblieben.

Maren, die Frau Magister Jens Krogs, behauptete, Kirsten habe sie um einen Rat von Frau zu Frau gebeten, wenn die Blutungen ausbleiben. Hierauf antwortete Maren, sie wage einer ehrlichen Frau, die ihren Mann hatte, keinen Rat dieser Art zu geben.

Der Oberkaplan an der Domkirche trat vor und sagte aus, er habe in der Beichte Kenntnis davon erhalten, daß Anne, die Magd des Apothekers Folmer, gesagt haben solle, der Spitzenkrämer habe Kirsten, der Frau des Bischofs, eine Serviette mit dem Motiv von Lots Frau verkauft, ähnlich der Serviette, in die das tote Kind eingewickelt war.

Kirsten, die unbeweglich und unerschütterlich dastand, so daß man nicht mehr sicher sein konnte, ob sie noch etwas hörte, antwortete fast unhörbar:

»Ich habe niemals eine solche Serviette besessen.«

Ein weiterer Pfarrer, der Kaplan der Frauenkirche, trat vor und sprach über die Pillen, die der Magister bei Apotheker Folmer bestellt hatte und die einen Embryo abtreiben sollten.

Darauf sagte der Apotheker aus, Magister Christen habe ihn zur Seite genommen und ihm gesagt, all das böse Gerede über das Rezept sei unrichtig, die Pillen seien für den Bischof gedacht. Gleichwohl habe er, der Apotheker, aus Furcht vor den Konsequenzen dem Magister ein unwirksames Pulver gegeben.

Es war schwierig, Entscheidendes in der Frage der Kinderleiche zuwege zu bringen. Das Ausschlaggebende kam womöglich im abschließenden Wortwechsel zutage. Die Witwe des Bischofs erhielt die Erlaubnis, ihre Verteidigung vorzutragen.

Sie zögerte, als sei es schwierig für sie, Worte zu finden. Vielleicht war sie selbst von der Vielzahl der Aussagen gegen sie überwältigt.

»Damals hatte ich noch meinen Mann«, sagte sie. »Ich hatte ihm viele Kinder geboren. Wer würde in dieser Situation verschweigen, daß sich ein weiteres auf dem Weg befindet?«

Das Argument hatte eine solche Kraft, daß ein Schweigen unter den Zuschauern entstand. Erik Grubbe, der die Verhöre geleitet hatte, erlegte dem Schreiber auf, alle Aussagen genau niederzuschreiben, woraufhin sie an den König gesandt werden sollten, damit dieser ein Urteil in der Sache fällen könne. Schließlich wandte er sich an die Witwe des Bischofs, die ein wenig ihrer Stärke zurückgewonnen hatte, und fügte eine letzte Bemerkung an:

»Du fragst, wer verschweigen solle, daß sich ein weiteres

Kind auf dem Wege befindet. Diejenige, die in der Zeugungsperiode niemals das Bett mit ihrem Ehemann gesucht hat, sondern ausschließlich mit ihrem Buhlen.«

Draußen war der Schnee verschwunden, und eine blasse, gleichwohl wohltuende Sonne lag auf dem Platz. Die Leute hatten sich in Gruppen versammelt und sogen die Wärme auf, während sie die peinlichen Enthüllungen abhandelten, die zutage gekommen waren.

»Bertel, da sieht er's«, sagte er zufrieden. »Da kann er sehen, daß die Wahrheit an den Tag kommt, ohne daß man dazu ein Ellenmaß braucht.«

Er brüstete sich, als sei er verantwortlich dafür, daß der Klatsch und der Zweifel nicht mehr in Ecken und Winkeln umherkroch, sondern an das Licht des Tages gebracht worden waren.

»Ich weiß nicht...«

»Du weißt nicht. Vergiß nicht, mir zu sagen, wie viele Liespfund Schuld auf einen Scheffel böse Handlungen gehen, damit ich es aufnehme in das Taxierungsbuch, an dem ich arbeite. Und wie viele Viertel Hurerei wiegen ein Maß Wollust auf?«

»Das weiß ich, das weiß ich. Ich räume ein, daß man nicht alles messen kann. Ich habe mich vertan, als ich das gesagt habe. Bist du damit zufrieden?«

»Willst du sagen, zwölf Zoll Betasten der Brust entspricht einem Fuß im Schritt?«

Wenn er mit einer seiner Tiraden erst einmal begonnen hatte, konnte er nicht auf halbem Weg innehalten. Das wußte ich und verzieh ihm, obwohl es mir schwerfiel, meine Ungeduld hinunterzuschlucken.

»Aber was für eine Wahrheit haben wir denn herausbekommen?«

»Deine Frage ergibt keinen Sinn, Bertel. Es gibt schließlich nur eine Wahrheit.«

»Nicht diejenigen Zeugenaussagen wiegen am schwersten,

die berichten, was geschehen ist, sondern diejenigen, die es uns ermöglichen, uns am besten vorzustellen, was geschehen sein könnte.«

Skonning sah in eine andere Richtung.

»Du schüttelst den Kopf, wäre es aber nicht eine völlig andere Wahrheit, wenn jemand so phantasievoll erzählt hätte, wie du es in deinen Schreibereien tust?«

Sein Hohn, den er schon parat hatte, gefror ihm auf den Lippen. Er bemühte sich, die Worte nicht gegen sich selbst sprechen zu lassen.

»Es wäre noch immer die Wahrheit«, sagte er, dieses Mal, nachdem er seine Worte überdacht hatte. »Wir wären vielleicht einen Schritt weitergekommen, zu ihrem Verständnis. Aber anderes als Wahrheit kann es nicht sein.«

»Wenn es möglich ist, einen Schritt näher zu kommen, dann kann das, was wir jetzt kennen, doch nicht die ganze Wahrheit sein?«

»Ich weiß nicht, wo du deine Wortklaubereien lernst. Wenn du recht hättest, dann müßte ich, der eine bessere Phantasie hat als du, dir beim Verständnis der Wahrheit stets einen Schritt voraus sein.«

Das mochte ich ungern einräumen, wie mir auffiel. Skonning drehte sich um, zeigte auf den Himmel und fuhr fort:

»Weißt du, die Wahrheit ist so groß und prächtig wie die Sonne. Bisweilen können sich Wolken dazwischenlegen und uns hindern, sie zu sehen. Wenn aber die Wolken abgezogen sind und die Sonne hervorkommt, dann sagen wir nicht: Sehen wir denn auch die wirkliche Sonne? Gibt es nicht vielleicht noch eine andere, noch klarere Sonne, dort, hinter einer anderen Wolke?«

Sein Argument war überzeugend, auch wenn ich das Gefühl hatte, daß ich noch keine Worte für meine Unsicherheit gefunden hatte. Seiner Gewohnheit getreu, fuhr er fort, weit über das Notwendige hinaus:

»Oder wir können spekulieren: Sehen wir denn auch die ganze Sonne? Ist sie vielleicht nicht noch größer als die, die wir sehen? Vielleicht hindern uns die Wolken daran, die ganze Sonne zu sehen. Ganz gewiß ist sie rund, vielleicht wie jene Sonne, die ich jüngst sah, aber kann man sich nicht vorstellen, daß eine andere an den Himmel gekommen ist? Vielleicht taucht jeden Tag eine neue auf. Sie gleichen einander, und darum glaube ich, es sei die gleiche. Aber ich wurde genarrt. So, wie man ein Schneetreiben durch eine ganz schmale Türritze betrachtet: Dort fällt eine Schneeflocke. Sie fällt, und ein wenig später kehrt sie zurück und fällt ein weiteres Mal. Vielleicht befinden wir uns in einem Schneetreiben aus Feuerkugeln und haben nur eine Ritze, durch die wir hindurchsehen. Wir sehen ständig neue Kugeln vorüberkommen, und in unserer Unwissenheit bilden wir uns ein, es sei dieselbe, die ständig von links nach rechts an uns vorüberzieht. Warum schüttelst du jetzt den Kopf?«

»Ich muß dir recht geben. Das Eigenartige ist nur, daß ich dir recht geben muß, nicht, weil du zwangsläufig recht hast, sondern weil du ein gutes Bild gewählt hast, wenn du die Wahrheit mit der Sonne vergleichst. Hättest du aber ein schlechtes Bild gewählt …«

»Warum in aller Welt sollte ich ein schlechtes Bild wählen?«

»Wenn deine Phantasie nicht weiter gereicht hätte. Wenn du behauptet hättest, die Wahrheit sei genau wie die Schneeflocke, die ein unschuldiges Kind durch den schmalen Türritz sieht. Dann würde ich sofort einwenden: Aber das Kind glaubt ja, es sieht ein und dieselbe Schneeflocke, ich aber weiß, es sind viele verschiedene. Womit ich damit recht hätte, daß die Wahrheit aus vielen Dingen besteht.«

»Ich begreife nicht, wovon du sprichst.«

»Dann liegt das vielleicht daran, daß ich nicht den richtigen Vergleich gefunden habe. Deshalb kann ich sehr wohl recht haben.«

»Bertel, dich quälen Grillen. Ich mache mir wirklich Sorgen um deinen Verstand.«

»Wenn ich Grillen habe, dann kommen sie von dem, was du mir zu lesen gibst. Deine Beschreibungen haben mich dazu gebracht, anders zu denken. Nicht, daß ich sie missen möchte...«

»Es bereitet mir Kummer, wenn sie dich abbringen vom richtigen Verständnis der Wahrheit. Es bekümmert mich sehr.«

»Ich habe das Gefühl, du hast meinen Türritz ein wenig größer gemacht als vorher. Als erzähltest du mir von einer neuen Art Wahrheit.«

Die Rathaustür wurde aufgerissen. Zuerst traten zwei Wächter heraus. Die Bischöfin, deren Arme gefesselt waren, folgte, wobei Grubbes Oberreiter Jens Jakobsen ihr einen groben Stoß versetzte. Kirsten blinzelte ins Licht, bekam aber nicht die Zeit stillzustehen. Stoß um Stoß trieben sie hinüber zum Hof des Vogts, wo sein Wagen stand. Sie versuchte den Arm des Oberreiters abzuschütteln, was aber nur dazu führte, daß der Umhang, der lose über ihre Schultern geworfen war, herunterglitt. Dem Oberreiter wäre offenbar am liebsten gewesen, er wäre im Matsch gelandet, einer der Knechte jedoch, ein Wächter, nahm den Umhang und legte ihn der Bischöfin wieder über die Schultern.

»Ich bin froh, daß die Wahrheit heute an den Tag gekommen ist«, sagte Skonning, »ich habe schon erwartet, daß du ein Wort oder ein Bild findest, das die Schuld von ihr nimmt.«

Am Wagen wurde Eline sichtbar. Sie mußte auf ihre Mutter gewartet haben. Sie ging ihr entgegen, aber die Wachen hielten sie auf. Erst als man Kirsten in den Wagen geknufft hatte, bekamen die beiden die Gelegenheit, einige Worte zu wechseln, dann drängte der Oberreiter das Mädchen weg.

»Das schlimme Verhältnis hat den Zorn Gottes über die Stadt gebracht«, fuhr Skonning fort. »Daß die Wahrheit ans Licht kommt, hat Gott milder gestimmt, darum läßt er die Sonne scheinen.«

Gruppen von Menschen in eifrigem Gespräch hatten das Vorüberkommen der Bischöfin kaum bemerkt. Lauter und lauter disputierte man, und immer mehr Menschen schlossen sich den beiden Gruppen an. Meine Wirtin näherte sich uns.

»Habt ihr es noch nicht gehört?« rief Anne uns bereits entgegen.

Sie war bei den Zeugenverhören nicht dabeigewesen. Ich hatte das Gefühl, ihre Sorge galt etwas völlig anderem.

»Es heißt, die Schweden seien im Süden an Land gegangen, ohne Vorwarnung. Oberst Wrangel marschiert durch das Land in Richtung Norden. Man erwartet, daß Leute ausgehoben werden, die ihm entgegengehen.«

Ich wußte, ihre Sorge galt Christen Rømmer, der zweifellos ausgehoben werden würde.

18

ihn in einem hypnotischen Netz gefangen.

Wieder deutete Brosme auf das Kreuz auf der Zeichnung, das angab, wo sich das Dokument befand.

»Hast du verstanden?«

»Warum machst du es nicht selbst?«

»Wenn die Halle für Besucher geöffnet ist, wird sie genau überwacht. Dieser Raum beherbergt so unschätzbare Werte, die noch nicht fertig untersucht sind. Ich würde nur das Risiko eingehen, Aufmerksamkeit zu erwecken, wenn ich es versuchte...«

Brosme sah seinen Gast mißtrauisch an und überlegte, ob er ihm überhaupt vertrauen könne. Er trommelte mit den Fingern und richtete einen Stapel Papiere aus, bis sie peinlich genau aufeinanderlagen. Tobias sah ihm fasziniert zu und fühlte, daß er bereit war, sich dem Willen des anderen zu unterwerfen.

»Im Dunkeln... im Dunkeln mußt du es machen, Licht löst die Alarmanlage aus. In der Dunkelheit... ich habe nicht die Übung, ich bewege mich nur im Licht, habe mich auf das, was im Dunkeln geschieht, niemals verstanden. Aber ich sehe, dir wäre das nicht fremd.«

»Eigentlich«, sagte Tobias zögernd, »eigentlich mache ich so etwas nicht mehr.«

»Ich kann es den Leuten ansehen. Und denk daran, für deine Religion wäre es noch wichtiger als für meine, daß das Dokument vernichtet wird. Heute abend, wenn es dunkel wird. Hast du verstanden? Du bekommst deine Belohnung, hier und im Jenseits.«

Der Mann mit den brennenden Augen zeichnete eine weitere Skizze, um die Lage der Spalte anzugeben. Er versicherte sich, daß Tobias beide Zeichnungen verstand und sie sich einprägte. Nachdem er sie in kleine Stücke gerissen und in den Aschenbecher gelegt hatte, hielt er so demonstrativ ein Streichholz daran, daß Tobias dies als Vorbild verstand.

Brosme ließ ihn nicht los. Selbst als sie der Kantine einen weiteren Besuch abstatteten, fuhr der gute Mann mit seinen beschwörenden Worten fort. Nur für einen Augenblick, als der andere in einer dringenden Angelegenheit fort war, war Tobias allein. Ihm war schwindlig. Der Mann am Nachbartisch, derjenige, der vorher mit sich selbst diskutiert hatte, bemerkte es und fragte ihn.

»Es ist so undurchschaubar, so undeutlich«, antwortete Tobias.

»Das liegt daran, daß wir erzählt werden«, sagte der Mann verständnisvoll und nickte.

»Erzählt?«

Der Mann deutete nach oben, Tobias folgte mit dem Blick der Richtung des Fingers, sah jedoch nur eine Neonröhre an der Decke.

»Man muß wieder erzählen.«

Für einen Augenblick hatte Tobias das Gefühl, er komme einem Verständnis näher, im selben Augenblick aber kam Brosme zurück, und der Hilfsbereite verlor unverzüglich das Interesse an Tobias.

»Mach jetzt, was du willst«, sagte Brosme, als die Dunkelheit angebrochen war. »Aber du mußt wissen, ich vertraue darauf, daß du das Gute tust, auch wenn du es nicht willst.«

Tobias stand allein in einem der langen Korridore. Mechanisch begann er in die Richtung zu gehen, die das Kreuz angab. Er erreichte einen langen Kellergang und hörte das Geräusch tropfenden Wassers.

Als er weiter in die Dunkelheit hineinging, wurde das Geräusch kräftiger. Er griff zu seinen beiden Taschenlampen. Die eine leuchtete rot, die andere warf einen blassen Lichtschein auf das Wasserrohr, von wo die Geräusche zu kommen schienen. Dahinter befand sich ein Hohlraum, eine schmale Spalte, durch die er sich mit knapper Not hindurchquetschen konnte. Ein enger Gang mit Wasser auf dem Boden, eine weitere Spalte, plötzlich stand er in einem riesengroßen Raum. Es war so dunkel, daß er die Größe des Raumes nicht erkennen konnte, das Geräusch aber, als er den Fingern schnipste und einen Schritt machte, versicherte ihm, daß er die Größe einer Domkirche hatte.

Seine Lampe konnte die Wände des Raums noch nicht einmal halbwegs erreichen. Zögernd ging er weiter und stand plötzlich vor einer bewegungslosen Gestalt. Der Anblick ließ ihn erstarren, dann tätschelte er der Marmorstatue lächelnd die Schulter.

Er betrachtete sie. Im spärlichen Licht, das ihm zur Verfügung stand, erkannte er an den Fugen und Ecken Spuren von Farbstoffen, ansonsten war die Figur marmorweiß. Fasziniert von dem riesigen Raum, ging Tobias weiter. Vor einer Frauenstatue blieb er stehen, dann erreichte er einen kleinen Tempel. Ein Fries mit Reitern, die Menschen auf der Erde überfielen, war offenbar vom Tempelgiebel heruntergefallen. Daneben lagen Krüge und andere zurückgelassene Hausgeräte. Im Dunkeln tastete er sich durch dieses Dorf, das seine Einwohner plötzlich verlassen hatten. Oder sie waren vielmehr in Stein verwandelt worden und standen als Statuen mit halberhobenen Armen da.

Im selben Augenblick stieß er gegen etwas, das ihm vorkam wie ein Sarg. Es mußte sich um die liegende Säule handeln. Als er sie erreichte, hörte er ein Geräusch. Er schaltete die Lampe aus, blieb bewegungslos stehen und wollte im Dunkeln verwechselt werden mit einer der vielen Statuen. Als er vergeblich eine Fortsetzung des Geräuschs abgewartet hatte, sah er ein, daß er das Echo seiner eigenen Schritte gehört haben mußte.

Gefaßt steckte er die Hand unter den Deckel, der in der Luft schwebte. Er fühlte Stoff. Ließ die Hand weitergleiten, bis sie etwas Hartes erreichte. Es hatte eine runde Form mit zwei, drei Ausbuchtungen. Es *handelte* sich um einen Sarg. Unwillkürlich zog er die Hand zurück.

Er hatte ein Kranium betastet. Ein in Lumpen gehülltes Skelett. Er mußte lauschen, denn der Raum verstärkte alle Laute. Höhnisch lachte er über sich selbst. Er, der alles konnte. Sogar gut sein, wenn es darauf ankam. Er hatte sich von der Berührung einer toten, vertrockneten Spore erschrecken lassen.

Unerschrocken betastete seine Hand die Mumie. Unter dem Kranium fand er es. Eine Rolle aus einem unbekannten Material. Als er das Kranium wieder an seinen Platz gelegt hatte, verspürte er den heftigen Drang, das Dokument zu öffnen und das Entsetzliche in Augenschein zu nehmen, wovor Brosme ihn so stark gewarnt hatte. Der Gedanke daran genügte jedoch, daß Übelkeit in ihm aufstieg und seine Hände vor Unbehagen zitterten. Vor sich sah er Brosmes vorwurfsvollen Blick, er hörte seine leiernde Stimme. Rasch, ehe der Mut ihn verließ, holte er die Streichhölzer hervor. Er versuchte es zwei, drei Mal, doch das Dokument wollte nicht brennen. Wieder begann er vor Furcht zu zittern, seine Mission möge sich als vergeblich erweisen und das Böse könne freigesetzt werden. Dann nahm er einen ganzen Bund Zündhölzer, strich sie alle zusammen an und hielt sie an die Rolle. Dieses Mal reichte die Hitze aus, das Feuer loderte kräftig auf, das Dokument brodelte, schmolz, brannte, tropfte und war binnen eines Augenblicks verschwunden.

Im selben Augenblick fielen Geräusche, Wasser, Licht über ihn her. Das Licht eines Scheinwerfers blendete ihn, ein Wasserstrahl trieb ihn zurück, kläffende Hunde sprangen ihn an, erregte Stimmen befahlen ihm, sich nicht zu bewegen, die Hände hochzunehmen, jeden Widerstand aufzugeben. Der Wasserstrahl, der mit großer Kraft auf ihn strömte, drückte ihn gegen den Sarg, ohne daß er sich bewegen konnte. Bebend standen drei Hunde vor ihm und hofften auf eine einzige Bewegung, die ihnen gestattete, ihre Zähne in ihn zu schlagen.

Mehrere Männer waren durch eine Tür eingedrungen, die Tobias vorher nicht bemerkt hatte. Polizei, Feuerwehr, man rief und kommandierte, und bei ihnen befand sich ein händeringender Brosme. Schließlich waren sie sicher, die Situation unter Kontrolle zu haben, Tobias stand tropfend im gedämpften Licht. Als er aber eine Mundbewegung machte, knurrten die Hunde, und er zog es vor zu schweigen.

»Er hat mein Vertrauen mißbraucht«, jammerte Brosme. »Er ist einer von ihnen. Von den Farbigen, Allahs Leute.«

Die letzten Worte flüsterte er.

»Wie ist er hereingekommen?«

»Ich bin ein wenig freundlich zu ihm gewesen. Ich konnte nicht widerstehen. Ein bißchen Freundlichkeit schadet doch nicht, habe ich gedacht. Aber hier sehen Sie das Ergebnis. Habe ihm was zu essen gegeben, er war so heruntergekommen. Habe mit ihm geredet, obwohl er... Hier sieht man die Folgen. Ich kann nichts dafür. Meine Pflicht ist zu helfen. Selbst wenn sie es nicht verdienen.«

»Was hat er hier unten gewollt, hier gibt es doch nur Steine?«

Der Polizist sah sich um. Jetzt wurde die große Höhle von Scheinwerfern beleuchtet.

»Das Dokument!« schrie Brosme, als ihm das Ausmaß des Unglücks aufging. »Der Pakt der Götter. Das Heilige Dokument.«

Die Verzweiflung übermannte ihn. Der Ausruf hatte den Polizisten noch interessierter gemacht.

»Ein unersetzliches Bündnis zwischen Gott und den Menschen. Verbrannt, vernichtet, aufgehoben, auf immer verloren. Wir sind nur klägliche, schweinische, sündige, kriechende Würmer, auf immer. Keine Götter, keine Menschen, meine ich. Schleimiges Gewürm, etwas anderes sind wir nicht.«

»Und das ist seine Schuld?«

Der Mann von der Polizei betrachtete skeptisch den tropfnassen armen Schlucker, den die Hunde in Schach hielten und der keineswegs so machtvoll aussah, wie Brosme ihn schilderte.

»Im Verlauf das Gesprächs. Ich habe es nebenbei erwähnt. Das Dokument. Das Dokument!«

Bei der Wiederholung dieses Wortes brach Brosme die Stimme.

»Das bißchen Papier?«

Ein Polizeimann stocherte mit der Spitze seines Schuhs in den nassen, verkohlten Resten auf dem Boden.

»Nicht berühren! Vielleicht kann man es rekonstruieren. Das Wichtigste von allem. Die Übereinkunft der Menschen...«

»Da ist nichts mehr zu holen«, sagte der unbarmherzige Polizist. »Völlig verbrannt. Kein Buchstabe erhalten.«

»Das Wichtigste von allem«, schluchzte Brosme. »Haben Sie nicht davon gehört? Der Goldene Pakt.«

Der leitende Polizist nickte langsam. Er glaubte sich zu erinnern, einen Film darüber gesehen zu haben. In diesem aber war das Dokument gerettet worden. Im letzten Augenblick. Von einem verrückten Zerstörer.

»Es gibt doch eine Kopie«, sagte er besonnen und hatte einen Geistesblitz: »Oder das hier war eine Kopie. Das Original ist sicher verwahrt...«

»Es ist das einzige Exemplar gewesen. Keine Kopien, keine Abschriften, keine Zeichnungen, keine Fotos...«

»Unerfreuliche Geschichte«, sagte der Polizist. »War es denn so wichtig?«

»Haben Sie von den Schriftrollen vom Toten Meer gehört? Nichts dagegen, Bagatellen. Viel wichtiger! Das Dritte Testament.«

Das Wort brachte den Polizisten dazu, die Ohren zu spitzen.

»Testament?«

»Hob das Alte und das Neue auf. Machte sie ungültig.«

»Welches Interesse kann denn jemand daran haben, es zu vernichten?«

»Die Fanatiker vor allem. Die Farbigen. Es würde ihre Religion zerstören. Ihm reichte es aus, um unter Verachtung seines eigenen Lebens die Grundlagen des Lebens zu zerstören, als heiliger Märtyrer.«

Diesen Film hatte der Polizist ebenfalls gesehen. Er nickte bedeutungsvoll. Obwohl hier irgend etwas nicht stimmte.

»Er ist doch gar nicht farbig.«

»Selbstverständlich ist er das.«

Sie traten näher und nahmen das gefährliche Selbstmordkommando in Augenschein, das zur Statue erstarrt vor ihnen stand. In den Winkeln saßen noch vereinzelte Soßenreste, im großen und ganzen aber hatte Tobias seine ursprüngliche Farbe wieder. Er versuchte etwas zu sagen, aber die Hunde stellten die Haare, weshalb er erkannte, daß es nicht so wichtig war.

»Dort liegt seine Maskierung.«

Der Polizist deutete auf eine verdünnte Portion Gulasch, die vor den Füßen des Desperados lag.

»Doppelt betrogen«, rief Brosme, sich selbst anklagend. »Wie tief kann man sinken. Wer ist so erbärmlich, sich freiwillig als einer von denen auszugeben?«

Der sprechende Polizist inspizierte den Übeltäter und kam zu dem Schluß, daß die sechs Mann der Ordnungsmacht, der dicke Wasserschlauch und drei gefräßige Hunde mit diesem armen Teufel schon zurechtkommen würden, auch wenn man ihm gestattete, sich zu bewegen. Er befahl zweien seiner Männer, sich Tobias' anzunehmen, gab die Hunde frei, die sich sofort auf die letzten Reste dessen stürzten, was ursprünglich einmal Brennende Liebe hätte sein sollen.

Als Tobias von der Polizeiwache kam, schaltete er das Radio in der Küche ein.

Nach einem kurzen Verhör ließ der Polizeimeister ihn frei

und sorgte noch dafür, daß man ihn nach Hause fuhr. Da es sich bei dem verbrannten Papier weder um eine Urkunde, um ein Testament, ob alt oder neu war gleichgültig, Wertpapiere oder Papiergeld gehandelt hatte, mußte die Verbrennung als verhältnismäßig unschuldig bewertet werden. Obwohl niemand unschuldig ist, wie der Pfarrer nicht müde wurde zu rufen. Zudem waren die Reste verschwunden, da einer der Hunde, in der Annahme, es handele sich ebenfalls um Gulasch, die verkohlten Fetzen verzehrt hatte.

Tobias strich sich ein paar Brote, während eine Frauenstimme im Radio über ihr schlechtes Verhältnis zu ihrem Sohn klagte. Tobias ließ es zu einem Ohr hineingehen.

Der um Rat gefragte Pädagoge antwortete mit herzlicher, verständnisvoller Stimme.

»Haben Sie einmal versucht, Ihren Sohn zu hassen?«

»Hassen?«

»Das sollten Sie sich erlauben. Er fühlt sich bei Ihnen nicht geborgen. Sie haben Ihre Gefühle, aber Sie haben Angst, Ihnen Ausdruck zu verleihen. Sie müssen zeigen, daß Sie ihn hassen. Ihn nicht im Zweifel lassen. Es auf jede Weise demonstrieren. Er hat verdient, daß Sie ehrlich zu ihm sind.«

Und zum anderen hinaus.

Tobias schaltete aus und setzte sich mit seinen Broten vor den Faultierschrank. Das Bild eines Mannes erschien, der an den Saiten einer Gitarre zupfte, bei der es sich um keine Gitarre handelte, sondern um ein Banjo, eine Mandoline oder eine Laute. Wahrscheinlich eine Laute. Tobias schaltete den Ton aus, bald würden die Nachrichten kommen. Für einen Augenblick fühlte er sich beobachtet. Als sehe man ihm zu und manipuliere ihn. Als werde er vom Heiligen ferngesteuert.

Er war nicht stolz über seine Ausbeute des Besuchs bei den Gutheitsexperten. Wenn er das nächste Mal Bericht ablegte über seine Erlebnisse, würde das Verbrennen des Dokuments absolut nicht zu den guten Taten gezählt werden. Im Gegenteil. Womöglich würde der Alte darauf hinweisen, mit dem Einbruch und dem Verbrennen habe er gegen ihre Vereinbarung verstoßen. Jetzt konnte er es nicht begreifen, im Augenblick der Tat aber hatte er Brosme und seinen leuchtenden Kinderaugen tatsächlich geglaubt. Er hatte das Gefühl gehabt, er sei wieder auf dem richtigen Weg. Und war betrogen worden. Offenbar sollte er nicht unter jenen suchen, die das Gute zur Profession hatten.

Er kannte Styges Einstellung gut genug, daß er ihn jetzt hören konnte, wie er ihn vor den Gottesideologen warnte.

Vielleicht hätte ihm das Dokument, das er zerstört hatte, helfen können. Und diese Möglichkeit hatte er verbrannt. Nur Brosme, der nur über seine Leiche etwas verraten wollte, kannte den Inhalt ein wenig, und dieses arme Mädchen, das durch die Übersetzung geisteskrank geworden war. Für immer zerstört.

Seine Lieblingssprecherin hatte den Lautenspieler abgelöst. Sie lächelte betörend, dann berichtete sie, eine politische Intrige habe eine neue Wendung genommen. Sussi Cran hieß sie. Sie hatte die verblüffende Fähigkeit, jeden Abend im Nachrichtenprogramm in unterschiedlicher äußerer Erscheinung aufzutreten. Sie war nicht mehr ganz jung, Tobias aber wußte, daß einige seiner Altersgenossen vermutlich nur einschalteten, um Sussis neue Erscheinungsform zu sehen, manchmal raffiniert, bisweilen exotisch, mystisch, mit einem düsteren, dunklen Blick. Sogar ihre Augenfarbe schien von Tag zu Tag zu wechseln, was vermutlich mit der jeweiligen Beleuchtung zu tun hatte. Mitunter sportlich, frisch, offen.

Tobias hatte ausreichend Zeit, ihr in die Augen zu sehen, weil ihn die politischen Nachrichten nicht interessierten. Heute waren ihre Haare auf dem Kopf aufgesteckt, einige der wohlgeformten Locken aber waren aus dem Band geglitten und hingen schaukelnd und vibrierend herunter. Es war ein wortreicher Tag mit einem dramatischen Ende gewesen, er war müde und träumte ein wenig.

Während der Verhandlungen auf dem Arbeitsmarkt holte Tobias Milch aus dem Kühlschrank. Auf der Polizeiwache war ein Fotograf gewesen, wenn man aber über die Geschichte von der Zerstörung des wichtigsten Dokuments der Welt berichtete, dann kam dies bestimmt zuallerletzt. Nicht interessant genug, daß man einen Film daraus machte. Was würde Styge sagen, wenn er den Beitrag sah. ›Nimm dich in acht vor Ideologen. Nicht zuletzt solchen, die im Namen Gottes auftreten.‹

Als er die Stube wieder betrat, hatte sich etwas ereignet. Eine schwarzgekleidete Gestalt war eingedrungen. Über dem Kopf eine Haßkappe. Tobias hätte nicht mehr erschrecken können, wenn er von Angesicht zu Angesicht einem Gewalttäter gegenüber gestanden hätte. Sussi war nach wie vor im Bild, ein anderer aber hatte ihr Handgelenk umklammert und zerrte es zur Seite. Halb im Bild, wandte der Schwarzgekleidete der Kamera den Rücken zu.

Die Kamera war unruhig. Sie zitterte, das Bild schwang hin und her, kam wieder zurück. Sussi war unscharf geworden, kam näher, rückte weiter zurück, dann kam sie wieder in den Brennpunkt. Vor Angst riß sie den Mund auf, als wenn sie schreien wollte, der Schwarzgekleidete mit dem Rücken zur Kamera hatte ihr jedoch einen Finger auf die Lippen gelegt und zwang sie zu schweigen. Er drückte so hart zu, daß die roten Lippen weiß wurden. Ihr Blick richtete sich auf seine andere Hand, die nicht zu sehen war, in der er aber vermutlich eine Waffe hielt.

Undeutliche Kommandos ertönten. Sussi nickte schwach, sie hatte verstanden, aber ihre Augen drückten noch immer Entsetzen aus. Möglicherweise waren es zwei, die sie bei den Armen hielten, nach oben, zur Seite. Sehen konnte man sie nicht, sie befanden sich außerhalb des Bildes, ab und zu aber flackerten ihre Augen von einer Seite zur anderen. Ein weiterer Befehl, und sie las weiter, mühevoll, mit belegter Stimme, über die entscheidenden Verhandlungen.

Sie trug eine gestickte Weste über einer weißen Hemdbluse. Mit seiner freien Hand begann der Schwarzgekleidete die Weste aufzuknöpfen, langsam, umständlich, Knopf für Knopf, während ihre Augen vergeblich nach Hilfe suchten, bis sie zu den Rollentexten zurückfanden. Als die Weste geöffnet war, zerrte er sie zur Seite, während sie sich unwillkürlich bewegte, um sich zu schützen, aber daran erinnert wurde, daß ihre Arme festgehalten wurden. Ein schmerzlicher oder ein erstaunter Zug ging über ihr Gesicht und zwang sie, eine Pause einzulegen. Eine drohende Geste brachte sie dazu weiterzulesen.

Die dünne Bluse verriet deutlich die Umrisse der Brustwarzen. Die schwarzgekleidete Hand liebkoste die eine Brust und folgte ihrer Form. Die Finger spielten mit der Brustwarze. Dann die zweite Brust. Wieder riß sie den Mund auf. Im selben Augenblick, als die Hand fester zugriff, glitt die Kamera, die auf ihrem Gesicht geruht hatte, hinab zu den Brüsten. Die Finger preßte die Brustwarze fest zusammen. Mitten in einem Satz gab sie einen Schmerzensschrei von sich, schluchzte aber weiter, während die Finger weitermachten, bis beide Brustwarzen deutlich unter der Bluse hervortraten.

Mit einer plötzlichen Bewegung erschien die zweite Hand. Sie hielt ein Messer. Ein kleines, spitzes Messer, wie Fischer es verwenden. Das Messer schoß auf die Brüste zu, Sussis Augen folgten der Spitze, während irgendwo im Raum Unruhe entstand. Ein undeutlicher Ruf wurde unterdrückt, Geräusche eines kurzen Kampfes.

Tobias hatte sich in den Sessel gesetzt. Er war erregt und hilflos zugleich. Er warf einen Blick zum Telefon. Aber Millionen mußten diesen Zwischenfall sehen, andere, die es nicht so weit hatten zum Telefon.

Der Mann strich Sussi über das Gesicht. Ein Finger folgte der einen Augenbraue, die ein Stück höher lag als die andere. Die Hände, eine von ihnen noch immer mit dem Messer, preßten ihre Wangen zusammen, erzwangen, auch wenn sie sich wehrte, einen Schmollmund, zu dem er sich niederbeugte, um ihn zu küssen, wobei sein Rücken den größten Teil des Bildes verdeckte. Die Kamera suchte eine neue Einstellung. Sie fing ihre Augen ein, zuerst unscharf, dann starrte sie sie unbarmherzig an. Sie versuchte ihr Gesicht wegzudrehen, wurde aber wie in einem Schraubstock festgehalten. Als der Schwarzgekleidete sich zurückzog, sickerte ein kleiner Blutstropfen von ihrer Oberlippe. Die Lippen und der kleine Schönheitsfleck im einen Mundwinkel, den so viele fasziniert angestarrt hatten, vibrierten. Erst nach einer weiteren Drohung kehrte sie zum Text über die Streitereien eines Landwirts mit seiner Gemeinde zurück.

Der Schwarzgekleidete machte ein Zeichen, und die Kamera ging etwas zurück, so daß man die Frau ganz sah. Ein karierter Rock, der an den Knien endete, Nylonstrümpfe, leichte Schuhe, die zur Seite geschobene Weste, die dünne Bluse, unter der die Brüste deutlich vorstanden. Die freie Hand strich über ihre Knie. Die Hand mit dem Messer befand sich wieder außerhalb des Bildes. Die Hand glitt über ihre Beine und entfernte die Schuhe. Sie ließ es zu, half fast dabei, während sie die Äußerungen über das Wegerecht des Landwirts vertiefte.

Die Hand war zu den Knien zurückgekehrt und fuhr von dort langsam unter den Rock, glitt auf den Schenkeln hin und her. Wieder kam seine Schulter ins Bild, weshalb sich die Kamera einen neuen Winkel suchen mußte. Die Hand bewegte sich unter den Rock. Sie und der ganze Arm verschwanden. Die Hand schoß vor und führte eine heftige Bewegung aus, ihre Augen wurden starr, ein Schrei, ein unterdrückter Schrei. Ein unterdrücktes Schluchzen, während die Augen das Messer suchten, das offenbar eine drohende Bewegung ausgeführt hatte. Sussi blinzelte einige Male, preßte die Augenlider zusammen, öffnete sie wieder. Beide Augen waren feucht und glänzten. Eine Träne begann zu laufen, zuerst aus dem einen Auge, kurz darauf auch aus dem anderen. Eine gedämpfte Anweisung, und sie flüsterte, während sie über die Worte stolperte, den Abschluß der Meldung über den Landwirt, der seinen Hof nun verloren hatte. Zwei Staaten im Nahen Osten befänden sich in Auseinandersetzungen miteinander, fuhr sie fort.

Die Kamera suchte das schöne Gesicht mit den beiden Tränen, denen rasch weitere folgten, das Bild aber blieb diesig, versuchte schärfer zu werden, ohne daß es gelang. Die Kamera gab auf und ging wieder in die Totale.

Wieder näherte sich die Hand mit dem Messer den Brüsten, die Messerspitze stocherte erst an der einen Brustwarze, dann an der anderen. Dann im Spalt zwischen zwei Blusenknöpfen. Die Messerspitze wurde hineingesteckt, die Hand gab sie versuchsweise frei, beim ersten Mal mißlang es, beim zweiten Mal blieb das Messer stecken, gestützt von der gespannten Hemdbluse, mit der Spitze in der Furche zwischen den Brüsten.

Die beiden Hände, die nun frei waren, packten den Rand des Rocks und schoben ihn hoch. Anfangs weit, wobei eine kleine Partie der Schenkel entblößt wurde, später ungeduldig und irritiert. Kurz sah man den hellen geblümten Slip, jedes Mal aber, wenn die Hände losließen, rutschte der Rock herunter. Der Schwarzgekleidete gab schließlich auf, offenbar verlief es nicht wie geplant, er griff nach dem Messer und steckte es unter den Rockbund.

Die Frau schrie, sofort tauchte der Finger auf und legte sich warnend auf ihre Lippen, preßte sich gegen sie, wobei ein Blutstropfen herausgepreßt wurde. Sie schnappte einige Male nach Luft, bekam ihren Drang zu schreien jedoch unter Kontrolle. Vom Nahen Osten zu einem Fußballspieler, den man verkauft hatte. Das Sprechen fiel ihr jetzt schwer, immer wieder kämpfte sie gegen das Wasser in ihrem Mund an.

Mit einer raschen Bewegung glitt das Messer durch das Unterteil, von oben nach unten, schnitt einen tiefen Riß hinein. Dann streifte er mühelos den Rock zur Seite. Die Kamera glitt abwärts, strich über die hellen Schenkel, den leichtgeblümten, pastelblauen Slip, der so dünn war, daß man durch sie hindurch die Behaarung ahnte. Noch ein reißendes Geräusch, aber die Kamera kam zu spät, um der Bluse zu folgen. Als sie nach oben ging, waren die Brüste schon entblößt. Grob wurden sie von den Fingern gepreßt und massiert. Sussi gurgelte, schluckte, es gelang ihr aber, einen Schrei zu unterdrücken. Sie schluchzte sich unverständlich weiter durch den Text.

Im Raum wieder Lärm. Ein Mann, der zu sprechen versuchte, eine Frau, die ›Aufhören‹ rief, Geräusche von Schlägen, Stöhnen. Tobias war aufgesprungen. Er war auf dem Weg zum Telefon. Griff nach dem Hörer, zögerte aber. Unsicher sah er aus dem Fenster. Ihn erstaunte, daß die Welt unangefochten weiterging, zwei Autos, Fußgänger. Schwaches, flimmerndes Licht in einigen Fenstern auf der anderen Straßenseite.

Der schwarzbedeckte Kopf senkte sich über die eine Brust. Die Kamera drang auf die Frau ein, die mit den Zähnen knirschte, den Kopf von einer Seite zur anderen drehte, die Augen zupreßte. Sofort öffnete sie sie wieder und starrte leer auf das Messer, das er gegen ihren Hals drückte, emporgleiten ließ, bis es die Kinnspitze erreichte, wo es sich einbohrte, womit ihre Kopfbewegungen verhindert waren. Eine gezischte Anweisung: Weiter. Eine aufmunternde Meldung über das Weihnachtsgeschäft. Wort für Wort herausgeweint.

Mit der anderen Hand riß er den Slip herunter. Die Hand entfernte sich und ließ die Kamera kommen. Sie glitt die Schenkel empor, hielt vor dem Schoß an. Dunkle, gekräuselte Schamhaare. Ein blauer Faden war in die Haare geflochten. Er war um einen Haarbüschel gebunden. Als sie sich auf das Programm vorbereitet hatte, hatte sie sich den Spaß gemacht, sich mit einer kleinen Schleife zu schmücken. Oder hatte ein ausgelassener Liebhaber den Faden befestigt? Die Hand, die Hände glitten auf den Schoß zu. Ein anderer mußte jetzt das Messer an ihr Kinn pressen, vielleicht derjenige, der ihren einen Arm festhielt.

Die Finger strichen über den Schoß, öffneten ihn. Trennten die Schamlippen, untersuchend kroch die Kamera näher. Zwei Finger hatten die Klitoris gepackt und preßten sie zusammen. Die Frau stöhnte, schluchzte, versuchte sich loszureißen, die Finger aber verstärkten ihren Griff. Sie schrie, wurde aber offenbar wieder bedroht, denn sie erstickte den Schrei und fuhr mit dem Weihnachtsgeschäft fort.

Tobias ertappte sich dabei, wie er winselte und stöhnte. Das war verrückt, das war wahnsinnig, das war gut. Das ließ sich nicht auseinanderhalten. Er winselte wieder. Es tat weh, oder erregte ihn. Es war unerhört.

Der Schwarzgekleidete hob den Kopf von der Brust. Um die Brustwarze herum befanden sich dort Bißspuren. Er versetzte der Klitoris eine weitere Drehung, griff an seine Hose, knöpfte sie auf, schob sie halb hinunter.

Ihr Kopf wurde von dem Messer unter ihrem Kinn emporgepreßt, die erschrockenen Augen aber gingen hinunter zu ihm, dem Schwarzgekleideten. Die Tränen liefen frei, Blut auf den Lippen, Schaum um den Mund. Lies! Zwei Schiffe waren miteinander kollidiert. Keine Todesopfer, jedoch ...

Tobias griff sich in den Schritt, das Ganze aber war zu peinlich. Er ließ wieder los. Er konnte nicht sitzen bleiben, sprang auf, konnte sich aber auch nicht vom Bildschirm entfernen. Er stöhnte unterdrückt.

Ein Finger glitt in den Schoß, langsam in die Scheide hinein, untersuchte die Scheide, kam wieder heraus, langsam. Zwei Finger hinein.

Ihr Mund hatte sich zu einem Schrei geöffnet. Nur schwaches Röcheln, ein langgezogener Schrei, der sich niemals befreite, sondern ein tiefes, schmerzliches Röcheln blieb. Sie bemühte sich, die Worte aber wurden vom Schmerz erstickt. Weitere unverständliche Versuche, ein tierisches Brummen.

Drei Finger wurden in sie hineingejagt, und der heisere Laut fand eine tiefere Tonlage. Und jetzt legte der Schwarzgekleidete sich auf sie, stieß in sie hinein und bohrte den Kopf gegen die andere Brust. Er stieß hart zu, immer wieder.

Ein weiteres Mal Lärm im Raum, gedämpft eine Schlägerei, oder Männer, die in Sympathie, Mißgunst, Erwartung stöhnten.

Er brüllte. Es mußte der Schwarzgekleidete sein. Fiel zusammen, blieb liegen. Sussis Augen waren blutgesprenkelt. Der Kehllaut verschwand und wurde abgelöst von einem unterdrückten Winseln. Einem langen, untröstlichen Schrei.

Die Kamera glitt über das verzerrte Gesicht, das Kinn, wo das Messer eine Grube hinterlassen hatte, ohne ein Loch hineinzustechen, Weste und Bluse, die zur Seite geschoben waren, hinunter zu dem entblößten Schoß, aus dem der Samen tropfte. Die muntere kleine Schleife saß noch dort wie eine vorherberechnete Pointe.

Der Schwarzgekleidete zog sich aus dem Bild zurück. Sussis Arme waren frei, sie bewegte sie abwärts, als habe sie sie schlecht in der Gewalt. Saß in der Totalen da, während eine heisere, ungeschulte Männerstimme, so weit vom Mikrofon entfernt, daß es schwer verständlich war, sagte: Hattest du nicht Lust, so etwas heute abend zu sehen?

Der Bildschirm wurde schwarz, jäh brach der Ton ab. Tobias wartete ein wenig, versuchte es mit einigen anderen Programmen, wo es Naturentdeckungen, einen Wettbewerb oder irgendwelche Ballspiele gab, kehrte schnell zurück zu dem schwarzen Bildschirm, in der Hoffnung, eine Erklärung für das zu bekommen, was er gesehen hatte.

Das Sonderbare war, daß er nicht wußte, was er fühlte, und bevor er keine Erklärung bekam, dies nicht mit sich selbst klären konnte. Hatte er die erste Vergewaltigung vor laufender Kamera miterlebt, oder handelte es sich um eine geschickte Werbenummer, die man inszeniert hatte, um die schwindenden Zuschauerzahlen zu stabilisieren?

Ein Gefühl, für das Geschehene selbst verantwortlich zu

sein. Als hätten seine Wunschträume die Herrschaft übernommen, eine entfaltete innere Wirklichkeit. Er wußte, daß man so arbeitete. Auf wundersame Weise fühlte er sich schuldig, betrogen, beteiligt, verführt, unschuldig, erregt, enttäuscht. Im Körper eine heftige Unruhe, er mußte sich bewegen. Auf den Schultern ein Schmerz, seine Hände zitterten, im Schädel klopfte es. Eine Flut von Gefühlen, die er nicht benennen konnte. War er Opfer, Büttel, kühler Beobachter, berechnender Kunde?

Der Bildschirm blieb schwarz. Draußen ging das Leben unverändert weiter. Einer der Nachbarn war ebenfalls ans Fenster getreten und warf einen Blick hinaus. Befand er sich in der gleichen Situation? Tobias wechselte das Programm. Die gleichen Programme wie vorher. Für einen Augenblick blieb er bei einem ernsten Sprecher hängen, bis ihm aufging, daß der Sprecher über eine wichtige Niederlage in einem Fußballturnier sprach.

Als er zum ursprünglichen Kanal zurückkehrte, war etwas geschehen. Ein neues Programm begann. Eine Komödienserie, die schon jahrelang lief. Wenn dem eine Erklärung zur Vergewaltigungssendung vorausgegangen war, dann mußte sie kurz gewesen sein.

Er schaltete aus.

Am nächsten Tag suchte er den Greis auf, mit dem er diese törichte Wette eingegangen war. Der Alte kicherte zufrieden, als er die Szene im alten Trojaborg unter der Universität beschrieben bekam. Die Verbrennung des epochalen Dokuments nahm er leicht. In seinem langen Leben hatte er von so vielen bahnbrechenden, paradigmenverändernden, weltumstürzenden Dokumenten und Botschaften gehört, daß er nicht den Verlust auch nur eines von ihnen beweinte.

»Eines mehr oder weniger«, sagte er.

Tobias blieb hartnäckig. Ihn quälte, was er getan hatte. Er

hätte viel darum gegeben, wenn man es unversehrt wiederbeschaffen könnte. Tobias war fast verletzt darüber, daß Styge ihm seine Übeltat nicht vorhalten wollte.

Über die Fernsehsendung sprach er nicht, weil er nicht wußte, wie er sie beurteilen sollte. Nirgendwo hatte man sie erwähnt, obwohl er verschiedene Zeitungen durchgesehen hatte. Das verstand er gut. Die Rezensenten befürchteten, man könnte sie als zynisch bezeichnen, wenn sie die Geschehnisse als starkes künstlerisches Erlebnis erwähnten oder als erregte, erfrischende Art der Nachrichtenpräsentation, falls sich herausstellen sollte, daß es sich tatsächlich um eine Vergewaltigung vor laufender Kamera gehandelt hatte. Und noch ärger, sie wären das Risiko eingegangen, sich unweigerlich zum Gespött zu machen, wenn sie empört über die wahnsinnigen Terroristen schrieben, die sich den Zugang zur Sendung erzwungen und die fürchterliche Tat verübt hatten, ein verehrtes Idol zu schänden, falls hinterher die Enthüllung kam, daß man mit einem Happening ausschließlich die Aufmerksamkeit der Presse auf sich ziehen wollte.

Tobias erzählte aber, daß er später zu Vibeke gegangen war. Er konnte das Gefühl nicht beschreiben, das ihn ergriff, als er das blonde Mädchen vor der Cafeteria stehen sah, wo sie nicht arbeitete, sondern zur Hand ging, denn er begriff es nicht. Er gab ihre Worte wieder, als er sich an sie wandte und ihr sagte, daß sie ihm fehle.

»Du bist nicht Luft für mich«, sagte sie, »du bist ein übelriechendes Loch in der guten, frischen Luft.«

Er beschrieb ebenfalls nicht sein heftiges Herzklopfen, als sie, unmittelbar nachdem sie ihre Replik von sich gegeben hatte, in einem herzlichen, glücklichen Lächeln aufleuchtete, das, wie sich zeigte, einem jungen Mann galt, der auf einem Fahrrad saß und auf den sie offensichtlich gewartet hatte.

Vor seinen Augen hatten sie sich geküßt, und er hatte sich zunehmend gefühlt wie ein stinkender Haufen, der sich auflöste.

Doch er beschrieb seine Leidenswanderung Schritt für Schritt, als er dem Paar in gebührendem Abstand gefolgt war, das, die Arme umeinandergelegt, auf dem Bürgersteig weiterging. Wie sie sich zu bemühen schienen, den Fußgängerübergang erst zu erreichen, als die Ampel auf Rot sprang, damit sie Gelegenheit hatten, in der Wartezeit einen weiteren langgezogenen Kuß auszutauschen. In seinem früheren Leben – so faßte er dies jetzt fast auf – hätte er sich mit diesem Leiden nicht abgefunden. Er hätte gewaltsam eingegriffen – und während er dies erklärte, sah er einige der grausamen Bilder auf dem Bildschirm vor sich, was er aber für sich behielt. Und sagte abschließend, gut zu sein tue weh.

In einer Zeitung fand er eine Meldung über einen jungen Mann, der eine wichtige Mitteilung der Götter verbrannt hatte.

Er stand in der Skolegade und las in der Zeitung, als ihn Tabita ansprach, deren Haare in der Zeit, seit er sie zum letzten Mal gesehen hatte, doppelt so lang geworden waren. Tobias strich ihr über die kurzen Stifte, die sie als ihren Winterpelz bezeichnete. Er begleitete sie in ein Wirtshaus, wo sie sich mit jemandem verabredet hatte. Sie hatte eine Stelle als Laborantin bei Generos bekommen, einer Arzneimittelfirma, und wollte sich mit einer ihrer Kolleginnen treffen.

Tabita, eifriges Mitglied einer Amateurtheatertruppe, hatte ihm früher vom Geizigen Schurken erzählt, jenem reichen Mann, der sich zum Bettler machte. Tobias berichtete, wie er diese Idee auf Per Dupér angewandt hatte.

Mittlerweile spielte Tabita in einem Stück mit dem Titel »Die Gebrüder Foster« mit, in dem sie eine Frau spielte, die im Leben so wenig Pech hatte, daß ihr Freude unbekannt war.

Mit Begeisterung erzählte sie von ihren Erlebnissen bei den Proben zu diesem Stück. Der Höhepunkt war eine riesige Panne gewesen, bei der das Sofa zusammenbrach, auf das die Liebenden sich warfen, wobei ein Eimer Wasser umkippte und ein Verehrer ausrutschte. Außerdem lieferte sie eine lebendige, unterhaltsame Beschreibung von der Aufführung des Stückes »Klau ein bißchen weniger«. Ein Nachbar, der laute Rufe und Schreie hörte, hatte in dem Glauben, es handele sich um ernste Auseinandersetzungen, die Polizei gerufen. Im Stück wirkten zwei Polizisten mit, als also plötzlich sechs schwerbewaffnete Polizeibeamte auftraten, glaubten die Schauspieler, man habe zusätzliche Statisten verpflichtet, und stürzten sich noch heftiger in die Verwicklungen, woraufhin die Polizei dilettantisch gegen sich selbst eingriff.

»Und was ist mit der Dame, die kein Pech hat?« fragte Tobias interessiert, als sie genug gelacht hatten.

»Die heiratet einen Flegel, damit sie ein bißchen Sorgen und Kummer bekommt.«

Tobias bot sich an, die Truppe mit dem Arrangement einiger Pannen zu unterstützen, da dies doch offenbar die größten Erlebnisse seien. Mit erschrockener Stimme lehnte Tabita dieses Angebot jedoch ab.

Dann wechselte Tobias zu einem ernsthafteren Tonfall, der Tabita, die von seiner Bekehrung nichts wußte, indessen nicht beruhigen konnte. Ihm war es zu anstrengend zu erklären, daß er sich nicht mehr als Saboteur betätigte, versuchte aber einen Gedanken zu formulieren, mit dem er sich bereits seit längerer Zeit herumgeschlagen hatte, der sich nun, nach der Vergewaltigung im Fernsehen, aber besonders aufdrängte: Das Gefühl, in Wirklichkeit legten die Medien fest, was richtig sei und was falsch. Darum plante er, in die Medienwelt zu gehen, obwohl er wußte, daß dies nicht allzu einfach war.

»Vielleicht kann ich dir helfen«, sagte Tabita. »Kennst du dich mit Schreibfehlern aus?«

»So habe ich das mit ›falsch‹ nicht gemeint.«

»Nein, aber kennst du dich damit aus?«

»Mit Schreibfehlern? Ganz normal«, sagte Tobias.

»Einer meiner Freunde kann dir vielleicht helfen. Er erfindet Druckfehler und Sprachschnitzer.«

»Ist so was notwendig? Ich habe gedacht, die kommen von allein.«

»Torgrim macht kleine, putzige Druckfehler, verkehrte Satzstellungen, die den Sätzen einen verqueren Sinn geben, ersetzt Fremdworte durch andere, die ähnlich klingen, um eine komische Wirkung zu erzielen.«

»Hört sich unterhaltsam an. Und wozu braucht man so etwas?«

»Hast du noch nie Bücher mit Fehlern aus Kinderaufsätzen gesehen?«

»Doch, aber...«

»Die hat Torgrim erfunden.«

»Ich habe gedacht, die stammen aus Kinderaufsätzen.«

»Bist du närrisch, Mann? Was glaubst du denn, wie viele schwachsinnige Aufsätze man durchlesen muß, bis man eine einzige Drolligkeit findet? Und wer merkt es, wenn man sie selbst am Fließband herstellt? Torgrim kann zehn oder zwanzig Sammlungen im Jahr zusammenstellen und hat trotzdem die Zeit, Bücher zu lesen.«

Tobias fiel auf, daß es da einen ganzen Markt gab, von dem er nichts gewußt hatte. Er benügte sich damit, auszusehen wie ein Fragezeichen.

»Ein Pädagoge ist bei uns angestellt, die lustigen kleinen Fehler kleiner Kinder stammen von ihm, und er schreibt auch Lehrbücher. Aber er hat nicht die Zeit, sie auf den Punkt zu bringen. Dafür sorgt Torgrim, und der zerlegt das alles in vierzehn Bände.«

»Und was will er damit erreichen?«

»Bibliotheksgroschen. Der Pädagoge plant, das Alphabet in neunundzwanzig Bänden herauszugeben. Der erste Band enthält ein A. Der zweite...«

»Das kann ich mir schon ausrechnen. Aber warum?«

»Je mehr Bände, desto mehr Geld. Es wäre schwachsinnig, irgend etwas in einem Band zu veröffentlichen, wenn man es ebensogut in drei Bände aufteilen kann. Wie zum Beispiel die Geschichte, bei der du bist.«

»Was für eine?« sagte Tobias und schaute sich verblüfft um.

Tabita deutete auf die Zeitung, die noch immer an der Stelle aufgeschlagen war, an der der Artikel mit der verschwundenen Schrift der Götter stand.

»Die Geschichte, bei der du bist.«

»Ach so, ich habe gedacht, du hast gesagt, bei der du mitmachst.«

»Was machst du eigentlich? Und wobei bist du?«

Etwas vage erklärte Tobias, er versuche, ein gutes Leben zu leben. Aber selbst mit Tabitas Hilfe könne er sich nicht vorstellen, daß Druck- und Schreibfehler der richtige Zugang zur Medienwelt seien.

Sie tranken ein Bier und unterhielten sich über gemeinsame Bekannte. Joakim hatte irgendeine Erfindung gemacht, irgendeine Platte mit kleinen Löchern, durch die die heißesten Moleküle durchgingen. Tabita verstand die Einzelheiten nicht. Tobias hatte von einem Mann gehört, diesem Per Dupér übrigens, den man in die Rolle des geizigen Schurken gezwungen hatte, der in das Projekt investieren wollte, jedoch plötzlich gestorben war.

Ein untersetzter junger Mann, der eine Lederjacke mit austauschbaren Reklameschildern trug, blieb abrupt vor Tobias stehen.

»Aber hallo! Hier haben wir ihn doch«, sagte der Mann zu einem Dicken mit Vollbart, der ihn begleitete.

Der Vollbart starrte Tobias an, dann nickte er.

»O. k. Das ist er. Der ist gut, Kollege.«

Tobias sah beide zum ersten Mal. Der Untersetzte beugte sich zum ihm hinunter.

»Wir müssen ein paar Takte mit dir reden, Kollege.«

»Ja, bitte schön.«

Der Mann mit der Beschriftung auf der Jacke zog ihn hoch.

»Na hallo, es tut nicht weh. Höflich kannst du doch sein. Nur ein paar Worte. Komm mit.«

Tobias hielt es für am klügsten aufzustehen. Zögernd ging er, begleitet von seinen beiden neuen Freunden, in einen diskreten Winkel des Lokals.

»Du hast eine verblüffende Ähnlichkeit mit Alex Meere. Weißt du das?«

»Mit wem?«

»Sei nicht albern. Mit Alex Meere.«

»Ich habe keine Ahnung, von wem ihr redet.«

Die beiden lachten, als sei dies der Witz des Jahres.

»Hat dir noch nie jemand gesagt, daß du Ähnlichkeit hast mit Alex Meere? Bis auf den Punkt, Punkt, Punkt.«

»Hab' noch nie von ihm gehört.«

»Einmal genügt. Alex Meere kann dich brauchen, kapierst du? Man kann nicht überall sein. Selbst Alex Meere kann das nicht.«

»Auch wenn es so aussieht«, fügte der Vollbärtige hinzu, worauf beide lachten.

Tobias schüttelte den Kopf. Plötzlich packte der Untersetzte seinen Arm und zog ihn herunter, halb in kniende Stellung. Als sie so in Augenhöhe gekommen waren, lehnte der Untersetzte liebevoll seinen Kopf an den von Tobias. Heiser und gedämpft begann er ein kleines, einfältiges Lied zu singen, das Tobias unbekannt war.

»Alex Meere«, sagte der Untersetzte stolz, als er den Vers beendete und Tobias wieder freigab.

»Alex Meere braucht dich«, sagte der Vollbart mit einer Feierlichkeit, die ihn selbst erschütterte, weshalb seine Augen zu flackern begannen.

19

Bin ich mit dem Kopf an die Grenze der Endlichkeit gestoßen, wie mein Vorfahre Roland Skonning sie genannt hat, als ich damals die Geschichte vom Gesicht des Todes gelesen habe?« fragte Styge sich selbst. »Oder ist mir bei dieser Gelegenheit klargeworden, daß ich ein beschränkter, komplizierter Mensch bin und keines dieser Neues schaffenden Primarwesen, die zu beschreiben Rolands Vater sein Leben verwendete?«

Styge ließ den Blick auf seinem Gast ruhen, nicht, um sich seiner Aufmerksamkeit zu versichern, sondern um irgendwelche uralte Erinnerungen unterzubringen. Wieder begann er bei sich selbst.

»Ich wage zu behaupten, daß ich mich in meiner Jugend zu Münchhausens Evangelium bekannt habe. Nicht zur Lüge, die meine ich nicht, oder zur Übertreibung. Aber du erinnerst dich bestimmt an die Geschichte von dem Mann, der sich aus dem Morast rettete, indem er sich selbst an den Haaren herauszog?«

Er lächelte selbstironisch, während er in den letzten dünnen Haarbüscheln wühlte, die ihm verblieben waren.

»Man kann sich vorstellen, daß die Kraft des Haares abgenommen hat. Bis ich auf diese schicksalhafte Geschichte stieß, habe ich mich zu vielleicht sieben, vielleicht zehn Gelegenheiten dazu gedrängt, zu dem zurückzukehren, zu dem ich eigentlich bestimmt bin.«

Auf dem Tisch vor ihm lag ein sorgfältig geordneter Papierstapel. Die Finger des Alten glitten suchend darüber, bis sie die Markierung fanden, die sie gesucht hatten, und den Stapel an dieser Stelle öffneten.

»In der Schule war ich in den Anfangsklassen als Raufbold bekannt, schlampig, unkonzentriert und nachlässig mit den Schularbeiten. Bis ich eines Tages beschloß, mich zu ändern. Wenn ich in meiner Erinnerung krame, habe ich das Gefühl, daß ich an jenem betreffenden Tag so wurde. Mein Schicksal sozusagen in meine eigenen Hände nahm. Natürlich kann ich noch verschiedene Eindrücke des früheren Geschehens in meinem Leben hervorkramen. Dann handelt es sich jedoch um Ereignisse, an die ich mich erinnere, oder um etwas, das Leute in meiner Gegenwart gesagt haben. Ich entsinne mich, daß ich an jenem Tag meine erste Entscheidung traf. Nichts veranlaßte mich dazu, sie zu treffen. Ich will sagen, da gab es keinen Lehrer, der mich ausgeschimpft hätte, oder ein Mädchen, auf das ich Eindruck hätte machen wollen, oder ein schlechtes Beispiel in der Klasse, zu dem ich Abstand halten wollte. Ich erzähle gern, daß diese Entscheidung voll und ganz meine eigene gewesen ist.«

»Und das ist dir gelungen?«

»Ja, das ist gelungen. Augenblicklich, glaube ich, ohne Schwierigkeiten habe ich mich geändert. Das einzige Problem bestand darin, die Umgebung dazu zu bringen, es zu erkennen. Denn Freunde, Familie, Lehrer sahen eine Zeitlang natürlich immer noch den Liederjan und Rüpel in mir, mußten aber nach und nach akzeptieren, daß ich mich geändert hatte. Später kamen noch andere Entscheidungen. Ebenso abrupt, unbegründet, die mich mein Leben verändern ließen. Meist geschah dies mit einem Jahr Zwischenraum, einige Male aber änderte ich den Kurs völlig, binnen kurzer Zeit. Diese Fähigkeit des Wechsels verstand ich als etwas Einzigartiges, das nur ich besaß, denn ich habe niemals, oder nur sehr selten Entsprechendes an anderen Menschen bemerkt. Was selbstverständlich daran liegt, daß man den Wechsel am stärksten und deutlichsten im Inneren erlebt. Für Beobachter, wie im ersten Fall meine Schulkameraden, muß sich eine Veränderung als Folge eines längeren Prozesses darstellen. Dieses Phänomen interessierte mich jedoch, und ich begann meine Mitmenschen zu beobachten und wartete gespannt auf solche Umschwünge. Fast immer vergeblich.«

»Und als du zu alt warst zu weiteren Veränderungen, wolltest du eine bei mir provozieren, als wir uns damals kennenlernten?«

»So könnte man das verstehen. Andererseits wolltest du mich niederschlagen. Der Abschluß unseres Vertrages, mit dem ich deine Geschichten für etwas kaufe, das ich ohnehin nicht mitnehmen kann, war eine entschieden angenehmere Perspektive.«

»Unsere Vereinbarung gilt nur für ein Jahr. Dann wirst du eine weitere Veränderung erleben. Denn dann werde ich wieder aufs fürchterlichste der Alte sein.«

»Das entscheidest natürlich nur du allein.«

»Du wolltest von damals erzählen, als die Haare nicht mehr fest genug waren.«

»Das habe ich bereits erzählt, aber auch die Ereignisse verändern sich, wenn man sich ihnen von der anderen Seite nähert. Als ich auf die Geschichte vom Gesicht des Todes stieß, beschloß ich, ein weiteres Mal gegen meine Bestimmung zu verstoßen. Obwohl ich die Aussicht hatte auf eine gute Stellung als Ingenieur und mich niemals selbst mit Erzählungen beschäftigt hatte, mußte ich, in Büchern oder in meinem eigenen Inneren, eine Geschichte finden, die die Geschichte vom Schicksal leugnete. Es gelang mir, die Bahn zu durchbrechen, in die mein Leben geraten war, zum ersten Mal aber gelang es mir nicht, einen stabilen Kurs zu finden. Vielmehr begann ich mich zu verzetteln, auf der rechten Seite zu suchen oder auf der linken, in der Zeit zurückzugehen, es mit anderen Genres und anderen Kunstarten zu versuchen – ein zunehmend verzweigteres, verworrenes, unordentliches Lebensmuster. Als es mir dann eines Tages gelungen war, die gesuchte Gegengeschichte zu finden, konnte ich meine Existenz als zwar verschlungenen, aber doch notwendigen Weg zum Ziel erklären. Dann aber, als ich erkannte, daß ich der erlösenden Erzählung nicht näher kam, mußte ich mich zum ersten Male damit abfinden, daß es mir mißlungen war, eine neue Form zu finden. Eine neue Aufgabe zwar, aber ein Ziel, das unerreichbar blieb.«

Styge richtete sich mit Hilfe des Krückstockes auf. Er ging zum Bücherbord, das keine Bücher beherbergte, sondern staubige Dokumente und vergilbte Manuskripte.

»Auch wenn ich niemals meinen Bestimmungsort erreichte«, sagte er, während er suchte, »so bin ich doch, als Entschädigung, auf Roland Enevold Skonning gestoßen, der diese Schrift verfaßt hat: ›Kritik der Ewigkeit‹.«

Während seiner Suche hatte er ein nicht sonderlich umfangreiches Manuskript herausgezogen, das er mitnahm zu seinem Platz. Sein Gast wollte danach greifen, Styge aber gab vor, dies nicht zu sehen.

»Bestimmt kannst du dich an meinen Urgroßvater Gustav, von dem ich dir schon erzählt habe, nicht mehr sehr gut erinnern. Das ist auch nicht wichtig, ich werde das Nötige schon zusammenbringen. Gustav war derjenige, der in jungen Jahren beschlossen hatte, Selbstmord zu begehen, diese Tat aber ständig aufschieben mußte, weil ihm etwas dazwischenkam. In der Zwischenzeit schrieb er eine Novelle in immer wieder neuen Versionen. In einer dieser Versionen, in der sechsten, erwähnt er in leicht ironischem Tonfall *seinen* Urgroßvater und seinen Kampf gegen die Unendlichkeit. Dies hat mich auf die Spur und an diese Schrift gebracht.«

Er zögerte, als wisse er nicht recht, wie er mit der Geschichte beginnen sollte.

»Du würdest die Geschichte Rolands nicht verstehen, ohne seine Voraussetzungen zu kennen. Eben das ist das Problematische und bisweilen Charmante an Erzählungen: Um sie zu verstehen, muß man die Vorgeschichte kennen. Darum muß ich dir vorher von Rolands Vater Erland Peter Osgren Skonning erzählen. Er war Mathematiker und war sein ganzes Leben mit Primzahlen beschäftigt und in einem Jahr geboren, das zu seinem Ärgernis keine Primzahl ausmachte, wenn auch ein Produkt zweier Primzahlen, nämlich der zwölften und der fünfzehnten. Erland wäre gern zehn Jahre früher geboren, in einem Jahr mit einer Jahreszahl, die das Produkt zweier Spiegel-Primzahlen ist und die sich außerdem auf zwei unterschiedliche Weisen ausdrücken ließ als die Summe zweier Kubikzahlen. Aber, wie gesagt, er hatte dieses Glück nicht.«

Skonning legte eine Pause ein, sein Gast zeigte jedoch in keiner Weise das Bedürfnis, die gestellte Aufgabe lösen zu wollen.

»Die Primzahlen haben grundlegende Eigenschaften, sagte Erland. Sobald sie entstanden sind, kehren sie in regelmäßigen Abständen zurück und lassen sich niemals mehr ausrotten. Zuerst entsteht die Eigenschaft zwei. Sie gibt der Zahlenreihe ihren prägenden Zug, kehrt jedes zweite Mal wieder und ist leicht daran zu erkennen, daß sie bei ihrem Auftreten die Zahlen gleich macht. Niemand kann sie übersehen. Unmittelbar danach taucht drei auf, eine Zahl mit entschieden anderen Eigenschaften. Sie tritt bereits ein wenig seltener auf, macht sich aber dennoch recht bemerkbar und ist daran zu erkennen, daß sich ihre Quersumme durch drei teilen läßt. Die nächste Primzahl, fünf, hat eine aristokratische Funktion, unter anderem, weil sie jedesmal, wenn sie sich mit der Eigenschaft zwei verbindet, eine der heiligen Zahlen der modernen Zeit ergibt, eine Zahl, die wir als rund bezeichnen. Die nächste, sieben, ist recht einzigartig und bereichert den Zahlenstrahl mit neuer Kraft.«

Der alte Mann schrieb offenbar zufällig eine lange Zahl auf den Block, den er vor sich liegen hatte. Er betrachtete sie interessiert.

»Erland entwickelte eine Methode, mit deren Hilfe man erkennen konnte, welche Faktoren eine beliebige Zahl enthält,

›man muß nur scharf und andauernd darauf starren‹, wie er es ausdrückte. Zwei, drei, fünf und elf erkennen die meisten sofort. Mit anderen Zahlen ist es ein wenig schwieriger. Aber ich will versuchen, Erlands Methode andeutungsweise zu erklären. Hier ist eine beliebige, aus sechs Ziffern bestehende Zahl. Nun multipliziere ich die erste Ziffer mit zwei, die zweite mit drei und addiere die dritte hinzu. Das gleiche mache ich mit der nächsten Gruppe aus drei Zahlen. Zwei, drei, einmal. Dann ziehe ich die eine Summe von der anderen ab. Dabei entsteht eine ziemlich kleine Zahl. Läßt sie sich durch sieben teilen, dann ist dies bei der ursprünglichen Zahl auch der Fall.«

Der alte Mann stellte einige Berechnungen an und nickte zufrieden, als er erkannte, daß er sich richtig erinnert hatte.

»Hier ist eine neunziffrige Zahl. Wenn ich feststellen will, ob sie den Faktor dreizehn enthält, teile ich sie in Dreiergruppen ein. Der Erland-Raster für dreizehn, den wir auf das Ganze legen, heißt vier, drei und minus eins. Wir multiplizieren die erste Zahl mit vier, die zweite mit drei, addieren sie und ziehen die dritte ab. Auf dieselbe Weise berechnen wir die beiden anderen Gruppen. Wir addieren die erste und dritte Gruppenzahl und ziehen die mittlere davon ab. Erhalten wir nun eine Zahl, die sich durch dreizehn teilen läßt, ist das bei der ganzen riesengroßen Zahl auch der Fall.«

Wieder stellte er einige Berechnungen an und nickte, als sie aufgingen.

»Das hört sich umständlich an, aber mit einiger Übung kann man mit Leichtigkeit diese Berechnungen im Kopf vornehmen. Häufig ist es einfacher, die Berechnung in umgekehrter Reihenfolge anzustellen. Man addiert die erste und die siebente Ziffer und zieht die vierte ab. Die zweite und die achte minus der fünften. Die dritte und die neunte minus der sechsten. Das ist schnell gemacht. Auf diese Zahl legt man dann das Erland-Raster: Vier, drei, minus eins.«

Der Alte machte eine einladende Handbewegung, die der

Gast nicht ignorieren konnte. Er folgte den Bewegungen auf dem Papier und mußte einräumen, daß der Prozeß einfach und überschaubar wirkte.

»Erland stellte eine Tabelle auf über die Raster für zwei- und dreiziffrige Primzahlen. Ich zeige dir auch gleich siebzehn. Das Raster für siebzehn heißt sechs, vier, minus drei. Hat man das Raster auf die Zahl gelegt, ich beschränke mich hier auf eine sechsziffrige, dann multipliziert man die erste Gruppe mit drei, dann zieht man die letzte Gruppe ab. Soweit mir bekannt ist, ist Erland der einzige auf der Welt, der mit dieser Methode gearbeitet hat. Das Ganze mag ziemlich unnötig erscheinen, vor allem in einer Zeit, in der ein Taschenrechner die Arbeit ebenso rasch ausführt. Aber – und das ist der Punkt – die Raster ermöglichten es Erland, die innersten Eigenschaften der verschiedenen Primzahlen zu entdecken. Denk dir einen Punkt weit draußen auf dem Zahlenstrahl. Wir gehen schrittweise vor. Wir treffen auf eine zusammengesetzte Zahl nach der anderen – diejenige, bei denen es sich um keine Primzahlen handelt, sondern nur um Multiplikationsergebnisse, die also, wenn auch in neuen Kombinationen, die alten wohlbekannten Eigenschaften weitertragen. Plötzlich aber, man kann sagen als unerwarteter Lichtblick, als kleines Wunder, tritt eine neue, epochemachende Primzahl auf. Epochemachend ist sie darum, weil sie neue Eigenschaften einführt, die von da an Teil des Systems sind und die sich in regelmäßigen Abständen wiederholen. Hier aber treten diese Charakteristika zum ersten Mal in der Geschichte der Zahlen auf. Man könnte sie als Originale bezeichnen, zumindest tat dies mein ehrwürdiger Vorfahr.«

Styge war so in Anspruch genommen, daß er nicht länger nach seinem Gast schielte, um sich dessen Aufmerksamkeit zu versichern. Er zögerte einen Augenblick, konnte dann aber die nächste Enthüllung nicht zurückhalten.

»Je weiter man kommt, um so weniger Originale gibt es, weil äußerst viele der Charakterzüge nach und nach lanciert werden. Ständig aber tauchen sie auf. Das hat bereits Vater Euklid bewiesen, wahrlich eine der markanten Primzahlen der Menschheit. Übrigens ist dies einer der nettesten kleinen Beweise, die es in der Mathematik gibt. Ich kann ihn dir nicht vorenthalten.«

Er warf einen Blick auf seinen Gast und rief mit seinem wollüstigen Lächeln tatsächlich Interesse hervor.

»Nehmen wir an, wir kennen nur die vier ersten Primzahlen, zwei, drei, fünf und sieben, und spekulieren, ob es eine größere gibt. Wir multiplizieren die vier bekannten Zahlen miteinander, zehnmal einundzwanzig, und fügen eine hinzu. Zweihundertelf. Und jetzt schau her! Entweder handelt es sich selbst um eine Primzahl – dann ist sie zweifellos größer als die vier bekannten. Oder es gibt einige Primzahlen, die in Zweihundertelf aufgehen. Sie müssen jedoch alle zusammen größer sein als unsere vier ersten. Denn diese vier gehen ja nach unserer Konstruktion in Zweihundertzehn auf, darum gehen sie nicht in der unmittelbar darauffolgenden Zahl auf. Also gibt es, in beiden Fällen, Primzahlen, die größer sind als jene, die wir schon kennen. Voilá!«

Begeistert, als habe er ein Wunder vollbracht, breitete Styge die Arme aus.

»Gleichgültig, wie lang die Reihe der von uns entdeckten Primzahlen ist, ist es uns also möglich, eine neue, größere zu finden, indem wir die vorhergehenden multiplizieren und eine Zahl hinzufügen. Der liebenswerte Erland, für den sich niemand interessierte, zog recht weitgehende Konsequenzen aus dieser Tatsache. Die Menschen gleichen den Zahlen, behauptete er. Es kommt zu vielen Kombinationen, die lediglich bekannte Eigenschaften weitertragen. Hin und wieder wird jedoch ein Original geboren, ein Primmensch, mit Eigenschaften, die bis dahin unbekannt und nicht vorhersehbar sind, sondern sich erst in dem Augenblick feststellen lassen, in dem sie entstehen. Im Unendlichen, ungeachtet, wie weit wir den Zahlenstrahl oder die Menschenreihe fortsetzen, wird etwas Neues entstehen. Die Menschen sind unermeßlich, wie er sagte. Für den Menschen gibt es keinerlei Grenzen, er wird alle Vorhersagen und Erwartungen sprengen. Darum kann er nicht von Gott geschaffen sein. Über diese Auffassung mußte er indes Schweigen bewahren, zu jener Zeit war sie bei einem Mathematiklehrer der Gelehrtenschule nicht gern gesehen. Darum auch geht sie aus seinem Rasterverzeichnis nicht direkt hervor, sondern nur stellenweise aus einigen Anmerkungen in seinen Aufzeichnungen.«

»Du hast gesagt, niemand habe sich für ihn interessiert?«

»Er war heftig verliebt in Amalie Monnichen, die munter, hinreißend und schlagfertig gewesen sein soll. Er hatte aber das Unglück, daß seine Eltern eine Ehe für ihn arrangierten – übrigens, ohne daß sie von seiner Verliebtheit gewußt hätten.«

»Mit jemandem, den er nicht gern mochte?«

»Nein. Mit der bemerkenswerten Amalie.«

»Die er liebte?«

»Die aber unglücklicherweise in einen anderen verliebt war. Sie bemühte sich aus Leibeskräften, gegen die Verbindung anzugehen, ihre Eltern ließen sich jedoch nicht erweichen. Also mußte sie mit Erland die Ehe eingehen, augenscheinlich mit der Einstellung, wenn sie nicht den bekäme, den sie liebte, könnte sie zumindest den hassen, den sie bekam. Oder jedenfalls dafür sorgen, daß er an der Ehe keine Freude hatte. Weshalb sie langweilig und griesgrämig wurde, sobald sie allein waren. Erland tat, was er konnte, um ihr zu gefallen und ihr Freude zu machen, er kaufte teure Geschenke für sie, ließ ihr Heim an Hand der wenigen mürrischen Bemerkungen einrichten, die er ihr abpressen konnte. Er blieb unglücklich verliebt in sie, obwohl oder vielleicht weil seine Gefühle auf keinerlei Ermunterung stießen.«

In Styges Erzählung gab es eine Anteilnahme, als hege er großes Verständnis für den Mann. Er machte eine Handbewegung.

»Amalie blieb charmant, anmutig und lebhaft, sobald andere Menschen zugegen waren. Im großen und ganzen ertrug Erland sein Los mit Geduld und erging sich in Selbstvorwürfen, weil er es seiner Frau nicht recht machen konnte. Vereinzelt, wenn er sich vertraulich mit einem Freund oder Kollegen unterhielt, wagte er es, über seine schludrige, lustlose, muffelige Frau zu klagen. Was die anderen, die Amalie nur von ihrer verführerischen Seite kannten, dazu brachte, Erland für undankbar, sauer und querköpfig zu halten. Weshalb Erland sich immer mehr hinter seine Raster und Berechnungen zurückzog, mit denen er seinen Schülern das Leben vergällte, die die Genialität dieser Theorien nicht erkannten. Immer mehr zog er sich in sich selbst zurück, feierte jedoch zugleich ekstatisch die Unendlichkeit und lobte den unermeßlichen, alles überschreitenden Menschen.«

Styge hatte jetzt wieder seine Hand auf das Manuskript gelegt, das er kurz zuvor vom Regal genommen hatte. Mit behutsamen Handbewegungen schlug er das Titelblatt auf und dann weiter, die erste Textseite. Es handelte sich um einen schlechten Druck mit dünner, vergänglicher Schrift.

»Die größte Enttäuschung seines Lebens erfuhr Erland vielleicht von dem Menschen, den er am meisten liebte, nach seiner widerspenstigen Ehefrau. Sie gebar ihm nur ein Kind, den Sohn Roland Enevold Skonning, dessen mittlerer Name der des Mannes war, den Amalie liebte, aber niemals bekam. Als sie erkannte, daß ihr Mann Roland liebte und Freude an ihm hatte, tat sie alles, um den Jungen gegen seinen Vater zu beeinflussen. Vielleicht erklärt es sich aus dieser Erziehung, daß Roland dieses Werk schrieb. Es beginnt folgendermaßen.«

Ehe er zu lesen begann, korrigierte Styge den Sitz seiner Brille und schloß, vielleicht um die fast verschwundene Schrift zu schonen, seine Augen und zitierte auswendig.

»Nirgends, nicht im gesamten Universum, das doch das Größte ist, was wir kennen, nicht im unermeßlichen Meer, nicht unter der Myriaden von Sandkörnern an einem Strand – nirgendwo, so sage ich und möchte es so häufig wiederholen wie nötig –, nirgendwo gibt es die Unendlichkeit.

Eine Ewigkeit gibt es nicht. Einmal, es ist unbegreiflich lange her, hat alles begonnen. Und einmal, so müssen wir widerstrebend eingestehen, einmal wird alles enden, auch wenn wir gern sehen würde, daß sich alles fortsetzt bis in die Unendlichkeit.

Weil es in Zahl oder in Zeit nichts Unendliches gibt, so gibt es auch nichts unendlich Kleines. Die kleinsten Einzelteile, aus denen die Natur besteht, besitzen Fülle und Umfang.

Irgendwo, und nur an diesem einen einzigen Ort, existiert diese maßlose Vorstellung: die Unendlichkeit. Ja, so ist es: im Sinn des Menschen. Dort und nur dort ist sie zu finden. Aufgrund eines falschen Denkens, eines Mangels an Logik, hat dieses ungute Wesen sich eingeschlichen in den Sinn des Menschen. Woraufhin wir freudig, ohne uns bewußt zu sein, was wir tun, von unendlich kleinen Größen sprechen, von unendlich Großem, unendlich Langem, unendlich Kurzem, unendlich Vielem. Der Bandwurm dieses Gedankens: unendlich viele; der Pestkeim dieser Logik: das unendlich Kleine; das Kraftfeld dieses Größenwahns: das unendlich Große. Diese drei Krankheiten, bei denen es sich im Grunde um dieselbe handelt, hat unsere Seele infiziert, weshalb wir niemals gesättigt sind und stets unter einer unendlichen Sehnsucht leiden, niemals Zufriedenheit und Ruhe finden.«

Styge lächelte entschuldigend, denn er hatte eine Schwäche offenbart, indem er so andauernd aus dem Werk seines Ahnen zitiert hatte.

»Roland beteuert«, fuhr er fort, »solange wir uns nicht von dieser krankhaften Vorstellung befreien können, werden wir unglücklich sein, denn wir werden, so sagt er, vergeblich nach der Unendlichkeit zu greifen versuchen, verbittert werden wir unser Auge auf das unendlich Kleine richten wollen, wir werden nach einem ewigen Leben seufzen, wir werden uns vor der Unendlichkeit lächerlich eingeschränkt und begrenzt fühlen.«

»Für seinen Vater muß das ein zäher Bissen gewesen sein?«

»Als Erland von den Gedanken des Sohnes erfuhr – Roland zeigte ihm den ersten Probedruck seiner Schrift, den er selbst bezahlt hatte –, antwortete Roland in seiner Verzweiflung darauf, indem er eine Primzahl suchte, die über alles hinausging, was er bis dahin gefunden hatte. Und als es ihm gelang, lächelte Roland und schob die fünfunddreißigziffrige Zahl weg als endlich und begrenzt wie alles andere. Was Erland zu einer noch mühsameren Suche veranlaßte. Er verfügte ja lediglich über Papier, Feder und seine Raster. Ich glaube, diese Bemerkung gilt direkt dem Vater.«

Mit pietätvoller Handbewegung blätterte der Alte im Heft, las, blätterte, bis er die gesuchte Stelle fand:

»Bereits Archimedes hat uns mit aller wünschenswerten Deutlichkeit bewiesen, auch wenn man das Universum mit Sandkörnern anfüllte und wenn diese so klein wären, daß Zehntausende von ihnen auf einen Mohnsamen kämen, dann wäre ihre Anzahl noch immer endlich. Durch elegante, einfache Berechnungen gelangte der kluge, aber maßvolle Archimedes rasch zu einer Zahl, die die Anzahl der Sandkörner überschreitet und doch endlich ist.«

Die Passage ließ den Alten wehmütig lächeln. Sorgfältig schloß er das Heft und legte es zur Seite.

»Wie du hörst, drückt Roland sich ein wenig umständlich aus. Fast hätte ich gesagt, er nimmt sich unendlich viel Zeit zu seiner Darstellung. Darum will ich dich mit weiteren Lesungen daraus nicht quälen. Die Absicht in dieser Schrift, sie trägt, wie gesagt, den Titel ›Kritik der Ewigkeit‹, ist die Entfernung der unendlichen Dimension aus der Welt, die nach Rolands Meinung die Ursache alles Bösen ist. Sobald wir im Grunde erkannt und akzeptiert haben, daß alles endlich und nichts unendlich ist, werden wir es weit leichter haben, mit unseren

Bedingungen und denen der Welt übereinzukommen, das ist seine Botschaft.«

»Ich glaube mich aus meiner Schulzeit erinnern zu können, daß ein Punkt unendlich klein ist?«

»Diese pervertierte Idee wurde von den Mathematikern ausgebrütet: Ein Punkt hat keine Strecke. Sinnlos und aller gesunden Vernunft zuwiderlaufend, meint Roland. An zwei Stellen sickert das Böse zum ersten Mal in die Welt, zwei Gedanken gestehen der Unendlichkeit Raum zu. Der Punkt, den wir mit der Macht des Teufels unendlich klein machen wollen, und der Zahlenstrahl, den wir in gottlosem Übermut unendlich lang sein lassen. Das Ziel muß die Bekämpfung dieser Entzündung, dieser krankhaften Vorstellung sein, erst dann können wir glücklich werden.«

»Wurde Roland denn glücklich?«

»Das zu erwarten hieße fast zuviel.«

»Aber glücklicher als sein Vater?«

»Man muß sich hüten, sich über Derartiges zu äußern. Ich glaube, Erland erlebte eine übermäßige Befriedigung, als ihm die Konstruktion eines weiteren Glieds in seinem Raster gelang, und nicht zuletzt, als er seinem Raum um eine weitere riesige Primzahl ausdehnte.«

»Aber in seinem Privatleben nicht?«

»Die Frau blieb ihm eine Qual. Und der Sohn hat ihm vermutlich Sorgen gemacht. Roland verliebte sich tief und unglücklich in die Tochter eines Gärtners, Magdalene Overgaard Johansen, die von überirdischer Schönheit gewesen sein soll. Gerade wegen ihrer Schönheit hatte man ihr Zutritt zu einem Ball gewährt, der sonst Kindern aus den besseren bürgerlichen Kreisen vorbehalten war. Bei dieser Gelegenheit wechselte Roland ein paar Worte mit ihr. Von diesem Augenblick an war sie ein unauslöschlicher Teil seiner Gedanken. Als Amalie erkannte, was da heranzog, sorgte sie für die Verlobung des Sohnes und nicht viel später für seine Heirat mit Egony Usbek, einer Kaufmannstochter, die mit beiden Beinen auf der Erde stand. Für meine Geschichte wäre es womöglich am besten gewesen, wenn Amalie, die *ihren* Auserkorenen niemals bekam, ihrem Sohn seine Auserkorene nicht gönnen wollte. Oder, noch besser vielleicht, wenn Amalie auch auf diese Weise ihren Mann bestrafen wollte, der nach wie vor eine große Begabung in seinem Sohn sah und erwartete, der Sohn werde es weit bringen. Ich befürchte aber, Amalie griff in das Leben ihres Sohnes ein, weil sie sein Bestes wollte und der Meinung war, hochfliegende romantische Träume führten nur zu Unglück. Und damit wurde sie zur Ursache seines Glücks.«

Auch wenn Styge zwei Finger hob, um anzudeuten, er sei mit seiner Erzählung bald zu Ende, goß er doch Kaffee nach. Er bat seinen Gast, der den zweiten Teil seines Berichts abliefern wollte, sich selbst zu bedienen.

Bevor er fortfuhr, nippte er an der Tasse, zufrieden mit dem nach wie vor unaufgelösten Paradoxon.

»Anfangs sah es ganz bestimmt so aus, als sei Roland unglücklich über seine Ehe und den Verlust seiner Geliebten. Offenbar aber fand er sich bald damit ab. Vermutlich begann er zu jener Zeit mit der Arbeit an seinem Evangelium der Endlichkeit. Mit Egony hatte er ein schlichtes, angenehmes Heim, in dem sie ein schönes Leben in wohlgeordneten Bahnen lebten. Zweifellos meinte er, es ergehe ihm weiter besser als den meisten anderen. Im Alltag konnte er mit Frau und Kindern leben und sich an ihnen erfreuen. Ging es ab und zu schief, wie dies doch in allen Verbindungen der Fall ist, konnte er sich an dem Gedanken an die ätherische, unerreichbare Magdalene erwärmen, die er so wenig kannte, daß er die Freiheit hatte, zu träumen und Phantasien über sie zu entwickeln. Wenn es nötig war, konnte er in der Vorstellung schwelgen, aus seinem Alltag aufzubrechen, Egony, sein Heim und seine Arbeit zu verlassen, die Jugenderinnerung aufzusuchen und sich mit ihr ein glückliches Dasein in einem prächtigen Garten zu schaffen. Ein

Traum, den er klugerweise niemals in die Tat umzusetzen versuchte.«

Styge lächelte wehmütig, als richte sich seine Ironie nicht nur auf den fernen Ahnen.

»Im Alltag, wenn alles glatt und gut verlief, würzte dies Roland das Leben zusätzlich, ein kleine melancholische Verheißung, in Gedanken abzuschweifen zu dem Mädchen mit dem korngelben Haar, ihre herzlichen Blicke zu empfangen, die in seinen Gedanken niemals verblaßten oder sich abkühlten. Wenn ich die Sache auf den Punkt bringen soll: Während Erland diejenige, die er liebte, heiratete und darum unglücklich wurde, wurde Roland glücklich, weil er seine Geliebte niemals bekam.«

Während der Alte erzählte, war es dunkel geworden. Er saß wie üblich mit dem Rücken zum Fenster, drehte sich aber um und sah ins Leere hinaus, als habe er sich auf einen Gedanken besonnen, von dem er gelebt hatte. Zumindest mußte er sich räuspern, um seine Stimme frei zu machen für den Schluß.

»Roland erreichte eine höhere Position im Zoll- und Eichamt, die es ihm erlaubte, zusammen mit dem Erbe der Kaufmannstochter, ein prächtiges Haus gegenüber der Schule und der Domkirche zu erwerben. Der älteste Sohn, Ditlev, wurde Lehrer in der schwarzen Schule, saß aber meist da und phantasierte auf dem Cembalo, dem er trotz einer begrenzten Technik unendlich viele Variationen entlockte. Auf diese Weise gelang es ihm, das ewige Leben fernzuhalten.«

»Von ihm hast du schon erzählt.«

»Das weiß ich. Ich habe es nicht vergessen. Und Ditlevs Vater sollte sich mit den, wie wir sie nennen, ewigen Fragen beschäftigen. Roland arbeitete nämlich sein ganzes Leben an der Huldigung des Endlichen. Er entwickelte eine Religion, die derjenigen, wie wir sie kennen, ähnelt, ohne jedoch irgendwo dem Unendlichen Zutritt zu gewähren. Oder vielleicht sollte man sagen, daß er den christlichen Traum vom Himmelreich herunter auf die Erde holte und seine Maßlosigkeit und seine Übertreibungen entfernte. Zu seinem Glaubensverständnis gehörte ein Gott, der lange und tatsächlich vom Beginn der Welt bis an ihr Ende lebt, freilich nicht unendlich. Ein Gott, der entsetzlich gut ist, wenn auch mit Maß, der kolossal klug ist, dessen Wissen aber selbstverständlich begrenzt ist. Roland glaubte an ein Leben nach dem Tod, wies jedoch immer wieder darauf hin, daß auch dieses Leben danach seine endlichen Ziele hatte.«

»Konnte er sich erlauben, solche Gedanken öffentlich zu äußern?«

»Sie fielen auf fruchtbaren Boden. Er half der Kirche bei einer Reihe von Widersprüchen, die die Gläubigen immer gequält hatten, und machte die unbegreiflichsten Dinge verständlicher. Seine Beschränkungen schienen zu den maßvollen Idealen jener Zeit zu passen. In seinem Haus verkehrten Persönlichkeiten, die zu den Spitzen der Stadt gehörten, und man diskutierte unbeirrbar alle überschaubaren und erdnahen Themen. Er selbst wurde von diesen Anbetern der Begrenzungen und der Endlichkeit als eine Art Prophet der Mäßigkeit verstanden. Sogar der Stiftsamtmann, Høeg Guldberg, liebäugelte mit dieser Religion und erwähnte sie in seinen Erinnerungen. Indes gab man ihm von höchster Stelle zu verstehen, und vielleicht sollte ich besser sagen, von höchster weltlicher Stelle, nämlich von Christian VII., der »Klub der Mäßigen« sei keine Gesellschaft für einen Stiftsamtmann. Aufgrund dieses Hinweises zog er sich zurück, vermutlich, um nicht ein weiteres Mal in Ungnade zu fallen, wie dies einige Jahre zuvor der Fall gewesen war, als er die Hauptstadt verlassen mußte, weil er Enevold Brand den Kopf abgeschlagen hatte, den Amalie auf einer Reise, die sie in jungen Jahren unternommen hatte, kennengelernt hatte.«

20

Tobias sah Alex im Spiegel an.

»Ein blindes Mädchen macht seinem blinden Freund ein Weihnachtsgeschenk«, sagte Henrik. »Packt sie es ein, damit er nicht sofort erkennt, worum es sich handelt?«

Tobias hob fragend die Schultern. Alex im Spiegel tat das gleiche. Henrik klebte ein wenig gekräuseltes Haar an Tobias' Ohren, wodurch Alex Koteletten bekam.

»Selbstverständlich tut sie das. Mit dem teuersten Weihnachtspapier, das sie finden kann. Dann packt der Junge das Geschenk aus, ratsch-ratsch: ›Wie schön sich das Papier anhört.‹ Das tut man einfach. Auch wenn das billigste graue Papier eigentlich schöner raschelt. Oder durchsichtiges Zellophan.«

»Aber ich habe ihn noch nie gesehen«, wandte Tobias ein, »ihn noch nie gehört.«

»Geschwätz. Alle haben das. Sie wissen es nur nicht. Oder vielleicht hat das auch niemand, und sie glauben es nur. Was ist das für ein Unterschied?«

Tobias hatte wieder dieses Gefühl, er stehe im Begriff zu verschwinden. Ein übelriechendes Loch in frischer Luft, wie Vibeke ihn charakterisiert hatte. Henriks dahinleiernde, kryptische Geschichten trugen zu dieser Auflösung bei. Die ganze Zeit über fesselten sie ihn, und plötzlich lösten sie sich von selbst auf und nahm ein wenig vom Zuhörer mit.

Jedesmal, wenn die Türe geöffnet wurde, erklang infernalischer Lärm. Tobias stand auf und bekam eine Art Uniformjacke angezogen. Henrik trug noch immer seine Jacke mit den austauschbaren Reklameaufklebern. Es gebe so viele, die ihn sponsern wollten, daß nicht genug Platz sei für alle Reklamen auf einmal, hatte er erklärt.

»Ich verstehe deine Bedenken nicht. Bei dem Konzert heute abend in Aalborg ist Alex ausverkauft, und in dieser Stadt ist er auch ausverkauft. Wie soll er denn an zwei Orten gleichzeitig sein? Und wenn die Leute ihn unbedingt *sehen* und hören wollen.«

Die Logik schien unwiderlegbar zu sein. Dennoch brachte Tobias verschiedene Einwände vor, die bestimmt nur mit seiner Nervosität zusammenhingen.

»Du bekommst selbstverständlich Ohrenstopfen. So etwas kann schließlich niemand ertragen. Trotzdem müssen wir deinen Ohrhörer ziemlich laut einstellen. Mark sei mit dir.«

Tobias, oder besser, Alex versuchte verblüfft auszusehen, was ihm mißlang, weil die Umgebung seiner Augen recht fest angespannt war, weshalb sie sich nicht ohne weiteres ändern konnte.

»Das ist mein Privatheiliger.«

Er wühlte unter den Reklamen und fand einen alten Stich von einem Varietékünstler mit Zylinder, Diplomatenfrack und Stiefeln.

Vielleicht erklärte sich das Schwindelgefühl vor allem mit Henriks heftigen Umschwüngen, die Tobias ständig das Gefühl vermittelten, er sei für einen Augenblick unaufmerksam gewesen. Denn unvermittelt und ohne Anlaß berichtete er eine neue Geschichte.

»Mark Sheridan. Sehr populär. Im Ersten Weltkrieg zogen die Soldaten in die Schützengräben und grölten seine Lieder. Eines Tages, während eines Auftritts, bekam er Depressionen. Stiche. Mitten in einer Pantomime bei offenem Vorhang Selbstmord. Großartige Show.«

Ein Signal erstickte Henriks Ehrerbietung. Der rundliche Mann, der noch keinen Namen hatte, steckte Tobias etwas in die Ohren, wodurch die Welt plötzlich weit entrückt war.

»Kannst du mich hören?« sagte eine Stimme in so großer Nähe, daß Tobias zusammenzuckte.

»Das erinnert mich an einen Krimi, den meine Tante geschrieben hat«, sagte er mit einem verzweifelten Versuch, Henriks Tempo nachzuahmen, man hatte ihm jedoch bereits eine Gitarre in die Hand gedrückt. Er hielt sie vor sich. Im Spiegel sah das richtig aus.

»In die andere Hand«, sagte die Stimme in seinem Ohr.

»Ich bin Linkshänder«, zischte Tobias in den Raum und hoffte, irgend jemand werde ihn dieses Mal hören.

»Darauf können wir keine Rücksicht nehmen. Du spielst doch sowieso nicht. In die andere Hand.«

Es sah ziemlich linkisch aus, als er die Gitarre andersherum hielt, er hoffte jedoch, der Anblick sei überzeugend. Man hatte Tobias einen Knuff gegeben, und jetzt stand er in einem blendenden Scheinwerfermeer. Er schlug zweimal auf die Saiten. Sie gaben keinen Ton von sich, aus dem Saal aber ertönte begeistertes Gebrüll.

»Stell dich mitten auf die Bühne. Dann geh auf die Leute zu«, fuhr die Ohrenstimme fort.

Tobias versuchte sich zu orientieren, er trat an die Bühnenrampe. Geblendet vom Licht, hatte er das Gefühl, er stehe zu weit vorn, und er zog sich wieder zurück. Neues Gebrüll. Gleichzeitig hatte die Musik eingesetzt. Fern und aufdringlich.

»Spiel«, zischte die innere Stimme.

Auch wenn er die Gitarre verkehrt herum hielt, machte Tobias einige Bewegungen, als schlage er Akkorde an. Er fühlte sich ausgehöhlt von dem Sog, der von Tausenden von Zuschauern im Saal ausging, sah aber nur das blendende Licht, das nun die Farbe wechselte. Gleichzeitig stieg um ihn herum Rauch auf.

»Beweg die Hand.«

Es ging nicht darum, ob er gehorchte oder nicht. Die Stimme führte seine Hand.

»Die andere, zum Teufel. Es muß so aussehen, als ob du verschiedene Akkorde kannst.«

Er hatte noch niemals Gitarre gespielt, hatte aber eine Zeitlang mit jemandem zusammengewohnt, der es konnte. Mit einigem Geschick versuchte Tobias seinen Freund nachzuahmen.

»Versuch, im Takt zu bleiben. Das sieht überzeugender aus. Kling-klang-klang-blaff-klang-klang-klang-klang.«

Die Stimme war pädagogisch, brüllte jedoch so laut, daß er befürchtete, andere könnten es hören. Ehe er den richtigen Takt gefunden hatte, war die Nummer zu Ende. Was er ein wenig zu spät bemerkte und die Finger dennoch über die Saiten laufen ließ. Das Publikum interpretierte das als unbändige Spielfreude und brüllte wieder. Oder vielleicht erklärte sich das Gebrüll auch damit, daß die Nummer zu Ende war.

»Das war in Ordnung. Sie mögen dich. Aber versuch bei der nächsten Nummer von Anfang an mitzumachen. Jetzt geht's los.«

Dieses Mal gelangen Tobias zwei Anschläge, ehe das Orchester losbrüllte, das gleich darauf vom Publikum übertönt wurde. Der Rauch war so dicht, daß das Licht nicht mehr ganz so stark blendete. Er wagte, einige Schritte zur einen Seite und dann wieder zurück zu machen. Irgend jemand schrie. Das überraschte ihn so sehr, daß er für einen Augenblick stehenblieb; die Stimme in seinem Ohr aber zischte, er solle weitermachen.

Die Schreie wiederholten sich, vielleicht waren die Leute im Saal beeindruckt, weil die Musik weiterging, ohne daß er sein Instrument bewegte. Er machte einige zuckende Bewegungen und stellte an den Reaktionen fest, daß er sie nur aufführte, damit die Leute an ihm zerrten.

Nach der Pause, als er wieder dastand und den Arm mechanisch über die Saiten bewegte, ertappte er sich bei dem Wunsch, zurückzuwollen in die Kühlschrankbranche, die teilweise abwechslungsreicher gewesen war. Der Rauch zog ihm in die Nase und in den Hals, das Licht zwang ihn, die Augen zusammenzukneifen, und trotz der Ohrenstöpsel waren die Töne schmerzlich und aufdringlich. Aber der Arbeitstag sei kurz, tröstete er sich selbst.

Das Ganze begann zur Routine zu werden, als Alex einige Tage mit der Gruppe gereist war, oder besser gesagt, mit Bandaufnahmen und Instrumenten, aus denen »Inferno veritas« bestand. Henrik, der Latein konnte, erklärte, der Name bedeute »Eine wahre Hölle«.

Am Tag nach dem Konzert erklärte Henrik, Alex, der richtige, werde am nächsten Tag von seiner Tournee durch den Norden zurückkehren. Tobias, der sich noch ab und zu erinnerte, daß er nicht Alex war, antwortete, er sei gespannt, ihn kennenzulernen und festzustellen, ob er ihm ähnlich sehe.

»Das ist eines der wenigen Dinge, die du nicht darfst«, sagte Henrik ernst.

»Was?«

»Alex treffen. Das gibt einen Skandal, wenn Journalisten und Fotografen sehen, daß es euch zweimal gibt. Ausgeschlossen.«

»Aber wir können uns doch ohne Journalisten treffen? Privat?«

»Mit Alex? Privat? Das ist unmöglich. Kennst du Alexander?«

»Heißt er so?«

»Ja, selbstverständlich heißt Alexander Alexander.«

»Aber Alex?«

»Ich meine den anderen Alexander. Den Ersten. Den kennst du nicht?«

»Meinst du Alexander den Großen?«

»Den Alten, ja.«

»Selbstverständlich kenne ich ihn. Alexander den Großen kennt doch wohl jeder.«

»Und warum kennst du ihn?«

»Irgend etwas mit einem großen Feldzug, in dem er einer

ganzen Menge aufs Maul gehauen hat. Ich habe in Geschichte nie so richtig aufgepaßt.«

»Trotzdem kennst du ihn. Soll ich dir sagen, warum du ihn kennst? Weil er smart war. Feldherren, die große, siegreiche Feldzüge unternommen haben, hat es massenweise gegeben. Sie haben gewonnen und Städte zerstört und andere gegründet. Massenweise. Trotzdem kennst du Alexander und keinen von den anderen. Weißt du, warum?«

»Weil er der Größte war?«

»Falsch. So etwas ist man nicht. Das wird man. Auch die anderen hatten großen Einfluß und töteten eine Menge und veränderten die Welt. Alexander aber entdeckte einen Trick. Weißt du, was er gemacht hat, bevor er auf seinen großen Feldzug ging?«

»Einen Knoten zerschlagen?«

»Blödsinn. Zuerst, bevor er sich all seine Soldaten beschaffte, hat er zwei Mann angeheuert, die ihn überallhin begleiten mußten. Zwei Sekretäre, die Tagebuch führten, jede seiner Bewegungen aufzeichneten. Außerdem nahm ein bekannter Historiker am Feldzug teil, der ihn in blumenreichen Wendungen beschreiben sollte. Sie verfaßten einen Roman über seinen Kriegszug. Ein Riesenerfolg. So wurde er Alexander der Große.«

Henrik untersuchte die Musikinstrumente. Er versicherte sich, daß sie alle keinen Ton von sich gaben. Bei einem Konzert hatte eine Trommel plötzlich Geräusche von sich gegeben, was die Musik erheblich gestört hatte.

»Später haben das alle so gemacht. Alle bekannten. Selbst die Heiligen.«

»Sich einen beschafft, der die Trommel für sie geschlagen hat?«

»Selbstverständlich. Sogar die bescheidensten. Sie konnten sich nur durchsetzen, wenn sie die Medien auf ihrer Seite hatten. Es nutzt nichts, daß du gut bist, und niemand entdeckt es.

Knud der Heilige! Ein Raufbold, der nichts aus dem Weg ging. Die Bauern quälte und folterte. Aber er hatte eine gute Presse. Einen Mönch, der schreiben konnte, und wutsch, war er ein Heiliger. Es gibt massenweise Beispiele. Gib mir eine gute Geschichte, und ich liefere dir einen Heiligen.«

»Interessierst du dich für Geschichte?«

»Für Geschichten. Das liegt mir im Blut. Meine Mutter ist nicht nur Sekretärin. In ihrer Freizeit schreibt sie Krimis. Vorher hat sie eine Geschichte mit einem Finsterling gehabt. Das Resultat: ich.«

Tobias betrachtete den kurzbeinigen Mann, der die Gummisaiten auf einer Baßguitarre austauschte, mit neuerwachtem Interesse. Es hätte sein Cousin sein können, den er niemals kennengelernt hatte, denn seine Tante Marianne hatte ihn als Kind weggegeben. Hatte ihn aus ihrem Leben verstoßen, sobald er herausgekrabbelt war, wie Tobias' Vater es so geschmackvoll ausgedrückt hatte.

»Sie hat sich gerächt und den Finstermann mit einer Geschichte erschlagen.«

»In einer Geschichte?«

»Ja, in einer Geschichte und mit einer Geschichte.«

»Heißt du Henrik Noed?«

»Jawohl. Kennst du mich?«

»Ich habe ein paar Krimis gelesen, deshalb habe ich spekuliert, ob ich die von deiner Mutter kenne?«

»Kaum. Übrigens ist Noed nicht der Name meiner Mutter, sondern der des Betrügers. Man sucht sich seine Vorbilder schließlich aus.«

Henrik grinste. Ehe Tobias die Informationen verdaut hatte, sprang er weiter, oder zurück.

»Du begreifst also, daß Alex immer von Kameras, Fotografen, Tonbandgeräten, Journalisten umgeben ist. Es wäre zu kompliziert zu erklären, wer du bist, wenn sie euch zusammen sehen. Keine gute Geschichte.«

»Ein Alex Nochmehr.«

Henrik sah ihn an, als habe er einen Witz zu oft gehört.

»Zuerst kamen sie mit dem Buch: Gott. Und was machten sie, als das ein Erfolg war? Sie brachten eine Fortsetzung heraus: Gottes Sohn. Und als die auch gut ging? Eine Fortsetzung: Gottes Sohn kommt wieder.«

»Als wenn man mit der Spitze eines Eisbergs reden will.«

»Hübsch. Erzähl noch einen.«

»Worüber reden wir eigentlich? Meinst du, ich soll als sein Doppelgänger auftreten? Sein besseres Ich?«

»Möchtest du das teuerste Gemälde der Welt sehen?«

»Ja. Selbstverständlich. Warum?«

Während des Aufräumens war Henrik auf ein paar Boulevardzeitungen gestoßen. Er zog sie hervor und zeigte die Schlagzeilen: »Alex Meere besitzt teuerstes Gemälde der Welt« – »Kauft Bild für Milliarden und zerstört es.«

»Es liegt dort drüben.«

»Du nimmst mich auf den Arm.«

»Überhaupt nicht.«

»Von wem stammt es? Ein van Gogh?«

Henrik schüttelte den Kopf, während er auf einem unordentlichen Stoß suchte.

»Rembrandt?«

»Henrik Noed«, sagte er mit unterdrücktem Stolz. »Meine Milliarde, in bar. Das schlägt van Gogh und Rembrandt um Meilen.«

»Du meinst, ihr habt pro forma irgend etwas gemacht?«

»Wofür hältst du uns denn? Ganz ehrlich. Ich habe das Bild gemacht. Alex kauft es für eine Milliarde, cash. Oder, um es ganz genau zu sagen: Eine Milliarde und vierundzwanzig Kronen. Große Geschichte.«

»Aber... dann bist du ja ziemlich reich?«

»Es hat mich ja auch was gekostet, es zu machen. Ist es nicht hübsch?«

Henrik hielt ihm das Bild hin. Es war in einem Rahmen und verglast. Aus der Entfernung sah es aus wie ein wenig Krimskrams und ein Scheck. Von nahem sah es aus wie ein wenig Krimskrams...

»Allein der Rahmen«, fuhr der bescheidene Künstler fort. »Vierundzwanzig Kronen. Und ein Scheck. Ein Scheck, ausgestellt auf den Käufer des Gemäldes auf eine Milliarde Kronen.«

»Ach so, nichts sonst«, sagte Tobias, ein wenig enttäuscht.

»Nichts sonst? Eine Riesenstory. Alle Zeitungen haben sie gekauft.«

Henrik führte eine andere Zeitungsüberschrift vor: »Großer Schlag. Hebt Milliardenbetrag nicht ab.« Und eine weitere: »Zerstört absichtlich Milliarden-Investition.«

Der Scheck war in der Mitte durchgerissen und ungültig gemacht worden.

»Das war Alex, deswegen mußte er für das Bild nichts bezahlen. Sie haben uns einen Besuch bei der Bank erspart.«

Respektvoll betrachtete Tobias das kostbare Bild, Henrik aber befand sich schon wieder woanders.

»Aber du kannst dir das hier ansehen«, sagte er und schob ein Band in einen Videorecorder.

Nach ein paar Zahlen und Registrierungsnummern kamen Bilder auf den Bildschirm.

Auf einer großen, unberührten Schneefläche bahnte sich das junge Paar seinen Weg. Im Hintergrund sah man Tannen und am Horizont ein Gebirge. Das mußte er sein, Axel Meere. Und es mußte sich um Norwegen handeln.

»Ich habe glücklicherweise früh erkannt, daß ich unmäßig berühmt werden würde«, vertraute Alex dem schönen Mädchen mit ihren glühenden Wangen an. »Darum konnte ich Vorkehrungen treffen.«

»Damit dein Leben nicht davon in Mitleidenschaft gezogen wird?«

»Genau. Es würde mich entsetzlich wurmen, wenn ich zum Modell aller möglichen verfälschten und mißverstandenen Versionen meines Lebens würde. Und darum kommt man schließlich nicht herum. Sie stürzen sich auf einen, sie wühlen, und sie finden die verborgensten Geheimnisse heraus. Und blasen die unwichtigsten Ereignisse auf. Was sollte ich anderes tun?«

Das Paar näherte sich einer von hohem, jungfräulichem Schnee umgebenen Hütte. Er stützte sie, während sie die Skier abschnallte.

»Sollte ich ihnen das Bild völlig überlassen?« fuhr er fort, während sie in das Innere der Hütte zum knisternden Kamin gingen.

Als sie die Überbekleidung abgelegt hatte, konnte man erkennen, wie bleich sie war, die dunklen Haare oben auf dem Kopf zusammengesteckt, ein paar wirre Locken hingen an den Seiten herunter. Alex hatte sich über das Kaminholz gebeugt.

»Stell dir nur einen kleinen, unschuldigen Kuß vor, den ich einem jungen Mädchen gebe, das mich aufsucht, weil es ein Autogramm haben will. Irgendwann wird der eine oder andere diese Episode aufspüren, und eine dumme, schmierige Szene in einer Fernsehserie über mein Leben könnte daraus werden.«

Er wandte sich der Frau zu, und sein breites, herzliches Lächeln erfüllte den größten Teil des Bildschirms.

»Weil sie immer das Ganze haben wollen«, sagte sie.

»Exakt. Lasse ich es hingegen sofort aufnehmen, im Augenblick, in dem es geschieht und wie es war, dann gibt es nichts, hinter dem man herschnüffeln muß. Keine Möglichkeit zur Verfälschung der Ereignisse. Und aus dieser kurzen, unschuldigen, putzigen Kußszene könnte ein charmanter Einfall in irgendeiner anderen Serie werden.«

Die Frau nickte verständnisvoll. Aus dem Rucksack nahm sie eine Flasche Selbstgebrannten.

»Er wollte ihn nicht gern verkaufen«, sagte sie.

»Ich mußte versprechen, daß ein schwarzer Balken über sein Gesicht kommt, wenn es zu seinen Lebzeiten gezeigt wird.«

»Das habe ich gehört. Aber er macht sich trotzdem Sorgen.«

»Mir war wichtig, kein Detail auszulassen. Nichts zu verfälschen. Selbst wenn ich mich zurückziehe von der Welt und für eine Woche oben in den Bergen versteckt lebe. Eine solche Woche führt zu Mythen. Sie heuern irgendeinen Schmierer an, der mich aufspürt, und machen eine melodramatische Geschichte daraus. Falls es keine Aufnahmen gibt.«

»Ja, ich habe den Film gesehen. Über irgendeinen berühmten Schriftsteller.«

»Und das Ganze hat einen falschen, unglaubwürdigen Eindruck gemacht?«

»Natürlich auch, weil man sich die ganze Zeit bewußt war, daß das Ganze nur eine Konstruktion ist. Ab und zu aber auch spritzig. Hinreißend.«

»Die einzige Art, mit der ich mich gegen Lügen, Erfindungen, Rufmord schützen kann ist, alles so aufnehmen zu lassen, wie es tatsächlich ist.«

»Ja, das verstehe ich.«

Die Frau war ein wenig älter als er. Sie hatte ein lebendiges, erfahrenes Gesicht.

»Ich glaube, ich kenne sie«, sagte Tobias nachdenklich.

»Er hat sie in einem Berghotel kennengelernt. Sie ist Fernsehsprecherin gewesen. Ich glaube, die ganze Aufmachung bei seinem Eintreten hat sie beeindruckt.«

»Aufmachung?«

»Kamera, Toningenieure, Scheinwerfer. Blitze. Sie lassen ihn ja nie aus den Augen.«

»Nein.«

»Ich habe gedacht, du wolltest das sehen?«

»Prost. Auf unsere Bekanntschaft.«

Alex sah der Frau in die Augen. Sie lächelte schelmisch. Ihr Schönheitspflästerchen wanderte ein wenig nach oben.

»Sie würden tonnenweise Filme über meine hektischen Tourneen drehen«, fuhr Alex fort, »wenn ich es nicht selbst täte. Aber immer diese Mißverständnisse. Einige davon mit fragwürdigen, affektierten Schauspielern. Andere mit von sich selbst eingenommenen Sternchen, die mehr damit zu tun haben, sich selbst zu spielen, als auf eine überzeugende Art mich.«

Die Frau verzog das Gesicht, nachdem sie den Schnaps versucht hatte.

»Selbstgebrannt ist wohlgebrannt«, lachte sie.

Alex trank mit Anerkennung. Er beugte sich über den Rucksack und zog ein Brot heraus.

»Den Vorteil verstehe ich gut«, sagte sie. »Wieviel verlogene Künstlerporträts gibt es doch? Von alldem bleibst du verschont. Aber auf immer?«

»Ich muß das alles aufnehmen lassen. Bei der kleinsten Lücke fangen sie an zu dichten. Ein einziger Ferienaufenthalt, von dem es keine Aufnahmen gibt, und sie erfinden eine Geschichte, ich hätte die ganze Zeit dazu verwandt, mir von einem anderen das Material für meine nächste Show schreiben zu lassen. Ja, nur eine halbe Stunde ohne Kamera, und sie behaupten, ich hätte die Gelegenheit genutzt, um irgend jemanden zu vergewaltigen.«

Er legte frischen Ziegenkäse neben das Brot. Sie schnüffelte genießerisch daran und probierte.

»Es hätte der Geruch dazugehört, und der Geschmack.«

»Selbstverständlich ist der Schnitt hinterher sehr aufwendig«, räumte Alex ein. »Aber das Ganze liegt vor. Das ist das Wichtigste. Authentische, unangreifbare Aufnahmen. Meinetwegen sollen sie sie hinterher zu einer ergreifenden Liebesgeschichte zusammensetzen, wenn sie wollen. Glaube nicht, daß ich damit angebe. Ich sage dir, das kann wirklich rührend werden. Wenn du wüßtest, wie ich geliebt habe.«

Alex verfiel in Träume, wurde sich der Situation aber bewußt und fuhr fort:

»Oder sie brauchen eine lange, spannende Serie. Und das Material ist bereits vorhanden. Man muß es nur auswählen. Natürlich braucht man vielleicht zusätzliche Aufnahmen von Szenen, in denen die Schurken ihre Pläne machen und herumschleichen oder irgend so etwas. Aber alle Szenen mit mir sind vorhanden. Eine fertige, dringend notwendige Arbeit. Und auf diese Weise besitze ich alle Rechte auf mein eigenes Leben.«

Plötzlich befanden sich Alex und seine Verehrerin an einem sonnenbeschienenen Strand. Tobias sah Henrik verblüfft an.

»Man mußte schneiden«, erklärte dieser. »Selbstverständlich gibt es viele langweilige Passagen, in denen nichts geschieht.«

»Nun ja«, nickte Tobias verständnisvoll.

»Mein Leben ist einzigartig«, fuhr Alex fort und betrachtete den glatten runden Stein in seiner Hand. »Der erste Mensch, den man von A bis Z verewigt hat, zumindest, sobald ich diese Idee hatte.«

»Und von früher gibt es nichts?«

»Doch, vereinzelte Aufnahmen. Ziemlich viele, glücklicherweise liebte mein Vater seine Videokamera. Familienfeiern und so etwas.«

»Man kann also gut rührende Flash-backs machen. Oder eine historische Sequenz?«

»Leicht. Ein unschätzbares Material. Nicht nur für Fernsehserien und romantische Filme. Selbst Archivare und Museumsfachleute haben ihr Interesse gezeigt. Ein Museumsmann sieht tatsächlich bereits alles von vorn nach hinten durch. Obwohl er weiß, daß er niemals damit fertig wird. Es ist ein älterer Mann.«

»In Wirklichkeit gerät er wohl immer weiter in die Vergangenheit?«

Die Frau hatte sich aufgesetzt und einigen Segelbooten nachgesehen, legte sich aber jetzt hin. Sie schien jünger zu sein. War es überhaupt diejenige aus der norwegischen Hütte? Tobias wurde sich nicht klar darüber, bevor die Kamera zurückkehrte zu Alex und dem Stein, den er in der Hand hielt.

»Mein Sohn wird der erste sein, der mich übertrifft«, sagte er und lächelte. »Ich habe beschlossen, daß er sofort nach der Geburt aufgenommen wird. Ja, im Grunde unmittelbar nach der Empfängnis.«

Er legte die Hand mit dem Stein auf den Bauch des Mädchens.

»Vielleicht hast du den Mann der Zukunft in dir ... Unsere Familie war stets vorausschauend. Meine Ahnin ist aus England hierhergekommen, unter dem Arm den Kopf ihres Vaters. Den hatte man ihm abgeschlagen, weil er zu weitsichtig war. Seinen Nachnamen hat sie behalten, hat ihn aber ins Dänische übersetzt.«

»Das kannst du dir ja sowieso nicht alles ansehen«, sagte Henrik und schaltet das Videogerät aus.

»Und wie hat dieser Ahne geheißen?«

»Thomas More, glaube ich.«

»Der mit der ›Utopia‹?«

»Keine Ahnung, vielleicht ist das nur eine von Alex' Geschichten. Davon lebt er schließlich. Man braucht gute Geschichten, um die Kamera zu beschäftigen. Bist du fertig?«

Er steckte Tobias die Gitarre unter den Arm. Tobias schlug sie probeweise an und nickte zufrieden, als die Gummisaiten nur ein leises Summen von sich gaben, das man im Lärm nicht hören würde.

»Nach der Vorstellung mußt du verschwinden. Dann kommt Alex zurück.«

»Wie?«

»Wir haben ein Auto beschafft, das dich wegbringt.«

Tobias hatte noch nicht lang in Rauch, Lichtermeer und Lärm gestanden, als sie ihm unten im Saal auffiel. Das Mädchen, das Gulasch über ihm ausgegossen hatte statt der Brennenden Liebe, die er sich gewünscht hatte. Sie saß zwischen Joakim und jenem Mann, den sie so ausdauernd an jeder Straßenecke geküßt hatte. Am meisten bekümmerte Tobias der anbetende Blick, den sie ihm zuwarf. Oder, besser gesagt, jenem Alex Meere, den sie mit dröhnenden Motoren erlebte. Unwillkürlich zerrte er heftiger an den Saiten.

»Mann, nimm dich zusammen«, sagte die Stimme in seinem Ohr. »Es ist noch zu früh, um ihn herauszulassen.«

In der Pause war Henrik so sehr mit den Vorbereitungen für Alex' Rückkunft beschäftigt, daß eine Handvoll Autogrammjäger bis in Tobias' Nähe vorstießen. Er zögerte. Er hatte nicht gelernt, Alex Meeres Handschrift nachzuahmen. Geistesabwesend, noch immer beschäftigt mit dem Anblick, der sich ihm unter den Zuschauern geboten hatte, stellte er fest, daß er eines der Autogrammbücher in die Hand genommen hatte. »Ich habe den Vertrag mit den Göttern vernichtet«, schrieb er in seiner Verzweiflung und hielt bereits das nächste Buch in der Hand. »Die Zukunft ist nahe«, schrieb er hinein. In das nächste schrieb er, schräg, quer über die Seite: »Der Pakt der Menschen mit den Göttern muß wieder geschlossen werden.« Seine Bewunderer, oder vielmehr Alex' Bewunderer, im Glauben, ein Autogramm von unschätzbarem Wert entgegengenommen zu haben, schlossen vorsichtig die Bücher und zogen sich andächtig zurück. Er hielt ein weiteres Heft in der Hand und schrieb: »Der große Taumaturg wollte sich zeigen.«

Noch immer standen zwei kleine Mädchen dort, die ihn anbetend ansahen und ihm mit zitternden Händen ihre Autogrammbücher hinhielten. »Was sah der Blinde im Traum?« schrieb er in das Buch der einen, die mit Tränen in den Augen einen Schritt zurücktrat.

Tobias fühlte sich leer und erschöpft, mußte aber noch immer einen weiteren bittenden Blick beantworten. Er nahm das kunstvolle Buch entgegen und schrieb quer über die Seite: »Wie schafft es die Zeit, daß sie vergeht?«

Henrik war hinzugeeilt und verjagte die kleinen Mädchen.

»Bist du nicht bei Trost? Du hättest entlarvt werden können.«

Im selben Augenblick hörte man einen schrillen Schrei von der ersten Autogrammjägerin, dann von der zweiten.

»Was hast du mit ihnen gemacht?« fragte Henrik besorgt.

»Ihnen etwas geschenkt, mit dem sie leben können.«

Die Schreie wiederholten sich, andere schrien. Ehe Henrik ihn zurück auf die Bühne scheuchte, sah Tobias, daß eines der Mädchen ganz hinten im Korridor auf die Knie gefallen war, ein anderes hielt ihr Autogrammbuch mit ausgestreckten Armen vor sich.

Wieder auf der Bühne, suchten seine Augen sofort die Stelle, an der Vibeke saß. Während er mechanisch die Hand bewegte, sog er gierig den bewundernden Blick in sich auf und verspürte eine unbeherrschte Eifersucht auf den, der er nicht war und dem die Bewunderung galt. Ab und zu versuchte der neben ihr Sitzende, der Kußnärrische, ihre Aufmerksamkeit zu erregen, sie aber schüttelte ihn ab und ließ ihr Idol nicht aus den Augen.

Gegen Ende des Konzerts fiel Tobias, durch Hörschutz und Watte hindurch und trotz des unaufhörlichen, wummernden Lärms, eine ungewöhnliche Unruhe im Saal auf, oder vielmehr eine sich steigernde Erwartung. Er sah, wie eine der Autogrammjägerinnen ihr Buch zeigte, während ein Fotograf Bilder von ihr machte. Eine Journalist schrieb sich die Mitteilung im Buch auf. Tobias konnte sich nicht erinnern, welche der Botschaften gerade dieses Mädchen empfangen hatte.

Hinterher fühlte er sich leerer und erschöpfter als jemals zuvor bei einem Konzert. Als er sich der Garderobe näherte, stand ein Schwarm von Journalisten, Mikrofonhaltern und Fotografen davor. Henrik kämpfte heftig darum, sie fernzuhalten.

»Er will jetzt nicht mit euch reden«, rief Henrik und versuchte die Menge zurückzudrängen. »Ihr hört doch, er antwortet nicht auf eure dummen Fragen.«

Vielstimmig verlangten die Versammelten eine Antwort. Alex könne ihnen nicht eine solche Katastrophe prophezeien und dann verschwinden. Das werde eine Katastrophe für ihn.

Ob er verrückt geworden sei? Vor so was könne man nicht davonlaufen.

Henrik versuchte sie brüllend zu übertönen. Er bat sie, sich ein wenig zurückzuziehen, er werde versuchen, Alex zu überreden. Nach weiteren Protesten und Versicherungen ließ der Schwarm sich in den Korridor drängen.

Als es leer war, näherte Tobias sich der Garderobe. Durch die noch immer einen Spalt geöffnete Tür hörte er eine Stimme, die er als die Alex Meeres erkannte.

»Ja, manchmal ...«, sagte Alex ein wenig gequält. »Meist genieße ich es nur. Manchmal aber schlägt es über mir zusammen. Fast so, als gebe es mich zweimal.«

»Das verstehe ich gut«, sagte die Frau mitfühlend. »Das habe ich auch erlebt. Es gibt eine, als die man sich fühlt, und eine, die die Kamera einfängt.«

Es war sie.

Tobias lief es kalt über den Rücken, weil er ihr so nah war. Sussi Cran. Sie war die Fernsehansagerin, die er zusammen mit Alex gesehen hatte. Es gab keinen Zweifel. Vorsichtig näherte er sich der Tür und stieß sie auf.

»So daß man fast nicht mehr weiß, wer man ist«, fügte Alex hinzu.

»Manche Leute meinen, die Kamera schäle nur eine ganz dünne Schicht von demjenigen ab, den sie aufnehmen, und übertragen sie auf den Film«, fuhr Sussi fort.

Die Beleuchtung in der Garderobe war gedämpft. Alex saß allein in einem Sessel, in der Hand ein Glas, während ein einsamer Kameramann seinen müden Gebärden folgte. Der Mann für den Ton hielt das Mikrofon dichter an ihn heran, während er trank.

Das Video war eingeschaltet. Interesselos verfolgte Alex den Film. Es mußte sich um die Fortsetzung dessen handeln, was Tobias früher gesehen hatte. Alex und Sussi befanden sich noch immer am Strand und betrachteten dieselben Segelboote.

»Zu guter Letzt ist so viel abgeschält, daß die Oberfläche nicht mehr zu erkennen ist«, sagte sie und entfernte den Stein, den er ihr auf den Bauch gelegt hatte. »Man ist völlig hautlos. Auf die Mattscheibe übertragen.«

»Wer zum Teufel hat dieses Band eingelegt?« schrie Alex. »Henrik?«

»Aber jammern hilft nicht«, wurde er von dem Alex am Strand korrigiert. »Man wollte es selbst so haben.«

Er nahm ihr den Stein aus der Hand. Hielt ihn bedrohlich in die Kamera und tat plötzlich so, als wolle er ihn werfen. Das Bild wackelte heftig, und Sussi und Alex lachten dem erschrockenen Kameramann zu.

»Henrik!«

Alex hatte sich erhoben, er setzte das Glas ab und schaltete das Videogerät aus. Ging im selben Augenblick auf die Tür zu, als Tobias eintrat. Alex erstarrte, als stehe er einem gefürchteten Spiegelbild gegenüber. Er griff sich an die Stirn, wurde bleich und sank zusammen, griff ein wenig hinter sich, stützte sich ein wenig am Sessel ab, fiel aber trotzdem zu Boden.

»Was machst du?« brüllte Henrik, der, Schweiß auf der Stirn, angerannt kam. »Und was hast du mit denen da draußen gemacht? Die wollen nicht nach Hause. Der Saal kocht. Sieh zu, daß du fortkommst. Bevor sie zurückkommen.«

»Ich weiß nicht, was ich machen soll«, sagte der verwirrte Kameramann. »Ich habe Anweisung, ihm überallhin zu folgen, gleichgültig, ob er wach ist oder schläft. Aber jetzt...«

Henrik bemerkte den Bewußtlosen auf dem Fußboden und zeigte auf Tobias. Der Kameramann nickte, zum Zeichen, daß er verstanden hatte, und drehte sich zu Tobias.

Nun hörte man Stimmen und Schritte auf dem Korridor.

»Da ist er!«

»Schaff sie weg«, zischte Henrik Tobias zu und beugte sich über Alex.

Tobias trat in den Korridor und schloß die Tür hinter sich.

»Wir gehen auf die Bühne, damit ihr alle hören könnt, was ich euch zu sagen haben«, sagte er gelassen.

Als er auf der Bühne vor dem vollbesetzten Saal stand, begann er mit einer großen Erzählung. Von dem Mann, der den großen Pakt zwischen Göttern und Menschen zerstört hatte. Über dessen Inhalt er ihnen nichts sagen könne. Doch habe er beschlossen, ihn wiederzubeschaffen, koste es, was es wolle. Er werde so lange danach suchen, bis er ihnen die Botschaft überbringen könne.

Der Saal kochte. Seine Blick suchte Vibeke und fand sie, nach wie vor in Begleitung der beiden jungen Männer.

Tobias glaubte, er sei fertig, aber die Leute wollten ihn nicht gehen lassen. Ein Journalist, der die Rolle des Moderators übernommen hatte, dankte ihm und sagte, er habe damit einige der Fragen beantwortet, die er selbst gestellt habe. Doch gebe es weitere unbeantwortete Themen. Er deutete auf die fünf, sechs Autogrammbücher, die Tobias übermalt hatte.

Unter starkem Druck erklärte Tobias, die Zeit sei gekommen, an die Zukunft zu denken. Er plane ein riesiges Projekt. Dies erfordere große Energie, er hoffe jedoch, er könne eine Erfindung einsetzen, die Thermofolie, von der er gehört habe. Außerdem fehle ihm nur ein Sponsor, der ihn unterstützte, die Dinge in Gang zu setzen.

Erwartung machte sich breit, Tobias aber weigerte sich, noch mehr zu sagen. Im Saal war Joakim Gegenstand großer Aufmerksamkeit geworden, als Tobias feststellte, daß der Erfinder selbst anwesend war, und ihn bat, mit seinen Begleitern auf die Bühne zu kommen.

Die verschiedenen Abbildungsmöglichkeiten lassen sich am leichtesten an Hand des konkreten Globusromans demonstrieren.

Eine naheliegende Lösung wäre gewesen, ihn in Form dreier selbständiger Bücher in einer Kassette zu veröffentlichen.

Hierbei würde das eine Bertels Beschreibung der trüben, unübersichtlichen Zeit sein, in der er lebte, seine Begegnung und seine Gespräche mit Hans Hanssøn Skonning.

Der zweite Band wären Tobias' Schandtaten und seine Versuche, gut zu werden. Der dritte Band würde hingegen von Styges Familienerzählung handeln, die zurückging in die Vergangenheit.

Der Vorteil einer solchen Abbildung wäre vor allem, daß man sich in gebührend überschaubaren Romanstrukturen bewegte, von denen jede ihre eigene Tonart und ihr eigenes Tempo hätte.

Der Nachteil wäre der fehlende Zusammenhang. In Bertels Buch würden häufig die Visionen des Druckers erwähnt werden. Will der Leser jedoch wissen, von welchen Offenbarungen die Rede ist, muß er sie in einem anderen Buch suchen. Selbstverständlich könnte Bertels Erzählung mit sinnreichen Querverweisen zu den beiden anderen Büchern versehen werden, in denen der Leser die erwähnten Visionen findet. Mit der Folge einer sprunghaften Leseweise, da man die Lektüre des einen Buches unterbrechen muß, um in einem zweiten zum Verständnis zu gelangen.

Eine andere Lösung könnte darin bestehen, die drei Haupthandlungsverläufe in drei parallelen Spalten anzuordnen, wodurch man bei der Lektüre einer Spalte die ganze Zeit auf die beiden anderen schielen und auf diese Weise feststellen könnte, was sich auf diesen Ebenen vollzieht. (Auf dem Globus nehmen sie ungefähr den gleichen Raum ein, weil Bertels Geschichte mit ein wenig plumpen gotischen Typen gesetzt ist und so eine geringere Textmenge denselben Raum einnimmt.)

An einigen Stellen wird es zu Zusammenstößen kommen, zum Beispiel bei Abschnitt 17, wo beide in Tobias' und Styges Spalten gehören. Außerdem könnten gewisse Unklarheiten bezüglich der Pole auftreten, wo die Schreckensnacht Hans Skonnings, die zur ersten Vision führt, in der gegenwärtigen Abbildung den einleitenden Abschnitt bildet und nicht in eine der drei Spalten zu gehören scheint. Entsprechend am »Südpol«, wo die letzten Offenbarungen des Druckers ineinanderfließen.

Außerdem können drei nebeneinander angeordnete Spalten leicht zu einer flüchtigen, unsteten Lektüre verführen, da der benachbarte Scroll unweigerlich die Aufmerksamkeit auf sich lenkt.

Man könnte die Geschichte auch als eine einzige Erzählung abbilden, die des alten Skonning, der alle Offenbarungen und anderen Züge als Fußnoten und Anlagen beigefügt werden. Damit bliebe das Erlebnis einer Hauptgeschichte, wie wir sie gewohnt sind, erhalten. Der größte Nachteil wäre, daß die umfänglichen Anmerkungen und Ergänzungen die Haupterzählung bei weitem übersteigen. Der Leser könnte leicht das Gefühl haben, er ertrinke in Digressionen und Nebensächlichem.

Die Lösung, die am besten den bunten Eindruck wiedergeben könnte, den der ursprüngliche Globusroman hinterläßt, wäre, ihn in Form eines Stapels Zeitungsseiten abzubilden. Man könnte in diesem Falle selbst entscheiden, welche Geschichte man lösen möchte. Anschließend muß man sich selbst für den Artikel entscheiden, den das Auge nun eingefangen hat, und anschließend noch für einen dritten.

Der Vorteil wäre, daß man ständig die zusammengesetzte Struktur vor Augen hätte. Man könnte eine angemessene Vorstellung vom ursprünglichen Globusroman bekommen, indem man die Zeitungsseiten auf dem Fußboden ausbreitet, dergestalt, daß zusammenhängende Artikel ineinander übergehen. Das Risiko wäre natürlich, daß man jeden Gesamtüberblick verliert und zu einer völlig atomisierten Lektüre gelangt.

Der gleiche Einwand kann gegen die Möglichkeit vorgebracht werden, den Roman als Hypertext auf Diskette zu speichern. Ganz bestimmt wird man leicht zu Zusammenhängen und Fortsetzungen finden. Der Verlust von Kontinuität und Räumlichkeit fiele jedoch schwer ins Gewicht.

21

Erzähl etwas, Bertel«, sagte Anne Storm.

Sie hatte geweint. Ich hatte ein hilfloses Gefühl angesichts ihrer Tränen. Christen befand sich irgendwo auf Jütland, wo er die Schweden daran hindern sollte, in das Land einzudringen. Meine Wirtin war mit mir und dem Kleinen allein im Hause, und es gab nichts zu sagen, womit ich diesen Umstand hätte verbessern können.

»Die ganze Zeit grübelst du. Worüber grübelst du, Junge?«

Die vielen Tränen hatten sie häßlich gemacht, dennoch schnitt es mir ins Herz, als ich ihren Blick erwiderte.

»Ich frage mich, was ich eigentlich lese.«

Als ich meine Papiere zur Seite legte, strich sie mir die Haare über dem einen Ohr zurecht. Trotz der Kälte ließ die Berührung, wie ich glaube, das Ohr brennend rot anlaufen.

»Ich lese sonderbare Geschichten. Einige sind sehr erstaunlich. Scherzhaft und erbaulich, rührend oder verblüffend. Ich lese sie; wenn ich eine schöne Geschichte gelesen habe, denke ich: So ist das Leben. Zugleich zerrinnt mein eigenes Leben.«

»Herrgott, Bertel, Kleiner, dein Leben hat doch kaum angefangen.«

Sie lächelte, aber in diesem Lächeln lag kein Spott, vielmehr waren wieder die Tränen in die Augenwinkel getreten. Anne beugte sich rasch über ihr Nähzeug, und erst ein wenig später fuhr sie heimlich mit dem Ärmel über ihre Wange.

»Nenn mich nur Kleiner, aber ich bin eine halbe Elle größer als du.«

»Bist du närrisch, selbstverständlich bist du das nicht. Kleiner Bertel.« Ich sprang hoch und brauste wieder auf.

»So etwas läßt sich entscheiden.«

»Eine halbe Elle«, sagte sie und lachte reizend.

Ich zog sie in die Mitte des Zimmers, und sie stellte sich kerzengerade mit ihrem Rücken gegen meinen. Zwar war es keine halbe Elle, mein Kopf ragte aber über den ihren hinaus. Rükken an Rücken standen wir da, auch nachdem die Frage geklärt war. In meinen Ohren brauste es, nicht das Knistern vom Ofen, nicht die tiefen Atemzüge des Kindes, sondern Annes Atemzüge und meine eigenen waren eins geworden.

Ohne uns vorher verständigt zu haben, drehten wir uns um und standen uns dann von Angesicht zu Angesicht gegenüber, so dicht freilich, daß wir einander nicht sehen konnten. Ich wartete, sie wartete, sogar die Zeit verging langsamer. Dann maßen wir den Unterschied. Zwei Fäuste, meine vorsichtig auf ihrem Haar, ihre auf meine Faust gelegt, so groß war der Unterschied.

Eine Fortsetzung gab es nicht. Wie eine Erzählung, die nicht zu sich selbst findet. Wir zögerten noch ein wenig. Dann setzte sich die Schwester meiner Mutter wieder über ihr Nähzeug, und nachdem ich im Ofen gestochert hatte, nahm auch ich meinen Platz ein.

»Eine halbe Elle«, schlug sie vorsichtig vor.

Auf dem Tisch legten wir beide die Fäuste aufeinander und schätzten die Höhe ab. Sechs Daumen höchstens, darauf einigten wir uns.

»So groß, und trotzdem zerrinnst du?«

»Meine Tage zerrinnen. Oder werden niemals zu Leben, wie ich es aus Erzählungen kenne.«

Anne griff wieder nach ihrem Nähzeug, aber ihre Gedanken waren anderswo, bei Christen, wie gesagt, dessen Christtag bestimmt nicht munterer verlief.

»Du liest zuviel«, sagte sie, ohne mich anzusehen.

Auch dies tat weh. Lieber in ihre Augen sehen und von ihnen verbrannt werden, als daß sie sich abwendete von mir.

»Was sonst...«, sagte ich.

»Ich sehe, du erlebst zuviel. Du hast vieles zu erzählen, wenn du nach Hause kommst.«

»Den größten Teil des Tages präge ich mir griechische Vokabeln ein, für die ich vermutlich niemals wieder Gebrauch haben werde. Ich trotte durch die gleichen morastigen Straßen, falls ich nicht träumend in einem finsteren Winkel sitze. Meine Gespräche bestehen aus halbgaren Gedanken, die niemals Form annehmen, und schwach bestätigten Gerüchten, die ich hin und her wende und aus denen ich Kraft schöpfen will. Außer ich spreche mit einem verwirrten Alten, der seine Einfälle nicht im Zaum halten kann.«

»Was willst du?«

»Ein Leben. Ich lese von wundersamen Ereignissen, träume von farbenreichen Umgebungen. Aber schau, was ich habe. Niemals wird meine Existenz die geringste Ähnlichkeit mit einer Erzählung aufweisen.«

»Und warum wünschst du dir das?«

»Warum?« rief ich, und nun gelang es mir, Annes Blick einzufangen. »Es ist wahr, das weißt du nicht, weil du nicht liest.«

»Dann erkläre es mir.«

»In einer Erzählung hat jede Bewegung, die man ausführt, Bedeutung.«

Ich streckte nicht die Hand aus, um sie ihr auf die Schulter zu legen, obwohl ich zitterte vor Verlangen, es zu tun.

»In Erzählungen ist alles möglich«, sagte ich und hielt ihren Blick so lange fest, daß sie widerstrebend zu lächeln begann. »Und alles, was man sagt, alles, was man tut, erhält Bedeutung und Zusammenhang. Gerade habe ich eine Erzählung gelesen, in der man einem Menschen begegnet, dessen ganzes Leben überwacht wird. Jeder Schritt, den er macht, wird aufgefangen und in Erinnerung behalten, überallhin folgen ihm ein Auge und ein Ohr, die ihn ansaugen, eine ganze dünne Schicht von ihm abschälen, die niemals wieder wächst. So ist es, wenn man sich in einer Erzählung befindet. Alles, was man unternimmt, hinterläßt dauerhafte Spuren. Kein Teil des eigenen Lebens wird sinnlos oder vergeblich.«

Anne nahm begierig meine Worte in sich auf, runzelte aber verständnislos die Augenbrauen.

»Ich verstehe nicht, warum das so eigentümlich ist«, sagte sie. »Der liebe Gott überwacht alles, was wir sagen und tun. Und behält es im Sinn. Er gibt allem Bedeutung.«

»Aber der Unterschied ist«, sagte ich und wurde so unruhig, daß ich mich erheben mußte, »daß sich Menschen in Erzählungen zu Göttern machen. Alles ist möglich, alles erhält Sinn, alles ist gestattet, wenn es nur den Gesetzen der Erzählungen folgt.«

»Das verstehe ich nicht. Wie kann denn alles gestattet sein?«

»Wenn es nur nicht gegen die Erzählung verstößt.«

»Das ist irgendwelches dummes Zeug. Deine Worte sind zu schwierig. Gib mir ein Beispiel, wenn ich dich verstehen soll.«

»Ein Beispiel?«

Für einen Augenblick erwog ich, sie in Skonnings Aufzeichnungen einzuweihen, widerstand aber der Versuchung.

»Wie würde dein eigenes Leben aussehen, wenn es eines dieser sonderbaren Erzählungen wäre?«

Vielleicht wurde ich von ihrem Lächeln ein wenig geneckt, denn ich mußte wegsehen und meine Worte anderswo suchen.

»Das setzt voraus, daß man sich den Bedingungen der Erzählung unterwirft«, sagte ich, ängstlich, was sie von mir verlangen könnte.

»Ich gehorche und unterwerfe mich den Bedingungen der Erzählung.«

Sie schloß die Augen, um mir zu erkennen zu geben, daß sie sich meinen Worten unterstellte, und ich konnte sie freimütig betrachten.

»Wie du weißt, bin ich bei meinen Eltern aufgewachsen.

Aber ich wollte... als mein Vater starb... Ich... Das weißt du ja. Ich kann dir nichts Neues erzählen.«

»Du hast einen Fehler gemacht. Ich habe gedacht, Erzählungen drehen sich immer um einen Er.«

»Einen Er?«

»Du hast die ganze Zeit ich gesagt.«

»Ich gebe auf. Das geht nicht.«

»Ich mache die Augen nicht eher auf, bis du erzählst.«

Ich betrachtete sie, sie hatte den Kopf zurückgelegt. Auf der Wange befand sich eine Falte, die in ein Lachgrübchen auslief. Eine Haarschlinge hatte sich gelöst und kitzelte sie an der Nase. Vorsichtig blies sie sie weg, ohne die Augen zu öffnen. Zuletzt war der Anblick so schmerzlich, daß ich mir wünschte, sie möge mich wieder ansehen und meine Augen in eine andere Richtung zwingen. Ihr Mund... In meinen Lippen brannte es.

»Schon als Heranwachsender las er alle Worte, die in seine Reichweite gerieten, und wollte alles wissen«, sagte ich und hoffte nur, sie werde nicht entdecken, wie meine Stimme zitterte. »Als er dann begann, erwachsen zu werden, schickte man ihn in die Stadt, wo ihm die Lateinschule wenn auch nicht Weisheit, so doch Wissen vermitteln konnte.«

Sie hatte die Augen geöffnet und sagte leise und erstaunt:

»Das beginnt ja wie eine richtige Erzählung.«

»Die Stadt überwältigte ihn, mehr als zehn lange Straßen, mehr als hundert Menschen konnten dort lesen und kannten die Welt, mehr, mehr als tausend Männer und tausend Frauen und ebenso viele Jungen und Mädchen. Unzählig waren die Häuser, in die man niemals eintrat, vielfältig die Schleichwinkel und versteckten Gäßchen, in denen man sich verlieren konnte, ein Gewimmel von Schicksalen, in die man niemals Einblick erhielt.«

Anne lächelte hintergründig, als öffneten ihr diese Worte eine neue Stadt.

»Er mußte nicht nur rasch erkennen, daß er niemals alles verstehen werde, mehr und mehr erschien ihm unbegreiflich und zusammenhanglos. Jeder der Kameraden in der Schule hatte seine dunklen Pläne, die Lehrer und die Priester ihre verborgene Vergangenheit, jedes Haus barg Einsichten, die sich nicht erschlossen, und die Stadt summte vor angedeuteten Geschichten, die niemals zu Ende erzählt wurden. Alles löste sich auf in Zweideutigkeit. Der Bischof starb, aber hatte er sich wegen haltloser Gerüchte zu Tode gegrämt, oder war seine Krankheit eine Strafe für die Liederlichkeit seiner Familie? Die Frau des Bischofs glühte vor Zorn, richtete er sich jedoch gegen ihren eigenen Lebenswandel oder gegen blinde Verleumdungen? Es konnte nur eine Erklärung geben, derjenige, der alles sah und die Zusammenhänge kannte, mußte jedoch offenbar die Augen geschlossen haben und weigerte sich, die Zusammenhänge zu berichten.«

Es schien, als ob Anne einen Kommentar einschieben wollte, aber ich fuhr fort, ehe sie dazu Gelegenheit hatte.

»Er wurde aufgesucht von dem verrückten Drucker, der mehr gesehen hatte, als er hätte sehen sollen. Waren seine Visionen jedoch Wahnsinn, oder lag eine tiefere Weisheit in ihnen? Es gab kein Maß, nach dem sich dies entscheiden ließ, keine Erzählung, die von der Bedeutung der Erzählungen berichtete. Darum bestand alles aus Unklarheit und Verwirrung, am schlimmsten aber war es, wenn er sich zu Hause zwischen den vier Wänden befand.«

Beim letzten Satz hielt Anne, die gerade eine Warnung gegen den Umgang mit Skonning hatte von sich geben wollen, mit offenem Mund inne. Dies gab mir Gelegenheit, unverdrossen fortzufahren.

»Hinter der geschlossenen Tür war seine Verwirrung am größten. Die Vorsehung hatte es gewollt, daß seine Wirtin eine selten prachtvolle Frau war. Wenn sie waschen mußte, schob sie den Rock in die Höhe, und der Anblick der schöngeschaffenen Waden, Knie und Schenkel stand ihm für Tage, ja für Wochen vor Augen. Sie schob ihr Wams hinunter, um den Kleinen zu stillen, und die entblößte Schulter, die gewölbte Brust ließen Tränen der Sehnsucht in seinen Augen aufsteigen, so daß er sich verbergen mußte. Streifte er zufällig den leichten Bogen über ihrer Lende, war ihm danach, als brenne seine Hand wie von einer Berührung des Ofens.«

»Junge«, sagte Anne sanft. »Ich glaube, wir dürfen nicht weiterreden.«

»Nur eine Erzählung«, sagte ich rasch. »Am schlimmsten war, daß er bemerkte, auch seine Wirtin dachte mit Freuden an ihn. Ihre Seufzer, ihr trauriges Lächeln, daß er bereits hätte vertreiben können, wenn er vorsichtig die Hand auf ihre verführerisch weiche Wange gelegt hätte.«

Die Worte waren so stark, daß meine Hand ihnen nicht widerstehen konnte.

»Das ziemt sich nicht«, flüsterte sie.

»Die Gesetze der Erzählung«, sagte ich, »sind anders.«

»Das ziemt sich nicht«, sagte sie. »Gott sieht uns und zürnt.«

»Nein, uns nicht«, sagte er. »Denn wir stehen unter dem Schutz der Erzählung. Wie sollte diese Erzählung verkehrt sein, die uns beiden große Freude und niemandem Schaden bringt?«

Anne versuchte erfolglos, sich zu entziehen, mußte aber ermunternd die Hand auf meine Wange legen.

»So spricht die Erzählung«, fuhr ich fort. »Sie mußten sich ihr beugen. Er legte sein Gesicht an das seiner Wirtin und fühlte ihre brennende Wange an der seinen. Außerstande zu widerstehen, erhoben sie sich und preßten sich aneinander.«

Das Sprechen fiel mir schwer, nun aber war sie es, die die Worte vorantrieb.

»Weiter«, flüsterte sie mir verschämt ins Ohr.

»Er knöpfte ihr seidenes Wams auf und preßte die Lippen auf die nackte Schulter. Immer wieder, unter Tränen, suchte er ihre Brust, ohne sie aus seinem Griff zu entlassen. Begehrlich, verzweifelt, weshalb sie ihm schließlich helfen und ihm auch die andere Brust bieten mußte.«

Von Tränen fast erstickt, sprach ich, ängstlich, der Traum werde enden, wenn ich die Erzählung nur für einen Augenblick unterbrach. Ich ahnte jedoch einen Ausweg, so daß ich für einen Augenblick die Worte sich selbst tragen lassen konnte.

»Er hob den Kopf«, sagte ich, »und seine Lippen fanden die ihren. Lange schmeckten sie vorsichtig, zögerten gegeneinander.«

»Lange«, fügte ich hinzu. »Noch lange.«

In immer größeren Abständen, weil ich bemerkte, daß die Geschichte immer stärker und tragfähiger wurde.

»Sie waren von den Worten wie verhext. Außerstande, einander loszulassen.«

Ich fühlte mich wie ein Märchenerzähler, bei dem es das Leben galt, den Faden der Geschichte nicht zu verlieren.

»Langsam, andächtig, Stück für Stück, löste er ihre Kleider und entblößte den weißen, zarten Körper. So überrascht, daß er hin und wieder innehalten mußten, um sie unter tiefer Ehrerbietigkeit zu betrachten.

Oder wie der Musiker, der den Tod fernhielt, solange seine Melodie lebte.

Woraufhin sie ihn sanft auspackte und mit so großer Freude, daß er das Gefühl hatte, seine Glieder entstünden erst unter ihren vorsichtigen, wenn auch kundigen Händen.«

Meine Erregung war so groß geworden, daß es mir schwerfiel, meiner Faszination Worte zu verleihen. Vielmehr legte ich vorsichtig die Hand auf ihren bebenden Unterleib.

»Und so weiter«, sagte ich, bedauerte aber sofort meinen Fehlgriff, weil Anne sich zurückzog und mich nachdenklich ansah.

»Was tun wir da?«

So entzückt, sagte er, daß er sich heftig bemühen mußte, seine Ungeduld zu dämpfen. Doch so kostbar war diese Möglichkeit, so einzigartig, daß sie um keinen Preis vergeudet werden durfte.«

Im letzten Augenblick hatte ich den Faden der Erzählung wiedergefunden. Ich sorgte dafür, daß er sie umgarnte, während ich den schönen Körper in Einzelheiten beschrieb. Meine Worte sorgten dafür, daß sie mich berührte, wo ich es wünschte. Die Geschichte brachte uns weiter und immer näher zueinander. Gehorsam folgte sie ihrem Gebot. Allmählich beherrschte ich die Situation so gut, daß ich mir erlauben konnte, die Beschreibung zu verzögern, zu zögern und anzureizen, auszusetzen, um dann mit um so größerer Wirkung zum treibenden Motiv zurückzukehren.

Es gelang mir, halbe Sätze in der Schwebe zu halten, die uns füreinander öffneten und mir Pausen erlaubten, die die Spannung zwischen uns weiter verstärkten. Anfangs vorsichtig, später mit größerer Kühnheit, warf ich mich in kleine Variationen, spielerische Verzögerungen, kehrte darauf mit größerer Autorität zum Hauptmotiv zurück und trieb es auf seinen unvermeidlichen Höhepunkt zu.

Schwindlig saßen wir zusammen im Alkoven, wohin uns das Märchen geführt hatte. Vorsichtig strich meine Wirtin über eine Locke an meinem Ohr, das noch warm war.

»Mein Junge, du liest zuviel«, sagte sie, aber der Tonfall war nicht schelmisch, sondern eher voller Bewunderung.

22

Nach einem seiner zahlreichen Besuche im Himmel konnte Swedenborg feststellen, daß die Zeit an diesem Ort ausgesetzt war. Wäre er während seines Besuchs in dieser Stadt imstande gewesen, in die Zukunft zu sehen, hätte ihm das Schicksal des Kammerschreibers demonstrieren können, daß dies auch auf Erden der Fall sein konnte.

Mit seiner runzligen Hand, die sich schon lange über das Gebot der Zeit hinweggesetzt hatte, zeigte Styge auf die alte Karte der Stadt, die er vor sich auf den Arbeitstisch gelegt hatte.

»Wenn ich mein Leben lang darum bemüht war, meine eigene Zeit zu wahren, so liegt dies womöglich an einer Einwirkung der Gene, die von meinem fernen Ahnen, René Dietrich Skonning, auf mich gekommen sind. Er lebte ungefähr in jener Zeit, aus der diese Karte stammt. Und sollten es nicht die Gene in meinem Inneren sein, dann ist es vielleicht der Geist Renés, der nicht mehr auf seine eigene Lebenszeit begrenzt ist, sondern ruhelos seine Existenz fortsetzt, indem er verschiedenen Mitgliedern der Familie seinen Besuch abstattet, darunter auch mir. Wer weiß, vielleicht nicht nur bei Nachkommen, sondern auch bei Vorfahren.«

Innehaltend ließ Styge den Blick auf seinem Gast ruhen, der sich schon lange angewöhnt hatte, sich mit Geduld zu wappnen, wenn ihm der Alte die Geheimnisse eines seiner Vorfahren eröffnete.

»Bis zum Erreichen seines dreiundzwanzigsten Jahres, in dem die Stadt zelebren Besuch empfing, scheint Renés Leben dem eingeschlagenen Weg gefolgt zu sein. Er hatte eine angenehme, leicht zu lesende Handschrift, und nach einem bestimmt recht oberflächlichen Schulbesuch wurde er in der Kanzlei des Kämmerers als Schreiber angestellt. Sein Leben lang, falls ich diese Wendung benutzen darf, führt, er ein kurzgefaßtes Tagebuch, in dem er keine tiefergehenden Betrachtungen anstellt, sondern sich meist auf äußerliche Dinge beschränkt, wie das Wetter, wem er begegnet ist und was er zu essen bekam. Bemerkenswert wird dieses Tagebuch am Tage nach dem Besuch des bekannten Mystikers in dieser Stadt. Wie ich erwähnte, war René dreiundzwanzig, beim nächsten Eintrag aber ist er neununddreißig. ›Plötzlich bin ich neununddreißigeinhalb‹, lautet die Notiz für diesen Tag. ›Niels Lauritzen Rømmer und Frau haben Besuch abgestattet, und meine treue Helene ließ ihr formidables Kalbsragout auftragen.‹ Danach wurde mit kleineren Buchstaben hinzugefügt: ›Sie erweckt großen Appetit.‹«

Styges Betonung spiegelte die erotische Bedeutung in dieser Aussage.

»Man fragt sich, wenn man das Tagebuch von Anfang an gelesen hat, was in dieser langen Zwischenzeit geschehen sein mag. Wie sich später noch zeigen wird, ist diese Frage jedoch gegenstandslos. Denn es gibt keine Zwischenzeit. Beim nächsten Eintrag ist René fünfundvierzig Jahre alt, und, wie er bekennt, ein wenig müde und verwirrt. Erland, sein Sohn, hat sich offenbar heftig verliebt, aber das ist nicht schlimm. Helene und René haben sich bereits über eine passende Partie für ihn verständigt. Wieder spürt der Leser Grund zum Erstaunen. Dieses Erstaunen ist jedoch erst berechtigt, wenn man den folgenden Eintrag sieht, bei dem René achtundzwanzig ist, zwei Tage vor seinem neunundzwanzigsten Geburtstag, um es ganz exakt zu sagen. Helene und er hatten ein kleinen Streit, und er hat nicht zu Hause gegessen.«

Augenscheinlich genoß Styge die Verblüffung, die er bei seinem Gast erkennen konnte.

»Natürlich verwirren diese Sprünge den guten Schreiber.

Aber da er ein sehr gläubiger Mann ist, versteht er diese Umstände als die Bestrafung einer Jugendsünde und nimmt, wie meist, sein Schicksal auf sich, ohne zu murren. Um die Wahrheit zu sagen, so hat diese Lebensform auch einiges für sich. Selbstverständlich ist es ein unsicheres Gefühl für René, abends zu Bett zu gehen, ohne jede Ahnung, in welchem Alter er erwachen wird. Eine der häufigsten Bemerkungen im Tagebuch handelt auch davon, wie er, unmittelbar nach dem Aufwachen, zum Spiegel eilt, um zu sehen, wie er an diesem Tag auftritt. Ganz bestimmt erwacht er mit einer klaren Vorstellung, in welchem Alter er sich befindet, ja, sogar, welches Datum man schreibt, häufig fehlt ihm jedoch die klare Vorstellung seines Aussehens an jenem Tag. Darum gibt es Bemerkungen wie: ›Verblüffend, sich selbst als junger Mensch zu sehen, nachdem man viele Tage in mittleren Jahren herumgesprungen ist.‹«

Die letzte Bemerkung las Styge aus einem soliden Band, offenbar einem Protokoll vor, in das er ein Lesezeichen gelegt hatte.

»Die Wendung ›herumgesprungen‹ soll nicht andeuten, daß er sich im Verlauf des Tages ausgesprochen lebhaft bewegt hat, sondern entspricht der Form, in der er normalerweise über sein Leben spricht, unstet zwischen früh und spät im Lebensverlauf. Hier ist einer, der einen anderen Weg geht.«

Styge blätterte im Protokoll, das angefüllt war mit kleinen, minutiösen Anmerkungen, bis er fand, wonach er suchte:

»Hier ist er achtundfünfzig. Vorher hat er sich in den Zwanzigern und anfangs der Dreißiger befunden. Zum Beispiel: ›16. April 1747.‹ Da ist er siebenundzwanzig. Dann kommt ›21. Februar 1757.‹ Dann 1759, 1758 und wieder 1759. Und dann plötzlich, an diesem dritten Oktober 1758: ›Habe vergessen, wie mich die Zeit in diesem Alter gezeichnet hat. Nähere ich mich dem letzten Datum?‹«

Behutsam schob Styge dem Gast das Protokoll hinüber, damit dieser die betreffende Eintragung sehen konnte. Sie war mit einer schönen Handschrift vorgenommen worden, die sich indessen schwer lesen ließ, da sie sich natürlich des geschwungenen Stils jener Zeit bediente.

»Wie du siehst, verändert René in späteren Jahren seine Handschrift, wodurch sie ein wenig deutlicher wird, unter anderem, weil er nicht mehr die großen Tüttelchen benutzt, die in den früheren Jahren auffallen.«

Styge deutete auf die große Auswüchse an zwei Ks, die bei späteren Datierungen verschwunden waren.

»Aber wie kann er denn seine Handschrift verändern, wenn er in der Zeit hin- und herspringt?« fragte der Gast eifrig, weil er meinte, auf einen Widerspruch gestoßen zu sein.

»Für seine Umgebung scheint René ein normales, chronologisch fortschreitendes Leben geführt zu haben. Es gibt keine oder nur sehr wenige Andeutungen, daß seine Umgebung, Freunde und Arbeitskollegen etwas Auffälliges an ihm bemerkt hätten. In ihren Augen scheint er sich ganz normal zu entwickeln und mit jedem Tag einen Tag älter zu werden, wenn man so will. Darum durchläuft er, in den Augen der Umgebung, die normale Entwicklung, er wird nicht nur älter, sondern legt sich neue Gewohnheiten zu, wird gesetzter, bekommt neue Freunde, hat neue Interessen. Und neben vielem anderen entwickelt sich auch seine Schrift.«

»Aber einige Andeutungen gibt es?«

»Obwohl er aus vollem Herzen seine ungewöhnlichen Lebensbedingungen akzeptiert, gelingt es ihm nicht immer, seine Unsicherheit zu verbergen. Ab und zu äußert er ganz spontan und sehr verständlich sein Erstaunen darüber, was dieser und jener Morgen gebracht habe oder wie der folgenden Tag werde. Verschiedene Anmerkungen sind hiervon geprägt, und René war sehr bemüht, seine unzeitigen Erlebnisse zum Ausdruck zu bringen. Indessen erfolgen sie so dicht, daß viele eine gewisse Neigung an ihm bemerkt zu haben scheinen, über die vergangene und die künftige Zeit zu sprechen. Nur selten aber kommt es zu Äußerungen, die seine ungewöhnliche Lebensform deutlich erkennen lassen. Oder besser, ganz unabhängig davon, wie deutlich, ob überlegt oder zu einer unglücklichen Gelegenheit er seinen Erlebnissen Ausdruck verleiht, es gab niemanden, der ihm folgen konnte.«

Der Gast nickte, zum Zeichen, daß es auch ihm schwerfiel, sich an diesen Gedanken zu gewöhnen.

»Mit größter Wahrscheinlichkeit gab es zu Beginn der Fünfzig eine Periode, in der er beschlossen zu haben scheint, seinen ungewöhnlichen Fall zu erklären. Um diesen Ablauf zu verfolgen, muß man natürlich zwischen die vielen Bänden hin- und herspringen, um die Notizen zu finden, die vom März/April 1772 stammen. Es gibt eine in Band zwei, zwei in Band drei, keine in Band vier, aber einige in Band fünf, und so weiter. In dieser Periode, wenn man sie so nennen kann, war René offenbar versucht, reinen Tisch zu machen. Seine hartnäckigen Versuche, seine Belastungen zu erklären, haben jedoch nur das Ergebnis, daß man ihn von seiner Arbeit freistellt und ihn zur Erholung schickt. Augenscheinlich mit positivem Ergebnis, denn hinterher ist die Grille wieder verschwunden, und René setzt mit frischen Kräften sein sprunghaftes Leben fort.«

»Es muß doch auch recht schwierig für ihn gewesen sein, an dieser Sichtweise festzuhalten. Ich meine, Tag für Tag an etwas festzuhalten, das seine Umgebung eher für den Raptus eines einzigen Tages hielt, schließlich können für ihn ja mehrere Bände dazwischenliegen.«

Voller Mitgefühl für seinen Vorfahren lächelte Styge, während er eine Handbewegung zu dem umfangreichen Protokollstapel machte, den er schon vorher auf den Tisch gelegt hatte. Sein Gast erhob sich und zog ihn näher heran. Styge öffnete einen beliebig ausgewählten Band und zeigte auf die Datierungen, in der Reihenfolge, in der sie auftauchten.

»Das Tagebuch wird fortgesetzt, insgesamt sind es dreizehn solide, minutiös geführte Bände. Glücklicherweise hat er mit buchhalterischer Umsicht die Bände numeriert, ansonsten wäre es schwierig, die richtige Reihenfolge herauszufinden. Denn überall herrscht dieselbe Unordnung. Am einen Tag ist er vierunddreißig, am nächsten dreiunddreißig, dann sechsundfünfzig, einundfünfzig, wieder vierunddreißig, nun aber ein paar Monate älter, zweiundfünfzig, fünfundzwanzig, achtundzwanzig, fünfundzwanzig, eine jüngere Periode, und dann plötzlich neunundfünfzig, einundfünfzig. Band für Band, ohne irgendeine Vorhersagbarkeit springend, aber niemals in der erwarteten chronologischen Reihenfolge. Doch, dreimal kommt es, glaube ich, vor. Das eine Mal habe ich mir gemerkt.«

Er suchte Band acht heraus und schlug auf, ein roter Papierstreifen markierte die Stelle:

»Ich habe fleißig darin gelesen, aber das Interesse an einer systematischen Lektüre läßt sich mit Mühe aufrechterhalten. Hier ist die einzige Stelle, ich habe sie markiert. Ich meine auch noch auf zwei oder drei andere gestoßen zu sein, habe sie aber nicht wiederfinden können: ›7. November 1754. Meine Mutter kränkelt. Ich fürchte, ihr bleibt nicht mehr viel Zeit.‹ Er hätte sich mühelos mit größerer Sicherheit äußern können, denn schon im vorhergehenden Band hat er an ihrer Beerdigung teilgenommen. Verständlicherweise aber fiel es ihm schwer, die Zeit im Zaum zu halten, womit ich keinen Spaß mache, und wenn zwischen der Beerdigung und diesem Eintrag einige hundert andere liegen, muß man sich nicht darüber wundern, wenn er in der Zwischenzeit das Eintreten des Todesfalls vergessen hat. ›Wir nahmen nur eine hastige Mahlzeit ein, dann statteten wir den Krankenbesuch ab.‹ Und jetzt kommt das Auffallende, das ich dir zeigen wollte. Am folgenden Tag, dem 8. November 1754. Achte auf das Datum! ›8. November 1754! Heute ist der Tag nach gestern. Das bereitet mir Schwindel. Das Ganze läuft weiter, als handele es sich um einen einzigen langen Tag. Ohne Unterbrechung. Ohne Änderung. Erleben andere auf diese Weise das ganze Leben? Käme ich damit zurecht? Würde alles rasch in Vorhersagbarkeit ertrinken, im Einerlei ertrinken? Ist dies ein Zeichen dafür, daß mein Leben sich wieder ausgerichtet hat? Wird es von nun an dem Kalender folgen? Ist meine Sünde gesühnt? Nein, ich weiß doch, daß dies nicht der Fall sein kann. Und was ist mit all den Tagen in den kommenden Jahren, die ich bereits erlebt habe? Würde ich sie in diesem Falle noch einmal erleben? Oder würde ich sie überspringen, wodurch ich schnell meiner Umgebung voraus und es für mich Januar wäre, während Helene noch immer Dezember hätte? Nach den Kohlrouladen durch Regenwetter zu Mutter, deren Husten ärger geworden ist. Wie trist ist alles: Frühling, derselbe Frühling! Regenwetter! Dasselbe Regenwetter! Krankheit, dieselbe Krankheit! Zweimal hintereinander, derselbe Tag! Das halte ich nicht aus, glaube ich, wenn morgen schon morgen kommt!‹ Wie du siehst, hat dieses Erlebnis so großen Eindruck auf ihn gemacht, daß es seine Beredsamkeit weckt. Die ungewöhnliche Wiederholung hat zu einer der längsten Eintragungen überhaupt geführt. Und zum größten Verbrauch von Ausrufezeichen und Fragezeichen. Das Übereintreffen, zwei Tage hintereinander in der richtigen Reihenfolge, hätte seine Verblüffung nicht hervorrufen müssen. Ich bin kein Statistiker, meine aber unter den vorliegenden Umständen hätte es zwei- oder eher dreimal zu diesem Übereintreffen kommen müssen. Du darfst gern die übrigen heraussuchen.«

Mit einer gewissen Andacht nahm sein Gast eines der schweren Protokollbücher in die Hände. Dann blätterte er, versuchte die Schrift zu deuten und las ein wenig hier, ein wenig dort. Das Datum ließ sich jeweils leicht erkennen. Er fand keine zwei aufeinander folgenden und erkannte bald, wie unwahrscheinlich es war, daß er Erfolg haben sollte.

»Mit derselben Wahrscheinlichkeit dürfte die rückwärtslaufende Chronologie vorkommen. Daß also der fünfte Januar auf den sechsten desselben Jahres folgt. Was mir jedoch nicht aufgefallen ist. Wie du selbst entdecken wirst, fühlt man sich leicht versucht, zu springen und zufällige Stellen aufzuschlagen, statt ruhig zu lesen. Aber offensichtlich verliert man nur bei der Lektüre die Konzentration. Es scheint, als sei die Lebensform Renés abwechslungsreicher und stärker von Überraschungen und ermunternden Zufällen geprägt, als wenn er dasselbe Leben in chronologischer Reihenfolge verbracht hätte. Was hast du da gefunden?«

Der Gast hatte innegehalten und deutete auf eine Stelle im Protokoll.

»Hier steht dasselbe Datum in verschiedenen Jahren unmittelbar hintereinander.«

»Das kommt bei jedem dreihundertfünfundsechzigsten Eintrag vor.«

»Aber es ist genau ein Jahr später. ›12. Juni 1755‹. Und danach ›12. Juni 1756‹.«

»Darf ich mal sehen? Das dürfte nicht so oft der Fall sein.«

Styge nahm das Protokoll und las die Notizen laut vor.

»›Juni 1755. Das Haus duftet nach frischgebackenem Brot. Der Sauerteig ist, der liebe Gott sei gelobt und gepriesen, nicht zu Ende gegangen. Es freut mich, Erlands Vorliebe für Zahlen zu sehen. Er wird es weit bringen, wenn er das fortsetzt.‹ Erland ist der älteste Sohn. Auffällig ist, daß er sich in der chronologischen Lebensweise seiner Umgebung zurechtfindet. ›Frikadellen. Bedeckt. Gibt es denn keinen Sommer?‹ Und unmittelbar darauf folgend: ›12. Juni 1756. Ein Jahr ist vergangen! Genau ein Jahr. Wie viele Falten habe ich doch in diesem Jahr bekommen, und wie viele Haare habe ich verloren. Wieder Frikadellen, und das bei dieser Riesenhitze. Schwer, ihnen Gerechtigkeit angedeihen zu lassen. Helene behauptet, es sei Monate her, seit wir das letzte Mal Frikadellen hatten.‹«

Zierlich markierte Styge die betreffende Stelle mit einem Lesezeichen und machte eine Notiz, dann schloß er den Band, bei dem es sich um den sechsten handelte.

»Wie du siehst, kommt es unweigerlich aufgrund seines besonderen Lebensrhythmus zu Zusammenstößen. Das hat dazu geführt, daß man ihn für einen etwas exzentrischen, geistesabwesenden Mensch gehalten hat, der unter Ahnungen oder etwas Ähnlichem litt, das an Kenntnis kommender Ereignisse erinnerte. Nicht daß er sich damit gebrüstet hätte, im Gegenteil, er schien verlegen oder verwirrt gewesen zu sein, wenn er aus Versehen ein künftiges Ereignis erwähnt hatte, als habe er es bereits am vorangegangenen Tag erlebt. Andererseits fiel es ihm oft schwer, sich an das zu erinnern, das sich nach dem Verständnis anderer in der unmittelbaren Vergangenheit abgespielt hatte, und sprach über Ereignisse des vorangegangenen Tages, als habe er sie in ferner fast vergessener Vergangenheit erlebt oder habe mit ihnen noch keine Bekanntschaft geschlossen.«

Der alte Mann lächelte, als sei ihm dies gar nicht so fremd.

»In der ersten Zeit nach dem Auftreten der Sprünge versuchte er ein System herauszufinden, gab aber bald auf. Ich, der ich den Überblick habe, habe ebenfalls keine Gesetzmäßigkeit feststellen können. Eine Zeitlang versucht er außerdem die Länge seines Lebens zu berechnen. Was sich tatsächlich mit verblüffender Exaktheit machen ließ. Wenn du eine Anzahl Spielsteine, die beginnend mit eins fortlaufend numeriert sind, in einen Beutel steckst und dann beliebig einige davon ziehst, werde ich dir mit einiger Genauigkeit sagen können, wie viele sich in diesem Beutel befinden. Entsprechend könnte man mit Renés numerierten Tagen berechnen, wie viele Tage er im Beutel hatte, sobald er zufällig fünfzehn, sechzehn Sprünge hinter sich hatte. René wußte um diese Möglichkeit und versuchte gewisse Berechnungen anzustellen, gelangte aber niemals zur richtigen Formel. Vielleicht war dies ein Vorteil für ihn, vielleicht sah er ein, daß er glücklicher ohne dieses Wissen wäre, und stellte darum seine Berechnungen ein.«

Styge, selbst hoch an Jahren, suchte einen der schweren Bände heraus und schlug ihn an einer Stelle auf, die mit einem Papierstreifen markiert war.

»Einmal versuchte er eine Art Lebenskalender aufzustellen und die Tage anzukreuzen, die er bereits gelebt hatte. Wiederum wurde ihm dies jedoch zu kompliziert, und er gab seine Bemühungen auf und entschied sich dafür, die Tage kommen zu lassen, wie sie wollten, ohne sich darum zu scheren, wann dieser Kalender ausgefüllt sein würde. Ich habe es versucht und herausgefunden, wenn René sein Dasein als lebendiges Bingospiel erlebt hätte, wäre der Februar 1755 jener Monat gewesen, in dem er zum ersten Mal Bingo gehabt hätte, alle Daten sind ausgefüllt. René aber war keine Spielernatur.«

Wieder zog der Gast eines der Protokollbücher zu sich herüber und begann darin zu blättern. Eine Anmerkung nahm ihn gefangen, er las sie, blätterte, stieß auf einen Namen und las weiter.

»Das erinnert mich an eines dieser riesengroßen Gästebücher«, sagte er.

»Auch René hatte dieses Gefühl ab und zu. Das Gefühl, zu Gast in seinem eigenen Leben zu sein. Vermutlich, weil jeder dieser ›Besuche‹ von so kurzer Dauer war, ein einzelner Tag jeweils. Während wir uns aufgrund des Zusammenhangs unserer Tage für berechtigter halten, uns hier aufzuhalten.«

Von einem Bücherbord, das er vom Arbeitsstuhl aus erreichen konnte, nahm Styge eine Papierrolle, die sich, als er sie auseinanderrollte, als dicht beschrieben erwies.

»Selbstverständlich kann man ein normales Leben in den verstreuten Aufzeichnungen erkennen, wenn man sich die Mühe macht, sie chronologisch zu ordnen. Als ich die Protokolle meinem alten Studienfreund, Victor H. Kryges, gezeigt habe, war er sofort Feuer und Flamme. Er machte sich an die ungeheure Arbeit, im unordentlichen Leben des armen René aufzuräumen. Kryges kam ziemlich weit mit der Ordnung der fast tausend Einträge. Ja, nun kannst du dir ausrechnen, daß René über sechzig Jahre wurde. Ab einem gewissen Zeitpunkt mußte Victor aber erkennen, daß er im Begriff stand, ein ziemlich uninteressantes Leben zu entwickeln, in dem Bratwürste von Karbonaden abgelöst wurden und Nebel auf Dunst folgte. Mit anderen Worten, er nahm den Aufzeichnungen alle Spannungen, alles Erstaunen und jede Benommenheit. Übrig blieben, von Suppe und Regen abgesehen, nur einige rätselhafte Notizen, deren Sinn unverständlich blieb. Wie hier, in Band neun: ›11. Juni 1756. Das warme Wetter bleibt. Darum bekam mir das kalte Steak gut. Mikael scheint mir aus dem Weg zu gehen.‹ Mikael ist Renés zweiter Sohn. Er scheint als einziger, abgesehen vom Hund des Nachbarn, Schwierigkeiten zu haben, sich mit Renés sprunghafter Lebensweise abzufinden. Vielleicht fiel es ihm schwer, den Vater als normales, chronologisch sich weiterentwickelndes Wesen zu verstehen, was er schließlich auch nicht war. Was vielleicht auch der Grund dafür war, daß Mikael in seinem späteren Leben in Konflikte mit sich selbst geriet. Als Erwachsener nimmt er den Namen der Mutter an und wird Stammvater der Familie Osgren.«

Einen Augenblick sah Styge sich verwirrt um, als habe er die Orientierung verloren.

»Wie bin ich darauf gekommen? Ja, ich wollte über die Chronologie sprechen. Nach dem Eintrag über Mikael würde in Viktors Redaktion also der 12. Juni folgen, den du bereits aus Band sechs kennst. ›12. Juni 1756. Ein Jahr ist vergangen! Genau ein Jahr. Wie viele Falten habe ich doch in diesem Jahr bekommen, und wie viele Haare habe ich verloren. Wieder Frikadellen, und das bei dieser Riesenhitze. Schwer, ihnen Gerechtigkeit angedeihen zu lassen. Helene behauptet, es sei Monate her, seit wir das letzte Mal Frikadellen hatten.‹«

Mit einer Handbewegung gab Styge zu erkennen, wie leer und widersprüchlich der Text in seinem richtigen chronologischen Zusammenhang geworden war.

»Obwohl Viktor seine Bemühungen aufgab, kann man sich einen gewissen Überblick über Renés Leben im Zeitverlauf verschaffen. Er war der Sohn des Uhrmachers Ernst Didriksøn

Skonning, der verheiratet war mit Dorothea, früher Haushälterin beim Bürgermeister. Ernst war noch recht jung, als die etwas ältere Dorothea ihm René gebar. Unser Zeitvagabund bekam drei, vier oder fünf Geschwister, oder hatte sie dann und wann, sollte ich vielmehr sagen. Ich habe mir keinen Überblick darüber verschaffen können, ob die eine nur unterschiedlich genannt wird oder ob es sich tatsächlich um zwei Schwestern handelte. Und ein Bruder scheint in jungen Jahren gestorben zu sein, taucht etwas später offensichtlich aber wieder auf. Es mag daran liegen, daß ich nicht sorgfältig genug gelesen habe, aber es ist auch möglich, daß er sich einen Tag später nur als scheintot erwiesen hat. Diesen Tag konnte ich nicht finden, und auf seine Beerdigung bin ich auch nicht gestoßen.«

Der alte Mann machte eine erschöpfte Handbewegung in Richtung der abgegriffenen, umfangreichen Bände, um das Hoffnungslose seiner Suche zu signalisieren.

»René wurde also als Schreiber und Protokollführer beim Kämmerer angestellt, eine Stellung, die er bis zu seinem Tod bekleidet, mit recht wenigen Unterbrechungen, wie zum Beispiel dem schon erwähnten Erholungsaufenthalt. Er war verheiratet mit Helene Margaretha Madsdatter Osgren, die ihm das ganze Leben lang eine treue Ehefrau war. Entschuldige, man verfällt leicht in Formulierungen, die Renés Existenz in keiner Weise entsprechen. Ihr ältester Sohn, der geboren wurde, ehe diese große Unruhe über den Vater kam, erwies sich als große rednerische Begabung. Ab und zu findet man rührende Aufzeichnungen über den kleinen Jungen, der neben dem Vater sitzt und dessen lange Zahlenreihen nachbildet. Von Erland habe ich bereits erzählt, er wurde ein bekannter Mathematiker mit den Primzahlen als Spezialgebiet. Sein ganzes Leben lang arbeitete er an der Bändigung des Zahlenstrahls und dessen Eigenschaften. Du erinnerst dich vielleicht der Primzahlenraster und seinem Streben nach der Unendlichkeit?«

Der Gast nickte eifrig und machte eine abwehrende Bewegung, als befürchte er, der Alte werde die komplizierten Rechenkunststücke wiederholen.

»Mikael, der zweite Sohn, erlebte einige unangenehme Verdoppelungen, die Ursache seiner lebenslangen Angst vor der Unendlichkeit, die sein Bruder Erland so lebhaft verehrt. Wie du bestimmt vergessen hast, arrangierten René und Helene eine Ehe für Erland mit seiner geliebten Amalie Monnichen, die ihn nicht ausstehen konnte und ihm das Leben zerstörte. Mikael hatte auch nicht mehr Glück, weil er mit Amalies schlagfertiger Schwester, mit Anna Monnichen, verheiratet wurde. Aber das ist eine andere Geschichte.«

Ein Seufzer des Alten gab zu erkennen, daß er noch über viele Generationen zu erzählen hatte, ehe er zur Ruhe kommen würde.

»Es wird dich kaum erstaunen, daß René ab und zu unter Anfechtungen leidet und sich fragt, warum man ihn zu diesem chaotischen Schicksal verurteilt hat. Eine der kurioseren Erklärungen, die er findet, lautet: ›Weil mein Herr Vater und meine Frau Mutter sich zum ersten Mal, und ehe sie den Segen Gottvaters erhalten haben in sündiger und heftiger Begierde auf einem Lager vereinten, auf dem Teile einer noch unreparierten Uhr lagen. Und wurde ich so in einer verwirrten Zeit empfangen.‹«

Weil sein Gast dieses Zitat skeptisch aufzunehmen schien, erwog Styge für einen Augenblick, diese Stelle zu suchen, verzichtete aber darauf.

»Das Zitat lautet nicht ganz exakt so, aber ungefähr. Eine solidere Erklärung, die im Verlauf der Zeit, sowohl der der Bücher als auch der Chronologie, hin und wieder auftaucht, stammt von einem belgischen Philosophen, auf den René, der ansonsten kein philosophischer Kopf war, gestoßen ist. Geulincx' größtes philosophisches Problem war zu erklären, wie der luftige Geist und die Seele einen schweren materiellen Körper beeinflussen und in Bewegung setzen können. Und umgekehrt, wie ein geistloser Körper überhaupt imstande ist, den körperlichen Geist zu beeinflussen, und eine Entscheidung des Geistes plötzlich darin resultiert, daß wir die Hand heben. Und wie eine herzliche Berührung in einem geistigen Gefühl resultieren kann. Geulincx' Antwort lautet, daß dies auch keineswegs der Fall sei. Wenn es für uns den Anschein hat, als ob Körper und Seele zusammenarbeiten, erklärt sich dies aus einem Selbstbetrug. Betrachtet man zwei synchrone Uhren und hört, wie die eine unweigerlich schlägt, wenn die andere die ganze Stunde anzeigt, könnte man sich zu der Annahme verleiten lassen, beide Uhren seien mit unsichtbaren Drähten verbunden. Dies wäre selbstverständlich naiv. Entsprechend verhält es sich mit unserem Körper und unserer Seele. Wenn es scheint, als arbeiteten sie zusammen, liegt dies nur daran, daß beide recht feine Mechanismen sind, so, wie zwei Uhrwerke, die der Schöpfer in Gang gesetzt hat, wobei er darauf achtete, sie recht sorgfältig zu synchronisieren. Dieser Gedanke, der also von Geulincx' hoher Seele stammte und vermutlich ungefähr zur gleichen Zeit von seiner vergänglichen Hand niedergeschrieben wurde, sagte dem Uhrmachersohn René zu. Übrigens hatte er seinen Namen vom selben physischen Vorbild, jenem René Descartes, der das geistige Vorbild Geulincx' war.«

Der Alte zeigte auf seine Uhr, nicht um auf die Zeit hinzuweisen, sondern um seinem Gedanken einen konkreten Ausdruck zu verleihen. Er wurde ein wenig unruhig, als stehe er im Begriff, etwas zu formulieren, das ihm Schmerzen bereitete.

»Am Tag nachdem René, der Gottesfürchtige, seine entsetzliche Jugendsünde begangen hatte, nämlich Gott zu entlarven, mochte es auch gegen seinen Willen geschehen sein, begann seine Zeit zu springen. Man erkennt es am ersten der Protokolle. Hier herrscht die gewöhnliche Chronologie. Er ist dreiundzwanzigeinhalb Jahre alt und wird bei jeder Eintragung einen Tag älter, selbst an dem schicksalsschwangeren Abend, als er jene Vision hatte, die seine Hand niederschrieb. Als er, in tiefster Anfechtung und Verwirrung aufgrund seiner soeben erworbenen Erkenntnis, am nächsten Tag erwacht, ist er neununddreißig Jahre alt. Du mußt meine Sprunghaftigkeit entschuldigen, es ist nicht so einfach, einen Zusammenhang hineinzubringen. Die Erklärung seines Erlebnisses, zu der René neigt – eigentlich erscheint es ihm so einleuchtend, daß er es nicht diskutiert –, besteht darin, daß Gott in seinem Zorn eingegriffen und Renés Lebensuhr so eingestellt hat, daß sie völlig unregelmäßig und unvorhersehbar geht. René ist überzeugt, daß Gott darauf angewiesen ist, die äußere Welt nach jener Lebensordnung weiterlaufen zu lassen, die er schon vor langer Zeit festgelegt hat. Darum muß er auch Renés Leben in den bereits festgelegten Bahnen nach himmlischem Muster weitergehen lassen, und so hat es für alle in seiner Umgebung auch den Anschein. Da Gott aber eine ganz außerordentliche Strafe für jene Entlarvung benötigte, die René ihm angetan hat, entschließt er sich, die Feder von Renés innerer Lebensuhr zu sprengen, wodurch dieser ruhelos im Kalender umherstreifen muß. Dies ist die tiefere Begründung dafür, daß René seine ungewöhnlichen Lebensbedingungen akzeptiert, ohne zu murren, und die Gerechtigkeit der Strafe anerkennt. Daß sein Leben aufgrund dieser Strafe eigentlich interessanter und abwechslungsreicher geworden ist, kommt ihm nur sehr selten in den Sinn. Vielleicht wollte er nicht die Aufmerksamkeit des großen Richters erregen, weil er fürchtete, die Strafe könnte verschärft werden.«

Jetzt kann der Alte nicht mehr länger sitzen bleiben. Mit Hilfe des Stocks schleppt er sich ans Bücherregal, dem er ein älteres Buch und ein ziemlich dünnes Heft entnimmt. Er spricht weiter, während er ein wenig auf und ab geht.

»Du wirst noch Gelegenheit bekommen, mit der Vision Bekanntschaft zu stiften, die Renés Leben völlig zerriß. Ehe du aber diese Beschreibung liest, mußt du mich in deine neuesten Erlebnisse einweihen.«

»Habe ich dich richtig verstanden? Swedenborg hat diese Stadt besucht?«

»Ja, er befand sich auf der Reise von Stockholm nach Amsterdam und machte diesen kleinen Umweg. Eigentlich wollte er Drakenberg kennenlernen, jenen Mann, von dem es hieß, er habe die Zeit auf andere Weise überschritten, indem er 146 Jahre alt wurde. Swedenborg war von dieser Begegnung enttäuscht, wurde aber von einer Handvoll Bewunderer und Proselyten empfangen. Sie luden ihn zum Abendessen ein und hatten so Gelegenheit, das große Orakel zu befragen. Am Ende dieses Abends blieben drei Menschen in Swedenborgs Hotel zurück. Außer dem Meister selbst waren dies Niels Lauritzen Rømmer, der das Hotel übrigens später übernahm. Er war ein direkter Nachkomme des großen Sohnes der Stadt, Ole Rømer, oder vielmehr Rømmer, der unten in Mindet nicht nur das Licht des Tages sah, sondern später der erste Mensch auf der Welt war, der die Verzögerung dieses Tageslichtes erblickte. Niels Rømmer hatte von der Neugier seines Ahnen bezüglich der Phänomene der Natur offenbar ein wenig geerbt und wollte den berühmten Gast nicht verlassen, ehe er sich von Grund auf mit dessen Weltsicht vertraut gemacht hatte. Zu diesem Zeitpunkt war Swedenborg vor allem als großer Naturforscher bekannt. Erst in den letzten Jahren, mit Hilfe einer von einem indischen Yogi erlernten Technik zum Anhalten des Atems, hatte er die berühmten himmlischen Visionen bekommen, in denen er ein Himmelreich erlebte und beschrieb, das völlig anders war als alle bis dahin bekannten. Ein Paradies, das unserer Welt glich, mochte es auch besser ausgestattet sein, in dem man heiratet, der körperlichen Liebe pflegt, Tennis spielt und ins Theater geht. Außerdem war bei dieser nächtlichen Sitzung eine gewisse Abelone Monnichen anwesend, die Mutter der bereits erwähnten Anna und Amalie. Sie galt als etwas Ähnliches wie eine Hexe, denn sie besaß eine seherische Gabe und beschäftigte sich mit dunklen seelischen Zusammenhängen.«

Unwillkürlich hatte sich auch der Gast erhoben, um dem Alten zu folgen, der auf und ab humpelte, um den Blutkreislauf in Gang zu halten.

»Und René?«

»Am Tisch hinter den drei großen Geistern saß ein junger Mann und kämpfte mit der Buchführung des Hotels. Indessen fiel es ihm schwer, sich auf die Zahlen zu konzentrieren. Das Gespräch ist nirgends wiedergegeben, aber Emanuel Swedenborg hat sich zweifellos über seine geistlichen Visionen verbreitet. Der Name erinnert mich übrigens daran, daß Renés Enkel, Roland, der eingeschworene Anhänger des Endlichen, von dem die ›Kritik der Ewigkeit‹ stammt, für Swedenborg schwärmte und seinen Sohn mit dem Namen des Vorbildes ausstattete. Ditlev Emanuel Skonning, der eine Vision am Cembalo hatte und die Ewigkeit fernhielt, indem er immer weiterspielte. Aber, wie gesagt, der große Mystiker dürfte den beiden faszinierten Zuhörern vom Leben der Geister und dem Dasein berichtet haben, das uns erwartet. Ich stelle mir vor, daß eine gute Flasche Wein, Swedenborg war kein Asket, ihn dazu gebracht hat, von der Methode zu erzählen, die er entwickelt hatte, um mit dem Jenseits in Verbindung zu treten. Er behauptete, selbst den Atem bis zu einer Stunde anhalten zu können, wonach sich die Visionen meist einstellten. Von seinen beiden Zuhörern bedrängt, bietet er ihnen an, einen Versuch zu unternehmen. Nicht nur er selbst, sondern auch Niels und Abelone sollen in Trance versetzt werden, damit sie das Jenseits erleben können. Hierzu zeichnet der gute Emanuel ein magisches, gleichschenkliges Dreieck, eine der sakralen Figuren.«

Styge kam mit der alten Stadtkarte zurück, die er als allererstes auf den Tisch gelegt hatte. Während er sprach, deutete er auf die Stellen.

»Swedenborg selbst wollte in seinem Bett im Hotel hier am Lilletorv liegen. Abelone sollte den Rest der Nacht mit angehaltenem Atem hier im Bischofskeller verbringen, oder ›Bischofsbecher‹, wie er zu jener Zeit hieß. Dazu paßte gut, daß Rømmers Hof ebenso weit nördlich der Kirche lag. Wenn er sich nicht in sein Bett legte, sondern in den Stall, würden die drei Punkte ein Dreieck mit gleichen Abständen und mit der Domkirche in der Mitte bilden. Zu Swedenborgs Theorie gehörte irgend etwas mit einer Empfangswellenlänge, die genau den Abständen der drei entsprach und bei der die Domkirche als eine Art Verstärker der Signale wirken sollte.«

»Und das funktionierte?«

»Alle drei hatten in jener Nacht jedenfalls seltsame Visionen. Nachdem Swedenborg sie ein weiteres Mal mit der Technik des Atemanhaltens vertraut gemacht hatte, gingen sie. Und im Verlauf der Nacht empfingen sie Träume, Sendungen, Visionen, Halluzinationen, wie immer man sagen möchte. Selbstverständlich läßt sich dies als Resultat der hitzigen Unterhaltung, des Weins und der geheimnisvollen Umstände erklären. Aber davon möchte ich mich fernhalten. Der Traum Swedenborgs hat mit meiner Geschichte nichts zu tun. Er wohnte einigen der Leiden Christi bei und hörte eine Verheißung oder eine Warnung, die in der Luft schwebt. Wenn dich das interessiert, kannst du es selbst im zweiten Band von Swedenborgs ›Memorabilia, Das geistige Tagebuch‹ nachlesen, wo es sich als ›Die vielversprechende Vision, die ich nachts in der Stadt Aarhuuss hatte‹ findet. Mit Buchstaben hat er nicht gespart.«

»Aber du hast René vergessen.«

»Nicht ganz. Wie gesagt, auch die beiden anderen Eingeweihten hatten Visionen. Es schien Niels Rømmer, er gehe in der Ahnentafel seiner Familie zurück und hätte dabei ein erbauliches Gespräch, an dessen Inhalt er sich jedoch nur vage erinnern konnte, mit seinem berühmten Urgroßvater oder Ururgroßvater, in dieser Familie kenne ich mich nicht aus. An eines allerdings glaubte er sich erinnern zu können. Ole Rømer schärfte ihm ein, wenn das Licht zögere, werde die Zeit zur Ewigkeit und die Ewigkeit zur Zeit.«

Der alte Mann, der seine eigene Zeit zu einer Ewigkeit gemacht hatte, zögerte ebenfalls. Als er jedoch die Ungeduld seines Gastes bemerkte, fuhr er ruhig fort.

»Abelone Monnichens Erlebnis schritt eher in der Zeit voran, sie schaute in ein unbestimmbares Zeitalter, in dem die Menschen in innerer Verbindung zueinander standen, denn sie hatten, wie sie es ausdrückte ›einen Zapfen in der Hirnschale‹, der sie ›zusammenbrachte‹. Dieses Erlebnis machte einen heftigen Eindruck auf Abelone, und sie hat versucht, offenbar erfolglos, es ihren Nachkommen zu überliefern.«

»Und René?«

»Konnte sich auf seine Buchführung natürlich nicht konzentrieren, sondern belauschte die rätselhafte Unterhaltung der Gesellschaft. Als die drei jeder zu seiner Ecke des Dreiecks gegangen waren, dachte er nach. Seine Neugier war geweckt, und er hatte Lust, falls möglich, ebenfalls eine Sendung zu empfangen. Er hatte gerade Plato gelesen und wußte, daß es eine Figur mit vier Spitzen gab, viel heiliger und erhabener als das von Swedenborg eingeführte gleichschenklige Dreieck. René erkannte, daß er diese Figur zustande bringen konnte, wenn er sich in die richtige, vierte Position brachte. Nicht der simple, gleichseitige Rombus schwebte ihm vor, zu dem er auf drei unterschiedliche Arten das Dreieck erweitern konnte.«

Auf der Karte bezeichnete Styge die drei Möglichkeiten, das Swedenborg-Rømmer-Monnichen-Dreieck zu einem regulären Rombus zu erweitern. Sein Entzücken über diese mathematische Konstruktion war so groß, daß der andere nicht umhin konnte, ein gewisses Interesse für sie aufzubringen.

»Nein, weit vollkommener ist der reguläre Tetraeder. Eine Pyramide, deren vier Seiten aus gleichschenkligen Dreiecken bestehen. Um sich in diese Position zu bringen, mußte René sich lediglich Zutritt zum Turm der Domkirche verschaffen und bis auf dessen Spitze steigen.«

Styge bezeichnete die neu entstandenen Dreiecke.

»Hier bildete er ein Dreieck mit Swedenborg und Niels Rømmer, ein zweites mit Niels Rømmer und Abelone. Und ein drittes mit Abelone und Swedenborg. Alle drei Dreiecke eingestellt auf die Wellenlänge der Geister. Vielleicht darum war das Ergebnis so stark. Gelehnt an die große Glocke ganz oben, führte René nämlich die Übungen zum Anhalten des Atems aus, deren Beschreibung er mit angehört hatte, und fiel in tiefe Trance. Währenddessen schrieb seine Hand, soweit er es erlebte, ohne jede Mitwirkung seines Geistes, jene sonderbare, entlarvende Erzählung über Gottes Söhne, die er neben sich fand, als wieder zu sich kam, sechzehn Jahre älter als zuvor.«

23

Nein, das haben Sie falsch verstanden«, sagte Tobias freundlich.

Er sah sich in dem hellen, gut eingerichteten Büro um. Darauf eingestellt, dem anderen alle Zusammenhänge zu erklären, lehnte er sich in dem behaglichen Sessel zurück.

»Ich bin völlig normal«, fuhr Tobias wohlüberlegt fort. »Ich bin nicht wegen mir gekommen. Es dreht sich um den großen Pakt zwischen den Göttern und den Menschen.«

»Ach so?« sagte der Psychiater interessiert.

»Er ist verschwunden. Ich habe ihn vernichtet.«

»Und warum haben Sie das?«

»Ich habe mich dazu verführen lassen, ihn zu verbrennen. Ein Theologe hat mich hypnotisiert. Aus Furcht, die Wahrheit könnte ans Licht kommen. Er hat mich für einen Gastarbeiter gehalten. Weil ich mit Gulasch bedeckt war.«

»Sie waren mit Gulasch bedeckt?«

»Ich hatte beschlossen, mich niemals wieder zu waschen.«

»Ja?«

»Nachdem das Mädchen, das ich liebe, Gulasch über mich gegossen hatte.«

Monikke hatte es aufgegeben, sich Notizen zu machen. Er hörte seinem Gast mit offenem Mund zu.

»Interessant«, gelang es ihm zu murmeln. »Und warum hat sie das getan?«

»Ich bin nicht krank«, sagte Tobias wachsam.

»Wir haben alle unsere kleinen Eigenheiten«, versicherte ihm der andere. »›Gulasch‹ haben Sie gesagt?«

»Eigentlich hatte ich Brennende Liebe bestellt.«

»Aha!« rief der Psychiater lebhaft. »Brennende Liebe.«

»Das ist ein Gericht.«

»Ach, Sie halten das für ein Gericht?«

»Ich meine, ein Gericht zum Essen.«

»Ja, ja, ich verstehe schon. Das ist auch ein Gericht zum Essen. Sie haben sich gewünscht, daß das Mädchen, das sie lieben, Sie mit brennender Liebe überschüttet?«

»Daraus ist dann Gulasch geworden. Und ich habe es mir nicht gewünscht. Sie hat sich geärgert, wegen einer Telefonbombe, die sie die Arbeitsstelle kostete, nachdem ich sie ins Wasser geschubst und ihr den Finger reingesteckt habe. Das war damals, als ich böse war.«

»Ja, ich verstehe.«

»Das bin ich nicht mehr. Im Gegenteil. Ich muß gut sein. Bis zum nächsten Jahr.«

»Hört sich an wie eine glänzende Idee.«

»Genau da hat es angefangen. Plötzlich ist so viel geschehen. Als wenn mich jemand führte. Ohne daß ich über mich selbst bestimmen könnte. Das Opfer eines verrückten Schriftstellers, der nicht weiß, wie man erzählt.«

Tobias fiel ein Riß in der Decke auf. Als er sich erweiterte, sah er flüchtig einen alten Mann mit stechendem Blick, mit Haarzotteln an Kinn, Wangen und auf dem Kopf. Ein alter zahnloser Mann, der meckernd mit einer Feder schrieb.

Verwirrt zeigte Tobias zur Bürodecke, aber die Spalte hatte sich geschlossen, ehe der Psychiater seiner Aufforderung hinzusehen noch hätte folgen können. Tobias schloß die Augen. Die bösen Geister mischten sich ein. Sie wollten nicht, daß die Wahrheit an den Tag kam, sondern versuchten ihn aus aller Kraft zu übertönen.

»Ich habe Sie aufgesucht«, sagte er und versuchte beherrscht, wieder auf sein Anliegen zu kommen, »weil Sie Knut und Stina kennen. Ich habe mit ihnen zusammengewohnt.«

»Ach, dieser Tobias. Ich erinnere mich, daß die Kinder von

dir gesprochen haben. Interessante Theorie. Leute auf ein marodes Schiff bringen und mit ihnen losfahren, und sie im letzten Augenblick retten?«

»Das war eine Idee von damals«, räumte Tobias ein. »Aus jüngeren Jahren. Der Sinn war, daß wir alle zum Tode verurteilt werden. Das brauchen wir. Wir müssen uns als Besitz des Todes fühlen. Damit wir intensiv und mit Glut leben können.«

»Alle sollten zum Tode verurteilt werden?«

»Mit verbundenen Augen auf das Schafott gestellt, Trommeln und eine letzte Zigarette. Und dann, im letzten Augenblick, ein Reiter mit der Begnadigungsbotschaft. Nur wer das versucht hat, weiß, was leben heißt. Damit es überzeugend ist, muß man die Methode natürlich variieren. Ich meine, wenn die ersten Hundert oder Tausend begnadigt wurden, glauben die Leute so etwas schließlich nicht mehr. Statt dessen könnten Ärzte eine falsche Diagnose stellen: Du leidest an einer tödlichen Krankheit, eine Heilung ist unmöglich. Und wenn man sich dann mit diesem Gedanken vertraut gemacht hat, erfährt man, daß der Arzt sich geirrt hat. In diesem Augenblick würde man erfahren, was Leben heißt.«

Tobias hatte das Gefühl, daß der Arzt nichts mehr verstand, und machte eine Pause.

»Warum rede ich überhaupt darüber? Das war nur eine Theorie, die ich in jüngeren Jahren hatte. Damals fühlte ich mich leer. Das hat sich geändert.«

»Nein, das verstehe ich.«

»Dorthe Dupér«, sagte Tobias, froh, ein Thema gefunden zu haben, mit dem er sich verständlich machen konnte. »Sie hat Sie aufgesucht, hatte aber keine Geschichte. Es ist mir gelungen, ihr eine zu verschaffen, als wir ihren Mann zum armen Schurken machten.«

Der Psychiater griff sich an die Stirn.

»Mir ist ein wenig schwindlig«, räumte er ein.

»Ich bin gekommen, um in Kontakt mit dem einzigen Menschen zu treten, der etwas über den Pakt zwischen Menschen und Göttern weiß. Sie liegt bei ihnen. Bodil Nescio.«

»Ja, Nescio? Dieser Name ist mir unbekannt.«

»Bodil«, korrigierte Tobias.

Der Psychiater schüttelte den Kopf.

»Einen Augenblick. Vielleicht heißt sie Klippe. Der mir von ihr erzählt hat, wußte es nicht genau. Bodil Klippe?«

Monikke suchte in seiner Kartei. Wieder schüttelte er den Kopf.

»Es ist wichtig. Die alles entscheidende Vereinbarung zwischen Menschen und Göttern.«

»Ja, ich verstehe. Aber der Name sagt mir nichts.«

»Sie war Studentin der Theologie. Darum hatte sie begonnen, den Pakt zu übersetzen. Dieses Wissen hat sie verrückt gemacht.«

»Ja, jetzt dämmert es mir. Wollen sehen. Bodil... Bodil Trustrup. Bodil N. K. Trustrup.«

»Ist sie noch hier? Kann ich mir ihr sprechen?«

»Sie wurde verbrannt«, sagte der Psychiater nach einem Blick in seine Papiere.

»Verbrannt?«

»Sie ist eingetrocknet, völlig verwelkt.«

»Und verbrannt?«

»Mit ihren Aufzeichnungen. Sie hat verlangt, daß sie ihr in den Sarg gelegt werden. Irgendwelche wirren Papiere, an denen sie arbeitete. Selbstverständlich haben wir ihren Wunsch respektiert.«

»Und das Ganze verbrannt?«

»Jedes Fetzchen. Bis auf ihr Gehirn, natürlich.«

Der Psychiater holte tief Luft und zeigte auf den Fußboden.

»Im Osten geht die Sonne auf«, sagte Tobias, ohne daß er wußte, warum.

»Ich habe sie alle unten im Keller. Die verrückten Gehirne.

In Gläsern aufbewahrt. Wenn Menschen den Verstand verlieren, lassen sie sie sozusagen hier.«

»Den Verstand verlieren?«

»Strahlen steigen von ihnen auf. Ein schwacher Strahlenstrom. Er inspiriert. Setzt Gedanken in Gang. Wir alle sind miteinander verbunden.«

»Ein Zapfen in ihrer Hirnschale verbindet sie.«

»Woher weißt du das?«

»So wie bei Abelone Monnichen«, fuhr Tobias fort, ohne zu wissen, wie er darauf gekommen war.

Der Psychiater hatte sich erhoben. Er legte Tobias eine Hand auf die Schulter.

»Komm mit.«

Tobias stand auf und folgte dem anderen. Gemeinsam verließen sie das Haus und überquerten die Straße. Erst als sie ein Stück in den Wald gekommen waren, sprach Monikke weiter.

»Dir fehlt nichts«, sagte er beruhigend. »Du bist nur außergewöhnlich empfänglich. Hier draußen können wir uns leichter unterhalten, hier ist nicht so viel in der Luft.«

Er sog die frische Luft ein.

»Unsere Sinne senden und empfangen die ganze Zeit. Wir sind so gewöhnt daran, daß wir das im Alltag nicht wahrnehmen. Manche aber haben einen besonders guten Empfang. Ein Kleinkind, zum Beispiel. Sieh dir eine Versammlung an, in die ein Kleinkind kommt. Die Stimmung der Gesellschaft ändert sich augenblicklich, weil das Kind neue Signale hervorruft.«

Schweigend gingen sie weiter. Der gefrorene Waldboden knirschte bei jedem ihrer Schritte.

»Ich glaube, mein Name kommt von dem alten Wort für Gedanken: Monni. Monniken oder Monikken, es gibt verschiedene Schreibweisen, bedeutet also: ein kleiner Gedanke.«

Der Psychiater lächelte bescheiden.

»Ich glaube tatsächlich, es ist eine Eigenschaft der Familie, daß wir so kleine Gedanken haben. Um so mehr wecken wir bei anderen. So wie meine verehrungswürdige Ahnin Abelone Monnichen, mit der du offenbar in Verbindung gewesen bist. Sie soll imstande gewesen sein, in die Zukunft zu sehen. Wollten wir zurückgehen?«

Wieder legten sie eine längere Wegstrecke zurück, ohne etwas zu sagen.

»Und da kommst du und bist noch empfänglicher«, fuhr Monikke dann fort. »Die Gedanken aus den Gläsern dort unten haben dich verwirrt. Sie haben dich überwältigt. Du bist leer, deshalb bist du so empfänglich.«

Das Gebäude kam wieder in Sicht, und Monikke gab zu erkennen, daß er wieder zurückmußte.

»Was aber nichts daran ändert«, sagte Tobias, »daß ich den großen Pakt unwiderruflich zerstört habe.«

»Mach lieber einen Bogen um das Krankenhaus«, sagte der Psychiater bekümmert.

Tobias ging in einem großen Bogen um das Krankenhaus herum, zu Generos. Nach seinem erfolgreichen Auftreten als Alex Meere hatte die Firma ein kuppelförmiges Gebäude errichtet, das jedoch, weil der Buchhalter es verlassen hatte, leerstand und in dem Joakim seine Experimente mit der Wärme-Osmose durchführte. Vibeke, sie war als Laborantin eingestellt worden, und Joakim waren mit der Einrichtung der ersten Versuchsanordnung beschäftigt. In einer Wanne mit zwanzig Grad warmem Wasser stellten sie eine Platte auf, die nur von den schnellen Molekülen durchdrungen werden konnte.

Der frischgebügelte weiße Kittel stand Vibeke gut. Immer wieder mußte er nach ihren langen braunen Beinen sehen, kam er aber näher, mußte sie sofort anderswo etwas erledigen.

Während Joakim ungeduldig auf die Thermometer sah, erklärte Tobias, es sei seine Schuld, daß der Inhalt dieses wichtigen Paktes niemals bekannt werde, weil das Mädchen, das ihn als einzige kannte, tot war und nur ihr Gehirn hinterlassen habe.

Nach einer Stunde war die Temperatur in dem einen Teil der Wanne auf einundzwanzigeinhalb Grad angestiegen, während sie im anderen Teil entsprechend gesunken war.

»Der Effekt muß verstärkt werden«, sagte Joakim nachdenklich. »Ob sich die Geschwindigkeit in einer anderen Flüssigkeit steigern läßt?«

»Wie wäre es mit einer anderen Luftart?« fragte Vibeke. »In einer Luftart gibt es mehr Zeit als in einer Flüssigkeit.«

»Das läßt sich nur schwer beeinflussen.«

Joakim zeichnete einen luftdichten Behälter, den man zu dem Versuch benutzen konnte. Das Problem bestand darin, die Thermofolie so einzuführen, daß sie luftdicht abschloß. Henrik stattete dem Laboratorium einen Besuch ab. Er gestand dem Experiment eine große Zukunft zu und verfolgte es mit erheblichem Interesse.

Als Vibeke in ihr Büro ging, folgte ihr Tobias. Demonstrativ schloß sie den obersten Knopf ihres Kittels, auf dem sein Blick offenbar geruht hatte.

»Vibeke«, sagte er, sie war aber schon wieder gegangen.

Tobias sah sich im Büro um. Zwei Bilder auf dem Pinboard fielen ihm ins Auge. »Vibeke liebt Alex«, war quer daraufgeschrieben. Nun sah er es, überall im Büro. Vibeke und Alex. Ich liebe dich, Alex, Unterschrift: Vibeke. Alex, mein Geliebter. An den Wänden, auf den Lampen, an der Zimmerdecke, auf allen Zetteln, die auf dem Schreibtisch lagen, an der Tür, auf dem Fenster.

Tobias wurde schwindlig. Konnte die so oft erwähnte Vibeke eine andere sein als jene Vibeke, die er liebte? Der Name war sehr gebräuchlich. Oder hatte sie seinen Namen falsch verstanden und glaubte, er heiße Alex?

In seiner Verwirrung begann er den Brief zu lesen, der auf dem Schreibtisch lag.

»Geliebte Vibeke, wenn du nackt in meinen Armen liegst...«

Er sah weg, als seien seine Augen von der Sonne verbrannt. Zuvor aber hatte er die Unterschrift feststellen können. »Alex« stand dort.

Nicht nur, daß es überall stand, Vibeke und Alex, außerdem war es mit blutroten Buchstaben geschrieben, die ihm in die Augen schnitten. Überall. Nur der kleine Bildschirm des Fernsehers, der ein Pausenbild zeigte, war verschont geblieben. Jetzt veränderte sich das Bild, und ein bekanntes Gesicht tauchte auf. Sussi Cran, die man vor laufender Kamera vergewaltigt hatte, Sussi Cran, die das Interview mit Alex Meere gemacht hatte. Sie sprach, aber der Ton war ausgeschaltet.

Schwankend verließ Tobias das Zimmer. Er suchte nach Henrik und fand ihn.

»Kannst du mich wieder in Alex verwandeln?«

»Ich habe gedacht, mit diesem Unsinn bist du fertig. Ich habe gedacht, du kannst dieses Schauspiel nicht ertragen…«

»Trotzdem.«

Als Henrik ihn mit Koteletten versehen und seine Augenbrauen geschminkt hatte, wodurch er eine angemessene Ähnlichkeit mit Alex erreichte, war Vibeke gegangen.

Tobias bestellte ein Taxi zum Gebäude des Fernsehsenders.

»Möge Mark mit dir sein«, wünschte ihm Henrik fromm.

Mark Sheridan, wie Tobias sich erinnerte, Henriks Privatmärtyrer, der auf offener Bühne Selbstmord begangen hatte.

Unterwegs empfand er eine Heftigkeit, die er nicht verstand. Vielleicht lag es an der übertriebenen Gutheit. Er wußte, daß er womöglich im Begriff stand, seine Vereinbarung mit dem Alten zu brechen, konnte diese Vehemenz aber nicht länger unterdrücken. Abwechselnd sah er zwei Szenen vor sich. Sussi Cran, wie sie vor laufender Kamera gedemütigt wurde, die kecke blaue Schleife in ihren Schamhaaren, und gleich darauf den Film, in dem sie mit Alex Meere zusammen war, und zweifellos hatten sie Liebe gemacht. Er spiegelte sich im Seitenfenster und korrigierte den Sitz der Koteletten. Hoffentlich reichte die Verkleidung aus, und man verwehrte ihm nicht den Zutritt. Dann mußte er dem Zufall vertrauen.

Er nutzt einen Augenblick, als die Pförtnerin mit etwas anderem beschäftigt war, und schlüpfte in das Gebäude. Ein Bildschirm informierte darüber, daß die Nachrichtensendung gerade zu Ende ging. Sussi Cran mußte sich noch irgendwo im Hause befinden. Etwas ziellos ging er im ersten Stock herum und folgte dann einem Schild, das ihn zur Kantine führte.

Auf dem Weg dorthin hörte er ihre Stimme. Hinter einer Tür, die einen Spalt offenstand, hörte er Sussi Cran sagen, sie werde noch eine Tasse Kaffee trinken und dann nach Hause fahren. Unverkennbar war es ihre Stimme. Ein Mann antwortete, er habe den ganzen Tag von Kaffee gelebt, darauf könne er verzichten. Sussi Crans heisere, aufreizende Stimme, ein Irrtum war unmöglich, sagte, dieses Kantinensyndrom sei ihr gut bekannt. Vorsichtig öffnete Tobias die Tür. Er stand im Halbdunkel und hoffte, die Ähnlichkeit mit Alex Meere sei groß genug, daß er mit dem Idol in Kontakt kommen konnte.

Der Mann, der ihm den Rücken zukehrte, schloß gerade seine Mappe. Er sagte, der Schnitt sei an einer Stelle nicht perfekt, Hand und Gesicht seien asynchron gewesen. Eine Dame mit Hängebacken, schlaffem Haar und einer Zigarette im Mund legte Papiere zu einem Stoß zusammen. Während sie die Zigarette ausdrückte, tröstete sie ihn, das werde niemand bemerken. Sie fügte hinzu, und es war unverkennbar Sussi Crans Stimme, Kaffee sei das einzige, das sie um diese Zeit aufrecht erhalten könne.

Im Kopf gelähmt, mit mechanischen Bewegungen, zog Tobias den Fuß aus der Türöffnung zurück, die sich von selbst fast wieder ganz schloß. Es war diese Frau gewesen, die gesprochen hatte, aber gehört hatte er Sussi Cran. Gesehen hatte er diese Pausbäckige, bei der es sich jedoch nicht um Sussi Cran handelte. Nichts von beidem ließ sich anzweifeln, und dennoch konnte es nichts miteinander zu tun haben.

Erfüllt von Unsicherheit, ging er weiter durch den Korridor. Er stieß gegen eine Tür, schob sie auf und befand sich in einer Kantine. Abgesehen von einer Handvoll Menschen, die an einem Tisch saßen, war sie leer. Dort war sie. Die richtige! Halb verdeckt von einem anderen, konnte er Sussi Crans Kopf sehen. Sie nickte und antwortete jemandem. Tobias konnte ihre Stimme nicht hören, aber es gab keinen Zweifel. Er erkannte jeden Zug dieses Gesichts, das er so oft bewundert und in Gedanken liebkost hatte.

Unsicher, wie gut seine Verkleidung im Rampenlicht wirkte, näherte er sich der Gruppe. Im selben Augenblick bemerkte er, daß noch jemand anwesend war. Sie stand an einem Kaffeeautomaten, an dem sie sich gerade eine Tasse Kaffee holte. Sie drehte sich um. Das Gesicht war nicht zu erkennen, den Körper aber erkannte er sofort. Auf der ganzen Welt gab es nur einen Körper wie diesen. Das war Sussi Cran in höchsteigener Person. Tobias hätte seinen Kopf darauf gewettet. Nicht nur die bestickte Weste über der weißen Bluse täuschte ihn. Er erkannte ihren Körper, ein Irrtum war ausgeschlossen.

Verwirrt sah er hinüber zum Tisch, wo Sussi Crans Kopf an einem Kaffeebecher nippte. Sussi Crans Körper bewegte sich auf diese Gruppe zu.

»Und jetzt eine Tasse Kaffee, das wird guttun.«

Sussi Crans Stimme, die aber von der Tür kam, die hinter ihm im selben Augenblick aufgeschoben wurde. Als sei eine innere Uhr defekt, und die Frau sei aus dem Takt mit sich selbst geraten.

Bei der Frau, die eintrat, handelte es sich um diejenige mit den Hängebacken. Sie hatte jedoch mit Sussis Stimme gerufen. Der graziöse Körper, der den gefüllten Kaffeebecher balancierte, war näher gekommen. Auf dem Körper saß ein runder, nichtssagender Kopf, überschminkt und mit ordinärer Frisur. Wie Sussi Cran ihr Äußeres auch verändern mochte, so konnte sie nicht aussehen. Niemals.

»Waren wir gut heute, Leute?« brüllte eine vulgäre, grobe Frauenstimme.

Sie kam von Sussi Crans Kopf, der sich der neu Hinzugekommenen zuwandte. Ein abgetakelte, versoffene Nutte hätte sich für diese Stimme geschämt, die gleichwohl über Sussis sensible Lippen gekommen war. Sie begrüßte die Frau, die vom Automaten kam, und hob ihren Becher mit einer plumpen Hand mit abgekauten Fingernägeln an die Lippen. Der sich nähernde aufreizende Körper antwortete mit rohem Lachen, das in einer Zote endete, als sie sich den dampfenden Kaffee über die dicke Hand goß, die ihn hielt.

Die Frau mit den Hängebacken, die Eigentümerin der goldenen Stimme, trabte auf die Gesellschaft zu und schwenkte eine Handtasche.

»Herrgott, ich brauch' unbedingt einen Kaffee«, sagte sie mit jener Stimme, die Tobias' Herz zum Stillstand bringen konnte, dann latschte sie weiter zum Automaten.

Die Frau mit Sussi Crans Kopf hatte sich erhoben und offenbarte einen plumpen, schweren Körper. Vor einem freihängenden Spiegel ordnete sie ihre Frisur. Sie drehte sich ein wenig und öffnete den verführerischen Mund, um etwas zu sagen. Doch die Frau mit der verführerischen Stimme kam ihr zuvor.

»Einen Kaffee, und dann nach Hause, ins Bett.«

Im selben Augenblick kam der verführerische Körper am Spiegel vorbei, wodurch das Ganze, Körper, Gesicht und Stimme, miteinander zu seiner Traumfrau verschmolzen. Ein kurzer, seliger Augenblick, dann zersprang das Bild, jeweils für sich setzten Gesicht, Körper und Stimme ihr Eigenleben fort. Und Tobias fiel die elegante Hand auf, die einen Teelöffel vom Tisch nahm und in einem Becher zu rühren begann. Es war diese schmale, geschmeidige Hand, die er immer wiedererkennen würde, hätte sie nicht zu jener völlig unansehnlichen Frau am Tisch gehört. Niemand werde auffallen, daß Hand und

Kopf schlecht zusammengeschnitten worden sind, summte es in seinen Ohren. Niemand werde auffallen…

Die Welt war blau. Ohne daß er selbst dafür gesorgt hätte, befand sich sein Körper auf dem Weg durch den Korridor. Er riß sich die Koteletten ab, warf sie weg. Nein, rot. Die Welt war rot geworden. Er schleuderte die Jacke von sich. Weil sie festhing, zerrte er an ihr, wodurch ein langer Riß entstand. Hinter ihm fiel sie zu Boden. Gelb war sie geworden. Um ihn herum war alles gelb.

Im selben Augenblick, als er an der Frau in der Pförtnerloge vorbeiging, gelang es ihm, den zweiten Schuh auszuziehen. Wo sich der erste befand, wußte er nicht mehr. Den zweiten Schuh warf er weg.

»Man kann nicht gut sein«, sagte die Stimme.

Draußen war alles blendend grün. Seine Hose landete auf einem verwelkten Busch und blieb dort hängen. Das Hemd ging in zwei Teile. Die Welt war braun. Er konnte es nicht aufknöpfen, mit Unterstützung der Zähne gelang es ihm aber, sich von ihm zu befreien.

»In einer Welt, wo die Menschen nicht zusammenhängen.«

Der alles durchdringende orangefarbene Schein blendete ihn fast. Von den Strümpfen hatte er sich befreit. Die Unterhose blieb so liegen, wie er sie abgestreift hatte. Das Unterhemd landete auf einem Fahrrad, das mitten im Schnee stand. Alles war weiß. Glänzend weiß.

»Finde den Zapfen, der sie verbindet.«

Tobias ging weiter. Ihn verblüffte, wie schwierig es war, sich noch mehr zu entledigen. Selbst wenn er sich die Haut zerriß, sie ließ sich nicht abziehen. Durch die Bemühungen begann er zu bluten, noch immer aber war Haut zurückgeblieben. Ein wenig leichter war es mit den Haaren. Es widerstrebte ihm ein wenig.

»Oder werde verrückt«, leierte die Stimme.

Die Farben schwanden. Alles wurde durchsichtig. Er ging

weiter, in eine Glaswelt. Sie schnitt in seine Füße, die jedoch ließen sich nicht entfernen, noch nicht einmal die Haut. Er riß an seinen Wangen. Hier saß die Haut lockerer.

Die Durchsichtigkeit verschwand.

24

Als Maria gebar, überraschte es den Allwissenden, wie Er genannt werden will, sehr, daß es sich um Zwillinge handelte.

Mochte die Verwirrung bei Maria und Josef auch groß sein, sie war nichts gegen jene Verzweiflung, die den Allmächtigen ergriff. Mit seiner ehrfurchtgebietenden Voraussicht erkannte Er augenblicklich den Berg von Konsequenzen, die dieser unglückliche Vorfall nach sich ziehen würde. Daß dieses Kind einen Zwillingsbruder hatte, entsprach keineswegs den Plänen, die Er mit ihm hatte. Viel Phantasie war nicht erforderlich, sich die vielen verschiedenen Sekten vorzustellen, die ihren Ausgangspunkt in dieser Doppelung des Erlösers finden würden. In diesem schreckeinjagenden Augenblick sah der Allsehende eine Flut ketzerischer Doktrinen, die um den guten Jesus und seinen bösen Zwillingsbruder entspringen würden. Er sah einen niemals versiegenden Strom von Theorien über Jesus, den Erlöser, und K., sein Spiegelbild, vor sich. Statuen, Abbildungen, Erzählungen, Anekdoten, Metaphern, Legenden und Gleichnisse, die sich mit dem Schatten-Erlöser beschäftigten, mit dem Stellvertreter des Stellvertreters, dem Spiegelgott, dem Erlöser und dem Schädling, den in Unendlichkeit Unzertrennlichen.

Für einen kurzen, göttlichen Augenblick stand Er ohnmächtig einem Durcheinander von Lehrsätzen und Glaubensartikeln gegenüber, die alle diesem unglücklichen Fehltritt entspringen und dazu dienen würden, die Menschen noch weiter zu verwirren und ihre Aufmerksamkeit abzulenken von der Absicht, die Er mit ihnen hatte. Und weiß Gott, die Menschen waren schon ohnehin verwirrt genug. Im voraus hatte Er sich die zahlreichen Mißverständnisse, Streitereien, Auseinandersetzungen und die mißbräuchliche Verwendung vorgestellt, die Folge wären des einen Sohns, den Er in die Welt hatte setzen wollen. Nur mußte Er sie beide sehen, und nicht nur verdoppelt, denn K. würde ungefähr ebenso viele Anhänger gewinnen wie J., sondern vervielfacht, denn endlos wäre die Reihe der Zweifler, die sich am Montag J. anschließen würden und K. am Dienstag, die versuchen würden, J. zu geben, was J. zukam, und K., was K. gebührte, die ihren Körper in die Hände des einen und ihre Seele in die Hände des anderen legen würden, die den einen unverhohlen am Tage und den anderen in der Nacht anbeten würden, die alle Zwillingspaare verehren oder den einen hochschätzen und den anderen verunglimpfen würden. Nicht zu denken an diejenigen, die die Tötung aller Einzelkinder fordern würden, weil nur die Zwillingsgeborenen Anspruch auf die Welt hätten. Die die Mütter von Zwillingen verehren und sie erhöhen würden, während andere sie als Gotteschänder verfolgten. Die alles doppelt tun würden, nachdem sie sich zwei Mal bekreuzigt hatten. Die niemals ein Wort aussprechen würden, ohne es unverzüglich zurückzunehmen, um K. nicht zu vergessen. Die alle ungeraden Zahlen als unwürdig vom Zahlenstrahl tilgen würden.

Die Menschen, so lautete das Glaubensbekenntnis des Schöpfers, waren ohnehin bereits reichlich verwirrt. Diese Doppelgeburt werde ein Chaos nach sich ziehen, das sehr wohl mit dem Ende der Menschheit enden könne, so sah Er voraus. Andererseits hielt Gott nicht dafür, Jesu eineiigen Zwillingsbruder zu töten, und nicht so sehr aus Sentimentalität, sondern weil Er – aus bitterer Erfahrung – wußte, daß die Wahrheit den Menschen nicht verborgen bleiben konnte. Nicht auf die Dauer. Nur der Gedanke an die Folgen bereiteten dem Allvater neue Alpträume. Nicht, weil Er die Verantwortung oder die Schande nicht hätte ertragen können, über derlei fühlte Er sich erhaben. Der Gedanke an dieses Meer von Theorien und Interpretationen, die die Folge wären, weil der liebe Gott den einen seiner beiden Söhne bereits bei der Geburt getötet hätte, nicht mitten im Leben, wie Er es mit dem anderen tun wollte, reichte aus, um ihm den Schweiß auf die Stirn zu treiben. Also mußte Er selbst, auch wenn ihm dies nicht behagte, zu einer Lösung greifen, wie sie manche unglückliche Jungfrau gewählt hatte. K., wie der Unerwünschte notdürftig und in aller Hast getauft wurde, mußte versteckt werden.

Was nur mit knapper Not gelang. Als die drei Weisen hinzueilten, hatte man K. soeben unter dem Stroh versteckt, auf dem das unschuldige Jesuskind ruhte. Auf manchen der vielen Abbildungen von jener Gelegenheit findet sich eine große Beule im Stroh, die von K. verursacht wurde. Ja, auf Giottos Bild von der Anbetung der Heiligen Drei Könige ragt tatsächlich ein Bein hervor. Glücklicherweise verhielt K. sich während der gesamten Séance ruhig, vielleicht hatte ihn der Allmächtige befristet mit Stummheit geschlagen. Mit Sicherheit hat er für einen Augenblick erwogen, diese Stummheit andauern zu lassen, hatte aber einsehen müssen, mit welcher Aura eine derartige Behinderung K. ausgestattet hätte. »Der eine schrieb nicht, während der andere nicht redete«, würde der Mythos anheben. Vermutlich hätte ein stummer K. danach getrachtet, sich schriftlich zu äußern. Und vor Gottes geplagten Augen vollzog sich ein weiterer Alptraum: Die Menschheit, gespalten in Anhänger des gesprochenen Wortes und in diejenigen, die auf K.s heilige Schriften schworen.

Trotz der schon erwähnten kleinen Schnitzer gelang es Gott wie gesagt, die Wahrheit zu unterdrücken. K.s weiteres Schicksal läßt sich nur schwer verfolgen, denn die Zeugnisse sind unsicher. Es dürfte bewiesen sein, daß die Idee des Kindermordes von Bethlehem den Römern von Gott eingegeben wurde, der hoffte, sich des unerwünschten Kindes auf diese Weise entledigen zu können. Wie K. dem entging, ist unsicher, denn viel deutet nicht darauf hin, daß er an der Flucht nach Ägypten teilgenommen hat. Selbstverständlich darf man die Möglichkeit nicht ausschließen, daß Maria sich dem Gedanken widersetzte, einen der beiden Zwillinge zurückzulassen, und es tugendsam verstand, einmal den einen, dann wieder den anderen abwechselnd zu verbergen, indem sie vorgab, es handele sich nur um ein Kind. Auf alle Fälle wurde die Doppelgeburt geheimgehalten. Dies wird ganz deutlich durch den Umstand bewiesen, daß noch nicht einmal Jesu Nächste um K.s Existenz wußten.

Nach der Trennung scheinen die beiden Brüder einander nur einige wenige Male begegnet zu sein. Tatsächlich ist nur eine Begegnung gut dokumentiert. Markus berichtet, daß Jesus einem anderen gleicher Größe und gleichen Alters begegnet ist und »daß der andere der eine gewesen sein könnte«. Da legte Jesus die Hand auf die Schulter seines Bruders und sagte: »Wie ich bist du Gottes Kind« (Markus 10,16–17). Wohingegen Matthäus einen gewissen Gegensatz zwischen beiden andeutet, die »einander spiegelten«, denn bei ihm lautet Jesu Bemerkung: »Wo ich bin, darfst du nicht sein« (Matthäus 23,41–43). Man könnte dies als Vorwurf verstehen, weil K. ein Abkommen verletzt hatte, seinen Bruder nicht aufzusuchen. Indessen könnte dies auch bedeuten, daß jeder der beiden seine Bereich hatte, den menschlichen und den göttlichen. Im übrigen zogen beide Formulierungen so große Interpretationsschwierigkeiten nach sich, daß die Kirchenväter, aus eigenem Ermessen oder von Gott dazu ermutigt, der sich in seinem eigenen Haus nicht auf immer und ewig mit seiner Jugendverirrung konfrontiert sehen wollte, sich entschieden, in einigen Bibelausgaben die betreffenden Sätze zu streichen.

Allerdings gibt es Hinweise auf eine andere Diskussion, die nur mangelhaft überliefert ist, weil diejenigen, die sich als Christen bezeichnen, versucht haben, sie immer dann, wenn sie auf sie stießen, zu verdrängen.

Der Inhalt von Jesu Worten zu dieser Gelegenheit soll der folgende oder ungefähr der folgende gewesen sein: »Bruder, ist es nicht hoffärtig zu glauben, du könntest ohne unseren Vater zurechtkommen?« Hierauf antwortete K. seinem Zwillingsbruder, und diese Worte scheinen wortgetreu überliefert zu sein: »Bruder, wäre es nicht hoffärtig von mir zu glauben, ein Allmächtiger interessiere sich gerade für mich?« Und Jesus senkte das Haupt und ging von dannen.

Zwei eher drollige Episoden, die Folge der äußeren Ähnlichkeit beider war, lassen sich anhand der Bibel beweisen. Zu einer Gelegenheit fährt eine Schar von Anhängern Christi über einen See, und als sie am Ufer sind, stoßen sie auf K., von dem sie natürlich annehmen, es handele sich bei ihm um ihren Meister, der gerade am gegenüberliegenden Ufer zu ihnen gesprochen hatte. Oder vielmehr um seinen Geist, denn sie können sich nicht erklären, wie er so rasch um den See herum gekommen sein soll. Später finden sie eine andere Erklärung, die ihnen Jesus wohlweislich läßt, um umständlichen Erklärungen aus dem Weg zu gehen.

Zum zweiten Zusammentreffen kommt es nach Jesu Tod. Einige seiner Nächsten treffen auf seinen Zwillingsbruder und wollen sich in Anbetung vor ihm niederwerfen, weil sie ihn für den Verstorbenen halten. Erschrocken zieht K. sich zurück und bittet sie, ihn nicht zu berühren.

Ein dicker Pfahl muß indessen durch die Legende getrieben werden, an Stelle Jesu sei in Wirklichkeit sein unschuldiger Bruder angeklagt und hingerichtet worden. Dies wäre eine allzu grausame Ironie gewesen, wenn derjenige, der für die Sache der Menschen sprach, von den Menschen hingerichtet worden wäre.

Es gibt keinen Zweifel, daß K. als normaler Mensch aufgewachsen ist. Die Wahrscheinlichkeit spricht dafür, daß er als Handwerker lebte, sein genaues Wirkungsfeld ist hingegen unbekannt. Womöglich ließ er sich dann und wann dazu bewegen, sich als Prophet zu betätigen. Jedoch sind die Zeugnisse spärlich und unklar. Eine Gruppe wollte ihn offenbar zum Kämpfer für die Freiheit machen, wie die Juden sie erwarteten. Andere meinten beweisen zu können, daß er die Botschaft seines Bruders auf den Kopf gestellt hatte und den Großen Schädling ankündigte. Bei beidem scheint es sich jedoch um Erfindungen zu handeln, die weit später entstanden.

Als er sich widerstrebend dazu bewegen ließ, sich feierlich zu äußern – die Verwechslungen mit seinem Bruder scheinen ihn immer wieder gequält zu haben –, warnte K. vor allem davor, an Götter zu glauben und sich aus dieser Richtung Gerechtigkeit zu erwarten.

Die einzige Formulierung, die mit Sicherheit K. zugeschrieben werden kann, lautet: »Du darfst keine anderen Götter haben als den Menschen. Dies ist heilig, und hieran sollst du glauben. Du verrätst und entehrst den Menschen, wenn du auf den Knien liegst vor dem Herrn Krimskrams draußen aus dem Weltenraum.«

Unklar bleibt, ob K. tatsächlich den Ausdruck »Krimskrams« in der Bedeutung von »alles mögliche« benutzte oder ob er in Wirklichkeit denjenigen beim Namen nannte, vor dem man nicht kriechen solle, und ob ein späterer Abschreiber Schwierigkeiten bei der Deutung dieses Wortes hatte und dies mit dem Ausdruck »Krimskrams« anzeigt, oder ob die exakte Adressierung von einem, der unter Anklage stand, verfälscht wurde.

Das Zitat geht weiter: »Du bist auf der Flucht, wenn du die Liebe anbetest, statt den Menschen zu lieben. Wenn du gegen das Böse kämpfst, statt ein wenig Verständnis und Hilfsbereitschaft zu zeigen. Der Mensch ist nichts. Wie in aller Welt soll er zurechtkommen, wenn noch nicht einmal die Menschen sich für ihn einsetzen?«

Man meint, K.s Nachkommen seien aufgebrochen und hätten sich im Norden angesiedelt.

25

Meine Name ist Rømmer«, sagte Tobias mühevoll, als Joakim die grünen Kräuter aus seinem Mund gefischt hatte.

»Bist du dadrin?« fragte Joakim besorgt und klopfte auf verschiedene Stellen seines Schädels.

Tobias antwortete, indem er eine lange Reihe von Zahlen aufsagte, bei denen es sich bei den ersten zehn um Laurits Rømmers Personennummer, bei den nächsten acht um seine private Telefonnummer, gefolgt von der der Firma, im weiteren um seine Kontonummer, seine Kennzahl und um die Nummer seines Arbeitgebers handelte. Um zu beweisen, daß er alle fünf Sinne beieinander hatte, hatte er gerade begonnen, die Personennummern seiner drei Kinder aufzusagen, als er von Joakim unterbrochen wurde, dem keine dieser Ziffern etwas sagte.

»Tobias, hörst du mich?«

»Mein Name ist Laurits Rømmer, Schlosser«, antwortete Tobias und suchte nach weiteren Codezahlen, mit denen er sich angemessen ausweisen konnte.

»Das ist kein Spaß, Tobias«, sagte Joakim und nestelte ein wenig an der Pferdedecke, die den Schlosser untenhielt.

»Ich heiße nicht Tobias«, sagte der Schlosser irritiert mit Tobias' Mund. »Und wie kommt es, daß ich hier in einem Aquarium liege...«

»Einem Warmwasserosmosebecken.«

»Unter einer Persenning...«

»Einer Pferdedecke.«

»Mit dem Mund voll Gras?«

»Grünen Kräutern«, verbesserte ihn Joakim geduldig. »Das liegt daran, daß du den Verstand verloren hast.«

Der Mann, der jetzt eine Hand frei hatte, runzelte die Augenbrauen, als erinnerten ihn diese Worte an etwas.

»Und jetzt hast du offenbar den falschen eingeatmet.«

Joakim zeigte auf einen Glasbehälter zu seinen Füßen.

»Mit dem Verstand ist alles in Ordnung«, sagte der Schlosser. »Mit dem Körper stimmt etwas nicht. Wer hat mich denn so zugerichtet?«

»Ich weiß nur, daß du ein Taxi zum Fernsehsender genommen hast. Dann habe ich gehört, daß du splitternackt ein wenig herumgetorkelt bist und Unsinn von dir gegeben hast. Wenn du nicht weißt, was du angestellt hast, ist es vielleicht am besten, daß du es niemals erfährst. Um dich zu zähmen, mußten wir Gewalt anwenden. Ziemlich viel Gewalt. Erst als wir die Decke um dich herumgewickelt und sie festgezurrt haben, hatten wir Erfolg. Deine Wunden und Kratzer hast du dir selbst zugefügt, als du mit dem Pfosten und dem Pfahl um dich geschlagen hast.«

»Ich möchte wissen, wo ich bin.«

»Im Laboratorium.«

Der andere sah sich verwirrt um. Offensichtlich erkannte er nicht nur den Ort, an dem er sich befand, nicht mehr wieder, sondern vor allem den Körper, in dem er steckte.

»Und das Gras... diese grünen Kräuter? Du Schnösel willst wohl behaupten, ich hätte ins Gras gebissen und habe es nicht mehr ausspucken können?«

»Ich habe dich einen Geist inhalieren lassen. Darum liegst du im Bassin, um die Wirkung zu verstärken. Durch die Nase. Die Kräuter sollen den Mund verstopfen. Erinnerst du dich nicht, daß wir das gelesen haben, Tobias?«

»Ich bin Schlosser Rømmer. An Geister glaube ich nicht.«

»Trotzdem hast du einen eingeatmet. Oder besser Tobias hat einen eingeatmet. Den falschen. Wir müssen es mit einem anderen versuchen.«

»Du bist nicht ganz bei Trost, Bursche.«

»Die Behälter sind so groß, daß ich nur zwei mitnehmen konnte.«

»Von wo? Wo holt man denn heutzutage Geister?«

»Erinnerst du dich nicht, daß du von Dr. Monikkes Keller erzählt hast? Gehirne in Flaschen. Es war so dunkel. Ich habe die beiden ersten besten genommen.«

Joakim zeigte ihm eine große Glasflasche mit Handgriff, und ehe sich der Schlosser versah, hatte er ein Büschel Kräuter im Mund. Eine Flasche wurde ihm unter die Nase gehalten, und als er, ohne es zu wollen, nach Luft schnappte und tief durch die Nase einatmete, verlor er das Bewußtsein.

»Du großer Gott«, piepste Tobias. »Bin ich jetzt wieder normal?«

»Hört sich nicht so an«, antwortete Joakim besorgt.

»Ich, wie gut. Ich war schon ganz nervös.«

Joakim zögerte. Nachdenklich betrachtete er die zweite Flasche, die er noch immer in der Hand hielt.

»Nichts wäre ärger, als wenn ich das noch einmal durchmachen müßte«, zwitscherte Tobias. »Sie ahnen ja nicht, wie erleichtert ich bin, Herr Doktor Monikke. Einen Augenblick habe ich tatsächlich geglaubt, alles sei umsonst gewesen.«

»Sie müssen entschuldigen«, sagte Joakim zu der Frau in Tobias' Körper, während er eine Handvoll grüner Kräuter herausfischte.

»Da gibt es nichts zu entschuldigen. Ich glaube tatsächlich, diesmal ist es geglückt...«

Die muntere Stimme brach mit einem entzückten Kichern ab, als der Glaskolben unter Tobias' Nase gehalten wurde.

»Für Schlosser Rømmer war es ein Schock, wie wenig dazu nötig war, damit er seine stabile Existenz verlor und in psychiatrische Behandlung geriet«, sagte Tobias und zog schaudernd die Decke um sich.

Verwirrt sah er sich im Laboratorium um. Über den Rand

des leeren Bassins war die Pferdedecke geschlagen. Die beiden Behälter auf dem Fußboden waren sorgfältig verschlossen, dennoch verursachten sie ihm ein solches Unbehagen, daß er wegsehen mußte.

»Weiter«, sagte Joakim unerbittlich.

»Sein Leben lang ist Laurits Rømmer ein bescheidener, geradliniger Mann gewesen. Schon in jungen Jahren gründete er seine kleine Firma, die davon lebte, vergeßlichen Hausfrauen, die sich ausgesperrt hatten, wieder Zutritt in ihre warmen Behausungen zu verschaffen. Nur wenn er über seinen großen Vorfahren sprach, konnte man Anzeichen von Aufschneiderei und Größe an ihm feststellen. Als der große Ingenieur und Wegbereiter Ole Rømmer vom König mit der Überarbeitung des Kalenders beauftragt wurde, räumte er so gründlich auf, daß er zu guter Letzt zehn Tage übrig hatte, die er großzügig der Bevölkerung des Landes verehren konnte. Für Laurits Rømmer wurde dies zum roten Faden und zum Symbol, wie viel man durch Ordentlichkeit einsparen kann. Was ist denn, Joakim?«

Der zeigte auf den einen Glasbehälter und sagte ungeduldig: »Du hast ihn inhaliert. Sprich weiter.«

Mit einem gewissen Unbehagen kramte Tobias weiter in seinem Inneren:

»Die einzige Leidenschaft, der er sich widmete, waren seine Briefmarken. Der Schweiz-Sammlung gehörte sein Herz. Fasziniert von dem Namen Helvetia, von dem er sich einbildete, er sei die lateinische Bezeichnung für Helvede, Hölle, hatte er sie schon als Kind begonnen. Auch als er den Irrtum erkannt hatte, träumte er häufig von diesem Absenderland, während er vorsichtig und sorgfältig die kleinen, bunten Papierstückchen ordnete. Joakim, ich kann doch nicht einfach im Inneren eines fremden Menschen herumlaufen.«

»Sieh zu, daß du zu Ende kommst, Tobias. Wir wissen nicht, wie schnell er wieder verdampft.«

»Eine Ehrfurcht, die ihm sonst unbekannt war, erfüllte ihn,

wenn er den seltenen, kleinen gelbbraunen Papierstreifen berührte, eine viertel Mark, den schmutzig grünen, eine halbe Mark, und den blauvioletten, eine ganze Mark. Nur die allerseltenste, dreiviertel Mark, dunkelbordeaux, fehlt. Er hatte niemals viel Geld in die Sammlung gesteckt, hatte aber von dort ein bißchen bekommen und anderswo ein wenig getauscht. Wenn er aber, nach einem guten Fang, der Sammlung eine neue Marke einverleiben konnte, kam ihm dies vor wie ein kostbares Geschenk. Und in den Augenblicken, in denen er die drei Wunderwerke bestaunte und sich das vierte vorstellte, empfand er eine Verbindung zu jenem Mystischen, Erhabenen, worüber andere nur sprachen.«

Tobias hielt inne.

»Ich mag das nicht. Das ist doch eine Beeinträchtigung des friedlichen Privatlebens.«

»Der Mann ist doch tot. Oder hat zumindest den Verstand verloren.«

»Nicht Laurits Rømmer fiel als erstem auf, daß etwas nicht stimmte, sondern seiner Frau und seinen erwachsenen Kindern. Angefangen hatte es an einem Wintertag, als er einer pummeligen älteren Dame die Tür öffnete, nachdem sie stundenlang in der Kälte herumgelaufen war. Während er am Türschloß arbeitete, verglich sie das Klima mit dem Wetter auf einem Alpengipfel. Ehe er sich versah, sprach der Schlosser, ganz entgegen seiner sonstigen Gewohnheit, über seine Briefmarkensammlung. Der Mann der rundlichen Dame stammte aus der Schweiz. Als Laurits ging, war er beladen mit zwei ramponierten Schuhkartons, die randvoll waren mit Briefmarken.«

Joakim machte ein ermunterndes Zeichen mit den Fingern, um mehr aus dem Freund herauszuholen.

»Auf dem Nachhauseweg war er außerstande zu denken. Als er aber die Beute in sein Zimmer getragen hatte und die Kartons öffnete, schwindelte ihm. Ganz wörtlich, ihm wurde schwarz vor Augen, und er mußte sich an der Tischkante festhalten, um nicht zu Boden zu sinken. Die beiden Kartons waren angefüllt mit farbenprächtigen Marken, hastig von Umschlägen abgerissenen, neue und alte durcheinander, große und kleine, wertvolle und wertlose quollen über den Rand. Der Mann der Pummeligen, der jahrelang eine kleine Firma gehabt hatte, hatte die Angewohnheit, von eingehenden Briefen, die vor allem aus der Schweiz kamen, die Briefmarken abzureißen. Er hatte sich niemals die Mühe gemacht, sie zu ordnen, als sie aber Witwe geworden war, konnte es seine Frau nicht übers Herz bringen, sie wegzuwerfen. Darum war es ein Vergnügen für sie, daß endlich ein Mensch auftauchte, der sich über sie freuen mochte.«

Dieses Mal legte Tobias nur eine kurze Pause ein, um die Stimme frei zu bekommen, denn er war ebenfalls in Anspruch genommen von dem, was er zutage brachte.

»Am nächsten Tag meldete Laurits Rømmer, der ansonsten über eine eiserne Gesundheit verfügte, sich krank. Und es lag nicht daran, weil seine Neugier, was er in der Goldgrube finden werde, so groß war, sondern weil er sich tatsächlich so schwach, unsicher, schwindlig fühlte, daß er kaum eine Gartentür hätte öffnen können. Als Laurits Rømmer anderthalb Monate später Dr. Monikke gegenübersaß, eröffnete er die Konsultation mit der Erklärung, es sei zu leicht geworden. Zu diesem Zeitpunkt hatte er zwei der dunkelbordeauxfarbenen Dreiviertelmark gefunden, von denen die eine recht unsauber gestempelt war. Von der blauvioletten Einmark waren sechs aufgetaucht, und die Viertelmark war so häufig vertreten, daß er sich nicht die Mühe machte, sie zu zählen. Was aber noch angegangen wäre. Ärger war es mit all den neuen, exotischen, bemerkenswerten, seltenen Marken, von denen er früher kaum gehört hatte und die die alte Sammlung in den Schatten stellten.

Der Grund, daß für den Schlosser alles zusammenbrach, war indes ein Anruf der freigebigen Spenderin. Er erkannte ihre Stimme augenblicklich wieder und schauderte bei dem Gedanken an das, was sie sagen mochte. In ihrer Rumpelkammer hatte sie noch drei volle Kartons gefunden, und der Schlosser sei herzlich willkommen, auch sie abzuholen, wann es ihm paßte.«

»Und was ist mit der zweiten?« fragte Joakim gierig, weil er bemerkte, daß Tobias nichts mehr hinzuzufügen hatte.

Tobias schüttelte sich, und der Freund legte die Decke über ihn. Als dies nicht half, holte Joakim Kleider. Früher hatte der eine die Hosen des anderen tragen können, als Tobias aber die ihm angebotene Hose anzog, fiel ihm auf, daß Gutsein offensichtlich Pfunde kostete, denn die Hosen waren ihm zu groß. Joakim hatte Kaffee gebrüht, und sie machten es sich im Büro ein wenig bequemer. Der Blick des Freundes aber lag so schwer auf ihm, daß Tobias sich gezwungen fühlte fortzufahren.

» ›Ich habe ein Problem‹ sagte Esther Ring Petersen zu Doktor Monikke. ›Ich möchte gern geisteskrank sein.‹

›Ja, das muß unangenehm sein‹, antwortete der Psychiater. ›Diesen Wunsch müssen wir bekämpfen.‹

›Ich habe keine Lust, ihn zu bekämpfen. Ich möchte, daß er in Erfüllung geht. Wenn Sie Geisteskranke gesund machen können, müßten sie doch auch ein Gegengift haben, damit man den umgekehrten Weg gehen kann.‹

Anschließend erzählte Esther Ring Petersen, der Gedanke sei ihr zum ersten Male bei einem Besuch im Zirkus gekommen. Sie hatte sich über die fünfhundert oder tausend Menschen wundern müssen, die die Vorstellung verfolgten, alle verhielten sich so einzigartig. Sie setzten sich, lehnten sich zurück, verfolgten die Auftritte, ihnen lief eine Gänsehaut über den Rücken, sie klatschten, fast im Takt, erhoben sich und gingen wieder.

›Man stelle sich vor, unter tausend Menschen nicht ein einziger, der verrückt wird, nicht einer, der etwas Unerwartetes tut. Alle völlig gut abgerichtet.‹

Der Gedanke verließ sie nicht mehr. Wenn sie mit dem Auto auf einer stark befahrenen Hauptstraße fuhr, konnte sie unvermittelt darüber erstaunen, wie schmerzfrei und regelmäßig der Verkehr sich abwickeln ließ. Hunderte von Autos fuhren wie an einer Schnur gezogen hintereinander, mit großer Geschwindigkeit und einem recht kleinen Abstand zwischen ihnen. In jedem dieser Autos saß ein Mensch, der völlig normal reagierte, wie man es erwartete, abbog, wenn er abbiegen mußte, und Abstand hielt. Selbstverständlich konnte es zu vereinzelten Unfällen kommen, aber dies war nichts anderes als Pech und die Folge von falschen Berechnungen. Nicht einer von den vielen Tausenden auf den Straßen hatte die Eingebung, etwas gänzlich Unerwartetes zu tun, irgend etwas Provozierendes, wie zum Beispiel den Wagen quer zur Fahrtrichtung zu stellen, einfach anzuhalten, sich auszuziehen und auf das Wagendach zu stellen. Nicht einer. Eben dies erschien ihr verblüffend. Daß alle so perfekt und vorhersehbar funktionierten. Daß sich bei einem so kleinen Spielraum überhaupt Verkehr abwickeln ließ.

Vielleicht verfestigte sich dieser Gedanke, weil Esther als Erzieherin in einem Kindergarten täglich von Kindern umgeben war, die noch nicht so einheitlich reagierten.

Der wiederkehrende Gedanke ließ Esther nach Literatur über Geisteskranke greifen. Sie las Romane über Sonderlinge, auch Lehrbücher in Psychiatrie und Theorien zur Ursache von Wahnsinn. Je mehr sie las, um so faszinierter war sie. Sie erkannte, daß die Geisteskranken in engerem Kontakt zu den Tiefen des Lebens lebten. Sie wollte die Angelegenheit nicht romantisieren, sie war sich völlig im klaren über die Leiden, die mit Geisteskrankheit meist verbunden waren, was jedoch nichts an der Tatsache zu ändern vermochte, daß kranke Menschen ihr aufrichtiger, wahrer, innerlicher vorkamen. Darum war sie, nach sorgfältigen Studien und gründlicher Überlegung, zu dem Standpunkt gelangt, daß sie gern übertreten wollte, um es mit ihren Worten auszudrücken, von der Normalität zum Wahnsinn.

Es half nicht, daß Doktor Monikke Gegenargumente anführte. Aufgrund der Arbeit eines langen Lebens mit kranken Menschen hatte er so viel Elend gesehen, daß er sich weigerte, auf ihre Gedanken einzugehen, auch wenn dies im Grunde gegen seine Arbeitsprinzipien verstieß. Von außen gesehen konnten gewisse Formen von Geisteskrankheit einen Anflug von Erhabenheit in sich bergen oder zum Nachdenken anregen. Jedoch weigerte er sich, geradeheraus diesen Zustand zu verherrlichen, davon, ihn bei einem gesunden Menschen herbeizuführen, ganz zu schweigen.

Die Patientin beharrte darauf, die Besonderheit des Menschen im Vergleich zu allen anderen Lebewesen bestehe darin, daß er keine bestimmte Form habe und imstande sei, über sich selbst hinauszuwachsen. Das, was wir als Seele bezeichnen, ist gerade diese Fähigkeit zur Verwandlung. Verzichtet man auf die Überschreitung dieser Grenze, würde man vorhersehbar, seelenlos, wie ein Tier, eine Pflanze oder ein Gegenstand. Sie wollte tatsächlich behaupten, es sei eine menschliche Pflicht, sich an die Grenzen zu begeben, auch wenn dies natürlich ein Risiko in sich barg und zu Schmerzen führte. Es lag ihr fern zu missionieren, andere Menschen mußten sich ihren Weg selbst suchen, sie hingegen könne diese Pflicht nicht leugnen. Sie hätte fast gesagt, diese heilige Pflicht, sagte sie und lächelte wehmütig. Das Problem bestehe darin, daß sie nach ihrer Konstitution gesund sei und nicht imstande, bei sich selbst eine Geisteskrankheit hervorzurufen. Darum habe sie diesen anerkannten Psychiater aufgesucht, in der Hoffnung, jemand, der Menschen in die eine Richtung führen könne, sei imstande, sie auch in die entgegensetzte zu führen.«

»Du bist doch nicht gescheit«, rief Tobias.

Die Unterbrechung erschreckte Joakim, der sich in Esthers Problem vertieft hatte.

»Sie muß doch auch dabeisein!«

Joakim schien zu befürchten, das Gehirn des Freundes habe durch das Experiment Schaden genommen. Beruhigend legte er ihm eine Hand auf die Schulter, die Tobias aber abschüttelte.

»Bodil Trustrup, sie muß auch daruntersein. Wenn dieser Irrenarzt alle Gehirne in seinem Keller aufbewahrt, dann ist sie auch dabei. Ihr Gehirn.«

»Du meinst diejenige, die das Dokument übersetzt hat, das du verbrannt hast?«

»Und durch sie werde ich die Wahrheit über den Pakt zwischen den Menschen und den Göttern erfahren.«

»Zwischen den Göttern und den Menschen«, fiel Joakim ihm ins Wort, aber der Choreffekt kam wegen der unterschiedlichen Wortstellung nicht zustande.

Die Worte standen zitternd zwischen ihnen still.

»Wie sollen wir sie denn finden?« fragte Joakim. »Wenn du wüßtest, wie viele Glasbehälter es in diesem Keller gibt.«

»Das ist die Frau, die immer gefragt hat«, sagte Tobias.

Er steckte den Verschluß wieder auf den Glasbehälter, den Joakim mit einer Hand hielt. In der anderen Hand hielt er die Taschenlampe.

»Schon in der Schule vermied sie es, Stellung zu beziehen. ›Sind es vielleicht vier?‹ antwortete sie, wenn der Lehrer nach dem simpelsten Rechenkunststück fragte. Bei den schwierigsten Fragen, auf die sie ebenfalls keine Antwort wußte, fragte sie: ›Und das müssen wir wissen?‹ und zwinkerte mit den Augen.«

Der flackernde Lichtschein verlieh Tobias etwas Dämonisches. Er schloß die Augen und bemühte sich, die Essenz des Eingeatmeten einzusaugen.

»›Ihr ganzes Leben, auch als Erwachsene‹, fragte Hedvig Jeksen weiter. Ihr Mann konnte ihr nicht antworten, obwohl er Pfarrer war. Als sie an die Frage kam: ›Hat es einen Sinn, zu leben?‹, kam sie nicht weiter.«

Joakim war ungeduldig. Sobald er festgestellt hatte, daß sie nicht beim Richtigen angekommen waren, wollte er weitergehen. Doch es schien, als sei Tobias von dem, was er eingeatmet hatte, besessen und müsse es wieder aus sich herausbringen, ehe er zum Nächsten weiterging.

Als er schließlich das betreffende Gehirn verließ, hatte Joakim schon den Verschluß des nächsten geöffnet. Tobias steckte die Nase in die Öffnung.

Erschrocken über die starke Wirkung, zog er den Kopf zurück. Joakim schnüffelte, während Tobias zuließ, daß sich die Düfte in seinem Inneren verteilten.

»Stig Hife, er pflügte. Plötzlich öffnete sich der Himmel, und die Welt wurde gespalten in drei. Drei Zukünfte, die alle reizvoller waren als jene Welt, in der er sich befand. Die Entscheidung sprengte ihn. Die Entscheidung zwischen der harmonischen, positiven Welt und auf der anderen Seite einer Welt, in der die Bedürfnisse verschwunden waren. Und der dritten ...«

»Tobias, können wir nicht weitergehen?«

Als Tobias aus seiner Erzählung gerissen wurde, sah er den anderen an, als kenne er ihn nicht. Er mußte den Kopf schütteln, um in seine eigene Welt zurückzufinden.

»Das muß zu Ende gebracht werden«, sagte er gequält. »Vergiß nicht, zu dem müssen wir noch einmal.«

Zögernd näherte er sich dem nächsten Behälter. Für einen Augenblick mußte er sich besinnen, um das vorherige Bewußtsein abzustreifen, dann bückte er sich und schnüffelte.

»Jytte Torp, die alt geworden ist, ohne jemals gelacht zu haben«, sagte er und bemühte sich deutlich, sich von der Stimmung nicht einfangen zu lassen. »An jenem Tag, an dem sie keine Trauer und keine Leiden gesehen hat, an jenem Tag wollte sie sich gestatten zu lächeln.«

Joakim lächelte zufrieden und ging weiter, nachdem er den Behälter ordentlich verschlossen hatte.

Der Keller sah feucht aus. Regal um Regal an den Wänden enthielt gläserne Behälter. Gleichwohl reichten die Regale nicht aus. Der größte Teil des Fußbodens war mit unordentlichen

Reihen von Behältern angefüllt, unterbrochen von schmalen Pfaden, die ein Erreichen der Behälter ermöglichten.

Tobias gab zu erkennen, daß er bereit war.

»Sie ist Bibliothekarin gewesen. Kannte die Welt nur aus Büchern. War verwirrt und außer sich, als sie ein Kind bekam, das nicht ihres war und das Welten schuf, die wirklicher waren als die Welt, in der sie sich befand.«

Wieder fiel es Tobias schwer, sich loszureißen.

»Von der hier muß meine Mutter Wind bekommen haben«, sagte er erstaunt. »Sie hat über sie geschrieben. Oder besser, über das Kind.«

Unbarmherzig trieb Joakim ihn weiter, indem er zu erkennen gab, daß der nächste Geist schon zum Servieren bereitstand.

»Der hier ist weit gereist. Mehmet Kemal Midhat. Er hat kleine Häuser gebaut, Modelle der Häuser seiner Heimatgegend, die er in Flaschen einbaute. Verblüfft über die Güte, auf die er stieß, ist er vor sich selbst ausgerissen.«

Dieses Mal wurde das Interesse Joakims geweckt. Fast hätte er nach einer Vertiefung gefragt, hielt sich jedoch zurück, weil er fürchtete, Tobias könne in Gang kommen.

»Das ist Wahnsinn«, sagte Joakim. »Völlig unüberwindbar.«

Tobias sah sich um. Er ging zur Tür und sah in den danebenliegenden Raum, in dem die Flaschen ebenso dicht standen.

»Eine Stadt aus Wahnsinn«, sagte Joakim und ließ das Licht über den Raum streifen. »Die hier scheinen älter zu sein.«

»Laßt sie uns trotzdem ausprobieren.«

Der Verschluß des ausgewählten Glaskolbens klemmte, durch gemeinsame Bemühungen gelang es jedoch, ihn so weit zu öffnen, daß Tobias ein Gefühl für den Inhalt entwickeln konnte.

»Martinus Starling, er kam als guter Mensch zurecht. Als er

aber auch Gutes tun wollte, mußte er verzweifeln, denn er entdeckte, daß Gutes ebenso häufig zu Bösem führt.«

»Das ist alles zu traurig«, sagte Joakim. »Ganz offen, ich glaube, es ist besser, nicht weiterzugehen.«

Tobias aber hatte sich bereits durch diesen Raum geschlängelt und näherte sich dem nächsten. Widerstrebend folgte Joakim ihm.

»Und noch ältere«, flüsterte Tobias ehrfürchtig.

Die Behälter, einige davon aus glasiertem Ton, waren mit Staub bedeckt. Spinnweben verbanden sie. Von Neugier gepackt, bahnte sich Tobias einen Weg an der Wand, wo es ein wenig Raum auf dem Fußboden gab. Vor einem Tonkrug, der in der Ecke an einem besonderen Platz stand, als komme ihm besondere Ehre zu oder weil es sich bei ihm vielleicht um den ersten der Sammlung handelte, hielt er an.

Der Krug war mit einer so dicken Staubschicht bedeckt, daß Tobias sich weigerte, ihn zu berühren. Mit dem Ärmel staubte er den Krug ab. Joakim leuchtete ihm, vermied aber jede Berührung mit diesem Krug. Gegen alle Vermutung saß der Korken locker, so eingetrocknet war er, daß er kaum dicht abschloß.

»Das ist er! Runder Kopf, Haarzotteln, kaum Zähne, Triefaugen.«

Tobias schwankte. Joakim hob den Korken auf, den der Freund hatte fallen lassen, und steckte ihn zurück.

»Man hat ihn verraten, er verlangt Genugtuung. Er war ein guter Mensch, aus ganzem Herzen. Trotzdem hielt man ihn für einen Schurken. Es ist dunkel. Er stolpert auf den Kirchturm. Kein Friede, ehe er nicht…«

Joakim mußte Tobias festhalten, damit er nicht über die umstehenden Krüge stolperte. Schritt für Schritt führte er den Freund zum Ausgang, während Tobias weiter murmelte und phantasierte.

»Was ist da geschehen? Was hast du gesehen?«

»Gesehen nicht. Gefühlt. Es war weit, weit fort. Und trotzdem von überwältigender Stärke. Als sei es von der Zeit konzentriert worden.«

»Meinst du den Geruch?«

»Es bombardiert die Sinne, aber es ist nicht der Geruch. Es ist nicht der Geschmack. Oder der Anblick. Wie ein ganzer siebenter Ort.«

Joakim führte den Freund um die vielen Behälter herum, half ihm durch das Kellerfenster ins Freie, in die Dunkelheit. In die wiederbelebende Waldluft.

»Ich habe ihn schon einmal gesehen«, fuhr Tobias fort. »Die Wurzel des Wahnsinns. Der Mann, der die Zeit antrieb. Er hat Besuch von dem Jungen, der mir ähnlich sieht.«

Vorliegende Karte über den Globusroman Sieben Generationen Wahnsinn bedient sich der Abbildung, die den größten Teil der kreuzenden Strukturen unverändert bewahrt. Es handelt sich um eine orthographische Azimutprojektion, in dem Sinne, daß der Globus von einem übergeordneten, entfernten Gesichtspunkt auf eine ebene Fläche projiziert wird. Indem man sich jedoch eines zentralen Ausgangspunktes bedient, nämlich der Beibehaltung von Bertels chronologischem Leben und der Hinzufügung der Offenbarung in jener Reihenfolge, in der er sie empfängt, nimmt sie Züge einer stereographischen oder vielmehr Zentralprojektion an, bei der Bertel als Mittelpunkt des Romans dient.

Es steht zu hoffen, daß die Vorteile einleuchten.

Einer der Nachteile besteht darin, daß gewisse Personenverbindungen, die man bei der Lektüre des Original-Globus mit äußerstem Erstaunen erlebt, weniger klar hervortreten. Hierdurch wird womöglich eines der Anliegen des Buches geschwächt, weil die unterirdischen Verbindungen der Menschen sich nur unter Mühen aufdecken lassen und nicht so ins Auge springen, wie dies beim Raumroman der Fall ist.

Ein anderer Nachteil ist, daß das fruchtbare Erleben des vierdimensionalen Raums, das sich bei einer sorgfältigen Lektüre des Globus unvermeidlich einstellt, völlig verschwindet. Die ausgefüllten Spalten im Text sollen andeuten, was man versäumt.

Als Beispiel könnte jener Stig Hife genannt werden, dessen Gehirn Tobias gerade aufgesucht hat. Der hier zur Verfügung stehende Platz gestattet lediglich einen Hinweis auf die nächste Spalte, wo der Hintergrund seiner Geschichte beleuchtet wird.

26

Und diese Schlange habe ich an meinem Busen genährt«, brüllte der Alte. »Aber komm trotzdem herein. Komm endlich herein und saug noch mehr ein.«

Ich beugte den Kopf, nicht aus Scham, sondern um durch die Tür zu kommen. Skonning, der gerade eine Feder zurechtschnitt, blieb sitzen, ohne seine Tätigkeit zu unterbrechen.

Seine Bemerkung besaß einen höheren Wahrheitsgehalt, als er selbst ahnte. Mehrere Monate hatte ich ihn nicht mehr besucht, hatte mich in dieser Zeit jedoch von den Schriften ernährt, die mir zuzustecken er dann und wann Gelegenheit fand. Offenbar setzten sich seine Visionen in einem unaufhörlichen, wenn auch langsamer fließenden Strom fort.

»Das letzte war zuviel für dich«, grunzte er selbstzufrieden. »Du mußtest sehen, ob der Geist mich verlassen hat. Aber du kannst dich beruhigen. Der Zapfen in meiner Hirnschale hält noch.«

Trotz seiner widerstrebenden Gastfreiheit war ich eingetreten.

»Du kannst eine Feder zuschneiden, um dich ein bißchen nützlich zu machen für die geistige Speise, die ich dir Undankbarem einflöße. Auch wenn der Geist mich noch nicht verlassen hat, mit dem Augenlicht ist das fast so.«

Mit dem Federmesser in der Hand mußte ich mich auf jenen Platz setzen, an dem das bleiche Herbstlicht ins Hausinnere drang. Trotz der Plagen des Alters hatte Skonnings Fleiß nicht abgenommen. In der Stadt konnte man kaum eine Gans schlachten, ohne daß er vor Ungeduld trippelnd dastand, um sich die Federn zu sichern.

»Gnade dir Gott, wenn du die da auch verschneidest. Das ist die mittlere.«

Schon seit langem belehrte er mich, daß sich von den Schwungfedern der Gans nur die zweite, die dritte und die vierte als Schreibfedern eigneten. Und von ihnen war die mittlere der König.

»Ich habe mir schon gedacht, daß dich der Bericht über den Geist im Krug hertreiben würde«, fuhr er selbstgefällig fort, verfiel aber, begeistert von seiner eigenen Idee, ins Grübeln. »Ist das nicht ein Thema, das eine Erzählung wert ist? Ein Mann, der bestrickende Märchen erzählt, um seine Liebste anzulocken.«

Seine scharfen, aber schlecht sehenden Augen ruhten auf mir, wodurch ich das Gefühl bekam, er wisse mehr, als gut war. Nach meiner Weihnachtserzählung, die so großen Eindruck auf meine Wirtin gemacht hatte, hatten Anne und ich einen züchtigen Abstand zueinander eingehalten. Nur ein einziges Mal, spätabends, hatte ich gewagt, dieses Thema zu berühren. »Falls mein Märchen von neulich zu mehr führen sollte«, sagte ich vorsichtig, »wie würden wir es dann nennen?« Anne senkte den Blick und sagte, und ich konnte das Wort kaum verstehen: »Oluf.« »Oluf?« »Nach meinem Vater.«

Von da an wurde das Thema nicht mehr berührt, auch wenn es ab und zu in mir brannte, der Geschichte ein weiteres Kapitel hinzuzufügen. Kurz darauf kehrte Christen Rømmer nach Hause zurück, die Schweden hatten die Stadt besetzt, und man hatte von ihrer weiteren Bekämpfung Abstand genommen. Christen war nur zufrieden und dankbar, als es sich zeigte, daß seine Ehefrau ein Kind erwartete. Abends beschäftigte er sich mit seinen nautischen Instrumenten und berechnete Sonnenhöhen und Uhrzeiten, ohne die Monate zu zählen.

Ich schüttelte meinen Verdacht ab. Skonning konnte von der Angelegenheit nicht erfahren haben, es sei denn, seine Sehkraft war stärker, als er es sich anmerken ließ.

»Nicht die Beschreibung dieses Selbstzufriedenen, der sich verraten fühlt, hat mich hierhergeführt«, sagte ich erregt. »Diese ganze Geschichte kommt mir ohnehin vor wie eine Art Wiederholung des Ariost.«

»Ariost?« keuchte er.

»Man hat unweigerlich das Gefühl, daß du die Geschichte vom ›Rasenden Roland‹ nachäffst, der den Verstand verliert und ihn wiedererlangt, indem er ihn aus einer Flasche einatmet.«

Ich konzentrierte mich auf die Feder, die ich zurechtschnitt.

»Alle kleinen Fuchsfedern müssen entfernt werden, damit die Hand frei ist«, sagte Skonning mit überraschender Beherrschung. »Damit mir dieses unangenehme Kitzeln erspart bleibt. Selbst kleine Dinge können einen tiefgründigen Gedanken behindern. Sag mir, Bertel, welchen Fehler, meinst du, kann man am leichtesten ertragen, Dummheit, Widerspenstigkeit oder Vergeßlichkeit?«

»Dummheit«, sagte ich, während ich kleine Daunen vom Federschaft schabte. »Denn jemand, der dumm ist, wird seine eigene Dummheit nicht entdecken können. Während ein Widerspenstiger oder Vergeßlicher ab und zu sein Gebrechen bemerkt. Warum fragst du?«

»Ich hoffe also, daß du an Dummheit leidest. Unzählige Male habe ich dir erzählt, daß ich beschreibe, was ich gesehen habe, und so, wie ich es gesehen habe. Ich erfinde es nicht, und ich entlehne es nicht von anderen. Wenn du nach wie vor dieser Meinung bist, nachdem ich dir so häufig die Zusammenhänge erklärt habe, ist dies nur so zu erklären, daß du an einer umfassenden Vergeßlichkeit und einer eigentümlichen Widerspenstigkeit leidest oder ganz einfach dumm bist. Offenbar ziehst du die letztere Erklärung vor.«

Auch wenn ich mit etwas Begabtem hätte antworten können, feilte ich weiter, ohne ein Wort von mir zu geben, das mich ja doch nur in eine der anderen Kategorien gebracht hätte.

Ich benetzte den Schaft ein wenig, damit die Daunen sich aufrichteten.

»Mich selbst haben gewisse Übereinstimmungen mitunter verblüfft«, fuhr er fort, irritiert, nicht auf Widerspruch zu stoßen.

Ich glättete sorgfältig weiter.

»Es kann auch kein Zufall sein, daß meine Visionen sich in dem Jahr einstellten, das gerade sieben mal sieben mal sieben Jahre nach der Offenbarung des betreffenden Werks folgte. Denk dir, die heilige Zahl sieben multipliziert mit sich selbst, ergibt dreimal die heilige Anzahl.«

Als sich keine einzige flauschige Daune mehr am Schaft befand, begann ich die Feder anzuspitzen.

»Ich habe von Übereinstimmung gesprochen, vielleicht hätte ich lieber auffallende Gegnerschaft sagen sollen. Während die ersten papistischen Werke die Ordnung schildern, wie sie außerhalb dieser Welt herrscht, im Himmel und in der Hölle, beschreiben meine Visionen doch die Zusammenhänge dieses irdischen Lebens. Sie stechen die Einrichtung der Welt aus, der wir entgegensehen.«

Es verlangte Konzentration, wollte man die Spitze exakt zuschneiden, darum war ich nicht imstande, dem Alten zu antworten.

»Für den Fall, daß es mir vergönnt ist und die Menschheit so verständnisvoll wird, daß ich es wagen kann, meine Visionen zu veröffentlichen, während ich noch am Leben bin, erwäge ich, ihnen den Titel ›Die unmenschliche Tragödie‹ zu geben.«

»Ach, du meinst ›die göttliche Komödie‹«, sagte ich.

»Dann ist deine Dummheit doch nicht so allumfassend.«

»Selbstverständlich ist dir bekannt, daß sie ›göttlich‹ heißt, weil sie so erhaben ist? Vielleicht wäre das ein passendes Attribut zu deiner, unmenschlich.«

»Ja, so wie dieser Dichter dank seiner großartigen Visionen

als erhaben gilt, würde ich wegen meinen Visionen erniedrigt und gedemütigt.«

Ich war mit dem Schlitzen der Spitzen fertig. Weil keine Kerze zur Hand war, begnügte ich mich damit, die Feder mit Hilfe der Wärme meiner Hand zu temperieren und geschmeidig zu machen.

Das Gefühl, die Worte des Alten nicht nur einmal gehört zu haben, sondern viele Male früher, wollte mich nicht verlassen. Überhaupt war dies ein Erlebnis, das ununterbrochen auf mich einwirkte. Um mich herum geschah nichts, alles wiederholte sich, alles hatte ich bereits gesehen, alles ließ sich vorhersagen.

Dieser Zustand hatte sich nach dem Prozeß gegen die Frau des Bischofs und ihren Schwiegersohn eingestellt. In der ersten Zeit nach ihrer Verurteilung und angemessenen Verwahrung war vieles zu erörtern, einiges war während des Prozesses ans Licht gekommen, das hin- und hergewendet werden mußte, schließlich war das Thema jedoch erschöpft. Nichts Neues trat zutage, alles war angebahnt, verteidigt und angegriffen, die Entrüstung hatte sich Luft gemacht, und selbst zarte Versuche, die Verurteilten zu entschuldigen, hatte man unternommen. Es schien, als sei die Stadt in einen Dämmerzustand geglitten, in dem man tapfer versuchte, sich einzubilden, das Leben gehe weiter, wohingegen die Zeit in Wirklichkeit zum Stillstand gekommen war.

Hin und wieder verwunderte ich mich darüber, daß andere dies nicht sehen konnten. Einige Male brachte ich dieses Gefühl gegenüber Anne zur Sprache. Sie aber lächelte geheimnisvoll und begnügte sich damit, auf ihren Bauch zu zeigen, der Tag für Tag an Umfang zunahm.

Dies ließ sich nicht leugnen, und ebenfalls nicht, daß die Jahreszeiten ihrem üblichen, altbekannten Gang folgten. Auf den Straßen gingen Menschen vorüber, dieselben Menschen zur selben Tageszeit. Der Schuhmacher gegenüber öffnete Tag für

Tag die Werkstatt und nahm seine Arbeit wieder auf. Die Nachbarsfrau, die stets verwirrt war, erschien, um sich Feuer zu leihen. Gottesdienste wurden abgehalten. Märkte kamen und gingen, so wie früher. Doch das Gefühl, die Stadt sei in einen Schlaf verfallen, wollte mich nicht verlassen. Der einzige, der mich verstehen könnte, war der Glöckner. Darum wollte ich mit ihm über diese Sache sprechen.

»Mich hat gar nicht das letzte, was du geschrieben hast, hergeführt«, sagte ich. »Sondern das vorletzte. Ich meine die Vision, die René hatte und oben auf dem Turm der Domkirche zu Papier brachte. Der Bericht über Jesu Zwillingsbruder.«

»Du darfst mich nicht beschuldigen. Ich zeichne es so auf, wie es zu mir kommt. Du willst doch nicht, daß ich über das, was mir anvertraut wird, Lügen verbreite? Oder daß ich verschweige, was mir verkündet wird?«

Mit einer Geste der Entschuldigung brachte ich den Alten zum Schweigen, ehe er sich in einem weiteren Wortschwall verlor.

»Fällt es dir nicht schwer weiterzukommen?«

Gekränkt sah er mich an, was mir Gelegenheit gab weiterzusprechen.

»Kennst du nicht dieses Gefühl, daß alles stehenbleibt? Nichts Neues geschieht, alles ist die Wiederholung einer Wiederholung.«

Nun hatte sein Zorn sich in Verblüffung verwandelt.

»Du auch?« murmelte er.

»Was ist dir aufgefallen?«

»Die Zeit stockt. Rührt sich fast nicht von der Stelle.«

»Ich glaube, ich kenne die Erklärung. Du erinnerst dich an diesen alten Mann in diesem seltsamen Stuhl…«

»Styge im Rollstuhl?«

»Eben der. Styge erzählt, einer seiner Vorfahren, René, sei von Gottes Strafe getroffen worden, weil er den zum Nachdenken anregenden, aber lästerlichen Bericht über denjenigen verfaßte, dem Gottes Gnade nicht zuteil geworden ist.«

»Ich weiß, was du meinst, aber diese Einschätzung stammt von dir.«

»Vielleicht hat ein ähnliches Schicksal dich getroffen, weil du diese Beschreibung aufgezeichnet hast, und mich, weil ich sie gelesen habe.«

»Springst du jetzt in der Zeit herum? Bist du gestern vielleicht vierundsechzig gewesen?«

»Diese Strafe hat Gott sich ausgedacht, um René zu treffen, ohne daß andere dies bemerkten. Er ließ ihn durch den Kalender springen, bald alt, bald jung, ohne Zusammenhang in seinem Leben, hätte er sich aber beklagt, wäre er von anderen für verrückt gehalten worden. Uns hat Gott in seinem gerechten Zorn ein anderes Schicksal zugedacht. Wir sind in der Zeit eingeschlossen. Für die anderen um uns herum geht das Leben weiter wie immer. Für dich und mich stockt die Zeit. Und beklagen wir uns bei jemandem, zeigen sie lächelnd auf ihren wachsenden Bauch und sagen, sie verstehen uns nicht.«

»Als trotte man durch ein Moor ohne Grund. So ist es. Man trottet und trottet herum, ohne irgendwo hinzukommen. Aber ich höre, ihr habt wieder Kleinzeug im Haus?«

»Für Anne vergeht die Zeit munter. Oluf wird jeden Tag einen Tag älter. Nur für mich ist es, als verkümmerte die Zeit.«

»Weshalb wir beide dasitzen und unsere Nörgeleien immer wiederholen müssen, ohne daß wir vom Fleck kämen?«

Er kaute an diesem Gedanken, während er die Feder in Augenschein nahm. Er tauchte die Spitze in Wasser und schaute zufrieden zu, wie sich der Sack mit Flüssigkeit füllte.

»Du unterliegst dem gleichen irrtümlichen Glauben wie die meisten anderen«, fuhr er fort, »daß die Zeit einfach daherspaziert. Man müsse sich nur mit übereinandergeschlagenen Armen hinsetzen, dann werde die Zeit schon anmutig daherspaziert kommen. Sie konstruieren ein Uhrwerk, das von selbst geht, und dann erwarten sie, daß es sich mit der Welt ebenso verhält. Schon Nicolaus Oresme hat so ein Uhrwerk beschrieben, das die ganze Welt antreibt. Als werde man, wenn man alles auseinandernimmt, nicht nur Räder und Zacken finden. Pfui.«

Der Alte spuckte, zielte aber nicht genau mit dem Wasser, so daß einiges an seinem Kinn haftenblieb.

»Und du bildest dir ein, dein Uhrwerk hätte einen Zahn verloren und liefe nun immer in derselben Kerbe?«

So hatte ich mir die Zusammenhänge eigentlich nicht vorgestellt, aber die Beschreibung deckte sich ziemlich genau mit meinem Erlebnis, deshalb verzichtete ich auf Einwände.

»Jetzt fabulieren sie sogar davon, Uhrwerke mit zwei Zeigern zu bauen.«

»Mit zwei Zeigern? Aber was soll denn der zweite anzeigen? Gibt es denn zwei Arten von Zeit, die man messen kann?«

»Ich glaube, sie stellen sich vor, der zweite Zeiger solle die Zeit unablässig anstacheln. Sie anschieben, wenn sie zu träge wird. Eines aber haben sie nicht begriffen.«

Er zögerte. Ich fragte nicht, denn ich wußte, jede Frage konnte dem Alten Anlaß zu Abschweifungen bieten.

»Sie glauben, wenn sie nur hinreichend kunstfertige Uhrwerke bauen, dann werde die Zeit sich schon nach ihnen richten. Aber sie vergessen die treibende Kraft. Sie ziehen ihre Uhren auf, verschwenden aber niemals einen Gedanken daran, daß auch die Welt aufgezogen werden muß.«

Er blies die Feder trocken, ehe er sie andächtig in die Tinte senkte. Die Pose färbte sich dunkel. Versuchsweise setzte er die Spitze am Rande eines bereits beschriebenen Stücks Papier auf.

»Ich schreibe die Welt voran«, schrieb seine Hand.

Verblüfft betrachtete er das Ergebnis der Federbewegungen.

»Darum zerrinnt das Ganze«, fuhr er fort. »Daraus werden kleine Geschichten, Einfälle, Versuche, aus dem Zusammenhang gerissene Episoden ohne jegliche Konsequenz, denn niemand sorgt sich um die treibenden Kräfte. Ich tue mein Bestes, um die Enden zu verbinden.«

Mit der Feder zufrieden, hatte er sie weggelegt. Unter Mühen, wegen seiner Rückenbeschwerden, bückte er sich und zog ein Manuskript hervor.

»Ich will nichts mehr davon lesen«, sagte ich fest entschlossen. »Gott hat mein Leben zum Stillstand gebracht, weil ich deine lästerlichen Worte gelesen habe. So, wie er diese Stadt mit einem Blitzeinschlag in den Turm der Domkirche bestraft hat, als im Bischofshof die Buhlerei im Gange war. Du selbst hast es beschrieben.«

»Wie du willst. Hättest du von dem Pakt zwischen Göttern und Menschen gelesen, hättest du begriffen, daß von einer Strafe Gottes keine Rede sein kann.«

»Hat Tobias ihn tatsächlich gefunden?«

Ich machte eine Handbewegung, um ihn daran zu hindern, das Manuskript wieder in seinem Versteck unterzubringen. Der Alte grinste spöttisch, aber es half nichts, die Versuchung war zu groß. Einen Augenblick schwenkte er das Dokument in der Hand hin und her, erkannte das Verlangen in meinem Blick, verhöhnte meine Abhängigkeit. Dann erbarmte er sich.

Das Gefühl, die Zeit gehe im Kreis herum, kehrte zurück, als ich ihn mit den Papieren unter der Jacke verließ. Aber auch mit dem Gefühl, ich hätte meine Aufgabe gefunden: an der Aufzucht der Welt beteiligt zu sein.

»Und diese Schlange habe ich an meinem Busen genährt«, brüllte der Alte. »Aber komm trotzdem herein. Komm endlich herein und saug noch mehr auf.«

Ich beugte den Kopf, nicht aus Scham, sondern um durch die Tür zu kommen. Skonning, der gerade eine Feder zurechtschnitt, blieb sitzen, ohne seine Tätigkeit zu unterbrechen.

Seine Bemerkung besaß einen höheren Wahrheitsgehalt, als er selbst ahnte. Mehrere Monate hatte ich ihn nicht mehr besucht, hatte mich in dieser Zeit jedoch von den Schriften ernährt, die zuzustecken er dann und wann Gelegenheit fand. Offenbar setzten sich seine Visionen in einem unaufhörlichen, wenn auch langsamer fließenden Strom fort.

»Das letzte war zuviel für dich«, grunzte er selbstzufrieden. »Du mußtest sehen, ob der Geist mich verlassen hat. Aber du kannst dich beruhigen. Der Zapfen in meiner Hirnschale hält noch...«

Anne kam nach Hause, und ich hatte vollauf zu tun, mich des kleinen Oluf anzunehmen, nachdem ich meine Schreibereien versteckt hatte, mit denen ich in der verzweifelten Hoffnung begonnen hatte, die Zeit wieder dazu zu bringen, zu vergehen.

27

Das erinnert mich an Ariost«, sagte der Mann im Rollstuhl.

»Ich weiß nicht, von wem du sprichst.«

»Er hat den ›Rasenden Roland‹ geschrieben. Dein Erlebnis klingt ein wenig wie eine Episode daraus. Als Roland seinen Verstand verliert, erhält er ihn zurück, indem er ihn aus einer Flasche einatmet.«

»Aber was hat das mit mir zu tun?« fragte Tobias, irritiert darüber, daß er mit einer Geschichte verglichen wurde. »Ich habe tatsächlich ihren Geist eingeatmet. Den von Bodil Trustrup, du weißt, diejenige, die den Kopf verlor, als sie den Pakt zwischen den Menschen und den Göttern übersetzte. Und er stand mir völlig klar vor Augen. Joakim konnte ihn sofort mitschreiben.«

»Ihr habt sie also gefunden? Oder wenigstens ihr Gehirn?«

»Joakim hat sich eine Methode einfallen lassen. Er hat gefiltert, mit seinem Molekülgitter ...«

»Das ist unmöglich.«

»Wie bitte?«

»Es ist schon lange bewiesen, daß die Herstellung eines Gitters, von dem Joakim faselt und das Wärme abscheiden kann, unmöglich ist. Das wäre ein Perpetuum mobile.«

»Davon weiß er nichts. Er macht es einfach.«

Kopfschüttelnd steuerte der alte Mann seinen Rollstuhl um ein paar Fußgänger herum. Tobias mußte warten, bis der Weg frei war. Dann versuchte er den Alten einzuholen, der nicht auf ihn wartete, sondern unbekümmert die Straße entlangrollte.

Tobias war erstaunt, und es verletzte ihn ein wenig, daß

Styge sich nicht sofort auf die Aufzeichnungen über den Pakt gestürzt hatte, als er triumphierend damit gekommen war. In Anbetracht der vielen Schwierigkeiten und der zahlreichen verrückten Geschichten, die er bewältigen mußte, bis er zu dem epochalen Traktat gelangte, epochal, das war nicht übertrieben, das war bei weitem nicht übertrieben, hätte Styge sehr wohl größeres Interesse für diese Angelegenheit zeigen können.

»Ich verstehe, daß Brosme bei diesem Gedanken zusammengebrochen ist«, sagte Tobias, um die Neugier für seinen Fund zu wecken. »Ich will nicht Gott sein. Wir sind nur klägliche, sündige, boshafte Wesen. Wir können uns nicht selbst beherrschen. Erinnerst du dich, wie er gebrüllt hat?«

Unbeirrt hatte Styge das Manuskript zu Hause liegenlassen und nahm Tobias mit, der für seine neue Arbeitsstelle etwas zu erledigen hatte. Es interessiere ihn, ihn zu sehen, sagte der alte Mann, der außerdem Bewegung brauchte, worauf er sich bequem in seinen Rollstuhl setzte und ihn die Arbeit machen ließ.

»Du hast gewußt, was du vorhattest, als du diese verfluchte Vereinbarung mit mir getroffen hast«, sagte Tobias, als er den armen alten Mann wieder eingeholt hatte.

»Wird es dir leid, gut zu sein? Ich habe mir schon gedacht, daß du es nicht schaffst.«

»Es geht nicht darum, daß man es schafft. Das ist eine unmögliche Aufgabe. Ich habe es im letzten halben Jahr versucht, ich habe es wirklich versucht – gut zu sein.«

Die letzten Worte mußte Tobias laut rufen, denn der Alte entfernte sich schon wieder von ihm. Entschuldigend sah Tobias sich um, aber niemand nahm von seinem Ausbruch Notiz.

»Ich habe es versucht«, fuhr er fort, als sie wieder Kontakt miteinander hatten. »In mindestens der Hälfte der Fälle hat es zu irgendeinem Mist geführt. Zu irgend etwas, das ich unmöglich vorhersehen konnte.«

»Du gehst also davon aus, Gutsein muß am Ergebnis gemessen werden?«

»Vielleicht nicht?«

»Könntest du dich nicht damit begnügen, daß du versucht hast, gut zu sein? Vielleicht kann man nicht näher herankommen?«

»Es fällt mir schwer, mich mit dieser Art von Güte zu brüsten. Wenn ich einem Verhungerten einen Apfel gebe, und das Resultat ist, daß er am Kerngehäuse erstickt. So etwas hinterläßt einen üblen Geschmack im Mund.«

Styge raste weiter und zwang ein Liebespaar, zur Seite zu springen. Lachend wollten sie einander wieder um den Hals fallen, als Tobias, der höflich um sie herum hatte gehen wollen, vortrat und dem Mädchen ein Bein stellte, das stolperte und mit dem Knie auf den Boden stieß. Mit einer Entschuldigung wollte Tobias ihr aufhelfen, sie aber verstand das Ganze falsch und wies ihn wütend ab, verärgert über ihr verschmutztes Hosenbein.

»Willst du behaupten, du seist ein Unglücksvogel, dem es vorausbestimmt ist, Schaden anzurichten, auch wenn du Gutes tun willst? Oder willst du behaupten, wir Menschen seien nicht imstande, einen hinreichend tiefen Einblick in die Zusammenhänge zu bekommen, obwohl wir das Gegenteil wollen?«

Tobias versuchte, seine eigentliche Ansicht wiederzufinden.

»Ich glaube einfach nicht, daß es das gibt«, sagte er. »Das Gute.«

»Es ist übrigens ein guter alter Begriff. Den viele Menschen in dem Glauben benutzt haben, etwas damit zu verbinden.«

»Es ist eine Geschichte. So wie Gott.«

»Der tot ist?«

»Nein.«

Tobias überlegte, ob er Styge den Inhalt der Papiere verraten sollte, die dieser verschmäht und zu Hause gelassen hatte. Der Pakt würde jedoch mit seinen schriftlichen Formulierungen den größeren Eindruck machen. Styge achtete nicht auf den zögernden Tobias, sondern zog ihn mit, zum Hafen hinunter.

»Das war eine schwachsinnige Formulierung. Er hätte sagen sollen: Das Märchen von Gott ist tot. Wir können an diese alte Geschichte nicht mehr glauben.«

»Eine Spore. Mehr sind wir doch nicht?«

»Ja, das habe ich dir doch gesagt. Aber du hast mir dieses Märchen vom Guten aufgezwungen. Ich bin darauf hereingefallen, das gebe ich zu. Sechs Monate lang habe ich nach etwas gesucht, das es nicht gibt.«

Sein eigener Gedanke beeindruckte ihn.

»Es geht überhaupt nicht darum, gut zu sein«, fuhr er nachdenklich fort. »Sondern darum, die Güte zu erfinden. Diesen Weg sollte ich ... Mann, halt an!«

Es hatte den Anschein, als drehe der Alte in voller Absicht seinen Rollstuhl auf einen Bus zu, der ihm entgegenkam, und beschleunige voll.

Der Bus hupte, es gab aber keine Chance, daß er bremsen konnte, bevor er den Alten rammte. Tobias stürzte vor und änderte mit äußerster Kraftanstrengung den Kurs des Rollstuhls, so daß er sich von dem Bus entfernte. Der Busfahrer hatte sein großes Fahrzeug, das ins Schleudern gekommen war, wieder in der Gewalt. Mit einem zornigen Hupen fuhr er an ihnen vorüber.

»Halt den Mund, was denkst du eigentlich?«

»Danke«, sagte Styge knapp. »Spore rettet anderer Spore das Leben. Was für eine Schlagzeile.«

»Das ist zur Gewohnheit geworden«, sagte Tobias entschuldigend. »Außerdem, wenn du heute krepierst, dann habe ich ein halbes Jahr lang geschuftet und mich zum Narren halten lassen, ohne daß ich etwas davon habe. Eine Spore gibt ja auch nicht freiwillig das fruchtbare Stück Boden auf, auf dem sie gelandet ist.«

»Trotzdem würde das Aufsehen unter ihnen erregen: Spore

riskiert Leib und Leben, um gebrechliche, ausgetrocknete Mitspore zu retten.«

»Allmählich bekomme ich bestimmt Ähnlichkeit mit Bodil Trustrup«, räumte Tobias ein.

»Mit wem?«

»Durch sie habe ich Kenntnis von dem Pakt erhalten. Ich vergesse ihre Geschichte nur schwer. Willst du sie hören?«

»Bis Moesgård ist es weit. Erzähl endlich, das macht die Tour weniger anstrengend«, sagte der Mann, den sein Stuhl durch die Welt trug.

»Bodil stammte von der Westküste und wuchs in einem streng missionierten Elternhaus auf. So gut es ging, hielt sie die strengen Regeln ein, zu denen ihre Eltern sich bekannten. Sie fluchte nicht, nahm niemals eine Spielkarte in die Hand, faßte keinen Alkohol an und hatte die Hände über der Bettdecke, auch wenn sie vor Kälte blaugefroren waren. Eines Tages ereilte sie eine Berufung. Oder sie gelangte zumindest zu einer glänzenden Einsicht. Gott ist erhaben und vollkommen, der Mensch ist sündig und gering. So ist es eingerichtet, und wir sollten nicht versuchen, es zu ändern. Wir sind Sünder, und es wäre Hochmut, wollten wir versuchen, Gott nachzueifern. Wer jahrelang auf einer Säule zubrachte, machte damit Gott schließlich lächerlich, denn was hat Er vollbracht, verglichen damit? Zwei Stunden an einem Kreuz gehangen, und obendrein noch darüber gejammert. Wenn man hingegen sündigt, hurt und flucht und aus Herzenslust säuft und tanzt, boshaft und gemein ist, wo immer man kann, demonstriert man hiermit doch um so deutlicher, welch grenzenlosen Unterschied es zwischen Gott und den Menschen gibt, und hebt Gott hiermit hervor und verherrlicht ihn.«

»Ich bin mir nicht sicher, ob du in der richtigen Gesellschaft verkehrst. Auch wenn diese Gesellschaft geistiger Natur ist.«

»Warte ein wenig. Als junges Mädchen kam Bodil zu dieser Erkenntnis, die ihr klar und unzweifelhaft vor Augen stand.

Und natürlich beschloß sie, dieses neue Gebot zu befolgen. Sie steuerte das örtliche Gasthaus an, blieb aber auf der Treppe stehen, außerstande, sich selbst dort hineinzutreiben, so kraftlos und so charakterschwach fühlte sie sich. Sie beschloß, beim örtlichen Lebensmittelhändler ein Bier zu kaufen, um bescheiden anzufangen, als sie aber die Flasche in der Hand hielt, brannte sie so, daß sie sie zu Boden fallen ließ. Ähnlich erging es ihr, als sie das neue Gebot auf anderen Wegen befolgen wollte. Ihr wurden die Knie schwach, und sie fühlte sich außerstande zu tanzen, auch wenn sie sich inbrünstig wünschte, Gott zu dienen und sich durch Begehen dieser Sünde zu demütigen. Der Aufgabe ihrer hoffärtigen Selbstzucht kam sie am nächsten, als es ihr eines Tages gelang, einen Fluch in den Mund zu nehmen, was anschließend allerdings brannte und schmerzte, weshalb sie diese Leistung niemals wiederholte. Mochte es ihr auch angelegen erscheinen, der menschlichen Bestimmung zu folgen und sich in Sünde und Schmutz zu wälzen, ihr Charakter war so schwach, daß sie davor zurückschreckte. Darum lebte sie weiter so wie vorher, ohne Spielkarten zu berühren und mit blaugefrorenen Händen auf der Bettdecke, freilich mit dem Unterschied, daß sie sich nun als verdorbener und lasterhafter, schwacher und charakterloser Mensch fühlte, da sie, außerstande, ihre Hoffart zu beherrschen, sich Gott ebenbürtig zu machen versuchte.«

Sie hatten den wenig befahrenen Strandvej erreicht, und Styge konnte sich leichter in Tobias' Geschichte vertiefen. Einmal hielten sie, wie auf Verabredung, beide an und sahen auf die spiegelblanke Wasseroberfläche. Die Luft war klar, an den Bäumen sah man eine Spur Rauhreif. Beide atmeten tief ein.

»Sie hört sich interessant an. Bestimmt werde ich ihre Übersetzung lesen, wenn ich nach Hause komme.«

»In der Hoffnung, größere geistige Kraft zur Überwindung ihrer Bequemlichkeit zu gewinnen und sündigen zu können, wie sie dies sollte, begann Bodil Theologie zu studieren. Hier erregte sie Aufmerksamkeit bei Brosme, der sie für ein demütiges, ehrbares Mädchen hielt, ohne um den Teufel der Selbstsucht zu wissen, der in ihr wütete. Gerade aufgrund ihres Rufes als rechtschaffen, ehrbar, unbestechlich übertrug er ihr die Aufgabe, dieses einzigartige Dokument zu übersetzen. Und in jenem Augenblick, in dem sie seinen Inhalt kennenlernte, starben der Teufel und die Begierde in ihrem Inneren, die Bosheit und die Güte verbrannten, die Auseinandersetzung zwischen der Sünde, die sie begehen sollte, und der Askese, der sie nicht widerstehen konnte, war plötzlich zu Ende. Erloschen brachte man sie in die Nervenklinik, wo man aber nichts für sie tun konnte, sie verwelkte.«

Schweigend gingen sie in Richtung Wald, während Styge Tobias' Erzählung verdaute. Dann sagte er, ohne sein Mißtrauen verbergen zu können:

»Und das alles hast du herausgefunden, als du an dem Behälter mit dem Gehirn dieses armen Mädchens geschnüffelt hast?«

»Und obendrein den Inhalt des Paktes, den Joakim direkt nach meinem Diktat niedergeschrieben hat, damit wir den vollständigen Wortlaut erhalten können.«

»Daraus mache ich mir nichts. Diese ganze Chose, das Schicksal anderer Menschen durch Flaschen zu inhalieren. Hört sich an wie ein Notbehelf. Etwas, zu dem ein unbeholfener Schriftsteller greift, wenn er irgendwelche Geschichten zu Ende bringen will, auf denen er sonst sitzenbleibt.«

Tobias nickte nachdenklich, als sei dieser Gedanke ihm keineswegs fremd.

»Es sei denn, er möchte *mir* damit etwas sagen.«

»Dir etwas sagen?«

»Sieht so aus, als gebe es einen Zusammenhang. Das kann kein Zufall sein.«

Vor allem für sich, begann Tobias mit einer Aufzählung und versuchte ein inhaltliches Muster anhand der Gehirne zu finden, die er besucht hatte.

»Zuerst war da der Schlosser, der Briefmarken sammelte. Er verlor den Verstand, als er zu viele davon bekam. Oder, als man es ihm zu leicht machte? Dann die Frau, die verrückt werden wollte, weil es die Bestimmung des Menschen ist, seine Grenzen zu überschreiten. Es wirkt natürlich, daß ihr die Frau folgt, die immer fragte. Und dann der Mann, der pflügte, aber schwachsinnig wurde, als er in mehrere unterschiedliche Zukünfte sah. Und dann der Bibliothekar... Nein, da war noch eine andere, an der ich nur ein wenig geschnuppert habe. Die Frau, die lachen wollte, wenn sie eines Tages kein Leiden mehr um sich herum sah. Dann kam sie, die alte Bibliothekarin, deren Pflegekind von neuen Welten erzählte. Siehst du das? Da zeigt sich allmählich ein Muster.«

»Ich höre nur Wahnsinn auf Wahnsinn.«

Styge fuhr weiter, genoß die Umgebung und nahm Eindrücke in sich auf, wie jemand, der nur selten ins Freie kommt. Während Tobias mit einer Wißbegierde in sein Inneres vordrang, als habe er dort noch niemals zuvor etwas gefunden.

»Der weitgereiste Mann, der Häuser in Flaschen baute, als könne er seine Vergangenheit in Reagenzgläsern neu erschaffen. Und Starling, der verzweifelte, weil er nichts Gutes tun konnte, dem nicht zugleich auch Böses folgte. Und dann der Alte, der Mann mit der Feder, der sich verraten fühlte. Er paßt nicht in dieses Muster. Es sei denn...«

Styge fiel nicht auf, daß sein Begleiter zwar schwieg, aber mit vor Verblüffung offenstehendem Mund weiterging.

»Er sucht Genugtuung«, fuhr Tobias weit später fort. »Der Mann, der die Zeit dazu brachte, zu vergehen. Und ihm folgte Bodil, die Gutes zu Bösem und den Menschen zum Gott macht.«

Es war ihm nicht gelungen, Ordnung in seine Gedanken zu bringen, als sie die Hütte erreichten, die ihr Ziel war. Bei der Hütte handelte es sich um eine getreue Kopie einer Behausung aus der Steinzeit, die vom Museum aufgestellt worden war.

Schon von weitem konnten sie Rauch sehen, der von einem Feuer im Freien aufstieg. Eine Frau, die nur mit einem ungegerbten Lederstück bekleidet war, mahlte mit einer einfachen Handmühle Korn und Samen von Wildpflanzen. Ein Kind, das genauso gekleidet war, spitzte mit einem Feuerstein ein Stöckchen an.

Tobias mußte Hand anlegen, damit der Rollstuhl über den hartgefrorenen, aber buckligen Boden kam, der zwischen ihnen und der Hütte lag. Eine etwas ältere Frau, die mit einem Arm voller Wurzeln aus der Hütte trat, blieb verblüfft beim Anblick der unerwarteten Gäste stehen. Sie war in mehrere Lederschichten gehüllt, die von Lederschnüren zusammengehalten wurden. Der sonderbare Aufzug mußte ihr einen Ausruf entlockt haben, denn die Frau an der Mühle drehte sich um, und ihr Unterkiefer klappte herunter. Das Kind verharrte in einer deutenden Handbewegung und suchte dann Schutz bei der Sitzenden. Der Lärm rief einen jüngeren Mann herbei, der hinter der Hütte arbeitete. Seine Hände und Arme waren mit Leder bekleidet. Seine erste Bewegung ging in Richtung der Hütte, vielleicht hatte er die Absicht, Verteidigungswaffen zu holen, erkannte dann aber, daß vom gebrechlichen Alten in seinem Rollstuhl und von dem unbewaffneten jungen Mann keine ernste Bedrohung ausgehen konnte.

Styge hob die Hand zum Gruß, während Tobias voll damit beschäftigt war, das Fahrzeug auf Kurs zu halten. Ein älterer Mann, der aus dem nahegelegenen Wald gekommen war, erkannte ihre Schwierigkeiten und kam ihnen zu Hilfe, nachdem er drei Kleinkinder, die um ihn herumtollten, hinüber zur Hütte geschickt hatte.

»Vielen Dank«, sagte Styge.

Der Wettergegerbte, der blinzelte, trug über der Schulter verschiedene Pflanzenfasern und Weidenruten.

»Claus Berg?« sagte Tobias, dem der schlingernde Rollstuhl Mühe bereitete. »Wir suchen Claus Berg.«

Der Alte legte vielsagend einen Finger auf den Mund, dann machte er beruhigende, abwehrende Handbewegungen hinüber zu der kleinen Menschenansammlung. Endlich deutete er auf das Walddickicht.

»Gehen wir dort hinüber«, sagte er. »Dann ist es leichter. Dort gibt es einen Weg.«

»Aber, ähm, Claus Berg?«

»Schhh, das bin ich«, fügte der andere flüsternd hinzu.

Mit gegenseitiger Unterstützung erreichten sie rasch den Waldweg, auf dem der Rollstuhl leichter vorankam. Der alte Mann, den seine Ledertracht vom Scheitel bis zu den Zehen bedeckte, führte sie von der Hütte weg.

»Ich komme von Generos«, erklärte Tobias, nachdem er sich versichert hatte, daß ihnen keine Neugierigen gefolgt waren. »Ein paar Schlüssel fehlen.«

»Die sind dort drüben. Ich habe Sie erwartet.«

Ein wenig verlegen und ohne einen passenden Konversationsgegenstand, gingen sie schweigend weiter. Claus Berg führte sie zu einem ausgehöhlten Baum. Dort steckte er die Hand hinein und zog dann ein zusammengeknotetes Taschentuch heraus. Als er es öffnete, sah man einen Schlüsselbund und ein Stück Papier, das er auseinanderfaltete.

»Das ist der vom Tresor, und der kleine ist der von der Schreibtischschublade. Und hier ist das Paßwort für die geschützten Ordner im Computer. Habe ich einfach vergessen, ich habe sie mir nie gemerkt. Brauche sie ja doch nicht.«

Auf dem Zettel stand in Druckbuchstaben »Calus«.

»Eine simple Verdrehung von zwei Buchstaben, reicht aber aus«, sagte Claus Berg entschuldigend. »Ich habe schon damit gerechnet, daß Sie deswegen kommen. Für mich wäre die Reise ziemlich umständlich. Ihr habt mehr Zeit.«

Nachdem er sich umgesehen hatte und sich sicher war, daß sie allein waren, fügte er mit schiefem Lächeln hinzu: »Und die Post kommt nicht so regelmäßig.«

»Wie geht es Ihnen?« erlaubte Styge sich zu fragen, nachdem der andere mit diesem Thema selbst begonnen hatte.

»Mir geht es jetzt weit besser«, beteuerte der alte Buchhalter von Generos. »Auch wenn man auf gewisse Annehmlichkeiten natürlich verzichten muß. Und wir leben in einer verwirrenden Zeit.«

»Ja«, sagte Tobias.

»Soo?« fragte Styge.

»In einer Umbruchzeit. Läßt sich schwer herausfinden, wie man sich verhalten soll. In vieler Hinsicht. Keine Anhaltspunkte, keine Richtlinien.«

»Aber Sie werden mehr und mehr?«

»Ja, auch das ist ein wichtiges Diskussionsthema. Wie groß darf der einzelne Stamm eigentlich werden?«

»Wie entscheiden Sie so etwas?«

»Das weiß ich nicht. Es gibt ja keine richtigen Methoden. Kein Ziel. Keine Richtung...«

Offensichtlich sehnte sich der Mann zurück zu seinen Genossen, versprach aber, ihnen einen besser zu befahrenden Rückweg zu zeigen. Gemeinsam folgten sie dem Weg.

»Ich weiß nicht...«, sagte er unsicher. »Aber ich fühle, es wird etwas mit uns geschehen. Etwas Wichtiges. An den letzten beiden Abenden wurden zwei Geschichten erzählt, die mich beeindruckt haben. Die erste handelte von einem großen, kräftigen Mann, der auf einem Weg wie dem hier einem kleinen Knirps begegnet. Und der Große hebt seine Keule und haut sie dem Kleinen auf den Kopf, der von dem Schlag fast in die Erde getrieben wird. Dann kann der Große über ihn hinweggehen, als wäre er ein Stein auf dem Weg.«

Länger war die Geschichte nicht. Der Mann in der Ledertracht überlegte einen Augenblick, dann fuhr er fort:

»Auch in der zweiten Geschichte wurden zwei zu Feinden. Ein zierlicher, junger Mann ohne Bart am Kinn ist unzufrieden damit, daß ein Kraftprotz mit kolossalen Armen ihm ein Brot wegnimmt. Das Kälbchen braust auf, beleidigt den anderen, und es kommt zu einem Kampf zwischen beiden. Der Starke hebt seine Keule, ehe er sie aber schwingen kann, bekommt er einen großen Stein an die Stirn, den der Kleine mit großer Genauigkeit geworfen hat. Und der Große sinkt zu Boden.«

Bescheiden fügte Claus Berg hinzu, er sei selbst kein großer Erzähler.

»Für mich gleichen beide Geschichten einander«, sagte Tobias, ein wenig enttäuscht über die Abendunterhaltung der Steinzeitmenschen.

Der andere nickte.

»Das finde ich auch. Das Eigenartige ist, daß sie eine so unterschiedliche Wirkung haben. Die Leute lachten über die erste, dann geriet sie rasch in Vergessenheit. Anfangs reagierten sie auf die zweite genauso. Ein wenig später hörte ich aber einen, der sie noch einmal erzählte, als wolle er sich versichern, daß er das Ganze verstanden habe. Auch an den folgenden Abenden wurde die zweite einige Male erzählt, immer wieder in unterschiedlichen Fassungen. Für die erste aber hatten die Leute offenbar das Interesse verloren.«

Ihr Führer war an einer Stelle stehengeblieben, an der zwei Wege sich trafen. Er erklärte ihnen, wie sie weiterkommen würden. Als sie sich verabschiedeten, versank er für einen Augenblick in Gedanken.

»Ab und zu fehlt mir an dem Leben hier draußen etwas, was, das weiß ich nicht genau«, gestand er ein. »Dann aber amüsiert mich die Vorstellung, daß ich in Wirklichkeit ein moderner Mensch bin, der es technisch weit gebracht hat, der nur mitspielt und so tut, als gehöre er hierher.«

»Aber seid ihr nicht alle zusammen ...«, wollte Tobias fragen, wurde aber zum Schweigen gebracht, als ihm Styge eine Hand auf die seine legte.

»Ich glaube, wir haben ein Geschenk bekommen«, sagte der

Mann zuversichtlich, als er sich von ihnen verabschiedete. »Die Geschichte hat Bedeutung.«

Tobias war nachdenklich, als sie den Weg entlanggingen.

»Siehst du das?« sagte er eifrig. »Das ist interessant.«

»Wahnsinn«, fertigte ihn der Mann im Rollstuhl ab.

»Möglicherweise. Aber laß sie versuchen, so weiterzukommen. Sie erzählen den nächsten Wahnsinn.«

Forschend betrachtete Styge seinen Begleiter.

»Was treibt ihr eigentlich dort draußen in der Fabrik, du und Joakim?«

»Wir haben die Konsequenz gezogen«, antwortete Tobias. »Ich habe es aufgegeben, gut zu sein, weil sich das Gute nirgends finden läßt. Das Gute muß man erzeugen. Wir haben mit der Produktion begonnen.«

Tobias vereitelte weitere Fragen, indem er mit einer gewissen Begeisterung von Geo D. Eden, dem Besitzer von Generos, erzählte, den Styge vom Hörensagen kannte. Eden war besessen von dem Gedanken, aus der Welt einen besseren Ort zum Leben zu machen. Darum unterstützte er verschiedene Projekte, phantastische und erdgebundene. Kürzlich hatte er Joakim einige seiner Anlagen zur Verfügung gestellt, ohne sich sonderlich darum zu kümmern, wozu sie verwendet wurden.

Als sie den Waldrand erreichten, hatte Styge von einigen der derzeit laufenden Projekte gehört, ohne daß sie weiter auf Joakims Versuche eingegangen waren. Jetzt gestand Styge ein, er habe einen weiteren Hintergedanken mit diesem langen Spaziergang. Eine Angelegenheit, bei der er Tobias um Hilfe bitte.

Styge, so berichtete er, sei auf der Jagd nach einem Manuskript »Doktor Hilflos aus Griechenland«, dessen Urheber, wie er meinte, einer seiner Ahnen war. Eine etwas platte Komödie von einem Quacksalber, der auf einem Marktplatz steht und den Leuten das Geld aus der Tasche zieht. Einer von denen, denen er hilft, heißt Jeppe, ein armer Bauer, der mit einer zänkischen Frau verheiratet ist. Mit Hilfe des Quacksalbers wird sie gefügiger gemacht. Mit kaum verhohlenem Stolz erzählte Styge, Holberg habe sich zweifellos von dieser Farce inspirieren lassen.

Styge hatte eine Vermutung, daß sich ein Exemplar in der »Alten Stadt« befand und vermutlich in der alten Druckerei, in der sich auch anderes Hab und Gut des Ahnen befand. Das Problem war, daß man Styge, obwohl er der einzige war, der Freude daran haben mochte, den Einblick verweigerte. Und in seiner Situation, er deutete auf den Rollstuhl, fällt einem so etwas nicht zufällig in die Finger. Mit anderen Worten, und er begann ein wenig zu faseln, da er selbst das Befremdliche der Situation erkannte, mit anderen Worten also hoffe er, daß Tobias, der schließlich über einige Erfahrung in dieser Branche verfügte, ihm zu einer Handreichung oder zumindest mit langen Fingern zur Verfügung stehe.

»Du willst, daß ich stehle?« rief Tobias verärgert.

»Nicht stehlen. Du weißt, ich sammle…«

»Das ist infam. Ein halbes Jahr lang habe ich standgehalten. Jeder Tag ist ein Kampf gewesen. Standhaft habe ich gegen die Versuchung angekämpft. Was du da vorschlägst, ist, wie wenn man einen Alkoholiker, der endlich trocken geworden ist, mit Sprit übergießt. Oder einem Drogensüchtigen eine Dosis unter die Nase hält, nachdem er einen qualvollen Entzug hinter sich hat.«

»Rechtmäßig gehört es wirklich mir. Ich bin der rechtmäßige Erbe des ursprünglichen Urhebers.«

»Nein, es ist noch schlimmer«, setzte Tobias seinen Gedankengang fort. »Das tust du aus Berechnung. Du hast erkannt, daß du die Wette verlierst. Deshalb willst du mich aufs Glatteis führen. Um dich an dein Vermögen zu klammern. Pfui Teufel.«

Passanten warfen dem empörten jungen Mann, der den armen Kerl im Rollstuhl mit Schimpfwörtern überhäufte, mißbilligende Blicke zu.

»Das wird dir selbstverständlich nicht angelastet«, beteuerte der Behinderte. »Und es ist ja auch wirklich nichts Unrechtes dabei. Im Gegenteil. Bei einem Prozeß bekäme ich zweifellos Recht. Das Problem ist nur, daß sich so ein Prozeß hinziehen kann, so daß ich wohl kaum noch in den Genuß komme, das Manuskript zu besitzen. Wir beschleunigen die Gerechtigkeit nur ein wenig, das ist alles.«

»Du meinst Selbstjustiz?«

»Außerdem könnte ein solcher Prozeß schnell so kostspielig werden, daß er eine gewaltige Schmälerung des Vermögens nach sich ziehen würde, das du in Aussicht hast.«

Das letzte Argument war nicht der Grund dafür, daß Tobias aufhorchte. Vielmehr ließ er sich allmählich von der Erklärung des Alten überzeugen, das Manuskript sei bekannt und sei auch anderswo vorhanden, und man werde es nicht vermissen. Hingegen sei es dort, wo es sich befinde, von keinerlei Nutzen, könne aber Styges Sammlung von Familiendokumenten komplettieren und ihr einen einzigartigen, ganz und gar unschätzbaren Wert verleihen.

Als sie am Eingang zur »Alten Stadt« standen, hatte es freilich den Anschein, als sei diese ganze Diskussion überflüssig gewesen, denn weder durch Schieben noch durch Ziehen ließ sich Styges Rollstuhl über die runden Pflastersteine bewegen. Und Styges Anwesenheit war zum Auffinden des Manuskripts erforderlich.

Eine Handvoll Bewohner hatte sich um sie herum versammelt, man kommentierte eifrig Tobias' Bemühungen, den Rollstuhl zu befördern. Er wollte gerade aufgeben, als einer der Bewohner sanftmütig einen Vorschlag machte. Sie hätten hier schon längst zu einer Lösung des Problems gefunden. Zwei Lakaien und ein Tragestuhl wurden beschafft. Auf diese Weise konnten Styge und Tobias, fast ohne jegliches Aufsehen, zur alten Druckerei gelangen. Während Styge sich sachkundig in ein Gespräch mit dem Drucker und seinem Helfer über Frakturtypen, Divisoren und Tenakel einließ, stand Tobias ein wenig abseits und wühlte in dem Stapel von Druckproben, älteren Manuskripten, losen Druckbögen und Andrucken, wobei er ab und zu Styge mit fragender Miene etwas zeigte, der indes den Kopf schüttelte.

Als das Gespräch beendet war, hob Tobias resigniert die Schultern. Styge warf einen uninteressierten Blick auf die Papierstöße und fragte ganz nebenbei, wo denn eigentlich die letzten Papiere des alten Druckers Skonning gelandet seien. Der Enkel habe sie an sich genommen, lautete die Antwort. Dann seien sie wohl an dessen Enkel übergegangen, an Didrik, der noch am Leben sei.

Styge ließ sich wieder in den Tragestuhl setzen und zum alten Uhrmacherladen bringen. Trotz der Kälte saß ein alter Mann auf einem Stuhl vor dem Laden und genoß die Sonne, wozu er eine lange Pfeife rauchte. Nur Kopf und Arme ragten aus der Lederdecke, die man zum Schutz gegen den Frost über ihn gebreitet hatte.

Unbeteiligt sah er zu, wie sich der Tragstuhl näherte, und als Styge sich an ihn wandte, antwortete er nur langsam und in einer merkwürdig gebrochenen Sprache. Er gab bekannt, sein Sohn sei der Stadtuhrmacher, sei aber im Augenblick unterwegs. Bestimmt sehe er nach der Kirchenuhr.

Trotz der Abgeneigtheit des Mannes brachte Styge eine Unterhaltung zustande, nachdem er den besonderen Stuhl bewundert hatte, in dem der Mann saß. Der erhob sich, um ihn vorzuführen. Am Bein war mit kleinen, zierlichen Buchstaben eingeritzt: »Für Engelke, ohne den dieser Stuhl nicht gerade stünde.« Unter der Widmung standen die Buchstaben D. D. Sk.

Styge, außerordentlich interessiert an Kunstmöbeln, ließ sich ins Hausinnere bitten, um weitere Meisterwerke dieses Mannes zu besichtigen. Der Tischler humpelte stark, sein linker Holzschuh hatte eine doppelt so starke Sohle wie der rechte, kam jedoch mit eigener Hilfe ins Haus, während Styge sich tragen lassen mußte.

Auf den ersten Blick schien der kunstvolle Eßtisch schief und krumm zu sein, was sich jedoch nur mit einer optischen Täuschung erklärte, denn mochte auch das eine Bein ein wenig kürzer sein als das andere, so war die Platte an dieser Stelle um so dicker. In einer Ecke der Tischplatte stand diskret: »Zugeeignet meiner Mutter Rosa, Didrik.«

Außer den ungewöhnlichen Möbeln gab es einige Standuhren. Der Sohn, so erklärte der Alte, während er seine Pfeife an das Pfeifenbrett hängte, der Sohn habe sich schließlich auf die Uhrmacherei verlegt.

Styge besichtigte beides, Uhren und Möbel. Als er sein Erstaunen über die Widmungen zeigte, von denen er mehrere mit unterschiedlichem Wortlaut an Stühlen und Truhen fand, die man ihm zeigte, kam endlich Leben in den Mann. Erlaubten sich nicht auch solche scheißwichtigen Schriftsteller, Fürsten und Eltern ihre belanglosen Werke zu widmen, falls es sich nicht gar um Könige, Geliebte oder Wohltäter handelte, die sie in dieser Weise bedachten? Sollte dann nicht auch er, der seine Seele in ein Stück Möbel gesteckt hatte, sich die Freiheit nehmen, einen anderen damit zu ehren?

Styge konnte diesen Gedankengang gut verstehen. Ihm war bekannt, daß Didriks Vorfahr, der verschiedene Werke sowohl gedruckt als auch geschrieben hatte, sie häufig um ellenlange Zueignungen bereichert hatte.

Die waren dem Alten wohlbekannt, auch wenn er nicht gern über diesen Vorfahren sprach. Er habe gewiß Dinge geschrieben und getan, die lieber ungeschehen geblieben wären. Einige von ihnen verdienten es nicht, ans Licht des Tages zu kommen. Bei diesen Worten warf er einen hastigen Blick auf einen derben Uhrenkasten in der Ecke, obwohl das Uhrwerk augenscheinlich nicht ging. Der Mann hatte zu einer Beschäftigung mit seinem übelbeleumundeten Ahnen keine Lust.

Styges Interesse für Möbel war so groß, daß er unbedingt auch den handgearbeiteten Alkoven sehen mußte. Es sollte sich freilich zeigen, daß die Tür zum Schlafraum schmäler war als Styges Tragstuhl, der sich verklemmte. Während man sich mit ihm abmühte, löste Tobias unauffällig die Rückwand des derben Uhrenkastens. Im Hohlraum unter dem Uhrwerk lag ein altes Buch, das so abgegriffen war, daß es mit einem Band zusammengehalten werden mußte. Diskret brachte er die Rückwand wieder an, nachdem er das Buch unter seine Jacke gesteckt hatte.

Unter Schweigen verließen sie die »Alte Stadt«. Als Styge, wieder in seinem Rollstuhl, sich entrüstete, seine Nachforschungen seien vergeblich gewesen, klopfte Tobias sich auf den Bauch.

»Was hast du denn dort?«

»›Doktor Hilflos aus Griechenland‹«, antwortete Tobias und spürte, wie sein alter Stolz wiederkehrte.

28

Es war im Mittag der Zeiten. Zu jener Stunde der Ewigkeit, in der alles seinen Höhepunkt erreicht, alles blühen muß und am höchsten steht.

Unter den Unsterblichen aber wollte sich keine Freude einstellen. Der eine stieß bei seinen Geschöpfen nur auf Unverstand und Einfalt. Der andere sah, daß sich Undankbarkeit und Boshaftigkeit unter den Wesen verbreiteten, die er mit so großer Liebe und Mühe hervorgebracht hatte. Der dritte stieß auf Verzagtheit, und wohin er sich auch wendete, folgten ihm Unglück und Trauer auf den Fersen.

Am ärgsten von allem aber war es für die Unsterblichen mit der Ewigkeit.

»Wie leicht muß sich ein wenig Schmerz und Pein ertragen lassen, wenn man weiß, daß es bald ein Ende hat«, seufzte der eine der Allmächtigen.

»Hätte man nur die Ewigkeit in Reichweite«, stöhnte ein anderer der Ewigen, »dann hätte alles die Frische der Neuheit, man könnte sich begeistern und sich bemühen, die Zeit zu nutzen.«

»Wie mag es sein, wenn man unwissend ist?« fragte ein Allwissender. »Neugierig, festzustellen, was hinter der nächsten Ecke geschieht, gespannt auf das, was der kommende Tag bringen wird, jeden Augenblick erstaunt über die herrliche Einrichtung der Welt.«

Und sie versammelten sich, wie wir es mit unseren armseligen Worten sagen würden, die noch nicht einmal imstande sind, die Einzigartigkeit und die Fülle auszudrücken, die unter den Ewigen herrscht. Sie versammelten sich, aber sie waren stets zusammen, denn sie waren allüberall, zu allen Zeiten, vom Morgen der Zeiten bis zu dieser unendlich abstrakten Mittagsstunde der Zeiten. Sie versammelten sich, Götter und ihresgleichen, Schöpfer, Unsterbliche, Allmächtige und Allwissende, so viele und so wenige, wie es gab, denn so einzigartig waren sie in ihrer Universalität, daß der eine meinte, es gebe nur einen einzigen, und ein anderer, sie seien unzählige. Und sie mußten nicht ihre Klagen anstimmen, denn allen waren sie bekannt, alle wußten, wie es den anderen ging, denn es war ihnen immer so gegangen, und sie konnten vorhersehen, daß es in Ewigkeit so weiterging, ja, in der Ewigkeit der Ewigkeiten.

Gleichwohl war einer der Rechtfertigen so gereizt, daß er, wie zwecklos es auch sein mochte, seinen Jammer nicht zurückhalten konnte:

»Wie ungerecht das doch ist. Da haben sie, diese erbärmlichen Würmer, Schlangen, nach unserem Bilde geschaffen, klägliche, schwache, unbegabte Kreaturen, jedes Vergnügen. Sie untersuchen, sie spielen, sie lieben, sie hoffen, sie versuchen. Kurz gesagt, sie leben. Während wir, ihre allmächtigen Schöpfer, Wohltäter und Richter, nichts anderes tun können, als sie vergeblich zu betrachten, uns über ihre ewigen Verfehlungen zu grämen und über ihren grenzenlosen Unverstand zu entrüsten. Und sie zu beneiden. Laßt es uns in dieser vertraulichen Stunde einräumen: Wir beneiden sie. Würde nicht jeder von uns die halbe Ewigkeit darangeben, ja, laßt mich den Mund voll nehmen: Die ganze, um leben zu dürfen. Und seien es nur klägliche neunhundert Jahre, oder zwei Wochen, oder siebzig Jahre, wie lang man auch lebt. Alles wäre vorzuziehen der Betrachtung dessen, was seit langem geplant, vorherbestimmt und unabänderlich ist.«

All die Erhabenen, die Auserwählten, die Einzigen der Einzigen, die Unaussprechlichen verfielen in Schweigen. Ahdura Mazda sah Allah an. Odin schielte mit dem einen Auge nach Zeus. Brahma blickte in sich selbst, und Jehova ließ sich nichts anmerken. Einige gefühlvolle Regengötter weinten. Der Unbekannte Gott bedeckte sein Gesicht, und Baal schüttelte im Namen aller den Kopf.

»Stellt euch nur das Glück vor, Abkommen gebären zu können«, sagte eine Fruchtbarkeitsgöttin.

»Zu lieben«, sagte Venus träumerisch, »statt anderen nur Liebe in die Schuhe zu schieben.«

»Da gehen sie und jammern bis in alle Unendlichkeit, beneiden uns und wissen nicht, wie glücklich sie sein sollten.«

»Es wäre so leicht, sie zu überzeugen...«

Die Entscheidung, die plötzlich durch die Versammlung ging, war so heftig, daß alle schauderten, denn alle dachten das eine. Es war nicht notwendig, noch mehr zu sagen, dennoch mußten sie reden.

»Ich habe mir schon ausgesucht, mit wem ich tauschen möchte«, sagte Jupiter.

»Haben wir das Ganze durchdacht?« fragte ein Allwissender zögernd. »Es handelt sich um eine große Entscheidung.«

»Unwiderruflich. Aber wollen wir das überhaupt?« fragte Autum.

»Sind wir nicht allmächtig? Dann haben wir auch die Macht, es durchzusetzen«, stellte Tinia fest.

»Es soll eine reguläre, freiwillige Vereinbarung sein«, wandte Nun besonnen ein. »Sonst wird sie nicht funktionieren. Sie müssen auf uns vertrauen können. Wir sind nicht gewöhnt, das zu berücksichtigen. Denn wir müssen ihnen dann vertrauen können.«

Sie schickten keine Delegation zur Verhandlung mit der leidenden Menschheit, solche demokratischen Kniffe wie Verhandlungen und Delegationen gehören nicht zu den Methoden der Allmächtigen.

Überall auf Erden gab es Menschen, die sich plagten, die sich sorgten, vor Schmerzen wanden oder in Gram dahinsiechten. Sie bejammerten ihre Unwissenheit, die sie unweigerlich in Verirrungen führte. Ihre Machtlosigkeit, ihre Gebrechlichkeit, ihre kleinen Hoffnungen und großen Enttäuschungen, ihre Grenzen, ihre erbärmlichen Bedingungen, und nicht zuletzt klagten sie über die Kürze des Lebens, seine Leere und Sinnlosigkeit. Und sie klagten den Göttern ihre Not, welchen Namen sie ihm oder ihr auch immer geben mochten.

Da zeigten die Götter plötzlich eine Aufmerksamkeit, die den Menschen ungewohnt war. Überall tauchten sie auf. Sie sprachen zu einzelnen, sie offenbarten sich vor einer Gemeinde, sie zeigten sich in Visionen, sie drangen in die Verstocktesten ein. Und überall war die Botschaft die gleiche:

»Fürchte dich nicht, denn ich bin dein Gott. Du klagst über deine Bedingungen. Du mißgönnst mir die meinen. So laß uns tauschen.«

»Du hältst mich zum Narren, mein Gott«, war die Reaktion bei den meisten Menschen.

Doch überall, in allen Herzen, in allen Gemeinden, allen Tempeln, Kirchen, Moscheen und Opferstätten, beteuerte der Erhabene die Ernsthaftigkeit des Angebots. Die Götter wollten den Menschen von diesem heiligen Augenblick an die Ewigkeit anbieten, sie allmächtig, ewig, auserwählt, allwissend machen, unter der Bedingung, daß die Götter die Bedingungen der Menschen, ihre Schmerzen, ihre Vergänglichkeit und ihre Ohnmacht übernehmen dürften.

Einige Menschen waren sofort bereit, diesem Handel zuzustimmen. Einige wenige aber hatten zuviel gehört, um sich täuschen zu lassen, und sie sagten: »Nein, einen Augenblick. Das kennen wir gut. Der Mann meint, der Frau gehe es besser, weil sie zu Hause bleiben darf, darum tauschen sie für einen Tag, und der Mann macht alle erdenklichen Dummheiten und steckt fast das Haus an. Dann gesteht er ein, es gehe ihm so am besten, wie es immer gewesen sei. Darauf fallen wir nicht herein. Ihr wollt uns nur dazu bringen, allerlei göttliche Verirrungen zu begehen, damit wir einsehen, wie schwer ihr es habt, und euch bitten, diesen Handel zu widerrufen. Um euch dann noch mehr zu bewundern, uns zu unterwerfen und vor euch zu kriechen. So, wie es ist, haben wir genug zu tun. Wir haben keine Sehnsucht danach, noch weiter lächerlich gemacht und gedemütigt zu werden.«

Die Götter beteuerten, das Angebot sei ehrlich gemeint, es sei nicht als Lehrstück für die Menschheit gedacht.

Die Menschen antworteten: »Selbstverständlich wäre es wunderbar für uns, nicht mehr hungern zu müssen, keine Schmerzen und Krankheiten mehr haben zu müssen, zu leben, ohne an den Tod denken zu müssen, und sei es nur für einen einzigen Tag. Sich vorzustellen, nur für eine einzige Stunde unsterblich sein zu können, dies muß das äußerste Glück sein. Aber wir wissen, wie hart das Los der Menschen ist. Sobald ihr es einen Augenblick versucht habt, werdet ihr schreiend flüchten und fordern, wieder Götter sein zu können. Und dann, wenn wir für einen Augenblick göttlich zu sein versucht haben, wäre es viel ärger, zu kläglichen, kriechenden Menschen zurückzufallen: Und jede einzelne Stunde danach müssen wir, über unsere altbekannten Probleme hinaus, das Himmelreich beweinen, das wir verloren haben.«

»Wir sind uns völlig im klaren darüber, wie schlecht es euch selbst geht«, beteuerten die Ewigen. »Wir wollen euer Leben nicht schlechter machen, sondern euch auf immer von Schmerzen und Unvollkommenheiten befreien. Wir nehmen es auf uns zu tauschen und werden den Handels niemals wieder zurücknehmen.«

»Es steckt etwas dahinter«, sagten die mißtrauischen unter den Menschen. »Wenn wir ewig sind, wird uns, selbst wenn wir glücklich sein sollten, dennoch alle Menschlichkeit fehlen. Denn trotz allem werden wir doch etwas aufgeben müssen.«

Die Götter erkannten, daß die Menschen, die wußten, was Entbehrungen sind, auf diesem Gebiet erfahrener waren als sogar die Allwissenden. Auch die Götter, selbst wenn sie noch so begierig darauf waren, das Leben der Menschen mit seinen Sorgen und seiner Freude zu erleben, würden Überdruß empfinden und Sehnsucht nach jener Ewigkeit, die sie aufgegeben hatten, jener Allmacht, von der sie abgedankt hatten, der Allwissenheit, auf die sie kurzsichtig verzichtet hatten, und sie würden darauf bestehen, daß der Handel widerrufen werde. Die Menschen mußten in diesem Punkt eine Garantie verlangen können.

So gelangten sie schließlich zu einer Vereinbarung, mit der beide Partner zufrieden waren. Götter und Menschen gingen einen Pakt ein, der Tausch sollte unwiderruflich sein, und keiner der Partner sollte sich hinterher daran erinnern können, daß es jemals anders gewesen war. Die Götter würden menschliche Gestalt annehmen und unter menschlichen Bedingungen leben, als wäre das immer so gewesen, und die Menschen sollten erhöht werden zu Göttern und ewig in der Vorstellung leben, anders sei es niemals gewesen.

Der Pakt wurde in einem einzigen Exemplar ausgefertigt und unterzeichnet, anschließend jedoch versteckt, damit keiner der Partner sich ärgerte über den Handel, den man eingegangen war.

29

Schon mit dem Versuch, Ernst Didriksen Skonnings Leben in eine Erzählung zu pressen, mit einem Anfang, nämlich diesen Worten, einer Mitte und einem Schluß, tue ich der Wahrheit Gewalt an, denn die Struktur seines Lebens war anders. Aber welche andere Möglichkeit hätte ich?«

Mit seinen halbgeschlossenen Augen und dem leiernden Tonfall gelang es dem Alten unverzüglich, die Welt um sie herum zeitweilig aufzuheben und sich und den Zuhörer in den zeitlosen Raum der Erzählung zu versetzen.

»Um Ernsts Kampf gegen die Uhr ein wenig Gerechtigkeit widerfahren zu lassen, will ich statt dessen mit dem Rahmen für sein Dasein beginnen. Das fleischliche Resultat seiner chaotischen Träume war der Sohn René Dietrich Skonning, der auf einem zerlegten Chronometer gezeugt wurde und dies manchmal als Ursache des sprunghaften Lebens betrachtete, das er zu führen gezwungen war, am einen Tag alt, am nächsten Tag jung. Meist war René doch der Ansicht, der Grund für das Zersprengen seines Lebensfadens in kleine Stückchen, die dann unordentlich und beliebig wieder aneinandergefügt worden waren, sei in der Offenbarung zu suchen, die er auf dem Turm der Domkirche empfangen und niedergeschrieben hatte und worin er Gottes Fehltritt in Gestalt von Jesu Zwillingsbruder offenlegt.«

Der Alte stellte fest, daß sein Zuhörer ein wiedererkennendes Nicken von sich gab, dann fuhr er fort:

»Versteht man den Sohn René als den hinteren Deckel von Ernsts Lebensbuch, dann ist Didrik Dinessøn das Vorsatzblatt. Als frischgebackenem Schreinergesellen wurde Didrik die Stadt zu eng, und er zog in die Welt hinaus, mit Hobel und Lotschnur im Ränzel. Wohin seine Wanderungen ihn führten, habe ich nicht ermitteln können, doch fängt die Geschichte ihn gerade in jenem Augenblick ein, als er über eine Unebenheit auf dem schmalen Gebirgspfad stolpert. Er taumelte über einen Felsenrand, und in der darauffolgenden Ewigkeit stürzten die Wände einer Schlucht rasch an ihm vorüber und gewährten ihm reichlich Zeit, sein ganzes kurzes Leben noch einmal zu erleben, wonach er, da dies rasch überstanden war, in einem ewigen Augenblick Einblick in die Geschichte der Familie erhielt. Hierbei erlebte er, daß ein Vorfahre kopfüber von einem Turm stürzte, nachdem er mit angesehen hatte, wie der Keim seiner eigenen Skandalgeschichte gelegt wurde. Darauf folgte ein ferner Abkomme, der an ungefähr derselben Stelle im Gebirge einen Sturz hinter sich brachte, der ihn mit seinem eigenen ungeheuerlichen Spiegelbild in einem Bach vereinte.«

Der alte Mann schien von der Macht seiner eigenen Worte hypnotisiert zu sein und ließ sich von ihnen leiten, ohne den Weg zu kennen und ohne zu wissen, wo er endete.

»Didriks Sturz endete indessen jäh in einer Schneewehe auf dem Grund dieser Schlucht, wo er eine Sekunde lag, anfangs geplagt von Schmerzen in einem Bein, dann gepeinigt von Hunger, schließlich aufgelöst in seliger Fühllosigkeit und in der Euphorie der Leere. Als er in der nächsten Sekunde die Augen öffnete, befand er sich geborgen in einem behaglichen Bett in einer warmen Berghütte, der Anblick war jedoch so abscheulich, daß der ansonsten verstockte Tischlergeselle die Augen unverzüglich wieder schließen mußte. Nur mit Hilfe einer langen, schmerzlichen Lehrzeit gewöhnte er sich an, die Augen jeweils längere Zeit hintereinander offenzuhalten und sie in diesem kleinen Zerrbild einer Puppenstube umherwandern zu lassen.«

Sein Gast mußte mit einer Bewegung zu erkennen gegeben haben, daß die Erzählung sich ihm allmählich in Andeutungen, vage Verbindungen und dunkle Ahnungen aufzulösen drohte, weil der Alte den Tonfall veränderte.

»Gestatte mir eine Veränderung der Perspektive, die Geschichte wird ohnehin von schiefen und veränderlichen Winkeln handeln. Denn es konnte kaum die Rede sein von einem Dorf, vielmehr von einer Ansammlung von Häusern, an die Felswand geklebt, wo sie der Form der Felsen folgte, sich dort hineinpreßte, wo eine Aushöhlung war, und nachgab, wo der mächtige Fels Platz forderte. Verbunden waren die Häuser durch Pfade oder eher Treppen, die natürliche Vorsprünge, Kanten, Absätze und Taschen nutzten. Ein junges Mädchen, aufgewachsen in dieser kleinen isolierten Gemeinde, die nur zu seltenen und zufälligen Gelegenheiten mit der Umgebung in Verbindung kam, war auf der Suche nach einem verlorenen Ziegenkitz weit von zu Hause weggegangen und hatte auf dem Grunde einer Schlucht einen dunklen Klumpen bemerkt. Sie vergaß ihr Ziegenkitz und brachte statt dessen einen bewußtlosen, auf einem Kiefernast liegenden Männerkörper mit nach Hause, den sie eine lange Strecke gezogen hatte, bisweilen Schafspfade hinauf und hinunter durch Schmelzwasseraushöhlungen, niemals jedoch geradeaus. Niemals geradeaus.«

Die letzte Wendung wiederholte Styge, als verberge sich dort eine Pointe, die dem Zuhörer entging. Er fuhr mit der Hand über die ebene Fläche seines Arbeitstischs.

»Bei dem Sturz hatte sich Didrik das Bein gebrochen, allmählich aber, während er zu sich kam, begann er zu glauben, er habe sich den Kopf angeschlagen und dabei sein Augenmaß beschädigt. Wenn er auf seinem Lager lag, es war ein wenig abschüssig, ein Felsblock wollte es so, hatte er nämlich die Aussicht auf ein Haus, das aus einem Durcheinander aus schrägen Linien, schiefen Winkeln und abschüssigen Flächen bestand. Als sei es von einem Kleinkind entworfen worden, das begeistert ein neues Lineal benutzt hatte, ohne daß ihm seine eigentlich Funktion bekannt gewesen wäre.«

Nachdem er sich davon überzeugt hatte, daß die Kanne auf dem Tisch stehenblieb, schenkte der Alte seinem Gast und sich selbst Kaffee ein. In Gedanken verglich er die Oberfläche in beiden Behältern.

»Wir in einem festen Rahmen aus lotrechten und waagrechten Linien und ebenen Flächen aufgewachsen«, fuhr er fort, »können uns das Gefühl nur schwer vorstellen, wenn man sich immer in einer Umgebung befindet, die den Krümmungen und Launen der Natur, ihren Schiefheiten und Unregelmäßigen folgt und wo eine waagrechte Fläche einer gebogenen, leicht abschüssigen oder gezackten nicht überlegen ist. Ich weiß nur, daß das Erlebnis bei Didrik zu Schwindel und Übelkeit führte, die ebenso heftig waren wie die Qualen der Seekrankheit. Trotz seiner Dankbarkeit für die Rettung mußte der junge Tischler mit der Lotschnur im Ränzel in einer der ersten Nächte zum Angriff auf das Lager übergehen, das ihm seine Wirtsleute angeboten hatten. Unter heftigen Schmerzen, die von dem gebrochenen Bein kamen, ließ er sich aus dem schrägen Bett gleiten, um zwei flache Steine unter seine eine Ecke zu schieben und ein Stück aus der gegenüberliegenden herausschneiden, das sich auf einen Felsvorsprung stützte, bis das Lager sich einer waagrechten Position näherte. Am nächsten Morgen, als die Tochter des Hauses sich über die Veränderung und das abgesägte Bein des Bettes auf dem Fußboden wunderte, mußte Didrek, mit Hilfe von Gebärden und indem er erregt rechte Winkel in die Luft zeichnete, erklären, weshalb Engelke erkannte, daß es um den Kranken schlechter stand, als ursprünglich angenommen. Offenbar hatten ihm Sturz und Kälte gesunde Sinne und Gleichgewicht geraubt.«

Das Fenster hinter dem Alten bot ein Übermaß an lotrechten und waagrechten Linien, die sich in den Bücherregalen und den liegenden oder stehenden Büchern fortsetzten. Nur die Instrumente an der Wand wichen von diesem Muster ab, als seien sie nach dem verschlungenen Verlauf der Musik geformt.

»Dieser Eindruck bestätigte sich, als der junge Mann offenbar zu sich kam. Er bestand darauf, daß man ihm seinen Hobel brachte, und im Bett liegend bearbeitete er das glänzende, unebene Holzstück, auf dem man ihm das Essen servierte, bis jede Unebenheit beseitigt war. Außerdem bestand er darauf, daß seine Wirte das Resultat bewunderten, und weil sie nicht verstanden, mußte er nach Engelkes Hand greifen und sie auf der glatten Holzfläche hin- und herführen, bis sie, um sich zu befreien, nickte und zu erkennen gab, daß ihr die Liebkosung dieses nichtssagenden, flachen Holzstücks zusagte.«

Unwillkürlich mußten der Alte und sein Zuhörer mit den Fingern über die Tischplatte aus polierter Eiche fahren und einander zulächeln, als ihnen die Übereinstimmung auffiel.

»Didrik, der zutiefst dankbar war für die Fürsorge und die Verpflegung, die man ihm angedeihen ließ und die bewirkte, daß er sich allmählich wieder erholte, erkannte, daß er der kleinen Gemeinschaft ein Geschenk machen sollte. Ja, er fühlte sich fast zur Verbreitung des Evangeliums vom Waagrechten berufen, er predigte die Segnungen des rechten Winkels, verherrlichte in hohen Tönen die ebene Fläche und sprach herablassend über Aushöhlungen, Vertiefungen, Schiefheiten und Winkel, mit denen sie bis dahin ihr Dasein verbracht hatten. Seine Aufgabe wurde dadurch erschwert, daß er und die Bewohner dieses Ortes nur über wenige gemeinsame Wendungen und Worte verfügten. Die Gebirgsbewohner sprachen nicht viel, und ihre Sprache enthielt offenbar Brocken aus dem Italienischen und Französischen, einige Ausdrücke waren vermutlich auch rätoromanischen Ursprungs. In jedem Fall unterschied sich ihr deutscher Akzent so sehr von allem, was Didrik bis dahin gehört hatte, daß er nur verschwindend wenig verstand. Engelke, die es gewohnt war, unter gesprochener Sprache einzelne aus dem Zusammenhang gerissene Brocken zu verstehen, die man selbst zu einem Satz verbinden mußte, eignete sich schnell einige von Didriks Wendungen an. Wohingegen

Didrik, der über kein ausgeprägtes Ohr für Sprachen verfügte und der in einer Mitteilung am liebsten eine große, glatte ausgebreitete Fläche aus Worten verstand, nach wie vor Mühe hatte, die knorrigen Brocken seiner Wirtsleute als Sprache zu verstehen. Was seinen heiligen Eifer indes nicht begrenzte. Bald humpelte er herum, beim Zusammenwachsen war sein rechtes Bein erheblich kürzer geworden, über die unebenen Stufen zwischen den Häusern, mit Engelke als Dolmetscherin, und versuchte die Bewohner zu überzeugen, sie würden weit glücklicher sein, wenn sie die Böden ihrer Stuben planieren ließen.«

Auch der Alte verspürte nun das Verlangen, sich zu erheben. Mit Hilfe des Stocks stolperte er hin und her. Er öffnete eine Schublade, ging aber weiter, ohne etwas herauszunehmen, als habe er Worte gefunden, ehe er noch Papier fand.

»Er war überrascht, wie schwierig es war, Anhänger seiner Botschaft zu finden, die ihm als so einleuchtend erschien. Legendär ist für den Ort immer noch jener Tag, an dem Didrik einen Eßtisch in der Form herstellte, wie er nach seiner Meinung zu sein hatte. Die Frau servierte ihm ein Ei, und man amüsierte sich über seine Schwierigkeiten, es zu handhaben, da die Tischplatte nicht mit Kanten oder Vertiefungen ausgestattet war, die das Ei natürlich stützen konnten. Als er bei seinen Wirtsleuten den Stubenboden eben machte, die dies wahrscheinlich eher aus Höflichkeit statt aus Überzeugung zuließen, erregte er bei den Kleinkindern der Familie heftigen Unwillen, die hierdurch ihr liebstes Spiel einbüßten, daß sie sich zum Beispiel damit beschäftigten, eine Handvoll runder Steine daran zu hindern, in jene Ecke zu rollen, in die sie zu gehören schienen. Und ihre ausgeschnittenen Spielzeugtiere und Jäger standen plötzlich entblößt auf dem nackten Fußboden, ihrer natürlichen Verstecke, Löcher, Schluchten, Furchen und Ritzen beraubt, die früher den Fußboden zu einer Miniaturausgabe der Welt gemacht hatten, die sie umgab.«

»Trotzdem muß es ein gewaltiger Fortschritt für die Familie gewesen sein?«

»In welcher Hinsicht?«

»Ja, ich weiß nicht... Ein ebener Fußboden läßt sich besser reinigen.«

»Es trifft zu, daß man Schmutz und Durcheinander auf unseren polierten Fußböden besser erkennt und rascher entfernen kann. Denn bei einem natürlichen Fußboden gibt es keinen Dreck und keine Unsauberkeit. Fällt vom Schuhzeug ein Erdklumpen, dann findet er schnell einen Ritz, in den er voll und ganz paßt.«

»Die Möbel müssen bei jedem Wort wackeln.«

»Ein vierbeiniger Tisch wackelt, wenn man ihn auf einen ebenen Fußboden stellt, es sei denn, er ist ungeheuer gut angepaßt. Ein dreibeiniger Tisch mit verschieden langen Beinen wird sich einem unebenen Fußboden immer anpassen und eine stabile, unerschütterliche Stellung einnehmen, vor allem, wenn man nicht von unserer Zwangsvorstellung geplagt wird, daß die Oberfläche waagrecht zu sein hat. Und warum soll ein Fensterbrett in genau der gleichen Richtung verlaufen wie die Wasseroberfläche? Didrik mußte die heftigsten Anstrengungen unternehmen, um Argumente für seine Auffassung zu finden. Bis dahin war es einleuchtend gewesen, ohne daß er je andere Möglichkeiten hätte in Erwägung ziehen müssen, daß rechte Winkel und waagrechte Flächen dem natürlichen Zustand der Dinge entsprachen. Wollte er aber eine Begründung dieser Ansicht finden, kam er in Verlegenheit. Nicht zuletzt, weil er auf eine Sprache angewiesen war, die er nicht beherrschte und die ohnehin keine Ausdrücke für die Worte enthielt, die er bevorzugte. Die Folge war, daß die Sprache des Ortes nach und nach um verschiedene dänische Ausdrücke erweitert wurde, die kaum einen realen Inhalt besaßen, sondern eher einen metaphysischen.«

Endlich holte der Alte, der es vorzog, seine Erzählungen

schriftlich zu dokumentieren, einige vergilbte Seiten aus der Schublade, die ihn veranlaßten, den Blickwinkel ein weiteres Mal zu verändern.

»Zweihundert Jahre später landete ein Däne, der sich für Sprachen interessierte, in diesem abgelegenen Winkel und stieß zu seiner Verblüffung auf zahlreiche Brocken, die der Zahn der Zeit schief und unkenntlich geschliffen hatte, die aber unverkennbar dänischen Ursprungs waren.«

Der Artikel, aus einem illustrierten Magazin vom Anfang dieses Jahrhunderts, stammte von einem Clemen Smagbier und trug eine umfangreiche Überschrift: »Ein dänischer Lehrer in abgelegener Bergsiedlung der Schweizer Alpen zu Beginn des 18. Jahrhunderts«

»Smagbier war ein Sammler, den starker Schneefall gezwungen hatte, sich ungefähr vierzehn Tage an diesem Ort aufzuhalten. Zu jenem Zeitpunkt glich Swiz, wie er das Dorf nennt, allen anderen Alpendörfern dieser Gegend, zumindest sieht Smagbier keinen Grund, über irgendwelche Besonderheiten seines Aussehens zu berichten. In gewissem Umfang des Schweizerdeutsch mächtig, stieß er jedoch auf eine Reihe von Wendungen, die sein Interesse hervorriefen.«

Der Alte suchte einen Abschnitt in den Papieren, deren Aussehen verriet, daß man sie häufig auseinandergefaltet und wieder zusammengelegt hatte.

»Vor allem anderen«, las Styge mit leicht ironischer Betonung des weitschweifigen Stils, der sich von seinem eigenen nicht sonderlich unterschied, »beeindruckte mein unvorbereitetes Ohr ein Ausdruck, der als Abschluß eines Satzes diente, dessen Inhalt ich mir nicht mehr zu vergegenwärtigen vermag. Ein Ausdruck, sage ich, der ›Lige du ad landevejen‹, ausgesprochen mit sönderjütländischer Betonung, bis zum Verwechseln gleicht, ein Sprachkundiger würde ihn vermutlich eher als platt-südwestjütländischen *Akzent* bezeichnen. Nach der Bedeutung dieses Ausdrucks gefragt, erklärte die alte Frau, die ihn in den Mund genommen hatte, er habe die Funktion einer Art Beschwörung, deren sich ihre nun verstorbene Mutter, die gleichfalls an diesem Ort geboren und aufgewachsen sei, häufig bedient habe. Über dessen Entstehung und Herkunft könne sie nichts sagen.«

Styge wollte den Text weglegen, jedoch fiel ihm das Interesse seines Gastes auf. Ohne lange suchen zu müssen, machte er auf eine andere dänische Redewendung aufmerksam: »Recht muß Recht bleiben.« Sein Gast las und nickte, gab es aber bald auf, sich durch den weiteren Artikel zu buchstabieren.

»Die an das Dänische erinnernden Wendungen, von denen Smagbier unter anderem nennt: *Lige op og ned, At være in vinkel, Ret efter næsen,* wurden vielmehr als Ausrufe und Beschwörungen benutzt als mit einer präzisen Bedeutung. Im Artikel vergleicht er sie mit dänischen Ausdrücken wie *Om alt går vel, Gud give, Det ske sent, Intet sagt, intet fortiet* und *Syv-ni-tretten.* Wie gesagt, war Smagbier begeisterter Sammler, und da der Ort an Kunstgegenständen oder anderen wertvollen Raritäten nichts zu bieten hatte, hatte er während seines erzwungenen Aufenthalts nichts Besseres zu tun, als diese Wendungen zu sammeln und nach ihrer Herkunft zu fragen.«

Mit seinem Stock schloß er die Schublade, aus der er den Artikel genommen hatte, und gab damit zu erkennen, daß damit die Quellen in dieser Richtung erschöpft seien.

»Die Bevölkerung hatte keine klare, zusammenhängende Erinnerung an dieses Ereignis. Unzweifelhaft aber war ein Dietrich auf unerklärliche Weise aufgetaucht und hatte die rechte Lehre verbreitet. Smagbier gibt diese Ausdrücke ohne Anführungszeichen wieder und ohne irgendeine Form von Ironie. In vielen Häusern hing ein kleiner Stein an einer Schnur. Die Lotschnur gab die richtige Richtung an. Dietrich hatte ihnen auferlegt, daß alles, was sie bauten, alle Treppenstufen, die sie aushauten, jedes Möbelstück, das sie herstellten, in diese Richtung zeigen sollte. Und sie sollten keine andere Richtung haben.

Dietrich hatte ihnen in Aussicht gestellt, sie würden glücklicher, wenn sie diese Vorschrift befolgten, und als Pfand nahm er Engelke mit, als er auf seinem schief zusammengewachsenen Bein weiterhinkte.«

Bittersüß lächelnd, humpelte der alte Mann in eine Ecke, in der er nach einiger Suche, die bewies, daß es sich dabei nicht um einen vorbereiteten Teil seiner Erzählung handelte, ein Theaterprogramm fand.

»Jede Geschichte enthält den Keim zu tausend anderen. Laß mich also ein wenig aufräumen. Bestimmt hast du von Bastiansen gehört, dessen Leben zur Theatervorstellung wurde?«

Ohne den Zusammenhang zu begreifen, räumte der Gast ein, eine seiner Freundinnen habe mit Amateurtheater zu tun, weshalb er nicht nur von dem Experiment im Museum gehört habe, sondern auch anwesend gewesen sei.

»So wie ich mich bemüht habe, alles über meine Familie zu sammeln, hat Clemen Smagbier versucht, alles zu sammeln, was ihm unter die Augen kam. Und vor Ohren – wie diese Alpengeschichte. Seine Tochter, Dagmar, hat diesen krankhaften Hang geerbt, und sie ging so gründlich bei der Dokumentation ihres Lebens vor, daß man hinterher imstande war, es vollständig, in allen Einzelheiten zu rekonstruieren. Woraus die Lebensvorstellung des Museums wurde.«

»Und was ist mit Didrik und Engelke?«

»Ich schweife nicht ab, ich nähere mich allmählich der Fortsetzung, wenn man sie als solche bezeichnen darf.«

Der Alte kehrte zu seinem Stuhl zurück, öffnete das Monatsmagazin und zeigte auf die Illustration, die dem Artikel beigegeben war. Eine wild zerklüftete, gezackte, romantische Berglandschaft, die es ebensogut in Norwegen, den Pyrenäen, der Phantasie des Zeichners wie in den Alpen geben konnte.

»Dietrich kehrte in seine Heimatstadt zurück, wo er sich als Möbeltischler niederließ. Einige seiner Möbel befinden sich noch in den Sammlungen der ›Alten Stadt‹. Seine geliebte

Engelke war bereits bei seiner Heimkunft schwanger mit ihrem gemeinsamen Kind, und in diesem Zustand war sie sehr zufrieden damit, auf festem Grund zu stehen, obwohl es auch nicht so wunderbar eben war, wie Didrik ihr das in Aussicht gestellt hatte. In der Familie existiert noch eine rührende Beschreibung davon, wie sie in der Berghütte verführt wurde. Der bergkranke, schwindlige Didrik konnte sich mit seinem kranken Bein schlecht über den zerfurchten, unebenen Boden zu dem schiefen Fensterbrett schleppen. Daher versuchte er mit Handbewegungen und beschwörenden Brocken der jungen Tochter des Hauses zu erklären, daß das schiefe Fensterbrett waagerecht sein sollte. Mit einer Bewegung beschrieb er, das Fensterbrett solle in der gleichen Richtung verlaufen wie der Horizont. Sie nickte, um zu zeigen, daß sie verstanden hatte, und sein Blick fiel auf die schwindelerregende Landschaft, wo Zinnen und gewaltige Felswände einander zu übertrumpfen suchten, und die einzige Richtung, die nicht vertreten zu sein schien, war die horizontale. Engelke lachte, und er versicherte ihr, er werde sie glücklich machen in einem Land, wo der Horizont die gleiche Form hatte wie ein perfektes Fensterbrett.«

Draußen war es schon lange dunkel.

Styge sah auf seine Armbanduhr, nahm sie ab und legte sie in eine Schreibtischschublade, die er schloß.

Entfaltet man eine Kugeloberfläche und versucht sie zu einem flachen Stück Papier umzuformen, kommt es unweigerlich, ganz unabhängig davon, wie sorgfältig man vorgeht, zu dreieckigen Rissen oder Leerräumen, an denen das Papier nicht aufeinandertreffen kann. Wie bereits angeführt, ist beabsichtigt, diese Spalten zur Kompensation der Mängel zu nutzen, die das gewählte Abbildungsformat für den Text mit sich bringt.

Hätte man den Original-Globus in Händen, würde man unmittelbar erkennen, daß er entfernt Didrik nahekommt, der »an ungefähr derselben Stelle im Gebirge einen dreiköpfigen Sturz erlebt«, wie es so kryptisch in Hadets Bånd beschrieben wird.

Ebenso wird man augenblicklich, ist das Interesse geweckt, von Styges Erwähnung des Propheten in Abschnitt 14, den er übergangsweise begleitet, der Verbindung zu Jakkels Wanderung folgen können, zu der Styge einen Scroll über diese Periode seines Lebens liefert.

Verlängert man die Linie von der Erzählung Tobias' über Geo D. Eden, der Joakim Räume für Experimente zur Verfügung stellte, wird man in der einen Richtung in »Den Menschen erzählen« und in der anderen in »Edens Geschenk« landen.

Es leuchtet ein, daß der große Vorteil einer mehrdimensionalen Struktur darin liegt, daß sie einen einzigartigen Überblick gestattet. So wird man in diesem flachen Buch nur mit Hilfe störender und penibler Fußnoten den Leser daran erinnern können, daß jener Ingol, den Vera im folgenden Abschnitt (34) erwähnt, die Antwort ist auf »das größte Rätsel«, während jener Stig Hife, dessen Gehirn Tobias in Abschnitt 25 besucht, bereits in »Der gute Ring« im »Maskenball« beschrieben wird. Hier erhält er, offenbar dank einer selten auftretenden Koinzidenz zwischen drei Globen, Gelegenheit, zwischen drei parallelen Welten zu wählen und in sie Einblick zu nehmen.

Wie man aus dem vorliegenden Bericht nur ahnen kann, gestattet der Globusroman, daß hinzukommende Romane wie Epigloben an den Enden der Handlungsfäden hängen. Und ferner wird ein solcher Epiglobus ausgestattet sein mit Verbindungen zu anderen Welten, so daß man zum Beispiel der Verbindung von den Gesprächen Henriks und Tobias' in Abschnitt 20 bis zu Marianne Kainsdatter folgen kann, bei der es sich um die Kriminalschriftstellerin handelt, über die sie sich unterhalten. Und weiter, so daß die Tangente davon überzeugt, daß es sich bei dem betreffenden Buch, über das sie sprechen, um »Eins weiß ich, das niemals stirbt« handelt.

Diese Struktur von Welten auf Welten wird zum ersten Male beschrieben von Tobias' Mutter in »Kvindens skaber«, was in »Zwischen Himmel und Erde« zu finden ist.

Die Struktur läßt sich am leichtesten verstehen, wenn man sich einen vierdimensionalen Raum vorstellt.

30

Schon als Kind zeigte Ernst Didriksen Skonning – der empfangen wurde im Steilen, Himmelstrebenden, aber geboren wurde im Ebenen – ungewöhnliche Fähigkeiten. Vermutlich hatte es den Genen der Familie gutgetan, Impulse aus höheren Luftschichten zu empfangen, auf alle Fälle scheint er vor allem nach seiner Mutter zu schlagen. Seine besondere Veranlagung zeigte sich zuerst in Form eines bemerkenswerten Einfühlungsvermögens. Mehr als einmal überraschte er Erwachsene, indem er ihre Stimmung erkannte oder ihre Wünsche erriet. Nichts konnte er berühren, ohne daß es größere Phantasien oder Träume in Gang gesetzt hätte. Trotz seiner schlechten Ausbildung war er ein eifriger Leser, wenn auch mit der Einschränkung, daß er niemals sehr weit kam, ehe ein Satz ihn ergriff und ihn in Spekulationen entließ, oder daß eine Beschreibung zu tagelangen Träumereien führte. So stürzte er sich schon als Junge mit Begeisterung auf Descartes. Er las dessen Hauptsatz: »Indem ich zweifle, bin ich« und kam an diesem Tage nicht weiter, denn sofort befiel ihn ein umfassender Zweifel, und er mußte sich eine Welt vorstellen, in der man auf nichts vertrauen kann. Bis seine Unsicherheit so umfassend war, daß er sogar an jenem Grundsatz selbst zweifelte, der den Zweifel verursacht hatte, denn wie hätte man sicher sein können, daß man an allem zweifeln muß?«

Mit einer Handbewegung räumte der Alte ein, das Beispiel sei an den Haaren herbeigezogen, deutete aber mit einem Finger an, die Beschreibung sei noch nicht zu Ende.

»Am folgenden Tag mußte er, der sich das Lesen selbst beigebracht hatte und niemals in Latein unterrichtet worden war, über das Wort ›Cogito‹ stutzen. Mit Hilfe von Wörterbüchern prägte er seine persönliche Übersetzung des Wortes, da er sich mit dem Fehlen eines Subjekts nicht abfinden konnte, setzte aber den Absender ein: ›Descartes denkt.‹ Länger kam er aufgrund der ungewöhnlichen grammatischen Konstruktion an dem betreffenden Tag nicht, und erst Wochen später, nachdem er mit dem großen Philosophen so vertraut war, daß er sich mit ihm duzte, kehrte er zu diesem Satz zurück und übersetzte die Fortsetzung: ›Also findet René.‹ Tiefes Erstaunen ergriff ihn angesichts des seltsamen Beweises: ›Descartes denkt, also findet René.‹ Wie schön, daß man von den Gedanken des einen auf die Existenz des anderen schließen konnte. Dies wurde zu einer Einsicht, die den Rest seines Lebens bestimmen sollte, oder seine vielen Leben veranlaßte, wie ich besser sagen sollte.«

Sich der Aufmerksamkeit seines Publikums sicher, legte der Erzähler eine Pause ein, so daß er sich Kaffee eingießen, den Buchstapel vor sich ausrichten und ein Manuskript holen konnte, ohne daß die erwartungsvolle Stimmung hierdurch unterbrochen wurde.

»Dem empfindsamen Kind mußte natürlich die Spannung zwischen seinen Eltern auffallen, die einander sehr liebhatten, aber von unterschiedlichem Gemüt waren. Der Tischler, für den es eine herzliche Genugtuung war, ein besonders glattes, ebenes Brett zustande zu bringen, und die Mutter, die häufig am Fenster stand und schwermütig und träumend auf die kleine Stadt und den niedrigen, flachen Horizont starrte. Eine der Fragen, über die sie spekulierte, war mit Sicherheit, was aus ihrem begabten, aber flüchtigen Erstgeborenen werden sollte. Er war in der Tischlerlehre gewesen, der erste Hobelspan aber, den er sah, hatte seine Gedanken in Gang gesetzt, wodurch er vergessen hatte, wo er sich befand. Anschließend war er bei einem Böttcher in der Lehre, und es wäre zu einfach, wollte man sagen, daß er sich unmittelbar in Sparren verlor. Noch weitere zwei oder drei Meister – er selbst wußte kaum, von wie vielen die Rede war –, die ihn aus Wohlwollen gegenüber dem Vater in die Lehre genommen hatten, mußten es aufgeben, ihn bei der Sache halten zu wollen.«

»Du sprichst, als wenn du ihn gut kennst.«

»Ohne einen Funken seines Einfühlungsvermögens wäre ich wohl kaum, was ich heute bin«, räume der Alte bescheiden ein. »Aber die Intensität, mit der er in seinen Visionen aufging, war einzigartig.«

Sein Gast nickte und gab damit zu erkennen, daß er bereit war, ein neues Schicksal entgegenzunehmen.

»Ernst war noch ein großer Junge (auf Grund meiner Begrenzungen bin ich geneigt, so von ihm zu sprechen, als habe er ein Leben mit einem Anfang und einem Ende verbracht), als er eines Abends am Hafen umherging. Es war nicht das erste Mal, und es war nicht das letzte Mal. Hier stand Dorothea Siiger, eine Frau, die die Mitte seines Lebens war und dies offensichtlich immer geblieben ist. Sie war Haushälterin oder Gesellschaftsdame bei einem der Bürgermeister dieser Stadt, die zu dieser Zeit so klein war, daß es unmöglich schien, eine einzelne Person zu finden, die würdig war, sie allein zu verwalten, weshalb man mehrere Bürgermeister gleichzeitig hatte. Täglich konnte man Dorothea sehen, die an einer Mole stand und auf das Meer starrte, als befinde sich ihr Leben anderswo. Kaum war ihr Dienst beendet, zog es sie unwiderstehlich dort hinunter, wo nicht zuletzt die kleine Meerenge, die die Stadt mit Kalundborg verband, Gegenstand ihres Interesses war. Da standen nun die beiden Träumer nebeneinander, der junge Mann, der sein eigenes Leben nicht finden konnte, und die Frau, die ihr Leben verpaßt hatte. ›Er kommt nicht‹, sagte der einfühlsame Bursche zu der Frau, die im Alter seiner Mutter war und ebenso verirrt. Diese drei exakten Worte genügten, um eine Handlungslawine auszulösen. Die Frau brach zusammen, und der Unerfahrene mußte sie durch die menschenleere Stadt zum Haus ihres Vaters führen, das nicht menschenleer, aber doch leblos war, denn auf dem Eßtisch lag die Leiche des alten Uhrmachers Siiger. Durch das stille Haus, aus Achtung vor dem Tod hatte man alle Uhren angehalten, klang nur das verzweifelte Weinen der Frau, bis es von ihrem leidenschaftlichen Stöhnen abgelöst wurde, denn ihre Trauer, ihre Einsamkeit und ihr vergeudetes Leben vereinten sich mit seiner Hoffnung, seinen Träumen und seiner großen Offenheit auf einem Bett, das bedeckt war von Zahnrädern, Achsen, Schrauben, Federn und Spindeln. Denn so heftig loderte dieser Funke des Begehrens auf, das durch das Aufeinandertreffen dieser Gegensätze entstand, daß sie keine Zeit hatten, das zerlegte Chronometer zu entfernen, das wieder in Gang zu setzen der alte Uhrmacher niemals mehr Zeit finden sollte.«

Noch nicht einmal das Ticken einer Uhr hörte man im Raum. Auf dem Wege durch seine Erzählung suchte der Alte nach den richtigen Wendungen, zögerte bei einem geschmackvollen Wort und schien fast selbst die Zeit aufgehoben zu haben.

»Mit einem Schlag hatten sich die Lebensaussichten Ernsts verändert, denn zu jener Zeit konnte nicht davon die Rede sein, daß man vor einem Leben davonlief, wenn man es einmal in Gang gesetzt hatte. Er bekam eine Ehefrau, die ihre Träume aufgab und den ganzen Tag streng über Heim und Haushalt wachte, einen Sohn, der den Namen seines Lieblingsphilosophen erhielt, den Ernst verdänischt hatte – oder zumindest doch einen einzigen Satz –, und einen voll ausgerüsteten Uhrmacherladen, den er, ohne eine Lehrzeit absolviert zu haben, betrieb, indem er einen tüchtigen, wohlausgebildeten Gesellen anstellte, der sich in die anspruchsvolleren Arbeiten vertiefte, während Ernst selbst träumend dasaß und an routinemäßigen schliff.«

Nach einer kleinen Pause erhob sich der Alte und ging zum Bücherregal. Er mußte nicht suchen, sondern nahm unverzüglich zwei abgewetzte Lederbände herunter, die er vor sich auf den Tisch legte, dann setzte er sich wieder.

»Womit dieses Genie (und so nenne ich ihn ohne Ironie), das in einer allzu strengen Umgebung gelandet war, die nächsten Jahre ausfüllte, weiß ich nicht, denn als ich auf ihn stieß ...«

Über den Rand der Brille warf der Alte seinem Zuhörer einen raschen Blick zu, um festzustellen, ob diesem der Versprecher aufgefallen war.

»Das stimmt nicht ganz. Ich weiß, daß er, der die Firma von Siiger fra Braband übernommen hatte, sich daranmachte, den alten Philosophen Siiger af Braband zu studieren. Vielleicht erklärte sich dies mit einem Zufall, vielleicht irrte Ernst sich und nahm an, es handele sich um dieselbe Person, vielleicht hatte sein reiches Assoziationsvermögen ihn auf diese Spur gebracht, vielleicht gibt es auch hier mehrere Erklärungen. Auf alle Fälle fand Ernst bei Siiger af Braband klare, nicht anzuzweifelnde Argumente für die ›Doppelte Wahrheit‹, jene Auffassung, daß es hinsichtlich der Ereignisse auf der Welt zwei Wahrheiten gibt, eine, die uns der Glaube zeigt, und eine, die uns das Denken zeigt. Von hier aus war es für den eifrig denkenden und leichtgläubigen Ernst, der meist an mehr als ein Ding dachte und selten an weniger als zwei glaubte, natürlich, weiterzugehen und das System zu erweitern. Als ihn diese Gedankenkonstruktion ermüdete, war er so weit gekommen, daß er sieben doppelte Wahrheiten erkannte und an sie glaubte. Zu allem gibt es sieben voneinander unabhängige, möglicherweise einander widersprechende Auffassungen, die alle wahr sind: eine, die wir wahrnehmen, eine, die wir fühlen, eine, die wir begreifen, eine, die wir träumen, eine, die wir fürchten, eine, die wir glauben, und eine, die wir denken.«

Mit einem knappen Lächeln bat der Alte um Verzeihung für seine Abschweifung und kehrte nun zu den vor ihm liegenden Büchern zurück. Er griff nach dem obersten.

»Als ich das nächste Mal von Ernst hörte, war er Vater einer Schar von Kindern, deren genaue Zahl ihm selbst nicht bekannt und von denen der Älteste, René, bereits verheiratet und als Schreiber des Kämmerers angestellt war. Eines Tages fiel Ernst dieses Buch in die Finger, nicht nur ein Buch, das diesem gleicht, sondern ebendieses Exemplar, das seitdem in der Familie weitergewandert ist.«

Mit größter Vorsicht schlug Styge das Titelblatt auf. Er zeigte seinem Zuhörer den langen, verschlungenen Artikel, dessen Buchstaben kleiner und kleiner wurden.

»›Wahrhafft Beschreibungk / Von einem Juden / Geboren und auffgebracht zu Jerusalem / mit Namen AHASWER, Persönlich zugegen gewesen / als Christus gekreuzigt worden und bis auf diese Zeit / vom Allmechtigen GODt / AM Leben erhalten.‹ Nicht nur kam Ernst durch den ganzen Titel, ehe seine Gedanken in Gang gesetzt wurden, auch einen Teil des Inhalts konnte er lesen. Die Erzählung vom ewigen Juden, der, zur Strafe, weil er Jesus abgewiesen hatte, dazu verurteilt war, durch alle Weltteile und alle Zeiten zu wandern, fesselte ihn und hielt seine Phantasie einige Tage lang gefangen. Diese großartige Strafe erschien ihm, der in einer engen Zeit in engen Verhältnissen eingesperrt war, die bagatellhafte Versündigung, die sie ahnden sollte, reichlich aufzuwiegen. Ehe Ernst noch mit seinen Träumereien zu Ende kam, wie er sich des gleichen Schicksals wie Ahasver würdig erweisen könnte, fiel ihm ein anderes Buch in die Hand, das die Antwort enthielt.«

Der Alte legte das erste Buch zur Seite und öffnete mit der gleichen Vorsicht das zweite.

»›Historia von D. Johan Fausto, dem weitberüchtigten Zauberer‹«, las er vom Titelblatt. »Auch wenn der Bericht bei dem Uhrmacher eine Sintflut von Gedanken in Gang setzte, war er zugleich so fesselnd, daß er alles über diesen Mann lesen mußte, der die Macht hatte, mit der Bürgerschaft Scherze zu treiben, die wunderbare Helena von Troja zu treffen, die verlorenen Werke eines Terenz und eines Plautus wiederzuerschaffen und tiefsinnige Gespräche mit dem Teufel persönlich zu führen.«

Sein Zuhörer erhielt das Buch, blätterte vorsichtig darin und las unter einigen Mühen eine Kapitelüberschrift:

»Was Doct. Faustus getrieben hat im Hause des Herren / und eine Geschichte wie er Hand wies Keiser Carlo dem V. Alexandrum magnum mit seiner Keiserin.« »D. Faustus zauberte ein Hirschgeweih auf den Kopff eines Ridders.« »Über den vierten Tag im Fastelovend / als Er einen Kalpfskopff zu Tisch brachte / der zu sprechen begann.« »Von vier Zauberern / die einander den Kopff abschlagen / und diesen wieder zusammensetzen / wobei auch Doct. Faustus das Seine hierzu tat.«

Als der Gast das Buch weggelegt hatte, machte Styge eine Handbewegung, um die richtige Stimmung heraufzubeschwören. Fast als fühle er die eine Notwendigkeit, seinen fernen Vorgänger zu verteidigen, sagte er:

»Stell dir diesen Mann vor, mit einer unbändigen Lust auf Erlebnisse, voller Träume und mit dem Verlangen, Großes zu denken, wie er dort sitzt, in dieser kleinen, dunklen Werkstatt, in der er tagein, tagaus Spindeln feilt, ein Zahnrad nachstellt oder ein Gehäuse ausfräst. Nichts in dieser grauen, flachen, engen Kleinstadt konnte seinen Geist herausfordern, konnte ihn erfüllen, ihn inspirieren. Es ist also nicht verwunderlich, daß er sich begeistern ließ von dem Ausweg, den Ahasver ihm angedeutet hatte, und den ihm Doktor Faustus nun zeigte. Eines Abends beging er eine unaussprechliche Sünde und schloß in Gedanken jenen Vertrag, der es ihm ermöglichen sollte, sein Gefängnis zu sprengen. So besessen war er von seinem Vorhaben, daß er die einzigartige Gelegenheit versäumte, den Menschen kennenzulernen und mit ihm zu sprechen, der am fleißigsten von allen dem Himmel Besuche abgestattet hatte. Es war nämlich gerade jener Abend, an dem Swedenborg die Stadt besuchte und sich in seinem Hotel bewirten ließ, um als Gegenleistung hierfür in der Nacht die Ausdauerndsten zu einem Gegenbesuch in himmlische Gefilde einzuladen. An jenem bemerkenswerten Abend schloß Ernst in Einsamkeit, ohne ihn mit Blut niederzuschreiben, was ihm zu dramatisch erschien, den Vertrag mit Mephistopheles: Wenn man ihn ausstattete mit der Macht des Doktor Faustus, werde er zur Strafe gern das Schicksal Ahasvers erleiden. Und gespannt, was der folgende Tag bringen werde, legte er sich ungefähr um dieselbe Zeit zu Bett, zu der René, sein Erstgeborener, sich in den Turm der Domkirche legte, wo er die Offenbarung über Jesu Zwillingsbruder empfing und niederschrieb.«

Der Alte, der die epischen Mittel studiert hatte, um die Geschichte seines Lebens mit größter Kraft erzählen zu können, goß sich selbst und seinem Gast Kaffee nach, während er die Erzählung als Versprechen oder Erwartung im Zimmer schweben ließ.

»Als Ernst aufwachte, befand er sich in einer tiefen Schlucht. Um die Hölle könne es sich nicht handeln, konnte er noch feststellen, ehe er das Bewußtsein verlor, denn es war bitter kalt. Ohne ganz zu sich zu kommen, bemerkte er, wie unter ihm die Erde bebte und rumpelte, während er im Traum aufstand, sein frugales Frühstück einnahm und sich mit übergelegtem Schoßleder hinsetzte, um Silber zu gießen, was er am vorangegangenen Abend vorbereitet hatte. Bäume und Felsenstücke wirbelten an ihm vorüber, und er fühlte einen starken Schmerz im rechten Bein, der ihn veranlaßte, die Welt zu verlassen, in die er gehörte. Als er aufwachte, lag er in einem Bett, und ein schönes junges Mädchen stand bereit, ihn zu füttern. Mit Handbewegungen und munteren Gebärden, denn sie fanden keine gemeinsame Sprache, erzählte sie ihm, wie sie ihn auf dem Grunde einer Felsenschlucht gefunden hatte. Sie hatte ihn auf einen Kiefernast gerollt, den sie abbrach, und ihn den langen Weg zu ihrem Heim gezogen, wo er sich nun mit einem gebrochen Bein befinde, offenbar aber mit keinen anderen Beschädigungen. Dem Uhrmacher wurde so schwindlig, daß er ein weiteres Mal das Bewußtsein verlor. Im Traum beendete er die Arbeit dieses Tages, stellte gegenüber Dorothea fest, sie sei ihm besser von der Hand gegangen als gewöhnlich, vielleicht, weil er an diesem Tag nicht so sehr von Fluchtgedanken und Phantasien gepeinigt wurde, und ging zufriedener zu Bett. Als der Uhrmacher in die Wirklichkeit zurückkehrte, erzählte diese Engelke, die ihm das Leben gerettet hatte, er müsse Zimmermann sein, denn sie habe in seinem Ränzel Werkzeug gefunden. Und Ernst erzählte, ohne zu lügen, denn er bediene sich nur der Töne und Handbewegungen, er heiße Didrik, komme aus Dänemark, sei weit gewandert, ausgeglitten und abgestürzt, damit sie ihn finden konnte.«

Der alte Erzähler lächelte über das ungläubige Gesicht, das sein Zuhörer machte. Mit einer Handbewegung kam er einem Einwand zuvor, während er einen Augenblick lang überlegte.

»An den folgenden Tagen erlebte Ernst ein heftiges Schwindelgefühl, was er dem Umstand zuschrieb, daß das Haus schief war, das Lager schief war, der Tisch, auf dem man ihm sein Essen servierte, schief war. Zugleich aber empfand er ein allumfassendes Glück, wie es nur ein Mensch kennt, der weiß, daß ihm ein Wunder Leben und Freiheit zurückgegeben hat. Heimgekehrt, träumte er, er befinde sich in der engen, allzu bekannten Stadt hinter dem Fenster, durch das ein wenig Licht in die dunkle Uhrmacherwerkstatt drang. Die Erleichterung, die ihn ergriff, als er in der schwindelerregenden, hellen, himmelstrebenden Umgebung erwachte, läßt sich kaum beschreiben. Allmählich konnte er sich mit dem Mädchen, das ihm das Leben wiedergeschenkt hatte, verständigen, indem er einige von ihren Brocken und sie einige von seinen lernte. Er stolperte auf dem schief zusammengewachsenen Bein herum. Besuchte die anderen Häuser des Dorfes, wo er mit Engelke als Dolmetscherin erklärte, wie man die Wohnverhältnisse verbessern könne. Tag für Tag, Woche für Woche glättete er, hobelte Schiefes ab, lehrte die Dorfbewohner die krummen, zufällig verlaufenden Klippenabsätze mit Zement auszugießen, damit ebene, leicht zu begehende Treppen daraus wurden, und revanchierte sich so für das Leben, das ihm in diesem Wort wiedergeschenkt worden war.«

In der Stimme des Alten lag eine ungewöhnliche Intensität, die auf eine starke Sympathie für diesen unbekannten Vorfahren schließen ließ, dem er niemals begegnet war, was dafür sprach, daß er sich in seine Situation eingelebt hatte.

»Als er eines Abends, an dem der Mond krumme, zögernde Strahlen durch die schiefen Fenster schickte, Engelke in seine Arme nahm, bemerkte er, wie ihn das Schuldgefühl stach, ohne daß er gewußt hätte, ob dies dem jungen Mädchen, dem Dorf oder seinen Eltern galt. Seine neuerwachte Lebenslust und seine Begeisterung über dieses neue, himmelstrebende Leben waren jedoch so stark, daß es ihm leid getan hätte, sich zurückzuhalten und seinen Horizont einzuschränken, und er vereinigte sich mit seiner Geliebten. Im darauffolgenden Traum, in dem er sich müde vom Drehstuhl erhob und die Arbeit beendete, um in die dunkle Stube zu gehen, kehrte das Schuldgefühl zurück, als er sah, wie seine alte Mutter mit hängenden Schultern an dem kleinen Fenster stand und verloren auf die trostlose Straße starrte. Auch im Traum überwand er das Schuldgefühl und ging zur alten Engelke, der Frau des Möbeltischlers, und sagte: »Mir fehlt das auch, Mutter.« Der Traum verlor sich in Grautönen, als er aber erwachte und der Mond hinter den Bergspitzen verschwand, bestand die traurige Stimmung fort, und er fühlte unerklärliche Angst, weil sich dieses wunderbare Leben seinem Ende näherte. Am darauffolgenden Abend, nach einem weiteren Tag, den er mit Lebenshunger und Jubel verbracht hatte, aber auch mit einem wehmütigen Ton, versuchte er Engelke zu erklären, er habe Lust, das bucklige, abfallende Fensterbrett zu richten. Sie, die mit Wasserfällen und steil abfallenden Wasserläufen aufgewachsen war, verstand den Begriff ›waagrecht‹ nicht und bat ihn, er solle ihn ihr erklären. Er führte sie ans Fenster, und ohne daß er daran dachte, wo er sich befand, denn für einen Augenblick gewann der zurückkehrende Traum die Oberhand, erklärte er ihr, das Fensterbrett müsse in derselben Richtung verlaufen wie der Horizont. Ihr plätscherndes Gelächter, wobei sie zugleich auf den gezackten, zerrissenen Horizont deutete, nötigte ihm das Versprechen ab, sie in ein Land zu bringen, wo der Horizont so verlief wie das Fensterbrett. Und während er dieses Versprechen aussprach, fühlte er, daß er sich lebendig begrub, und war überzeugt davon, daß hiermit dieses Leben, das wie ein heller, glücklicher Traum gewesen war, zu Ende ging. So groß war seine Angst vor dem, was ihn erwartete, daß er aus Angst, der Alptraum könne die Oberhand gewinnen, wenn er zu Bett ging, die ganze Nacht wach blieb.«

Der Erzähler zögerte, als fürchte er sich selbst vor dem Ende des Traums und der Rückkehr des Alltags. So lange hatte er erzählt, daß sich draußen ein heller Lichtschein zeigte, der den Horizont öffnete, mit gleichmäßigem Hintergrund, jedoch unterbrochen von dunklen Bäumen.

»Wie erwartet, tauchte die deprimierende Uhrmacherwerkstatt auf, als er nicht mehr imstande war wachzubleiben. Kaum war er zu Bett gegangen und hatte dem Gebirgsdorf Lebewohl gesagt, als er überfallen wurde vom unaufhörlichen Ticken der Dutzenden von Uhren, die darum wetteiferten, die Zeit möglichst schnell vergehen zu lassen. Ernst beugte sich vornüber und begrub sich in einem Uhrwerk, dessen Unruh gebrochen war, während der Lärm der tickenden Taschenuhren, der sich dahinschleppenden Chronometer, der klopfenden Standuhren anschwoll zu einem Inferno. Im selben Augenblick wachte er mit einem Ruck auf. Er saß in einem erleuchteten Zimmer, seine Finger tanzten über die Tasten eines Instruments, das ihm auf den ersten Blick unbekannt war. Er muß die Augen einen Augenblick geschlossen haben, denn er erwachte vom Laut einer Stimme in seinen Ohren: ›Ditlev, wenn du dieses Werk beendest, stirbst du‹, hatte die Stimme gesagt. Sie klang weiter in seinen Ohren und vermischte sich mit dem Thema jener

Melodie, die seine Finger auf dem Cembalo dahinklimperten. Eine Melodie, die eine gewisse Ähnlichkeit aufwies mit tickenden Uhren und eifrig bimmelnden Schlagwerken. Es mußten diese Töne gewesen sein, die ihn für einen Augenblick in einen Uhrmacherladen versetzt hatten.«

Auch wenn es im Zimmer als still war und nur die gelassen leiernde Stimme ihr Variationsthema fortsetzte, schien es, als schwebe das leise klimpernde Cembalo in der Ferne.

»Der Mann, dessen Finger mühelos über die Tasten tanzten, befand sich in einer sonderbaren Stimmung. Einerseits hatte die dunkle, unerbittliche Stimme ihn mit schauderndem Lebensernst überzogen, und er sah keinen Grund, ihre Warnung anzuzweifeln. Andererseits war das helle, große Zimmer, in das durch flordünne Gardinen die Sonne schien, mit seinen kühlen, eleganten Stoffen und nicht zuletzt dieser anmutigen Melodie, die er schließlich als Heinrich Isaacs ›O Welt, ich muß dich lassen‹ erkannte, so lebensbejahend und wunderbar, daß einige Zeit in dieser Umgebung mit Leichtigkeit ein ganzes, in Dunkelheit verbrachtes und von einer monotonen Arbeit eingefangenes Leben aufwiegen konnte.«

Heller und heller wurde es im Zimmer, aber es hatte den Anschein, als ob sich dies nicht mit dem Fortschreiten des Morgens erklärte, sondern als ob die Erzählung selbst Licht abgab. Der Erzähler selbst bemerkte nichts, sein Zuhörer sah sich jedoch um, verblüfft über die Macht des Wortes.

»Mit Todesverachtung warf Ernst sich in ungehörte Variationen, entlockte dem Instrument alle Geheimnisse, bis das Thema so eingeführt war, daß es im ganzen Zimmer klang, so daß er gefahrlos die Tasten verlassen konnte, um zu trinken, später, um zu essen (Kümmelbrot, dessen Geschmack ihm bekannt vorkam), sogar, um ein wenig die Augen zu schließen. Im Schlaf verwandelte sich die klimpernde Melodie in die Geräusche tickender Uhren, schwer schlagender Uhrwerke und falscher Spielmechanismen, sobald er aber erwachte, befand er sich wieder in dem sonnenerfüllten Zimmer. Er spielte sich durch sein Thema, variierte es, erneuerte es um das beste, das ihm einfiel. Er führte ein tanzendes Leben durch, reich an Variationen, ein anmutiges Leben, dessen Schönheit nur dadurch verstärkt wurde, daß er keinen Augenblick das darunterliegende Thema vergaß, einmal diese Welt verlassen zu müssen. Fast sang er sich durch einen Heiratsantrag hindurch, den er im feierlichsten Augenblick verlassen mußte, um zum Instrument zu eilen und einige Töne anzuschlagen, ehe er zurückkehren konnte, um die Schöne von seinen ernsthaften Absichten zu überzeugen. Wie von Tönen berauscht, unterrichtete er Kinder in der nahe liegenden Schule, lediglich unterbrochen von kleinen, kurzatmigen Lauftouren, über die Straße, hinauf in den ersten Stock, wo er seinem Thema neuen Geist einflößte und einen Tröster hinuntergoß, ehe er ruhig und ordentlich an das Tagewerk zurückkehrte. Seine Lebensmelodie summend, zeugte er Kinder, ohne das Gefühl zu haben, daß eine Erbsünde auf ihm lastete, auch wenn er, wenn er hinterher einschlummerte, unweigerlich träumte, er befinde ich in der schmuddeligen Werkstatt des Ururgroßvaters, wo er endlos schliff und feilte und sich befleißigte, die Zeit wieder in ihren richtigen Gang zu bringen.«

Die Bäume waren nicht länger nur finstere Silhouetten, die dunklen Stämme nahmen Form und Farbe an. Der Erzähler, er saß mit dem Rücken zum Fenster, fuhr ungerührt fort, sein Zuhörer aber folgte atemlos dem lebendigen Schauspiel, das das Licht draußen aufführte, während zugleich die Worte ihr Drama in seinem Inneren spielten.

»Zu guter Letzt schrieb Ernst, gesättigt von diesem Leben, einen Abschiedsbrief an seine Angehörigen, unterzeichnete ihn mit Ditlev Emanuel Skonning, spielte eine abschließende Version seines Lebensthemas und starb in größter Sinnesruhe, der Stimme gehorchend, die sein Todesurteil ausgesprochen hatte. Kaum hatte Ernst seine Augen geschlossen, als er sich von den hinkenden Uhren umgeben sah, die alle aus dem Takt geraten waren, und nach einem Stift suchend, der in die Felge geglitten war.«

»Hast du Felge gesagt?«

»So nennen Goldschmiede das Leder, das sie zwischen sich und dem Arbeitstisch aufspannen, um das Abgefeilte aufzufangen. Ernst, der in jedem Traum fummelnd wie ein Schlafwandler dasaß, hatte es für zweckmäßig gehalten, eine solche Felge zu verwenden.«

»Vielen Dank, entschuldige.«

»Er tastete also nach dem Stift, und als er ihn fand, stach er sich an ihm, wodurch er aufwachte. ›Du schläfst ja‹, sagte seine anmutige Ehefrau und lachte. ›Hast du dich heute nacht überanstrengt?‹ Nur langsam kam Ernst zu Bewußtsein als Elias Nikolaj Skonning, der sich an seiner Gabel gestochen hatte und sich überzeugen ließ, daß es nicht ganz comme il faut war, am Frühstückstisch des mondänen Hotels Strand, mitten in London, zu schlafen. Er befand sich auf Hochzeitsreise mit Alice Skonning, bis vor wenigen Tagen Alice Flakballe, einer Reise, die voll und ganz vom Vater des Bräutigams bezahlt und geplant worden war, mit Ausnahme der Nächte in dem riesigen Bett, dessen rhythmische, federnde Bewegungen Thorvald Skonning nicht hatte vorhersehen können, weshalb das Paar mit seinem straffen Zeitplan mehr und mehr aus dem Takt geriet. Ernst hatte darum wenig Zeit zu schlafen und zum Träumen seines ewigen Traums, er sitze in einer übelriechenden Werkstatt und bringe an einer abgenutzten Uhr einen widerspenstigen Minutenzeiger an.«

Der Alte lächelte verständnisvoll.

»Ich bin bald fertig«, fügte er hinzu, als falle ihm nun endlich die fortgeschrittene Zeit auf.

»Ich habe es nicht eilig«, antwortete der Gast.

»Die folgenden Tage waren ein Fest, nicht nur für Ernst, der mit Begierde und Verwunderung die moderne Welt und die

Freuden der Ehe erlebte, sondern auch für das Brautpaar. Denn in Gestalt des Urenkels, des Cembalospielers Ditlev, vereinigte er sich mit Alice ohne eine Spur von Schuldgefühl, und tagsüber wohnte er mit einer Verblüffung und Ehrfurcht, die nicht geringer waren als jene, die Alice und Elias ergriffen hatte, einer Vorführung des neu erfundenen Grammophons bei, das binnen Kürze die größten Virtuosen des Cembalos in jedes gebildete Heim bringen würde. Und nicht nur die Meister auf dem Cembalo, sondern die auf dem Hammerklavier, dem Pianoforte, ja, ganze Orchester würden in einer Ecke des Wohnzimmers bereitstehen und in dem Augenblick, in dem man einschaltete, auftreten, fabulierte Elias, ergriffen von visionärer Begeisterung, die seine junge Frau lächeln ließ. Ernst durchlebte dieses Leben, das ihm ungewöhnlich geborgen und wohletabliert erschien, als sei es im voraus geplant, mit großem Appetit und mit Neugier. Selbstverständlich unterbrochen durch die routinemäßigen Träume von der stinkenden, schmutzigen Uhrmacherwerkstatt. Treu verrichtete er seine Arbeit in der Lebens- und Unfallversicherungsanstalt Hamlet, wobei er den eher von Routine geprägten Teil jedoch Elias überließ, mit um so mehr Neugier sich aber auf die erste Schreibmaschine stürzte, die in das Büro kam. Er besuchte Paris und Rom, diese Städte waren für ihn noch größere Offenbarungen als für Elias und Alice. Er zog in das neuerbaute Tidshvile ein, bekam den Sohn, der als Folge einer Rebellion Alices gegen den Schwiegervater den Namen Styge erhielt.«

Der Alte ließ sich von seinem Gast unterbrechen, der eine Pause benötigte, um wieder einen Überblick über die Zeit zu bekommen.

»Dieser Elias war also . . .?«

»Mein Vater, ja. Der fühlte, daß sein Leben so eng und festgelegt war, während es Ernst, der in diesem Dasein nur Gast war, als Erleichterung erlebte. Und er, ich meine Ernst, erwartete ruhig abwartend und verklärt den Tod, als man ihm den

Stapel von Befehlszetteln gebracht hatte, der bestätigte, daß sein Vater sein ganzes Leben auf Schienen gesetzt hatte.«

Der Gast war unruhig und fast irritiert wegen der Pause, die entstand, weil Styge Kaffee nachgoß.

»Langweile ich dich?«

»Nein, im Gegenteil. Und das nächste Mal? Was geschah mit Ernst dann?«

Der Alte ließ suchend seinen Blick auf dem Gast ruhen.

»Schon als er in der Gestalt Elias' schlief, hatte er mit Spannung über das nachgedacht, was die Zukunft bringen werde, falls man sich einer solchen Richtungsbezeichnung in seinem flüchtigen Leben bedienen will. In dem unvermeidlich dazwischenliegenden Traum, in dem er mit einer widerspenstigen Standuhr kämpfte, die darauf bestand, sieben Mal zu schlagen, wenn sie vorher elf geschlagen hatte, um beim nächsten Mal drei zu schlagen, und dann zwölf, konnte er sich fast nicht auf die Arbeit konzentrieren, so begierig war er auf seinen nächsten Lebenslauf, daß es für ihn den Anschein hatte, als werde dieser Zwangstraum niemals enden, und die Zeit am Uhrmacherpult werde auf lächerliche Weise immer länger, als wolle sie sich an seiner Treulosigkeit rächen und ihn daran hindern, im Leben weiterzukommen. Bis die große Uhr wieder schlug und er mit einem Ruck erwachte und sich selbst im Dunkeln wiederfand, sich windend, gequält von glühenden Rückenschmerzen, von Phantasien über Gottes Strafe, die sich mit wollüstigen Frauenbrüsten vermischten und die erst richtig zum Leben erweckt wurden durch einen gewaltigen Donnerschlag, der sich mit der großen Kirchenglocke vermengte, die, aus dem Zeittakt gekommen, läutet. Und er mußte sich durch die Dunkelheit tasten, warf Drucktypen auf den Fußboden, trat sich einen in den Fuß, mußte Feuer schlagen und sah dann seinen eigenen Namen auf dem Titelblatt des vor ihm liegenden Buches: Hans Hanssøn Skonning.«

»Oh, Gott sei Dank.«

Dieser Ausbruch aus tiefster Seele ließ den Alten innehalten. Über den Brillenrand starrte er seinen Zuhörer forschend an.

»Entschuldige. Das hat sich angehört wie einer meiner Alpträume«, sagte der Gast. »Ich hatte befürchtet, Ernst würde weiter ...«

Er zögerte, der fragende Blick zwang ihn jedoch zu erklären. »Ernst lebte zuerst in der Gestalt seines Vaters, des Möbeltischlers. Dann im Urenkel am Cembalo, und dann in dessen Urenkel, deinem Vater. Ich hatte befürchtet ...«

Wieder hielt er inne. Dann hob er die Schultern.

»Ich bin Tobias«, sagte er, als erkläre dies alles.

»Tobias?«

»Dein Enkel. Der Urenkel deines Vaters.«

»Einen Augenblick.«

»Meine Mutter ist Tyra, zu der du die Beziehungen abgebrochen hast, als sie diesen notorischen Lügner und Betrüger geheiratet hat. So hast du ihn genannt.«

»Entschuldige.«

»Du brauchst dich nicht zu entschuldigen, ich stimme deinem Urteil mehr oder weniger zu. Ich sehe sie nie.«

»Du hast es also bereits gewußt, als du eingebrochen bist? Daß du deinen Großvater bestehlen willst?«

»Ich bin gekommen, um dich zu erschlagen. Damals habe ich versucht, böse zu sein. Mit seiner Mutter zu schlafen und seinen Vater umzubringen, das ist irgendwie so belastet.«

»Hat man jedenfalls schon mal gehört.«

»Ich meine, stell dir vor, man hätte mich gefaßt. Dann hätte man alles mögliche hineininterpretiert. Die peinlichen Schlagzeilen kann ich mir lebhaft vorstellen.«

»Ja, das hätte sich bestimmt nicht vermeiden lassen.«

»Man hätte etwas Falsches darin gesehen. Keiner hätte geglaubt, daß es nur aus Bösartigkeit geschehen ist. Alle wären davon überzeugt gewesen, ich sei geisteskrank.«

»Es ist auch nicht so leicht, böse zu sein.«

»Nein«, sagte Tobias mit einem aufrichtigen Seufzer. »Aber leichter, als gut zu sein.«

»Wie geht es?«

»Ich habe Hoffnung. Zum ersten Mal. Man muß vorankommen. Darum haben wir mit einer Zukunftskonstruktion begonnen. Eine Riesenanlage. Gut sein bedeutet eine bessere Zukunft zu haben.«

Der Alte nickte nachdenklich, dann kehrte er zu seiner Geschichte zurück.

»Du hast dich also aus Angst, Ernst könne in deinem Leben auftauchen, verraten?«

»Nicht weil ich etwas tue, was er nicht wissen darf. Da wäre nur dieses Gefühl, da ist einer, der über meine Schulter mitliest in der Zeitung.«

»Im übrigen wärest du einfach nicht an der Reihe gewesen. Er ist die ersten Male nicht von Urenkel zu Urenkel gesprungen, sondern von Ururenkel zu Ururenkel.«

»Also wäre Marika die nächste, wenn es in dieser Weise weitergeht.«

»Marika?«

»Die kleine Tochter meines Bruders. Die in ihrem kurzen Leben vermutlich nicht mehr erlebt hat, als daß sie ein böser Mann um ein Haar gequält hätte.«

»Das hätte Ernst nicht viel geboten, diesem Genie, das in einer Zwangsjacke geboren wurde. In seinem wiederkehrenden Uhrmachertraum wußte er dunkel, daß er den Vertrag wirklich abgeschlossen hatte und daß es ihm gelungen war, doppelt begünstigt zu werden. Wie Doktor Faust hatte er die Macht erhalten, Vergangenheit und Zukunft zu erleben, und zur Strafe für dieses gute Leben mußte er, wie der ewige Jude, unermüdlich und vermutlich bis in alle Ewigkeit in dieser weiträumigen Familie herumwandern, nicht in Norden und Süden, sondern einmal in der Renaissance, dann wieder in der Siebzigern, um dann wieder im Rokoko aufzuwachen und ohne irgendein Muster zum Barock zu springen, dann in die Gegenwart, in jener Zeit also, die wir als Gegenwart zu bezeichnen wagen. Denn nachdem er der alte Drucker und Glöckner Hans Hanssøn Skonning gewesen war, erwachte er auf einer Weide und war damit beschäftigt, die prächtige Landschaft wiederzugeben, die vor ihm lag, und nicht nur in einer süßlichen, mit der rechten Hand ausgeführten Malerei, sondern auch in einem eigenartigen, häßlichen, graugesprenkelten Bild, das mit der verachteten linken Hand gemalt wurde. Wobei die betörende Christance dekorativ am Fuße eines Baumes positioniert wurde, in Erwartung ihres Ehemanns mit den beiden Pinseln. Denn Ernst, der Faust und Ahasver in einer Gestalt vereinigte, hatte als Nebengewinn die Gelegenheit, ein Arsenal schöner Frauen zu verführen, zu charmieren und zu beschlafen, mit dem er dennoch, im Unterschied zu Don Juan, ein längeres gemeinsames Leben verbringen konnte. Lediglich unterbrochen von den störenden, irritierenden Uhrmacherträumen, setzte er dieses farbige, überraschende, abwechslungsreiche Dasein fort. Denn nachdem er Isak gewesen war, der Sohn des Cembalospielers, der nur in seiner Freizeit Kunstmaler war, während er sich in seiner Arbeitszeit als Schneider durchbrachte, legte Ernst einen Aufenthalt in Erland ein, Isaks Urgroßvater, der in seinem begeisterten Streben nach der Unendlichkeit Primzahlenraster ausarbeitete und mit ihrer Hilfe immer weiter zum Himmel strebende Primzahlen bestieg.«

Tobias nickte nachdenklich.

»Das hört sich ungefähr so an wie das ideale Leben.«

»Es gelang ihm wirklich, die Zwangsjacke zu sprengen und doch die bürgerliche Fassade zu erhalten. Das ist ein idyllisches Bild, das ich gern habe. Ich sehe sie vor mir, die Familie, versammelt zu einem Abendessen in der Wohnstube. Ernsts Frau Dorothea, die Träumerin vom Hafen, serviert Kalbsragout, das Leibgericht des Sohnes, und spricht über das ewige Regenwetter. Am Tischende sitzt das Oberhaupt der Familie, der alte

Tischlermeister Didrik, der in Swiz die Waagrechte und den Glauben an den rechten Winkel eingeführt hatte. Am Fenster steht seine Frau, Engelke, deren Leben zu beschreiben und zu kolorieren mir nicht vergönnt ist, und starrt hinaus ins Graue. Bei der Standuhr, dem Stolz der Familie, steht Ernst, der im Verlauf des Arbeitstages das Leben eines seiner Vorgänger oder Nachfolger gelebt hat und sich versichert, daß die Uhr richtig schlägt. Er wendet sich um zu seinem Sohn, den er insgeheim wegen seines stillstehenden, gleichmäßigen Daseins verachtet. Der Schreiber des Kämmerers, der am Tag zuvor vierzehn Jahre älter gewesen ist und am folgenden Tag neun Jahre jünger sein wird, ist nämlich das einzige Familienmitglied, dessen Leben Ernst niemals leben darf, vielleicht, weil dies zu chaotisch wäre. Der Uhrmacher unterdrückt einen Seufzer der Langweile, ergötzt sich aber sogleich an seinen heimlichen Erwägungen, wie sein Leben am kommenden Tag wohl weiterverlaufen werde. Denn als er an diesem Morgen mit einem Ruck erwachte, saß er in einem Straßenrestaurant und führte einen Löffel mit Fischsuppe zum Mund. Er sah die Domkirche gegenüber, Autos, Fahrräder und Fußgänger. Nach der Mahlzeit ließ er sich in seinem Rollstuhl über die Straße bringen. Auf dem Nachhauseweg besuchte er eine Buchhandlung, wo er ein Buch über die Geschichte der Laute erwarb.«

Der Gast runzelte die Augenbrauen und versuchte sich an dieses Schicksal zu erinnern, doch es befand sich offenbar außerhalb seines Horizonts. Der Erzähler fuhr lächelnd fort.

»Zu Hause vertiefte er sich in sein Buch und in seine Aufzeichnungen, bis er plötzlich ein unerwartetes Geräusch bemerkte. Das Telefon war tot. Im selben Augenblick trat ein junger Mann ein, der einen Nylonstrumpf über dem Kopf trug. Zwischen dem Eindringling und dem Alten kommt es zu einer Diskussion, die mit einer eigenartigen Wette endet: Der junge Mann soll ein Jahr lang gut sein. Wird es gutgehen? Nun ist Ernst in Stimmung. Anfangs hatte er gefürchtet, das Leben in der vertrockneten Gestalt des Alten werde sterbenslangweilig sein. Nun aber hat er sich mit Hilfe eines genialen Kniffs einen spannenden Gesprächspartner gesichert, der farbenprächtige Geschichten zu bieten hat.«

»Er hat dich also häufig besucht?«

»Was meinst du, woher ich meine detaillierten Kenntnisse über alle anderen Mitglieder der Familie habe?«

»Das Leben Ernsts muß dem idealen Leben sehr ähnlich sein«, wiederholte Tobias nachdenklich. »Selbst das Zeitalter wählen zu können, in dem man leben möchte.«

»Wie steht es mit deinen Bemühungen um die Güte? Gibt es etwas, womit du mich unterhalten kannst, mich... und Ernst?«

31

Der fünfte Wahnsinn

Wenn sie zurückkamen, senkte sich eine gewisse Ruhe über uns.

Sie kamen immer getrennt.

Manchmal traf er zuerst ein, öffnete die Türen weit und riß die Fenster auf, damit der leichte Wind in das Zimmer kommen konnte und die Sonne, denn es schien, als ob die Sonne immer zu scheinen begann, wenn sie kamen, und das Haus erwärmen konnte.

Manchmal kam sie als erste. Während der Wartezeit bis zu seinem Eintreffen hängte sie die Gardinen draußen an die Bäume, wo sie flatterten wie lustige, bunte Spinnweben.

Einige der Kinder, die sich dort hinauf in die Nähe wagten, behaupteten, sie hätten gesehen, wie sich die Gardinen heftig bewegt hätten, wie wenn unsichtbare Geister sich in ihnen verfingen, böse Geister, die sich wanden und zappelten, ohne sich wieder befreien zu können

Die Frauen bei uns im Dorf versuchten es der Frau gleichzutun, unsere Gardinen aber hingen schlaff herunter, und die schlechte Stimmung, die schweren Geister herrschten weiter unter uns.

Meist traf der Mann als erster ein. Obwohl wir neugierig waren, forschte eigentlich niemand von uns nach, wie er hierherkam. Sicher ist, daß dort niemals ein Auto stand, noch nicht einmal ein kleines elektrisches, während sich das Paar im Haus aufhielt.

Vielleicht kam er mit dem Bus, von wo es nur ein recht kurzer Weg durch den Wald und über den Hügel war. Es war jedoch auch möglich, daß er, jung und leicht zu Fuß, wie er war, den Zug nahm und den ein wenig längeren Weg ging, über die Felder und durch die Berge.

Wir hätten seinen Weg leicht herausfinden können, zogen es jedoch vor, uns einzubilden, daß er sich die ganze Zeit dort oben im Haus befand. Daß er heimlich in unserer Nähe gewesen ist, sich öffentlich aber erst an jenem sonnigen Tag zeigte, an dem er alle Eingänge des Hauses weit geöffnet hatte.

Der Zeitpunkt ihrer Ankunft muß ihm nicht bekannt gewesen sein, denn bei dieser Sehnsucht, mit der er sie erwartete, hätte er zweifellos am Bus gestanden, um sie zum ersten möglichen Zeitpunkt in die Arme zu nehmen. Irgend etwas mußte sie daran hindern, sich miteinander zu verständigen, wenn sie sich nicht in der Hütte aufhielten.

Es gab viele diesbezügliche Theorien unter uns. Die beste Erklärung war wahrscheinlich jene, daß einer von ihnen, oder womöglich alle beide, mit Ehepartnern verheiratet waren, die sie sehr einschränkten oder geradezu haßten und die eine Zusammenkunft in den dunklen Perioden verhinderten – wie wir diese Perioden schließlich nannten.

Dann jedoch genossen sie die hellen Zeiten mit um so größerer Freiheit und überströmend vor Freude, weil sie den Fesseln entkommen waren.

Das Haus in den Hügeln, fast auf der höchsten Erhebung, war eines von jenen, die seit den Unglücken leer gestanden hatten, wie so viele Güter und Höfe leer stehen mußten und langsam verfielen.

Niemand wußte, wie das Paar dorthin gefunden hatte, Aufzeichnungen gab es schließlich keine, weshalb niemand wußte, wem das Haus eigentlich gehörte, und es interessierte keinen. In Wirklichkeit war es fast eher abschreckend gewesen mit seinen dunklen, leeren Löchern anstelle der Fenster, wie ein Schädel, der uns überwachte und uns an eine Zeit erinnerte, in der die Menschen als fleißige, lebensfrohe Wesen überall gediehen.

Während er ein wenig größer war als der Durchschnitt, war

sie klein und flink. Es war eine Leichtigkeit an ihr und ihren Bewegungen, das einen an eine Zeit denken ließ, als die Menschen tanzten, daß die Röcke flogen, oder einfach aus Lebensfreude lustige Sprünge machten.

Zu den schönen Erlebnissen des Lebens gehörte es, ihr zuzusehen, wie sie leichtfüßig den Hügel hinaufging, so eifrig, sich in seine Arme zu werfen, daß wir die Wartezeit kaum ertragen konnten. Ihr Gepäck beschränkte sich immer auf das Nötigste.

Wenn sie sich der letzten Wegbiegung näherte – sobald sie sie hinter sich hatte, würde er sie sehen, fallen lassen, was er in Händen hielt, und ihr entgegeneilen –, wendeten sich manche von uns ab, weil sie gerührt waren oder weil sie fühlten, daß dieser Augenblick zu heilig war, als daß man ihn mit ungeschütztem Auge direkt mit ansah.

Manchmal trug sie zartes Orange, was es besonders leichtmachte, ihr vor dem abwechselnd graubraunen oder hellgrünen Hintergrund zu folgen.

Wenn er sie erwartete, war er meist hell gekleidet, als wolle er ihr ermöglichen, ihn rasch zu sehen. In der übrigen Zeit, die sie zusammen verbrachten, trug er gedämpftere Farben, die stets mit dem abgestimmt zu sein schienen, was sie gewählt hatte, wodurch sie auch in ihrem äußeren Auftreten betonten, daß sie zusammengehörten, und ein harmonisches Ganzes darstellten.

Gleichgültig, ob sie auf dem Feld arbeiteten, im Garten oder ob sie sich auf einem ihrer langen Spaziergänge befanden, sie waren immer zusammen und hielten ab und zu in ihrem Vorhaben inne, nur um einander anzusehen.

Es schien, als sei ihre Empfindsamkeit für einander ungewöhnlich groß. Kaum legte er eine Pause ein, um einen heimlichen Blick auf sie zu werfen, da tat sie das gleiche und wendete sich ihm lächelnd zu. Versuchte sie ihn zu beobachten, während er sich bückte, um Beeren zu pflücken, bemerkte er ihren Blick und unterbrach seine Beschäftigung, um die Hand nach ihr auszustrecken.

In Zeiten, zu denen sie nicht dort waren, wagte der eine oder andere, der zu den Hügeln mußte, sich der Hütte zu nähern, auch wenn manche sagten, dies komme einem Sakrileg gleich. Wer dort oben gewesen war, erzählte erstaunt, der Platz scheine ständig eine Wärme und Innerlichkeit auszustrahlen, für die man kaum Worte finden könne. Eine Frau, die sich an einem dunklen Abend in diesem Gebiet verirrt hatte, erzählte hingegen von einer Leere, einer Kälte ähnlich, die über diesem Platz gelegen habe, was es noch schwieriger machte zu erklären, wie das Paar eine solche Freude hervorbringen konnte, die offenbar zu dieser Hütte gehörte, wenn es sich in ihr aufhielt.

Es kam vor, daß das Paar während seines Aufenthalts vom Hügel herunterstieg und auf seinen Spaziergängen am Dorf vorbeikam. Sie machten nicht viel Wesens um sich und schlenderten nur durch das Dorf, und häufiger führte ihr Weg sie durch den Rand.

Trafen sie auf jemanden, so nickten und lächelten sie, ließen sich aber nicht auf Unterhaltungen ein, wie sie auch nichts unternahmen, das ihre Zufriedenheit oder ihr Glück unterstrichen hätte, als hätten sie völliges Verständnis für die Trauer, auf die sie stießen, wüßten aber, daß sie nichts Besseres tun konnten, denn als lebender Beweis dafür aufzutreten, daß das Glück zurückkehren könne, und als Verheißung, daß die Probleme eines Tages schwinden würden. Menschen, denen sie ein Lächeln oder einen Gruß zugeworfen hatte, waren, ganz unabhängig davon, wie sehr sie von der biologischen Geißel getroffen worden waren, voller Zuversicht und fühlten für den Rest des Tages, daß eine Art Lebenskraft in sie zurückkehrte.

Das Paar besuchte den Dorfladen. Ein oder höchstens zwei Mal bei jedem ihrer Aufenthalte in dieser Gegend. Miteinander plaudernd, trugen sie einige Bedarfsartikel zusammen, bezahlten sie, wobei sie Alltägliches mit den Anwesenden wechselten, in erster Linie mit dem Verkäufer.

Ihre Äußerungen waren niemals ungewöhnlich, bezeugten

aber, daß sie unsere Sprache in einem gewissen Umfang beherrschten. Bei einem dieser Aufenthalte sprach der Mann seine Begleiterin mit dem Namen Varvara an, seinen Namen erfuhren wir nie.

Im übrigen stand ihr Name auch auf dem einzigen Brief, den sie jemals bekamen.

Er wurde nicht zu dem abseits liegenden Haus in den Bergen gebracht, sie mußten jedoch eine Ahnung gehabt haben, weil sie zweimal am Postamt vorbeigingen, das sich im Nachbardorf befand. Beim ersten Mal vergeblich, beim nächsten Mal, einige Tage später, war dieser Brief eingetroffen, adressiert an Varvara Laveran. Sie nahm ihn entgegen, öffnete ihn aber nicht sofort. Als Absender waren nur drei undeutliche, ineinander verschlungene Initialen angeben.

Vermutlich verlangte der Brief ihre Anwesenheit anderswo, denn am folgenden Tag packte sie und reiste ab, während er noch für zwei Tage allein zurückblieb.

Wie gesagt, lag das Haus so abseits, daß keine Post dorthinging. Dennoch war es nahe genug, daß wir an stillen Abenden die zarten Töne einer Flöte von dort oben hören konnten.

Lange Zeit waren wir auf Vermutungen angewiesen, ob er oder sie da spielte. Es gab sogar einige, die meinten, zwei verschiedene Flötenspieler unterscheiden zu können, einen geübteren, der sich, ohne virtuos zu sein, an verhältnismäßig anspruchsvolle Werke wagte und sie meist einigermaßen erfolgreich abschloß, und einen zweiten, der, zögernder, weniger überzeugend, selbst in verhältnismäßig einfachen Werken Fehler machen konnte.

Als er, an einem späten Nachmittag, es war vielleicht in der siebenten oder achten Periode, die sie hier bei uns verbrachten, im Freien auf den Treppenstufen saß und spielte, während sie neben ihm mit irgendeiner Handarbeit beschäftigt war, verstummte diese Diskussion. Jedenfalls konnte es keinen Zweifel mehr geben, daß die schwierigeren Passagen von ihm gespielt wurden, während es aber noch immer möglich sein konnte, daß er sich das Vergnügen machte, Varvara Unterricht zu geben.

Natürlich beschäftigten sich unsere wichtigsten Spekulationen damit, worin ihr Geheimnis bestehen könnte. Was ermöglichte es ihnen, andauernd solche Lebensfreude auszustrahlen?

Wir waren uns einig, daß dies mit dem dunklen Teil ihres Lebens zu tun haben mochte.

Es war nicht so, daß wir so neugierig waren, um zu ermitteln, wie der Rest ihres Lebens aussah. Hätte es die Gelegenheit gegeben, wir hätten wahrscheinlich versucht, sie zu beschatten, wenn sie sich trennten, dem einen oder dem anderen zu folgen, um festzustellen, welches Leben auf sie wartete.

Selbstverständlich hatten wir unsere Vermutungen, und manche waren überzeugt, das große Glück des Paares erkläre sich mit einem freudlosen, engen, unbeweglichen Dasein in jenem Teil des Lebens, zu dem sie sich nicht an ihrer gemeinsamen Freistatt aufhielten, derart, daß sie nur diese wenigen Wochen hintereinander in ihrem Liebesnest einem strengen, despotischen Ehemann entkommen konnte. Während er, geplagt von Verantwortung und Gewissensqualen, einen großen Teil seines Lebens damit verbrachte, der nächsten Gelegenheit entgegenzusehen, bei der er gemeinsam mit Varvara der Lebensfreude huldigen konnte.

Ebensowenig, wie wir vorhersehen konnten, wann sie das nächste Mal auftauchten, konnten wir auch ein Schema in der Dauer ihres Aufenthalts erkennen.

Mehrere Male waren sie zwei Wochen zusammen, mußten sich hin und wieder aber mit einer einzigen Woche begnügen, ein einziges Mal wurden ihnen ganze vier Wochen zugemessen, ihre Anwesenheit war schon fast eine Selbstverständlichkeit für uns, und Gerüchte verbreiteten sich, Varvara habe die Scheidung eingereicht, oder seine Ehefrau sei tot.

Damals erlebten wir mit einer gewissen Enttäuschung, daß sie ihre wohlbekannten Vorbereitungen trafen, die das Ende des

Aufenthaltes angaben. Ein Zeichen dafür, daß das Glück nicht zu lange dauern darf.

Normalerweise konnten wir ohne Bedauern sehen, wie sie Möbelstücke, die im Freien standen, hineintrugen, die Hängematte abmontierten, eine Persenning über den Brennholzstapel legten, was alles zusammen davon kündete, daß die Periode der Lebensfreude zu Ende ging. Keine größere Trauer, wie wenn man den Untergang der Sonne sieht, weil man überzeugt davon ist, daß sie bald zurückkommt, so wie wir stets überzeugt waren, daß bis auf weiteres eine lebhafte Periode in das Haus kam.

So wie sie kamen, reisten sie, jeder für sich, ab. Häufig blieb er länger, begleitete sie aber dann zum Linienbus. Der Abschied an der Haltestelle war nicht so herzergreifend, vermutlich, weil sie die Wehmut für sich behalten wollten und weil der eigentliche Abschied bereits oben in der Hütte stattgefunden hatte.

Dennoch hatte er etwas Pathetisches an sich, wenn er allein zurückging und die letzten Rituale vollzog, um das Haus sich selbst zu überlassen.

Oder waren für dieses Pathos nur unsere Augen verantwortlich, weil wir wußten, er werde uns verlassen?

Es war keine eindrucksvolle Wohnung, aber sie lag zentral in der Nähe des Großen Markts und mit Blick auf die Bucht, wo man die Tragflächenboote sehen konnte, die von der gegenüberliegenden Küste kamen. Die Wohnung hatte nach einem Doppelselbstmord leer gestanden. Häufig war sie strahlend erleuchtet, häufig hörte man laute, muntere Unterhaltung, nicht selten wurde musiziert und diniert. In starkem Gegensatz zu den umliegenden Wohnungen, von denen einige noch immer dunkel und leblos waren.

Häufig war er für zwei Wochen abwesend, und wenn er zurückkam, wirkte er verjüngt und voller Lebenskraft, was sich in den Festen und in der Heiterkeit äußerte, die von der Wohnung ausgingen.

Niklas war gerade und gut gekleidet, ein wenig mehr als mittelgroß, bewegte sich mit natürlicher Würde, und er paßte zu ihr. Sie wirkte groß, obwohl sie in Wirklichkeit nicht größer war als er. Dieser Eindruck erklärte sich zweifellos aus der Selbstsicherheit, mit der sie sich stets bewegte. Nicht Überlegenheit, im Gegenteil, aber ein Vertrauen zu sich selbst.

Fast alle, die sie kennengelernt hatten, erinnerten sich als erstes an ihr herzliches Lächeln. Das Lächeln und der lange, schlanke Hals. Ihre Eleganz wirkte nicht übertrieben, sondern natürlich, so selbstverständlich, daß man sich nicht unterlegen fühlte, wenn man mit ihr in Gesellschaft war, sondern inspiriert, und Lust verspürte, ein wenig mehr aus seiner Bekleidung zu machen, sich zusammenzureißen, sich bessere Gewohnheiten zuzulegen. Ich bin überzeugt, daß verschiedene andere Männer in Julietta verliebt waren, auch wenn sie nicht zu jenem Typ gehörte, der flirtete, sondern sich vielmehr etwas reserviert gab, wenn die Gesellschaft ein wenig freizügiger wurde.

Ihren Namen, so berichtete sie bei einer Gelegenheit, habe sie erhalten, weil ihr Vater sich vergafft hatte in eine Marquise mit diesem Namen. Die Marquise selbst sagte von sich, sie habe einen Fantasus geboren, weshalb Juliettas Vater seinen Erstgeborenen in der Umkehrung Susa taufte, während die jüngste Tochter, wie gesagt, den Namen der phantasievollen Marquise erhielt.

Den Geist des Vaters verstand man erst völlig, als ein Gast bei einer Gelegenheit ihren Mädchennamen auf einem Geburtsschein sah, Julietta Fant. Alle waren überrascht, daß sie im Jahr null neun geboren war, also fast zehn Jahre jünger war als das neue Jahrtausend. In gewisser Weise wirkte sie zeitlos, als habe sie sich über das Zeitliche hinweggesetzt, und die meisten zogen es vor, sie für ewig jung zu halten.

Es war ein fühlbarer Verlust, wenn man abends am Kystevej vorüberkam und sah, daß die Wohnung dunkel war. Selbstverständlich konnte das Paar im Theater sein oder auf einer Einladung, aber die Wahrscheinlichkeit war groß, daß sie sich wieder zurückgezogen hatten. Denn periodenweise verschwanden sie beide, nicht nur aus der Wohnung, sondern auch aus der Stadt. Häufig zog Niklas sich als erster zurück, einen Tag oder zwei danach folgte Julietta seinem Beispiel, ohne daß man den Eindruck gehabt hätte, daß sie beide in die gleiche Richtung reisten, denn man hatte gesehen, wie sie in verschiedene Richtungen und mit verschiedenen Transportmitteln abgereist waren.

Solange die Wohnung leer stand, was meist zwischen vierzehn Tagen oder drei Wochen der Fall sein konnte, war die Stadt verändert. Es wäre zuviel, wollte man behaupten, Mißstimmung und Hoffnungslosigkeit habe sich ausbreiten können, aber eine gewisse Mattigkeit war spürbar in jener Schar, die zu den Glanzperioden in der Wohnung verkehrte.

Im inneren Kreis verbreitete sich dann bald, wenn die beiden, wie auf gemeinsame Übereinkunft, zurückgekehrt waren. So gut abgestimmt war ihre Rückkehr, daß ihre Züge bei einer Gelegenheit im Abstand von fünf Minuten ankamen, wobei Reisende die Gelegenheit hatten, Zeugen des herzlichen Wiedersehens zu werden, als Julietta sich in seine Arme warf.

Binnen kurzem war das Gesellschaftsleben wieder im Gang, und wieder strömten Licht und Musik aus der Wohnung. Vielleicht aber vermittele ich einen falschen Eindruck von diesem Paar, wenn ich, aus natürlichen Gründen, die Feste und die Freude um sie herum betone. Vielmehr hätte ich vielleicht den selbstverständlichen Ernst betonen sollen, der sie stets umgab und der womöglich die tiefere Ursache war für Zuversicht und Optimismus, hätte ich um ein Haar gesagt, mit denen sie ihren Umgangskreis bereicherten.

Trotz ihres häufigen Lächelns war Julietta stets bereit, sich jedes Problems auf ernsthafte Weise anzunehmen, und zahlreiche eifrige, engagierte Diskussionen hat der gemütliche Winkel im Heim dieser Familie gesehen. Im Gegensatz zu den vielen Scheindebatten und oberflächlichen Versuchen zur Lösung der drückenden Probleme resultierten diese Gespräche im gemeinsamen Erleben von Zuversicht und Mut zur Bekämpfung der Schwierigkeiten. Sichtbar wird dies auch, weil in dem Kreis, der dort verkehrte, die Selbstmordrate erheblich geringer war, als man hätte erwarten können.

Niklas sprach ein wenig langsamer als die meisten anderen, seine Artikulation war deutlicher, ohne deshalb affektiert zu sein. Diese kontrollierte, besonnene Redeweise trug aber dazu bei, Interesse zu wecken für seine Gedanken.

»Ich spreche von Würde«, mochte er sagen. »So viele sagen, uns fehlt eine gemeinsame Moral. Die Verwirrung und Mutlosigkeit unter uns erkläre sich damit, daß wir nicht mehr an das Gute glauben. Ich meine, das ist ein Irrtum.«

»Der Mensch ist zu schwach, um frei sein zu können«, wollte ein anderer einwenden.

»Nach meiner Ansicht hat Goethe etwas sehr Kluges gesagt«, fuhr Niklas fort und erinnerte sich zögernd des Zitats. »›Zum siebenten und letzten sind wir doch Sklaven / der Natur die wir selbst geschaffen haben.‹ Es kann doch nicht angehen, daß wir uns von Bedrohungen durch Wesen, die wir selbst erfunden haben, unterdrücken lassen.«

»Aber was sonst?« wollte ein anderer wissen.

»Uns fehlt nicht Ethik, sondern Würde. Früher hat es so etwas gegeben. Als diese Kreaturen noch nicht hausten, oder zumindest noch nicht die überwältigende Macht hatten. Würde, oder nennt es Selbstachtung.«

»Ehre?«

»Vielleicht ist dies die allerbeste Bezeichnung, auch wenn ich die Skepsis höre, mit der du dieses Wort in den Mund nimmst. Achtung vor sich selbst, aus der eine Achtung vor anderen hervorgeht.«

»Wer hat in unseren Breitengraden zuletzt von Selbstachtung und Ehre gesprochen?« fragte Julietta und lächelte.

»Zum Beispiel die alten Isländer, ehe die neuen Kreaturen in ihr Land kamen. Sie wußten, was Würde ist. Wenn sie sich für den Selbstmord entschieden, dann nur, weil ihnen als einzige Möglichkeit ein Leben in der Verachtung blieb.«

»Aber auch ihre Haltung führte zu Grausamkeit«, konnte einer einwenden.

»Natürlich. So etwas ist vorgekommen. Jede Haltung birgt Konsequenzen in sich. Die manchmal heftig sein können.«

Niklas wechselte einen Blick mit Julietta. Obwohl er natürlich die Probleme nicht gelöst hatte, und niemand glaubte, daß sie so leicht zu lösen waren, konnten die Gäste, ermuntert von dem ernsten Beharren darauf, es gebe noch Würde, zuversichtlicher nach Hause gehen.

Kurz darauf verließen sie wieder die Stadt. Niklas reiste als erster, oder man war vielmehr der Meinung, er sei am Montag abgereist. Als aber Julietta am darauffolgenden Tag auf dem Weg zum Zug war, meinte einer ihn in der Bahnhofshalle zu sehen. Es schien, als versuche er sich zu verstecken. Zumindest bemerkte ihn Julietta nicht. Ich bin überzeugt davon, daß der Zeuge ihn mit jemand anderem verwechselt haben muß.

Auch dieses Mal atmeten wir erleichtert auf, als wir sahen, daß von der Hütte Rauch aufstieg. Sie war zuerst angekommen, nach Einbruch der Dunkelheit, und am nächsten Tag sahen wir sie, wie sie den Bergpfad hinaufeilte.

Als sie sich in die Arme des anderen warfen, schöpfte niemand von uns Verdacht.

Am nächsten Tag aber, auf ihrem Spaziergang, konnten sie uns nicht täuschen. Die Aufmerksameren hatten bereits registriert, daß Varvara nicht schwebte, wie es sonst ihre Art war, wenn sie unterwegs waren. Schwebend oder tanzend, als gebe es in unserer Sprache keine Wendung, die ihrer Art gerecht wird, mit der sie, wie eine Andeutung, den Boden berührt. An jenem Tag, wie gesagt, nicht.

Erst als sie sich dem Dorf näherten, ging uns die Katastrophe in ihrem vollen Umfang auf.

Zwischen sie war die Leere eingedrungen.

Auch wenn sie mit dem üblichen Abstand zwischen sich gingen, bestand bei uns kein Zweifel. Der Ausdruck auf ihren Gesichtern verriet es. Die Sinnlosigkeit hatte sie eingeholt, auf ihren Schultern lag die Hoffnungslosigkeit, die Furcht hatte sie eingefangen.

Wir empfanden die gleiche Kälte und die gleiche Angst, wie sie ein unaufgeklärtes Volk empfindet, das zum ersten Mal eine Sonnenfinsternis erlebt.

Als Niklas zurückkam, hatte er ein Päckchen bei sich. Man konnte annehmen, es handele sich um etwas, das er auf dem Nachhauseweg gekauft hatte, da er in seiner Tasche für das nicht sonderlich große Päckchen keinen Platz gefunden hatte.

Er schien es eiliger zu haben als üblich, oder er legte weniger Wert darauf, sich mit jener Würde zu bewegen, die er normalerweise verfocht, denn er grüßte ein Paar aus dem Freundeskreis nur flüchtig, das ihn gern willkommen geheißen hätte.

In der Wohnung angekommen, sperrte er ab und nahm sich kaum die Zeit, seine Oberbekleidung aufzuhängen, dann öffnete er das braune Päckchen. Obwohl ihm der Inhalt natürlich bekannt gewesen sein muß, schauderte er, als er den nackten Revolver in der Hand hielt. Das kleine Päckchen mit den Patronen hatte Platz in der Reisetasche gefunden. Offenkundig empfand er eine Fremdheit gegenüber der Waffe. Er lud sie einige Male und entlud sie wieder, hielt sie probeweise vor sich, zielte nach dem Telefon, auf eine Keramikvase. Dann, nach einem Einfall, holte er die Fotografie von Julietta mit dem weißem Lächeln. Er stellte sie als bequeme Schießscheibe hin und zielte auf ihren schlanken Hals.

»Wer hat in unseren Breitengraden zuletzt von Selbstachtung und Ehre gesprochen?« äffte er sie nach und zielte jetzt auf die Stirn der Frau.

»Was hast du die letzten vierzehn Tage getrieben? Besitzt du noch Selbstachtung und Ehre?«

Er hatte sich seiner Kränkung hingegeben und hatte die Zeit vergessen. Überrascht hörte er Schritte im Treppenhaus. Er nahm sich nicht die Zeit, das Bild wieder an seinen Platz zu stellen, sondern ging rasch zum Wohnungseingang. Er versicherte sich, daß die Waffe schußbereit war.

Die Schritte erkannte er wieder, und den Schlüssel im Schloß. Julietta hatte als einzige einen Schlüssel.

Als die Tür sich öffnete, sah er sie kaum, ließ ihre keine Zeit zu lächeln, ehe er den Revolver hob und schoß.

Der Versuch wurde jäh unterbrochen. Das Papier mit der Geschichte wurde zusammengeknüllt, zerrissen, die Versuchsanordnung zitterte und bebte.

»Wieder mißlungen«, rief Tobias irritiert.

»Hör auf, alles zu kaputtzumachen«, protestierte Joakim.

»›Ehre und Selbstachtung‹, siehst du nicht, wohin das führt? Das soll besser sein?«

Tobias kehrte dem Modell den Rücken zu und goß sich eine Tasse Kaffee ein. Die blinkende Warnlampe hatte Vibeke herbeigerufen.

»Stimmt etwas nicht, Joakim?«

»›Stimmt etwas nicht?‹, äffte sie Tobias nach und erkannte den Tonfall wieder, als er sah, wie Vibekes große, erstaunte Augen sich auf Joakim richteten. »Nee, der Was-hast-du-in-den-letzten-vierzeh-Tagen-getrieben-Bursche hat nur gerade seine Frau umgebracht.«

»Stimmt das, Joakim?« Vibeke sah weiter den anderen an, mußte aber trotz ihrer Haltung Tobias zuhören. »Das hat so vielversprechend ausgesehen.«

»Wir brauchen vielleicht nur ein bißchen Zeit. Tobias hat alles unmittelbar, nachdem es geschehen ist, verschrottet.«

»Er war zutiefst gekränkt, entehrt und hatte seine kostbare Selbstachtung verloren. Der Idiot hatte endlich begonnen, sich zu fragen, was das Weibsstück treibt, wenn sie mit einem anderen zusammen ist. Hätte er nicht großzügig darüber hinwegsehen können? Wo er doch glücklich war, dieser Dreckskerl.«

»Und das andere Verhältnis hat sich bei der gleichen Gelegenheit wahrscheinlich in Luft aufgelöst«, vertiefte Joakim.

»Leere? Fehler, Sinn...?«

Sie sah Joakim an und sprach weiter, als er nickte:

»Das hatten wir doch erwartet.«

Sie strich die Beschreibung glatt, las und betrachtete die Situation, bei der die Versuchsanordnung ins Stocken geraten war.

Tobias beschwerte sich darüber, daß der Kaffee kalt war, dennoch goß Joakim sich selbst davon ein.

»Dieser Stil«, sagte Vibeke. »Ich habe nie geglaubt, daß dieser Stil hält. Nicht in unseren Tagen. Oder, ich wollte sagen, in ihrer Zeit. Nicht einmal in unseren Tagen. ›Wie hat doch der liebe Goethe gesagt? Wir sind nur Sklaven...‹«

Gefangen von ihren eigenen Worten, verstummte Vibeke.

»Wie...? Haben sie es herausgefunden? Daß wir...«

»Er zitierte, ohne sich etwas dabei zu denken.«

Joakim und Vibeke standen vor der Versuchsanordnung. Joakim untersuchte, wie groß der Schaden war, der durch den abrupten Abbruch entstanden war. Die Energiezufuhr war noch intakt, aber die Illusion, das empfindlichste Teil, hatte einen Schlag abbekommen.

Tobias ging in einem anderen Teil des Raums auf und ab.

»Teufel auch«, wiederholte er mehrmals. »Er hatte etwas Richtiges. Scheiß auf den Stil. Das war eine Stimmung, wie sie mir gefällt. Auch der Sonnenschein, und das Mädchen, das die Hänge hinauftanzte, auch wenn das schon ein wenig zuviel war.«

Er versank in Gemurmel, während Joakim die Wärmezufuhr untersuchte. Die Warmwasserosmose machte eine sehr hohe Einstellung des Filters erforderlich. Vibeke entfernte ein wenig Fehlerstaub, der sich bereits breitmachte. Die kleinen Figuren, die vorher so lebhaft agiert hatten, waren nun in unnatürlichen Haltungen eingefroren.

»Der mit seiner beschissenen Würde«, rief Tobias. »Daß sie nicht länger gehalten hat. Vielleicht...«

Plötzlich legte er in seinen Erörterungen eine Pause ein. Sein Pathos war so stark, daß auch Vibeke, gegen ihren Willen, nach ihm sah.

»Wir stellen fest, daß dieses Doppelleben schiefgegangen ist. Aber statt es zu verschrotten, könnte man es nicht auf einem anderen Weg versuchen ... Ein vierfaches Leben. Ein Frühlingsleben zum Beispiel, Sprößlinge, Natur, Frische zum Beispiel wie dort oben auf den Hügeln. Dann ein Sommerleben, mit Reisen vielleicht, neuen Menschen, neuen Kulturen. Wir werden schon einen Maßstab dafür finden. Das Herbstleben könnte mit Würde und ernsten Diskussionen...«

»Und was würde das ändern?«

»Dann könnte er sich selbst sagen, daß die anderen auch ein Leben haben, wenn er nicht bei ihnen ist. Er könnte sich durch Varvaras Doppelleben bessern, weil er sie nur vierzehn Tage hintereinander hätte. Jedesmal wie ein Geschenk. Während Julietta sein Recht wäre... und damit die Kränkung.«

»Je kürzer also...«, sagte Joakim nachdenklich.

Vibeke schüttelte den Kopf. Sie korrigierte den Glücksversuch ein wenig, der durch Tobias' Anfall zerknüllt worden war.

»Mir gefällt diese Entwicklung nicht«, sagte sie. »Das ist nicht der richtige Weg... Ich stelle eine neue Kopie her.«

Sie verschwand mit dem Manuskript.

»Sollen wir wieder eindringen? Ihm ein neues Angebot machen?«

»Oder es laufenlassen? Über einen Todesfall hinwegsehen?«

»Davon kann nicht die Rede sein«, sagte Tobias heftig.

»Ärgerlich. Er hat einen so überzeugenden Eindruck auf mich gemacht«, fuhr er nach einer Pause fort. »Sollen wir das Ganze noch einmal durchgehen, um zu sehen, wo es schiefgelaufen ist?«

Er ließ die ganze Konstruktion zurücklaufen.

»Von vorn?«

»Sofort, wenn wir uns ihm zuwenden. Und ihn dann beschleunigen.«

32

Wer mochte das um diese Tageszeit sein?

Kein Zweifel, es hatte an der Tür geklopft. Er wischte sich die Krümel aus dem Bart, ging hin und schloß auf, ohne den Bildschirm an der Tür zu aktivieren, um den er sich niemals kümmerte. Man mußte ein Mindestmaß an Vertrauen zu seinen Mitmenschen haben. Ebensogut, ihnen direkt in die Augen zu sehen.

»Herr Quer?«

»Ja.«

»Verzeihen Sie die Störung. Wir würden Sie gern glücklich machen.«

Er sah die beiden ernst aussehenden jungen Männer an.

»Ich brauche nichts.«

»Nein, einen Augenblick. Sie verstehen uns falsch. Das ist keine Reklameaktion. Wir haben die Aufgabe, Sie glücklich zu machen.«

»Ich denke selbst. Ich halte nichts von Religion.«

»Auch das ist nicht unser Anliegen. Dürften wir nicht hereinkommen und es Ihnen erklären? Hier draußen ist es so umständlich.«

Der Kleinere schielte verlegen zum Treppenhaus, wo der darunterwohnende Mieter die Tür öffnete und die Treppe hinunterging. Die unprofessionelle Haltung des jungen Mannes machte einen beruhigenden Eindruck.

»Wir kommen vom Staat«, erklärte der andere. »Es handelt sich um einen Versuch... Nein, keine Umfrage.«

Er hatte in der nächsten Stunde nichts vor, also ließ er sie hereinkommen. Stellte die Teekanne zur Seite, sammelte die Brotreste auf und fegte die Brotkrümel in seine Hand, dann bat er sie am Küchentisch Platz zu nehmen.

Unsicher, wie sie ihr Anliegen am überzeugendsten vortragen sollten, räusperten sich beide Besucher ein wenig.

»Glücklich?« sagte er, um die Angelegenheit in Gang zu bringen.

»Ja«, sagte der Kleinere zögernd. »Ja, es verhält sich so, daß Sie ausgesucht wurden. Sie, von allen anderen. Um glücklich zu werden.«

»Ausgewählt? Von wem?«

»Ja, das muß vom Staat kommen«, sagte der andere, der sich als Joakim vorgestellt hatte. »Ein Ministerium mit einer entsetzlich vornehmen Bezeichnung.«

»Und welcher?«

»Was bedeutet ein Name?« kam der andere seinem Freund zu Hilfe. »Um weiterzukommen: Man hat erkannt, daß der Staat nicht alles schaffen kann. Aber die Gesellschaft muß es sich leisten können, wenigstens einen Bürger glücklich zu machen. Das sind also Sie. Man würde gern alles mögliche tun für Sie.«

»Eine Art Bedarfsmessung«, sekundierte der zweite.

»Einfach alles, was möglich ist. Nicht nur das Materielle. Das ist, so gesehen, nicht das Problem. Keiner glaubt schließlich noch ... dann hätte man Ihnen einfach eine Million gegeben. Oder zehn. Wieviel Sie nach Ihrer Ansicht eben brauchen. Und damit basta. Umfangreicher also. Man möchte alles nach ihren Ansprüchen gestalten.«

»Selbstverständlich vorausgesetzt, daß es anderen nicht schadet.«

»Ja, das ist klar«, nickte Niklas verständnisvoll.

Er setzte Wasser auf. Dafür brauchte man vermutlich eine Kanne.

»Aber warum ausgerechnet ich?« rief er, weil das Wasser im Kessel kochte, als die Kochplatte heiß war.

»Einer mußte es doch sein.«

»Um die Wahrheit zu sagen, Sie sind auch nicht der erste«, gestand der Dunkelhaarige ein. »Ehrlich gesagt, vor Ihnen sind wir schon bei einigen anderen gewesen, die sich als... ungeeignet erwiesen haben.«

»Ungeeignet? Um glücklich gemacht zu werden?«

Er setzte sich wieder an den Tisch. Fuhr aus Gewohnheit mit der Hand darüber. Saß mit der letzten Handvoll Krümel da.

»Die erste, mit der wir gesprochen haben, versicherte uns, um glücklich zu werden, müsse sie allein zurechtkommen. Das war ihre Überzeugung. Sein Schicksal habe man sich voll und ganz selbst zu verdanken. Das schloß sie, sozusagen, aus.«

»Einleuchtend.«

»So gesehen, lag es an ihm, der behauptete, er könne nicht glücklich sein, wenn nicht auch alle anderen glücklich sind. Und dazu reicht unser Budget schließlich nicht aus. Wir sind der Ansicht, wir müssen irgendwo klein anfangen.«

»Er hat vielmehr behauptet, es werde ihn daran hindern, glücklich zu sein, wenn dies die Folge einer Ungerechtigkeit ist. Alle müßten die gleiche Chance bekommen wie er. Aber nicht unbedingt alle glücklich werden.«

Der andere nickte, zur Bestätigung, daß diese Interpretation korrekter war.

»Nach diesen beiden wurde also ich ausgesucht? Wie? Warum?«

»An sich gab es da auch noch einen dritten. Wir erzählen ihnen das alles, sie haben also die bestmöglichen Bedingungen zum Anfang. Schließlich ist das im Interesse aller.«

»Selbstverständlich? Was war mit dem dritten?«

Verstohlen sah er auf die Krümel in der Hand. Erwog, sie diskret auf den Fußboden rieseln zu lassen. Sah voraus, daß ihm die jungen Männer plötzlich Dokumente vorlegen würden, und dann säße er da, mit der Hand voller Krümel.

»Als wir ihr das Angebot machten, antwortete sie, sie wolle unglücklich sein.«

»Seltsam.«

»Es nutzte nichts, daß wir ihr erklärten, sie müsse uns falsch verstanden haben. Sie ließ sich nicht umstimmen. Störrisch. ›Ich will lieber unglücklich sein.‹«

»Würden Sie Ihre Taschen leeren?«

Die Besucher machten einen erstaunten Eindruck, stimmten jedoch zu. Keiner von ihnen führte eine Tasche oder ein Päckchen mit sich, in den Taschen waren keine Mikrofone oder versteckten Kameras. Sie waren jung, ein wenig schwierig zu plazieren. Einerseits schienen sie merkwürdig altmodisch gekleidet zu sein, aus einer anderen Zeit zu stammen oder zu einer Gruppe zu gehören, die die Vergangenheit verehrte. Keine ferne Vergangenheit, höchstens eine Generation oder zwei zurück.

Während der Leibesvisitation konnte er sich der Krümel entledigen. In das Waschbecken. Während er frische Teeblätter abmaß und sie in den Filter gab, behielt er seine Gäste mit Hilfe einer Glaskanne, in der sie sich spiegelten, im Auge. Sie wechselten keine ironischen Blicke. Sahen sich um, um sich einen Überblick zu verschaffen. So wie es jeder getan hätte.

»Warum habe ich noch nichts von Ihnen gehört?« fragte er, als er Wasser aufgoß und die Teeuhr in Gang setzte.

»Wir haben es für nötig gehalten, alles geheimzuhalten. Das ist fast die einzige Einschränkung, auf der wir bestehen müssen. Daß Sie mit niemandem darüber sprechen. Wenn es bekannt wird, kommt es so leicht zu Neid. ›Warum soll es dem so gutgehen?‹ ›Seht euch an, wie der Staat die Mittel nur für einen einzigen vergeudet. Und wie einfältig er sie verwendet.‹ Das könnte den ganzen Versuch verderben.«

Niklas nickte verständnisvoll.

»Viel schlimmer ist die Presse«, fügte der andere hinzu. »Wenn die davon erfahren, sind Sie jeden Tag auf der ersten Seite. ›Der Glückliche versucht es mit einem neuen Erlebnis.‹ Ganz zu schweigen von: ›Strafstoß gegen Herrn Glücklich.‹ Denn das eine oder andere wird sicher schieflaufen.«

»Die ganze Versuchsanlage, sozusagen, würde zerstört, wenn Sie die Gewogenheit der Presse hätten. Wir wollen selbstverständlich herausfinden, wie es allen bessergehen kann. Was uns eigentlich fehlt.«

»Das ist eine ungewöhnliche Methode...«

»In gewisser Hinsicht die einzig natürliche. Wenn es uns jetzt allen schlechtgeht und wir unzufrieden sind... Schließlich hat man es mit unendlich vielen Notlösungen versucht. Erfolglos. Hier handelt es sich um eine durchdachtere Methode einzugreifen.«

»Aber was können Sie denn eigentlich anbieten?«

»Ziemlich viel. Es wird Sie bestimmt überraschen. Nicht nur Materielles. Wir sind tatsächlich bevollmächtigt, recht weitgehende Veränderungen vorzunehmen...«

»Die Situation ist immerhin eine nahezu verzweifelte. So wie es derzeit ist, kann es mit der Gesellschaft nicht weitergehen.«

»Dann möchten wir beide Sie bitten, groß zu denken. Nicht nur um eine Krone für Eis und für eine niedliche kleine Geliebte oder eine interessante Arbeit zu bitten.«

»Eigentlich lautet die Frage: Wie muß das Ganze eingerichtet sein, damit Sie glücklich werden können?«

»Das verlangt unweigerlich...«

Die Teeuhr klingelte. Bedächtig erhob er sich. Während er den Filter abnahm, Becher holte und einschenkte, hatte seine Phantasie bereits eingesetzt. Selbstverständlich hatte er schon früher an so etwas gedacht, und wer hätte das nicht, aber es war etwas anderes, wenn es eine Möglichkeit zur Durchführung gab. Die Begeisterung der beiden jungen Männer für diese Angelegenheit wirkte beflügelnd.

Es war keineswegs so leicht, aber ihre ermunternden Fragen halfen ihm auf die Sprünge. Nach und nach entwickelte er seine Erklärung, die er noch niemals in Worten ausgedrückt hatte. Nach seiner Meinung ließ sich die ganze Misere damit erklären, daß die Gestaltung der Gesellschaft nicht Schritt gehalten hatte mit der Entwicklung der Menschen. Als sie nach und nach von ihrem Kampf um das tägliche Brot und den heftigen Herausforderungen auf dem Arbeitsmarkt befreit worden waren, standen die Menschen mit einigen unbefriedigten Bedürfnissen da. Nicht nur unbefriedigten, sondern so, wie die Gesellschaft funktionierte, nicht zu vereinbarenden.

Er war genötigt, diese Gesichtspunkte zu vertiefen.

»Ich soll ein guter, solider Bürger der Gesellschaft sein. Mit einer sicheren Position, einer hingebungsvollen Ehefrau, einem stabilen Familienleben. Mit respektablen, wohldurchdachten Gesichtspunkten. Ich bin kein Narr. Wäre ich in einer solchen Position, würde sie mich selbstverständlich formen. Ich müßte Ansichten dieser Art äußern, über die Bedeutung des Rechts auf Eigentum, härtere Strafen für Verbrecher und ein Hurra für die alten Werte. All dies. Wenn auch nicht Auge um Auge, aber Forderungen an seine Mitmenschen. Wissen Sie, was ich meine? Und selbstverständlich die Klassiker schätzen, mich in bizarre Themen vertiefen, meiner Selbstachtung huldigen.«

Niklas zögerte einen Augenblick, um sich des Verständnisses seiner Zuhörer zu versichern.

»Das wäre ein schönes Dasein. Ein ideales Leben«, sagte er und wäre fast in Träumereien verfallen, in denen er sich selbst mit grausprenkeltem noblem Anzug mit Weste sah.

»Gleichzeitig wäre mir vor mir selbst übel«, fuhr er fort. »Ich würde meine Lebensweise für verloren halten. Weil ich auch eine andere Seite habe, auf der ich Abenteuer brauche, um mich selbst zu bewähren, um von allen Normen befreit leben zu können, wo ich viel von den Konventionen halte. Sozusagen einer Empfindsamkeit pflege, für mich selbst eine nachsichtige Betrachtungsweise entwickle. Und ich würde die freie Natur verherrlichen, die andere Wange hinhalten, Neugier für den Andersartigen zeigen. Und Verbrecher sind nur unglückliche Menschen, denen man zuwenig Verständnis erwiesen hat.«

Wieder wurde er von seinen eigenen Phantasien gepackt. Seine Zuhörer schienen zufrieden zu sein, als befänden sie sich auf dem richtigen Weg. Als könnten sich seine Phantastereien in Realität verwandeln. Dies stimmte ihn nachdenklich.

»Da ich zu nichts verpflichtet bin, würde mich ab und zu ein entsetzliches Gefühl von Leere und Gleichgültigkeit ergreifen.«

Der Dunkelhaarige machte sich Notizen. Es war merkwürdig, hier zu sitzen und seine eigene Zukunft zu erdichten. War das gründlich durchdacht? Niklas unternahm einen weiteren Versuch zur Einkreisung des Problems.

»Ich glaube, ich bin nicht der einzige, der diese beiden Tendenzen in sich hat. Vermutlich geht das allen so. Vielleicht in unterschiedlichem Verhältnis. Die Folge ist die Gespaltenheit, oder das Erlebnis von Unwirklichkeit. Wie es jeder von uns kennt. Denn lange kann man mit beiden Einstellungen zugleich nicht leben. Sie finden in ein und derselben Persönlichkeit einfach keinen Platz. Würde man das versuchen, man würde willensschwach und schwankend, würde in zwei gegenläufige Richtungen gehen wollen, würde profillos. Würde letztlich seine Identität verlieren. All unser Verständnis und unsere Toleranz haben dazu geführt, daß unser Gesicht verschwunden ist. Darum gibt es unter uns keine Originale mehr. Kranke Menschen ja – aber keine Persönlichkeiten. Denn man müßte zuviel auf einmal sein. Und entschiede man sich für eine der Haltungen, käme man sich immer unehrlich vor, weil man eine andere Seite seiner selbst verschweigt.«

»Würde es aber ausreichen, wenn man zwischen zwei Positionen wechseln könnte? Einen Monat lang beispielsweise respektabel und solide zu sein. Im Bewußtsein, daß man, wenn der Monat zu Ende, sich selbst erprobt und der Formlosigkeit zuneigt. Um anschließend mit seinen neuen Erfahrungen zu festen Bezugspunkten zurückzukehren?«

Der fünfte Wahnsinn
Neue Version

Hätte man ihn selbst gefragt, hätte er geantwortet, er suche nach einem neuen Gefühl. Die Wahrheit war aber, daß er dieses Gefühl bereits gefunden oder zumindest erreicht hatte, so wie einen Keim, der gerade sproß, ohne daß man wüßte, was sich darunter verbirgt und ob es sich um eine Pfahlwurzel, ein Flechtwerk aus kleinen Wurzeln oder um eine Zwiebel handelte.

Seine Aufgabe bestand darin, nun Worte für dieses Gefühl zu finden, es zu entfalten oder es zu pflegen und es wachsen zu lassen.

Eigentlich hatte Niklas diese Aufgabe nicht allein, denn eine erste Ahnung dieses Gefühls zeigte sich, als er Athea kennenlernte. Sie war im übrigen die Enkelin des Psychiaters Knud Monikke, der über ein halbes Jahrhundert früher in einer aufsehenerregenden Abhandlung die Theorie über die Bewußtseinswanderung aufgestellt hatte, in der er auf bis dahin nicht beobachtete Zusammenhänge zwischen den Menschen hinwies. Athea und Niklas hatten einige Zeit an ihrer Gefühlsentwicklung gearbeitet, bis ihnen auffiel, daß ihr Großvater als Vorläufer auf diesem Gebiet gelten konnte.

Bei ihnen handelte es sich um normale junge Leute, die ab und zu zusammenwohnten und ab und zu Verbindungen eingingen. Wie der Rest der Gruppe, zu der sie gehörten, gingen sie verschiedenen der verspotteten Sportarten nach, die gerade in Mode waren, Endball oder Arschball, wie die normalerweise angewandte Bezeichnung schließlich lautete, Faßdaubenkriechen und Niedrigsprung. Mit ihrer guten Stimmung, die sich vereinte mit dem ernsthaften Suchen, waren sie beliebt und trugen zum guten Zusammenhalt des Freundeskreises bei. In den recht langen Zeitabschnitten, in denen Niklas und Athea nicht bei der Gruppe waren, fiel die Stimmung merklich.

Die Zeiten ihrer Abwesenheit erklärten sich mit jenem neuen Gefühl, das die Erprobung anderer Formen des Zusammenlebens erforderlich machte. Nicht nur, daß sie dem Freundeskreis fernblieben, Athea und Niklas waren offenbar auch nicht zusammen, sondern machten, jeder für sich, ihre Erfahrungen. Tauchten sie dann wieder auf, erst der eine, dann die andere, schienen sie mit frischer Energie geladen zu sein, neuem Draufgängertum und neuer Herrlichkeit, von denen die übrigen in der »Freigruppe«, wie sie sich selbst nannte, unweigerlich angesteckt wurden.

Für das Gefühl, das Niklas entwickeln wollte, denn es war in erster Linie Niklas, der an diese Möglichkeit glaubte und sich für sie engagierte, gab es natürlich keine Bezeichnung, da es dieses Gefühl noch nicht gab.

Er sprach gern über dieses Thema, schließlich war das eine Methode, es zu verstehen und es einzukreisen.

»Hast du einmal ein kleines Kind gesehen, das versucht, mit dem einen Auge zu zwinkern?« sagte er einmal. »Einen neuen Muskel zu finden und ihn beherrschen zu lernen?«

Und er zog Fotos von indischen Yogis hervor, die imstande waren, Muskeln zu steuern und zu entwickeln, von deren Existenz die normalen Sterblichen keine Ahnung hatten.

Häufiger stellte er Vergleiche mit der Liebe an. Schließlich handelte es sich hier um ein Gefühl, das uns allen sehr gut bekannt ist. Unfaßlich viele Romanzen und Popsongs, Theaterstücke und Filme, Romane und Gedichte haben sie beschrieben. Darum wissen wir, wie sie ist, was sie ausrichten kann, wie man sie pflegt. Wir können sie wiedererkennen, ihr Ausdruck verleihen, sie als selbstverständlich erleben.

»Einmal aber ist sie neu, unbekannt und seltsam gewesen.«

Er sprach über die Situation von damals, im späten Mittelalter, in der man die Liebe schuf, entwickelte und verfeinerte.

Bis dahin hatte man natürlich das körperliche Verlangen, den fleischlichen Besitz und die praktische, hingebungsvolle Ehe gekannt. Im Aufbruch der Werte aber, in einer Zeit, in der die natürliche Gemeinschaft in Auflösung war, entstand Platz und Bedürfnis für einen neuen Wert, der die Menschen miteinander verbinden und ihnen eine Richtung im Leben schenken konnte.

Übergangsweise studierte er tatsächlich die Strategie von Minnesängern und Troubadouren, die als erste Worte für die Liebe fanden. Gern wies er darauf hin, daß »Trobador« eigentlich »Erfinder« heißt, und sie hätten tatsächlich die Liebe geschaffen, aus der ja unleugbar seitdem ein Riesenhit geworden war, auf jede nur denkbare Weise erwähnt, verehrt und besungen. Daher ist sie uns so einleuchtend und selbstverständlich geworden, weshalb es uns schwerfällt zu verstehen, daß dieses beschriebene Gefühl zu Beginn des Jahrhunderts auf seltsame Weise verkam, lächerlich und schlichtweg unverständlich für den normalen Menschen.

»Wir verfügen über reichere Möglichkeiten, als uns dies selbst bekannt ist«, behauptete er.

Als Beweis demonstrierte er, daß er sich selbst beigebracht hatte, sich an der Nase zu lecken, ohne daß diese Fähigkeit jenem Gefühl, mit dem er sich herumschlage, gleichwertig sei.

(Hier folgte häufig eine Pause, in der die Leute, hinter vorgehaltener Hand, vor einem Spiegel oder offen dieses Kunststück nachzuahmen versuchten.)

Eine der wesentlichen Gründe für die herrschende Ratlosigkeit sei, so betonte Niklas beharrlich, daß die Liebe ihre Glaubwürdigkeit und ihre Überzeugungskraft eingebüßt habe. Darum sei es so bedeutungsvoll, ja lebenswichtig, diesen neuen Wert zu entwickeln.

Übergangsweise bezeichneten er und Athea dieses Gefühl als Zusammengehören, gaben diese Bezeichnung jedoch auf, weil sie zu eng war und zu Assoziationen mit etwas Wohlbekanntem führten. Athea entdeckte, daß nicht nur ihr Großvater mütterlicherseits, sondern auch eine Ururururgroßmutter mütterlicherseits sich mit diesem Thema beschäftigt hatten. Vielleicht war diese Abelone Monnichen der Sache am allernächsten gekommen, als sie, nach einer Vision, unter dem Einfluß Swedenborgs von einem Zapfen in der Hirnschale sprach, der sie zusammenhielt.

»Ich werde der Nachrufverfasser der Gegenwart sein«, sagte Niklas, womit er darauf anspielte, daß Athea und er in Mindet wohnte.

»Schreib lieber einen Oh-Roman«, sagte Athea und bezog sich damit auf den beliebten Roman fleuve ihrer Zeit, ein Netzwerk aus Erzählungen, die ein wahres Delta von miteinander verbundenen Strömungen darstellten.

Eine ungeheure Erleichterung war es für den Bekanntenkreis, als sich herausstellte, daß es sich bei der Kontroverse zwischen Niklas und Julietta lediglich um eine vorübergehende Verstimmung handelte. Im Gegenteil schien die Freude, mit der sie aufeinandertrafen, einander in die Augen sahen und einander selbst in Gegenwart der Gäste umarmten, nach Beilegung des Mißverständnisses noch inbrünstiger zu sein.

Vielleicht erklärte sich die Begeisterung bei ihrem Wiedersehen auch damit, daß sie für noch längere Zeitabschnitte abwesend waren und es daher, wenn sie endlich zusammensein konnten, als nötig erachteten, das Versäumte nachzuholen.

Juliettas Lächeln war ebenso blendend, hatte jedoch einen träumerischen oder wissenden Zug angenommen, als mache sie in Zeiten, in denen sie sich in einer anderen Umgebung befand, Erfahrungen, die sich auf das Zusammenleben der beiden übertrugen und es bereicherten.

Niklas, der auch die Neigung hatte, die Klassiker zu zitieren, hatte offenbar begonnen, sich mit einem systematischen Studium der Literatur zu beschäftigen.

»Mit welcher Erzählform könnte man die Menschen unserer Zeit einfangen?« konnte ihm einfallen. »Sind wir so unstet, daß wir uns nur von kleinen Erinnerungen festhalten lassen?«

»Ich möchte annehmen, daß es sich bei der Erzählung um etwas Festes handelt, einen lebenstüchtigen Kern, der in allen Zeiten unverändert bleibt«, wollte ein Zuhörer einwenden.

»Möglicherweise. Aber die Form, die man ihr gibt, wird von der Gesellschaft abhängen, in der man sie erzählt, von der Situation des Empfängers. Homer kann beispielsweise unmittelbar in die Handlung hineinspringen, weil er und seine Zuhörer über die gleichen Werte verfügten, eine Identität darstellen, wenn man so will.«

Niklas dachte nach, um ein passendes Beispiel zu finden.

»Beim bürgerlichen Roman verhielt es sich anders«, fuhr er fort. »Da war die Identität der Person wichtig. Bei, sagen wir, Balzac ist es vor der Entwicklung der Handlung wichtig, die Hauptperson zu erklären. Die Hauptperson ist Kaufmann, in der Provinz aufgewachsen, er ist ehrbar, aber gierig, hat über seinen Stand geheiratet, hat zwei halberwachsene Töchter. All dies muß erzählt werden, ehe wir die Handlung verstehen, deren Teil er ist.«

»Und wie ist es mit uns?« sann Julietta nach. »Wie soll man uns abliefern? Wir haben alle alles ein wenig ausprobiert, haben ein paar Kurse belegt, ein wenig ergänzende, nachberufliche Ausbildung. Wir haben hier und dort gewohnt, in verschiedenen Wohngemeinschaften, in mehr oder weniger lockeren Zweierbeziehungen, haben zwei oder mehr halbe Kinder. Fast alle hatten Jobs, die ab und zu gewechselt haben, haben sich ausbilden lassen, haben verschiedene Möglichkeiten beschnuppert, haben aber keine festen Umrisse wie dieser Kaufmann.«

»Wir haben unsere Würde«, sagte Niklas versuchsweise, doch bereits während Juliettas Worten löste sich die Gesellschaft allmählich auf, und kurz danach war die Wohnung wieder dunkel.

Der Jungfernschinder hatte seinen festen Platz im Værehus. Nicht weil er so sonderlich viel trank, sondern weil man dort Menschen kennenlernte. Oder in zwei Værehuse, denn als im »Matrosen und der Nonne« alles zu trivial und wohlbekannt zu werden begann, ging er in den »Bischofskeller«. Dort kannte ihn die automatische Bedienung so gut, daß er sich noch nicht einmal legitimieren mußte, ehe sein Lieblingsbier schon bereitstand.

Er war keiner von denen, die sich damals, als sie mit Maschinen rechneten, in den Weg gestellt hatten. Abends konnte Niklas sich im allgemeinen den schönsten weiblichen Gast aussuchen und mit ihr nach Hause gehen. Tagsüber hatte sein Leben die ausreichende Spannung, weil er, dank des Kleingelds, das er als Jungfernschinder bekam, so viel spielen konnte, wie es ihm gefiel, und dies mit recht hohen Einsätzen. Nicht nur in Biepwettbewerben brillierte er, auch in Neuschach waren seine Einsätze recht hoch.

Daß er die Stelle als Jungfernschinder bekommen hatte, war die Folge eines reinen Zufalls. Ein junger Mann, den er nicht kannte, hatte sich über die Unappetitlichkeiten beklagt, die ihm bevorstanden. Er habe seine Freundin sehr gern, beteuerte er. Und selbstverständlich wolle er gern ins Bett mit ihr, bislang habe er es freilich aufgeschoben. Denn ihn widere das Blut und diese ganze Schweinerei an.

»Sie ist schick«, versicherte er. »Große Möpse, aber... leider ist sie Jungfrau.«

Sie würde viel darum geben, wenn es soweit wäre, fügte er hinzu. Niklas spitzte die Ohren.

Selbstverständlich war der Schinder in alten Tagen nicht gut angesehen, aber irgend jemand mußte die Drecksarbeit ja machen. Tote Tiere wegbringen, Blut entfernen und solche Schweinereien. In unseren Tagen müsse man auf einen Mann nicht herabsehen, weil er sich der unreinen Arbeiten annahm. Im Gegenteil, er leiste den anderen ja einen Dienst, wodurch ihnen blutige Hände erspart blieben, ganz zu schweigen von noch edleren Körperteilen.

Wenn Niklas nach einer mehrwöchigen Abwesenheit zurückkam, konnte im »Bischofskeller« eine ganze Bestelliste auf ihn warten. Weshalb er mehrere Abende hintereinander die schönsten weiblichen Gäste, wie verführerisch sie auch sein mochten, allein nach Hause gehen lassen mußte, weil er sich seine Energie für den Rest sparen mußte.

Bisweilen konnte ihn bezüglich seiner Betätigung ein gewisser Überdruß überkommen. Jedoch penipulierte er die jungen Mädchen nach bestem Vermögen, so daß sie weder unerfahren noch jungfräulich waren, wenn er mit ihnen zusammengewesen war.

Er saß im »Matrosen und der Nonne« am Stammtisch. Bei dem Mädchen mit den auffälligen Glasbrüsten, das ihn angesprochen hatte, handelte es sich weder um eine Jungfrau noch um eine Nonne. Sie bat Niklas, ihr mit dem einen Brustkolben behilflich zu sein, der sich gelöst hatte. Mit einem Schwupp zog sie die Brust aus der Flasche, die sie ihm reichte. Niklas wog den Glaskolben in der Hand. Er wärmte ihn über der Stearinkerze und drehte ihn, so daß sich die Wärme gleichmäßig verteilte.

Obwohl es eine verhältnismäßig neue Mode war, Kolben über den Brüsten zu tragen, besaß er bereits Übung. Als sich die Luft im Inneren des Kolbens ausreichend erwärmt hatte, preßte er die Öffnung wieder über die Brust. Das Mädchen erschauerte bei der Berührung. Schwupp. Mit einem Schmatzen, das dem Mädchen einen Schmerzensschrei entrang, saugte der Unterdruck die Brust in das Innere des Glaskolbens. Dann lächelte sie tapfer und dankbar. Im Inneren des Kolbens sah die Brust größer aus. Er war sich nicht im klaren darüber, ob es am Unterdruck lag, der sie aufblies, oder ob dieser Kolben die Wirkung eines Vergrößerungsglases hatte.

Das Mädchen fragte ihn, ob er sie liebe. Er mußte eingestehen – in letzter Zeit hatte er einige Aufgaben absolviert –, dies sei nicht der Fall. Noch nicht. Sie verzieh ihm und setzte sich an einen anderen Tisch.

Als der ein wenig schielende, geduckte junge Mann sich an ihn wandte, rechnete Niklas mit einem Standardjob. Auch wenn dieser Schelm nicht den Eindruck machte, als schrecke er vor einem Jungfernhäutchen zurück.

Bald wurde ihm auch klar, daß von einer Routineangelegenheit keine Rede sein konnte. Es handelte sich um eine komplizierte Intrige, in der Niklas helfen sollte. Niklas sah sich vorsichtig um.

»Einen Augenblick«, sagte. »Da hört jemand zu.«

Er stand auf und versetzte der auf ihn gerichteten Kamera einen Knuff. Dann leerte er sein Glas und stellte es umgekehrt über das Tischmikrofon.

Der Schelm beugte sich vor und erklärte ihm seine Aufgabe. Niklas hörte zu, fragte und erhielt Antwort. Im selben Augenblick erschien die automatische Kellnerin und holte das leere Glas. Sie richtete sich lächelnd zur Kamera und sagte, jemand habe es umgestoßen.

»Das geht nicht«, fuhr Niklas fort, als sie wieder allein waren. »Ich habe eine Vereinbarung... ich meine mit mir selbst... anderen nicht zu schaden...«

»Schaden? Dann bin ich bei dem Richtigen gelandet. Der junge Mann wird glücklich. Und das Mädchen... auch... auf längere Sicht.«

»Und wenn sie entdeckt, was sie statt dessen bekommen hat? Ich weiß nicht. Das muß ich mir überlegen.«

»Es eilt doch nicht.«

»Können wir darüber reden, wenn ich zurückkomme? Ich bin für einige Zeit weg.«

Später an diesem Tag suchte Niklas in seiner Not und Unsicherheit den zentralen Datamaten auf, um Antworten auf eine Frage zu finden, die ihn quälte. Das Wetter hatte umgeschlagen, aber er gab nicht auf und kämpfte sich durch den

Schnee, denn jetzt mußte er Bescheid wissen. Selbstverständlich gab es eine Schlange. In der Zwischenzeit versuchte er die Angelegenheit zu überdenken, kam aber nie weiter als bis zur Richtschnur.

Als er an der Reihe war, erklärte er, er befinde sich, so wie die meisten anderen, in großer Verwirrung. Wie sollte er sich anderen gegenüber verhalten? Der Datamat speiste ihn mit der Standardantwort ab.

»Ich weiß ganz gut, was wir sagen«, antwortete Niklas. »Und ich tue mein Bestes. Aber es ist ganz einfach unüberwindbar. Das muß ein beschissener Datamat auch einsehen. Mich selbst ja, aber man kann nicht alle und jeden lieben.«

Was dem Datamaten offenbar etwas zum Spekulieren gab, denn in den nächsten Millisekunden zischte und knisterte es. Endlich spuckte er die geforderte Antwort aus. Niklas bat um einen Ausdruck. Nachdenklich las er:

»Du sollst das erste menschliche Wesen lieben, das du jeden Morgen siehst.«

Wir begannen wieder an sie zu glauben.

Eines Tages stellten sie sich unvermittelt ein.

Sie zuerst, sie war durch den Schnee zur Hütte hinaufgegangen. Die Spur führte den ganzen Weg vom Bus hinauf und endete in einem Paar aufgestellter Skier neben der Haustür. Schon beim allerersten Zeichen, das wir sahen, dem aus dem Schornstein aufsteigenden Rauch, überfiel uns Unruhe.

Als wir sahen, wie sie ins Hausinnere ging, den Arm voller Feuerholz, machte sich ein entsetzlicher Zweifel breit. Die Kleingläubigen behaupteten, dies sei ein Zeichen dafür, daß *er* nicht kommen werde. Niemals würde er sie, zierlich und feingliedrig, wie sie war, Brennholz ins Haus tragen lassen.

Später jedoch, am selben Tag, wurde der Zweifel zunichte gemacht.

Er zeigte sich auf dem Hügelkamm hinter dem Haus, plötzlich war er da, auch er auf Skiern. Er hatte den Weg quer über die Berge genommen und war bei seiner Ankunft offensichtlich müde.

Ihre Wiedersehensfreude war ergreifend, ja fast ansteckend. Er warf sich in ihre Arme, als habe er lang keine Menschen gesehen, und sie empfing ihn, als sei er der einzige Mensch auf der Welt. Nichts Arges stand zwischen ihnen, nur dieses Verlangen, das nun endlich gestillt werden konnte.

Wir fühlten uns als Auserwählte, weil das Wiedersehen vor unseren Augen stattfand. Wir fühlten uns beteiligt an der Freude, denn wir hatten den Treffpunkt zur Verfügung gestellt.

Wir folgten ihnen, und wir erkannten, das zwischen ihnen alles wieder gut war.

Manchmal, wenn sie sich zusammen auf einer Skitour befanden, mußten sie, wie auf gemeinsame Vereinbarung, anhalten und einander umarmen. Zu keinem Zeitpunkt drang die Hilflosigkeit zwischen sie. Kein Zeichen von Furcht zeigte sich. Sie hatten die Leere überwunden. Und als sie uns verließen, waren wir nicht bekümmert, sondern erwarteten zuversichtlich ihre Rückkehr.

Sie enttäuschten uns nicht.

Im Gegenteil, ihr Aufenthalt bei uns, und die Zeitabschnitte, in denen sie weg waren, wurden offensichtlich regelmäßiger, so daß sich mit einiger Sicherheit vorhersagen ließ, wann wir ihren Besuchen entgegensehen konnten. Denn wenn sie eine Woche bei uns gewesen waren, folgten drei Wochen, in denen sie abwesend waren.

Allmählich gelangten wir zu zwei unterschiedlichen, einander widersprechenden Erklärungen. Viele meinten, daß sie und er drei Wochen lang ein Leben in Entbehrung sühnten, falls man es so ausdrücken will, um uns mit einer Woche voller Freude bereichern zu können. Andere meinten, wenn die beiden uns verließen, zögen sie jeder an seinen Ort, wo sie, vielleicht mit neuen Partnern, vielleicht für jeweils eine Woche Zuversicht verbreiteten. Beide Erklärungen waren möglich, und die Uneinigkeit führte nicht zu einem offenen Bruch zwischen den beiden Gruppen.

Hingegen entstand eine dritte Meinung, die auf einigen Widerspruch stieß.

Sie stammte von Menschen, die unter dem Eindruck des Paares in der Hütte ihre Lebensweise durchgreifend veränderten. Diese Menschen behaupteten, das Glück sei den beiden in den Hügeln nicht allein vorbehalten. Und sie begannen, so gut sich dies für normale Menschen eben machen ließ, in der gleichen Weise wie Varvara und ihr Freund zu leben.

Ihre Gegner hielten ihnen dies vor, behaupteten, sie machten Narren aus dem Paar, wenn sie glaubten, sie könnten ebenso leben. Dagegen führten die Glückssucher an, das Paar wünsche vielmehr, daß man ihrem Vorbild folge. Der Sinn ihrer Besuche in der Hütte sei, den Bewohnern des Dorfes zu zeigen, daß es das Glück nach wie vor gab, und zu demonstrieren, wie es zu suchen sei.

Als Varvara das nächste Mal packte, gab es im Dorf eine gewisse Unruhe.

Zu der Zeit, in der er die Läden schloß, hinderte man im Dorf ein Paar daran, sich öffentlich zu umarmen, weil man darin eine Lästerung des Paares in der Hütte gesehen hätte.

Niklas war voller Kraft, als er zurückkam. Athea hatte in der Zeit, in der sie voneinander getrennt gewesen waren, ihr Aussehen verändert. Sie kannten einander, erlebten einander, waren der andere mit bis dahin unerhörter Kraft.

»Das, was ich an dir kenne, ist das Neue an dir«, sagte Athea.

Schon am nächsten Tag war ihr Zusammenhörigkeitsgefühl geschwächt.

»Wiederkennen beschränkt die Fähigkeit zu kennen«, schloß Niklas.

Unermüdlich kämpften sie darum, das neue Gefühl zu finden, es sprießen zu lassen, es zu verstärken, hervorzulocken. Häufig gerieten sie auf Abwege und mußten zurückgehen.

»Die simple Liebe steht unserem echten Gefühl im Weg«, erkannte Athea.

Oft ließen sie sich von Versuchen verführen, sich daran zu erinnern, wie die sterbliche Liebe sich ausgenommen hatte. Und immer wieder mußten sie versuchen, die alten Vorurteile zu tilgen.

»Die Erinnerung an gestern hindert uns, ganz im Heute zu leben«, erkannte Niklas widerwillig.

Sie gingen auseinander und kehrten mit neuem Verständnis und dem Unbekannten einen Schritt näher zurück. Sie entdeckten, daß das Gefühl stärker, heißer, schöner, einfacher war, wenn sie einen neuen Menschen kennenlernten. Binnen eines Augenblicks diese Verbundenheit auf einen Fremden übertragen zu können, wenn dieser offen genug war und von Vergangenem nicht zu sehr belastet.

»Die Vergangenheit ist eine versperrte Tür, es soll nur die Gegenwart geben.«

Sie stellten fest, daß Träume und Hoffnungen die Augen für das Beisammensein schlossen. Erwartungen schwächten das, was war.

»Die Zukunft ist der Schleier über der Gegenwart.«

Schließlich meldete Niklas sich, zögernd, aber doch seiner Sache sicher.

»Es ist zu schwierig, seine Geliebte altern zu sehen. Es ist unerträglich, mit anzusehen, wie aus Liebe Alltag wird. Es ist ein Leiden, denselben Tag zu wiederholen. Es ist schmerzlich, sich an das Verschwundene zu erinnern. Es ist entsetzlich, darauf zu warten, daß das Glück sich immer wiederholt, bis es verwässert ist und ein häßliches Zerrbild seiner selbst. Wir wollen jeden Tag so leben, als sei er der erste und als sei dieser der letzte. Erst dann sind wir auf dem Weg.«

33

Verstehst du, Bertel, seit ich bei diesem unglückseligen Jungfrauenmelken dabeisein mußte, habe ich Frauenbrüste vor mir gesehen. Kann es denn seine Richtigkeit haben, daß ich deshalb dieser Pein ausgesetzt werde, sollen die Frauen in der Zukunft mit Flaschen über den Titten herumlaufen?«

Schweigend mußte ich eingestehen, daß auch ich das nicht begriff, aber es beschäftigte mich auch nicht sonderlich. Der Quacksalber schwenkte einen Kolben, der zweifellos Ursache der Gedanken des Glöckners war.

»Übrigens begreife ich nicht, worum es überhaupt geht«, sagte ich, um das Gespräch zu beenden.

»In meinen Offenbarungen?«

»Oder als was immer man sie gerechterweise bezeichnen soll.«

»Tobias ist bei mir nur in die Lehre gegangen«, versicherte der Alte mit der üblichen Selbstzufriedenheit. »Da er um sich herum das gute Leben nicht finden konnte, hat er es herbeifabuliert.«

»Mit Würde? Und Küssereien und Umarmungen auf dem Hügel? Und neue Gefühle, die erfunden werden? Und ... was war das letzte? Jungfernschinder und Glasbrüste. Pfui.«

»Bertel, ich habe nicht gesagt, daß er es gefunden hat. Du bist so ungeduldig. Aber er versucht es. Du solltest von ihm lernen. Wenn es das um dich herum nicht gibt, mußt du nach vorn schauen. Du solltest ein wenig mehr phantasieren, Bertel.«

Ich machte ihm nicht die Freude einzugestehen, daß seine Beschreibungen meine Phantasie mehr als genug beschäftigten. Zwar hatte man gehört, daß man im Süden Flaschen um Birnen anbringt. Aber diese Mode hatte mir nie den Schlaf geraubt. Hingegen hatte mir Skonnings Beschreibung von Sauggläsern, die vorn an Frauen saßen, mehr als eine nächtliche Stunde den Schlaf geraubt.

Man hätte es nicht für möglich gehalten, aber der Glöckner sah in der letzten Zeit schlecht aus. Vor allem sein Blick flakkerte auffällig, obwohl seine Augen nicht mehr eiterten, oder vielleicht gerade aus diesem Grunde. Lange Zeit hatte ich den Alten nicht aufgesucht, als aber die Marktbesucher zusammenströmten, weil der Henker mit seinen Vorkehrungen begann, standen wir zufällig nebeneinander. Der Quacksalber, der als Handlanger des Schinders fungierte, rief, daß er den heilen könne, der sein Wasser in einen Glaskolben gab, den er hin- und herschwenkte. Die Gedanken des Glöckners befanden sich bereits in weiter Ferne.

»Erinnere dich nicht an das Verschwundene, denke nicht an frühere Tage. Denn siehe: Nun schaffe ich Neues!« fuhr er mit einem Genuß fort, als habe er persönlich Esaja zustandegebracht.

Der Markt wimmelte vor Menschen. Der Vogt war erschienen, um zu überwachen, daß alles richtig vonstatten ging. Er hielt seine Tochter an der Hand, ließ sie jedoch los, als Hans, der Scharfrichter, mehr Bewegungsfreiheit verlangte und Grubbe es für nötig erachtete, seine Autorität unter Beweis zu stellen. Er schnauzte einen Unglücklichen an, der ihm zu nahe kam. Ich mußte an jenen Tag denken, als Marie geboren wurde. Damals war ich mit dem Glöckner in der Papiermühle gewesen, und auf dem Nachhauseweg hatten wir mit dem Vogt gesprochen. Das Mädchen mit den vorstehenden Augen war hinter Grubbe herumgetrippelt, ängstlich, ob sie ihn unterbrechen dürfe, um ihm zu sagen, daß die Frau sich in Kindsnöten befand. Und nur, um für ihre Angst geprügelt zu werden. Thisel war ihr Name, wie ich in Erfahrung hatte bringen können.

»Memor esto mori. Gedenke des Todes«, sagte ich mit dem

Titel der Leichenpredigt, die Skonning selbst konzipiert, zusammengeschrieben und herausgegeben hatte, an die er aber, von seinen Phantasien derart in Anspruch genommen, nicht mehr dachte.

Maren Grubbe waren nur vier gemeinsame Jahre mit ihrer Tochter vergönnt gewesen, ehe der Mann sie vom Leben krepiert hatte, wie es hieß. Selbst nach dem Tod hatte die Frau keine Ruhe vor ihm gehabt. Grubbe hatte den Inhalt ihres Schädels in einen Krug mit Weingeist versenkt und ihn dem gelehrten Ole Worms verehrt, der im Begriff stand, sich eine Sammlung zuzulegen. Insgeheim hatte Skonning über diese Behandlung geflucht und gefaucht, dies sei das Schlimmste, das man einem Menschen antun könne. Offen wagte er dem Lensman ja nichts vorzuwerfen.

Die Tochter, sie hatte den gleichen Fleck auf der Stirn wie der Vater, wollte sich mit dem Scharfrichter unterhalten, der Seile abmaß, unter dem Gelächter der Marktbesucher zerrte Grubbe sie jedoch wütend weg.

Ansonsten war es lange her, seit man in der Stadt Lachen gehört hatte. Die Schwedenkriege hatten der Stimmung sehr geschadet. Die Häuser waren verlassen, die Kleider mußten ein weiteres Mal gewendet und geflickt werden, und Nahrung konnte man sich kaum leisten. Wir Schuljungen hatten Mühe, uns den Unterhalt zusammenzubetteln. Selbst der Markt bestand nur aus kläglichen Buden mit wenigen Waren, die niemand erwerben konnte.

Aber die Unterhaltung kostete nichts. Während der Quacksalber schrie, er könne alle Gebrechen heilen, wenn er nur das Wasser des Kranken bekomme, wurde Biritte Marqorsdatter von zwei Männer herangeführt. Sie wehrte sich nicht sonderlich, schielte aber erschrocken nach den Werkzeugen. Die Zuschauer, wegen der langen Wartezeit ungeduldig, bedachten sie mit höhnischen Zurufen. Den größten Beifall erhielt einer, der sie aufforderte, zu pfeifen wie eine Schlange. Andere fragten den Doktor, ob er auch eine Lügnerin und Verleumderin heilen könne.

Mit den scharfen Augen, die unstet über die Versammelten glitten, versuchte die Frau einen ihrer Spötter zu erkennen, ständig aber kamen die Rufe aus unterschiedlichen Richtungen, weshalb sie den scharfen kantigen Kopf drehen und wenden mußte. Ehe sie der Verleumdung und der Verbreitung von Gerüchten überführt wurde, hatten alle ihre giftige Zunge gefürchtet.

Als der Scharfrichter sie packte, schreckte sie zurück, zögerte aber nicht, ihr Wams herunterzustreifen. Der Rücken war so mager, daß man Wirbel zählen konnte. Widerstandslos ließ sie sich zum Stock führen, an den ihre Hände gefesselt wurden. Als aber die Werkzeuge bereitgelegt wurden, die kurzschwänzige Peitsche, die Zungenzange und die Schere, war sie nicht mehr so gleichmütig.

»Ihnen fehlt etwas, woran sie glauben können«, krähte der Glöckner weiter, seine Gedanken galten aber nicht dem Gegenwärtigen, denn er fuchtelte blind in der Luft herum.

Ich fürchtete, sein Verstand könne durch das unaufhörliche Bombardement von Phantasien den Todesverstoß erhalten haben, und versuchte ihn zu dämpfen, erzielte jedoch mit meinen Bemühungen die gegenteilige Wirkung.

»Bei einem Volk ohne einen gemeinsamen Fidus fällt alles auseinander. Beachte bitte, daß ich dieses Wort in seiner richtigen, ursprünglichen Bedeutung verwende, denn es kommt von ›fides‹, glauben.«

Er sprach laut, ohne an die Umstehenden zu denken, die sich umdrehten und seine Worte kommentierten. Es konnte keinen Zweifel daran geben, daß er sich halb und halb in seiner eigenen Welt befand.

»Weil sie mit den Göttern doch die Bedingungen getauscht haben … oder irre ich mich … Sie selbst sind doch Götter … Was? Was willst du, Bertel?«

Ich zog ihn zur Seite, damit er mit sich selbst reden konnte, ohne von so vielen gehört zu werden. Der Scharfrichter nahm Maß, indem er sanft die kurze Peitsche auf den entblößten Rücken legte. Wie behutsam er die Frau auch behandelte, so krümmte sie sich unter der Berührung zusammen.

»Weißt du, ganz bestimmt sind sie Götter, aber erhaben über die menschlichen Bedingungen, fühlen sie die gleiche Einsamkeit, Leere, Furcht, wie sie die Gottlosen ergreift. Darum habe ich ... um ihnen zu helfen. Um die Götter zu trösten, ich ...!«

Verblüfft von seinem Gedanken, hielt der Glöckner für einen kurzen Augenblick inne. Mit zwei raschen Hieben schlug der Scharfrichter mit der Peitsche so zu, daß sie ein L auf den Rücken schrieb. Der Glöckner aber ließ sich nicht ablenken.

»Ich ... Verstehst du, wenn Niklas und Varvara auf dem Hügel etwas den armen Teufeln schenken können, woran sie glauben, kann auch ich ... Um den Unglücklichen Trost und Sammlung zu bringen, habe ich sie Gott erfinden lassen. Verstehst du? Ich habe beschrieben, wie die Einwohner der Stadt durch gemeinsame Übereinkunft einen allwissenden, stets guten und allwissenden Schöpfer annahmen. Zu ihrer Linderung und ihrem Trost.«

Mit den beiden folgenden Schlägen zeichnete die kurze Peitsche ein Ü. Wenn Biritte die Sprache der Peitsche kommentierte, ertrank dies in den vielen lauten Bemerkungen der Versammelten. Zwei weitere Schläge, und ein G stand auf dem Rücken.

Der Quacksalber stand bereits mit einem Liniment bereit, das er hochhielt und mit unterhaltenden Redewendungen lobhudelte. Als er es in die Wunden rieb, konnte man die Kommentare der Frau deutlich hören, denn das scharfe Kreischen übertönte alles. Nach der Bemalung stand mit flammend roten, unauslöschlichen Buchstaben LÜGE auf dem weißen Rücken.

Die beiden Männer, die im Hintergrund bescheiden gewartet hatten, ergriffen jetzt den Kopf der Frau und versuchten ihn festzuhalten. Jedes Mal aber, wenn sich der Scharfrichter mit der Holzzange näherte, riß sie sich los, ehe er die Zunge packen konnte.

»Bertel, als wir einander zum ersten Male begegnet sind, waren wir Zeugen der himmlischen Gerechtigkeit.«

Ich erinnerte mich deutlich an jenen Tag in meiner lauteren Jugend, als wir den Brand der Domkirchenspitze beobachteten, die der Blitz des zornigen Gottes getroffen hatte.

»Jetzt handelt es sich um die irdische.«

Also war er in seinen Gedanken nicht völlig aufgegangen, sondern wußte nach wie vor, was um ihn herum vor sich ging. Schließlich gelang es dem Schinder, Birittes Zunge mit der Holzzange zu packen. Er preßte sie fest zusammen, damit sie nicht wieder wegrutschte und zog sie ein wenig mehr heraus. Als jedoch der Quacksalber sich mit der Schere näherte, wobei er drastische Schneidebewegungen zeigte, stellte sich heraus, daß der Raum zu eng war, und als der Schinder den Griff um die Zunge korrigieren wollte, um ein größeres Stück der Spitze freizulegen, bewies Biritte, daß sie ihre giftige Zunge nach wie vor in der Gewalt hatte.

»In seiner Gnade und Weisheit hat der König uns verboten, Schauspiele aufzuführen«, fuhr der Drucker fort, der selbst einige der deftigsten zusammengeschrieben und herausgegeben hatte. »Aber den Beweis unseres Gerechtigkeitsgefühls will uns niemand verbieten.«

Unter großer Heiterkeit untersuchte der Quacksalber die Holzzange. Er preßte sie um einen Finger zusammen und demonstrierte, daß sie gut packte. Dann wagte er, zögernd und ängstlich, seine eigene Zunge in die Klemme zu stecken und sie mit Hilfe der Zange weit herauszuziehen. Auch dies gelang unter dem Jubel der Marktbesucher. Nur Birittes Zunge war zu glitschig, als daß man sie festhalten konnte.

Das Publikum rief ihm gute Ratschläge zu, wie die Sache anzugehen war. Währenddessen schärfte der Scharfrichter die

Blätter der großen Eisenschere an, die, um die Wahrheit zu sagen, tatsächlich einen etwas angelaufenen Eindruck machten, wobei die Frau, am Stock angebunden, unsicher zuschaute.

»Kann man Menschen durch Erzählungen entstehen lassen, so kann man das auch mit Göttern«, murmelte der Glöckner leise in sich hinein.

Womöglich befand er sich mit seinen Gedanken bei dem neuesten Werk, das er herausgegeben hatte. »Die Klagen, Prozesse und Beschuldigungen der gottlosen, verwirrten Weltkinder gegen die arme Justitia und die übel vernommene Wahrheit.« Ich war außerstande, ihm zu folgen.

Die beiden Männer hatten Birittes Mund aufgerissen, obwohl sie sich heftig dagegen wehrte. Der Quacksalber führte, ein wenig philosophisch, Watte ein, die in Alaunlauge getaucht war, und strich ihr damit über die Zunge. Als er sie losließ, hustete und spuckte sie heftig, und selbst als sie ihren Kopf packten, hatte sie keine Lust, die übelschmeckende Zunge wieder zurückzuziehen. Im Gegenteil stand sie so weit vor, daß man sie mühelos ordentlich packen und festhalten konnte.

Als Biritte aufging, daß man sie überlistet hatte, war es zu spät. Gleichgültig, wie sie sich wand, die Zunge saß fest. Auch schreien konnte sie nicht, nur brummen oder zischen.

Als der Schinder mit der Schere näher kam und Schnittbewegungen in der Luft machte, trippelte sie hin und her und versuchte ihn mit den Augen abzuschrecken, er aber nahm von ihrem Geheul keine Notiz.

»Warum sind wir ins Stocken geraten?« rief der Glöckner und erregte für einen Augenblick meine Aufmerksamkeit. »Warum gleitet unsere Zeit nicht? Warum können wir uns selbst nicht sammeln?«

Als sich die Schere zum ersten Male näherte, gelang es Biritte, den Scharfrichter mit Tritten und Püffen aus seiner Position zu bringen, und es half auch nicht, daß der Quacksalber mit der Zange sofort stärker zugriff.

»Weil... weil...!«

Als habe ihn ein Gedankenblitz getroffen, stand der alte Mann mit erhobenem Zeigefinger da.

Beim nächsten Mal gelang es dem Schinder, seine Operation auszuführen. Während die beiden Helfer die Zunge festhielten, brachte er einen tiefen Schnitt an. Sie ließen die Frau los, und sie stimmte ein Brüllen an, das sie erstickten, indem sie den blutigen Mund mit Lumpen und Stoffresten füllten, auf denen sie kauen mußte, wenn sie nicht ersticken wollte.

»Weil meine Worte eingeschlossen sind! Weil niemand hören will!«

Während man um den Galgen herum Ordnung schuf, führte ich ihn ein wenig zwischen den Buden auf dem Marktplatz herum. Mir war, als habe man einen Nickteufel dabei. Nichts sah er, nur das, was in diesem geplagten Kopf vor sich ging, focht aber mit den Armen und ließ den Mund so sehr spazierengehen, daß keiner ihm zuhörte.

Bei einem Schuhmacher hielt ich an, betrachtete ein Paar Filzschuhe, bei denen jedoch vom Kauf keine Rede sein konnte, auch wenn ich sie sehr wohl brauchen konnte. Es war immer schwieriger, meine Sohlen zu überreden, meine Bewegungen mitzumachen. Der Schuhmacher, er kam aus dem Süden, sah meinen Begleiter mißtrauisch an, weshalb ich genötigt war weiterzugehen, ehe er auf seine Worte achtete.

»Die Lüge regiert. Die Wahrheit wurde außer Landes gejagt. Vielleicht sollte ich... Ja, so...«

Ich führte ihn in Richtung der Domkirche, wo sich weniger Menschen aufhielten. Der Armenvogt grüßte uns und wollte ein Gespräch beginnen, ich aber konnte Skonning herumdrehen und wieder in das Menschengewimmel führen.

»Ich könnte sie nach Deutschland bringen lassen, dort habe ich Bekannte, in Kiel, in Leipzig, die schon dafür sorgen würden, sie in Druck zu geben. Hier zu Hause würde mich das den Hals kosten.«

Der Schinder war fertig mit der Entfernung des Diebs, der während der letzten zwei, drei Wochen den Galgen geschmückt hatte. Allmählich war er auch etwas anrüchig geworden, einige Tage lang hatte eine Hand gefehlt, entweder, weil sie von selbst abgefallen war, oder weil Interessierte die Finger hatten spazierengehen lassen. Ich hatte Vera, Skonnings Tochter, in Verdacht, daß ihr über diese Angelegenheit etwas bekannt war. In einem leichtsinnigen Augenblick hatte sie beteuert, ein im Spund der Biertonne angebrachter Diebsfinger habe dem »Bischofskeller« den Umsatz gesichert.

Die ärgste Blutung war gestillt, und Biritte mußte demonstrieren, wie sie mit ihrer doppelten Zunge züngeln konnte. Dem Publikum grauste behaglich, als sie die Schlangenzunge herausstreckte. Noch gehorchten ihr die beiden Spitzen nicht ganz, bald aber würde sie gelernt haben, sie zu beherrschen. Als man sie freiließ, zischte sie.

»Es ist an der Zeit, große Erzählungen zu erzählen«, fuhr der begeisterte Glöckner fort, dessen Gedanken noch immer abseits waren. »Am Sitz des Greises, an Urds Quelle.«

Sobald man den mageren Buckligen herbeigeführt hatte, legte ihm der Scharfrichter das Seil um den Hals und paßte es an. Zu Füßen des Unehrlichen wurde unter den Galgen auf ein Tuch die Heilige Schrift gelegt.

»Vergil schrieb seine Aeneis, und Rom wuchs und erhielt Macht. Homer berichtete seine Werke und die Griechen gelangten zu Vernunft und Ansehen.«

Skonning hatte ein Werk über die großen heidnischen Nationen geschrieben und veröffentlicht, ich aber begriff nicht, was ihn dazu brachte, sie in dieser Situation zu erwähnen. Er redete so laut, daß meine Wirtin sich nach uns umdrehte. Sie stand neben ihrem Mann, an der Hand Oluf. Viel lieber hätte ich bei ihr gestanden, fand aber keine Gelegenheit, den Glöckner zu verlassen.

»Wir selbst sind schuld, daß alles stockt«, brüllte er. »Nicht, weil um uns herum nichts geschieht, sondern weil wir uns weigern, dem die richtigen Worte zu geben. Täten wir das, ihr würdet sehen! Dann käme Bewegung in die Dinge. Wagte ich nur, meine Worte freizugeben …«

Je stärker der Scharfrichter das Seil straffte, um so mehr wurde der Bucklige aufgerichtet und streckte sich. Er fing an, nach Luft zu schnappen, tastete mit den Füßen nach einem Halt, und in seiner Not trat er auf die Bibel, die ihm für eine Weile Linderung brachte. Bis das Seil, das zunehmend kürzer wurde, wieder gespannt war.

»Die Gerechtigkeit hat keine Bleibe«, setzte der Alte seinen Redestrom fort. »Schaut nur, nun sind sie vom Haken. Weil niemand zur rechten Zeit ihre Geschichte laut erzählt hat.«

Nun meinte er die Frau des Bischofs und Magister Bonde. Obwohl schon längst verurteilt, war es ihnen gelungen, ihre Sache wiederaufnehmen zu lassen. Einige Zeugen ihrer Unsittlichkeit waren inzwischen tot, andere hatten sich vor einer Zeugenaussage gedrückt. Der Kindsmörder war nach wie vor nicht ermittelt worden. Im allgemeinen Durcheinander waren die Beweise nach und nach verlorengegangen.

Plötzlich hatte ich die Geschichte vor Augen, die ich hätte erzählen sollen. Jenes Krebsgeschwür, das die Zeit hinderte weiterzugehen. Hier gab es ja den Stoff zu einem gewaltigen Epos. Vom mächtigen Gemeindepfarrer, der seine Schwiegermutter begehrte, die stolze Frau des Bischofs. Vom Bischof, der mehr wußte, als er wissen wollte, und sich zu Tode grämen mußte. Schließlich die schmucke Eline, die ich noch immer in der Ratsstube in der Fensterecke stehen sah, einsam, verloren, gebrochen und stolz zugleich. Ihren flehenden Blick, oder war er abweisend gewesen, den ich nicht zu beantworten gewagt hatte. Jeder von ihnen war die Krankheit, die ich herausgeschnitten hätte, wie der Bildschnitzer die Unregelmäßigkeiten eines Stücks Holz hervorhebt.

Das Seil um den Hals des Sünders war nun so straff, daß er

auf den Zehenspitzen auf dem Buch der Bücher stand und dennoch nur unter Mühen Luft holen konnte. In dieser Stellung befestigte der Scharfrichter das Seil. Der Quacksalber hielt eine Spottpredigt, in der er die Dinge auf den Kopf stellte. Der Bucklige hatte durch ein offenes Fenster eine Rolle Tuch gestohlen. Hatte er damit nicht viele Frauen vor der fürchterlichen Sünde der Eitelkeit gerettet? Er hatte durch eine Hintertür einen Scheffel Korn in die Stadt gebracht, ohne die Akzise zu bezahlen. Hatte er seinen armen Kinder damit nicht Nahrung verschafft, ohne Wächter am Stadttor zu belästigen?

Die Rede war nicht amüsant, nur die Bemühungen des Mannes, sich balancierend auf dem Buch der Bücher zu halten, damit das Seil ihm nicht den Hals zudrückte, gaben der verdrehten Rede einen Sinn.

Als der Prediger fertig war und quacksalbungsvoll die Hände faltete, zog der Scharfrichter die Bibel weg, wodurch der Mann fühlen und das Publikum sehen mußte, wie übel man daran war, wenn man nicht auf den Worten der Schrift fußte.

Der Bucklige zappelte heftig, wand sich und drehte den Hals, für einen Augenblick schien er wundersamerweise lang genug zu werden, um auf der Erde Halt zu finden, dann aber schwanden ihm die Kräfte, und er hing schlaff da.

34

Soll man die Größe eines Menschen am Ausmaß seiner Ambitionen messen, an der Größe des Zieles, das er sich im Leben gesetzt hat, ist Ambrosius Fritgher Skonning als einer der bedeutendsten Menschen zu bewerten, die gelebt haben, denn er arbeitete unermüdlich daran, unsere Welt unendlich größer zu machen. Hätte er mit seinen Bestrebungen Erfolg gehabt, würden alle wir normalen, räumlich veranlagten Menschen über Ambrosius ewig stöhnen und jammern, der uns in eine unnachgiebige Zwangsjacke versetzt hatte.«

Es hatte den Anschein, als versuche der alte Mann in eine andere Welt zu sehen, denn seine Augen wurden groß, erstaunt und leer. Mit einem Schaudern kehrte er auf seinen Platz am Arbeitstisch zurück, wo einige Werke sich neben ihm türmten.

»Ich möchte über Ambrosius erzählen, der sich mit der Hilfe von Kreisen nach dem Unerreichbaren reckte und Großvater von Didrik Dinessøn Skonning wurde, jenem Tischler, der mit Lotschnur und Hobel ein Dorf in den Alpen ausrichtete und ebnete. Aber um zu verstehen, was Ambrosius in Bewegung setzte, muß ich seine Mutter beschreiben, so, wie man einen Kreisbogen schlägt, indem man an einer anderen Stelle beginnt, mit jenem Punkt, der das Zentrum darstellt.«

Nicht zur Illustration seines Gedankens, sondern, um zum Kern der Geschichte vorzudringen, zeichnete der Alte mit den Fingern Kreise auf den Tisch. Die Sonne stand niedrig und warf ein schräges Licht auf die Zeichnungen. Und in der Luft über ihnen wimmelte es von Staubteilchen.

»In diesem Fall habe ich selbst meinen Ausgangspunkt auf zwei Seiten, was für Punkte ungewöhnlich ist. Denn man kann entweder beschreiben, wie Vera auf ihre Umwelt wirkte, oder wie Vera die Welt sah, und dies wird in zwei miteinander nicht zu vereinbarenden Geschichten enden. Laß mich mit der äußeren Geschichte beginnen.«

Tobias, der sich an die einkreisenden Methoden des Alten gewöhnt hatte, holte sich ein Kissen und stopfte es in den Rücken, nachdem er sich eine Tasse Kaffee aus der Thermoskanne eingeschenkt hatte. Er nickte, um zu erkennen zu geben, daß er bereit war, sich fesseln zu lassen.

»Eine direkte Beschreibung vom Aussehen Vera Hansdatter Skonnings gibt es nicht, dennoch habe ich keinen Zweifel daran, daß sie ungewöhnlich häßlich gewesen ist. So, als ob jeder, der sich ihr nähert, unwillkürlich zurückweicht und sich darauf beschränkt, einzelne Züge an ihr zu erwähnen, die als Charakteristik dienen sollen. Fügt man die verschiedenen Andeutungen den vielen Umschreibungen und dem, was verschwiegen wurde, hinzu, ergibt sich trotz allem ein Bild von ihr. Sie schielte. Manche Frauen haben einen charmanten Silberblick, Veras Blick aber war starr, hitzig oder direkt bedrohlich. Sie hatte eine Hasenscharte und zugleich einen starken Oberbiß und eine falsche Zahnstellung. Außerdem wurde sie von zwei Augenzeugen als buckelbrüstig beschrieben, eine Wendung, die mir noch bei keinem anderen Menschen bekannt geworden ist. Man hat den Eindruck, die verschiedenen Beschreiber haben eher ihrem Abscheu Luft gemacht, als eine präzise Beschreibung ihres Aussehens zu liefern.«

Eine weitere Pause im Strom der Worte, die dem Erzähler nicht ungelegen kam, weil sie ihm die Möglichkeit bot, sich die Bilder im Raum formen zu lassen. Die umherschwirrenden Staubteilchen versuchten die Umrisse des mißgestalteten jungen Mädchens zu bilden.

»So, wie man sie vor sich sieht, ist es nicht verwunderlich, daß kein Mann mit ihr zu tun haben wollte. Gleichwohl gebar sie mehrere Kinder, offenbar tollte immer irgendwelches Kleinzeug um sie herum. Sie half im ›Teeloch‹ oder im ›Bischofskeller‹, wie das Lokal abwechselnd hieß. Es war das einzige Gasthaus, das zur Beherbergung von Fremden eingerichtet war. Die neunmalkluge Erklärung der Stadt lautete, daß der eine oder andere von Einsamkeit, Dunkelheit und Biergenuß gequälte Reisende sie für einen Augenblick mit etwas Erstrebenswertem verwechselte.«

»Akzeptierte man zu jener Zeit außerehelich geborene Kinder?«

»Gern gesehen war das eigentlich nicht. Dennoch schien niemand Beschuldigungen gegen Vera gerichtet zu haben, vermutlich, weil man einen gewissen Respekt oder vielleicht eher eine gewisse Furcht vor Veras hellseherischen Fähigkeiten und ihrer Begabung zu besprechen hatte. Häufig sprach sie geradewegs ins Blaue, nicht mit sich selbst, sondern eher, als befinde sie sich in Gesellschaft von jemandem, den andere nicht sehen konnten. Daraus entstand das Gerücht, sie stehe mit verborgenen Mächten in Verbindung. Vermutlich würden wir in unseren Tagen sagen, sie besitze eine hypnotische Begabung, weil wir uns einbilden, alles zu verstehen.«

Dem Alten war es gelungen, das Bild eines verkrüppelten Sonderlings heraufzubeschwören, insgesamt abstoßend, aber so abweichend, daß es ihr eine faszinierende Kraft verlieh.

»Ihre Mittel waren nicht groß ... ich meine die materiellen. Der großen Kinderschar dürfte sie kaum angemessene Lebensumstände geboten haben, sie besaß jedoch eine gesegnete Fähigkeit, sie gut unterzubringen. Ein Kaufmann verlor seinen einzigen Sohn und nahm Veras Jüngsten an Kindes Statt an. Ein großer Handwerksmeister war von einem ihrer Jungen eingenommen und ließ ihn zusammen mit seinen Kindern aufwachsen. Mehr als eine kinderlose Ehefrau, die Gefahr lief, wegen Unfruchtbarkeit von ihrem Mann verstoßen zu werden, kam davon, indem sie eines von Veras Kindern in Pflege nahm, falls sie es nicht direkt als ihr eigenes Kind ausgab. Und auf einigen

Höfen im Hinterland brachte sie ihre Ableger in fremden Nestern unter. Daher kam eine Wendung, die in der Stadt allgemein gebräuchlich wurde und die sich auf den Erwerb des Vaters bezog: Nach dem Glöckner kommt der Kuckuck.«

Während der Alte für einen Augenblick schwieg, hörte Tobias, wie eine Uhr schlug, gefolgt von wiederholten mechanischen Kuckucksrufen. Der Alte lächelte wissend.

»Es mag sonderbar erscheinen, daß diese Frau, trotz ihrer seherischen Begabung, sich offenbar niemals selbst gesehen hat«, fuhr er beherrscht und fast leiernd fort. »Du mußt aber berücksichtigen, daß Spiegel in jener Zeit nicht allgemein gebräuchlich waren. Wenn es hoch kam, benutzte man eine glänzende, mehr oder weniger ebene Metallfläche. Aber entweder hat Vera sich nicht selbst gesehen, oder sie hatte einen anderen Maßstab für Schönheit als den gängigen. Denn aus einigen Stellen geht hervor, daß sie sich für ungewöhnlich hübsch und anziehend gehalten hat. Und hier bin ich unmerklich auf dem Weg zur Geschichte, die sich mit Veras Augen ergab. Sie war tatsächlich überzeugt davon, wenn andere sie mieden, ja sogar vor ihr zurückschreckten, sei die Ursache hierfür Ehrerbötigkeit oder ein natürlicher Respekt vor ihrer Würde. Du siehst, daß ich eigentlich nicht ganz gerecht gegenüber Vera gewesen bin, wenn ich zuerst das Bild beschrieben habe, das andere von ihr hatten. Denn nun siehst du einen häßlichen Menschen vor dir, der sich einbildete, schön zu sein. Hätte ich meine Darstellung anders aufgebaut, hättest du sie als große Schönheit gesehen, die von allen, aus Mißgunst oder Unverstand, als häßlich bezeichnet wurde.«

»Ein Bild zu ändern ist nicht leicht.«

»Denn meine erste Beschreibung lähmt deine Phantasie.«

Mit dem Griff seines Krückstocks zog der Alte einen Papierstapel näher zu sich heran, der außerhalb seiner Reichweite lag. Diese Bewegung ließ große Staubteilchen aufsteigen, die im Sonnenlicht tanzten.

»Glücklicherweise ist es unwesentlich, wie du sie siehst«, fuhr er fort. »Interessanter sind diese Beschreibungen ihrer Visionen, die sie hinterlassen hat.«

Mit dem Stock klopfte er leicht auf den Stapel, wodurch noch mehr Staub aufstieg.

»In dieser chaotischen Sammlung von Papieren aus dem Nachlaß von Veras Vater befand sich eine Reihe von Bögen, die mit einer sonderbaren Schrift bedeckt sind. Wie schon erwähnt, war der Vater Glöckner, aber er war auch Schriftsteller und Drucker. Er war recht belesen, war vertraut mit alten Philosophen und Beschreibungen exotischer Länder, sammelte Bücher, die er zusammenfaßte und in der Gestalt von Kompilaten herausgab. Später muß ich auf ihn zurückkommen. Er hinterließ also diese unordentliche Sammlung von Manuskripten, Vorlagen, halbbedruckten Bögen und Skizzen, die mein Urgroßvater, Gustav Skonning, sich in der Absicht vornahm, in der Zeit, in der er auf einen geeigneten Tag zum Selbstmord wartete, einen Roman über den Drucker zu schreiben.«

Dem Alten mußte eine Reaktion seines Gastes aufgefallen sein, denn er machte eine ironische, resignierende Handbewegung.

»Es ist nicht meine Schuld. Sie laufen nach allen Seiten, ein Mycelium von Geschichten. Ich tue mein Bestes, um mich an einen Faden zu halten. Wie gesagt also: In Gustavs Papierstoß mit den Manuskripten aus dem Nachlaß des Druckers gab es einige Bögen mit einer sonderbaren Schrift. Schrift ist vielleicht auch nicht die richtige Bezeichnung. Eher handelt es sich um eine Kurve, eine lange, unregelmäßig gekrümmte Linie, die sich über die ganze Seite und auf dem nächsten Bogen weiterläuft. Zweifellos hat Gustav dies für Versuche eines unwissenden Kindes gehalten, die Handschrift der Erwachsenen nachzuahmen. Mit Recht hat er sie Vera zugewiesen, und wir sind Gott sei Dank pietätvoll genug, sie nicht als unbeholfene Kinderzeichnungen wegzuwerfen.«

Behutsam öffnete der Alte den Hefter, der die erwähnten Blätter enthielt, und schob sie seinem Gast hinüber. Wenn man auf dem Theater vorgibt, einen Brief zu schreiben, geschieht das, indem man Zeile um Zeile Krakel schreibt. Dies war sein erster Eindruck der Seite. Eine eingehendere Betrachtung offenbarte gewisse Wiederholungen, gewisse Regelmäßigkeiten und wiederzuerkennende Figuren.

»Ich kann nicht sagen, ob Vera jemals schreiben lernte, jedoch aus einem unbändigen Bedürfnis, sich ausdrücken, durch einen Vergleich der Schriften, in die ihr Vater stets versunken war, eine eigene Schrift erfunden hat. Damals war es nicht üblich, daß Kinder, insbesondere Mädchen, schreiben konnten. Andererseits ist es möglich, daß der Vater sie in der edlen Schreibkunst unterrichtete, daß jedoch eine Lähmung in Gehirn oder Arm es der Tochter unmöglich machte, die Hand auf vorschriftsmäßige Weise zu bewegen, weshalb sie in ihrer Not einen Schrifttyp entwickelte, den sie beherrschte. Schließlich lassen gewisse selbsterfundene, immer wieder auftauchende Wendungen darauf schließen, daß Vera schizophren war, wie wir heute sagen würden, oder vielleicht eher autistisch, und nur für sich selbst schrieb, denn genau betrachtet gab es auf ihrer Welt nur einen einzigen Menschen: sie selbst.«

Je länger Tobias auf den Bogen starrte, um so mehr meinte er die Botschaft dieser verkrampften Hand zu verstehen, und dennoch sah er sich außerstande, sie zu durchdringen und der Mitteilung Worte zu entnehmen.

»Anfangs hatte ich das gleiche Gefühl«, sagte der Alte. »Allmählich, durch stundenlanges Verfolgen der Linien, Bogen um Bogen, stellte sich ein gewisses Verständnis ein, und als ich die Sprache stufenweise erlernt hatte und einzelne Worte erkannte, war mir, als werde ich in den Text hineingesogen, der so lange dagelegen und keinen Leser gefunden hatte. Und ich erkannte, daß ich etwas vor mir hatte, was man die Visionen der verrückten Frauen nennt.«

»Hatte sie nicht vielleicht Angst gehabt, daß die Aufzeichnungen den Falschen in die Hände fallen könnten? Vielleicht hat sie die Furcht vor einer Bestrafung durch die Kirche dazu gebracht, in einem Code zu schreiben.«

»Ohne weiteres zu verneinen ist das nicht. Das alles könnte auch in einer Art Trance niedergeschrieben sein, während Vera ihre Visionen empfing. Etwas in jener Art, die man später als Automatenschrift bezeichnete. Und in Wirklichkeit sind alle unsere vielen Erklärungen vielleicht die gleichen, und wir drükken sie nur auf verschiedene Weise aus.«

Er schwieg und sah beschwörend auf den zuoberst liegenden Bogen.

»Das heißt ›der Tod‹«, sagte er und zeigte auf eines der stenographischen Zeichen.

Er suchte weiter im Text und fand kurz darauf eine weitere Stelle, an der derselbe Krakel auftauchte.

»Ich bin nicht imstande, den Text flüssig zu lesen. Stellenweise muß ich raten, an anderen Stellen muß ich auch ein Bild umsetzen, um den Text verständlich zu machen, oder ihn um einfühlsame Erfindungen ergänzen, um ihm einen Zusammenhang zu geben. Um den Überblick zu behalten, habe ich meine Übersetzung aufgeschrieben.«

Während der Alte in den Papieren kramte, setzte sich sein Gast wieder bequem zurecht.

»Wie du siehst, gibt es keine Numerierung. Ich habe versucht, so gut ich kann, der Schöpfung eine gewisse Chronologie zu geben. Denn das Sonderbare ist, je länger ich mich mit Veras Aufzeichnungen beschäftige, um so überzeugter bin ich, daß Vera auf die eine oder andere Weise Zugang hatte zur Schöpfungsgeschichte.«

Um seine Verlegenheit zu verbergen, korrigierte der Alte den Sitz seiner starken Brille, dann begann er die Übersetzung vorzulesen.

»Am Anfang war der Tod und nur der Tod. Überall der

Tod. So stark war der Tod, daß er, wenn ein Wesen es wagte, auferstehen zu wollen …«

Hier bereits stockte der Alte. Er deutete auf das entsprechende Zeichen im Original.

»Hier geht es um ein Hapaxlegomenon, wie man rein technisch dazu sagt. Ein Wort, das nur dieses einzige Mal vorkommt. Ich habe mich entschieden, es mit Wesen zu übersetzen, könnte nach dem Zusammenhang aber ebensogut sagen Gott, Kreatur, Gedanke oder Mensch.«

Irritiert darüber, sich selbst unterbrochen zu haben, hob der Alte die Hand. In leierndem, beschwörendem Tonfall kehrte er zum Text zurück.

»Am Anfang war der Tod und nur der Tod. Überall der Tod. So stark war der Tod, daß er, wenn ein Wesen es wagte, sich erheben zu wollen, sich augenblicklich auf es stürzte, ehe der Gedanke nur zu Ende gedacht war: Happs, fertig, tot, vernichtet. Der Tod, überall der Tod und nur der Tod. Immer unerträglicher wurde der Zustand. Der Tod herrschte allein, und nichts geschah. Ein Aufstand drohte, in der Hoffnung, den Tod überrumpeln zu können, drohten einige zur selben Zeit, sich zu erheben. Aber: Happs, happs, happs – und dies wurde verhindert. Überall war nichts, so öde, daß sogar dem Tod öde wurde. Und so spaltete der Tod sich und formte seinen Todesmann. Im Schatten des Todes, im Aufeinandertreffen von Todesmann und Todesfrau, im Raum zwischen nichts und nichts, entstand so ein flüchtiger Gedanke, so wie ein Staubball aus dem Nichts aufsteigt. Und, happs, wurde er vom Tod verschlungen. Zurück jedoch blieb vom Gedanken ein Hohlraum, ein Mangel an Nichts im großen Nichts. Und in diesem Hohlraum, abseits vom Tod, entstand eine Illusion, eine Farbe, eine Phantasie, eine Maya aus Trug. Ein Spiel vor den Augen des Todes, ein Karneval der Ideen, eine karmesinrote Ahnung, eine gebrochene Phantasie, ein wankender, buntscheckiger Fluggedanke, ein luftiges, halb durchsichtiges Ausatmen. Und so entstand die erste Generation, wie ein Erdball aus Träumen im Schatten des Todes, die Zeit der Erinnerung.«

Der Text hatte Tobias gezwungen, die Augen beim Zuhören zu schließen. Vielleicht verdächtigte Styge ihn, er schlummere, denn er räusperte sich deutlich, während er im Papierstoß nach der nächsten Übersetzung suchte. Sein Gast lächelte.

»Meine Begeisterung über den Text«, sagte der Alte entschuldigend, »hängt vielleicht damit zusammen, daß er völlig unerwartet vor meinen Augen zusammengewachsen ist. Von diesen zufälligen Krakeleien ist er stufenweise aufgetaucht und hat Sinn bekommen. Es gibt mehrere Texte über das, was Vera als Traumzeit bezeichnet und darüber, wie Erinnerungen, Gedanken und Ahnungen miteinander spielen, aber ich will dich nur noch mit einem einzigen behelligen.«

Diese Bescheidenheit und die Furcht, den Gast zu langweilen, waren neu. Tobias beteuerte, die Schreibereien Veras interessierten ihn sehr. Nicht zuletzt, weil er das Gefühl hatte, es könnte einen Zusammenhang geben mit dem großen Erzählversuch, mit dem Joakim und er sich beschäftigten.

»Die Generation des Traums war ohne Zeit und Raum«, fuhr der Alte mit seiner Lesung fort. »Nur Leichtigkeit und Spiel. Ein Traum kleidete sich in Lumpen und tanzte, eine Grille in hellen Gewändern. Ein Karneval der Illusionen zur Schmach des Todes. Zögernd vereinigte sich eine schwebende Erinnerung mit einer bebenden Hoffnung und brachte vier vage Vorstellungen hervor. Von diesen fiel jedoch eine aus der Reihe. Während drei luftig, neckisch und ätherisch waren, wie alle Ahnungen, war die vierte schwer, plump, langsam, hinkend. Als sei sie an einen Ort gebunden, außerstande, spontan ihren Aufenthalt zu wechseln, wie es für einen Gedanken normal ist. Gezwungen, sich mühsam den ganzen Weg voranzubewegen, weshalb er erst ankam, wenn seine Geschwister schon längst diesen Ort verlassen hatten, um einen neuen aufzusuchen. Gleichwohl entsannen sich die schwebende Erinnerung und die bebende Hoffnung ihres kränklichen Verwandten, nahmen sich seiner an, pflegten ihn und ließen ihn wachsen, ohne zu wissen, daß diese Mißgeburt behaftet war mit Zeit und unter Schwere litt. Andere sagen, es war die Kälte, die die ersten Geister gefror zu Schwere und Zeit. Wie Atem zu Reif wird, der sich in den Bart setzt, geschah es da, und wo vorher nur Geist war, entstanden Flocken. Die Widerspenstigkeit, Ungeschmeidigkeit und Verrücktheit dieser ersten Generation hatte zur zweiten Generation geführt, der Zeit des Papiers.«

Der Alte, selbst von Schwerfälligkeit und Ungeschmeidigkeit gehemmt, erhob sich und stolperte mit Hilfe des Stocks zu einer Schublade. Ihr entnahm er einen leeren Papierbogen, den er behutsam mit zurückbrachte.

»Vielleicht ist Vera bei der Herstellung dieses Bogens dabeigewesen. Auf alle Fälle stammt er aus der Papiermühle des Vaters draußen am Skambach, oder Varnabach, wie wir ihn heute nennen. Zweifellos hat Vera dem Vater ab und zu bei der Arbeit geholfen. Natürlich hat das mißgestaltete Mädchen seine Bilder aus der Welt bezogen, die sie kannte, und sie dürfte häufig das Wunder beobachtet haben, daß mit Wasser aufgeschlämmte Flocken sich in einen starken Papierbogen verwandeln.«

»Als wenn etwas darin wäre?« sagte Tobias.

Er betastete das Papier, drehte und wendet es hin und her und hielt es schließlich gegen das Licht.

»Ein Farnblatt?« sagte er überrascht.

Wieder drehte er den Bogen um. Er war auf beiden Seiten weiß, dünn und schien dennoch ein Farnblatt zu enthalten, kein Wasserzeichen, ein lebendiges Blatt.

»Dies war das Geheimnis des alten Glöckners, das er übrigens auf einer seiner Reisen in den Süden erlernt haben muß. Vera liefert verschiedene Beschreibungen dieser zweidimensionalen Zeit. Die Bezeichnung ist nicht die ihre, sie hält sich überall an Das flache Zeitalter, oder Die Zeit des Papiers. Sie beschreibt Wesen, ich will sie nicht als Menschen bezeichnen, die flach sind wie Papier und in zwei Richtungen an das Leben gefesselt. Und manchmal so überzeugend, daß man sich einleben kann in dieses enge Dasein. Zu guter Letzt fühlt man sich, gemeinsam mit den Beschriebenen, eingeschnürt, und es entsteht ein Mangel, eine unwiderstehliche Sehnsucht, eine Begierde, sich auszubreiten. Zwei Flächenbewohner, als I und O habe ich sie übersetzt, vielleicht wäre es richtiger gewesen, sie Null und Eins zu nennen, ich weiß es nicht, den Buchstaben habe ich den Vorzug gegeben, weil Vera sie einmal zum Teil eines Wortes macht. ›Niemand verwandelt sich zu IundO‹, schreibt sie mit großem I und großem O. Aber das ist eine andere Geschichte, oder vielleicht auch dieselbe Geschichte in anderer Gestalt.«

Wieder hob der alte Mann geheimnisvoll die Hände, um sich dagegen zu wehren, vom Strom der Erzählungen überrollt zu werden.

»Auf diese Weise entsteht das dritte Zeitalter, ihre eigene Zeit, aus dem gärenden Wahnsinn der anderen Zeitalter. Sie beschreibt recht lebendig, wie die flachen Buchstaben herumwimmeln, sich schlängeln, sich winden. Zu einem Zeitpunkt aber kommt es zu dieser Aufschwellung. I hat O einen Tropfen von sich hinzugefügt. Vera vergleicht dies mit einem Farnblatt, das zu gären beginnt. Vielleicht hat sie das tatsächlich gesehen. Hat miterlebt, wie die dritte Dimension aus zweien heranwuchs. In jedem Fall scheint ihr dies ganz konkret zugestoßen zu sein. An einigen Stellen spielt das einsame Mädchen auf dem Papier mit Buchstaben und mischt sie. Hier zum Beispiel AROS, EROS, AMOR, ein mystisches Muster, das sich plötzlich erweitert.«

Der Alte deutete auf eine Stelle, an der eigenartige Schnörkel plötzlich ein dreidimensionales Muster bildeten.

»Es dürfte kaum erstaunen, daß aus ihren Visionen, ihren Spielereien mit flachen Zeichen auf dem Papier, ihrer Sehnsucht, ihrem Gefühl, eingesperrt zu sein, ein Mann entstanden ist, ein Liebhaber, der ihr Leben zu füllen vermochte. Und als sie diese Technik erst beherrschte, blieb es nicht bei einem einzigen. Im Laufe der Zeit entstehen mehrere Traummänner, jeder mit seinen eigenen Charakterzügen, die ihr den Hof machten, mit ihr sprachen, sie bewunderten, ihre Bedürfnisse befriedigten, ihr Kinder schenkten und ihr Leben bereicherten. So viele hatte sie, daß sie, als eine Freundin, eine Anne Osgren, ihren Mann verliert, ihr bereitwillig einen abtritt, der an die Stelle des Toten treten kann. Aus dem Bürgerverzeichnis aus jener Zeit geht hervor, daß Mikkel Osgren dahingerafft wurde, und dennoch taucht er im Verzeichnis des folgenden Jahres auf. Entsprechendes geschieht der jungen Charlotte Fuhl, die in der Stadt offenbar keine geeignete Partie finden konnte, aber mit einem ehemaligen Verehrer Veras vermählt wird. Mit einem Wulf Saxe, der ohne weitere Ankündigung plötzlich da ist und es in der Stadt zu einem wichtigen Mann bringt, wie man in Veras verschlungenen Linien verfolgen kann.«

»Aber willst du behaupten …?«

»So, wie sie ihre Kinder in guten Positionen und sicheren Elternhäusern unterbringt, ließ sie die Liebhaber, die sie angezogen hatte, nicht einfach laufen, sondern fand einen Platz für sie, bei einer Kaufmannswitwe, auf einem größeren Hof, selbst die Tochter des Bürgermeisters findet keine bessere Partie als einen der Auserwählten Veras. Es war in den Zeit nach den Schwedenkriegen, die die Stadt viele gute Männer gekostet hatten, und zur gleichen Zeit lichteten einige kleinere Attacken der Pest die Reihen. Darum ist es nicht erstaunlich, daß Veras Angebote mit Kußhand angenommen wurden. Leute, die sich um Veras übernatürliche Fähigkeiten nicht kümmerten, erklärten, es handele sich um Zugereiste, die zunächst in der Herberge dieser Stadt gelandet seien und damit in Obhut des rätselhaften Schankmädchens, um dann in der Stadt ihr Glück zu machen. Auf alle Fälle aber scheint Vera die Stadt um eine neue Dimension bereichert zu haben, denn alle Männer, die sie ringsherum auf wichtigen Posten unterbrachte, unterschieden sich von den Mannsbildern, die man bis dahin gekannt hatte, durch ihre Behutsamkeit oder ihre Aufmerksamkeit – man findet in dieser Zeit schwer einen passenden Begriff für das neue Gefühl, das sie vertreten. Am nächsten kommt dem Helle Smagbier, die junge Frau, die nach einigen Jahren des Zusammenlebens mit dem Pfarrer der Domkirche Witwe wird. Ihr verehrte Vera Olaf Deyk, ebenfalls eine ihrer Erfindungen. In einem Brief an ihre Schwester schreibt Helle voller Begeisterung: ›Mein seliger Mann lehrte mich, worin die himmlische Liebe besteht. Welche Kräfte aber finde ich bei Olaf? Welch wunderbare irdische Gefühle löst er aus, so sehr viel stärker als alles, was ich bisher kennengelernt habe?‹«

Der Alte hatte mit geschlossenen Augen zitiert, wobei er mit einer wippenden Handbewegung andeutete, daß er nur ungefähr zitierte. Jetzt schob er Veras Papiere zur Seite und betrachtete seinen Zuhörer über den Brillenrand, um zu entscheiden, ob er zu einem weiteren Kapitel bereit sei.

»Auf diese Weise brachte Vera in den meisten der wichtigen Nester dieser Stadt geflissentlich einen Ableger unter. Sie selbst scheint keinen Blick dafür zu haben, ich sage es auf eigene Rechnung. Ich wage zu behaupten, daß sie durch ihre Männer und Kinder, denen das neue Gefühl zu eigen ist, die Liebe, den Keim legt zum nächsten Zeitalter, zum vierten, zu unserem. Von der großen Kinderschar behält sie nur ein einziges bei sich. Ambrosius, der wohlbegabt, aber introvertiert war und zu Grübeleien neigte. Vielleicht hielt sie ihn für zu ungeeignet für die bedrängte Welt.«

Der alte Mann sah sich um. Er bat Tobias, einen Stein zu holen, der fast kugelrund war. Währenddessen hatte er selbst einen Bogen Papier hervorgezogen.

»Gerade diese bedrängt Welt war Ambrosius' Ausgangspunkt. Schon früh interessierte er sich für die zweidimensionalen Menschen, die seine Mutter beschrieben hatte. Diese Papiermenschen, die an ihre Oberfläche gefesselt waren, außerstande, ›den Kopf zu heben‹, wie Ambrosius es nennt, konnten ihr Leben auf einem Ei oder einem Papierbogen verbringen, ohne je zu entdecken, daß das eine oder andere der Fall war. Es leuchtet ein, selbst wenn sie flach waren, konnten sie sich sehr wohl auf einer so großen Kugel befinden, daß sie sich niemals die Hoffnung machen konnten, ganz um sie herumzukriechen. Wie aber sollten sie dann, an die Oberfläche gefesselt, die Struktur dieser Oberfläche überhaupt feststellen können? Ja, sagte Ambrosius, wenn ihre Welt sommersprossig / getupft war, könnten sie ganz einfach untersuchen, ob sie flach war oder gekrümmt. Sie müßten nur zählen, wie viele Tupfen sich in ihrer Welt innerhalb eines Kreises mit einem Radius von beispielsweise einer Meile Radius befinden. Denn die Fläche eines solchen Kreises wäre auf dem Ei kleiner als auf dem Papier.«

Mit den Fingern zeichnete Styge einen Kreis auf die Oberfläche des Steins. Er führte vor, wenn man versuchte, diesen Kreis auf das Papier zu übertragen, und es glattstrich, würden Zipfel entstehen, was hieß, daß die Oberfläche jenes Kreises nicht so groß war wie die des entsprechenden Kreises, den man direkt auf das Papier gezeichnet hatte.

»Wenn man die Sprossen/Tupfen mit einer gewissen Regelmäßigkeit anbringt, wären auf einem Ei im Umkreis einer Meile also weniger Sprossen/Tupfen als auf einem Papierbogen. Diese simple Überlegung hätten den Flächenbewohnern zum Wissen über die Struktur ihrer Welt verhelfen können, von dem sie aufgrund ihrer flachgedrückten Natur ansonsten getrennt waren. Und es hätte ihnen als Ankündigung der bevorstehenden Erweiterung dienen können. Dieselbe Überlegung verhalf Ambrosius zu jener unangenehmen, schwindelerregenden Erkenntnis, die für sein Leben entscheidend wurde. Denn es wurde seine Lebensaufgabe, die Menschen dazu zu bringen, ›den Kopf‹ von ihrem engen Raum zu heben.«

Die Sonne ging unter. Im flachen Licht tanzten die Staubteilchen noch beharrlicher, als müßten sie ihre letzte Möglichkeit nutzen.

»Keinen Zweifel kann es geben, daß Ambrosius sich von seinen beiden Freunden inspirieren ließ. Alle drei, ungefähr im selben Alter, gingen in dieselbe Schule und träumten gemeinsam. Der älteste, Jørg Meere, wurde in Kopenhagen geboren, war aber als Kind in die Stadt gekommen. Er wurde ein großer, wenn auch ein wenig übersehener Mathematiker, der es sich zur Aufgabe gemacht hatte zu beweisen, daß sich alle Konstruktionen und Beweise, die der alte Euklid mit Hilfe eines Zirkels und eines Lineals aufgestellt hatte, nur mit einem Zirkel durchführen ließen. Womit Jørg demonstrierte, daß das Grundprinzip dieser Welt der Kreis ist. In der Geschichte der Mathematik wird behauptet, diese Bestrebung sei zuerst kurz nach 1800 von einem gewissen Mascheroni in ›Geometria del Compasso‹ durchgeführt worden. Hier jedoch siehst du den Beweis, daß Georg Mohr, wie er sich in internationalem Zusammenhang nannte, diese Aufgabe tatsächlich 125 Jahre früher gelöst hat.«

Das Buch, das der Alte aus dem Stapel hervorzog und seinem Gast reichte, hatte ungefähr quadratische Form.

»Georg Mohr: ›Euclides Danicus. Amsterdam, den 31. des Glugmonats A. D. 1672‹«, las Tobias.

»In der Widmung für seinen Freund Ambrosius siehst du, daß Jørg scherzhaft schreibt, dieses Buch sollte nicht ›flach oder viereckig sein, sondern rund wie der Kreis‹. Selbstverständlich, weil das Buch das hehre Prinzip des Zirkels beweisen soll.«

Vorsichtig blätterte Tobias in den fransigen Seiten. Die verschnörkelte Handschrift des Buches konnte er nicht deuten, mit einigen Schwierigkeiten buchstabierte er sich durch einen zufälligen Abschnitt gegen Ende des Buches.

»21. Stelle dar: Nimm an einen gezeichneten Punkt B auf dem Boden/dessen Standzeichnung BA ist und den Glasgrund VT auf dem rechtwinklig das Glas steht/dann sieht man als

Höhe SH und wird nun die Abbildung des Punktes B erwarten können.«

Nach dieser Leistung blätterte er weiter und schlug eine andere Stelle auf:

»Man wird einen lotrechten Sonnen-Zeiger machen/der Abweicht vom Süden nach Westen.«

»Der andere Freund in diesem Triumvirat, zwei Jahre jünger als Jørg, war Oluf Rømmer, besser bekannt unter dem Namen Ole Rømer. Er war jener Mann, der Erde und Himmel miteinander verband. Du mußt dir vorstellen, daß seine Beobachtungen aus zwei verschiedenen Teilen bestehen. Eine Erde, an die wir hoffnungslos gefesselt sind. Dort draußen einen Himmel, den man betrachten und berechnen und für den man Regeln aufstellen konnte, den zu besuchen man sich jedoch nicht erträumen konnte. Als Ole Rømer die Trägheit des Lichtes bewies, verband er sozusagen diese beiden Welten miteinander, wenn das Licht Zeit benötigte, um von einem Ort an einen anderen zu kommen, gab es einen Weg, der sie verband. Ein langer Weg mußte zurückgelegt werden, aber eine permanente Landstraße zwischen der Erde und dem Universum.«

Der alte hielt eine Hand in das Sonnenlicht, womit er die Landstraße des Lichtes verkürzte, die ansonsten auf dem Arbeitstisch geendet hätte.

»Es kann keinen Zweifel geben, daß alle drei Ingredienzen nötig waren, damit Ambrosius' Phantasie explodierte. Er verband die Visionen der Mutter von Papiermenschen, die aufschwollen, mit den Kreisen und Räumen der Freunde, und hierdurch entstanden jene Erkenntnisse und jener Traum, den ich nicht zögere, als den größten Traum in der Geschichte des räumlichen Menschen zu bezeichnen. Größer als der von Kopernikus, der die Sonne zum Mittelpunkt machte. Größer als Rømers, der dem Raum Weite gab. Größer als der Einsteins, der die Zeit relativ machte.«

Eine Kunstpause.

»Wer behauptet, daß die Entwicklung mit dem Übergang vom Papiermenschen zum räumlichen Menschen, wie Vera ihn beschrieben hat, beendet ist? So lautete die einfache Frage Ambrosius'. Kommen wir uns nicht alle unzureichend, eingeschlossen, zusammengepreßt vor? Wann werden unsere Sehnsucht nach Fülle, unsere Träume, unser Verlangen nach Sinn und Wissen, uns zum Gären bringen, was bringt uns instand, den Kopf von unseren engen Räumen zu heben, wie es unsere eigentliche Bestimmung ist, und den Raum der Räume zu betreten?«

»Damit meint er vierdimensionale Räume?«

»Ja, aber diese Bezeichnung war ihm unbekannt. Ausgehend vom lateinischen Wort für Ganzheit, versuchte Ambrosius selbst diesem Begriff den Namen Holität zu geben, ganz zufrieden war damit jedoch nicht, denn er greift häufiger zu ›Raum der Räume‹. Insgesamt ist es beeindruckend, daß er seine Reflexionen anstellt, ohne über jenen Begriffsapparat zu verfügen, der hierfür eigentlich nötig ist. Ob unser Raum die Form eines Raum-Papiers oder Raum-Eis hat – wir würden sagen, ob er linear oder gekrümmt ist –, werden wir entscheiden können, ›ohne jedoch imstande zu sein, den Kopf zu heben‹, mit derselben Überlegung, die den Papiermenschen zum Erkennen des dreidimensionalen Raums verholfen hätte. Denn es verhält sich glücklicherweise so, daß auch unser Raum mit Sprossen angefüllt ist, die die Struktur des Raums zu entlarven vermögen. Hier bedient sich Ambrosius des präzisesten Sternregisters jener Zeit, nämlich Ole Rømers Triduum, das noch nicht erschienen war, das ihm der Freund jedoch in einer eigenhändigen Abschrift zugesandt hatte. Und Ambrosius beweist schwarz auf weiß, daß es unter Berücksichtigung der Sterndichte in einem bestimmten, abgegrenzten Gebiet weniger Sterne gibt, als man erwarten sollte, weshalb wir feststellen können, daß unser Raum sich zur nächsten Dimension wölbt, oder: daß wir uns auf einem Raum-Ei aufhalten. Und dies heißt, daß es Ambrosius, ›außerstande, den Kopf zu heben‹, doch für einen Augenblick möglich ist, in die Holität, die ganze Welt hineinzuragen.«

Styge fiel nun auf, daß sein Gast nervöse Bewegungen vollführte.

»Langweile ich dich?«

»Im Gegenteil. Du schockierst mich. Ich hatte geglaubt, Joakim und ich beschäftigten uns mit einem völlig neuen Gebiet, dabei hatte dieser Ambrosius schon vor so langer Zeit diese Erkenntnis?«

»Ich höre dir gleich zu, aber laß mich bitte zu Ende kommen.«

»Mach endlich weiter, ich höre selbst sehr viel lieber zu, als daß ich erzähle.«

»Das Paradoxe ist, daß er, der sich recken wollte, nicht nur über das Papier hinaus, wie Jørg Meere, nicht nur in den Himmelsraum wie Ole Rømer, sondern bis in eine höhere, unendliche Skala, auf ein enges Kämmerchen unter der Erde angewiesen war. In der Grube unter dem ›Bischofskeller‹, in einem Raum, wo Bier lagerte, das sich klären sollte, und tonnenweise Branntwein, der zu Fusel geworden war, hatte er sich ein Laboratorium einrichten dürfen. Hier destillierte er Zeit, kochte Morgentau ein, aufgefangen in einem Tuch, das über Holzkisten aufgehängt wurde, setzte nacheinander Kristalle aller ihm bekannten Grundstoffe zu, tauchte sie in die Hauptstoffe, die er durch die vier Elemente gepreßt hatte. Er bediente sich des Stoffes, den die Alchimisten als ›Sal mirabile Glauberi‹ bezeichnen, den er mit erhitztem Silberchlorid vermischte. Es gelang ihm tatsächlich, durch Eindampfen, Weitermachen, Eindampfen, immer wieder in einem langen Rohr ein Quantum zu sammeln, das er als kristallisierte Zeit bezeichnete, ein weißes Pulver, das durch den Filter entstand, verzögertes Licht.«

Als Tobias den Kopf schüttelte, lächelte der Erzähler.

»Lange Zeit fielen seine Bestrebungen zusammen mit denen

der Alchimisten, und indem er das ›Mutus liber‹ studierte, Theophilus Philaletha, den Pantheisten Jacob Böhme und den hermetischen Hermes Trismegistus, gelangte er zu der Erkenntnis, die die Goldmacher erst Jahrhunderte später erreichten, daß Zeit das nullte Element ist, das unmittelbar vor Wasserstoff und Helium im Periodischen System steht, wie wir es heute nennen. ›In einer Flüssigkeit ist mehr Zeit als in einem festen Stoff, und in einer Luftart ist mehr Zeit als in einer Flüssigkeit‹, schrieb er, weit vorausschauend. Er erkannte richtig, daß es sich bei dem Stoff, der benötigt wird, um den Menschen zur Gärung und damit zum Erreichen der nächsten Dimension zu bringen, um eine riesige Anhäufung kristalliner Zeit handelt.«

In den letzten Sonnenstrahlen schienen sich die Staubteilchen zu sammeln. Ab und zu standen sie im Begriff, ein annähernd festes Muster zu bilden, wie eine Wolke, dann strebten sie wie auf eine gemeinsame Eingebung hin voneinander weg.

»In hohem Alter, nach zahllosen Versuchen, Berechnungen und Untersuchungen, erkannte Ambrosius, daß seine Methode richtig war und unweigerlich zum angestrebten Ziel führen werde, daß sie jedoch eine so große Zeitmenge erforderte, die bei weitem über das hinausging, was ihm zur Verfügung stand. Und doch ist er seinem Ziel vielleicht näher gekommen, als er selbst ahnte. Wie gesagt, verbrachte er den größten Teil seines Lebens in einem Raum unter dem ›Bischofskeller‹. Ab und zu aber wagte er sich aus seinem Loch heraus, um sich die Ingredienzen zu beschaffen, die er für seine Versuche benötigte. Eines Morgens, als er auf der Mühlwiese in seinen aufgestellten Kästen Morgentau sammelte, sah er plötzlich eine überirdisch schöne Frau. Er wagte sie anzusprechen, sie schien verblüfft zu sein, ihn zu sehen. Noch erstaunter aber beantwortete sie seine Frage, ihr Name sei Karen Fraser, wie er wohl wissen sollte, falls er nicht an Gedächtnisschwund leide. Sehr lange dauerte ihr Gespräch nicht, denn kurz danach verschwand sie ebenso plötzlich, wie sie aufgetaucht war. Zwar lag ganz sicher Morgendunst über der gesamten Bleichwiese, dennoch erschien ihm ihr Verschwinden so unbegründet, daß Ambrosius sich lange umschaute und schließlich davon überzeugt war, seine Phantasie müsse ihm einen Streich gespielt haben.«

Die Stimme hatte einen angestrengten Ton angenommen, oder vielleicht überwältigte Styge auch die Erinnerung.

»Ein Jahr nach dieser Begegnung, die Ambrosius nur schwer vergessen konnte, begegnete ihm auf dem Marktplatz eine ältere Frau, die ihm bekannt vorkam, die er aber trotzdem nirgendwo unterbringen konnte. Sie begrüßte ihn überschwenglich und fragte ihn nach Dines. Er gestand ein, denn diese sanfte Stimme erkannte er als die er von der Mühlwiese, ihm sei niemand dieses Namens bekannt. ›Dein eigener Sohn‹, sagte sie vorwurfsvoll, bevor sie verschwand. Beim nächsten Mal war sie nur ein großes Mädchen, als sie ihm begegnete, das ihm keck eröffnete, ihr Name sei Karen Fraser. Sie weigerte sich, ihm zu glauben, als er sagte, dies sei ihm bereits bekannt. Er konnte seine eigene Enttäuschung nicht verstehen, als das schlaksige Mädchen selbstsicher behauptete, es habe ihn noch niemals gesehen. Sie schüttelte den Kopf und entfernte sich leichtfüßig. Eines Morgens, nicht lange danach, als er sich auf dem Nachhauseweg befand, stand er jener Dame in mittleren Jahren gegenüber, die ihm nun nicht mehr fremd war, die ihn aber dennoch mit ihrer Erklärung verblüffte, er sehe alt aus. Als sie ihn das vorige Mal gesehen habe, hätte er mindestens zehn Jahre jünger ausgesehen.«

In der Dämmerung, die mit dem Verschwinden der Sonne in das Zimmer gedrungen war, wirkte das Profil des Sprechers mystisch, zeitlos und verwandelte sich zu einer Stimme im Dunkeln.

»Ihr längstes Zusammensein fiel auf einen Abend, an dem Ambrosius müde nach Hause ging von seinem Laboratorium, wo er Oleum vitri aufgelöst und eingedampft hatte. Es ist auch als ›das grüne Blatt‹ bekannt, jener Stoff ist eine der Voraussetzungen für Notre Pierre, den wir den ›Stein der Weisen‹ nennen. An einer Straßenecke, neben einem Pferdewagen, den man stehengelassen hatte, weil seine Achse gebrochen war, stand sie im besten Alter, schöner, als er sie jemals in anderer Gestalt gesehen hatte. Es war, als ob ihre Begegnung das Ergebnis einer Vereinbarung war, an die sie sich beide nicht erinnerten. Mit größter Selbstverständlichkeit küßte er sie, ohne sich zunächst vorstellen zu müssen. Bevor sie sich beide wieder aus den Augen verloren, hatten sie eine Nacht miteinander auf der schrägen Ladefläche des Pferdewagens verbracht, auf der Strohballen lagen.«

Wieder ein Beben der Stimme, als sei er von der Erzählung stärker berührt, als er eingestehen wollte. Erst nachdem er Kaffee getrunken und die Stimme frei gemacht hatte, fuhr der Alte fort.

»Bei der nächsten Begegnung waren durchaus keine neun Monate, sondern eher neun Wochen vergangen, und doch hatte die geheimnisvolle Frau einen kleinen Jungen auf dem Arm, der zwischen einem halben und einem Jahr alt sein mochte. Karen machte bei dieser Gelegenheit einen müden, schlecht aufgelegten Eindruck und schien mindestens zwei Jahre älter zu sein als beim vorigen Mal. Ein wenig steif, vielleicht war sie der Meinung, Ambrosius drücke sich zu sehr um seine Verpflichtungen, bat sie ihn, Dines zu übernehmen, da es ihr häufig gänzlich unmöglich sei, ihn zu betreuen. Mit der größten Selbstverständlichkeit nahm Vera, die ihre eigenen Kinder untergebracht hatte, wo es ihr am bequemsten zu sein schien, ihren Enkelsohn auf und erzog ihn wie ihr eigenes Kind, ohne jeden Versuch, ihn in ein fremdes Nest zu stecken. Im Gegenteil, als er erwachsen wurde, sorgte sie dafür, daß er bei Helfred eine Stelle bekam, der eine Gärtnerei betrieb, seit Vera ihn verabschiedet hatte.«

Der alte Erzähler drehte sich um und sah hinaus in die Dämmerung. Der Gast folgte seinem Blick. Noch konnte man den Umriß der Bäume ahnen.

»Nach dem letzten Treffen mit seiner Geliebten lag für Ambrosius eine Erklärung um ein Haar auf der Hand, und damit zugleich die Einsicht, daß er keineswegs von seinem Ziel so weit entfernt war, wie er angenommen hatte. Er war ein wenig in die Jahre gekommen, und Karen war eine neugierige junge Frau, die ihm eine Frage stellte, bei der er die Zusammenhänge zu ahnen begann. ›Wie kommt es, daß du ein junger Mann warst, als ich dir das erste Mal begegnet bist, beim zweiten Mal ein Junge und nun plötzlich ein alter Mann?‹ Zuerst entschuldigte er sich damit, er habe den ganzen Tag über Dämpfen von Merkur und Sulphur gestanden, was sich auf sein Aussehen bestimmt ausgewirkt hätte. Erst nachdem sie wieder verschwunden war, erkannte er vage, daß es sich bei jener Dimension, die er sein ganzes Leben lang so beharrlich gesucht hatte, um die vierte Dimension handelte. Und wenn seine Begegnungen mit Karen so vereinzelt und sprunghaft waren, lag dies daran, daß sie beide dreidimensionale Menschen waren, deren Zeitpläne sich im Verhältnis zueinander verschoben hatten, weshalb sie nur gelegentlich miteinander in Kontakt kommen konnten.«

Mit den Händen demonstrierte Styge, wie sich zwei gekrümmte Flächen nur an einigen Stellen berühren.

»Gleichzeitig fiel ihm ein, daß die meisten Begegnungen mit Karen zustande gekommen waren, wenn er in seinem Laboratorium die Sonne, oder den Schwefel, mit dem Mond, oder dem Quecksilber, miteinander verbunden hatte, wodurch unter Entwicklung des Vogels, einer kräftigen, berauschenden Luftart, der Stein der Weisen zustande kommt.«

Die Umrisse der Bäume lösten sich auf und vermischten sich mit der Dunkelheit. Styge wandte sich wieder an seinen Gast.

»Er eilte in seine Grotte zurück, wo er eine ungewöhnlich große Portion der Rezeptur zusammenmischte, die er in Villeneuves Weg zum Weg gefunden hatte, gab sie in einen Glaskolben, unter dem eine schwache Glut lag, wodurch die Verbindung mit Hilfe von Brutwärme vonstatten gehen konnte. Aus Erfahrung kannte Ambrosius die Stärke der Dämpfe, die sich bei diesem Prozeß entwickeln würden, darum versicherte er sich, bevor er nach Hause und zu Bett ging, daß der Kolben, so wie bei Trismegistus vorgeschrieben, hermetisch verschlossen war. Niemand erinnert sich an das, was in jener Nacht geschah, durch eine kleinere Explosion muß der Kolben jedoch geplatzt sein, und die Dämpfe verbreiteten sich über die ganze Stadt.«

Der Zuhörer wagte kaum zu atmen, denn er hatte das Gefühl, in der Luft liege ein seltsamer Geruch, der seine Gedanken beeinträchtigte.

»Am Morgen trat aus einem der Häuser ein Mann mit leerem Gesicht und sah erstaunt die Straße auf und ab. Im selben Augenblick öffnete sich die Tür des Nachbarhauses, ein Mann kam auf die Straße und verschaffte sich erstaunt einen Überblick. Eifrig erkundigten sie sich beieinander nach dem jeweiligen Namen, was sie hier zu suchen hätten und was sich zugetragen haben mochte. Eine Antwort erhielten sie nicht, auch wenn andere rasch hinzukamen, Menschen ohne Namen, ohne Erinnerung und ohne Vergangenheit. Überall in der kleinen Stadt hatten sich die Dämpfe verbreitet und hatten ihre Wirkung getan. Niemand konnte sich sammeln, niemand konnte sich auch nur an sich selbst oder den vorangegangenen Tag erinnern. Noch nicht einmal den Namen der Stadt wußten sie noch. Einer von ihnen sah ein Wappenschild mit Rudern in einem Haus, und man einigte sich darauf, daß dies auf den Namen der Stadt hindeuten müsse, der von jenem Tage an von Aars in Århus verändert wurde.«

Der Alte zeigte auf das alte Stadtwappen, das unverkennbar drei Ruder in einem Haus zeigte.

»Die Geschichte ist länger, aber stell dir die Verwirrung am Tage des kollektiven Gedächtnisses vor. Ich will mich darauf beschränken zu sagen, das Ende hat darin bestanden, daß die Menschen ohne Erzählung sich auf Märkten, Straßen und Plätzen versammelten, um für Ordnung und Organisation zu sorgen, Dinge und Möglichkeiten zu verteilen und Vergangenheit und Zusammenhang zu schaffen. Eine einzigartige Möglichkeit, ein menschliches Wesen mit einer gerechten Verteilung zu erzählen, die nicht von altem Unrecht und schlechten Gewohnheiten beschwert wurde. Andere sagen, in jener Nacht hätten die Götter überall Vergessen verbreitet, weil die Menschen um ein Haar ihr innerstes Geheimnis offenbart hätten.«

Sich einen vierdimensionalen Raum vorzustellen ist nicht ganz so schwierig, wie manche denken.

Man denke sich ein kariertes Stück Papier. An jedem der Schnittpunkte befindet sich eine Kugel.

Will man die Stelle angeben, an der eine Ameise auf eine dieser Kugeln klettert, muß man natürlich zuerst den Platz der Kugel angeben. Dieser kann beispielsweise fünf Reihen rechts und sieben Schritte aufwärts sein, um anschließend die Position der Ameise auf der betreffenden Kugel anzugeben, was wiederum zwei Dimensionen erforderlich macht, beispielsweise deren Längen- und Breitengrade.

Nun stellt man sich vor, daß die Würfel auf dem Papier kleiner und kleiner werden, während zugleich die Kugeln verkleinert werden. Dies würde wirken, als ob man den Deckel eines Flügels wegzoomt, der dicht mit Globen bedeckt ist, die nebeneinander in langen Reihen und Säulen angebracht sind. Der Flügeldeckel erweist sich freilich als riesengroß. Gleichgültig, wie weit wir uns von ihm entfernen, wir können seinen Rand nicht erkennen. Im Gegenteil stellt sich, wenn die Entfernung groß genug ist, heraus, daß der Flügeldeckel rund ist. In Wirklichkeit handelt es sich bei ihm um eine riesige Kugel.

Diese Riesenkugel ist bedeckt mit winzig kleinen Unebenheiten, die sich bei näherer Betrachtung als kleine Globen erweisen. Will man die Position einer Ameise auf einer dieser Kugeln angeben, benötigt man vier Informationen, zum Beispiel: 574, 733, 56° 9' 26" n. Br., 10° 12' 43" östl. Lä. Man hat also einen vierdimensionalen Raum vor sich.

Viele werden von diesem Bild ein wenig enttäuscht sein, denn es wirkt flach und unübersichtlich. Dies liegt daran, daß es hier aus der Entfernung betrachtet und von außen beschrieben wird. Aus dem Blickwinkel der einzelnen Ameise würde es sich recht schwindelerregend ausnehmen, ge-

langte sie für einen Augenblick zu dieser Einsicht. Nicht nur sie selbst ist an eine Kugeloberfläche gebunden, deren Größe sie keineswegs übersehen kann. Um sie herum gibt es unendlich viele identische Kugeln.

Man muß annehmen, daß es Ambrosius verschiedene Male gelungen ist, eine Verbindung zu der Frau auf einem Nachbarglobus herzustellen, es sei denn, eine kleine Unregelmäßigkeit hätte dazu geführt, daß zwei Kugeln einander zu nahe gekommen sind und einen Kontakt gestattete.

Dines ist somit das erste beschriebene Wesen, das aus einer Verbindung zweier Menschen von zwei verschiedenen Globen hervorgegangen ist. Und der erste, der den großen Sprung vom einen Globus zum anderen vorgenommen hat. Es sei denn, man möchte dieses Modell zur Erklärung verschiedener Phänomene in der Geschichte des Menschen benutzen, bei denen es um das unerklärliche Verschwinden oder Auftauchen von Personen geht und die bisher als übernatürlich oder mythologisch abgetan wurden.

Man kann vermuten, daß das Verständnis, das Alian Sandme in »Tage mit Diam« erreicht und beschreibt, in Zusammenhang steht mit einem Sprung in eine zunehmende Anzahl Parallel-Universen. Dieser kegelförmige Einblick hat ihm zweifellos als Grundlage seiner späteren Arbeit am sphärischen Roman gedient.

Die Theorie, wie Alma Nonnetit sie unter der Bezeichnung »Die eingerollte Ordnung« beschreibt, läßt sich in »Den Menschen erzählen« finden. Wenn sie vorübergehend eine gewisse Aufmerksamkeit erregte, liegt dies vermutlich daran, daß sie einige Gefühle streifte, die vielen Menschen bekannt sind.

Wissenschaftlich fundierter sind Knud Monikkes Beschreibungen von Bewußtseinswanderungen, die am leichtesten zugänglich sind in »Zucht und Unzucht im Mittelalter«. Dr. Monikke gelangt in seiner Erklärung mentaler Zusammenhänge ziemlich weit, ohne zur vierten Dimension greifen zu müssen.

Wieder einmal aber muß Veros Darstellung in »Kvindens skaber« als eines der klarsten Bilder von den Relationen dieser Welt dienen. Er, der nur umgeben von Büchern die ideale Jugend hatte, gelangt auf intuitivem Weg zu einer verblüffend präzisen Erkenntnis.

35

Die Stadt war überrascht, als Gott Gerechtigkeit zu üben begann.

Das heißt, um ganz ehrlich zu sein, man bemerkte dies anfangs überhaupt nicht. Es bedurfte einer gewissen Häufung, bis man ein Muster erkannte.

Als so der mürrische alte Apotheker Balther eines Tages mit Schaum vor dem Mund tot auf dem Fußboden der Apotheke aufgefunden wurde, wo er mit Hilfe der Schubladen versucht hatte, sich wieder aufzurichten, hielten alle dies für einen Ausdruck der Ordnung normaler Dinge. Der eine sinkt zu Boden, der andere erhebt sich, ohne irgendeinen vorhersagbaren Plan.

Selbstverständlich wurde die Angelegenheit angemessen untersucht, und man wagte nicht auszuschließen, daß Balther, dem man besondere Achtsamkeit im Umgang mit den scharfen Mitteln der Apotheke nicht nachsagen konnte, einige Körner eines giftigen Stoffes an den Fingern hatte, als er, unmittelbar bevor der Tod ihn ereilte, eine spartanische Mahlzeit, bestehend aus Wurst und Brot, zu sich nahm. Wahrscheinlicher aber erschien, in Anbetracht des Alters des Apothekers, daß seine Zeit ganz einfach abgelaufen war, wie man zu sagen beliebte.

Auch nicht, als die zänkische Schlachtersgattin, die dafür bekannt war, daß sie fluchte wie ein Türke und nach allem schlug, was sich um sie herum bewegte, weshalb die in den Diensten des Schlachters stehenden Männer stets blaue und blutunterlaufene Stellen hatten, während Dienstmädchen ihre Stelle vorzeitig verließen – auch nicht, als also sie, Maren Jørgensdatter, sich während des Abendessens plötzlich zu übergeben begann und noch vor Beendigung der Mahlzeit verstarb, hielt man dies für auffällig. Wenn jemand an seiner eigenen Galle erstickte, dann Maren, und selbst der Schlachter vergoß nur wenige Tränen darüber, daß er seine Dienstmädchen im Dienste behalten konnte.

Die Stadt hatte nicht viele Einwohner, aber selbst in einer Kleinstadt muß man mit gelegentlichen, unvorhergesehenen Todesfällen rechnen. Als Anders Ard, der junge Auditor der Kathedralschule, dem plötzlich unterlag, zog dies ebenfalls keine besondere Aufmerksamkeit auf sich. Er war der tägliche Schrecken aller Schüler und hatte sogar den Weg in ihre Alpträume gefunden, weshalb man noch nicht einmal in der Nacht Ruhe vor ihm hatte. Niemand äußerte es, alle aber waren sich einig, daß der Aufenthalt in der Schule angenehmer wurde, als Christian Zuber, einer der neuesten Ableger Veras, seine Stelle einnahm. ›Unterlag‹ ist vielleicht nicht die beste aller Beschreibungen, denn diejenigen, die dieses Unglück beobachtet hatten, behaupteten, Ard scheine nahezu alle Phasen der Giftigkeit durchlaufen zu haben. So wie Menschen, die einen Schluckauf bekommen, der sich nicht beenden läßt, wurde der cholerische Lehrer offensichtlich von einem Wutschluckauf befallen, denn immer wieder kam es zu einem Wutanfall, er wurde rot im Gesicht, dann blau und hatte kaum den einen Ausbruch überwunden, als der nächste über ihn kam. Bis ihn der letzte, wie gesagt, mit sich nahm.

Bei den nächsten Malen, als Pastor Brosme, der stets über den Teufel und das Verderben des Menschen predigte, und Jens Lauritzen, der grobe Diener des Vogts, sich am selben Tag davonmachten, wurden manche auf dieses Übereintreffen aufmerksam. Selbstverständlich durfte man dem nicht zuviel beimessen, daß Brosme gerade in jenem Augenblick starb, als er in einen Apfel gebissen hatte, obwohl er ansonsten, wie es hieß, niemals von der Frucht der Erkenntnis versucht hatte. So ironisch pflegte der liebe Gott in seiner Symbolik nicht zu sein. Und daß Jens Lauritzen, als der Tod ihn ereilte, sich auf der

Jagd nach einem armen Schlucker befand, der Waren in die Stadt geschmuggelt hatte, ohne die Akzise zu erlegen, weshalb er mit erhobener Hand zu Bodens sank, vermochte niemanden zu erstaunen, denn die dienstliche Beflissenheit des Bitter-Jens sorgte dafür, daß der Tod ihn dort am leichtesten treffen konnte. Denn plagte er nicht gerade einen ehrlichen Menschen, dann verfolgte er einen unglücklichen Bürger, der eine der Stadt gehörende Hintertür benutzt hatte.

Verwunderung rief vielmehr hervor, daß Århus sich im Verlauf der letzten Monate in einen merklich angenehmeren Ort verwandelt hatte. Wenn man nachdachte, ließ sich dies erklären, denn außer den Erwähnten war die Stadt in der letzten Zeit beschwerliche Personen losgeworden. Ein zweiter Zöllner, dem es schwerfiel, die Augen zuzudrücken, der dies aber dennoch schließlich tat, ein Scharfrichter, der die Peitsche erheblich härter schwang als notwendig, und die intrigante Charlotte Fuhl, die hinter einer Reihe von Verleumdungskampagnen stand, abgesehen davon, daß sie jenem Mann, den ihr Vera Skonning beschafft hatte, das Leben sauer machte. Den einen holte die Pest, den zweiten das Alter, den dritten eine andere Seuche, alle drei aber trugen sie durch ihr Dahinscheiden zu einer Verbesserung der Stimmung bei.

Auffällig jedoch war es.

Als das Gerede einmal im Gang war, konnte jeder den einen oder anderen benennen, der sich mit einigem guten Willen diesem Muster hinzurechnen ließ. Es gab viele Beweise, und selbst Geistliche und Skeptiker mußten einräumen, daß das Gerede etwas für sich hatte: Gott hatte sich gesammelt und strafte gerecht und nicht zufällig einmal hier und einmal dort, wie es ansonsten seine Gewohnheit war. Ganz sicher gab es einige Todesfälle, die man der neuen Ordnung nicht hinzurechnen konnte, Personen, die ein so hohes Alter hatten, daß sie sich ein Ende nur wünschten, oder von einer Krankheit gequält wurden, deren Ursprung aus einer Phase stammte, die vor der Zeit der Gerechtigkeit lag, und wenn auch nicht von ungefähr, so hatte Gott sich sehr gebessert.

Unter den Gelehrten kam es zu heftigen Diskussionen, welche Gründe es für diese neuen Umstände geben mochte, und in denen man zu einander widersprechenden, unwiderlegbaren Schlüssen kam. Am meisten Rückhalt fanden diejenigen, die darauf hinwiesen, daß Gott auf seine alten Tage nicht von ungefähr gut geworden war – wie andere wissen wollten –, daß er jedoch ganz schlicht eine bessere Fähigkeit entwickelt habe, die Schuldigen genau zu treffen. War sein Urteil bis dahin ein wenig wahllos ausgefallen, lag dies ausschließlich an Hilflosigkeit. Und man verwies auf damals, vor fast einem halben Jahrhundert, als das Böse die Oberhand in der Stadt gewonnen hatte, weshalb der Allmächtige sie mit seinem Blitz strafte, in seiner Ungeschicklichkeit – er mußte sie schließlich aus weiter Entfernung treffen, hieß es, ein wenig entschuldigend – jedoch seine eigene Zierde traf, die Spitze der Domkirche nämlich, die in Feuer und Rauch verschwand.

Wie die tieferen Zusammenhänge auch immer sein mochten, als sie den Leuten aufgingen, brachten sie große Unterschiede mit sich. Früher war es mitunter schwer gewesen, den Allmächtigen zu respektieren und seine Gebote ernst zu nehmen, wenn man sah, welche Willkür ihm unterlief, so unter anderem, wenn er Menschen tötete. Ja, dann und wann hatte man in den Krügen gemunkelt, die Besten würden zuerst geholt, was schließlich nicht unbedingt zu einem ordentlichen Lebenswandel ermunterte. Selbstverständlich versuchten viele das Auftreten Gottes zu erklären und zu entschuldigen. So zahlreich waren die Verteidigungsschriften, daß sie einen eigenen Namen bekommen hatten. Als Theodizeen bezeichnete man sie. An sich aber war dies ein Zeichen dafür, daß etwas nicht stimmte. Niemandem kommt es doch in den Sinn, lange, umständliche Verteidigungsschriften über die Lieblingskinder Gottes zu schreiben, wenn diese sie gar nicht benötigen.

Als es sich darum jetzt erwies, daß hinter den vielen Worten und Auflagen ein gewisser Ernst steckte, geschah etwas mit den Menschen. Nicht nur, daß man von den schlechtesten durch natürlichen Abgang befreit wurde und hierfür dankbar war, einige, die auf der Liste die nächsten waren und die sehr wohl fühlten, allmählich könne es für sie tödlich ernst werden, wenn die neue Linie eingehalten werde, rissen sich zusammen. Ein Kratzbürstiger schluckte die übelsten Schimpfworte, der Geizige legte laut und deutlich eine Münze in den Klingelbeutel, und der Träge legte ein wenig mehr Fleiß an den Tag.

Als nächstes brachte dies auch Verbesserungen. Denn wer nicht unnötig Prügel bezogen hatte, mochte wirklich lächeln, und wer ein Stück Brot empfangen hatte, empfand keinen so starken Drang, nach den Reichen zu schnappen, und wem das Korn rasch gemahlen wurde, der kehrte ein wenig vergnügter nach Hause zurück.

Selbstverständlich verbreitete sich das Gerücht in die Nachbarorte, wo man nicht bemerkt hatte, daß Gott sich gesammelt hatte. Theologen und kluge Menschen erklärten, der Allwissende habe sich Århus als Experimentierfeld zur Untersuchung der Auswirkungen einer konsequenteren Gerechtigkeit ausgesucht. Zwar drückte man sich nicht direkt so aus, da man keine Lust hatte, mit ihm, der überall die Macht besitzt, in Konflikt zu geraten, dies jedoch war gemeint.

Hatten sie früher nicht erkannt, worauf das Ganze hinauslief, brachte diese Erklärung die Böswilligen, die Gierigen, die Niederträchtigen, die Verlogenen und die Unehrenhaften dazu, besonders nachzudenken. Entweder entschieden sie sich für eine Korrektur ihrer Lebensweise, oder, falls ein anständiges Verhalten für sie unüberwindlich und mit ihren tiefsten Bedürfnissen unvereinbar war, sie entschieden sich, aus der Stadt wegzuziehen, vorzugsweise in die Hauptstadt, wo sie nicht so sehr auffielen.

Andererseits bewirkte der Ruf von Århus als ungewöhnlich

friedlich, gesund und verträglich, daß rechtfertige Menschen aus dem Hinterland und aus entfernteren Städten dorthinzogen. Auch dieser Zustrom hatte eine förderliche Wirkung, mochte es auch vorkommen, daß einer der Neuhinzugezogenen kurze Zeit nach seiner Ankunft starb und man einsehen mußte, daß er sich selbst überschätzt hatte. Dies hielt eine Reihe von guten Menschen ab, in diese Stadt zu ziehen, aus Furcht, daß sie im Grunde für denjenigen, der alles durchschaut, nicht rechtfertig und gerecht waren, sondern vielmehr selbstgerecht.

Zeitweise war auch die Rede davon, die Stadt als Gerichtshof des Landes zu nutzen. Man müsse nur, so stellte man sich vor, einen Beschuldigten aus Viborg oder aus Kopenhagen dorthinsenden, dann werde Gottes Finger zeigen, ob er unschuldig war, wie er behauptete, oder nicht. Dieser Gedanke wurde aufgegeben, sicherlich weil man befürchtete, daß manche Missetäter, die man hängen sehen wollte, es verstehen könnten, zu heucheln und sich zu verstellen, so daß Gott Mitleid bekäme mit ihnen. In der Zeit, in der man über die Sache beriet, soll jedoch mehr als ein Verdächtiger gestanden haben, aus Furcht, man könne ihn nach Århus senden, wo eine höhere Gerechtigkeit über ihn richten werde.

Zu jener Zeit wohnte ein Mann in dieser Stadt, der allmählich zu alt war, um seine Arbeit als Lateinlehrer zu verrichten. Bertel Jenssøn Helled wurde in jungen Jahren als Auditor an der Lateinschule angestellt, nachdem er eine Zeitlang das Amt eines Hilfspfarrers innegehabt hatte, später ein weiteres Amt als Kaplan. Offenbar war es ihm schwergefallen, zu innerer Ruhe zu kommen, er hatte sein Amt zurückgegeben und war wieder an die Schule gegangen, wo er gern gesehen war, weil er häufig die Züchtigung der Schüler vergaß, wenn auch womöglich weniger geeignet, denn seine Gedanken verließen leicht das Pensum und gerieten auf die Flucht.

Als der alte Helled nun zurücktrat, hatte er Zeit genug, die neue Ordnung der Dinge zu überdenken. In seiner Jugend hatte es in der Stadt einen berühmten Prozeß gegeben, bei dem es um Mord und Unsittlichkeit gegangen war und für den man womöglich nicht die beste aller Lösungen gefunden hatte. Es hieß, Bertel Helled habe stets das Gefühl gehabt, er habe bei dieser Gelegenheit besser mit der Wahrheit umgehen sollen. Vielleicht hoffte er, der in die himmlische Gerechtigkeit kein so großes Vertrauen hatte, bei dieser Gelegenheit sein Gewissen ein wenig erleichtern zu können.

Auf alle Fälle suchte er seine alte Schule auf und besprach sich mit Christian Pedersen Zuber, der nun die Stelle des jäh verstorbenen Anders Ard innehatte. Als Christian, nach ausgeschlossener Ausbildung in der Hauptstadt, in der Stadt auftauchte, war er recht einsam, aber die alte Vera aus dem »Bischofskeller« hatte sich seiner liebevoll angenommen, bis ein nicht zu stillender Wutanfall Ards Qualen ein Ende machte und Christian plötzlich Platz bereitete.

»Cui bono est«, sagte der alte Lateinlehrer, der darüber nachdachte, wem das alles nutzte.

»Hinc illae lacrimae«, antwortete der junge Nachfolger, ohne selbst Tränen zu vergießen.

»Er ist mitten am Tage gestorben?«

»Die Kinder, die dabei waren, meinen, er habe plötzlich erkannt, daß das Ende näherrückt. Darum hat ihn der Teufel geritten, entschuldige, und er bemühte sich, all die Wutausbrüche, die er in Bereitschaft hatte, hinter sich zu bringen. Damit sie nicht verlorengingen. Und hat sie offenbar bis auf den Grund ausgeschöpft, denn er soll freundlich gelächelt haben, als er verschied. Zum ersten Mal. Eigenartig. Seltsam.«

»Was sagt Juvenal über den Tod des schlechten Lehrers?«

»Derselbe Kohl, immer wieder gehackt, beweist den Tod des elenden Lehrers. Occidit miseros crambe repetitia magistros.«

Bertel Jenssøn nickte, zufrieden mit dem, was er hörte. Er fand Gelegenheit, alte Erinnerungen zu mobilisieren. In seiner

Zeit hatte er Vera und ihren Vater gekannt, den bekannten Glöckner.

Der junge Zuber hatte einiges über den Ruf des alten Glöckners gehört. Neulich, gerade an jenem Tag, an dem Anders Ard gestorben war, hatte er Vera auf dem langen Weg hinaus zur alten Papiermühle begleitet, die nun die trockenen Zeiten zum Stillstand gebracht hatten. Vera, die ja ihre eigenen Visionen hatte, hatte sich vorgestellt, es könne dort noch immer Wertvolles geben, im Garten oder im Haus, aber alles war überwuchert, und nichts war dort zu holen gewesen.

Der alte Helled konnte hinzufügen, daß er selbst, als Schüler der Lateinschule und als das Geld knapp gewesen war, für ein wenig Essen und ein bißchen Kleingeld dem Glöckner in der Papiermühle geholfen hatte und dies als Adelszeichen empfinde.

Da die Erinnerungen schon einmal im Gang waren, suchte der verabschiedete Lateinlehrer Vera auf, den Schöpfer des Mannes, wie man sie nannte, da sie ständig genötigt war, neue Männer für ihren unaufhaltsamen Kinderstrom zu finden. Sie versicherte dem alten Helled, sie habe keines der Manuskripte des Vaters finden können, auch in der Wassermühle nicht, die sie am Tag von Ards Tod besucht habe.

Weil er einmal im Hause war, ging er hinunter in die Krypta, um Ambrosius zu begrüßen, den einzigen Sohn, den Vera nicht in einer der besseren Familie der Stadt hatte unterbringen können. Der geniale Zurückgebliebene war noch immer in seine alchimistischen Versuche vertieft und verließ tagsüber nur selten seinen Keller, obwohl es ihm auf unerklärliche Weise gelungen war, einen Sohn zu bekommen, Dines, dem Vera, mit der üblichen Besorgtheit für ihr eigenes Blut, untergebracht hatte, anfangs bei Tieren, später dann bei Pflanzen, als sich ersteres als unmöglich erwies.

Um zu zeigen, wie weit er mit seinen Bemühungen gekommen war, vermischte Ambrosius zwei Flüssigkeiten. Nachdem sie gebrodelt hatten, kristallisierten sie plötzlich, wobei sie sich stark färbten und eine stark riechende Luftart absonderten, die Ambrosius zufolge zeitlos und imstande war, böse Erinnerungen zu übertönen. Der Dampf hatte Helleds Atemnot verstärkt, und er verabschiedete sich hastig.

Kaum war der alte Lateinlehrer zu Hause angekommen und hatte sich mit den Erinnerungen hingesetzt, die der Rauch nicht ausgelöscht hatte, als er vom Vogt aufgesucht wurde, einem einfältigen Mann, der seine Aufgabe als Wächter über die städtische Ordnung und Gerechtigkeit ernst nahm. Als Kaplan hatte sich Helled der Pflege und Fürsorge der Seele des Vogts angenommen. Selbst so viele Jahre danach zog Jakob Jakobsen seinen alten Vertrauten den hervorsprießenden Pietisten vor, wenn sein Gewissen auf sich aufmerksam machte.

Der Vogt begann mit der Versicherung, er habe sein Bestes getan, die Stadt vor Schlechtigkeit und Unordnung zu bewahren, was Helled gern glaubte. Schließlich sei es in letzter Zeit auch besser geworden, wagte der Vogt zu erklären, nachdem er mehr Leute in seinem Dienst habe und über reichere Mittel und größere Autorität verfüge. Insbesondere nach dieser Reihe plötzlicher, unerklärlicher Todesfälle. Die der Stadt aufzuerlegen Gott geneigt war, fügte der Lateinlehrer fromm hinzu.

»Jeder Mensch hat sein Leben«, sagte der Vogt nachdenklich.

»Das ist wahr, Jakob«, stimmte Helled bereitwillig zu.

»Wenn man seinen ganzen Lebenslauf kosten dürfte, muß man zufrieden sein. Nicht das Chronometer und der Kalender können ein Leben wiegen und zählen.«

»Jeder hat seine innere Zeit. Sie ist entscheidend, nicht die äußere Zeit.«

Der Vogt verdaute die Worte des anderen.

»Das wollte ich nur wissen«, sagte er und machte Anstalten, sich zu erheben.

Helled begleitete ihn zur Tür.

»Du denkst an den Tod von Bitter-Jens?«

»Nein. Den hat Gott plötzlich zu sich geholt.«

»Bist du dabeigewesen?«

»Wir sind einen Augenblick später hingekommen. Eine Hand über einen Missetäter erhoben, ist er zu Boden gesunken. Keiner außer Gott hatte in diesem Augenblick die Finger im Spiel.«

»Dann denkst du also an den zweiten Zöllner? Wie war sein Name?«

»Rasmus.«

»Der die Augen schloß.«

»Das weißt du also? Ja, ein wenig zu oft. Für ein wenig Bezahlung hat er die Augen geschlossen.«

»Und ist schnell gestorben?«

»So schnell auch nicht. Er hat sein ganzes Leben gelebt, aber im Galopp, während wir im Schritt oder im Trab gehen.«

»Und alle kommen wir doch ans gleiche Ziel.«

»So ist es. Eben das hat er auch gesagt. Und daß die innere Zeit zählt. Vielen Dank für die Hilfe. Das habe ich wissen müssen.«

»Von wem sprichst du?«

»Von Gottes Werkzeug.«

»Aber von wem?«

»Du bist zu klug, um mich nach so etwas zu fragen. Ich bin keiner, der offenbart, was Gott verborgen halten will.«

»Woher weißt du, daß es Gottes Werkzeug ist und nicht das eines falschen Propheten?«

»Sieh dir die Stadt an«, sagte der Vogt mit einer Zufriedenheit, als habe er selbst mit dem Übel aufgeräumt. »Kann man Trauben von Dornen pflücken oder Feigen von Disteln?«

Helled ließ den halsstarrigen Vogt gehen und beschloß, sich wie anempfohlen die Stadt anzusehen.

Am folgenden Tag begab sich Bertel Jenssøn Helled auf eine lange, schwere Wanderung.

Die erste Rast legte er beim Schlachter ein, der schon längst nicht mehr den Verlust seiner zorngeladenen Ehefrau beweinte. Helled wurde bestätigt, Maren sei während der großen Mahlzeit dahingegangen, die der ganze Hausstand, Knechte und Ehefrauen, Männer und Mägde miteinander teilten. Sie habe nichts anderes gegessen wie die anderen, habe aber wie immer mit harter Hand der Küche vorgestanden.

Direkt befragt, ob Maren besondere Feinde gehabt habe, mußte der Schlachter einräumen, dies könne man nicht behaupten, denn es gebe kaum einen unter den Dienstboten, den derzeitigen oder den ehemaligen, der sie gemocht hätte. Einen Speziellen habe es in dieser Hinsicht also nicht gegeben.

Die nächste Station auf dieser Schmerzenswanderung war die Witwe des Pastors Brosme, seines früheren Amtsbruders. Kristine Brosme, die all ihre Tage kurzhalsig gewesen war, schien sich nach dem plötzlichen Tod ihres Mannes gestreckt zu haben.

So rasch konnte es gehen, wie sie sagte. Noch am Morgen war ihr Mann bei guter Gesundheit gewesen. Wie üblich fröhlich und schadenfroh, hatte der Standpaukenprediger, sie nannte ihn anders, verschiedene arme Teufel empfangen, die er ihrer Sünden wegen einbestellt hatte. Einen Lehrer, der zu leichtfertig im Umgang mit der Wahrheit war, einen Zöllner, der Bestechungen entgegennahm, und einen Gärtner, der sich vom Fleisch hatte versuchen lassen.

Offenbar hatte Brosme selbst sich von der Versuchung leiten lassen und hatte bewiesen, daß sein Herz nicht aus Stein bestand, denn kurz vor seinem Tode hatte er einen Apfel verspeist, eine Frucht, die er sonst stets als verboten verstanden hatte.

»Bestechung kann Steine brechen«, lautete der Kommentar des alten Helled.

»Und eine Schmierung läßt den Wagen rollen«, fügte die Witwe hinzu.

Durch die Mittagshitze und die traurigen Gespräche war dem Lateinlehrer die Luft ausgegangen, weshalb er bei Fuhls in der Nähe des Westtors darum bitten mußte, sich setzen zu dürfen. Es hieß, Jørgen Fuhl sei einer von Veras Erfindungen, Charlotte habe ihn bekommen, weil ihre böse Zunge andere Verehrer abschreckte.

Jørgen leistete dem alten Helled Gesellschaft auf der Bank. Er stimmte ihm zu, daß seine Ehefrau, ob selig oder nicht, furchtbar viele Geschichten erzählt hatte. Über unverheiratete Frauen, die in die Umstände der Jungfrau Maria geraten waren, über den Landwirt, der auf Kains Spuren wandelte, über den alten Mann, der unter Noahs Durst litt. Vielleicht hatte Gott durch den leichtfertigen Umgang mit den Vorlagen seiner Geschichten um sein Urheberrecht gefürchtet und hatte sie mit der schlimmsten Gegenseuche geschlagen, die aus ihren Minuten Tage machte. Ja, aus jeder Stunde, die verging, fügte die Krankheit ihrem Alter ein Jahr hinzu. Nach einem Tag, einer Nacht und einem weiteren Tag, mit irdischen Maßen gemessen, konnte sie, die am vorangegangenen Morgen im besten Alter und leichtfüßig gewesen war, wenn sie wegging, um wilden Spargel zu stechen, und sie war, mit allem Respekt, ein wahrer Teufel im Auffinden von wildem Spargel gewesen, immer wieder einschlafen, ihrer Tage leid, alt und müde an Leib und Seele. »Spargel hat sie also gestochen?« fragte der Lateinlehrer, der Mühe hatte, der Syntax zu folgen. »Ja, manchen Morgen, aber selbstverständlich nicht, als anfangs jede Stunde ihrem Lebensalter ein Jahr hinzufügte, da gab es keine Zeit mehr für derartigen Zeitvertreib.«

Der alte Helled bedankte sich für Sitzgelegenheit und gute Worte. Durch die Geschichte verjüngt und erfrischt, setzte er seine Wanderung fort, wenn auch immer noch auf seinen schweren Stock gestützt. Er verließ die Stadt durch das Mühltor und ging weiter nach Westen bis an jene Stelle, an der sich die Straße nach Silkeborg von der Straße nach Viborg verabschiedet. Noch ein Stück weiter hinaus mußte er, an Abildlund und Bærhaven vorbei, bis zum Viborg-Hügel. Hier bog er ein zu Overgaard Johanssons Gärtnerei, wo er begrüßt wurde von der errötenden Rosa mit Rosenwangen und einem Lächeln, das sein Altmännerherz unnötig hämmern ließ. Sie wolle ihren Vater holen, aber nicht mit Helfred wollte er reden, sondern mit dem jungen Knecht, Dines. Dieser Name ließ dem Mädchen die Rosenfarbe vollends zu Ohren steigen. Der Knecht sei auf dem Feld. Sie zog einen Halm aus ihrem Haar und beschrieb ihm den Weg.

Dines Skonning lag auf den Knien und band Kohl. Unaufgefordert nahm Helled auf dem Ruhestein in seiner Nähe Platz. Der Bursche fuhr fort mit der Entfernung von Wegerich, Löwenzahn und Rajgras in der Umgebung des Kohls.

»Manches wäre leichter, wenn es ein Mittel gäbe, mit dem man das Unkraut so rasch wachsen lassen kann, daß es sich selbst sprengt und stirbt.«

Der Bursche sah auf.

»Ein schöner Gedanke«, sagte er. »Das Schlechte zu düngen.«

»Nur damit es sich selbst erstickt.«

»Man könnte meinen, du hast mit meinem Vater gesprochen. Der sich närrische Vorstellungen darüber macht, wie man die Zeit kristallisiert.«

»Oder mit dir, der keine Ungerechtigkeit dulden kann.«

Der Bursche hatte sich aufgerichtet.

»Komm«, sagte er. »Probier die neuen Pflaumen.«

Hinter dem Kohlacker stand ein alter Pflaumenbaum, aber mit frischen Pfröpflingen. Sorgfältig suchte Dines die größte und reifste Pflaume aus und reichte sie dem Gast. Bescheiden nahm er sich selbst eine kleinere, schloß die Augen und schlug die Zähne hinein. Helled, der sich ebenfalls ein wenig am Baum umgesehen hatte, aß die große saftige Frucht langsam und mit Genuß, während der Bursche ihm interessiert zusah. Der Alte lobte die Frucht, meinte aber, sie hätte einen Nebengeschmack. Dies stimmte Dines nachdenklich, denn es war seine eigene Pfropfung und sein Stolz.

»Was willst du?« fragte er, als die Pflaume verzehrt war.

»Ich will mir dir über die vielen Toten sprechen.«

»Alle, die Gott in seiner Gerechtigkeit geholt hat?«

»Ich meine, man kann doch eher von einem Deus ex machina sprechen.«

»In der Lateinschule bin ich nicht soweit gekommen«, sagte der Bursche verdrossen.

»Nein, wahrscheinlich hat dir der Lehrer das Leben zu sauer gemacht?«

Der Bursche nickte.

»Und beim Schlachter bist du auch nur ein paar Monate gewesen, wie ich gehört habe?«

»Dort hat es zuviel Blut gegeben, das konnte ich nicht vertragen.«

»Ja, mehr als einer hat behauptet, Maren Jørgendatter hätte den Dienstboten schlechtes Blut serviert. An dem Tag, an dem sie gestorben ist, hast du dem Schlachter Gemüse geliefert?«

»Das sie mit Wohlbehagen verzehrt haben, und alle zusammen sind noch bei bestem Wohlergehen.«

»Bis auf Maren. Bis auf den Rosenkohl. Du weißt genau, daß Maren Rosenkohl so gern mochte, daß sie ihn sich, selbstsüchtig wie sie war, allein vorbehalten wollte?«

Der Bursche hatte wieder begonnen, zwischen den Kohlköpfen zu jäten. Der Alte mußte sich in Anbetracht seiner Atemnot, die sich durch die erfrischende Pflaume nicht gebessert hatte, auf den Grenzstein setzen.

»Dann der Zöllner…«

»Bitter-Jens ist zusammengebrochen, getroffen von Gottes gerechtem Zorn«, rief der Junge eifrig und erhob sich.

»Ja, das weiß ich. Das zu verstehen hat mir am meisten Mühe bereitet. Hier hat Gott wirklich mitgespielt und hat Jens seinen Todesstreich zugefügt. Darum ließ sich der Vogt leicht davon überzeugen, daß die anderen Todesfälle ebenso Gottes Willen folgten.«

»Worauf auch alles hindeutet.«

»Aber ich habe einen anderen Zöllner gemeint, Rasmus. Der Leckereien bekam, wenn er einen Sünder gefangen hatte. Hat Charlotte Fuhl gesehen, daß er dich gefaßt hat?«

»Sie hat nach Spargel gesucht. Das ist morgens am besten. Ich durfte nicht sagen, daß sie ihn bei mir gekauft hat. Sie aber, sie hat bald Geschichten über mich erzählt, weil sie mich zusammen mit Rasmus gesehen hat, bevor er starb. Man kann seinen Kohl und sein Obst nicht verkaufen, wenn auf den Preis die Akzise kommt.«

»Also hast du Rasmus etwas mitgebracht.«

»Wie alle anderen.«

»Woraufhin er im Galopp gestorben ist statt im Schritt.«

»Ein Leben läßt sich nicht mit Chronometer und Kalender messen und zählen.«

»So etwas macht Eindruck auf den Vogt, auf mich nicht. Du hörst dich an wie er...«

Der Lateinlehrer sah auf den Jungen hinab, als erkenne er in seiner eigenwilligen Gestalt einen anderen wieder. Er überlegte ein wenig. Fast wurde er von den Erinnerungen und der Sonnenhitze übermannt. Er fuhr sich über die Stirn.

»Dieser saure Apotheker«, sagte er endlich. »Sollte er diesen Stoff untersuchen, den du aus dem Keller deines Vaters hattest und der die Leute sterben ließ?«

»Damals ist noch niemand gestorben. Die Kristalle ließen manche Früchte und Wurzeln schneller wachsen, als enthalte der Stoff die Kräfte der Zeit. Ich habe das nicht verstanden, wenn ich nur mit der Zunge darankam, wurde ich krank. Apotheker Balther knurrte, einen solchen Stoff gebe es nicht. Ich glaube, er hat sofort von den Kristallen probiert, als ich gegangen bin. Man kann nicht für etwas verurteilt werden, was man nicht getan hat, und weil man etwas besitzt, das es nicht gibt.«

Der Junge schielte nach einem Stöckchen und einigen klei-

…inen, die eine simple Sonnenuhr bildeten. Er nahm die … wieder auf.

…fred hat eine schöne Tochter. Sie bekommt Stroh ins Haar, wenn sie nur an dich denkt. Brosme wollte mit dir über deinen unsittlichen Lebenswandel sprechen.«

Der Junge betrachtete den anderen scharf.

»Ole Rømer war ein guter Freund meines Vaters.«

»Ja, das weiß ich. Ambrosius, Jørg und Ole klebten immer zusammen. Man hat viel von ihnen erwartet, vor allem von Ambrosius.«

»Es lohnt sich nicht, darum herumzureden. Von meinem Vater habe ich gehört, daß du dich sehr um Ole gekümmert hast. Ungewöhnlich viel.«

»Hör einmal zu«, sagte der Alte, der rote Ohren bekommen hatte. »Ich habe ein wenig zu Oles Ausbildung beigetragen, weil seine Eltern dazu nicht imstande waren. Und der Junge hat es verdient, sehr begabt…«

»Sehr fürsorglich, sehr liebenswert…«

»Weil Anne, seine Mutter, die übrigens die Schwester meiner Mutter war, sich liebevoll… und selbstverständlich auch ihr Mann, Christen, sich meiner angenommen haben, als ich in der Ausbildung war. Wenn ich ihnen einen kleinen Gegendienst…«

»Der werfe den ersten Stein…«

»Ich bin nicht zum Steinewerfen hier, Dines. Aber hast du so offen geredet, weil du glaubst, du könntest mich zum Schweigen zwingen?«

»Ich glaube nicht an die Gnade und Barmherzigkeit anderer«, sagte der Junge offen. »Ich glaube an meine eigenen Mittel. Ich habe so offen gesprochen, weil die Pflaume, die du vorhin gegessen hast, mit Kristallen aus Vaters Keller gepfropft wurde.«

Der Alte atmete schwer. Wiederholt wischte er sich die Stirn mit dem Ärmel ab.

»Ich warte nur, bis es wirkt«, fuhr Dines fort und warf einen weiteren Blick auf die Sonnenuhr.

»Du hast also das Unkraut gedüngt, daß es sich selbst sprengt?«

»So viel kann nicht mehr übrig sein für dich, wenn du erst in Galopp gerätst«, tröstete ihn der Junge. »Du kommst schnell außer Atem.«

»In der Wartezeit kannst du mir das einzige erklären, über das ich mich immer noch wundere.«

»Wenn ich kann.«

»Du hast einen behandelten Apfel für Brosme mitgenommen, als er dir ins Gewissen reden wollte. Aber wie bekommt man einen Menschen, der sonst keine Äpfel ißt, dazu, einen zu probieren?«

»Ins Gewissen reden«, fauchte der Bursche. »Er wollte mich wegen unsittlichem Lebenswandel zu Galgen und Gabel verurteilen lassen und Rosa und die Frucht in ihrem Leib lebendig unter einer Wanne begraben.«

»Didrik«, rief der Alte verklärt.

»Wie bitte?«

»Etwas, das ich gelesen habe und woran ich denken mußte. Heißt Rosas Großvater nicht Didrik?«

Der Junge nickte verblüfft.

»Nenn ihn Didrik. Brosme wollte euch also an Galgen und Wanne sehen?«

»Was sollte ich tun? Ich hatte den Apfel dabei, der die Probleme lösen konnte, aber dieser fromme Kerl faßte niemals Äpfel an.«

»Ja?«

Heimlich betastete Helled mit einem Finger sein Handgelenk. Sein Blut klopfte ebenso lebhaft wie üblich.

»Ich habe ihm erzählt, Rosa und ich hätten eine Sünde begangen. Wir hätten diesen phantastischen Apfelbaum, habe ich erzählt. Wir hätte ein wenig in einen Apfel gebissen, und sofort habe sich uns ein Engel gezeigt. Dieser hätte zu uns gesprochen und uns gesagt, wir könnten ruhig beieinander sein, ohne daß zwischen uns Sünde wäre.«

»Was hat Brosme dazu gesagt?«

»Zuerst wollte er mir nicht glauben. Aber ich habe ihn überzeugt. Ich habe ihm vorgeschlagen, er soll in den Apfel beißen, dann wird er sofort die Engel singen hören.«

Der Alte konnte ein Lächeln nicht unterdrücken.

»Du lachst? Wirkt es noch nicht?«

»Weißt du, ich habe Veras Vater gekannt, deinen Urgroßvater...«

»Ich habe gehört, du hast ihn verraten.«

»Ich weiß nicht, was ich getan habe. Eine Geschichte wiedererzählen, um die Ehre einer Dame zu schützen... Ich habe nach meinem Gewissen gehandelt.«

»So wie ich, als ich die schlechtesten Menschen ein wenig schneller durchlaufen ließ als üblich.«

»Aber zu was hat das geführt?«

Der alte Helled unterbrach sich selbst in einer großartigen Geste, die auf die friedliche Stadt hinweisen sollte, die unterhalb des Hügels lag. Den Ort, an dem die Gerechtigkeit Einzug gehalten hatte.

»An der Frucht erkennt man den Baum«, sagte der Junge fromm.

»Ich will mich nicht zum Richter machen. Aber das darf sich nicht wiederholen«, sagte der Alte streng. »Und du mußt mit Rosas Vater zu einer guten Lösung kommen. Helfred ist ein guter Mann. Wenn er plötzlich stirbt, dann sorge ich dafür, daß...«

»Wie willst du für etwas sorgen? Deine Zeit ist bald um.«

»Ich halte schon noch ein wenig aus. Wie ich gerade sagen wollte, als du mich unterbrachst, dein Urgroßvater, der alte Drucker, Glöckner und Schriftsteller, hatte Offenbarungen, die er mir zu lesen gegeben hat, als ich noch ein Junge war.«

Der Alte stand auf und suchte in der Tasche. Auch Dines war aufgestanden. Er erwartete irgendwelche Papiere zu sehen, Helled aber zog eine große, saftige Pflaume heraus.

»Endlich hat man ein wenig Nutzen an seinem unmäßigen Lesen«, murmelte der Mann. »Hast du diese Pflaume gemeint?«

Der Junge untersuchte fachmännisch die Pflaume, nickte, warf sie auf die Erde und trat darauf, wobei er auf Helfred deutete, der sich näherte.

»Was hat er sich denn jetzt wieder eingebrockt?« brummte der Gärtner.

»Geh lieb mit dem Jungen um. Ich sorge gut für ihn. Von nun an.«

»Aber wie…?« fragte der Junge und deutete auf die breitgetretene Pflaume auf der Erde.

»Ich habe eine vom selben Zweig gegessen wie du, sicherheitshalber. Ich muß dir sagen: Ich habe diese Geschichte nämlich schon einmal gelesen.«

36

Das siebente Zeitalter

Die Dunkelheit kam rasch, und er hatte noch nichts zu essen bekommen. Ein Schwein stürzte sich vergnügt auf einen Misthaufen. Der Junge bückte sich, hob einen Stein auf und traf das Schwein mit einem gutgezielten Wurf über dem Ohr. Unzufrieden trollte es sich von seiner Beute.

Ein Stück trockenes Brot. Er wischte es hastig an seinem Ärmel ab. Brach die Ecke ab, an der das Tier genagt hatte, und schleuderte sie dem Schwein nach.

Er war so beschäftigt mit diesem herrlichen Stück Brot, daß er vergaß aufzupassen. Eine Hand packte ihn am Kragen und zerrte ihn grob in ein Seitengäßchen.

»Schttt, kein Wort«, flüsterte die heisere Männerstimme gebieterisch.

Recht überflüssig, denn der Griff um seinen Kragen war so fest, daß er nicht imstande war, nur einen Piepser von sich zu geben.

»Sie haben alles entdeckt.«

Der mißtrauische Glöckner steckte den Degen in die Scheide, nachdem er sich gründlich umgeschaut hatte. Das mißhandelte Schwein und zwei Bettler, die sich in eine Ecke auf dem Markt verkrochen hatten. Keine Bedrohung im Augenblick.

»Wonach wühlst du in der Erde?«

»Ich habe mein Brot verloren. Ich habe den ganzen Tag nichts gegessen.«

»Vergiß das Brot. Ich werde berühmt. Und steinreich. Du bekommst Braten und Zuckerkuchen. Wenn du mir geholfen hast.«

»Wenn und falls macht keinen satt.«

»Du denkst immer nur an das, was du vor der Nase hast, Bertel. Hast du meine Schriften noch? Mit meinen phantastischen Visionen?«

»Selbstverständlich habe ich die.«

»Sie werden uns Glück bringen.«

»Du kannst sie nicht herausgeben«, rief der Junge erschrok-ken. »Der Kirche werden die Enthüllungen, die sie enthalten, nicht gefallen.«

»Junge, bist du närrisch, das weiß ich. Die würden mich an einer kurzen Schnur von der Turmspitze der Domkirche baumeln lassen, weil ich sie verraten habe. Ein ganzer Stapel Bibeln würde mir keinen Halt bieten. Und dir würden sie die Zunge aufschneiden bis zum Zäpfchen, weil du geschwiegen hast.«

Der Junge fuhr zusammen und zog sich zurück.

»Aber ich habe einen Ausweg gefunden. Ich habe gute Verbindungen in Deutschland. Anonym lass' ich sie dort unten drucken. Und erschüttere die Welt in ihren Grundfesten.«

»Und wie sollen die Papiere nach Deutschland kommen?« fragte der Junge, der zu ahnen begann, worauf es hinauslief. »Wenn sie noch nicht einmal aus der Stadt kommen. Die Kirchenleute bewachen alles.«

»Der Diener des Vogts reist mit Briefen nach Süden, morgen schon. Grubbes Vertrauensmann kommt durch den Zoll, wenn er in offiziellem Auftrag unterwegs ist. Jens Jakobsen ist mir noch einen Gefallen schuldig. Darum will er meine Papiere mitnehmen.«

»Ich habe keinen Grund, mich auf Erik Grubbe zu verlassen. Der weiß, wo Barthel den Most holt. Und was der Herr nicht besitzt, das fehlt dem Diener.«

»Solange wir am selben Strang ziehen, ist Grubbe der zuverlässigste Mann, den man sich wünschen kann. Und die Kirche hat bei ihm auch noch verschiedenes im Salz. Darum will er genauso wie ich, daß die Wahrheit ans Licht kommt. In dieser Angelegenheit.«

Trotz der großen Versprechungen suckelte er an dem Brotkanten. Die Antwort war ihm bekannt, noch ehe er die Frage stellte.

»Und welche Rolle hast du mir zugedacht?«

»Am schwierigsten ist es, das Manuskript durch das Tor und aus der Stadt hinaus zum Havreballegård zu bringen, wo der Vogt sich aufhält.«

»Nicht nur schwierig. Unmöglich. Ein halsloses Unternehmen, wörtlich gemeint.«

»Trotzdem wirst du heute nacht genau dies tun.«

Nachdem er sich umgesehen hatte, verschwand der Glöckner in der düsteren Gasse. Er brauchte keine Drohungen von sich zu geben. Er war sich völlig darüber im klaren, daß er den Jungen in der Mangel hatte. Der Junge war sich darüber nicht im Zweifel, und der Glöckner war sich sicher, daß sich dies so verhielt.

Auf dem Weg nach Hause sah Bertel in die Domkirche, wo ein später Gottesdienst abgehalten wurde.

Stellte man sich an den kirchlichen Feiertagen nicht regelmäßig ein, um an den Zeremonien teilzunehmen, war man schlecht angeschrieben, machte sich verdächtig und wurde verfolgt. Am schlimmsten war es, wenn man den Verdacht erregte, man denke selbst. Eine Anklage für Freidenkerei gehörte zum Schmerzlichsten, was man sich denken konnte.

Auf der Kanzel stand ein Mann und brüllte über die bedrückte Gemeinde:

»Steht denn nicht im fünften Buch Mose, im zweiundzwanzigsten Kapitel: ›Ein Weib soll nicht Mannsgewand tragen, und ein Mann soll nicht Weiberkleider antun; denn wer solches tut, der ist dem Herrn ein Greuel.‹«

Bertel warf einen Blick auf die Gemeinde. Am einen Kirchenende saßen verzagte Frauen in ihren besten Kleidern und steifsten Schürzen. Auf der Männerseite beugten wassergekämmte Männer, in Männerjacken und Strümpfen, demütig den Nacken.

Als die Gemeinde den Choral anstimmte: »Ein feste Burg«, verließ Bertel leise die Kirche durch eine Seitenpforte.

Er bemerkte nicht, wie ein anderer, der sich im Vorraum aufgehalten hatte, an seinen Degen griff und ihm folgte. Vielleicht auf das Nicken eines Hochgestochenen hin, der einen großen Schmuckkragen trug wie eine Frau und einen langen, schwarzen Rock.

Als er zur Tür ging, drehte er sich noch einmal um und warf einen sehnsuchtsvollen Blick in die ärmliche, aber friedvolle Stube.

Die unschätzbaren Papiere hat er sich um die Beine gebunden. Niemand konnte ahnen, daß er unter den Strümpfen Skonnings enthüllende Beschreibungen trug, die in die Finger zu bekommen die Kirchenleute ihre Seligkeit gegeben hätten. Allein der Pakt zwischen Menschen und Göttern war für die Gottesverehrer tödliches Gift. Wurde erst allgemein bekannt, daß Götter und Menschen die Plätze getauscht hatten, hätte die Kirche augenblicklich alle Macht verloren.

Bertel hatte die Hand auf dem Türgriff, konnte aber der Versuchung des warmen Heims nicht widerstehen. Er trat auf den Jungen mit den hellen Locken zu, der dasaß, die Zunge im Mundwinkel, und buchstabierte.

»Trivium, Ole, nicht Triduum.«

»Danke, Onkel«, sagte der Junge und verbesserte den Fehler.

Die Anrede schnitt Bertel ins Herz. So wie jedes Mal. Er drehte sich um zu der ranken Frau, die plötzlich in der Küchentür stand.

»So spät willst du noch weg, Bertel?«

»Ich habe versprochen, dem Drucker zu helfen. Bei einer Drucksache, die er ganz schnell herausbringen will.«

»Aber wie könnt ihr denn nachts überhaupt setzen? Mit nur einem Talglicht und seinen schlechten Augen.«

»Gerade darum muß ich ihm helfen.«

Er haßte es zu lügen, vor allem gegenüber Anne Storm. Aber die Wahrheit würde ihr Leben in Gefahr bringen.

»Paß auf dich auf, Bertel. Du weißt, daß ich nicht ohne dich sein kann.«

Ihr Blick verriet deutlich, daß sie alles wußte. Ohne zu wissen, in welche Waghalsigkeit er sich stürzte, fühlte sie die Gefahr. Er kämpfte gegen die Versuchung, sie in die Arme zu nehmen und sie heftig an sich zu pressen. Gäbe es doch nicht diese Macht der Kirche, deren unbarmherzige Dogmen Liebenden verbot, ihre Liebe zu zeigen.

Sehnsucht und Zorn ließen seinen Körper beben.

Er erwiderte ihren Blick. Sogar ein unschuldiger Kuß würde ihnen Galgen und Wanne einbringen. Der Gedanke ließ Bertel ein weiteres Mal erschauern. Sein eigener Tod am Galgen wäre sanft, verglichen mit dem, was sie erwartete. Die Kirche verlangte, daß Frauen, die man beim Ehebruch ertappt hatte, lebendig begraben wurden. Der neueste war, eine Wanne über den Kopf der unglücklichen Begrabenen zu legen. Seine Freunde mußten ihn zurückhalten, als er dies mit angesehen hatte. Er hatte die verzweifelten Schreie nicht ertragen können, die aus der Erde gedrungen waren.

Sie lächelte vorsichtig, mit ernsten Augen. Könnte er sie nur in dieses große Geheimnis einweihen. Hier, fest um seine Beine gebunden, hatte er ihre Hoffnung. Die Hoffnung aller Liebenden. In jenem Augenblick, in dem in Deutschland die Wahrheit über Jesu Zwillingsbruder erschien, wäre die Gewaltherrschaft der Kirche zu Fall gebracht.

Seine finsteren Gedanken wurden unterbrochen, als das Licht verschwand. Gleich darauf kam es wieder. Für einen

Augenblick hatte Ole die Lektionen zur Seite gelegt und spielte mit dem Talglicht. Er wiederholte diesen Spaß. Senkte eine Kappe über die Kerze, so daß alles dunkel wurde, um sie plötzlich wieder zu entfernen. Gleichzeitig starrte er auf die gegenüberliegende Wand, auf das Chronometer, den Stolz des Hauses.

»So muß es sein«, murmelte der Junge. »Wenn ich nur eine genauere Uhr hätte.«

»Unsere Uhr ist so gut wie alle anderen«, sagte Anne mit einem gewissen Stolz.

Wegen der Versuche des Jungen konnte Bertel sich losreißen. Er ging zur Tür.

»Was machst du, Junge?«

»So wie man die Geschwindigkeit eines Pferdes mißt, muß man auch die des Lichts messen können.«

»Das Licht ist überall, Ole«, sagte Bertel mit einem Lächeln und öffnete die Tür. »Es ist augenblicklich da, so wie der Gedanke.«

Bevor er in das stockfinstere Gäßchen hinaustrat, lauschte er und versuchte die Dunkelheit zu durchdringen. Er ging, um die Fackel der Aufklärung zu verbreiten. Das letzte, was er hörte, war, wie der Junge ihm nachrief. Das Kerlchen hatte seine Bockigkeit geerbt:

»Das Licht verbreitet sich. Blitzschnell. Aber Zeit kostet es doch!«

Der Stadtknecht klopfte ihm mißtrauisch auf den Körper und unter die Arme.

»Wohin willst du?«

»Eine Kranke besuchen. Ich habe Nachricht bekommen, meine Mutter sei umgefallen.«

Einem anderen Krankheit anzulügen konnte ihm Krankheit einbringen. Bertel war nicht abergläubisch, sicherheitshalber schenkte er seiner Mutter trotzdem einen liebevollen Gedanken.

Verspürte sie, daß er ihr diesen Gruß sandte, würde sie auch die Notwendigkeit der Lüge verstehen.

Der Stadtknecht klopfte seine Taschen ab und packte ihm, in übertriebenem Diensteifer, in den Schritt.

Bertel hatte sich für das Mindetor entschieden, es wurde am schlechtesten bewacht. So spät gab es vielleicht nur diese eine Wache, die freilich rasch Verstärkung herbeirufen konnte.

»Dann passier. Und Gott mit dir.«

Bertel antwortete mit einem Murmeln, das hoffentlich als die erwartete Lobpreisung verstanden wurde. Vielleicht hätte er sich ein wenig mehr bemühen müssen, um Frömmigkeit zu heucheln. Gerade als er weitergehen wollte, rief der Wächter:

»Halt! Hast du die Beine mit einem Dickhäuter getauscht?«

Sich bewußt, daß man ihn entlarvt hatte, wollte Bertel rennen, bekam aber einen Klatscher mit dem Morgenstern, der ihn wanken ließ.

Er wäre in die Knie gegangen, hätte der Stadtknecht ihn nicht gepackt. Bertel fuchtelte mit den Armen und bekam ein Holzscheit zu fassen, das am Wegrand lag. Blindlings holte er aus und traf irgend etwas. Der Wächter, der gerade um Hilfe rufen wollte, schwieg jählings und sank zusammen. Das Scheit hatte ihn an der Schläfe getroffen.

Bertel rappelte sich wieder auf. Ohne zu zögern, humpelte er davon und ließ den Hilflosen zurück, der jeden Augenblick wieder zu sich kommen, nach Hilfe rufen und eine Verfolgung in Gang setzen konnte. Er hätte sich einen längeren Vorsprung verschaffen sollen, indem er dem Leben des Mannes ein Ende bereitete. Rührseligkeit war immer seine schwache Seite gewesen.

Die dunkle Gestalt, die ihm ungesehen auf den Fersen folgte, wurde von diesem Gebrechen freilich nicht geplagt.

Beim Anblick des Scheiterhaufens blieb Bertel jählings stehen.

Dunkle Gestalten jagten um das Feuer herum, und er hörte rhythmische Schläge und tiefe, murmelnde Stimmen.

Er befand sich in der Nähe von Havreballegård, der soliden Burg des Vogts. Es konnte keinen Zweifel geben, daß es sich um Grubbes Leute handelte. Einen Hexensabbat hatte Bertel indes nicht erwartet.

Erik Grubbe hatte die hübsche Tochter des Bischofs begehrt und war damit in Unfrieden mit der Kirche geraten. Das war allgemein bekannt. Der Prozeß gegen die Frau des Bischofs und ihren Schwiegersohn hatte die Feindschaft offen zutage treten lassen. Die Geistlichkeit war höchst unzufrieden darüber, auf welch unbarmherzige Weise der Vogt gegen die Angeklagten vorgegangen war. Zwar gab es massive Zeugnisse dafür, daß Kirsten, die Frau des Bischofs, fleischlichen Umgang mit Magister Bonde, ihrem eigenen Schwiegersohn, gepflegt hatte. Und zweifellos war die Kindsleiche, die man in der Erde gleich gegenüber dem Bischofshof gefunden hatte, in eine Serviette mit den Initialen der Frau des Bischofs gehüllt gewesen. Aber die Kirche, die schließlich für Milde und Vergebung eintrat, hielt es für übertrieben, die Angeklagten gefangenzuhalten, während der Prozeß anstand.

Unerschütterlich hatte der Vogt die Meinung vertreten, Gerechtigkeit müsse auch die Leute der Kirche umfassen. Versuchsweise behauptete die Geistlichkeit, Grubbe habe Zeugen gekauft, um der Frau des Bischofs zu schaden. Der Prozeß hatte Bertel in die schwerste Entscheidung seines kurzen Lebens gestürzt. Als Schreiber hatte er in der ersten Reihe gesessen, und die ganze Zeit hatte ein betrübter Blick auf ihm gelegen. Als sei er der einzige, der verstehen konnte. Das zarte, schmale Gesicht hatte ihn gemartert. Eline, die anmutige Tochter des Bischofs, hatte nicht auf der Anklagebank gesessen, entschieden aber wurde über ihr Schicksal. Hatten ihre Mutter und ihr Ehemann beieinandergelegen und gehurt und gebuhlt, wie die Anklage lautete? Ihren Vater hatte der Skandal ins Grab gebracht. Sie aber mußte weiterleben. Hatten die beiden Menschen, denen sie am meisten vertraute, wirklich ein unschuldiges Kind umgebracht?

Ab und zu konnte Bertel davon aufwachen, daß dieser schmerzliche Blick auf ihm lag. Zwar hing der Ausgang eines Prozesses nicht vom Schreiber ab, aber wie viel hing davon ab, auf welche Weise er die Aussagen formulierte. Je weniger lesen konnten, um so mehr Respekt vor dem geschriebenen Wort. Mit ein wenig schärferen Wendungen konnte er für die beiden auf der Anklagebank die Sache schwarzmalen. Mit ein wenig Wendigkeit und etwas unbestimmteren Formulierungen würde die Anklage zerbröseln.

Wieder dieses zarte, schmale Gesicht. Lautete das Urteil auf Freispruch, würden Eline und ihr Mann zweifellos spornstreichs die Stadt verlassen, und dieses Gesicht würde auf immer aus Bertels Welt sein. Wurden sie schuldig gesprochen, wäre Eline völlig allein auf der Welt, ohne einen Menschen, der sie beschützte, ohne einen Ort, an den sie gehen konnte. Brannten sich ihre Augen deshalb so in den Schreiber ein?

Bertel bemühte sich, die Erinnerungen abzuschütteln. Der Geruch kam ihm zu Hilfe. Der unverkennbare Geruch von verbrannter Haut und versengtem Haar.

Das war kein Hexensabbat.

Mehr als alles andere verriet der Geruch, was dort vor sich ging. Als Bertel näher kroch, konnte er das unruhige Pferd erkennen und die rhythmischen Hammerschläge auf Eisen hören.

»Jens, du läßt dich nicht aufhalten!«

Unverkennbar war dies die grobe Stimme des Vogts.

»Reite um die großen Orte herum. Mach erst in Leipzig Halt. Du hast die Adresse. Laß keine lebende Seele die Papiere sehen. Versucht dich jemand unterwegs anzuhalten, dann verweist du darauf, daß ich königlicher Vogt bin. Und du hast meine Vollmacht. Wer Hand an dich legt, beleidigt den König.«

Jens Jakobsen versicherte, er habe alles verstanden. Bei der Erwähnung der Majestät beugte er ehrerbietig den Kopf. Er war ebensogroß wie Bertel, unleugbar aber ein wenig kräftiger. Im schwarzen Reitwams könnte man Bertel also gut mit dem Ersten Mann Grubbes verwechseln. Für einen Augenblick freute Bertel sich darüber, daß nicht er auf diese lange, gefahrvolle Reise gehen mußte. Würde er sie durchführen können?

Er wollte sich aus seinem Versteck erheben, um sich den Männern anzuschließen und ihnen die Dokumente zu überreichen. Was ihn zögern ließ, war das Mädchen, das man an den Haaren herbeizerrte.

»Nun, da ist sie«, brummte Grubbe. »Wollen hören, was Thisel zu erzählen hat.«

Sie war dunkel und scheeläugig. Ihre eigenartig vorstehenden Augen gaben ihr ein erschrockenes Aussehen. Als Bertel sie zum ersten Male gesehen hatte, hatte er ihr, nach einer Tracht Prügel, die Grubbe ihr verpaßt hatte, auf die Beine geholfen.

Das Mädchen schüttelte trotzig den Kopf und weigerte sich, sich zu äußern.

»Setzt sie auf den Zaun«, kommandierte Grubbe. »Eine Reittour auf den Stacheln wird sie schon zum Reden bringen.«

Obwohl das Mädchen sich wehrte, als sie erkannte, was ihr bevorstand, half das nicht viel. Zwei grinsende Kerle setzten sie rittlings auf den Zaun, der mit kleinen, scharfen Zacken besetzt war.

Der herzzerreißende Schrei trieb Bertel in die Höhe. Irgend etwas aber hielt ihn zurück. Ein Arm legte sich fest um seinen Hals, ein Degen kitzelte ihn im Rücken, und eine Stimme zischte:

»Verhalt dich still.«

Eine Zeitlang hatte der dunkle Schatten, der ihm dicht auf den Fersen gefolgt war, die Spur verloren. Dem Mann, der mehr beherrschte als lediglich sein Vaterunser, war es jedoch gelungen, das Wild wieder aufzustöbern.

Das Mädchen schrie herzzerreißend, die Männer aber bewegten sie auf dem gezackten Zaun hin und her. Bertel saß in einem Schraubstock. Wenn auch unter Tränen und blutend, weigerte sich das Mädchen, die gewünschten Auskünfte zu geben.

»Laßt sie sitzen und nachdenken.«

Der Griff um Bertels Hals lockerte sich ein wenig.

»Wo sind die Dokumente?« knurrte die Stimme in sein Ohr.

»Ich habe sie nicht. Nicht hier«, konnte er stöhnen.

»Gib sie, um Gottes willen, nicht Grubbe. Er wird sie nur zur Verstärkung seiner eigenen Macht verwenden. Wir dagegen, wir werden sie achten.«

»Ihr werdet sie ins Feuer werfen, wenn sie euch in die Finger fallen.«

Für Bertel gab es keinen Zweifel, daß ihn einer der Heiligen in seinem stählernen Griff hielt.

»Absolut nicht. Wir sind eine Schar, die Zwang und Grausamkeit der Kirche leid ist. Wir wollen eine neue Ordnung, die die andere, despotische stürzt.«

»Und worauf soll die sich gründen?«

»Auf die Botschaft in Skonnings Visionen. Wir wollen ein Himmelreich auf Erden mit dem Menschen an der Spitze errichten. Alles in Übereinstimmung mit den Offenbarungen des großen Druckers.«

Bertel war sprachlos. Der Schwarzgekleidete steckte seinen Degen in die Scheide.

»Begreifst du, wie wichtig es ist, daß dieses Dokument in die richtigen Hände kommt? Wo ist es?«

»Bei der Mühle«, quäkte Bertel, der noch immer einen Arm um den Hals hatte.

»Jetzt ist unsere Zeit gekommen«, versicherte der Fremde. »Wir werden mit den Göttern spielen.«

Plötzlich stand ein kleines, unschuldiges Mädchen da und betrachtete die beiden. Sie mußte im gleichen Alter sein wie Ole. Der längliche Fleck auf der Stirn warf Falten, wenn sie die Brauen runzelte. Nachdem sie eine Zeitlang gestaunt hatte, ging sie zum Vogt.

»Wer ist das dort hinter dem Busch?«

Grubbe, der genau das gleiche Zeichen im Gesicht trug, hatte keine Zeit, Marie zuzuhören. Er zeigte auf die armselige Gestalt auf dem Zaun.

»Gebt ihr die Liebe zu spüren.«

Selbst die groben Männer zögerten. Sie wagten jedoch nicht, Einwände vorzubringen, als der Befehl wiederholt wurde. Mit festem Griff unter Thisels Armen zogen sie sie einige Male hin und her. Ihr Gebrüll war so heftig, daß die Männer erschraken.

Mit einem Ellbogenstoß nahm Bertel dem Schwarzgekleideten die Luft. Trotzdem mußte er kämpfen, um sich aus dem Halsgriff zu befreien. Zusammen fielen sie zu Boden.

»Schaut nach, was dort ist«, schrie Grubbe und übertönte das Mädchen.

Der Kampf war kurz. Grubbes Leute waren zu zahlreich.

»Du sollst uns die Papiere bringen?« fragte Grubbe, als die beiden vor ihm standen. »Wo sind sie?«

»Ich habe sie bei der Wassermühle versteckt«, antwortete Bertel. »Als ich entdeckte, daß ich verfolgt werde, hatte ich Angst, sie könnten in die falschen Hände geraten.«

»Werft sie ins Loch. Alle beide. Wir holen das Manuskript bei Morgengrauen.«

Dem Vogt fiel das Mädchen auf dem Zaun ein. Knapp fügte er hinzu:

»Und die da auch.«

Die kleine Marie hatte die Szene verblüfft verfolgt. Mit einem fragenden Blick auf Thisel, die vom Zaun gehoben wurde, sagte sie: »Hoffentlich bekomme ich die Liebe niemals zu spüren.«

Grob wurden sie beide, Bertel und Thisel, in denselben engen Raum geworfen.

Im schwachen Mondlicht, das hereindrang, untersuchte er ihre Wunden. Sie würde verbluten, wenn nicht etwas geschah. Verzweifelt sah Bertel sich um. Nichts, was sich eignete. Er hatte einen eingefleischten Widerwillen gegen Schmutz. Weder er noch das Mädchen trugen ein Kleidungsstück, das sauber genug war, um auf die Wunde gelegt werden zu können. Es gab keinen Ausweg.

Schamhaft bat er sie, die Augen zu schließen. Während er in die Strümpfe griff, vergewisserte er sich, daß sie die Hände vors Gesicht hielt. Das unschätzbare Dokument, das um sein Bein gewickelt war, wurde umgeben von einem leeren Bogen Papier. Den opferte er. Knüllte ihn zusammen und preßte ihn auf ihre Wunde, wodurch die Blutung sofort gestillt wurde.

»Das werde ich dir niemals vergessen«, flüsterte das Mädchen schwach.

Sie versuchte zu schlafen, aber ihre Schmerzen waren zu stark. Halb betäubt, murmelte sie von dem Geheimnis, das sie quälte, und hielt Bertel wach.

»Ich weiß es«, sagte sie beharrlich. »Die Kinderleiche, die man gefunden hat. Erinnerst du dich? Ich weiß, woher sie stammt.«

Bertel brachte sie zum Schweigen, hätte aber gleichzeitig alles darum gegeben, um die Fortsetzung zu hören.

»Die Kinderleiche. Es hieß, sie stammte von der Bischöfin. Weil sie in ihre Serviette gewickelt war. Hörst du mich?«

Die Mauern waren dick. Der einzige, der sie hätte hören können, war der Mann mit Blut am Degen. Der Mann der Kirche. Oder einer der Aufständischen in der Kirche. Und der schlief sicher in der anderen Zelle.

»Man meinte, Bonde hätte es in Sünde mit seiner Schwiegermutter gemacht. Und sie hätten es zusammen umgebracht. Hast du das vergessen?«

Thisel würde sofort erfahren, daß diese Angelegenheit ihm selten aus dem Sinn kam.

»Versuch jetzt zu schlafen.«

»Ich weiß, wie alles zusammenhängt. Nur ich. Und jetzt sterbe ich vielleicht.«

»Du stirbst nicht. Du mußt dich ausruhen und wieder zu Kräften kommen.«

Wirklich versuchte das Mädchen zu schlafen. Warf sich aber unruhig hin und her.

»Ich war in Stellung bei ihnen. Damals.«

Ihre brennenden Augen drangen auf Bertel ein. Ihr dunkles, gefährliches, aber auch seltsam anziehendes Gesicht. So anders als dieses helle, schmale, das ihn seit dem Prozeß ansah.

»Es ist sein Kind gewesen. Ihm hat es gehört, dem, der mich gequält hat«, rief das Mädchen plötzlich.

Er mußte eingeschlafen sein. Er dämpfte das Mädchen.

»Ich weiß nicht, ob er sie mit seiner schleimigen Zunge verführt hat. Oder ob er sie mit Gewalt genommen hat.«

Aus dem anderen Gefängnisloch hörte man Geräusche. Auch dem Mann der Kirche fiel es offenbar schwer, zur Ruhe zu kommen.

»Wer? Von wem sprichst du?«

»Nein, laß mich jetzt schlafen. Jetzt kann ich schlafen.«

»Vorher mußt du es sagen. Von wem sprichst du?«

Er wollte es nicht wissen. Schon bevor er gefragt hatte, bereute er es aus ganzem Herzen. Eine furchtbare Ahnung beschlich ihn. Er mußte Gewißheit haben, daß es sich nicht so verhielt.

»Sie hat es gesehen, sobald das Kind geboren war. Das Kind hatte den Fleck des Vaters auf der Stirn, ganz deutlich. Und sie hat es umgebracht. Ihre Teufelsbrut. Und hat es in die Serviette der Mutter gewickelt.«

»Wer? Sag es. Nein, sag es nicht.«

»Eline natürlich«, sagte das Mädchen, und befreit von ihrer Last gelang es ihr zur Ruhe zu kommen.

Für Bertel konnte von Schlaf keine Rede sein.

Eine Möglichkeit zur Flucht gab es nicht, als man ihn in der frühen Morgendämmerung zu Skonnings Papiermühle führte. Er war umgeben von starken Männern, die es eilig hatten, den Männern des Stadtvogts zuvorzukommen.

Er erkannte, daß der andere, der Mann der Kirche, im Verlauf der Nacht aus seinem Gefängnisloch entronnen war.

Es war jemand vor ihnen dort gewesen. Bertel, der die Mühle kannte, fiel das sofort auf, auch wenn die nächtlichen Gäste versucht hatten, unauffällig vorzugehen. Kleine Zeichen verrieten sie. Ein Stapel, auf dem sich Staub hätte befinden müssen, eine Klappe, die offenstand, ein Stoß, der andersherum hätte liegen müssen. Die Leute der Kirche? Angeführt von dem Mann mit Blut am Degen?

»Wo sind diese verfluchten Papiere?« brüllte Grubbe barsch.

Der Zorn färbte den Flecken auf seiner Stirn, so daß er deutlicher hervortrat. Der Anblick riß Bertel aus dem Dämmerzustand, in den ihn das, was man ihm in der Nacht anvertraut hatte, versetzt hatte. Mit einem Ruck befreite er sich und sprang über den Bottich. Er fuhr mit der Hand durch das Wasser, das mit aufgeschlämmtem Papier gefüllt war.

»Hier!« rief er. »Hier findet ihr die Dokumente. Seht selbst, ob ihr sie wieder zusammensetzen könnt.«

Er sprang auf das Mühlrad, fuhr eine halbe Drehung damit herum. Tropfnaß lief er auf der Rutsche weiter. Als er über die Abdämmung balancierte, kamen ihm mit Keulen, Pfeilen und Sensen bewaffnete Männer des Vogts entgegen. Hastig drehte er sich um.

Sie hatten es geschafft. Auf der anderen Seite der Verdämmung erwartete ihn eine Handvoll Männer der Kirche mit gezogenen Degen.

Mit großer Kraftanstrengung öffnete er die Schleuse. Mit einem Grollen brauste das aufgestaute Wasser des Mühlteichs herein. Die Wassermassen setzten das Mühlrad in Bewegung. Zuerst knarrend und langsam. Plötzlich gab es nach, splitterte, so daß Bretter und lose Teile nach allen Seiten geschleudert wurden.

In der Verwirrung erkannte Bertel eine Möglichkeit zu entkommen. Auf den Knien folgte er dem Rand der Rutsche. Als er stürzte, gelang es ihm, sich festzuhalten. An den Armen hängend und hin- und herschwingend, wollte er auf den darüberliegenden Rand springen. Im selben Augenblick, gerade als er landen wollte, tauchte eine dritte Gruppe auf. Die Leute des Stadtvogts mit erhobenen Morgensternen, bereit, ihn zu empfangen und ihren Kameraden zu rächen.

Es gab keinen Ausweg. Nur die Wahl, ob er seine Tage lieber in den Händen von Grubbes ruchlosen Männern beschließen, von den Degen der Kirche aufgespießt oder von den wütenden Stadtwächtern massakriert werden wollte.

Im selben Augenblick hatte er Thisel vor sich. Nur sie hatten sie gefunden, als sie auf dem Hof des Vogts nach ihm gesucht hatten.

»Er hat sich die Dokumente um die Beine gewickelt. Ich habe sie gesehen, heute nacht.«

Sie fing Bertels Blick ein.

»Jetzt verrate ich dich zum zweiten Mal«, sagte sie reuevoll und fiel vor Scham auf die Knie. »Vergib mir, Bertel.«

Mit dem Rücken zur Mauer preßte er sich empor. Alle waren bemüht, die Papiere als erste zu bekommen. Mit übermenschlicher Anstrengung besiegte er die Zeitmauer. Kam, wie durch ein Wunder, auf den Rand und ließ sich auf die andere Seite fallen. Erlöst.

Der Sturz raubte ihm die Luft.

Bertel lag da, seinen Feinden entkommen. Kaum hatte er Luft geholt, als ein riesiges Ungetüm mit schwindelerregender Geschwindigkeit auf ihn zukam. Er hörte nur dieses ohrenzerreißende Brüllen und sah die riesigen, leuchtenden Augen, die ihn fast blendeten. Nicht eine Sekunde blieb ihm Zeit, zur Seite zu springen, ehe das Ungetüm ihn erreichte und mit noch stärkerem Gebrüll in rasendem Tempo an ihm vorbeifuhr.

Einen Augenblick später lag wieder Stille über dem Ort. Bertel, der vom Luftzug des Ungetüms zur Seite geschleudert wurde, kam langsam auf die Beine. Vor ihm befand sich eine gleichmäßige, schwarze Bahn. Aus einem Material, wie er es noch niemals gesehen hatte. Mit einem weißen Streifen.

Die Wassermassen der Mühle hatten ihn völlig durchnäßt, aber die Papiere waren in Sicherheit und unbeschädigt. Nur einen Augenblick war er unaufmerksam, im selben Augenblick aber war dieses Ungeheuer wieder da. Es mußte kehrtgemacht haben und auf demselben Weg zurückgekommen sein. Vielleicht aus Zorn hatten sich die Augen noch gelber gefärbt. Und sein Gebrüll war noch lauter.

In Angst, ohne Verteidigung gegen einen Gegner mit dieser Kraft, hob Bertel die Hände. Ein quietschendes, kreischendes Geräusch entstand. Kleine Steine und Kies wurde zur Seite geschleudert. Das Schreien, das Brüllen schwoll an und verschwand plötzlich.

Das Ungetüm hatte unmittelbar vor ihm angehalten!

Es dauerte einige Zeit, bis er verstand, was geschehen war. Und noch mehr Zeit, bis er sehen konnte, da ihn der blendende Blick gefangen hatte. Das Licht der Augen wurde schwächer, aus dem Gebrüll war ein schwaches, wollüstiges Summen geworden.

Gerade als Bertel sich ein wenig gefaßt hatte, bekam er den nächsten Schock. Das Ungetüm öffnete sich. Nicht das Maul. Es hatte offenbar kein Maul. Aber die Seite. Wie ein Glied auf der Seite. Aus dem Glied stieg ein Wesen in sonderbarer Kleidung. Aber unverkennbar ein Mensch.

»Iswaspassiertmann?«

Die Laute strömten ihm so rasch entgegen, daß er sie nicht sofort als Sprache erkannte. Menschensprache.

»Schaudirdenan. Bistduaufdemkarnevalgewesen? Odervielleichtaufmkameradenabend? Siehstduwieichlache? Denaltenalexverarschtkeiner.«

Aus einem entsprechenden Glied auf der gegenüberliegenden Seite stieg ein anderer Mensch.

»Nimmterdichaufdierolle, Alex?«

»Scheint ein Betriebsausflug zu sein. Oder ein Polterabend. Einer von der gründlichen Sorte.«

Der erste wandte sich an Bertel.

»Willstdumitfahren? Willst – du – mit – fahren?«

»Verstehterwasdusagst? Verstehst du, was wir sagen?«

Bertel nickte.

»Ich verstehe.«

»Willst du uns verarschen?«

»Ich verstehe nicht, was du sagst.«

»Was für eine Nummer hast du hier eigentlich mit uns vor?«

»Keine Nummer. Ich bin eben hier gelandet. Ich weiß nicht, was ihr seid.«

Der erste, der die größere Autorität besaß, wandte sich aufgeregt an seinen Gefährten.

»Mann, bist du verrückt? Weißt du, wen wir hier haben? Eine tolle Geschichte. Hast du gehört? Ganz einfach die beste Geschichte aller Zeiten. Kaspar Hauser. Kennst du den?«

»Mann! Bist du noch bei dir? Selbstverständlich kenne ich den. Die Geschichte, die Henrik nicht kennt, die gibt es nicht. Kaspar Hauser. Aber versucht der uns vielleicht an der Nase herumzuführen?«

»Schau ihn dir an. So sieht der nicht aus.«

Derjenige, der sich Alex nannte, wandte sich an Bertel, wobei er auf das Ungetüm zeigte.

»Bitte in die Kutsche einzusteigen!«

»In das Ungetüm?«

»Schließlich können wir hier nicht den ganzen Tag halten.«

»In das Ungetüm?«

»Das ist ein ›Wolfsfuß‹«, sagte der andere stolz. »Unnötig zu übertreiben.«

»Ich verstehe nicht.«

»Wir glauben dir deine Geschichte voll und ganz. Du brauchst dich nicht mehr anzustrengen. Steig ein, wir fahren dich in die Stadt.«

»Nicht in die Stadt«, rief Bertel erschrocken, als er ahnte, was geschehen werde. »Die Kirchenleute. Die sind hinter mir her.«

»Die Kirchenleute?«

»Und die Stadtwache.«

»Von denen habe ich noch nie gehört. Du mußt keine Angst haben. Die Kirche hat überhaupt nichts zu sagen.«

Die beiden in den buntscheckigen Kleidern konnten ihn überreden. Sie ließen ihn die glänzenden Metallseiten des Ungetüms berühren. Öffneten das Glied, demonstrierten, wie es funktionierte und wie er es jederzeit wieder öffnen konnte. Obwohl sie ihm abrieten, dies bei größerer Geschwindigkeit zu tun.

Zögernd kroch er in den Bauch des metallenen Wesens. Henrik streckte eine Hand aus, und sanfte Musik strömte ihnen entgegen.

»Schalt diese Scheiße aus. Hörst doch, der Mann hat Angst vor der Kirche.«

»Das ist nur Klassik.«

»Das ist egal.«

Wie eine Liebkosung, als er sich in die weichen Polster fallen ließ. Als falle man in eine von Skonnings Offenbarungen.

Erst in diesem Augenblick ging Bertel auf, was geschehen war.

Er mußte in jener Welt gelandet sein, die der Glöckner erträumt hatte. Also existierte sie! Er hatte von ihr gelesen, er hatte sie verschlungen, aber er hatte niemals begriffen, daß es sie gab. Daß sie so war.

Die Welt, über die der mürrische alte Mann ihm Stück für Stück berichtet hatte, existierte wirklich. Die vielen um seine Beine gebundenen Seiten hatten jene Welt hervorgebracht, in der er sich nun befand.

Der Schock mußte ihm eine Zeitlang das Bewußtsein geraubt haben. Denn Alex saß neben ihm und sprach in die Luft, zu einer Einrichtung, die er in der Hand hielt.

»Ich rufe später an«, sagte er abschließend.

Bertel war so unsicher, daß er feststellen mußte, ob die Papiere unbeschädigt waren.

»Was denn. Hast du Angst, du mußt frieren?«

»Die Papiere. Skonnings Manuskript ... Mit dem Vertrag, den die Leute der Kirche vernichten wollen.«

Alex sperrte Mund und Nase weit auf.

Wörtlich. Er ließ den Mund weiter offenstehen. Bertel empfand eine gewisse Befriedigung, daß er die Oberhand hatte. Daß er derjenige war, der mit Überraschungen aufwarten konnte.

»Der Vertrag?« stotterte Alex.

»Der Pakt zwischen Menschen und Göttern.«

»Der verlorenging.«

»Nicht ganz.«

Im Manuskript zu Hause, schlug Bertel die Stelle auf und zeigte.

»Es war im Mittag der Zeiten«, las Alex stotternd, als habe er mit knapper Not lesen gelernt. »Zu jener Stunde der Ewigkeit, in der alles seinen Höhepunkt erreicht, alles blühen muß und am höchsten steht.«

Alex berührte ehrfürchtig das Papier, als sei es ein Heiligtum.

»Der Pakt! Halt's Maul! Hörst du, Henrik? Dieser Pakt, von dem Tobias immer geschwafelt hat.«

Alex legte die Hand an die Stirn.

»Was ist damit«, fragte der Mann vor ihnen, der ein besonderes Rad zwischen den Händen hielt.

»Der Bursche hier. Der hat diesen Pakt. Den Pakt! Schwarz auf weiß. Er muß nur noch in richtige Buchstaben übersetzt werden.«

Sogar das dahinbrüllende Metallungetüm schlug vor Überraschung einen Bogen.

»Das ist gelogen.«

Henrik drehte sich um, zerrte heftig an dem dünnen Rad.

»Woher hast du den?«

»Direkt aus Skonnings Hand.«

»Nun mußt du ... Henrik, ich kann dir nur sagen, das ist großartig. Großartiggroßartiggroßartig. Unser Kaspar hier ...«

»Bertel.«

»Wir haben Besuch von einem Zeitreisenden, der uns den Pakt gebracht hat, nach dem alle gesucht haben.«

Alex machte verzweifelte Handbewegungen. Hielt einen Griff in der Hand, drückte auf Knöpfe, sprach.

»Hört ihr. Ruft sie zusammen. So viele wie nur möglich. Ich sage euch, das ist nicht nur großartig. Das ist Großgroßgroßgroßartig. Das ist höllisch großartig. Das ist DIE Geschichte.«

Als das Fahrzeug anhielt, wurden sie von einer Menschengruppe empfangen. Sie schrien wie zum Gruß.

Das Dokument war wieder unter seinen Strümpfen verborgen. Offenbar war die Situation noch nicht ganz sicher.

»Versteck sie unbedingt«, hatte Alex gesagt. »Daraus machen wir einen Teil des Mythos: Kaspar Hauser steigt vom Berg herab mit dem Pakt als Knieschützer!«

»Sich seiner Rolle als Träger des Mythos aller Mythen nicht bewußt«, dichtete Henrik weiter.

Die Empfangsgruppe wandte sich Alex zu. Er war aus dem Eisenglied gestiegen. Schrieb in Bücher, die ihm die Empfangenden reichten.

»Was schreibt er?«

»›Was sah der Blinde im Traum?‹, ›Wie schafft es die Zeit, zu vergehen?‹ und ›Ich habe den Pakt der Götter verbrannt.‹ Hat er jedenfalls immer geschrieben. Vielleicht läßt er sich zum Anlaß dieses Tages etwas anderes einfallen. Du mußt verstehen, Alex lebt einen Mythos.«

Als Henrik bemerkte, daß Bertel nicht verstand, drückte er sich deutlicher aus:

»Der ursprüngliche Alex hat sein ganzes Leben aufzeichnen lassen. Unser Alex hier muß nur noch so leben wie er.«

»Aber ist das... ist das nicht unangenehm?«

»Hört euch den Unwissenden an! Du muß entschuldigen. Unwissend ist ganz einfach heutzutage das große Wort. Auf eine Unwissenheit wie deine stößt man wirklich selten... Was hat man sonst«, fügte er hinzu. »Die Mythen sind abgegriffen. Darum bist du so ein Geschenk.«

»Du meinst das Manuskript?«

»Ja, auch das. Zuallererst du. Der Mythos, für den du stehst. Der Unwissende. Hübsch. Ich bin wirklich froh, in deiner Nähe zu sein. Das gibt einem ein Gefühl von...«

Während sie ausstiegen, waren weitere Schreie und Lärm zu hören. Von mehreren Seiten brausten Fahrzeuge auf sie zu. Mit glühenden Augen. Bremsten quietschend. Männer und Frauen sprangen heraus. Hielten Apparate vor sich, mit den sie klickten, ab und zu ein heftiger Lichtblitz. Alex stand mit einer großen Armbewegung da. Klick-klick. Henrik ebenso. Bedrohliche Apparate, vor denen Bertel Schutz suchte. Blitze sprangen auf ihn zu, ohne etwas anderem zu schaden als den Augen.

»Glänzend«, zischte Henrik aus dem Mundwinkel. »Spiel den Unwissenden.«

Weitere fahrende Ungetüme. Weitere Schreie. Menschen mit anderen Apparaten. Alex reckte die Hände in die Luft.

»Mythenjäger«, zischte Henrik weiter. »Halt die Arme hoch, zum Teufel. Bevor sie schießen.«

Gedränge. Schlägereien. Rufe, die Zuletztgekommenen forderten das Manuskript. Und den Mann dazu. Den ganzen Kram.

Bertel war dem schlimmsten Gedränge entkommen. Aber die Menge folgte ihm. Bedrohliche Apparate, Schüsse, Blitze, Rufe. Mit dem Rücken gegen eine Mauer. Ausweichen unmöglich. Gefangen.

Stemmte sich empor. Zum Rand der Mauer. Unmenschlich hoch. Packte den Rand, schwang sich hinauf.

Heftige Schreie: »Schießen«, »Er haut ab«, »Teufel auch«, während er sich über die Mauer wälzt und auf der anderen Seite hinunterfällt.

»Der Mann, den es nicht gibt.«

»Vernichtet ihn.«

»Das können wir nicht.«

Sie hielten ihn fest, jene Gruppe von Menschen, zwischen denen er gelandet war. Einige nackt, einige mit einem Lendenschurz, andere in Häute gehüllt.

»Laßt ihn schlafen.«

Er verstand ihre Sprache, wenn auch mit Mühe. Als aber Bertel zu sprechen begann, wichen sie erschrocken zurück, als hörten sie ein Tier brüllen. Offensichtlich, ohne ihn zu verstehen.

Sie schleppten ihn in eine Hütte, bei der es sich eher um ein Erdloch mit primitivem Dach handelte. Fesselten ihn an Armen und Beinen und ließen ihn zurück. Kein Interesse für sein andersartiges Aussehen, seine Kleidung, seine Versuche zu kommunizieren. Fast so, als leugneten sie sein Vorhandensein. Wie ein Phantasieprodukt, das sie aus dem Weg räumten.

Sie hatten sich um einen Haufen Muschelschalen versammelt. Alle waren damit beschäftigt gewesen, die Schalen zu öffnen und sie von ihrem Inhalt zu befreien.

Aus der Entfernung konnte Bertel ihre Sprache wie ein gutturales Murmeln hören. Ein wenig Kommen und Gehen. Im übrigen keine Veränderungen. Allmählich wurde es dunkel. Flackernde Schatten, die andeuteten, daß sie draußen ein Feuer angezündet hatten.

Er mußte eingeschlafen sein, denn er hatte nicht gehört, wie die Frau hereingekommen war.

»Du darfst nicht schlafen«, sagte sie, klar und deutlich, in seiner eigenen Sprache.

Eine Frau in mittleren Jahren. Sie legte den Finger auf die Lippen, um ihm zu bedeuten, daß er keine Aufmerksamkeit hervorrufen dürfe.

»Sie haben Angst vor dir, weil sie sich dich nicht vorstellen können.«

»Was wollen sie mit mir anfangen?«

»Dich vergessen.«

»Mich hier liegenlassen, bis ich verfaule?«

»Das können sie nicht. Das wäre böse.«

»Was dann? Mich töten?«

»Töten wäre böse. Das tun sie nicht. Aber deinen Schlaf verlängern. Wenn du einschläfst, verlängern sie deinen Schlaf.«

»Verlängern?«

»Bis zu Knöchelchen und verwestem Fleisch, das vergißt man leicht.«

Die Frau schwieg, und Bertel hatte Gelegenheit, ihre Worte sacken zu lassen.

»Du mußt ihnen erklären, daß ich ihnen nichts Böses tun will. Sie müssen mich loslassen. Dann werde ich schon verschwinden.«

»Das kann ich ihnen nicht erklären. Sie hören mir nicht zu. Sie verstehen mich nicht.«

»Gehörst du nicht zu ihnen?«

»Nein. Ich bin Historikerin. Ich habe mich eingeschlichen. So wie du. Aber geschickter als du. Schlaf um alles in der Welt nicht ein.«

Die Frau verschwand. Die neuen Auskünfte hielten ihn wach. Dennoch hätte ihn der Schlaf fast übermannt. In der vorangegangenen Nacht hatte es nicht sehr viel Schlaf gegeben. Im Gefängnisloch des Vogts. Mit dem verwundeten Mädchen und ihren Fieberträumen.

Er wußte kaum, ob er träumte, als die Frau ihn schüttelte.

»Nicht schlafen... um alles in der Welt nicht schlafen...«

»Ich schlafe nicht... schlafe... fällt mir schwer, wach zu bleiben.«

»Du, wach auf! Wie heißt du?«

»Bertel. Glaube ich.«

»Sie verlängern deinen Schlaf bis in die Ewigkeit, habe ich dir doch gesagt. Ich heiße Mayavera.«

»Kannst du mich nicht losbinden? Damit ich fliehen kann?«

»Dann würden sie mich an deiner Stelle fangen.«

»Mayavera, du mußt ihnen einbilden, daß ich von selbst freigekommen bin.«

»Das kann man nicht. Das ist das Problem mit ihnen. Sie können nicht mehr glauben.«

»Glauben?«

»Die Menschen haben zu viel gehört, zu viele Geschichten, sie haben den Glauben verloren. Zuerst an die Götter, dann an einander und schließlich an die Geschichten.«

»Erzähl.«

Die Frau betrachtete ihn mißtrauisch.

»Hast du gesagt, erzähl?«

»Das würde mich wachhalten.«

»Neugierig?«

»Was ist geschehen?«

Die Frau schien vergessen zu haben, daß es unwissende Menschen gab.

»Um festen Boden unter den Füßen zu haben, muß ich weit, weit zurückgehen«, begann Mayavera. »Vor die Periode, in der die Zeit sich auflöste, sich aufdröselte wie ein zerschlissenes Tauwerk. Zurück bis in jene Periode, in der die Zeit vergessen wurde und darum aufhörte.«

Die Frau schien zu beleben, daß sie noch einmal Gelegenheit bekam zu erzählen. Wie jemand, der ein Instrument findet, das er vor langer Zeit einmal beherrschte, und sich daran begeistert, ihm einschmeichelnde Töne zu entlocken.

»Im vierten Alter, das irgend jemand als die Zeit des Festhaltens bezeichnet hat, in dem der Kalender noch immer herrschte, ergriff die Menschen das Fieber der Rastlosigkeit. Bis dahin war man sein ganzes Leben hindurch ein Mensch gewesen, man hatte ein Leben lang an einem Ort gelebt, mit einer Arbeit, einer Familie. Allmählich aber fiel es immer schwerer, daran festzuhalten. Da begannen sie zwei Leben zur gleichen Zeit zu leben, um ihre Wurzellosigkeit zu verbergen.«

Als Mayavera schwieg, nickte er, zum Zeichen, daß er wach war.

»Und als dies nicht mehr ausreichte, wurden aus zwei vier, um es mit der Bedeutungslosigkeit aufnehmen zu können. Wonach aus vier acht wurden, um den Erlebnisreichtum zu steigern. Gierig und unersättlich zerstreute man sich, bis man wieder die Grenze erreichte, und lebte jeden Tag ein neues Leben. So daß jeder Menschen binnen eines Jahres dreihundertundfünfundsechzig Leben hinter sich brachte. Andere meinten, zuerst sei die Vergeßlichkeit gekommen. Jeden Tag sei man, erfüllt von seligem Vergessen, erwacht, ohne jede Verbindung zum vorangegangenen Tag und bereit dazu zu leben, als handle es sich um den ersten Tag des Lebens. Außerstande, jenen Tag, den man hinter sich gebracht hatte, zu lieben. Den ersten aber, den man sah, wenn man die Augen öffnete, liebte man den ganzen Tag, bis die Nacht ein neues, gnädiges Vergessen schenkte.«

Bertel riß die Augen auf.

»Mehr«, sagte er gierig, als Mayavera zögerte.

»Und es fällt dir nicht schwer, mich zu verstehen?« fragte sie erstaunt.

»Ich sehe es, als spielte es sich hier vor meinen Augen ab.«

»Das ist ungewöhnlich.«

Die Frau lauschte in die Stille, die sie umgab.

»Und Lethe war ihr Gott, der Kronos verschlingen durfte. Das Vergessen war die Gnade, die jedem Tag neuen Inhalt verlieh. Was eine Falle war, denn nichts Neues konnte entstehen, wenn kein Tag etwas bot, das sich mit anderem vergleichen ließ. Keine Neuerung, keine Veränderung, keine Entwicklung, nur dasselbe Spiel mit denselben Steinen, erschüttert und in neuer Position. Und kam es zu Gegensätzen und zu einem Gedanken an Revolte, war er tot, wenn der nächste Tag mit seinem seligen Vergessen kam. Von Lethe unbemerkt, sproß indessen das Interesse an der Vergangenheit. Ein Interesse für die Zeit vor dem Vergessen. Das schließlich, nach vielen vergeblichen Anläufen, die Leute dazu brachte, dieses immerwährende, sich immer wiederholende Spiel zu verlassen und statt dessen in Zeitenklaven zu fliehen. Und wieder war das eisenstarke Freiheitsband der Auswechslungsgesellschaft gebrochen. Die glänzende Schale des Vergessens war gebrochen. Die Menschen konnten zurückkehren, wie das Schlagwort damals lautete.«

Mayavera schwieg, als ein Mann mit Lendenschurz in die Hütte schaute. Wortlos warf er einen Blick auf Bertel und verschwand wieder, als er seine aufgerissenen Augen sah.

»Ich habe nur aus Gewohnheit geschwiegen«, erklärte Mayavera. »Ich hätte ruhig weitersprechen können, denn er hätte meine Worte nur als sinnlose Laute wahrgenommen. Nur konkreten Worten mißt er Bedeutung bei. Erfindungstaub.«

Dennoch mußte sie einen Augenblick warten, um zur Stimmung zurückzufinden.

»Für welche Lebensform sollte man sich nun entscheiden? In diese Freiheit entlassen, zu leben, wie man es für gut befand? Befreit vom Zwang der Gewohnheit, von kulturellen Mustern, vom Gebot der Vergangenheit, entschieden sich manche in den errichteten Enklaven für die eine oder andere Periode als Vorlage. In einem bestimmten Gebiet richtete man sich ein, wie man in der Zeit des letzten Festhaltens gelebt hatte, mit all dem technischen Komfort, der einem damals zur Verfügung stand. Eine andere Enklave wählte die Aufklärungszeit zum Vorbild, man wohnte in Fachwerkhäusern, fuhr mit der Kutsche und trug Holzschuhe. Mittelalterliche Städte entstanden, bewohnt von Menschen, die jene Lebensform für die wahrste oder erlebnisreichste hielten. Andere gingen weiter zurück, in der Hoffnung, eine Periode zu erreichen, in der die Zeit noch nicht aus den Fugen geraten war. Man errichtete die Wikingerenklave, die Steinzeitenklave. Ausschließlich bevölkert von Menschen, die gerade diese Lebensform bevorzugten. Am beliebtesten war die galante Zeit mit Hofbällen und Jagdausflügen. Auch wenn sie einigen Einwohnern auf die Dauer zu oberflächlich war.«

Der Lauschende schien aus jedem ihrer Worte Leben zu saugen. Er, der sich kaum wach halten konnte, empfing gierig jedes Bild, nachdem er lange ohne Nahrung gelebt hatte.

»Auch Enklaven, für die es kein bestimmtes historisches Vorbild gab, wurden gebildet. Versuchsgebiete, in denen man nach einer neuen, noch unerprobten Lebensweise suchte, Gebiete, die auf strenger Gerechtigkeit aufbauten oder dem gemeinsamen Besitz von allem. Gebiete, in denen das herrschende Prinzip als Gemeinsamkeit bezeichnet wurde, andere, in denen man nach dem wildesten Ausleben der Lust strebte. Einige suchten die größtmögliche Gemeinsamkeit mit anderen Enklaven, andere bewerteten die Kontemplation oder die Isolation hoch.«

Offenbar entschlossen, ihren Zuhörer noch so lange wie möglich wach zu halten, nahm Mayavera eine bequemere Haltung ein.

»In diesem zögernden Beginn des sechsten Zeitalters überwog jedoch eine rege Verbindung zwischen den verschiedenen Enklaven. Viele Menschen zogen es vor, von einer zur anderen zu ziehen, um nach der zu suchen, die ihnen am meisten zusagte, oder ganz einfach um zu Wissen oder zu Verständnis für andere Lebensformen zu gelangen. Es wurde als Allgemeinbildung angesehen, wenn man einen Abschnitt seines Lebens in einer revolutionären Enklave zubrachte, die geprägt war von hohem Bewußtsein und großer Aktivität seiner Bevölkerung. Man sollte jedoch auch ein ruhiges, üppiges Zeitalter in harmonischen Verhältnissen verbracht haben. Ebenso galt ein Aufenthalt in der Steinzeit als unumgänglich für einen neugierigen jungen Menschen, auch wenn sie von den wenigsten für als auf längere Zeit attraktiv angesehen wurde.«

Die Menschen draußen waren schon längst zur Ruhe gekommen, dennoch sah noch jemand in die Hütte, eine Frau, die sich sofort ohne Kommentar zurückzog.

»Um als wirklich gebildet zu gelten, mußte man acht Perioden so fließend beherrschen, daß man ohne Zeitverlust in sie eintreten konnte. Natürlich entstand ein Meer von Spezialisten für einzelne Perioden, für ihre Denkweise, tragenden Prinzipien, Moral, Geschichte, sie erteilten Unterricht in diesen Themen und erleichterten den Zugang. Andere organisierten Schnellkurse zur Einführung oder gaben Übersichten heraus, damit man die Vor- und Nachteile der Perioden miteinander vergleichen konnte.«

Vielleicht war es die Historikerin in Mayavera, die über die vielen verlorenen Möglichkeiten seufzte.

»Offensichtlich entspricht es einem Naturgesetz, daß auf eine Periode der Offenheit und des Verständnisses eine der Intoleranz und der Enge folgt. Enklaven begannen sich miteinander zu vergleichen. Die eine hielt sich für besser als die andere, die Renaissance fühlte sich unterdrückt und begrenzt vom Ende des Mittelalters. Die eine errichtete Zollmauern, die andere versuchte sich auf Kosten des Nachbarn zu erweitern, der an Unterbevölkerung litt. Bedroht vom Wirklichkeitsgefühl, schlossen beliebte Touristenziele ihre Pforten für Gäste. Aus Angst, die Pest des Relativismus könne sich ausbreiten, blockierten sensible Versuchsgebiete alle Handelsbeziehungen. Allmählich bildete sich Pluravers, wie die geschlossenen, abgegrenzten Enklaven genannt wurden, heraus. Bist du sicher, daß du noch mehr hören willst?«

»Ich will alles hören«, antwortete Bertel weinerlich.

»Stufenweise isolierten sich die verschiedenen Enklaven, einige zogen sich rasch in sich selbst zurück, andere versuchten gewisse Verbindungen aufrechtzuerhalten, mußten aber immer häufiger die Fühlhörner einziehen, um gewaltsame Konfrontationen zu vermeiden. Im Takt mit dieser physischen Isolation begann die Zeit in den verschiedenen Enklaven nach eigenem Ermessen mit jeweils eigener Geschwindigkeit zu vergehen. Man hat dies verglichen mit einem Tau, dessen Enden zerfasern, präziser ausgedrückt, so schien die Zeit in verschiedene Richtungen zu gehen, als sie die Mauer zur vierten Dimension durchbrach.«

»Der Raum der Räume.«

»Davon hast du gehört?«

»Ich habe von einem gelesen, der davon fabuliert hat, in die vierte Dimension hineinzuwachsen. Ich habe tatsächlich das Manuskript bei mir.«

Nicht sicher, ob sie sich nicht verhört hätte, runzelte Mayavera die Augenbrauen und beeilte sich weiterzuerzählen.

»In jeder Enklave vertiefte man sich, sorgte dafür, daß man so rasch und so nachdrücklich wie möglich die umgebenden, anderen Lebensweisen vergaß. Das Vergessen hatte noch immer einen starken Rückhalt in den Menschen, weshalb es nicht schwierig war, die Erinnerung an das, was man nicht sah, worüber niemand sprach und niemand schrieb, auszumerzen, denn die Aufgabe lautete, sich in die aktuellen Lebensverhältnisse zu vertiefen. So verzweigte sich die Zeit in viele verschiedene Richtungen, wie der Baum, der lange Zeit in einer bestimmten Richtung und in Form eines Stammes wächst. Plötzlich aber ändert sich die Absicht und beginnt sich nach allen Seiten in unzähligen Ästen und Zweigen auszubreiten. Haben die Zweige jedoch Freiheit und Vielseitigkeit erreicht, sind sie auch dünner als der Stamm. So wurde auch das Leben in den Enklaven dünner und weniger überzeugend. Man lebte nicht mehr im sechzehnten Jahrhundert, sondern, als ob man im sechzehnten Jahrhundert lebte. Stellte anheim, was man zu seiner Zeit getan hatte. Die Entwicklung war festgelegt, man mußte sein Leben in früheren Vorlagen finden. Weshalb man ein Leben als inszenierter Schatten verbrachte, man widmete sich Gedenkspielen, in denen man die Taten und Handlungen früherer Zeiten wiederbelebte. Formt mühsam gelebtes Leben um in farbstrahlendes, oberflächliches Wiedererleben.«

Bertel dachte an die bunte, unwahrscheinliche Handlung, die er gerade hinter sich hatte, und nickte verstehend.

»Du weißt es selbst. Du hast selbst im Schatten einer Gestalt zu leben versucht, versucht, ein Leben zu durchlaufen, das immer effektiver und raffinierter zu einer Nacherzählung eines Lebens wird. Ein dramatisiertes Lebensspiel, aufgebaut auf Ereignissen, die sich vor langer Zeit abgespielt haben, befördert von Gefühlen, bei denen es sich um geschickte Nachbildungen der Gefühle früherer Zeiten handelt.«

In gewisser Hinsicht war dies für Bertel ein Schock, zugleich aber hatte er das Gefühl, er stoße auf ein Wissen, das es in seinem Inneren bereits gab. Wie Ahnung und der Schatten eines Wissens.

Hätte er nicht ausgestreckt und an Armen und Beinen gefesselt dagelegen, hätte er sich vermutlich zusammengekauert, oder er wäre aufgestanden und vor der quälenden Einsicht geflohen. In dieser erzwungenen Haltung aber mußte er der Situation in die Augen sehen.

Er versuchte sich den ursprünglichen Bertel vorzustellen, den jungen Mann, dessen Fußspuren er gefolgt war. Versuchte sich sein Leben vorzustellen und seine Begegnung mit Skonning. Hatte die Schwester seiner Mutter die gleiche starke Anziehungskraft gehabt? Die Träume von Eline? Die gleiche Furcht, im Besitz von Skonnings Manuskript zu sein?

»Es muß einen Weg aus diesem Wahnsinn geben«, sagte er wieder. »Damit wir nicht weiter wie Schatten leben.«

37

Du willst mich verraten!«

Die Stimme hallte durch die leere Kirche und ließ mich hochfahren.

»Bertel, Bertel, warum willst du mich verraten?«

Ich lag auf den Knien und hatte nicht gehört, daß jemand gekommen war. Die Tür war nicht geöffnet worden, das hätte ich gehört, obwohl ich ins Gebet vertieft war. Der alte Glöckner mußte sich lange im Turm aufgehalten haben und war jetzt heruntergekommen und hatte mich somit überrascht.

»Dein Gesicht verrät, daß du weißt, wovon die Rede ist. Aber lies trotzdem.«

Ich hätte, um meiner Sünden wegen, zu meiner Kontemplation zurückkehren sollen. Die Papiere, die er mir verführerisch hinhielt, erzählten offenbar von einer neuen Offenbarung. Ich hätte sie ablehnen sollen, aber meine Lust auf Geschichten war zu stark. Außerdem mußte ich wissen, woher seine Anschuldigungen stammten.

Die Kirche war zu dunkel, darum saß ich Gott sei Dank draußen, als ich las, wie Gott mit den gerechten Strafen begonnen hatte. Mit starren, brennenden Augen folgte ich dem alten Mann, der meinen Namen trug und Skonnings noch ungeborenes Enkelkind überführte, daß er Gott ins Handwerk pfuschte.

»Das verstehe ich nicht«, mußte ich zugeben. »Nur diese abschließende Bemerkung, ich hätte die Geschichte schon einmal gelesen. Ich werfe doch das erste Mal ein Auge darauf.«

»Aber zu jener Zeit ist sie dir bekannt. Ich hätte dir die Beschreibung nicht zeigen sollen. Als Belohnung dafür, daß du mich verraten hast, verdienst du, an einer vergifteten Pflaume zu ersticken. Aber ich bin zu gutmütig.«

Ein Schwein kam durch das Flechtwerk auf den Kirchhof, und ein paar Jungen machten sich den Spaß, das verwirrte Tier zu verjagen. Sie mußten ebenso alt sein wie ich selbst damals, als die Kindsleiche gefunden wurde, gerade dort, wo sie nun herumtobten. Unwillkürlich schielte ich hinüber, ob in der aufgewühlten Erde etwas Neues zutage kommen werde. Selbstverständlich nicht.

Niemand sprach mehr über diese Angelegenheit. Denn kürzlich waren die Frau des Bischofs und ihr Schwiegersohn vom Gericht in Viborg freigesprochen worden. Man befand, die Anklage beziehe sich ausschließlich auf Gerüchte, üble Nachrede und Neid.

Wir saßen auf der Steinbank, die durch die Sonne lauwarm geworden war. Die Burschen johlten und warfen Steine nach dem Ungetüm, das in seiner Verwirrung das Loch in der Einfriedung nicht finden konnte.

»Siehst du, hier ist noch mehr«, sagte Skonning selbstsicher.

Er reichte mir einen weiteren Stapel Papiere, auf die seine nächste Vision mit hastiger Handschrift niedergekritzelt war, die seine Mühe verriet, dem Bilderstrom zu folgen.

Während der Lektüre merkte ich, wie sich mir die Haare auf dem Kopf aufrichteten. Ich wollte aufhören, doch ein Wort schluckte das vorangegangene.

»Was soll das heißen?« rief ich und warf wieder, wenn auch zu spät, die Papiere von mir.

Ich hatte von einem Burschen gelesen, der mit meinem Namen in einem Zerrbild meiner Welt umherflog, von nicht existierenden Feinden verfolgt und gegen imaginäre Gegner kämpfend. Ich hätte das Manuskript wegwerfen sollen, sobald ich auf die erste Schmähung der Kirche stieß, gestehe aber ein, daß meine Schwäche mich gefangenhielt. Obwohl alles unwirklich, verfälscht und falsch verstanden war, hatte es doch so große Ähnlichkeit mit meiner eigenen Welt, daß ich die Augen nicht davor verschließen konnte.

»Das ist das sechste Zeitalter«, erklärte der Glöckner, in vielen Zeitaltern zu Hause.

Im selben Augenblick mußte er die Beine anziehen, denn das von den johlenden Jungen verfolgte Schwein wälzte sich vorbei.

»Ich gehöre nicht mehr hierhin, Bertel«, fuhr der Alte, leiser als sonst, fort. »All dieser Schmutz, der Gestank vom Kirchhof. Türen, die man nicht richtig schließen kann, feuchte Wände, im ganzen Haus Rauch, undichte Fenster, die den Wind hereinpfeifen lassen.«

Er schwieg, seine Gedanken befanden sich jedoch noch bei diesem Thema.

»Du verstehst das nicht, denn du hast nichts anderes versucht. Ich hingegen, ich habe gesehen, daß es anders ein kann. Hier ... das Dunkel, der Schmutz, die Lüge, die Enge ... Überall. Ich ertrage es nicht, und ich habe es satt. Kerzen, die nicht brennen wollen. Und gelingt es einem, dann rußen sie und hinterlassen nur Ruß und Dunkelheit. Ein Leben in Dunkelheit. Du weißt einfach nicht, was Licht bedeutet. Man streckt die Hand aus, und das Zimmer badet in Sonnenlicht.«

Müde rieb er seine Augen, die niemals ganz zu eitern aufgehört hatten. Viel konnte ich nicht hinzufügen, aber ich schauderte. Der Alte rückte unruhig auf dem Stein hin und her, der auch nicht zu warm war.

»Die Kälte, die überall eindringt. Niemals ist einem richtig warm. Feuchte, aufgesprungene Hände, Gicht. Niemals ein glattes Bett, immer ragen Strohhalme empor. Wacklige Stühle, Tische, die man nicht säubern kann. Stets das gleiche von Würmern zerfressene Essen, falls es nicht halb verdorben ist. Lauwarm, wenn es heiß sein muß, lauwarm, wenn es kalt sein muß. Muffiges Brot, verschimmeltes Obst, ranzige Butter, Unsauberkeit.«

Als ihm auffiel, daß ich gegen seine Jeremiade nach wie vor nichts vorzubringen hatte, leierte er weiter.

»Hat man das andere probiert, kann man sich hier nicht mehr wohl fühlen. Zu enge Kleider, die Löcher haben oder nicht sitzen wollen. Schorfige Haut, Grind im Haar, Ungeziefer, Fliegen, Krätze, Eiter, Entzündungen, Geschwüre und Pickel, Insektenstiche, geschwollene Finger, schiefe Glieder.«

Allmählich gebrach es ihm an Mängeln, oder er sah ein, daß ich mich auf Zank nicht einlassen wollte.

»Habe ich nicht den Himmel beschrieben, dann ist es die Hölle.«

»Der Himmel?« fragte ich mit unterdrücktem Kichern.

Er konnte es nicht gehört haben, denn er nutzte es nicht zum Anlaß einer Diskussion.

Am Galgen hing ein Mann und baumelte friedlich in dem schwachen Lüftchen. Der Arme hatte den Hals strecken müssen, als er die Bibelprobe nicht bestand. Witternd stand ein Hund unter ihm, nach der Hinrichtung aber hatte man ihn höher gezogen, damit Hunde und Schweine sich nicht über ihn hermachten, ehe er gut abgehängt war.

Der Wind stand in unsere Richtung, aber der Alte befand sich in Gedanken anderswo.

»Weißt du, die Wahrheit kommt doch an den Tag, wie ich es vorhergesagt habe.«

»Die Wahrheit?«

»Du hast es doch gelesen. Erinnerst du dich gar nicht, daß du ausmessen wolltest, wer ein ungeborenes Kind getötet und begraben hat? Du wolltest die Schuld mit Hilfe eines Gewichts und eines Zollstocks herausfinden. Habe ich nicht gesagt, eines schönen Tages wird sich uns die Wahrheit offenbaren? Thisel hat doch verraten, wer das Kind umgebracht hat...«

»Die Wahrheit!« brüllte ich und war selbst über meinen Zorn verblüfft. »Die Wahrheit, sagst du. Eline sollte...? Nein! Eine räudige Göre erzählt einer Chimäre, die behauptet, sie sei ich, eine Riesenlüge, um sich ins Vertrauen einzuschleichen. Und das nennst du Wahrheit!«

Für einen Augenblick war Skonning sprachlos und in seinem eigenen Gespinst gefangen.

»Derjenige, der mit meinem Manuskript um die Beine herumläuft. Der sich für dich ausgibt...«

»Illusionen, nichts anderes. Die Menschen, von denen du schreibst, sind auf dem besten Wege zu verschwinden. Sie legen sich in Lee, in den Schatten wirklicher Menschen, um sich einzubilden, sie seien etwas. Sie saugen an unserem Leben. Mißbrauchen unsere hart erworbenen Erfahrungen. Sie fügen unsere spärlichen Erlebnisse zu kindlichen, gefühllosen Phantastereien zusammen.«

»Über die du dich hermachst und die du nicht aus der Hand legst, bis du sie durchhast.«

»Wenn sie nicht auf irgendeine Weise die Finger in dein Manuskript gesteckt hätten, wäre uns erspart...«

Skonning betrachtete mich besorgt, als ich anfing zu stottern.

»Bertel?« sagte er vorsichtig.

Das Schwein schlüpfte durch ein Loch im Zaun und entkam seinen Verfolgern.

»Bertel, ich hätte gern meine Papiere wieder.«

Ich reichte sie ihm.

»Ich meine alle. Alle, die ich dir übergeben habe.«

»Bist du verrückt? Sie bei dir zu haben wäre lebensgefährlich für dich.«

»Ich bin so alt, daß Lebensgefahr die geringste Drohung ist, der man mich aussetzen kann.«

»Hat diese Schauergeschichte dich auf eine Idee gebracht? Es wäre Unfug, sie in Deutschland herausbringen zu wollen.«

»Ich träume nicht mehr davon, sie herauszugeben.«

»Aber warum...?«

»Ich halte es für richtiger, sie selbst aufzubewahren.«

Als ich nach Hause ging, um die Papiere zu holen, die er plötzlich nicht mehr entbehren konnte, stand der alte Glöckner auf und stolperte in die Kirche.

Ich hatte wohl bemerkt, daß eine sonderbare Unruhe über ihn gekommen war, die er nur mit Mühe beherrschte. Hatte er nur einen Vorwand gesucht, um mich wegzuschicken?

Mühsam stieg er die vielen Stufen im Kirchturm hinauf, wie er es so oft getan hatte. Nach jedem vierten Schritt mußte er stehenbleiben und nach Luft schnappen. Dennoch beendete er beharrlich, wie er immer gewesen war, die Besteigung.

Auf der Glockenplattform wandte er sich nach Süden. Er stützte sich an den Rand der größten Glocke.

Plötzlich schienen Funken aus ihm zu sprühen. Durch die Berührung der Glocke der Sonne entzogen. Die Funken sprühten, und er wurde geblendet und sah. Die Vision strömte ihm entgegen.

Er, der sich Bertel nannte, ausgestreckt, gefesselt, darum kämpfend, sich wach zu halten.

Die Morgensonne drang in das Erdloch und zeigte ihm den Schatten Mayaveras, die ihn wach gehalten hatte, um ihm von der Welt zu erzählen, die sie Pluravers nannte.

Der in Leder gekleidete Mann überzeugte sich, daß Bertel wach war. Kaum hatte er das Loch verlassen, als Mayavera aufsprang. Sie befreite Bertel. Nein, er war schon vorher frei, sie hatten nur vorgegeben, die Fesseln hielten ihn in gestreckter Haltung fest. Leicht kann man Menschen betrügen, denen Lüge, Fiktion und Erfindung unbekannt sind. Sie krochen ins Freie, versteckten sich hinter der Hütte, und als der Fremde sich über das verlöschende Feuer beugte, schlichen sie weiter.

Alles ging merkwürdig rasch vonstatten. Als sei die Zeit geschrumpft. Mayavera kroch voran, wenn auch mit lächerlich raschen Bewegungen. Bertel versicherte sich, daß die wertvollen Dokumente noch immer an seinen Schienbeinen befestigt waren. Sie gingen, jedoch mit einer Geschwindigkeit, die die eines Laufenden überschritt. Sie gingen auf eine Zeitmauer zu. Bertel half der anderen, stützte ihren Fuß, und plötzlich waren sie verschwunden.

»Was ist aus ihnen geworden?« rief Joakim.

Tabita zeigte auf ein anderes Zeitgebiet in der großen Versuchsanordnung. Vibeke wies darauf hin, es gehe zu rasch, beugte sich über das Ventil und verringerte die Wärmezufuhr. Das Tempo verringerte sich ein wenig.

Joakim nickte zufrieden. Er hatte Bertel und Mayavera in einer Enklave für das siebzehnte Jahrhundert wiedergefunden, während sie durch eine gepflasterte Straße gingen.

Sie blieben vor einer bescheidenen Werkstatt stehen. Bertel deutete ins Werkstattinnere auf den Uhrmacher, der träumend über dem Drehstahl saß. Mayavera nickte.

Über der ganzen Versuchsanordnung herrschte Unruhe. Überall gärte es, stellenweise schossen kleine Gewächse in die Höhe und bildeten unansehnliche Blasen an der Oberfläche.

»Was ist da los?« fragte Vibeke besorgt.

Joakim war intensiv in Anspruch genommen von dem großen Schauspiel, das sich vor seinen Augen vollzog.

»Sie brechen durch. Eine weitere Dimension.«

Tabita sah besorgt nach Tobias im Bassin, der Gehirne hinzufügte.

»Hältst du noch aus?«

Tobias nickte unter Mühen, dann aber ging ein Zucken durch ihn hindurch, das zu einem neuerlichen Erbeben der Oberfläche führte.

Die Landschaft wölbte sich, sott, pfiff, als nähere sich ein Ausbruch.

Mit einem heftigen Ruck blieb alles stehen.

Irritiert wandte sich Joakim an Vibeke.

»Warum hast du das getan…?«

»Er hält den Druck nicht aus. Für Tobias bricht alles zusammen, wenn wir weitermachen.«

Stufenweise kehrte Tobias zurück ins Laboratorium. Er nickte Vibeke dankbar zu, die ihm den Rücken zukehrte.

»Was ist dort geschehen?«

»Sie waren dabei, sie zu vereinigen. Mayavera und Bertel. Sie richteten eine Zeitbrücke ein. Auf dem besten Wege in den siebenten Zustand. Als Vibeke das Ganze abgebrochen hat.«

»Wir brauchen mehr Kapazität. Es nutzt uns nichts, wenn Tobias kaputtgeht.«

»Vielen Dank.«

Vibeke hörte ihn nicht und sprach nur mit Tabita und Joakim.

»Merkt ihr, daß wir einen Wärmetauscher brauchen?«

Tabita, die den Osmosefilter kontrollierte, nickte.

»Joakim, sie hat recht. Wir fahren mit Maximum.«

Joakim und Tobias machten einen Rundgang durch die Versuchswelt. Joakim zeigte, daß überall der Aufruhr lauerte.

»Mayavera führt ihn durch alle regionalen Höllen, die sich nach und nach entwickelt haben. Er hat ja das Manuskript, das er als Führer benutzen kann.«

Tobias betrachtete die Versuchsanordnung in ihrer erstarrten Haltung. Er sah Bertel und Mayavera auf dem Weg zur Papiermühle. Das Manuskript mit den Offenbarungen, das er vorher um das Bein gebunden hatte, hielt Bertel jetzt in der Hand.

Tobias beugte sich vor und las unter Mühen das Textfetzchen, das sichtbar war: »Eine wohlverdiente Strafe für einen, der von Erzählungen gelebt hat. Das ist eine Geschichte«, sagte die Frau des Bischofs. »Aber eine so intensive Geschichte, daß sie mit Leichtigkeit über die Wahrheit siegen…«

Mit einer Mischung aus Verärgerung und Begeisterung sagte Joakim:

»Siehst du, sie stehen im Begriff durchzubrechen… Du und Vibeke, ihr holt den verdammten Wärmetauscher.«

Bei jeder Umdrehung wird eine neue Schicht von Erzählungen hinzugefügt, wodurch die ursprünglich dünne Oberfläche allmählich Fülle erhält, die Fülle der Zeit. So daß man zurückgeht und doch weiterkommt.

Das Leben im zögernden vierdimensionalen Raum, in dem die Zeit eine merkliche Fülle erreicht hat, ist am deutlichsten dargestellt in »Sæt verden er til«. Vereinfacht könnte man sagen, in diesem Versroman leben die Menschen in verschiedenen Zeiten und doch zur gleichen Zeit.

Ein Universum, das sich für unsere begrenzten Augen bei näherer Beobachtung in lose Papierfetzen auflösen wird. Ebenso, wie der Flächenmensch den Raum nur als verworrene Zeitblitze wahrnimmt.

38

So, wie bei dir nur noch zwei Tage bis zum Abschluß deines Jahrs als Guter fehlen, fehlt bei mir nur noch ein Glied in der langen Familienkette, die ich geschmiedet habe.«

Nicht ganz zufrieden mit dem Ton, den er in seinem einleitenden Satz angeschlagen hatte, rümpfte der alte Mann die Nase. Tobias setzte sich besser zurecht, mit ein wenig Wehmut, weil er sich nun zum letzten Male in das Netz von Styges Erinnerungen verstricken lassen sollte.

»Das erste Glied, der Drucker und Schriftsteller Hans Hanssøn Skonning (weiter zurück konnte ich nicht kommen), ist indessen auch das rätselhafteste. Ich denke nicht nur an diese unerklärliche Prophezeiung, die er in seiner Todesstunde empfing: Er werde weitermachen, bis er die Wahrheit mit seinem Blute geschrieben hätte. Eine kryptische Prophezeiung, für die ich niemals eine Begründung gefunden habe. Nein, ich meine den eigenartigen Widerspruch zwischen seinem Leben und seinem Ruf. Nach allem zu urteilen führte er ein fleißiges, redliches Leben, in dem er mühsam alle Fähigkeiten nutzte, mit denen er ausgestattet war, ein eifriger Christ und ein pflichtbewußter Bürger. Dennoch hatte er einen entsetzlichen Ruf, galt bei Generationen als Schandfleck für die Stadt wurde in einem Werk nach dem anderen als Gauner oder gemeiner Mitläufer bezeichnet und in allen gängigen Biographien, Handbüchern und nicht zuletzt kirchlichen Nachschlagewerken mit Schaudern erwähnt.«

Seiner Gewohnheit treu, verwies der Alte auf eine Reihe von Büchern, die er in der Wohnung zusammengesucht hatte. Sie waren bunter als diejenigen, die er normalerweise als Belege benutzte. Eines hatte auf der Vorderseite ein romantisches Bild einer strammen, älteren Frau mit festem Griff an ihrer Schürze. Auf einem anderen beugte sich ein Adliger von einem Pferd, um mit einem Wächter zu beraten. Das dritte zeigte einen Gerichtssaal, in dem ein hohlwangiger, mit einem Talar bekleideter Mann augenscheinlich einen bärtigen Geistlichen als Schuldigen benannte.

»Es ist mir niemals gelungen, zwischen diesem fleißigen Leben auf der einen und dem verräterischen Zeugnis auf der anderen Seite des Todes eine Übereinstimmung herzustellen. Bei allen Familienmitgliedern, von denen ich erzählt habe, konnte ich Züge meines eigenen Lebens wiederfinden. Bisweilen habe ich Neigungen an mir selbst entdeckt, die ich erst verstanden habe, wenn ich sie bei meinen Vorgängern entdeckte. Ich wage zu behaupten, daß mich die lange Wanderung durch meine Ahnengalerie mit Träumern und Realisten, Verrückten und Genies, Verzagten und Größenwahnsinnigen, Lebensgenießern und Todesverehrern instande setzte, mir selbst in die Augen zu sehen. Du mußt gestatten, daß ich, ehe ich von dem Drucker und Glöckner erzähle, mein eigenes Bild in der Zeit wieder auffrische.«

»Du mußt dich nicht entschuldigen. Das interessiert mich um so mehr, als es auch *mein* Selbstporträt werden kann, wenn ich nur einige Details hinzufüge, dich und meine Mutter.«

Der alte Mann, der es nicht gewohnt war, sich selbst als Detail zu verstehen, fuhr fort, ohne auf den Kommentar einzugehen.

»Der Verräter, oder ist er der Verratene, hatte eine Tochter Vera, die zurückschaute in der Zeit bis zu den ersten Zeitaltern. Vielleicht entsinnst du dich ihrer Kritzeleien über die Entstehung des Lebens und die Welt, die aufschwillt wie Farnkraut in Papier. Vera Hansdatter bevölkerte die Stadt mit ihren Phantasieprodukten. Eines von ihnen war Ambrosius, der sein Leben lang nach der nächsten Dimension strebte und dennoch eine Frau umarmte, deren Zeit der seinen entgegengesetzt war. Sie schenkte ihm Dines, der aus der anderen Welt in diese Stadt kam und mit Hilfe der giftigen Kristalle seines Vaters Gerechtigkeit einzuführen versuchte.«

»So, wie du durch unsere Vereinbarung wenn auch keine Gerechtigkeit, so doch Güte einführen wolltest?«

»In aller Bescheidenheit«, sagte Styge und lächelte friedfertig. »Didrik war das Ergebnis, als Dines die schöne Gärtnerstochter schwängerte. Didrik, der aus Scham über den Ruf des Vaters, als die Stadt über eine natürliche Erklärung für die Todesfälle zu tuscheln begann, mit einem Hobel und einer Richtschnur im Ränzel ins Ausland zog. Und damit endete, daß er, in der Abrechnung mit den umfangreichen Kreisen seines Großvaters, die Alpenspitzen abhobelte, um nicht nur den rechten Glauben, sondern sogar den waagrechten einzuführen. Ihm folgte Ernst, empfangen in den Bergen und nach Hause gebracht in das flache Land, wo er sich in seinem eigenen Leben niemals zurechtfand. Während er als Uhrmacher sich offenbar mit der Zeit abquälte, streifte er umher und erlebte mit Wonne das Leben all seiner Verwandter in auf- und in absteigender Linie. Vielleicht zur Strafe hierfür riß in seinem eigenen Sohn René der Zeitfaden, weshalb er bald als siebenundvierzigjährig, bald fünfundzwanzigjährig erwachte, um dann am Tag danach wieder einundfünfzig zu sein.«

Wieder nickte Tobias, zufrieden damit, daß er seine Zeitlinie besser miteinander verbunden hatte.

»So, wie du das Leben dazu benutzt, in der Geschichte deiner Ahnen herumzuspringen.«

»Renés unzeitiges Leben bringt den Sohn Erland hervor, den Mathematiker, der durch seine Primzahlenraster versuchte, in die Ewigkeit zu klettern. Und wie eine ungerade Zahl unweigerlich auf eine gerade folgt, bekam er den Sohn Roland, der seine Kritik der Ewigkeit verfaßte und die Mäßigkeit predigte. Bei beiden Bestrebungen handelt es sich um Faktoren, die ich mit Leichtigkeit in meinem eigenen Leben wiedererkenne.«

Styge warf einen Blick über das Zimmer, als sei es Ausdruck seines eingeschränkten Lebens. Als der Blick aber die Regale mit den Büchern und Manuskripten erreichte, weitete sich sein Blick, während er sich an die schwindelerregenden Erlebnisse erinnerte, die sie ihm bereitet hatten. Beim Musikinstrument in der Ecke hielt der Blick an.

»Rolands ältester Sohn, Ditlev, der einen langen Kampf gegen den Tod austrug, der ihm in jenem Augenblick drohte, in dem er sein Thema auf dem Cembalo beendete, bekam den Sohn Isak, den Schneider. Isak malte mit seiner rechten Hand schöne Bilder auf der Leinwand, während er mit der linken auf der Leinwand herumschmierte, um Schönheit und Häßlichkeit im Gleichgewicht zu halten. Isak, der die Weltbalance bewahrte, indem er eine besonders lebenstüchtige Tochter zeugte (deren Geschichte in meiner nicht enthalten ist) und Gustav, der aus Liebeskummer und weil er keinen Lebensinhalt hatte beschloß, Selbstmord zu begehen. Und ein langes, angenehmes Leben verbrachte, in dem er auf den richtigen Zeitpunkt für seinen selbstinszenierten Tod wartete.«

»Dich.«

»Wie?«

»D-I-C-H. Dich.«

»Ja, ja«, fertigte ihn der Alte ab, der an dieser Stelle seines Berichts nicht unterbrochen werden wollte. »Jenen Gustav, der Material für einen Roman über den alten Drucker sammelte, ohne aber anderes zu schreiben als eine einzige Novelle, die er im Verlauf seines Lebens einige Male veränderte. Sein Hauptwerk wurde also Thorvald, der Ingenieur, der alles auf Schienen setzte und auf diesem Grundstück Tidshvile errichtete. Thorvald, der alles regeln wollte und dem ich nicht vergeben kann, weil er das Lebens seines Sohns in allen Einzelheiten festgelegt hat. Bis zu seinem Tod, mit dem Zettel in der Hand, der die Macht offenbarte, der er unterstand und die die Ursache dafür war, daß sich Elias sein Leben lang wie in einer Zwangsjacke eingeschnürt vorkommen mußte, selbst als er seinen ältesten Sohn zeugte, mich.«

Der Alte schwieg einen Augenblick.

»Habe ich mein Lebensthema über das Erträgliche hinaus verlängert, wie Ditlev am Cembalo, oder habe ich meinen Tod vor mir hergeschoben wie der zögernde Selbstmörder Gustav? Auf alle Fälle habe ich versucht, es zu regeln, wie mein Großvater, und habe mich eingesperrt gefühlt wie mein Vater. Und habe wohl auch versucht, die schönen und die häßlichen Seiten des Lebens abzuwägen wie Isak, der Maler. Vielleicht entsinnst du dich, daß ich in meiner Jugend einen Sprung unternommen habe, der mein Leben total veränderte. Ich hätte eine Ingenieurstellung in Sønderborg antreten sollen, als ich durch einen Zufall auf die entsetzliche Geschichte über den Tod stieß, der auf die Hauptperson der Erzählung wartet. Ich sprang aus meiner abgesteckten Bahn, weil ich eine würdige Gegengeschichte dazu fand. Auf meiner Suche kam ich allmählich zurück auf diese ganze Reihe von Familiengeschichten, wobei ich manchmal zwischen ihnen sprang, bisweilen zielstrebig wie auf Schienen zurück zu meinem Ausgangspunkt walzte.«

Der alte Mann schob die Kaffeekanne zur Seite, um den Buchstapel näher zu sich heranzuziehen.

»Und wohin bin ich gekommen? Zu einem Sproß, den ich nicht kenne. Einem Mann, den ich nicht verstehe. Der Hauptperson in diesem Buch, von dem ich dir schon erzählt habe. Es wurde Mitte des achtzehnten Jahrhunderts vom Sohn des Bischofs Fredrik Sneedorff Birch geschrieben, dem andauernden Selbstmordkandidaten. Die Geschichte heißt Hans Skaaning, Glöckner in Aarhuus, und handelt von dem verschlagenen Drucker, der Böses in Szene setzt. Was unter anderem zur gewaltsamen Entführung der schönen Bischofstochter führte. Mit dem Glöckner geht es schlimm aus. Er sieht Gespenster, sieht seinen Doppelgänger und bekommt die letzte wohlverdiente Strafe, als er auf dem Turm der Domkirche mit einem rächenden Engel kämpft. Gustav konnte die richtige Geschichte, die er plante und für die er Stoff sammelte, niemals schreiben.«

Styge schob den alten Band zur Seite und nahm ein simples Volksbuch zur Hand, in dem er ein wenig blätterte.

»In diesem hier, ›Dem bösen Vogt‹ von Knud Skytte, ist die Titelperson Erik Grubbe. Wer ihm jedoch bei seinen Übeltaten zur Hand geht, ist...«

Der Alte hatte bei einer der ersten Seiten innegehalten und gab der Versuchung nach, vorzulesen.

»Der letzte in der Reihe war der Glöckner der Kirche, Hans Skonning, ein kleiner, flinker Mann mit unglaublich tückischem Blick und einem schleicherischen, katzenartigen Ausdruck in Miene und Bewegungen. Er trug eine Art Talar, der bis auf seine mit Silberspangen geschmückten Schuhe reichte, auf dem Kopf trug er eine Kalotte, unter der graue Haarzotteln hervorragten. Hans Skonning war ein übel beleumundeter, aber gescheiter Mann und ein schlauer Menschenkenner.«

Styge bediente sich eines ironischen Tonfalls, schüttelte jedoch bedenklich den Kopf. Als er umblätterte, fiel sein Blick auf eine weitere Passage. Er zögerte, konnte sich aber nicht zurückhalten und mußte sie hinzufügen.

»Hier verleitet Skonning den ritterlichen Vogt zu einer tückischen Intrige. ›Wir sprechen uns noch, aber wehe euch, wenn ihr mit Firlefanz mich grundlos bemüht!‹ sagte der Ritter kalt und in drohendem Ton, wobei er sich abwandte und ging. ›Hat keine Not, hochgeborner Schraubhals!‹ murmelte der Glöckner durch die Zähne und sandte ihm einen listigen Blick nach, ›der kriegt mehr zu wissen, als er verdauen kann, und ich mache ihn so übel wie ein schlechtes Jahr! Ei ja, das gibt immer Lügen, wenn sich die Hochwohlgeborenheit und die Hochwürdigkeit in die Haare geraten über ein kleines Lamm! Leicht zu raten, übrigens, wer mit dem Sieg abgeht... der Vogt ist der

Stärkere ... und Hans Skonning wird sich rächen, rächen, rächen!‹«

Widerstrebend schloß Styge das Buch und schob es weg.

»Selbstverständlich bekommt er seine Rache, wird aber halb verrückt dadurch und stirbt einen gewaltsamen Tod. Beide waren aus dem achtzehnten Jahrhundert. Aber auch in unserem Jahrhundert hat man über ihn geschrieben, unseren ehrwürdigen Vorfahren. Ich glaube, es ist wirklich schwierig, in der ganzen dänischen Literatur einen Menschen zu finden, der in so vielen Erzählungen und Romanen der Schurke ist. Und in Theaterstücken, nicht zu vergessen. Anfang des Jahrhunderts wurden die ›Domglocken‹ von Bering Liisberg im Theater aufgeführt. Und dreiviertel Jahrhunderte später spielte man im alten Reithaus ein Stück von Svend Åge Madsen, das ›Narrenspiel von Magister Bonde und Eline Mortensdatter‹. Der Ränkeschmied in beiden ist unser Glöckner.«

Jetzt hielt er das Buch in der Hand, das auf dem Umschlag die stramme ältere Frau mit dem stolzen Blick zeigte. »Die Bischöfin von Aars« lautete der Titel.

»Nicoline Kirkegaard war Frauenrechtlerin, darum ist in ihrem Buch Kirsten die Hauptperson. Oder vielleicht eher die Liebe. Die mißgünstige, intrigante Person jedoch, die alles in Gang setzt, ist... Du hast es erraten. ›Wenige Jahre zuvor war er der bekannteste und angesehenste Bürger der Stadt, und nun begegnete man seiner bemerkenswerten Person mit einem gewissen Respekt oder vielmehr mit einer gewissen Furcht.‹ Unser Vorfahre macht Nicoline sprachgewaltig. Sie läßt sich von ihm tatsächlich fast umwerfen. ›Jetzt erinnerte Hans Skonning eher einem zerzausten Vogel, der in starkem Sturm gewesen war. Sogar sein Aussehen erinnerte stark daran: Seine schwere Gestalt duckte sich vor dem Angriff des Windes, die grauen Haare, die sein Raubvogelgesicht umstanden, sahen aus, als seien sie vom Sturm aufgepeitscht worden, und die Augen unter den buschigen Brauen waren stechend und wild, als lauerten sie ständig auf Beute. Am Tage fegte er mit seinem flatternden Cape wie ein Sturmvogel durch die Straßen der Stadt. In den Nächten brannte in seiner finsteren Wohnung die Kerze bis zum Morgengrauen, weshalb viele annahmen, er befasse sich auch mit Zauberei.‹«

Der Alte schloß das Buch. Sollte er sich amüsieren, so wirkte er zugleich doch nachdenklich, als sei er von diesem Flecken auf der Familienehre nicht ganz unbeeindruckt.

»Je mehr ich die Sache untersuchte, mußte ich mich wundern. Wie war er zu dieser Rolle als der lokale Judas gekommen? Als derjenige, der die ›Böse Saat‹ säte, wie das Buch heißt, das ich dir als letztes zeigen will. Es stammt von einem Johan H. Braunvig und kam kurz nach der Besetzung heraus. Die böse Saat sind die Gerüchte, die dem Bischof das Leben kosten und dem Rest der Familie das Leben zerstören. Und ein weiteres Mal ist jener widerliche, klatschhafte Aufwiegler dein Ahne.«

Nicht bereit, noch mehr Schmutz auf seinen Verwandten zu werfen, schloß er das gelbe Buch. Die unzuverlässige Person auf dem Umschlag, die auf den unschuldigen Geistlichen zeigte, konnte sehr wohl den Glöckner vorstellen.

»Er war wohlangesehen, wurde für weise und erfinderisch gehalten. Er war ein ungeheuer fleißiger Mann, der niemandem im Wege stand, ohne daß er Gold gesponnen hätte. Im Gegenteil, er blieb arm und erfolglos, weshalb sein schlechter Ruf auch nicht mit Neid zu erklären ist. Ganz bestimmt war er ein erbärmlich schlechter Schriftsteller, dies aber pflegt nicht so hart bestraft zu werden. Zweifellos ist er sehr rechthaberisch gewesen, offenbar aber zuverlässig, gottesfürchtig und ehrlich. Und plötzlich ist er das große Tier in der Offenbarung. Was könnte da geschehen sein?«

Ausnahmsweise blieb die rhetorische Frage des Alten unbeantwortet in der Luft hängen.

»Ich habe diesen Umschwung zu erklären versucht, ohne jedoch einen überzeugenden Grund zu finden. Meine beste Spur ist die, wo die schlimme Geschichte vom Glöckner zum ersten Male vorkommt. Es stellte sich heraus, daß es den kirchlichen Kreisen am meisten daran gelegen war, ihn anzuschwärzen. Was damit erklärt werden könnte, daß die Intrige Leute der Kirche betrifft und damit zusammenhängt, daß die Geistlichen in jener Zeit am fleißigsten Geschichten niederschreiben. Auffällig aber ist, wie gehässig Hans Glöckner in den klerikalen Schriften erwähnt wird. Mit welcher Wonne man die boshaften Gerüchte über ihn verbreitet und in überflüssigen Anmerkungen zur Kirchengeschichte auf ihn hinweist. Ganz so, als habe es eine organisierte Schmähkampagne gegeben. Warum? Der einzige Grund, den ich finden kann, ist die Furcht vor seinen Offenbarungen.«

Tobias hatte einen Kommentar auf den Lippen, ließ sich aber von einem erhobenen Finger zum Schweigen bringen.

»An mehreren Stellen geht aus Andeutungen und Umschreibungen hervor, daß der Glöckner eine Reihe von Offenbarungen empfangen hätte, in denen er meinte, ins Paradies oder in ein Glücksreich zu sehen. Er schrieb sie sorgfältig nieder, und eine von ihnen legte er seinem Bischof vor, der schon damals krank war, dessen Zustand sich hierdurch aber offenbar verschlechterte. Es ist mir nie gelungen, die Papiere aufzutreiben, wahrscheinlich sind sie verlorengegangen, vielleicht wurden sie von der Kirche, die sich bedroht fühlte, aufgespürt und vernichtet. Jedenfalls ist es allen Kirchenhistorikern ein Anliegen, sie zu verdrängen und ihren Urheber zu verurteilen. Und ihn sogar zu einem ungeheuerlichen Verräter zu machen.«

Der Alte zog ein dreibändiges Werk näher zu sich heran. Er schlug den ersten Band auf. »Dansk Folkesagn« stand auf dem Umschlag.

»Es ist den kirchlichen Verleumdern gelungen, die Geschichte zu verbreiten. Sie bekam die Gestalt eines Gerüchts, das an Straßenecken verbreitet wurde, einer Lügengeschichte, über die man erschauerte, einer Sage, die Mütter ihren Kindern erzählten, eines Mythos, der allen bekannt war und auf den sie verwiesen. Zweihundert Jahre nach diesen Ereignissen zog Just Mathias Thiele als erster in diesem Lande umher und sammelte volkstümliche Erzählungen. Als der eifrige Legendenjäger sie hörte und aufzeichnete, bekam sie schließlich diese Form.«

Sorgfältig hatte Skonning schon im voraus ein Lesezeichen angebracht. Er räusperte sich und begann zu lesen:

»Bischof Morten Madsen von Århus hatte eine sehr schöne Tochter, Eline Mortensdatter, die verlobt war mit dem Pfarrer der Domkirche, Magister Bonde. Der boshafte, rachlüsterne Vogt Erik Grubbe entbrannte zu ihr in unschicklicher Liebe, sie aber verschmähte seinen Antrag und heiratete mit Zustimmung des Vaters Magister Bonde. Dies rächte nun der Vogt, indem er Beschuldigungen gegen den Magister erfand, über den er durch falsche Zeugen aussagen ließ, er stehe in illegitimen Beziehungen zur Frau des Bischofs. Als Folge wurde der unschuldige Magister Bonde seines Amtes enthoben, und nachdem er einige Zeit im Gefängnis auf Havreballegård gesessen hatte (dem heutigen Marselisborg), wurde er zwar freigesprochen, reiste jedoch nach Norwegen, wo er vor Gram starb. Die Frau des Bischofs, die außerdem der Hexerei beschuldigt wurde, saß zwanzig Jahre im Gefängnis, und in dieser Zeit versäumte es der Vogt nicht, den Bischof zu verfolgen, der endlich vor Trauer starb. Aber sowohl Erik Grubbe wie seine Handlanger erhielten, als die Zeit reif war, ihre verdiente Strafe, denn auch wenn er aus reicher und adliger Familie stammte, starb er in Armut und Verachtung. Seine beiden Töchter wurden wegen ihres schamlosen Lebens zu Flecken auf der Ehre der Familie, eine von ihnen beendete sogar ihr Leben unter dem Schwert des Büttels (Der ›Danske Atlas‹ erwähnt Marie Grubbe, die sich ›noch mehr erniedrigte‹.) Der Glöckner Hans Skonning, der erste Buchdrucker nach der Reformation in Århus, war einer von Erik Grubbes Handlangern in dieser Sache. Er hatte sich kaufen lassen, um zu bezeugen, daß er aus einer Luke des Turms den Magister beim heimlichen Treffen mit der Frau des Bischofs auf dem Kirchhof gesehen hätte. Aber auch er erhielt seine Strafe, als er...«

»Die Geschichte.«

Eine Erschütterung ging durch das Zimmer. Der Alte ließ sich unterbrechen.

»Was?«

»Das muß die Geschichte sein. Über die die Bischöfin gesprochen hat. ›Eine wohlverdiente Strafe für einen, der von Erzählungen gelebt hat. Eine so intensive Geschichte, daß sie die Wahrheit mit Leichtigkeit besiegt.‹«

39

Er raufte sich in den Haaren, riß große Strähnen aus, und der Schmerz tat gut, denn er linderte den inneren Schmerz ein wenig.

Gleichzeitig taumelte er durch den engen Raum, der ihn einschnürte. Blutiger Eiter in den Augen hatte ihm die Sicht genommen. Stieß an etwas, das zu Boden fiel. Ein Buch, wie er bemerkte, als er darauftrat. Hätte fast das Gleichgewicht verloren. Um sich nie mehr zu erheben.

Ein Judas. Zum Judas wollten sie ihn machen.

Ein Leben in ehrlichem Bestreben, ein inbrünstiges Leben in Redlichkeit. Und dann ein so schmachvoller Tod, ehrlos, verhöhnt. Beschmutzter Nachruhm, auf ewig. Wohin konnte er sich wenden? Gab es denn keine Gerechtigkeit? Konnte, wer in Wahrheit gelebt hatte, in Lüge ersticken, überhäuft von Schmutz, schmachvollen Gerüchten, schlüpfrigen Erfindungen? Auf immer beschmutzt durch das Geschlecht wandern.

Der Kopf hämmerte, weil das Blut sich im Schädel sammelte und ihn bald zum Zerspringen gebracht haben würde. In den Augenwinkeln rieselte es bereits. Er würde weitermachen, bis er die Wahrheit mit seinem Blut geschrieben hätte. Plötzlich war der Satz da. Immer klarer stand er vor ihm. Mit seinem Blut die Wahrheit schreiben. Er wußte nicht, woher er kam. In seinen Ohren ein Dröhnen, wo das Blut ebenfalls brauste. Aufrecht zu stehen fiel ihm schwer, nur die Worte hielten ihn auf den Beinen.

Im selben Augenblick sprang die Türe auf. Das Licht so stark, daß der Blinde zum Sehenden wurde. Das Licht schnitt in die entzündeten Augen. Das Licht wälzte sich ihm entgegen.

»Was ist geschehen, Glöckner?«

Der Junge, der kein Junge mehr war. Ein dunkler Umriß, mitten im Licht.

»Bist du krank?«

»Nein. Tot. Wenn es doch schon vor langer Zeit geschehen wäre. Damit ich dies nicht hätte erleben müssen. Verhöhnt, belogen, gedemütigt, aus der ehrlichen Gesellschaft verjagt. Auf ewig ausgehängt zum Spott, zur Schande zur Verachtung. Du nämlich siehst meinen schlechten Ruf. Ebendies ist von mir übriggeblieben. Tot, und nach meinem Tode täglich von boshaften Zungen getötet.«

»Ich höre, es geht dir gut.«

»Bertel, es freut mich, daß du spotten kannst. Was zeigt, daß du dich nach mir in Gesellschaft begeben kannst.«

»Ich werde dich mitnehmen. Ich hatte eine Vision, von der ich nicht glaubte, daß ich sie jemals wieder sehen würde.«

»Nicht noch mehr Visionen. Meine Visionen haben mich das Leben gekostet... Welcher Teufel hat sich dir gezeigt?«

»Kein Teufel. Ein Engel und seine Mutter.«

»Du mit deinen Rätseln. Wer?«

»Kirsten und ihre Tochter...«

»Plagen sie jetzt auch dich? Von ihr sprichst du? Von der Bischöfin? Der man Leben und Ehre aberkannt hat?«

»Verurteilt vom Gerücht, und dann freigesprochen.«

»Niemand wird jemals freigesprochen, den das Gerücht einmal verurteilt hat. Glaube mir.«

»Begleitet von Eline. Sie ist zurückgekehrt, um sich den Nachlaß ihres Mannes zu sichern. Verschiedenes soll in der Zwischenzeit verschwunden sein.«

Läßt sich dann führen, der Alte, der Blinde, der bereits viel mehr gesehen hat, als gut ist, der Tote mit dem stinkenden Ruf. Nur die Neugier hält ihn auf den Beinen. Das Bedürfnis zu sehen, wie sein Nachleben zerstört wird. Von wem.

Die Luft läßt ein wenig Kraft in seine Augen zurückkehren.

Vielleicht ist es aber auch der leichte, fast laue Aprilregen, der die alten Augen liebkost und sie von Eiter und Blut reinigt.

Dort steht sie. Mit der Hand an der großen Kirchentür. Hat wahrscheinlich ihre alte Kirche besucht zum Dank für ihre Befreiung, oder um Vergebung für ihre Sünden zu erlangen. Verbraucht von den vielen Jahren des Grams, gezeichnet von der Trauer, angefressen vom scharfzähnigen Gerücht. Dennoch scheint ihr alter Stolz durch.

»Kirsten Doktor?«

Langsam, ohne ihre Würde aufzugeben, dreht sie sich zu ihm um. Sieht ihn an.

»Hans Glöckner.«

»Ich bin sehr viel anderes als Glöckner, doch wenn Ihr euch in dieser Gestalt an mich erinnern wollt, so laßt mich Hans Glöckner sein.«

Sie gibt der Jungen, der Tochter, ein Zeichen, sie solle sich zurückziehen. Das Mädchen sieht ihre Mutter an, fragend, ob sie die Situation meistert, und läßt sich verscheuchen.

»Du kommst zurück?«

»Ich komme niemals zurück. Und Ihr, Hans Glöckner, seht aus, als wenn euch das Böse durch die Poren dringt.«

»Das kommt vom Regen.«

Sie stehen da, ohne daß sie einander noch mehr zu sagen hätten. Sie überzeugt sich, ob sie die Türe richtig geschlossen hat.

»Die Niedertracht, deren Ihr mich beschuldigt, ist unverschuldet. Mein ganzes Leben lang habe ich mich von der Wahrheit leiten lassen.«

Sie schnaubt.

»Ich habe zuviel Zeit in Dunkel und Einsamkeit verbracht, um noch Vertrauen in die Wahrheit zu haben.«

»Was aber sonst ...?«

»Die Lüge«, sagt sie freimütig. »Die Lüge ist viel stärker.«

Die Worte, sie spricht sie ohne Scham aus, treffen ihn so hart, daß er aufgibt.

»Die Lüge hat mein Leben zerstört. Hat meinen Mann ins Grab gebracht, hat mich von meiner Familie getrennt, hat meine Würde zerschmettert. Hat mich zum Tode verurteilt, ja.«

»Dennoch steht Ihr hier.«

»Nicht, weil die Wahrheit gewonnen hätte. Weil die Lüge übertroffen wurde von der Lüge. Ich hatte ausreichend Zeit in der Zeit, eine Geschichte zu finden, die meine Situation erklärte. Das hat mir hinausgeholfen.«

Ihre Worte sind so unverständlich, daß er die Augen zusammenkneifen muß. Noch immer strömt der Regen auf sein Gesicht, doch ein Streifen Sonne hat sich gezeigt. Das Gesicht Kirsten Doktors wird beleuchtet.

»Gegen mich hat man eine starke Geschichte zusammengebraut. Unabweislich, sobald sie erzählt war. Unmöglich zu bestreiten, das räume ich ein.«

»Ich habe es gewußt. Die Wahrheit…«

»Wie habt ihr die erfahren? Sie hat viele Gestalten.«

»Die stolze und kluge Frau des Bischofs und ihr aufbrausender Schwiegersohn. Die ein sündiges Verlangen nacheinander hatten. Die buhlten, hurten, betrogen und Schande über die ganze Stadt brachten.«

Die Frau seufzte tief.

»Danke. Ich wollte sie gern aus Eurem Munde hören. Selbst jetzt kann ich der Geschichte schlecht zuhören, ohne mich überzeugen zu lassen. In meinem Kopf beginnt es zu denken: Es muß etwas daran sein. Glaubt mir. Selbst ich, die die Wahrheit kennen sollte. Schließlich kann ich nicht widerstehen: Es muß so sein. Ich kann es nicht leugnen. Die Geschichte ist zu gut, als daß sie nicht wahr wäre.«

»Also gesteht Ihr ein?«

»Einmal war sie wahr. Bis eine bessere Geschichte erfunden wurde.«

»Welche Geschichte ist besser als die Wahrheit?«

»Ihr sehr müde aus, Hans Glöckner. Krank. Ich wage, Euch die Geschichte zu erzählen, auch wenn sie noch nicht ganz zu Ende ist und erst mit der Zeit ihre völlige Wirkung erreicht. Wenn man sie oft genug an den Straßenecken getuschelt hat. Aber ich sehe ungern, daß Ihr ins Grab geht, ohne sie gehört zu haben.«

Sie wartet ab, um ihre Worte wirken zu lassen. Sie steht da. Er steht da. Hat nicht die Kraft, zu drängen oder sie zu verlassen.

Die Zeit hat arg in ihre Wangen gebissen, ihr Rückgrat im Griff gehabt, hat in ihrem Haar gerauft, und doch ist eine seltsame Stärke über ihr, als sie zu erzählen beginnt.

»Der brutale, herrschsüchtige Vogt begehrte die schöne Tochter des Bischofs.«

Sie wirft einen Blick hinüber zur Ratsstube, wo Eline gelassen wartet, bis ihre Mutter die Unterhaltung beendet. Bertel steht neben ihr.

»Als er seinen Willen nicht durchsetzen kann, plant der Vogt eine furchtbare Rache. Er wird Elines Mutter und Elines Mann verleumden und beschuldigen. Als Ränkeschmied und Verbreiter der Gerüchte bedient er sich des weithin berühmten Verfassers, Druckers, Papiermüllers und Glöckners, ein Mann des Wortes ist er, mit einem Groll gegen den Bischof …«

»Halt«, ruft er in einem verzweifelten Versuch, die Geschichte zu ersticken. »Ich will nichts mehr hören.«

»Ich habe geglaubt, Ihr mögt Geschichten so gern, Hans Glöckner? So gern, daß Ihr sie niederschreibt.«

»Es ist doch kein wahres Wort an dem, was Ihr sagt. Nur eine schmutzige, verlogene Geschichte.«

»Eine wohlverdiente Strafe für einen, der von Erzählungen gelebt hat.«

Sie sucht seinen Blick. Sie lächelt bitter.

»Es ist eine Geschichte«, sagt die Frau des Bischofs. »Aber

eine so kräftige Geschichte, daß sie mit Leichtigkeit die Wahrheit besiegt. Sie wird zur Wahrheit, wenn man sie oft genug erzählt. Und sie wird erzählt werden, vertraut darauf, Hans Glöckner.«

Machtlos hebt er die Arme. Doch die zornige Frau läßt sich nicht aufhalten.

»Sieben Generationen nach Euch wird man sie erzählen. Ja, sieben Generationen für mich, und sieben Generationen für meine Tochter.«

Er versucht sich zu schützen, wegzukommen von ihr. Als er sich gegen die Kirchentür preßt, springt sie auf. Während er ins Kircheninnere taumelt, wendet er sich um und sieht zu dem hinüber, dem er erzählt hat. An der Ecke der Ratsstube unterhalten sich Eline und Bertel vertraut miteinander. Bertel wirft einen entsetzten Blick auf den Mann in der Kirchentür, als habe sich ihm der Teufel offenbart.

Das Dunkel in der Kirche tut gut. Die enge Treppe. Die bekannten Stufen führen ihn, treiben ihn nach oben, hinauf in den Turm. Er ist nicht mehr er selbst, hat sich selbst verlassen. Taumelt vorwärts, nach oben.

Erst die große Glocke läßt ihn anhalten. Er sucht Halt an ihr. Schließt die Augen, um zu sehen. Empfindet ihre Schwere und die feinen Vibrationen, mit denen sie die großen Erschütterungen auffängt. Die Schwere, die Kälte, das wohlbekannte Schaudern, immer neu. Er sieht.

Die Stube, wie immer, wo er so häufig Ruhe gefunden hatte. Der alte Mann am Arbeitstisch, mit dem Rücken zum Fenster. Im Lehnstuhl, in der Ecke unter der Lampe, die er damals zerschmetterte, der junge Mann, der auf seinen untergeschlagenen Beinen sitzt.

»Obwohl er weiß, daß dort oben der Tod auf ihn wartet, stolpert der alte Mann auf den Turm«, fuhr Styge fort und schob das Buch weg. »Oder eher, als suche er ihn bewußt. Bei der erwähnten Luke, durch die er, nach seiner Zeugenaussage, die schändlichen Begegnungen zwischen der Frau des Bischofs und ihrem Schwiegersohn beobachtete…«

(Nein! schreit der Mann an der Glocke.)

»Von einem Gedanken getroffen, hält der Mann an der Glocke von selbst inne.«

»Verurteilt weiterzumachen, bis er mit seinem eigenen Blut die Wahrheit geschrieben hat«, sagte er nachdenklich. »Wie ein Ahasverus in der Reihenfolge seines Geschlechts. Verurteilt zu, oder mit Aussicht auf… Was hast du vorhin gesagt?«

»Habe ich überhaupt etwas gesagt?«

»Du hast mich unterbrochen, als ich die Reihenfolge der Ahnen aufzählte. Du hast buchstabiert?«

»›Dich‹, habe ich gesagt, dig: Ditlev, Isak, Gustav.«

Der Alte griff nach einem Stück Papier. Er spielte mit einigen Buchstaben.

»Tes«, sagte er enttäuscht. »Thorvald, Elias, Styge. Augenblick mal…«

Plötzlich wurde er eifrig.

»Wie in aller Welt…?«

Er schrieb Namen auf, deren ersten Buchstaben er hervorhob.

»Hans, Vera, Ambrosius, Dines. HVAD! WAS!«

Tobias rückte auf seinem Stuhl nach vorn.

»Was?«

Der Alte befand sich schon bei der Fortsetzung. Seine Hand zitterte vor Erregung, als er auf das Papier deutete. Er schrieb weiter.

Erland, Roland. ER, IST.

Auch der Junge hatte sich von seinem Stuhl erhoben. Er lehnte sich über den Tisch und verfolgte, wie die Buchstaben allmählich Worte bildeten.

»Was dort ist«, wiederholte er.

»Ditlev, Isak, Gustav. DIG, DICH. Was ist dich?«

»Weiter.«

»Thorwald, Elias, Styge. TES? Teste, Testament, tes, tes...?«

Einen Augenblick zögerte der Alte, schüttelte den Kopf, runzelte die Brauen. Dann lächelte er verklärt.

»Ach, das ist ein Wort!«

Ohne zu verstehen, fügte Tobias die Buchstaben aneinander: »Was ist Dichtung?«

Styge lächelte, wiederholte betonte aber das dritte Wort. Sie sahen einander an.

»Er wollte Genugtuung und schrieb mit seinem Blut: Alles was ist, wird gedichtet, wird gedichtet, sagt er. Der Alte mußte sich kurz fassen. Jeder Buchstabe eine weitere Generation ... Die Generationen!«

Einen Augenblick saß er da, wie vom Himmel gefallen, mit offenem Mund, getroffen vom Blitz.

»Verstehst du? Verstehst du denn überhaupt?« stotterte er eifrig.

Er war so erregt, daß Tobias um seine Gesundheit fürchtete. Als er eine Handbewegung machte, stieß er die leere Tasse um, die schaukelnd in einem kleinen See liegenblieb.

»Wenn du wüßtest, wieviel ich unternommen habe, um die Offenbarungen des Alten aufzutreiben. Die er niederschrieb und dazu benutzte, seinen jungen Protegé zu sich zu locken. Ich hatte gehofft, die Papiere irgendwo zu finden, mußte aber schließlich aufgeben. Sie waren offenbar verschwunden, vielleicht von jemandem zerstört, dem ihr Inhalt nicht gefiel. Was weiß ich. Aber ich habe mich geirrt.«

So überwältigend war dieser Gedanke, daß er zu keuchen begann und mit den Armen fuchtelte. Schließlich bekam er wieder Luft, um ein paar erklärende Worte hinzuzufügen.

»Hier sind sie. Genau hier!«

Verwirrt sah Tobias sich um. Ausnahmsweise hatte der Alte einmal keine Dokumente hervorgeholt, um seine Behauptung zu bekräftigen. Mit leeren Händen deutete er in die Luft. Auf seinen Gast, auf sich selbst.

»Hier?«

»Du und ich. So ist das zu verstehen: Geschrieben mit seinem Blut. *Wir* sind sein Blut. Seine Offenbarungen sind wir. Seine Erzählungen. Wir haben angefangen wie Papier, sind aber gewachsen. Wir haben den Kopf erhoben.«

Als sein Gast sich an den Kopf griff, fuhr Styge eindringlich fort:

»Verwirklicht. Im Anfang wie seine Visionen, haben jedoch eine Dimension hinzugefügt. Gegoren, wie Farn in einem Stück Papier.«

Tobias versuchte dem erregenden Gedanken zu folgen. Für einen Augenblick fühlte er sich flach, klein, unbedeutend. Im nächsten Augenblick bemerkte er etwas, das der Blase in seinem Inneren glich.

Styge war am Tisch zusammengesunken, als sei das Erlebnis zu stark für ihn. Er war blaß, tastete nach dem Krückstock, blieb jedoch sitzen, während er seine neue Erkenntnis verdaute.

»Ich hatte geglaubt, ich suchte meine Gegengeschichte zum Tod. Meine Aufgabe war jedoch, ihn zu reinigen. *Seine* Gegengeschichte zu erzählen.«

So heftig war der Schock für ihn gewesen, daß ihm der Schweiß ausbrach. Er schnappte nach Luft.

Tobias erhob sich, um zu helfen, wurde aber von einer Handbewegung zur Seite gewischt.

»Erzähl lieber, was du erreicht hast.«

»Aber du bist krank.«

»Hast du Angst, ich überlebe die letzten beiden Tage nicht und du bekommst deinen Gewinn nicht?«

»Ich bin nicht sicher, ob ich überhaupt meine Aufgabe löse.«

»Quatsch, noch zwei Tage. Erzähl, wenn du willst, daß ich am Leben bleibe.«

Er sinkt auf die Knie. Der Kontakt zur Glocke wird unterbrochen. Eine Haut auf den Augen, Regen, Blut, Eiter sind erstarrt. Mit einer Kraftanstrengung erreicht er den unteren Rand der Glocke, klammert sich fest, zieht sich halbwegs in die Höhe.

Der Blick flimmert, es zerrt an ihm.

Das Laboratorium hatte immer groß gewirkt, nach und nach sind die Versuchsanordnungen jedoch aufgeschwollen, und es gibt kaum Platz für die vier, um daran zu arbeiten. Das Mädchen mit den blonden Haaren beugt sich über den Erzählungsraum.

»Was geschieht bei dir?« fragt Tabita, die sich in der gegenüberliegenden Ecke befindet.

»Sie sind gleich oben. Mayavera hat viele von ihnen vereinigt. Sie brechen gleich durch.«

Im Erzählungsraum füllt Bertel seine Rolle und seine Zeit aus. Er ist in den neuen Raum vorgedrungen, den die vier Zuschauer flüchtig sehen, und bevölkert ihn. Angeführt von Mayavera, ist er durch Bedrängnis und Hoffnung schließlich angekommen. Begleitet von einer Menschengruppe, die alle im Begriff stehen, Zeit und Raum zu beherrschen. Er hat das Manuskript zur Hand genommen, das vorher um sein Bein gebunden war. Die eifrigen Menschen helfen ihm, es auseinanderzufalten.

Joakim taucht mit besorgter Miene auf, nachdem er das Osmosebecken kontrolliert hat.

»Ich fürchte, unsere Zeit läuft ab.«

Er wendet sich der verwirklichten globalen Erzählung zu. Ab und zu flimmert das Bild, da sie gezwungen waren, es auf einen Zeitabschnitt zu begrenzen. Ein Globus, befallen von zahllosen, fast mikroskopisch kleinen, kugelförmigen Pilzen, die alle vor Leben wimmeln.

Er stellt auf den alten Buchhändler ein, der Menschen bei der Geschichte behilflich ist, die sie leben wollen. Er steht da und rauft sich den wild wuchernden Bart und seine fliegenden Haare, während er eine Erklärung sucht, die einen Zögernden zu erleichtern vermag.

»Allmählich wurden die Bücher zahlreicher und phantastischer«, sagt er. »Mitreißend, so daß man Mühe hatte, sich wieder aus ihrem Gespinst zu befreien. Oder die Bilder, von denen man auf allen Seiten umgeben ist, wurden zahlreicher und eindringlicher, sie übten Einfluß aus, wurden einem wirklich. Die Bilder traten in den Raum, das Theater nahm das Publikum ins Rollenverzeichnis auf, die Statuen sprachen zu einem, man ging ein in die Kunstwerke. Die Vorstellung hatte keine Pause mehr, sie endete nicht, so daß man hinterher nach Hause gehen konnte. Völlig umgeben wurde man von diesen Werken, man lebt weiter in ihnen, man hat kein Leben neben ihnen, man ist eine Figur in einem Buch, in einem Bild, in einem Schauspiel, man ist selbst an der Gestaltung dieses riesigen Kunstwerks beteiligt, das die Welt darstellt. Wir dichten alle zusammen weiter daran und fügen neue Striche hinzu.«

Dankbar nickt sein Zuhörer und macht sich vertraut mit der Rolle, die Buchhändler Autosefa ihm vorgeschlagen hat.

Das Bild ist schon weggeflimmert, Joakim aber notiert sich zufrieden die Erklärung.

»Heb die Stelle auf, Tobias. Das ist eine von denen, die man verwenden kann.«

»Überall geschieht etwas«, jammert Vibeke. »Wir haben keine Möglichkeit, alles zu verfolgen.«

Sie stellt ein, Tabita kommt zu ihr, und sie verfolgen das faszinierende Spiel.

Sie sind alle sie selbst, leben ihre eigene Welt, ihre eigene Zeit. Und sie sind alle versammelt, leben ihre große gemeinsame Erzählung. Aus Pluravers ist Vers geworden.

»Das siebente Zeitalter«, sagt Joakim feierlich.

Er streicht Tabita über das Haar. Sie fallen sich um den Hals.

Tobias will sich Vibeke nähern, sie aber zieht sich vor ihm zurück, ohne die Augen vom Spiel zu nehmen. Er will etwas sagen, zuckt aber mit den Schultern und vertieft sich wieder in den bunten Anblick.

»Die gute Welt«, sagt er nachdenklich. »Die alten Götter sahen nur Unverstand, Bosheit und Verzagtheit. Es gibt wirklich ein besseres Modell.«

Ein wenig zerstreut verfolgt er den Globus, der sich vor ihm entfaltet. Die Menschen darauf leben jeder in seiner Zeit, können einander jedoch erreichen, weil sie durch den Zapfen in der Hirnschale verbunden sind. Wie ein Mycelium von Geschichten, das sie ernährt.

»So hängt es zusammen«, sagt er zu sich selbst, aber auch zu Vibeke, die weit weg von ihm steht, in der Nähe der Tür.

»Ich bin mir gar nicht sicher, ob ich Lust habe, Gott zu sein«, sagt sie.

Sie hat nach ihrem Mantel gegriffen. Der eine Arm hat Schwierigkeiten mit der Ärmelöffnung und hängt fest. Sie geht und wirft die Tür leicht zu. Öffnet sie aber sofort wieder. Der Mantel hat sich in der Türöffnung verfangen. Dieses Mal schlägt die Tür lauter hinter ihr zu.

Tobias hat Lust, ihr zu folgen, im selben Augenblick aber geschieht etwas. Ohne es zu bemerken, spaltet er sich, er setzt Vibeke nach und verfolgt besorgt die neue Entwicklung in der Versuchsanordnung. Als schaue er in einen Kegel von Möglichkeiten hinein. Eine Benommenheit, als runde er ein Leben ab und lebe in einer neuen Schicht über der alten weiter.

Auch Joakim und Tabita sind auf den Sprung, der sich ereignet hat, aufmerksam geworden. Sie beugen sich über den Globus, deuten und erregen Tobias' Aufmerksamkeit.

»Sie erfinden ihre eigene Schlechtigkeit, weil sie Widerstand brauchen, um das Leben zu erzählen, aber es ist ein Böses, das ästhetisch begründet ist, der schöne Widerstand.«

Wieder verliert er den Halt. Die Nägel versuchen sich im Glockenrand festzubeißen, fahren aber kreischend über das rauhe Metall. Der Halt an der Glocke, die seine Verbindung zur Welt ist.

Er kann sie nicht mehr zusammenhalten. Die Vision. Die andere Möglichkeit, die er aufgeben mußte. Zu viel, es weitet sich aus. Gewinnt Selbständigkeit.

Mit einer neuen Willensanspannung. Zerrt sich empor zum Rand des Lebens. Kehrt zurück, aber an einen anderen Ort. Erschütterung, Lichtblitz, Leben.

»Mit dem neuen Wärmewandler ist es endlich gelungen«, sagte Tobias.

Styge, zu müde zu sprechen, nickt und gab ihm ein Zeichen, er solle weitersprechen.

»Es ist uns gelungen, das abzubilden, was kommen wird. Das, was wir das siebente Zeitalter nennen. Und von dem, was kommen wird, kann man weiter auf das schließen, was man tun muß. Das, was man das Gute nennt. Es ist uns gelungen, eine Verbindung herzustellen, die bis dahin unmöglich war. Von dem, was ist, zu dem, was man soll.«

Styge schien nicht ganz überzeugt zu sein.

»Mit Hilfe des verbindenden Kegels?«

Tobias nickt und sah den gequälten Alten an.

»Erinnerst du dich an den Pakt? Die Götter sahen nur Einfalt, Undankbarkeit, Unglück und Trauer, wohin sie sich wandten. Es ist uns gelungen, besser zu werden als die Götter.«

Trotz seiner Schwäche konnte sich Styge ein Lächeln abnötigen.

»Dann hast du deine Aufgabe also gelöst? Am Tag, bevor die Frist abläuft.«

»Ich weiß wohl, daß du mir eine Falle gestellt hast. Wäre ich gut gewesen, um dein Geld zu gewinnen, dann wäre ich nicht gut gewesen. Denn Gutheit fordert keine Belohnung. Darum verzichte ich auf den Gewinn. Und führe das aus, wozu ich ursprünglich gekommen bin.«

»Mich erschlagen? Ich befürchte, das schaffst du nicht, bevor der Tod von selbst kommt.«

Der Alte holte tief Atem.

»Möchtest du eine letzte Geschichte hören?« fragte der Junge bekümmert.

»Unbedingt.«

»Nach der Sache mit dem Wärmetauscher versuchte ich mich ein weiteres Mal mit Vibeke zu versöhnen, und wieder wies sie mich mit Verachtung ab. Unterwegs legten wir einen Aufenthalt in Sønderborg ein: Hier hörte ich von einer sonderbaren Frau, die in der Stadt lebte. Tag und Nacht geht sie suchend durch die Straßen. Ab und zu hält sie einen Menschen an, sieht ihm in die Augen und sagt: ›Nein, du bist es auch nicht.‹ Sie tut niemandem etwas zuleide, aber es heißt, sie tritt schon seit ewigen Zeiten so auf.«

Der Alte hatte so viele Geschichten gehört, daß seine Augen fast wegrutschten. Vielleicht, weil er sich zu konzentrieren versuchte.

»Als ich auf den Marktplatz kam, ein wenig wütend über Vibekes Zurückweisung, stieß ich mit einer mageren, hohlwangigen Greisin zusammen. Ich erkannte, es war diejenige, von der ich gehört hatte. Sie betrachtete mich forschend und wiederholte ihren üblichen Satz, wie sie es zwei Generationen lang getan hatte. Auch ich war nicht derjenige, dem sie begegnen sollte. ›Lacht mich nicht so höhnisch aus, Herr‹, fügte sie hinzu. ›Ich lache nicht höhnisch, sondern verblüfft, weil du ihn hier suchst, während er doch die ganze Zeit in Århus auf dich wartet.‹«

»Meine Geschichte«, flüsterte der Alte leise und lächelte zufrieden. »Was hat die Frau getan?«

»Sie ist mir vor Freude um den Hals gefallen. Ich denke, sie befindet sich auf dem Weg.«

»Sie ist schon hier. Ich danke dir. Du bist gut genug.«

Der alte Mann versuchte zu lächeln, doch es wurde nur eine Grimasse daraus, dann sank er über den Büchern auf dem Tisch zusammen.

Ein weiteres Mal versagen seine Knie ihren Dienst. Noch immer aber ist er nicht bereit, den Kuß des Todes zu empfangen. Er tastet blind herum, kann den Klöppel ergreifen und zieht sich nach oben.

Er geht zur Luke. Dort unten, schwindelerregend tief unten, stehen sie und sprechen miteinander. Bertel, der Kirsten Doktor zuhört und ihre Tochter anstarrt.

Er schwankt, sucht Halt an der Glocke. Sieht, was er nicht sehen will. Sieht und schaudert über das, was er sieht.

Sie stehen um das Modell herum und sehen hilflos zu. Die Modellwelt ist außer Kontrolle geraten. Zu spät haben sie entdeckt, was geschehen wird. Es ist wie galoppierender Wahnsinn. Sie riefen einander zu, versuchten, das neue Ventil zu schließen. Zu spät. Stehen nun machtlos da und sehen zu.

Das siebente Zeitalter findet seinen Wahnsinn, der sich verbreitet wie die Pest. Die räumliche Welt, wie kleine Knospen aus Papier, die aufschwellen, bersten, selbst zu Papier werden, das sich ausbeult und Knospen bildet, die bersten, in kleine Stücke gesprengt werden, Papierfetzen, losgerissene Stückchen Zeit, alles in Auflösung.

Er sieht zuviel, um die Ecke, in die nächste Umdrehung hinein.

»Verschleiert mir die Augen«, bittet er.

Sieht nicht mehr, bemerkt aber den Geruch der Papiermühle. Von Papierlumpen, die sich in der Bütte auflösen, aufgeschlämmt, gerührt werden. Das siebente Zeitalter, das hineinreicht in die Leere, löst sich auf, kehrt zurück ins Nichts.

Als er sich erhebt, ist vor ihm nur der weiße Leerraum. Er bemerkt, daß er stürzt. Stürzt. Der Leerraum umarmt ihn.

Nur der Tod. Überall der Tod. So stark war der Tod, daß er, wenn ein Wesen es wagte, sich erheben zu wollen, sich augenblicklich darauf stürzte, ehe der Gedanke nur zu Ende gedacht war: Happs, fertig, tot, vernichtet. Der Tod, überall der Tod und nur der Tod.

I

Der Ärmel ärgert sie noch immer. Als Tobias die Tür hinter sich schließt, gelingt es ihr, sie steckt den Arm in den Ärmel, korrigiert den Sitz des Mantels und geht rasch über den Parkplatz.

»Vibeke?«

Sie bleibt nicht stehen, geht nicht langsamer.

Der Wind ergreift ihre Haare und ihren Mantel. Sie geht auf den Kiesweg zu, am Müllplatz vorüber. Abgeblätterte Tonnen, Gerümpel, Papierfetzen auf der einen Seite, die Autoreihe auf der anderen.

»Vibeke, ich, ich habe dir sagen wollen, daß er tot ist.«

Sie bleibt nicht stehen, geht aber langsamer.

»Der alte Mann im Rollstuhl, Styge.«

Jetzt geht sie so langsam, daß er sie einholen kann. Sie dreht den Kopf zu ihm. Sieht ihn fragend an. Eine Träne in seinen Augen?

Er wischt sie hastig mit dem Ärmel weg, grinst verlegen.

»Nicht, was du glaubst. Nur …«

Sie geht weiter, und er hält Schritt mit ihr.

»Nur ein paar Worte, die mir eingefallen sind. In der letzten Zeit habe ich ziemlich viele Gehirne versucht. Ein anderer meiner Vorväter ist auch gerade gestorben. Ja, was heißt gerade. Vom Turm der Domkirche gefallen, glaube ich. Glücklicherweise stand sein Schüler bereit, fast, als habe er erwartet, daß das kommen werde. Mit einem Krug Weinessig, in den er das Gehirn des Alten gesteckt hat.«

»Was phantasierst du da?« gelingt es ihr zu sagen.

»Ein paar Worte aus seinem Gehirn, die mir eingefallen

sind ... Wie ein reifes Kornfeld, das im Wind wogt. Und zugleich ist jedes einzelne Haar wie Seide, oder ein dünner Goldfaden ...«

Irritiert hat sie sich umgedreht und ihren hastigen Gang wieder aufgenommen, über den Kiesweg, in Richtung des kleinen Hügels.

»Ja, das sind nicht meine Worte.«

»Wann ist er gestorben? Styge?«

»Gestern.«

»Das tut mir leid. Er ist jeden Tag in die Cafeteria gekommen und hatte immer irgend etwas zu erzählen.«

»Ja, ich habe ihm zugehört. Aber er sehnte sich danach, mit seinen Geschichten zu einem Ende zu kommen.«

Ein Vogel erschrickt über ihren hektischen Marsch. Zornig krächzend fliegt in einem zerzausten Busch auf.

»Weißt du, daß wir uns heute ein Jahr kennen?« fragte er sie vorsichtig.

»Damals habe ich noch in der Cafeteria gearbeitet.«

»Das weiß ich. Ich habe dich verhöhnt, dich ins Wasser gestoßen, angegrapscht und dich arbeitslos gemacht. Aber weißt du, was ich hinter mir habe?«

Sie antwortet nicht und geht nur weiter.

»Ich habe Geschenke von Toten überbracht, als ich in den Diensten des Mannes gestanden habe, der von Frauenmilch lebte. Ich habe der Frau ohne Sinn einen Sinn geschenkt, indem ich ihren Mann an den Bettelstab brachte.«

Er holt sie ein, weil sie ihr Tempo ein wenig verringert hat.

»Ich habe, mit Gulasch bedeckt, den Pakt der Götter mit den Menschen gestohlen und verbrannt.«

Unwillkürlich dreht sie den Kopf, dann richtet sie den Blick wieder auf den Baum auf der Spitze des Hügels.

»Ich bin in der Tonhölle aufgetreten, nachdem ich eine Verwandlung in dein Idol, in diese selbstgefällige Berühmtheit durchgemacht hatte.«

Nun geht sie fast schneller.

»Ich habe den Ort besucht, an dem man die ideale Frau aus den schönsten Einzelteilen zusammensetzte, die man finden konnte.«

Sie sieht ihn an. Gegen ihren Willen runzelt sie fragend die Augenbrauen. Wieder zwingt der Wind eine Träne in seinen Augenwinkel. Denn es kann nicht daran liegen, daß ihr Blick eine so große Macht hätte.

»Ich habe den Mann besucht, der allen möglichen Wahnsinn in Behältern aufbewahrt hat. Ich bin in Hunderte von verrückten Gehirnen eingedrungen und habe ihren Wahnsinn durchlebt.«

Vielleicht ist sie, der Weg auf den Hügel steigt an, doch zu schnell gegangen, denn jetzt geht sie so langsam, daß sie fast schlendert.

»Mühsam bin ich in die vielen Zukünfte gekrochen, um das Gute zu finden. Und worauf bin ich ständig gestoßen? Auf dich.«

Sie hat auf der Hügelkuppe angehalten. Sie sieht jedoch nicht auf die Bucht und auf die Halbinsel, die in der Sonne liegen. Sie sieht ihn an.

»Du hast mich gefangen«, gesteht sie ein. »Ich bin verrückt nach guten Geschichten.«

»Ich bin nicht mehr leer. Ich habe Geschichten für einen ganzen Tag und für zwei Jahre, und für neun Monate«, sagt er eifrig.

Sie zählt nach. Lächelt. Sie lächelt sogar.

»Du hast von dem Alten etwas gelernt. Solche Rechenkunststücke machte er immer. Möchtest du mir etwas erzählen?«

»Selbstverständlich. Ich weiß nur nicht, wo ich anfangen soll... Da war der alte Glöckner, der dalag und sich herumwälzte, nicht schlafen konnte, weil er ununterbrochen etwas vor Augen hatte: Frauenbrüste, in langen Reihen...«

»Quatschkopf. Nicht jetzt. Kommst du heute abend zu mir? Ich habe ein Rezept für Brennende Liebe bekommen.«

Jetzt lacht sie sogar.

»Ob ich komme?«

Plötzlich sind ihm die Worte ausgegangen.

»Weißt du, was mich überzeugt hat, daß du gut genug bist? Ich habe gesehen, wie du der verwirrten alten Frau in Sønderborg geholfen hast. Als ich sah, daß sie dir um den Hals fiel und dich küßte, dachte ich, das könnte ich auch.«